KB014838

한국 고전문학 작품론

4 한시와 한문산문

민족문학사연구소 편

한국 고전문학 작품론

4

한시와 한문산문

사회 현실과 개인 정감의 사이

Humanist

《한국 고전문학 작품론》 시리즈를 펴내며

'고전문학'은 근대 이전 시기에 생산된 한국문학, 즉 한국문학의 전통을 지칭하는 말입니다. '오래된 전통'이기에 고전문학은 오늘날의 우리에게 매우 낯선 대상이며, 그것을 이해하고 그 문학적 의미를 해석하는 일 역시 쉽지 않습니다.

중등 교육의 현장에서 문학 교육은 여전히 국어 교과(국어, 문학)의 영역에서 큰 비중을 차지하고 있습니다. 문학 교육이 제대로 이루어지기 위해서 갖춰야 할 것은 여럿이지만, 그 가운데 '작품에 대한 신뢰할 수 있는 이해와 해석'은 문학 교육의 기초라고 말할 수 있습니다. '작품에 대한 신뢰할 수 있는 이해와 해석'을 바탕으로 교사는 학생들에게 알아야 할 것, 생각해 보아야 할 것 등을 제시할 수 있으며, 학생들의 주체적·창의적 해석을 촉발시킬 수 있고, 나아가 학생들과 의미 있는 대화적 관계를 형성할 수 있습니다. 문학 수업뿐 아니라 문학 텍스트를 활용한 모든 수업에서도 '문학작품에 대한 신뢰할 수 있는 이해와 해석'을 바탕으로 할 때 그 텍스트를 온당하고 적절하게 활용할 수 있습니다.

그런데 중등 교육 현장에 제공되는 작품에 대한 지식·정보들 가운데는 신뢰할 수 없는 것이 많습니다. 학계에서 인정되고 있는 정설이나 통설이 아닌 견해, 학계에서 이미 폐기된 견해가 제공되는가 하면, 심지어는 잘못된 지식·정보가 제공되기도 합니다. 뿐만 아니라 제공되는 지식·정보는 암기를 전제로 한 단편적 지식의 나열에 그칠 경우가 많아서 흥미로운 수업을 가능케 하는 바탕 자료의 구실을 하기 어렵습니다. 이해와 해석의 차원에서 쟁점은 무엇인지, 정설이나 통설이 어떻게 정설이나 통설이 될 수 있었는지, 여전히 남아 있는 문제는 무엇인지 등을 제대로 알아야 보람 있는 수업, 흥미로운 수업, 창의성을 촉발하는 수업을 할 수 있습니다.

이러한 문제점은 고전문학 교육의 경우에 더욱 심각합니다. 고전문학의 경우는 작품과 독자와의 시간적·장르적 거리가 멀고 낯설어서 교육 현장에 제공되는 지식·정보에 많은 부분 의존합니다. 제공되는 지식·정보가 낡고 불만족스러워 스스로 관련 논문이나 저서를 참고하고자 해도, 읽어내기 쉽지 않을 뿐 아니라 방대한 자료를 섭렵하려면 상당한 노력과 시간을 들여야 합니다. 그렇기에 대부분 최신의 연구 결과를 반영한 교육 자료를 구성하기 어려운 형편입니다.

이러한 문제를 해결하기 위해서는 교사나 교사를 꿈꾸는 학생들에게 작품의 이해와 해석에 길잡이 역할을 해줄 수 있는 제대로 된, 신뢰할 수 있는 교육 자료를 제공하는 것이 무엇보다 필요합니다. 작품의 이해와 해석을 올바르게 안내하는 신뢰할 만한 책, 기존의 정전뿐만 아니라 새롭게 주목되고 있는 작품까지도 그 의미를 알 수 있도록 안내하는 책, 학생들이 작품과의 만남을 통해 새로운 안목과 지혜와 상상력을 기를 수 있도록 돕는 책을 중등 교육 현장에 제공하는 것이 필요합니다. 민족문학사연구소에서《한국 고전문학 작품론》을 기획하게 된 이유가 여기에 있습니다.

《한국 고전문학 작품론》은 고전소설 2권(한문소설, 한글소설), 한문학 2권(한시와 한문산문, 고전산문), 고전시가 1권, 구비문학 1권 등 모두 6권으로 구성되어 있습니다. 한국 고전문학의 주요 작품들은 물론 새로 주목해야 할 작품들까지 포함하여 고전소설 68항목, 한문학 100여 항목, 고전시가 50여 항목, 구비문학 40여 항목 등 전체 260여 항목을 100여 명의 전문 연구자가 집필하여 묶어내었습니다. 집필에 참여한 인원 면에서나 규모 면에서 전례를 찾기 어려울 정도로 방대한 작업이 이루어진 것입니다.

검인정 제도가 시행된 이후 중등 국어 영역의 교과서(국어, 문학)에는 다종다양한 고전문학 작품이 제시·수록되고 있으며, 교육과정이 거듭 바뀌면서 학습해야 할 작품의 수 또한 크게 늘어나고 있습니다.《한국 고전문학 작품론》을 고전문학의 전 영역을 포괄하는 방대한 규모로 간행하는 이유가 여기에 있습니다.

《한국 고전문학 작품론》은 각 작품의 전문 연구자가 집필한 작품론이지만, 그렇다고 해서 전문 연구자들의 '학술 논문 모음집'은 아닙니다. 중등 교육의 현장에서 의미 있는 교육 자료로 활용되도록 학술 논문과 같은 작품 해석의 수준과 엄격함은 유지하면서도 독자들이 이해하기 쉽게 서술 분량을 줄이고 내용을 풀고 가다듬었습니다.

《한국 고전문학 작품론》을 간행하기 위해 민족문학사연구소 연구기획위원회 안에 '고전문학작품론 간행 기획소위원회'를 구성한 것은 2014년 3월이었습니다. 그해 말까지 기획위원들이 여러 차례 회의를 거듭하면서 영역별 집필 항목을 구성하였고 필자를 선정하였습니다. 이후 원고 청탁으로부터 간행에 이르기까지 참으로 오랜 시간이 걸렸습니다. 물론 그 시간은 중등 교육 현장에서 의미 있게 활용될 수 있는 교육 자료를 제공하고자 하는 정성스런 마음을 담아내는 시간이었습니다.

《한국 고전문학 작품론》을 간행하기까지 많은 분들이 도움을 주셨습니다. 무엇보다도 집필을 맡아주신 필자들께 감사드립니다. 고전문학 학계 최고의 연구자들이 필자로 참여하여 협력해 준 덕분에《한국 고전문학 작품론》이 간행될 수 있었습니다. 영역별 집필 항목, 집필의 수준과 방식을 정하는 과정에 이필규, 전경원 두 분의 현직 교사께서 큰 도움을 주셨습니다. 두 분께 감사드립니다.《한국 고전문학 작품론》과 같은 방대한 규모의 출판을 기꺼이 맡아준 휴머니스트 출판사와 특히 이 책의 산파 역할을 해준 문성환 문학팀장에게 감사드립니다.

《한국 고전문학 작품론》은 교사나 교사를 꿈꾸는 학생들에게 작품의 이해와 해석에 길잡이 역할을 할 수 있는 책으로 기획되었으나, 고전문학 관련 대학 강의에서도 활용될 수 있을 것입니다. 뿐만 아니라 고전문학에 관심이 있는, 고전문학을 보다 깊이 있게 감상하고자 하는 일반 독자들에게도 의미 있는 책이 될 것입니다.《한국 고전문학 작품론》이 이분들의 손에 들려 마음에 어떤 소중한 흔적을 남기기를 기대해 봅니다.

2017년 11월

기획위원 모두

머리말

사회 현실과 개인 정감의 사이, 한문문학의 세계

한문문학은 크게 한시와 한문산문으로 구분된다. 이는 요즘의 문학 갈래인 시, 소설, 수필 등의 갈래와는 성격이 다소 다르다. 이에 앞서 이해해야 할 점이 전통적으로 내려온 한문 저작의 분류 방식이다. 옛날에는 서적을 경(經)·사(史)·자(子)·집(集) 등 크게 네 가지로 나누었다. 경(經)은 경전으로 《시경》이나 《논어》 같은 유가 경전이며, 사(史)는 역사서이다. 그리고 자(子)는 이른바 제자백가(諸子百家)라 하여 유가 경전 이외의 사상서이며, 집(集)은 시문집으로 한문문학에 해당한다. 주로 문헌을 집성할 때 이런 기준과 순서 아래 편재했다. 이 순서를 보면 흥미롭게도 철학〔哲〕, 역사〔史〕, 문학〔文〕 순이다. 요즘은 '문사철'이라고 하는데, 과거에는 이 중요도가 '철-사-문' 순이었음을 알 수 있다. 아무튼 여기서 한문문학은 주로 개인 문집에 들어 있는 한시와 한문산문을 지칭하며 이것이 국문문학과 함께 고전문학을 구성하고 있다.

이런 한문문학의 유산 가운데 가장 압도적인 유형이 한시이다. 또한 그 역사도 가장 유구하여 초기 개인 문학의 효시로 알려진 〈황조가〉나 〈공무도하가〉 같은 삼국 시대 초 또는 그 이전 시기의 작품에서부터 한문학이 종지부를 찍었던 근대 초기까지 이어졌다. 심지어 한시 창작은 근대 이후에도 꾸준했으며, 지금도 백일장 등을 통해 한시를 창작하는 풍토는 여전하다. 과거의 작가들이라고 하면 한시를 짓지 않는 경우는 없었으며, 개인 문집을 편찬할 때 으레 한시를 문집의 맨 앞에 실었다. 그러니 한시는 해당 작가의 얼굴이자 문인으로서의 능력을 평가하는 기준이기도 했다. 또 한편 과거 문인들은 시 창작을 개인 수양의 한 방편으로 여겨 중시했다. 특히 대자연과 합일되는 속에서 인간의 보편적인 정서나 개인의 남다른 심회를 분출하거나 이치를 깨우치는 문학 양식으로 한시만 한 창작물도 없었다.

한문산문의 경우 그 종류가 너무 많아 일률적으로 논의하기 어렵다. 그 하나하나 따지면 백 가지가 넘는다. 하지만 이를 수렴하여 대별하면 대략 여덟 가지 정도로 좁힐 수 있다. '논변류, 전장류, 서설류, 증서류, 비지류, 서발류, 주의류, 잡기류'가 그것이다. 물론 또 다른 방식으로 구분할 수도 있다. 이 중에서 논변류와 전장류는 논설문과 인물전 등을 생각하면 된다. 그리고 서설류는 편지를, 증서류와 서발류는 서문이나 발문 등을 떠올리면 된다. 비지류는 죽은 이를 위한 기록으로 애도문 또는 추도문에 해당하며, 주의류는 왕조 시대에 임금에게 올리는 여러 가지 정책문에 해당한다. 마지막으로 잡기류는 말 그대로 어디에 귀속시키기 애매한 잡다한 성격의 글로, 요즘의 신문 기사 정도로 볼 수 있으나 넓게는 우리가 소설로 취급하는 작품들도 포함된다.

이렇게 한문문학을 한시와 한문산문으로 대별할 수 있지만, 고전 글쓰기의 특징 중에 또 한 가지는 운문과 산문이 결합된 형식의 작품들도 적지 않다는 사실이다. 이를테면 한문소설로 분류되는 전기(傳奇)류는 이야기 자체는 산문으로 전개되지만 중간중간 한시가 끼어들어 주인공의 심회와 사건의 복선 역할을 수행한다. 그 빈도가 상당히 높아 전기 작품을 문체상으로 분류하면 '시화소설(詩話小說)'이라 할 만하다. 한편 한문산문으로 분류되는 산수유기(山水遊記)도 여정 중의 감흥을 표출한 한시가 다수 수록되기도 한다. 또한 여타 산문 중에도 작품의 대미를 한시로 끝내는 경우가 적지 않거니와, 우리가 잘 알고 있는 신라 시대의 향가 작품들이 실상은 독립적으로 존재하는 것이 아니라 누군가의 사적을 서사한 내용 안에 삽입된 형태로 남아 있다. 이런 점은 한문문학이 운문과 산문을 적절히 결합시킨 뭉치라는 점을 환기시킨다.

이런 한문문학은 한시이냐 한문산문이냐에 따라 비록 그 표현과 구성은 다를지라도 그 초점은 사회 현실과 개인의 정감 사이를 오가며 문학적 향취를 살리는 데 있었다. 다시 말해 대사회적 현안을 타개하려는 비판 정신과 함께 인간으로서는 불가피한 삶의 궤적에서 빚어지는 정감이 어우러져, 당대의 시대정신이 웅숭깊게 녹아들 수 있었다. 그 구체적인 면모를 이 책에서 접하고 느끼길 바란다. 아마도 한두 가지, 이를테면 신분제와 왕조 시대라는 전통 사회의 특수성을 감안하거나 벗겨내고 나면 지금 우리 시대가 고민하는 문제와 별반 다르지 않음을 실감하게 될 것이다. 오히려 새로운 방안을 제공해 줄 가능성이 높다.

2018년 1월

기획위원 정환국

차 례

제1장 한시

1부 인간사의 정리(情理)

2부 산수 자연과 유유자적

3부 우국애민과 민중의 현실

제2장 한문산문

1부 정치·사회와 현실 비판

2부 성찰과 깨달음

3부 생활 정감과 그 이치

제1장 한시

한시의 소재나 주제는 대단히 광범위하고 다채로워 어느 한 방향으로 설정하기 곤란하다. 여기서는 대략 세 가지로 추렸는데, 이것도 대체적인 구분일 뿐이고 한시 전반을 아울렀다고 할 수는 없다. 먼저 1부에서는 '인간사의 정리(情理)'에 해당하는 작품들을 실었다. 떠난 고향을 그리워하거나 임과 이별한 아픔 등은 인간이라면 숙명적으로 마주해야 하는 현실이다. 또한 '자신은 누구인가, 인간답게 산다는 것은 무엇인가' 등의 의문은 얼마나 근본적인 물음인가. 이런 인정과 도리 사이에서 고민하는 것은 예나 지금이나 다를 것이 없다. 옛 시인들은 이런 문제를 자신의 정서로, 또 가끔은 타인을 화자로 내세워 되묻곤 했다. 이런 유형에 해당하는 한시 20편 내외를 논의의 대상으로 했다.

2부는 산수 자연을 노래하고 그 속에서 유유자적하는 삶을 추구하는 시편을 실었다. 사실 웬만한 한시치고 자연을 소재로 삼지 않은 작품이 없을 정도로 산수 자연은 한시의 필수적인 소재이다. 특히 후반부에서 자신의 심정을 드러내기 위한 전제로 전반부는 산수 자연을 끌어오기 일쑤였다. 그런데 이런 산수 자연을 통해 추구하는 방향이 몇 가지 있었으니, 인간 사회를 반추하거나 탈속과 은거를 지향하거나 도를 즐기는 등이 그것이었다. 이런 몇 가지 경향을 하나의 단어로 정리하자면 역시 유유자적이다. 세월의 풍파 속에서 편안하기를 꿈꾸는 것이야말로 옛 시인들의 거의 공통된 의취였다. 이런 산수 자연에서 평생 방랑했던 김삿갓의 시도 함께 엮었다.

3부는 우국애민과 민중의 현실을 노래한 시편을 실었다. 한시 작가들은 기본적으로 정치에 관여하거나 국가에 대한 책무를 자임한 주체들이었다. 이른바 사대부인데, 이들은 당연히 나라를 걱정하는 시편을 남겼다. 이를 '우국시'라 한다. 한편 이들은 일반 백성들의 애환을 노래하기도 했는데, 이는 자신들이 하층민을 보호해야 한다는 자의식을 갖고 있었기 때문이다. 이런 유형을 '애민시'라 한다. 같은 눈높이는 아니지만 하층 민인들의 정서에 다가갔다는 점에서 의미가 적지 않다. 이런 우국과 애민에 관련된 시편들에선 자연스레 당대 민중의 고달픈 현실이 그려지기 마련이었다. 이런 시편들은 조선 후기로 갈수록 더 디테일해지면서 당대 민인들의 삶이 고스란히 드러나기도 했다.

1부

인간사의 정리(情理)

一二三四五六七八九十

고향을 그리는 마음

향수, 인간 본연의 감정

《예기(禮記)》〈단궁편(檀弓篇)〉에 이르기를, "옛사람의 말에 '여우는 죽을 때에 (제가 살던 굴의) 언덕으로 머리를 바르게 둔다.'라고 했으니, 어진 마음이다."라고 했다. 또한《회남자》〈설림훈(說林訓)〉에 이르기를, "새는 날아 고향으로 되돌아가고, 토끼는 달려서 굴로 돌아가며, 여우는 죽을 때 제 살던 언덕으로 머리를 두고, 물새인 한장(寒將)은 물 위를 빙빙 도니, 각각 자기가 태어난 곳을 사랑하는 것이다."라고 했다.

이와 같이 옛사람들이 새나 짐승의 귀소본능에 대해 언급했던 것은 인간의 근본에 대한 추구, 망향의 정, 귀향의 의지 등을 강조하기 위한 것이다. 인간은 누구나 자기가 태어나서 자란 고향이 있고, 상당수 사람들은 어떤 이유로 인해 고향을 떠나 객지에 붙어살거나 혹은 타향을 떠도는 나그네가 된다. 자기가 태어난 곳으로 돌아가려는 새나 짐승의 귀소에 대한 본능적 욕구와 같이, 나그네는 종종 객수(客愁)에 젖어 고향을 그리워하며 돌아가고 싶어 하는 본능적 감정에 빠지게 된다. 나그네가 고향을 그리워하는 마음이나 시름을 '향수(鄕愁)'라 하는데, 이 향수는 새나 짐승의 귀소본능처럼 인간이면 누구나 가지고 있는 본연의 감정이라 할 수 있다.

예로부터 향수는 시인들이 시의 주제로 빈번하게 삼아온 대상이다. 타향에서 머물거나 떠돌다가 객수를 불러일으킬 만한 특별한 상황에 처하게 되면, 시인은 나그네 신세로서 자연스럽게 향수와 관련한 시상이 떠올라 이를 주제로 시를 짓기 마련이다. 한·중 양국을 막론하고 역대의 많은 시인이 향수를 주제로 시를 지어왔거니와, 여기에서는 한국에서 향수를 주제로 하여 지어졌던 대표적인 향수시 세 수를 소개하고자 한다.

한국 향수시의 원형적 모습을 살펴보기 위해, 고려 시대 이전의 작품들이 별로 남아 있지 않은 점을 감안하여 남북국 시대 작품 가운데 발해 제3대 왕인 문왕(재위 737~793) 때의 시인 양태사의 〈야청도의성〉, 통일신라 말기의 시인 최치원(857~?)의 〈추야우중〉을 살펴보기로 한다. 이어 고려 및 조선 시대의 작품 가운데는 그 대표성을 고려하여 고려 중기의 시인 정지상(?~1135)의 〈춘일〉을 살펴본다.

타국에서 고국의 아내를 그리워하다 - 〈야청도의성〉

먼저 〈야청도의성(夜聽擣衣聲, 밤에 다듬이질 소리를 듣고)〉이 지어진 경위를 살펴볼 필요가 있다. 발해의 귀덕장군 양태사는 문왕 22년(758) 9월에 대사(大使)인 보국대장군 양승경을 비롯한 23명의 견일본사(遣日本使) 행렬과 함께 부사(副使) 자격으로 일본의 에치젠 해안에 상륙했다가 같은 해 12월에 당시 일본의 수도였던 헤이안쿄에 들어갔다. 그러고는 이듬해인 759년 정월 초하루에 황궁에 들어가서 준닌 천황을 만나 사신으로서의 임무를 수행하다가 같은 해 2월 초하루에 발해 귀국길에 오르기 위해 헤이안쿄를 떠나게 된다.

아래의 작품은 759년 정월 27일 일본의 실력자 후지와라 나카마로, 일명 후지와라 에미노오시카츠의 사저에 발해 사신들이 초청되어 송별연이 벌어졌을 때 일본인들에게 소개되었을 터이다. 당시 송별연 자리에서 양태사가 오언율시인 후지와라 나카마로의 〈영설시(咏雪詩)〉에 화답하여 〈봉화기조신공영설시(奉和紀朝臣公咏雪詩)〉를 지어서 이 작품이 〈야청도의성〉과 함께 827년 일본에서 칙찬(勅撰)으로 편찬된 《경국집(経国集)》에 수록되어 오늘날까지 전하게 되었다. 그런데 〈야청도의성〉은 그 내용으로 보아 송별연 자리에서 직접 지어졌을 것으로는 보이지 않고, 송별연이 벌어지기 직전 수일 사이에 지어진 것으로 여겨진다.

霜天月照夜河明 차가운 하늘에 달 비치고 은하수 밝은데

客子思歸別有情 나그네 돌아갈 생각에 각별히 정회가 생기네

厭坐長宵愁欲死 긴 밤 지루하게 앉아 죽을 듯이 시름겨운데

忽聞鄰女擣衣聲 문득 이웃 아낙네의 다듬이질 소리 들려오네

聲來斷續因風至 소리가 끊겼다 이어졌다 바람결에 이르며

夜久星低無暫止 밤 깊어 별 기울도록 잠시도 멎지를 않네

自從別國不相聞 고국을 떠나온 뒤로는 들어보지 못했는데

今在他鄉聽相似 지금 타향에서 듣는 소리 서로 비슷하네

不知綵杵重將輕 고운 방망이 무거운지 가벼운지 알 수 없고

不悉靑砧平不平 다듬잇돌 평평한지 아닌지도 모르겠지만

遙憐體弱多香汗 불쌍해라, 몸 약해 향기로운 땀 많을 터이니

預識更深勞玉腕 알겠노라, 옥 같은 팔 벌써 매우 지쳤음을

爲當欲救客衣單 마땅히 나그네 홑옷에 보태고자 함인가

爲復先愁閨閣寒 다시 먼저 규방의 추위를 시름겨워 함인가

雖忘容儀難可問 비록 얼굴 모습 단절되어 있어 물어보기 어렵지만

不知遙意怨無端 아득한 그 마음이 까닭 없는 원망은 아니리라

寄異土兮無新識 이국땅에 머물면서 새로 사귄 이 없었는데

想同心兮長歎息 같은 마음이라 생각하니 긴 한숨 나오네

此時獨自閨中聞 이 시간에 홀로 규중의 소리 듣고서

此夜誰知明眸縮 그 누가 알랴, 이 밤에 밝은 눈동자 찡그림을

憶憶兮心已懸 떠올리고 떠올려서 마음에 이미 걸려 있지만

重聞兮不可穿 거듭 들어봐도 꿰뚫어 알아차릴 수가 없네

卽將因夢尋聲去 곧 꿈에라도 소리 나는 곳을 찾아가 보려 하지만

只爲愁多不得眠 다만 시름이 많아서 잠들 수가 없구나

(김육불,《발해국지장편》)

이 시는 칠언을 위주로 하여 총 24구로 구성된 가행체(歌行體)의 고풍시로, 양태사가 아내에 대한 절실한 그리움을 주제로 하여 지은 작품이다. 내용상으로 보면, 1구에서 6구에 이르는 총 6구, 7구에서 16구에 이르는 총 10구, 17구에서 24구에 이르는 총 8구를 각각 하나의 단락으로 삼아 모두 세 단락으로 구분하여 살펴볼 수 있다.

1구에서 6구에 이르는 첫째 단락에서 화자는 지금 달빛과 은하수가 명징한 겨울밤을 배경으로 타국의 객사에 우두커니 홀로 앉아서 귀국을 눈

앞에 둔 설렘 때문에 잠을 이루지 못한 채 긴긴 밤을 객수에 사로잡혀 있다. 일본에 도착해서 보낸 시간만도 다섯 달 가까운 긴 세월이니, 발해 수도 상경용천부(上京龍泉府)를 떠나던 날을 생각하면 까마득하기 이를 데 없었을 터인데, 사신의 임무로 인해 눈코 뜰 새 없이 지내다가 이제 드디어 귀국 여로에 오를 날이 다가오니 객수가 일어나지 않을 수 없었던 것이다. 그런데 문득 저 멀리 어디선가 바람결에 실려 다듬이질 소리가 들려오더니 새벽이 올 때까지 밤새도록 그치지 않는다. 화자에게 다듬이질의 주체는 '이웃 아낙네'로 인식되고 있다. 끊어질 듯 이어질 듯 아련히 들려오는 다듬이질 소리를 들으며 이웃 아낙네의 존재를 떠올리고 있는 것이다.

7구에서 16구에 이르는 둘째 단락에서는 타국 일본에서 듣고 있는 다듬이질 소리와 예전 고향에서 들었던 다듬이질 소리가 흡사하다는 점에 착안하여, 화자는 지금 다듬이질을 하는 이웃 아낙네의 이미지를 떠올리며 동시에 고향에 두고 온 아내의 모습을 오버랩하여 그려보고 있다. 다듬이질의 실제 주체는 이웃 아낙네지만, 화자의 상상 속에서는 고향에 있는 자기 아내이기도 한 것이다. 11~12구에서 묘사한, 구슬땀을 흘리면서 밤을 지새워 다듬이질에 열심인 이웃 아낙네의 가련한 모습은 곧 자기 아내의 모습이기도 하다.

그래서 13~14구에서 화자는 밤을 지새워 다듬이질을 하는 이유를 이웃 아낙네와 자기 아내에게 짐짓 묻는다. 나그네로 나가 있는 낭군의 옷감을 마련하기 위해서인가? 아니면 겨울밤의 추위로 인한 시름을 떨치기 위해서인가? 그러나 화자는 내심 이러한 것들은 부차적인 이유는 될 수 있지만 본질적인 이유는 아니라고 여기고 있다. 그래서 15~16구에 이르러, 이웃 아낙네와 아내에게 직접 물어보기는 어렵지만, 그녀들이 밤을 새워가며 다듬이질을 하는 이유가 까닭 없는 원망 때문만은 아닐 것이라고 스스로 답하고 있다. 뭔가 본질적인 까닭이 있을 것이라는 뜻이다.

17~24구에 이르는 셋째 단락에서는 둘째 단락에서 언급한 그녀들이 밤을 새워가며 다듬이질을 해야 하는 바로 그 이유 때문에 자신도 타국에서 장탄식을 하고 있다고 말하고 있다. 표면적으로는 끝까지 밝히고 있지 않지만, 실상 그녀들이 몸이 부서져라 다듬이질에 열중하고 있는 이유는 나그네로 떠나가 있는 낭군에 대한 그리움 때문에 그 시름을 잊고자 하는 것인데, 화자 자신도 아내에 대한 그리움 때문에 밤을 새워가며 다듬이질 소리를 들으며 긴 한숨을 쉬고 있는 것이다.

이 시의 핵심 주제는 곧 화자 자신의 아내에 대한 그리움인데, 표면적으로는 끝까지 노출시키지 않고 있다. 19~20구에서 언급한 바와 같이, 화자는 지금 다듬이질 소리를 들으며 아내를 포함한 그 누구도 모르는 자신만의 그리움을 표현하고 있으니, 그녀들의 그리움은 다음이질 소리를 통해 전해질 수 있지만 자신의 그리움은 그 누구도 알아보지 못하는 '밝은 눈동자 찡그림'을 통해 겨우 드러나고 있을 뿐이다. 그녀들과 화자의 그리움은 오로지 그녀들이 내는 다듬이질 소리와 그 다듬이질 소리를 들으며 나타내는 화자의 '찡그림'을 통해서만 표현되고 있는 것이다.

그래서 화자는 21~24구에서 다듬이질에 열심인 이웃 아낙네와 고향에 있는 아내의 모습을 마음속에 선명하게 떠올려보지만, 막상 다듬이질 소리를 통해 전하고 있는 그녀들의 마음은 알아차릴 수 없노라 짐짓 강변하고 있다. 꿈속에서라도 그 다듬이질 소리가 나는 이웃집, 고향집을 찾아가서 그녀들의 마음을 확인하고 싶지만, 시름 때문에 잠을 이룰 수 없다고 한탄하고 있다. 화자가 확인하고 싶어 하는 그녀들의 마음이 사실은 화자 자신의 아내에 대한 절실한 그리움인 셈이다.

고향을 그리며 객수를 달래다 – 〈추야우중〉, 〈춘일〉

먼저 최치원의 〈추야우중(秋夜雨中, 가을밤 빗속에서)〉을 살펴보자. 최치원은 육두품 출신으로 12세에 당나라에 유학하여 빈공과에 급제한 후 '황소의 난' 때 고병(高騈, 황소의 난을 진압한 당나라 때 문신)의 종사(從事)가 되어 많은 글을 지어 이름을 날리게 되었다. 29세에 신라로 귀국하여 몇몇 관직에 올랐으나 쇠퇴해 가는 신라의 국운에 실망하여 40세가 넘어 세상을 등지고 은거하고 말았다. 학자들의 견해에 따라서는 이 시에 대해, 최치원이 당나라에 있던 시절에 고향을 그리워하며 지었다고도 하고, 귀국한 후 소외감과 좌절감 때문에 당나라에 있던 시절을 그리워하며 지었다고도 한다. 본고는 전자의 견해를 따른다.

秋風唯苦吟　가을바람에 오직 애써 시만 읊을 뿐
世路少知音　세상길에 날 아는 이 거의 없는데
窓外三更雨　창밖에는 한밤중 하염없는 비
燈前萬里心　등불 앞엔 만 리를 달리는 마음
(허균,《성수시화》)

이 시는 화자의 고독한 정서를 긴밀한 시상 구조로 읊어낸 오언절구의 작품이다. 2구가 1구의 원인이 되고 있어, 1구와 2구는 시상의 전개가 도치되어 있다. '가을바람'은 원래 사람들로 하여금 쓸쓸함을 느끼게 한다. 그러나 화자가 쓸쓸함을 느끼는 것은 계절 탓만이 아니라, 자신을 알아주는 사람이 없는 데 더 큰 원인이 있다. 지음(知音)이 없기 때문에 고독을 풀 상대가 없어 어쩔 수 없이 애써 시를 읊어 풀 수밖에 없다. 타국에서 이방인, 나그네로서 겪어야 하는 본질적인 고독감이 잘 나타나 있다. 그리고 3구와 4구는 대구를 이루면서 3구가 4구의 원인으로 작용하고 있다. 창밖에 삼경(三更)의 한밤중 비가 내리는 쓸쓸한 가을밤이기 때문에 등불 앞에 앉아 있는 시인의 마음은 하염없이 만 리 밖 고향으로 내닫는다. 가을밤 빗속에서 시 읊기를 통해서나마 만 리 먼 곳 고향 신라를 그리며 이방인으로서의 외로운 마음을 달래고 있는 것이다.

簾幙蕭蕭竹院深 주렴 장막 스산하게 대밭 속에 깊숙한데
客懷孤寂伴燈吟 손의 회포 쓸쓸하게 등불 짝해 읊어보네
無端一夜空階雨 까닭 없이 한밤중 빈 뜨락에 내리는 비
滴破思鄕萬里心 빗방울이 고향 그리는 만 리 마음 달래주네

이 시는 북송의 시인 장영(946~1015)이 지은 〈추우(秋雨)〉(장영, 《괴외집(乖崖集)》 권5) 두 수 가운데 둘째 작품인데, 압운자로 보나 작품 내용으로 보나 최치원의 〈추야우중〉을 모방한 것이다. 여기에서도 역시 가을밤 빗속에서 시 읊기를 통해서마나 만 리 먼 곳에 있는 고향을 그리며 외로운 마음을 달래고 있다. 최치원의 〈추야우중〉이 후대 중국에서도 향수시의 전형으로 수용되고 있음을 알 수 있다.

이제 정지상의 〈춘일(春日, 봄날에)〉을 살펴보자. 정지상은 1112년(예종 7) 과거에 급제하여 이후 군주를 가까이에서 보좌하며 조정에서 필요한 글월을 짓는 주요한 임무를 맡게 된다. 그는 인종의 신임을 바탕으로 '우리나라의 왕도 황제라 일컫고 독자적 연호를 쓰자'는 칭제건원론(稱帝建元論)을 주장하기도 하고, 서울을 서경(西京)인 평양으로 옮기자는 주장

도 하는데, 이러한 주장은 고려의 자주성을 높이고 국력의 부강을 도모한 혁신적인 것이었다. 그러나 그의 주장은 김부식을 중심으로 한 보수적 인사들과 충돌을 일으켰다. 1135년(인종 13) '묘청의 난'이 발발하자 정지상은 이에 가담했다는 죄목으로 김부식에 의해 처형당하고 만다.

그런데 정지상은 1112년 과거에 급제하기 전 청년기 10여 년 동안 고향인 평양을 떠나서 여기저기로 객지를 떠돈 시절이 있었다. 한미한 집안 출신으로 하루빨리 입신양명하기를 꿈꿨으나, 오랜 기간을 포의(布衣) 신세의 나그네로 방랑해야 했던 것이다. 아래의 시는 정지상이 고향인 평양을 떠나 천 리 밖에서 나그네 생활을 하던 도중에 지은 것이다.

物象鮮明霽色中 물상들이 선명한 활짝 갠 날씨 속에
勝遊懷抱破忡忡 즐거운 유람으로 시름들이 사라지네
江含落日黃金水 지는 해를 품은 강은 황금의 물결이요
柳放飛花白雪風 나는 솜꽃 떨군 버들 흰 눈의 바람일세
故國江山千里遠 고향의 산천이 천 리 멀리 아득하니
一尊談笑萬緣空 한 통 술로 담소해도 온갖 인연 부질없고
興來意欲題新句 흥취 일어 마음으론 새로운 시 짓고 싶어
下筆慚無氣吐虹 붓 잡아도 무지개 토할 기운 없어 부끄럽네
(《동문선》 권12)

이 시는 새로운 봄을 맞아 느낀 나그네로서의 공허한 심경을 읊은 칠언율시의 작품이다. 1~2구에서는 비가 개어 온갖 물상들이 선명하게 드러난 봄날의 화창한 날씨에 유람을 즐기노라니 온갖 시름이 사라진다고 했다. 3~4구는 1구의 내용을 구체화하여 묘사한 것이다. 석양으로 붉게 물

든 강물은 온통 황금빛 물결로 일렁이고, 버드나무 주위로 이리저리 휘날리는 새하얀 버들개지는 흰 눈이 바람에 휘날리는 것 같다. 색채감이 돋보이는 섬세한 묘사를 통해서 봄날을 맞아 즐겁게 유람을 하는 화자의 모습을 효과적으로 표현하고 있다.

그러나 뒤의 네 구절은 앞의 네 구절과 분위기상 확연한 대조를 이루며 나그네로서의 쓸쓸한 정서를 극대화하고 있다. 한 통 술을 기울여 여러 사람과 담소를 나누어봐도 그들과의 인연이 모두 부질없이 느껴지고, 잠시 흥취가 일어나서 붓을 잡아 시를 써보려고 해도 무지개를 토하는 것과 같은 훌륭한 작품이 나오지 않아 부끄럽게 느껴진다는 것이다. 여기에서의 '훌륭한 작품'이란 봄날의 흥취에 들어맞는 즐거운 분위기의 작품을 말하는 것이다.

화자가 이렇게 느끼는 이유는 천 리 머나먼 곳에 있는 고향 평양에 대한 그리움 때문이다. 향수를 달래려고 사람들과 담소를 나누며 술을 마셔도 즐겁지 않고, 봄날의 흥취를 살려 즐거운 시를 지으려고 해도 되지 않는다. 봄날의 즐거운 유람이 잠시 시름을 사라지게 해주었지만, 홀연 객수가 일어나 고향에 대한 그리움에 젖는 순간 모든 것이 부질없고 부끄럽게 되었다. 짙은 객수로 인한 나그네의 공허감이 잘 나타나 있는 것이다.

향수, 지금도 여전히

이상의 세 작품 모두 향수를 읊은 것이지만, 양태사의 〈야청도의성〉과 최치원의 〈추야우중〉은 각각 타국인 일본과 중국에서 고국을 그리워하는 마음을 담은 작품이라는 점에서 특징이 있다. 아마도 〈야청도의성〉은 현재 남아 있는 우리나라 최초의 향수시일 것이다. 그리고 〈추야우중〉은 창작 시기의 논란에도 불구하고, 후대 한국에서는 물론이요 중국에서도 향수시의 전형으로 자리를 잡아왔다는 점을 부인할 수 없다. 아울러 정지상의 〈춘일〉은, 널리 알려진 〈송인(送人)〉을 통해 알 수 있듯 정지상이 유난히 고향인 평양에 대한 애착이 강했다는 점을 고려할 때, 향수의 절실함이 유달리 돋보이는 한국 향수시의 대표적인 작품으로 볼 수 있다.

앞서 말한 것처럼, 향수는 인간이면 누구나 가지고 있는 본연의 감정이기 때문에 향수시 역시 우리 인간에게 나그네로서의 삶과 한(恨)이 사라지지 않는 한 계속해서 지어질 것이다. 아동문학가 이원수(1911~1981)가 창원에서의 유년 시절 추억을 떠올리며 "나의 살던 고향은 꽃피는 산골"로 시작하는 동시 〈고향의 봄〉을 지은 것이나, 정지용(1902~1950)이 일본 동지사대학 재학 시절에 고향인 옥천을 그리며 "넓은 벌 동쪽 끝으로 옛이야기 지줄대는"으로 시작하는 〈향수〉를 지은 것도 크게 보자면 양태사, 최치원, 정지상이 향수를 바탕으로 〈야청도의성〉, 〈추야우중〉, 〈춘일〉을 지은 것과 다르지 않은 것이다.

- 남재철

참고 문헌

송준호 평석, 《한국명가한시선 Ⅰ》, 문헌과해석사, 1999.
류성준, 《신라와 발해 한시의 당시론적 고찰》, 푸른사상, 2009.
박수천, 〈정지상론〉, 《한국한시작가연구 1》, 한국한시학회, 1995.
장원철, 〈발해 한시문학의 현황과 창작 경향〉, 《대동한문학》 26, 대동한문학회, 2007.

一二三四五六七八九十

이별을 노래하며

이별과 한문학

'회자정리(會者定離)'라는 고사성어가 있듯이, 만나면 이별이 있는 법이다. 일찍이 공자가 매우 슬프게 우는 곡소리를 듣고 그 출처를 궁금해하자, 제자 안회는 생이별한 사람의 울음소리라고 답했다고 한다. 인간이 겪어야 하는 고통 가운데 가장 큰 것으로 사랑하는 사람과의 이별을 꼽기도 할 정도로 그 아픔은 이루 말할 수 없다. 이처럼 한문학에는 이별에 얽힌 수많은 산문과 한시, 이야기가 만들어지고 전해졌다. 일례로 한(漢)나라 사람들은 전별할 때 장안(長安) 동쪽에 있던 파교(灞橋) 근처에서 버들가지를 꺾어 주곤 했는데, 이를 계기로 '절류(折柳)'라는 이별의 풍습과 단어가 만들어지기도 했다.

사랑하는 임이나 벗, 지인 등 이별의 대상도 다양하고 이별의 주체도 각각이다. 한유(768~824)가 은유(767~838)를 전송하며 준 글에서 "지금 세상 사람들은 수백 리만 가려고 문을 나서면 망연자실하여 이별의 슬픈 기색이 있다."라고 말했듯이, 이별을 할 때에는 보내는 사람뿐 아니라 떠나는 사람도 한이 있기 마련이다. 그렇기 때문에 동양의 산문에는 멀리 떠나는 사람에게 주는 글인 '송서(送序)'가 발달했고, 시의 경우는 말할 것도 없다. 그 중에서도 중국 당나라 시인 왕유(699~761)가 쓴 〈송원이사안서(送元二使安西, 원이가 안서 지방으로 떠가는 것을 전송하며)〉는 이별시의 백미로 꼽힌다.

渭城朝雨浥輕塵 위성의 아침 비가 가벼운 먼지를 적시니

客舍青青柳色新 객사는 푸르고 푸르러 버들 빛이 새롭구나

勸君更進一盃酒 그대에게 다시 한 잔 술을 권하는 까닭은

西出陽關無故人 서쪽 양관을 나서면 친구가 없기 때문일세

왕유가 그의 벗인 원이와 위성(渭城)에서 이별하고자 하는데, 그날 아침 비가 내려 버들 빛은 산뜻하기만 하다. 그곳에서 벗에게 술 한 잔을 권하니 친구와 이별하는 것이 더 아쉬울 수밖에 없다. 이 시는 담담하게 이별의 정서를 잘 표현했는데, '양관(陽關)'이라는 시어를 따서 〈양관곡〉이라 부르기도 했다.

여기서 살펴볼 정지상의 〈송인〉과 이규보(1168~1241)의 〈모춘강상송인후유감〉, 임제(1549~1587)의 〈무어별〉은 우리나라의 〈양관곡〉이라 할 수 있다. 고려와 조선이라고 하는 시대의 차이와 내용·형식의 차이가 있지만, 이 세 편은 각각 이별시의 정수를 보여준다고 하겠다.

나를 넘어 민중의 눈물을 노래하다 - 〈송인〉

우리나라에는 이별을 노래한 한시가 많지만, 그 중에서 단연 빼어난 작품은 고려 초기 정지상의 〈송인(送人)〉이다. 알려진 대로 정지상은 평양, 곧 서경 출신으로 호는 남호(南湖)이다. 그는 1112년(예종 7) 과거에 급제했으나 1135년(인종 13) 묘청의 서경 천도 운동이 일어나자 이에 관련되었다는 혐의로 김부식(1075~1151)에 의해 죽임을 당했다. 정지상 사후 시화(詩話)에 묘사된 그는 현실 세계에서와 달리 김부식을 제압하는 모습으로 종종 그려진다. 일례로 김부식이 봄의 정경을 노래하기를 "버들 빛은 천 갈래 실로 푸르게 늘어졌고, 복사꽃은 만 송이 점으로 붉게 피었네(柳色千絲綠 桃花萬點紅)"라고 하자, 정지상 귀신이 나타나 김부식의 뺨을 치며 "천 갈래 실과 만송이 점을 누가 세어보았느냐"라고 꾸짖으며 "버들 빛은 가지가지 푸르고, 복사꽃은 송이송이 붉도다(柳色絲絲綠 桃花點點紅)"로 고쳤다는 이야기가 이규보의 《백운소설》에 전한다. '천사(千絲)'와 '만점(萬點)'을 '사사(絲絲)'와 '점점(點點)'으로만 바꾸었을 뿐인데, 시의 느낌이 전혀 다르게 느껴진다. 김부식의 시가 산문적이고 제한적이라면, 정지상의 시는 감정이 무한하며 상상력이 증대되는 느낌이다.

정시상의 한시 중에서도 〈송인〉은 중국 사신들이 오고 가던 대동강 주위 부벽루의 시판에 떳떳이 내걸 수 있던 우리나라 이별시의 백미가 되었다. 조선 후기 문인 강준흠(1768~1833)은 정지상의 〈송인〉에 관해 다음과 같이 평가했다.

정지상은 평양 사람으로 벼슬이 사간(司諫)에 이르렀으며, 고려 인종 때

지제고(知製誥)를 지냈다. 그는 시사(詩詞)가 청려하였다. (중략) 〈송인〉 시가 쓰인 현판을 영귀루에 걸어두었는데, 어떤 호사가가 누선(樓船)을 타고 내려오다가 영귀루 아래 배를 대고 술이 거나해지자 이 시를 보고 읊조리며 감탄하기를 마지않더니, 마침내 그 현판을 떼어 타고 왔던 누선에 걸었다고 한다.

영귀루는 평양의 대동강 하류 남포(南浦)에 있던 누각이다. 시가 얼마나 좋았던지 현판을 도둑질하여 자기의 누선에 싣고 가버린 것이다. 강준흠의 말대로 〈송인〉은 청려하기 그지없다. 맑고도 아름다운 정서, 그러면서도 슬픔의 정서로 가득 차 있다. '송인(送人)'은 '임을 보내며' 정도로 번역할 수 있을 텐데, 7언절구 28글자라는 짧은 편폭 안에 이별의 정서와 상상력을 한껏 표현했다.

雨歇長堤草色多 비 그친 긴 둑에 풀빛이 짙은데
送君南浦動悲歌 남포에 임 보내는 슬픈 노래 울리네
大同江水何時盡 대동강 물 어느 때나 마르리
別淚年年添綠波 해마다 이별 눈물 푸른 물결에 더해지는데

봄날 비가 개인 강둑엔 초록 풀들이 가득하다. 희망과 생명의 빛이 긴 강둑에 찬란히 펼쳐져 있다. 하지만 그곳 근처는 정든 임과 이별이 이루어지는 이별의 공간, 남포 부둣가이다. 비 온 뒤의 청량함, 생동하는 풀 내음과 대조적으로 이별의 슬픈 노래가 강물과 풀빛에 넘쳐나고 있다. 〈송인〉에는 색채감이 강한데, 주된 색채감은 푸른빛이다. 비 온 뒤 강둑에 펼쳐진 풀빛, 대동강의 푸른 물결 등 청(青)·녹(綠)의 이미지가 구현되고 있

다. 이에 반해 눈물의 이미지는 맑고도 흰 빛으로, 푸른빛에 더해지는 맑은 눈물은 서글프리만큼 맑고도 담담하다. 아울러 그 속에는 슬픈 노래가 혼합되어 이별의 정서를 증폭시키고 있다.

정지상은 특히 3~4구에서 대동강의 푸른 물결이 이별의 눈물로 해마다 더해지고 있다고 표현하고 있다. 작가의 상상력이 극에 치닫고 있는 부분인데, 이별의 눈물이 얼마나 많기에 대동강 물이 불어난단 말인가? 이 대목에서 우리는 그 이별이 혼자만의 이별이 아닌 주위의 많은 사람, 즉 민초들의 이별이기에 슬픔이 한층 증대되고 있음을 가늠할 수 있다. 곧 정지상의 〈송인〉은 대동강이라는 공간에서 벌어지는 이별을 개인을 넘어 대중까지 아우르며 공감을 이끌어냈던 것이다.

6언시 3수로 애상적 이별을 읊다 – 〈모춘강상송인후유감〉

이규보는 고려 후기의 분기점이 되는 '무신의 난'이 발발하기 2년 전인 1168년에 태어났다. 자는 춘경(春卿), 호는 백운거사(白雲居士)이다. 고려시대 문학가 가운데 손에 꼽힐 만큼, 이규보는 시와 산문에서 별처럼 빛나는 인물이었다. 그의 부친 이윤수는 개성에서 벼슬을 했는데, 고위직은 아니었다. 이규보 가문은 개경에 토대를 두었던 귀족 출신이라고 알려지기도 했지만, 사실은 경기도 여주에 기반을 둔 향리 집안이었다. 이규보는 20세 이전에 세 번이나 사마시에 응시했으나 낙방했고, 22세가 되어서야 네 번째로 응시했던 사마시에 수석으로 합격했다. 이와 얽힌 재미있는 이야기가 전한다. 이규보의 원래 이름은 '인저(仁氐)'였는데, 규(奎) 별자리의 정령이 합격을 예언하는 꿈을 꾸고는 '규보(奎報)'라고 바꾸었다고 한다.

이규보는 사마시에 수석으로 합격했지만 그 영광도 잠시였다. 정작 벼슬길은 열리지 않았고, 설상가상 부친의 죽음으로 그는 개성 천마산에 은거하여 글을 쓰며 흰 구름처럼 자유로운 시절을 보냈다. 그의 호 '백운거사(白雲居士)'도 이 당시 만들어진 것인데, 장자의 '무하유지향(無何有之鄕, 어떠한 인위도 없는 자연 그대로의 낙토)'의 경지를 동경하는 마음과 구름에서 비가 되어 대지와 초목을 양육하고자 하는 경세제민의 생각이 담긴 것이다. 흔히 이규보를 '삼혹호(三酷好)선생'이라고 한다. 시와 술, 거문고 이 세 가지를 너무 즐겼기 때문이다. 특히 시의 마귀가 자신에게 붙어 있다고 할 만큼 많은 시를 썼다. 오죽하면 〈구시마문(驅詩魔文, 시 마귀를 쫓는 글)〉을 쓰기도 했겠는가.

그는 무신 집권 초기에는 관직에 나가지 못했지만, 그가 29세이던 1196년 최충헌이 집권하면서 적극적으로 구직 활동을 했다. 이로 말미암아 1207년 40세가 되었을 때는 한림원의 벼슬에 나아갔고, 최충헌 사후에 최우(?~1249)와 더 돈독한 관계로 발전하여 생을 마감할 때까지 30년간은 이규보가 벼슬과 문학에서 빛을 발하던 전성기였다.

이규보의 한시 세계는 실로 다양하다. 동명왕의 일대기를 노래한 영웅서사시, 농민의 처참한 생활 및 사회를 고발한 사회시, 청청한 자연 세계를 노래한 자연시, 사물을 통해 자신의 감회를 의탁한 영물시 등 한 편 한 편이 주옥같다.

그 중에서 봄날 저녁 지인과 이별한 뒤 쓴 〈모춘강상송인후유감(暮春江上送人後有感, 저문 봄 강가에서 임을 보낸 뒤 느낌이 있어)〉 3수는 그의 시 가운데서 이별의 정감을 애상적으로 표현한 6언시이다. 우리가 흔히 접하는 한시는 5언과 7언을 이용하여 절구나 율시로 지은 것인데, 종종 절구 형태의 6언시도 창작되었다. 이용휴(1708~1782)가 일찍이 "6언시는 재주가 넘치고 법식에 구애되지 않는 자가 아니면 진실로 잘 짓기 어렵다."라고 말한 대로, 5언과 7언에 비해 짓기가 힘들어 작가들이 선호했던 한시 양식은 아니었다. 이런 이유로 6언시는 고려 후기 이규보에 의해 시작되었지만 활성화되지 못하다가 조선 후기 이용휴, 유경종(1714~1784), 강세황(1713~1791), 이언진(1740~1766) 등 재야 지식인이나 여항시인을 중심으로 창작되었다. 이규보의 한시는 내용도 내용이지만 형식적인 측면에서도 선도적인 역할을 했다. 이처럼 이규보는 6언을 활용하여 감각적이고 감상적으로 이별시를 그리고 있는데, 그 내용을 살펴보면 다음과 같다.

1수

暮春去送人歸 늦은 봄이 지나는데 떠나는 임 전송하니

滿目傷心芳草 눈앞 가득 향기로운 풀에 마음이 아려오네

扁舟他日歸來 훗날 조각배로 돌아올 터이니

爲報長年三老 뱃사공에게 (미리) 부탁해 두노라

2수

烟水渺瀰千里 안개 낀 강 아득하게 천 리인데

心如狂絮亂飛 마음은 버들개지처럼 어지럽게 날리네

何況洛花時節 하물며 꽃 지는 이 시절에

送人能不依依 임 떠나보내니 서글프지 않을까

3수

殘霞映日流紅 노을은 해에 비쳐 붉게 흐르고

遠水兼天鬪碧 아득한 강물은 하늘과 맞닿아 푸르기도 하여라

江頭柳無限絲 강가 버드나무 수많은 가지들은

未解絆留歸客 떠나는 임을 얽어 머무르게 할 줄 모르네

이 시는 《동국이상국집》 권3에 실려 있는데, 전후 실린 작품으로 보아 20대에 지어진 것으로 보인다. 하지만 이 시에 관한 서문은 존재하지 않아 이규보가 누구를 전송하고 왔는지는 알 수 없다. 다만 그와 절친했던 벗으로 보인다. 이 시에 묘사된 이별의 심정은 자못 여성적이면서도 애상적이다. 정지상의 〈송인〉에서는 여성 화자의 목소리가 직접 노출되지 않는 반면, 이규보의 시에서는 전반적으로 잔잔하게 깔려 있다. 마치 여성이 남성을 그리는 양, 임에 대한 아련함을 3수에 걸쳐 담아냈다.

1수에는 이별 후의 서글픈 심정과 떠난 임을 다시 만나고 싶은 화자의 마음이 드러나 있다. '향기로운 풀'은 화자의 마음과 대비된다. 자연인 풀빛은 아무것도 모르고 싱그럽고 곱기만 한데, 이를 접하는 화자의 가슴은 아프기만 하다. 때문에 임에 대한 그리움을 달래보고자 뱃사공에게 떠나간 임의 배가 돌아온다면 꼭 알려 달라고 미리 부탁을 했다.

2수에도 이별 후의 상념이 짙게 드러난다. '안개 낀 강'과 '날리는 버들개지'에 화자의 마음을 가탁하고 있다. 강에는 뿌연 안개가 자욱하고, 또 그 길이가 천 리나 될 정도로 아득하다. 그런 데다 자신의 마음은 안정되지 못하고 버들개지처럼 이리저리 흔들리고 있다. 이에 화려했던 꽃이 지는 이 계절에 임을 보내자니 어찌 서글픈 마음이 생기지 않겠냐고 반문한다. 자연물도 흥했다 성해지는 법, 그 가운데 임을 보내자니 훗날 만남에 대한 막연한 두려움도 인다.

3수에서는 이별의 슬픔이 극에 치닫고 있다. 1~2구에서는 붉은 노을과 푸른 강물이 대조적인 색채감을 띈다. 3~4구에서는 수만 갈래로 늘어져 있는 푸른 버드나무를 묘사한 뒤, 이 많은 가지로도 임이 떠나지 못하게 묶지 못한다고 한탄하고 있다. 화자는 버드나무 가지로 떠나는 벗을 묶어 두고 싶은 것이다.

정지상의 〈송인〉이 많은 민중의 이별을 노래한 것이라면, 이규보의 시는 임을 떠나보낸 한 남성의 애잔하면서도 감각적인 그리움이 여성성과 함께 녹아 있다. 하지만 다음에 다룰 임제의 시는 남성적 모습은 사라지고 여성적 정감이 온통 여성 목소리로 채색되어 있다.

여성적 정감을 담아 이별을 노래하다 - 〈무어별〉

임제(1549~1587)의 자는 자순(子順)이고, 호는 백호(白湖)이다. 본관은 나주로 1549년 전라도 나주 회진에서 태어났다. 청년기부터 자유분방하게 지내다가 22세에 성운(1497~1579)에게 수학하여 29세 되던 1577년(선조 9)에 문과에 급제했다. 그가 성운을 좇아 속리산에서 공부할 때 《중용》을 800번이나 읽었다는 일화는 너무도 유명하다.

허균(1569~1618)이 《학산초담(鶴山樵談)》에서 "임제의 본성이 의협심이 있고 얽매이질 않아서 세속과 맞질 않았으므로 불우했고 일찍 죽었다."라고 했듯이, 그는 함경도·전라도·평안도 등 외직을 떠돌다 급기야 병이 깊어 39세에 죽었다. 그는 굴종을 거부한 자유로운 영혼의 소유자였다. 이를테면 죽음에 임해서는 천자의 칭호도 쓰지 못한 조선에 태어나 죽는 것이니 애석해하지 말라고 가족에게 당부했고, 사후에도 생전의 언행이 정여립(1546~1589) 모반 사건(선조 때 정여립 등이 대동계를 조직하여 도참설 등을 토대로 국가를 전복하려던 사건)에 연루되어 그의 장남 임지가 국문을 당한 것 등을 보면 이러한 평가가 허언이 아님을 알 수 있다. 그래서인지 후대에 임제의 시를 평가하기를 "기세가 늠름하고 호방하다."라고 했다. 남성적 풍류와 호방함이 넘쳤다는 이러한 평가와 반대로 그가 쓴 〈무어별(無語別, 말 못하고 헤어지다)〉은 호기 넘친 임제의 모습은 온데간데없고, 여성적 정감만이 가득 흐른다.

앞서 정지상이나 이규보의 작품에서 여성 화자가 암묵적·부분적으로 드러났다면, 임제의 작품에서는 직접적으로 짙게 드러난다.

十五越溪女 열다섯 살 아리따운 시냇가 아가씨
羞人無語別 수줍어 아무 말 못하고 헤어졌네
歸來掩重門 돌아와선 겹문을 꼭꼭 걸어 잠그고
泣向梨花月 달빛 어린 배꽃을 바라보며 눈물짓는다네

임제는 5언절구, 곧 20글자의 한시에 이별의 정감을 극대화하고 있다. 1~2구에서는 헤어짐의 정경을 표현했고, 3~4구에서는 돌아와 슬피 우는 여인의 눈물을 표현했다. 열다섯, 한창 사랑의 감정이 싹틀 나이다. 임제는 예로부터 서시(西施) 등 미인이 많이 배출되었던 중국 월나라를 인용하여, '아리따운 시냇가 아가씨'를 한시 본문에서는 '월계녀(越溪女)'로 표현했다. 그 어린 여인은 사랑한 임을 가슴에만 담아둔 채 아무 말도 못하고 헤어졌다. 서글픈 마음에 겹문을 걸어 잠그고 달빛 흐드러지게 핀 배꽃을 바라보며 하염없는 눈물을 흘린다.

앞서 보았던 호쾌했던 임제는 어디 가고, 여리고 섬세한 여인이 나와 감각적이고 심미적인 형상으로 엮어냈다. 임제는 35세 때 평안도 도사 부임길에 황진이 무덤을 찾아 몸소 제문을 짓고 술잔을 올리며 시조를 올리는 등 유교적 속박에서 벗어나 인간의 욕구와 감정에 충실하고자 한 인물이다. 이러한 맥락에서 본다면 〈무어별〉은 남성 위주의 규범과 억압을 벗어난 의도 아래, 여성의 감수성으로 이별에 눈물짓는 솔직한 인간의 감정을 잘 형상화했다고 할 수 있다.

끝이 없는 이별, 그 호소력을 위하여

과거든 현재든 이별은 아픔이자 그리움이다. 정지상의 〈송인〉과 이규보의 〈모춘강상송인후유감〉, 임제의 〈무어별〉은 7언, 6언, 5언 절구의 각기 다른 형식을 취하고 있지만, 고려와 조선을 관통하는 이별의 정서를 훌륭하게 표현한 작품들이다. 아울러 호소력을 높이기 위해, 정도의 차이가 있지만 여성 화자의 목소리를 내세워 아프고도 아린 이별의 심정을 극대화하고 있다. 이 세 편의 시를 읽고 있노라면 김소월의 〈진달래꽃〉이 오버랩된다.

> 나 보기가 역겨워
> 가실 때에는 말없이 고이 보내드리오리다
> ……
> 나 보기가 역겨워
> 가실 때에는 죽어도 아니 눈물 흘리오리다

일제강점기, 김소월 시인은 여성 화자의 목소리와 진달래꽃의 강렬한 빛깔을 내세워 이별의 정한을 표현했다. 인용문의 구절은 〈송인〉과 〈무어별〉에서 느껴지는 정서가 계승·발전되고 있다. 임제의 시에서처럼 〈진달래꽃〉의 화자 역시 말없이 고이 이별을 감내하겠다고 했고, 또 눈물은 흘리지 않겠다고 하여 절제하는 모습이 오히려 더 큰 슬픔으로 다가온다.

정지상이 이별의 눈물이 해마다 더해져 대동강 물이 마를 날이 없을 것이라 했듯이, 이별이라는 주제는 현재까지 끝이 없는 스토리이다. 때문에 많은 작가들은 그 슬픔과 서러움을 각각의 방식으로 표현했던바, 그 중에서 '여성 화자의 목소리'는 이별시를 이별시답게 만드는 하나의 장치와도 같았던 것이다.

- 정은진

참고 문헌

민족문학사연구소 한문분과 역, 《삼명시화》, 소명출판, 2006.
신호열·임형택 공역, 《역주 백호전집》, 창작과비평사, 1997.
송재소, 《몸은 곤궁하나 시는 썩지 않네》, 한길사, 2003.
이동철, 《백운 이규보 시의 연구》, 국학자료원, 1994.
이우성, 《한국 고전의 발견》, 한길사, 2000.
박영민, 〈사대부 한시에 나타난 여성 정감의 사적 전개와 미적 특질〉, 고려대학교 박사학위논문, 1998.

一二三四五六七八九十

누가 나를 알아주리오

불우한 시인, 자신을 노래하다

과거든 현재든 불우한 인물은 한둘이 아니었다. 일찍이 초나라 굴원은 조정에서 쫓겨나 자신의 우울한 심정을 〈이소경(離騷經)〉이라는 작품에 담아냈고, 한나라의 사마천 역시 궁형(宮刑)이라는 극형을 당하고《사기(史記)》라는 저작을 남겼다. 이렇듯 위대한 인물이 평탄하게 그 재능을 발휘하고 삶을 영위한 경우가 드물었다. 공자의 제자 안회는 가난과 시대를 탓하지 않고 '단표누항(簞瓢陋巷)'이란 고사를 만들어내며 유유자적하게 지냈지만, 많은 지식인은 자신의 재능을 알아주기를 바라며 노래를 바친 경우가 예로부터 많았다. 일례로 춘추 시대 위나라 사람 영척은 집이 가난하여 남의 수레를 끌어주면서 먹고살았다. 이에 제환공을 만나자 쇠뿔을 두드리면서 다음과 같이 노래했다.

生不遭堯與舜禪 이내 몸 요순 시대 만나지 못하여
短布單衣適至骭 짧은 베 홑옷은 겨우 정강이만 가릴 뿐이라오
從昏飯牛薄夜半 새벽부터 한밤중까지 소를 먹이노니
長夜曼曼何時旦 긴 밤 지루하기도 해라, 아침은 언제 올는지

요순(堯舜) 같은 성군을 만나지 못했음을 한탄하는 등 자신의 신세와 포부를 담은 노래이다. 소를 먹이면서 부른 노래라고 하여 일명 '반우가(飯牛歌)'라고도 한다. 훗날 영척은 이 노래를 들은 제환공에게 등용되어 대부(大夫)를 거쳐 국상(國相)이 되었다. 천리마를 백락(伯樂)이 알아보았듯이 제환공이 영척을 알아보았던 것이다.

이처럼 과거 지식인은 자신을 알아주는 군주와 시대를 만나지 못했을 때 한시를 매개로 자신의 심사를 밝히거나 존재를 부각하고자 했다. 때문에 한시 가운데는 불우한 심사를 노래하거나 자신의 존재를 인정받고자 노래한 작품이 많다. 시로 쓴 일종의 자기 서사이자 추천서인 셈이다.

송나라 구양수(1007~1072)가 "시가 사람을 궁하게 하는 것이 아니라 곤궁해진 다음에 시에 능해진다."라고 했듯이, 불우한 처지가 오히려 주옥같은 시를 남긴 동인이 되었던 것이다.

김시습(1435~1493)의 〈도중〉이라는 시는 세조의 왕위 찬탈 이후 체제 밖의 인간으로 살면서 느꼈던 자신의 우울한 고뇌를 표출한 것이다. 이에 반해 최치원의 〈촉규화〉와 정습명(1094~1150)의 〈석죽화〉는 접시꽃과 패랭이꽃에 자신을 가탁하여 인정받지 못하는 자아의 우울함을 밝히고 영척처럼 군주가 자신을 알아주기를 바란 작품이다. 곧 시를 통해 자아를 표현하며 스스로 위로받기도 하고, 경우에 따라서는 군주나 위정자에게 자신의 포부를 노래한 것이라고 하겠다.

갈등하는 자아를 시에 담다 – 〈도중〉

조선 전기의 문인 김시습은 우리에게 소설《금오신화》의 작가로 잘 알려져 있다. 5세 때 세종 앞에 나아가 시를 짓고 신동으로 불리며 촉망받던 인재였으나, 21세이던 1455년 세조의 왕위 찬탈을 본 후 머리를 깎고 승려가 되었다. 31세에는 경주 금오산에 머물며《금오신화》를 지었다. 하지만 김시습은 불교에 완전히 귀의하지 못했고, 그가 젊어서 배웠던 유교도 버리지 못한 채 관서·관동·호남을 방랑하며 고뇌에 찬 여정을 보냈다. 우리 문학사에서는 그를 체재 밖의 인간이라는 뜻에서 '방외인(方外人)'이라고도 한다. 그의 일생이 방황과 유람이었듯이, 관료로서도 선비로서도 불자(佛者)로서도 유자(儒者)로서도 안주할 수 없었던 것이다.

김시습의 시 곳곳에는 이러한 우울한 자아를 표현한 대목이 많다. 1481년(성종 12, 47세)에는 잠시 환속하여 안씨의 딸을 맞이하고 가정을 이루기도 했지만, 1482년에는 성종의 계비인 폐비 윤씨가 사사되는 정치적 상황을 목도하게 된다. 설상가상으로 아내도 세상을 뜨게 되어 김시습은 다시 방랑을 선택할 수밖에 없었고, 그의 일차적 목적지는 강원도 춘천이었다. 그는 그곳에서 직접 몇 평의 땅을 개간하고 농사를 지으며 살았다. 하지만 이런 궁경(躬耕) 생활은 오래가지 못하고 1483년에 다시금 관동 일대로 발걸음을 돌리게 되는데, 〈도중(道中)〉이라는 시는 김시습이 춘천을 떠나 인제로 가면서 지은 것이다.

貊國初飛雪　맥국(貊國)에 첫눈이 날리는데
春城木葉踈　춘성(春城)의 나뭇잎 성글다

秋深村有酒 가을 깊어 마을에 술이 있으나
客久食無魚 나그네 생활 오래라 밥상엔 생선이 없네
山遠天垂野 산이 멀어 하늘이 들판에 드리웠고
江遙地接虛 강이 아련하여 땅이 허공과 붙어 있네
孤鴻落日外 외로운 기러기 석양 밖으로 날고
征馬政躊躇 나그네 말은 진정 머뭇머뭇거리네

조선 중기의 문장가이자 비평가였던 허균은 이 시를 보고 "넓고도 아득한 느낌이 생긴다."라고 평한 바 있는데, 길을 떠나는 김시습의 아련한 심정이 잘 드러난다. 곧 세상 어디에도 안주하지 못하고 방랑하는 김시습 자신의 답답한 심정을 담담히 묘사한 것이다.

1~2구에 등장하는 맥국과 춘성은 모두 춘천의 옛 이름이다. 춘천에서 인제로 떠나는 길 위에 첫눈이 날리고, 무성했던 나뭇잎도 떨어져 스산함이 느껴진다. 3~4구에서는 가을 깊은 산속에 술은 있지만 밥상엔 생선 한 토막 없다고 표현하면서, 긴 유랑 생활로 자신을 소홀히 대접하는 것에 대한 불만을 드러내고 있다. 한시에서는 시인의 마음을 표현하기 위하여 옛 문헌에서 고사를 빌려오곤 한다. 이를 '용사(用事)'라고 부르는데, 김시습은 전국 시대 맹상군의 식객인 풍훤의 고사를 빌려왔다. 풍훤은 칼자루를 치면서, "장검이여 이제는 돌아가야 하리라. 밥상에 생선 하나 없으니(長劍歸來乎 食無魚)."라고 노래했던바, 김시습은 이 세상 누구에게도 수용되지 못하는 자신을 풍훤에 비견한 것이다.

5~6구에 묘사된 산과 강과 들판과 허공은 아득한 자연물이거니와 이 방황이 끝이 없음을 상징하고 있고, 7구에 묘사된 외로운 기러기는 바로 자신을 이입한 사물이다. 기러기는 원래 혼자 날지 않고 무리를 지어 난

다. 특히 겨울이 되면 기러기들은 대열을 이루고 남쪽으로 날아간다. 그런데 이 시에 묘사된 기러기는 어떠한가? 저녁이 되어도 쉬지 못하고 석양 밖을 날아야 하는 외로운 존재이자 고립된 존재이다. 때문에 방랑의 파트너인 그의 말도 선뜻 여행길을 나서지 못하고 주저하고 있다. 흔히 여행길을 떠나는 사람은 새벽에 짐을 챙겨 떠나기 마련이다. 하지만 지금 여행길에 있는 나그네 김시습은 모든 사람이 잠들고 편히 쉬어야 할 순간에도 쉬지 못하고 길 위에서 갈등하는 자아로 묘사된다. 따라서 〈도중〉이라는 짧은 시 한 편은, 방외인으로 살아야 했고 방랑의 삶을 살며 갈등했던 김시습의 내면을 잘 표현한 작품이라 하겠다.

접시꽃과 패랭이꽃에 자신을 가탁하다 - 〈촉규화〉, 〈석죽화〉

흔히 옛 시인들은 사물을 노래함으로써 자신의 감정을 의탁했는데, 이를 '영물시(詠物詩)'라고 한다. 영물의 대상은 다양한데, 그 중에서 매화·모란·국화·수선화·해바라기 같은 꽃의 이미지는 여러 가지로 묘사된다. 이를테면 매화나 국화 등으로 고고한 자아를 드러내기도 하고, 모란을 통해 부귀를 상징하기도 한다. 자기를 표현하는 방식은 앞의 김시습의 시처럼 솔직히 자신의 서정을 읊을 수도 있고, 사물에 가탁할 수도 있다. 그 중에서 최치원의 〈촉규화〉와 정습명의 〈석죽화〉는 담벼락이나 길가에 피어 주목받지 못하는 꽃에 자신을 견준 작품이다. 촉규화는 접시꽃이고 석죽화는 패랭이꽃인데, 두 시인은 이 꽃들을 통해 어떻게 자신을 표현했던 것일까?

최치원의 〈촉규화(蜀葵花)〉를 먼저 살펴보기로 한다.

寂寞荒田側 손길 닿지 않는 묵정밭 가에
繁花壓柔枝 만발한 꽃이 가냘픈 가지를 누르네
香經梅雨歇 장맛비 지나니 향기는 옅어지고
影帶麥風攲 보리 바람에 꽃 그림자 기우뚱
車馬誰見賞 수레와 말을 타신 어느 분이 감상할까
蜂蝶徒相窺 다만 벌과 나비만 와서 기웃거릴 뿐
自慙生地賤 천한 땅에 태어난 것 부끄러우니
堪恨人棄遺 사람들에게 버림받았다고 원망할 수 있을까

이 시는 최치원이 당나라 유학 시절 자신의 심정을 접시꽃에 의탁한 것이다. 주지하듯이 한문학의 출발을 찾으라고 하면 단연 통일신라의 최치원을 꼽는다. 그는 12세라는 어린 나이에 꿈을 안고 당나라로 유학길에 올랐다. 통일신라 말기 육두품 세력은 학술과 문화를 주도하는 세력이었지만 신분 상승에는 한계가 있었다. 하지만 중국에서 빈공과에 합격하면 신분 상승이 담보되었다. 이에 그는 당나라 장안에서 유학하며 《중용》의 '인백기천(人百己千, 남이 백 번 하면 자기는 천 번을 노력한다는 뜻)'을 신조로 삼아, 6년 만인 18세 때(874년) 과거에 1등으로 뽑혀 관리가 되었다.

하지만 관직으로 나가기 전 최치원은 이방인으로, 길가 접시꽃과 다름없는 존재였다. 때문에 위 시에 묘사된 접시꽃은 고귀하기보다는 천하게 그려지고 있다. 1~2구를 보면, 궁궐이나 고귀한 집 정원이 아닌 오랫동안 버려둔 묵정밭 주위가 의연하게 핀 접시꽃의 서식지이다. 접시꽃은 여름이 되면 붉은색·분홍색·흰색의 꽃을 피우며, 아래에서 위쪽으로 피어 올라간다. 최치원이 묘사한 접시꽃은 꽃송이가 가냘픈 가지를 누를 정도로 무성하게도 피었다. 이러한 접시꽃의 모습은 한창 문학적 기량을 품고 있는 최치원 자신의 모습이기도 하다. 그러나 3~4구를 보면, 매실이 익을 무렵 내리는 초여름 장맛비가 지나자 그 향도 사그라지고, 같은 시기인 음력 5월 초여름 보리가 익을 때의 바람에 꽃이 이리저리 흔들리고 있다. 접시꽃으로서의 화려한 순간이 사그라지고 그 생명력이 쇠하고 있는 상황이다. 당나라 시인 잠삼(715~770)은 〈촉규화가〉에서 이렇게 노래했다.

昨日一花開 어제 한 송이 꽃이 피었고
今日一花開 오늘 한 송이 꽃이 피었네
今日花正好 오늘 핀 꽃은 정말 좋은데
昨日花已老 어제 꽃은 벌써 시들어버렸네

비바람과 같은 외부적 요인 없이도 접시꽃의 생명력이 변이되고 있음을 노래한 것으로, 후대에 널리 애송되던 작품이다. 잠삼의 촉규화에 비해 최치원의 촉규화는 비바람으로 인해 그 화려함이 더욱 빛을 바래고 시련에 처해 있다. 어찌 보면 최치원은 잠삼의 표현대로, 오늘 핀 화려한 꽃인 자신을 누군가에게 보여 인정받고 싶어 했는지 모른다. 그런데도 5~6구를 보면 알 수 있듯이, 이 접시꽃을 감상하는 존재는 자연물인 벌과 나비뿐이다. '수레와 말'은 높은 관직에 있는 사람들이 타는 교통수단으로, 여기서는 고위급 인물 곧 최치원을 등용할 존재, 더 나아가서는 군주를 지칭한다. 곧 접시꽃을 감상하고 그 가치를 부여해 줄 존재이지만, 묵정밭 근처에서는 그 인물을 찾아보기 힘들다. 최치원은 과거를 준비하며 당나라 장안 여관에 머무를 때 이웃에 살고 있던 우신미 장관(長官)에게 보낸 시에서도 '알아주지 않는 삶'에 대한 회환을 담아냈고, 허균이 최고의 찬사를 했던 〈추야우중〉에서도 다음과 같이 읊었다.

秋風唯苦吟 가을바람에 오직 괴롭게 읊조리는데
世路少知音 온 세상에 나를 알아주는 이 적구나

당나라에서 느꼈던 최치원의 고독과 불우에 대한 회한은 여러 곳에서 노출되고 있음을 알 수 있다. 때문에 최치원은 〈촉규화〉 마지막 부분에서 천한 땅에 자라난 처지가 부끄럽다고 하면서, 버림을 받았다고 해서 원망할 것이 없다고 스스로 위안하고 있다. 하지만 이 위안은 체념일 뿐 진정에서 우러나온 포기는 아니다.

다음으로 정습명(1094~1150)의 〈석죽화(石竹化)〉를 살펴보기로 하자. 정습명은 고려 전기 김부식과 함께《삼국사기》를 편찬했다고 알려져 있다. 본관은 영일이며, 호는 동하(東河)와 형양(滎陽)을 썼다. 글을 잘 써 향공(鄕貢)에 급제했으며, 인종조에 여러 번 벼슬에 올라 예부 시랑이 되었다. 고려 말 절조 있는 선비로 알려진 포은 정몽주는 그의 10대손이다.

조선 후기 문인 안정복(1712~1791)은《동사강목(東史綱目)》에서 1140년 인종 때의 일을 다음과 같이 회고했다.

재신(宰臣) 김부식·임원애·이중·최진이, 성랑(省郎) 최재·정습명 등과 더불어 상서(上書)하여 당시의 폐단 10여 조목을 말하고는 3일 동안을 대궐 문에 엎드렸으나, 모두 회보(回報)가 없었다. 최재 등이 파직하기를 원하면서 나가지 않으니 왕이 그제야 집주관(執奏官)을 폐지하고, 여러 곳의 내시별감(內侍別監)과 내시원 별고(內侍院別庫) 등을 줄이고는 그들에게 정무를 보도록 했는데, 유독 정습명만은 상소한 것을 전부 수용하지 않는다고 일어나지 않았다. 정습명은 뜻이 크고 기개가 있으며 체격이 크고 기이했으며, 학문에 힘써 글을 잘 지었다.

안정복의 평가처럼 정습명은 강직한 성품에다 지조가 높은 선비였다. 이를 계기로 정습명은 인종으로부터 신임을 받아 태자(훗날 의종) 교육을 전담했다. 하지만 그가 처음 관직에 나아간 시기는 예종 때이다. 알려진 대로 예종은 곽여(1058~1130) 등과 시문을 수창하고,《창화집(唱和集)》을 남겼을 정도로 문학을 애호했던 임금이었다.

'석죽화'는 패랭이꽃을 말한다. 정습명의 문집이 전하지 않는 터라 오언율시인 〈석죽화〉는《동문선》 권9에 소개되어 있다. 홍만선이《산림경제》에서 패랭이꽃을 두고 "섬돌이나 담 밑에 심어도 돋아난다."라고 했듯이, '돌 위에 핀 대나무'라는 뜻으로 석죽화(石竹花)라 불리었다.

전하는 말에 따르면, 정습명의 〈석죽화〉는 '각촉부시(刻燭賦詩)'에서 지어졌다고 한다. 각촉부시란 촛불을 켜놓고 초가 타 내려가는 일정 부분에 금을 새겨놓아 그 시간 안에 시를 짓게 하는 일종의 시 창작 테스트였다. 정습명이 지은 〈석죽화〉의 내용을 살펴보자.

世愛牧丹紅 세상 사람들 붉은 모란을 좋아하여
栽培滿院中 뜰 가득 심고 가꾸지만
誰知荒草野 누가 알리오, 거친 들판에도
亦有好花叢 좋은 꽃떨기가 있을 줄을
色透村塘月 빛깔은 마을 연못 달에 스며들고
香傳隴樹風 향기는 언덕 나무의 바람에 풍겨 오네
地偏公子少 구석진 곳에 귀공자가 적으니
嬌態屬田翁 그 고운 자태 시골 늙은이만 즐기네

1~2구에서 정습명은 자신을 초야에 묻혀 핀 패랭이꽃에 비유해 세속

에서 사랑받는 모란과 대비하고 있다. 모란은 부귀를 상징하는 꽃으로, 화왕(花王)으로 칭송받았다. 이에 반해 패랭이꽃은 거친 들판 또는 섬돌이나 담 밑 등 아무 곳에서나 피는 흔한 꽃이었다. 때문에 정습명은 자신을 패랭이꽃에 비견하며, 3~4구에서 거친 들판에도 좋은 꽃송이가 있다고 자부심을 드러냈다. 아울러 그 빛깔과 향기 역시도 대단하다고 평가했다. 곧 5~6구에 제시된 대로 빛은 달빛에 스며들 정도로 고우며, 향기는 바람결에 언덕의 나무에까지 전해질 정도로 은은하다. 곧 꽃으로서의 완벽함을 갖추었다. 하지만 실상은 패랭이꽃이 구석에 피다보니, 농부나 감상할 뿐이지 귀공자가 감상할 리가 없었다. 앞서 최치원의 〈촉규화〉와 마찬가지로 자신을 등용할 인물의 눈에는 띌 수 없었던 것이다.

19세기 문인 이옥(1760~1815)은 "한양 백성들의 집은 초라하며 비좁고 사람 또한 청빈하여도 담장 아래에 조약돌을 모아 화단을 만들고 그곳에 봉선화·석죽화·맨드라미 등을 심어놓는데, 절로 아담한 운치가 있다."라고 하여, 19세기에는 패랭이꽃이 일반 민가에도 관상용으로 널리 사용되었음을 시사한 바 있다. 하지만 12세기 정습명이 읊은 석죽화는 다만 들판을 오고 가고 그곳에서 농경을 일삼는 시골 농부만이 향유할 뿐이다. 결국 자신의 재능을 능력자에게 펼치지 못하는 울울한 심사를 미천한 꽃에 가탁하여 자신의 등용을 바라는 욕망을 표현한 것이다.

이렇게 완성된 〈석죽화〉는 예종을 보좌하고 있던 내시에 의해 예종에게 전해지게 되었고, 이를 계기로 예종은 문장을 주관하는 한림원 벼슬을 정습명에게 내렸다고 한다. 때문에 당시 사람들이 오언율시 40글자가 관직의 매파 노릇을 했다고 할 정도로, 시 한 편이 정습명의 운명을 바꾼 것이다. 결국 구석진 곳의 패랭이꽃을 귀공자가 찾아 그 고운 자태를 즐기게 된 것이다. 우여곡절 끝에 벼슬길에 나간 정습명은 인종과 의종을 보필하여 간언을 아끼지 않았다. 정습명은 의종의 태자 시절 스승이었던 터라 더욱더 직언을 할 수밖에 없었다. 그러나 의종은 정습명의 간언에 귀를 기울이지 않았다. 오히려 측근이었던 김존중과 정함 등이 정습명의 단점을 지적하며 모함하자 흔들렸고, 이후 정습명이 병을 핑계로 벼슬에서 물러나 있자 의종은 김존중에게 정습명의 관직을 대신하게 했다. 이러한 모습을 지켜본 정습명은 의종의 뜻을 눈치채고 시름에 겨워 죽었다고 하는데, 거의 좌절로 인한 자살에 가까운 것이었다. 결국 죽음에 이르러서는 귀공자의 눈에 띄지 않고 거친 들판에서 들꽃으로 피어 있는 것만 못하게 되었다.

알아주는 삶을 기대하며

당나라의 대문장가 한유(768~824)는 사물이든 인간이든 불평이 있으면 울음소리를 내기 마련이라고 하면서, 인간에게 문학 행위는 불평의 한 발로라고 말한 바 있다. 한유의 말대로 과거든 현재든 문학은 자기 불평과 자기 서사의 대표적 수단이다. 특히 한시는 과거 지식인의 교양이자 삶의 일부분이었기에, 전통시대 지식인들은 한시로 내면을 표현하고 위로를 받았다.

이 글에서 다룬 김시습의 〈도중〉과 최치원의 〈촉규화〉, 정습명의 〈석죽화〉는 시대나 대상이 다르지만, 불우한 시인들의 자기 불평이 드러난다는 공통점을 지니고 있다. 특히 뒤의 두 시는 미천한 '꽃'을 끌고 와서 자기 존재를 비유하고 희망을 꿈꾼 작품으로 오늘날까지도 그 전통이 면면히 이어지고 있다.

우리에게 잘 알려져 있는 김춘수(1922~2004) 시인은 〈꽃〉이라는 시에서 다음과 같이 말했다.

내가 그의 이름을 불러주었을 때
그는 나에게로 와서
꽃이 되었다

사람이든 사물이든 서로 그 존재를 인식하고 의미를 부여할 때 각각의 존재 이유가 재설정되기 마련이다. 결국 한시를 비롯한 문학은 무의미하게 그저 존재하는 사물과 인간을 이유와 의미를 가지고 새로 바라볼 수 있게 만든다. 꽃과 같은 사물을 끌어오든 작자의 심정을 있는 그대로 노래하든, 알아주는 삶을 향한 시의 자기 서사는 과거를 넘어 현재까지 유효하고 미래에도 이어질 것이다.

- 정은진

참고 문헌

원주용 편저, 《고려시대 한시 읽기》, 예담, 2009.
송재소, 《몸은 곤궁하나 시는 썩지 않네》, 한길사, 2003.
심경호, 《김시습 평전》, 돌베개, 2003.
이강옥, 〈남북국시대 최치원의 문학과 역사적 성격〉, 《민족문학사강좌(상)》, 창작과비평사, 1995.
한기문, 〈고려시대 정습명 묘지명의 검토〉, 《목간과 문자 연구》 8, 한국목간학회, 2013.

一二三四五六七八九十

가부장의 시대에 여성 목소리로 말한다는 것

여성 화자, 여성 정감의 역사

우리 전통문학에서 여성 작가와 여성 화자는 언제부터 나타났고, 그렇게 표현된 정감은 어떤 역사적 의미와 문학적 가치가 있었을까? 시를 한 편이라도 남긴 여성 작가라고 한다면, 삼국 시대에서 고려 시대까지는 〈태평송〉의 작가 진덕여왕부터 〈반속요〉의 작가로 알려진 설요, 시를 잘 지었다는 기생 동인홍과 우돌 등에 관한 단편적인 언급이 시화집과 역사 기록에서 확인될 뿐이다. 어느 정도의 작품을 남기고 당대 사회에 이름을 알리기도 한 여성 작가는 조선, 특히 16세기 이후에 나타났다. 허난설헌이나 김호연재와 같은 양반 여성, 황진이·이매창과 같은 기녀, 이옥봉과 같은 소실, 그리고 여종과 비구니가 시문을 썼고, 그 작품들이 여성 자신의 문집이나 여러 시화집을 통해 전하고 있다. 허난설헌과 이옥봉처럼 중국에까지 이름을 알린 경우도 있었지만, 자신의 문학적 재능을 드러내거나 작품 남기기를 꺼려했다는 식의 발언이 그들의 행적에 붙어 있기도 하다. 중세 봉건 시대에 여성의 문학 활동은 권장될 만한 것으로 여겨지지 않았고, 부덕(婦德)의 규범 내에서 이루어질 때만 그나마 긍정적으로 평가받을 수 있었기 때문이다.

이런 현실적 여건 때문에 도리어 여성 작가들은 제한된 여성적 현실 속에서 자기의 내면에 집중하고 진솔하게 그 정서를 문학적으로 표현해 낼 수 있었다. 그래서 어떤 점에서는 공적 영역에서 출세와 교류의 수단으로 이루어진 시 짓기가 자유롭고 온전하게 담아내기 어려운 구체성과 진솔함, 호소력을 여성 정감이 갖고 있다 할 것이다. 한편 조선 후기에 등장한 여성 작가들은 자연과 사회, 역사와 현실, 철학의 영역으로 경험과 정감의 영역을 확장해 갔다. 이런 역사적 흐름 속에서 여성 정감은 한편으로는 문학적 관습으로서 상투적인 정형성을 갖는가 하면, 제한된 규범성을 넘어서는 새로운 정감을 풍부하게 담아내기도 했다. 또한 여성 정감은 여성 작가의 것만이 아니었다. 남성 작가가 여성을 화자로 내세우거나 여성 정감을 활용하는 문학적 전통은 유래가 깊다. 고려가요 〈정과정곡〉을 비롯하여 조선 시대 정철의 〈사미인곡〉과 〈속미인곡〉은 남성 작가가 여성을 화자로 대상(님)이 부재(不在)하면서 일어난 감정, 고통과 애정의 욕망을 표현했다. 한문학에서도 〈정부원(征夫怨)〉과 같은 악부시나 〈채련곡〉 등의 연정시들을 통해 남성 작가들이 여성적 정감을 형상화했다.

여기에서는 여성 화자를 세우는 문학적 전통이 본격적으로 시작된 고려 시대의 남성 작가인 원천석이 규방의 물건인 거울을 소재로 해서 쓴 시에서부터 여성 정감이 표현한 경지를 잠시 확인해 보려고 한다. 이어 허난설헌, 황진이, 이원의 작품을 살핀다. 이들은 모두 '덕보다 재주가 더 뛰어났으며' 자기의 '선택권'이 존중되기를 원했던 여성으로서, 한시를 통해 자기의 존재감을 강하게 드러내려고 했다.

여성적 정감으로 읊은 현실의 불우함 - 〈고경〉

고려 후기 사람 원천석(1330~?)의 작품 〈고경(古鏡)〉에서 여성 정감의 시사(詩史)를 시작해 보자. 제목 그대로 오래된 거울을 소재로 한 것인데, '고경(古鏡), 고검(古劍), 고금(古琴), 고정(古鼎)'을 소재로 지은 네 수의 연작시 중 제1수이다. 한때 곱게 화장하는 어여쁜 얼굴을 비추던 거울이 십 년 넘게 화장대 바닥에 묻혀 이제 더 이상 찾는 사람이 없게 되었다는 허망하고 쓸쓸한 심정을 읊고 있다.

曾照蛾眉粉面新 일찍이 고운 눈썹 화장한 얼굴을 비추었는데
十年奩底久埋塵 십 년 동안 경대 바닥에서 오래도록 먼지에 묻혔네
皎然本質元無損 환한 본바탕은 원래 손상됨이 없건만
刮垢磨光欠一人 먼지 닦고 광을 내는 한 사람이 없구나
(《운곡행록》)

먼지에 파묻힌 거울은, 거울을 보며 단장하는 여인의 부재, 그렇게 단장하며 만나고 싶은 임의 부재, 임과의 불화(不和)를 상징한다. 3구에서는 바닥에 묻혀 있어도 거울의 본질은 손상될 수 없다는 말이 허망한 정조를 거스르며 나온다. 다만 문제는 거울을 닦고 광채 내어 거울 본연의 역할을 하도록 하는 사람이 없다는 것. 시인은 지금, 자기의 본질을 알아줄 존

재를 희구하고 있는 것이다. 거울을 보고 단장하는 여인은, 자기를 알아줄 사람을 기다리며 스스로를 벼리고 있는 뜻있는 선비에 대한 비유이다. 조금 더 구체적인 시의 맥락 속으로 들어가 보자. 원천석은 왜 이 시를 썼는지를 제목에 밝혀놓았다.• 옛일을 두루 생각하다가 든 생각을 옛 사물에 빗대어 읊었다고 했다. 그리고 이렇게 사물에 빗대어 자기의 뜻을 말하는 것은 시대를 만나지 못한 자가 하는 일이라고 말하고 있다. 〈고경〉은 자기의 시대를 만나지 못한 자신의 불우(不遇)한 현실을 화장하던 여인의 거울에 빗댄 우의였다.

그렇다면 원천석이라는 시인에 대해 조금 더 알아보자. 원천석은 고려 후기의 사람으로 왕조가 바뀌는 역사적 변혁기의 한가운데를 살면서 고려에 대한 지조를 곧게 지킨 인물로 알려져 있다. 조선이 건국되자 두문동(杜門洞)에 은거했던 '두문동 72현' 중의 한 사람이다. 그런데 〈고경〉은 공교롭게도 고려가 운명을 다하고 조선이 시작된 1392년에 쓴 것이다. (원천석의 시집 《운곡행록》은 연대별로 배열되어 있기 때문에 시가 쓰인 시기를 알 수 있다.) 그의 나이 60대 초반에 들어선 즈음이었다. 원천석은 젊은 시절부터 인연을 맺었던 이성계와 이색의 엇갈리는 행보를 보면서 역사와 개인의 변화를 목도하고 있었다. 그런 시대의 한가운데서 자신은 화장대 속에 묻힌 오래된 거울과 다름없다고 토로했던 것이다. 아무리 먼지에 묻혔어도 빛나는 거울의 본바탕은 손상되지 않는다는 그 말은, 자기의 시대를 만나지 못한 고결한 선비의 자존감과 쓸쓸함을 그대로 드러내고 있다.

• 원천석은 "문을 닫고 밖에 나가지 않으며 옛일을 열람하다가 사물에 빗대어 회포를 쓰니, 이는 때를 만나지 못한 사람이 하는 것이다. 인하여 옛 물건을 읊어 절구 네 수를 지어 한탄을 부친다. 고경(杜門覽古 寓物興懷 此不遇時者之所爲也 因賦古器 作四絕以寓歎 古鏡)"이라고 제목과 더불어 시를 지은 까닭을 밝혀놓았다.

여성의 욕망, 진솔하고 건강한 사랑을 향해 – 〈채련곡〉 외

이제 조선 시대 여성인 허난설헌과 황진이가 꿈과 상상으로 사랑의 장면을 읊은 시들을 읽어보려고 한다. 허난설헌은 사대부가의 여성이었고, 황진이는 사족(士族)과 천민 여성 사이에서 태어나 기녀로 살았다. 사랑을 대하는 태도와 이를 시로 그려내는 방식이 어떻게 같고 다른지 한번 따라가 보자.

허난설헌의 〈채련곡(采蓮曲)〉은 젊은 남녀가 연밥을 따면서 부르던 애정가요의 전통 속에서 지어진 것이다. 연꽃이 우거지게 핀 호수에서 청춘남녀가 마음에 드는 이성에게 연밥(蓮子)을 던지며 호감을 표현하고 사랑을 노래하는 것으로, 강과 호수가 많아 '수향(水鄕)'이라고도 불리는 중국 강남의 풍속이 〈채련곡〉이라는 사랑 노래로 만들어졌다.

秋淨長湖碧玉流　가을이라 맑고 호수 푸른 물 흐르는데
荷花深處繫蘭舟　연꽃 우거진 곳에 목란배를 매었네
逢郎隔水投蓮子　임을 만나 물 건너로 연밥을 던지다가
遙被人知半日羞　저 건너 사람에게 들켜 반나절 부끄러워하네
(《난설헌시집》)

1~2구는 연꽃이 가득 핀 호수를 배경으로 연밥을 따기 위해 배를 매어놓은 풍경을 읊었다. 중국 강남의 공간을 상상한 것이다. 3~4구는 호수의 여인이 연밥을 던지며 애정을 대담하게 표현했다가 이내 그것을 수줍어하는 모습을 묘사했다. 다분히 풋풋하고 매력적인 장면을 그린 3~4구는

사실 허난설헌의 독창적 표현이 아니다. 〈채련곡〉류의 애정 노래가 많이 창작되었던 중국 당나라 때 시인 황보송의 〈채련자(蓮采子)〉 3~4구에 "괜스레 물 건너에 연밥 던지고서는, 저 건너 사람에게 들켜 반나절 부끄러워하네"라는 구절을 점화(點化)한 것이기 때문이다. 그러나 중국에서 유래한 〈채련곡〉의 다양한 관습과 수사 속에서 허난설헌이 이 구절을 선택한 것은 그녀만의 개성을 반영한 것일 터이다. 난설헌 이후에도 〈채련곡〉은 이달과 신흠 등 뛰어난 문인들에 의해 계속 창작되었다. 남성들의 시각에서 그려진 '연밥 따는 아가씨'는 수줍어하는 여린 모습(홍만종의 〈채련곡〉)이, 버선을 신지 않은 여성의 하얀 다리를 강조(신흠의 〈채련곡〉)함으로써 육체적 관능성을 드러냈다. 난설헌의 〈채련곡〉은 훗날 '방탕하다'는 평가를 받았는데, 사실 남성 작가들의 시선에 비하면 유독 방탕하다 할 것도 없다. 처음 사랑에 빠진 듯한 처녀의 풋풋한 정서와 여인의 대담한 몸짓이 얼마나 간결하고도 절묘하게 그려져 있는가! 건강하고 솔직한 느낌이 들지 않는가? 다만 사대부가의 여성이 이것을 한시로 써서 대놓고 말했기 때문에 훗날 노론을 중심으로 한 보수적인 남성 사대부들이 이를 문제 삼았고 반감을 가졌던 것이다. 거기에는 역적으로 몰려 죽임을 당한 허균의 누이라는 사실도 한몫을 했다.

〈채련곡〉이 중국의 풍속을 소재로 한 상상의 사랑 노래라면, 〈염지봉선화가(染指鳳仙花歌, 봉숭아 꽃물을 들이며 부른 노래)〉는 봉선화 꽃물을 들이던 풍속을 가지고 여성의 고유한 경험을 잘 그려낸 작품이다. 봉선화를 소재로 한 한시는 그리 많지 않다. 그 중 난설헌의 〈염지봉선화가〉는 여성적 정감과 섬세함으로 꽃물을 들이는 과정과 꽃물이 든 손톱의 모습을 감각적인 비유로 그렸다.

金盆夕露凝紅房 금빛 화분 붉은 꽃잎에 저녁 이슬 내리니
佳人十指纖纖長 미인의 열 손가락 가늘고 매끈한데
竹碾搗出捲菘葉 대나무 절구에 찧어 배추 잎으로 말아
燈前勤護雙鳴璫 귀고리 잘랑이며 등잔 앞에서 조심스레 동여맸네
粧樓曉起簾初捲 누각에서 새벽에 일어나 발을 걷어 올리고
喜看火星抛鏡面 거울로 화성(火星)이 지는 것을 기쁘게 바라보네
拾草疑飛紅蛺蝶 풀을 캘 때는 붉은 호랑나비가 날아다니는 듯
彈箏驚落桃花片 쟁을 탈 때는 복사꽃 잎이 떨어진 듯하여라
徐匀粉頰整羅鬟 볼에 정성스레 분 바르고 머리채 매만지니
湘竹臨江淚血斑 소상강가 대나무 피눈물 자국 얼룩진 듯하고
時把彩毫描却月 붓을 쥐고 반달눈썹 그리니
只疑紅雨過春山 붉은 빗방울이 봄 동산을 스치는가 하네
(《난설헌시집》)

1~4구는 꽃잎을 찧어 손가락을 감싸는 장면을 그렸는데, 여인의 가늘고 긴 손가락과 잘랑대는 귀고리 소리를 감각적으로 활용했다. 섬세한 아름다움이 풍기는 장면이다. 5구부터는 여성의 움직임을 포착하면서 그 장면마다의 꽃물 들인 손톱을 사물에 빗대어 은유적으로 표현하고 있다. 화성과 복사꽃 잎, 소상강가 대나무의 눈물 얼룩과 봄날의 꽃비가 그것이다. 이것들은 각각 거울을 보거나 나물을 캐거나 쟁을 연주하거나 화장을 하는 여성의 동작과 연결되면서 꽃물 들인 자태를 어여쁘게 또는 관능적으로 상상하게 한다. 소상강가 대나무의 얼룩진 피눈물 자국은 순(舜)임금의 죽음을 슬퍼한 아황과 여영의 눈물이라는 슬픈 이야기를 배경으로 한다. 그러나 여기에서는 그런 슬픈 역사를 의도하고 차용한 것은 아니다.

별과 나비, 꽃잎과 대나무 등 폭넓은 비유의 층위를 고안해 냈다는 점에 의의가 있다 할 것이다.

다음에서 살필 작품은 황진이의 〈상사몽(相思夢)〉이다. 그리움, 애정의 깊은 욕망을 꿈을 매개로 간결하고 직설적으로 읊었다.

相思相見只憑夢 그리워라, 만나는 건 꿈에 의지할 뿐이니
儂訪歡時歡訪儂 내가 임 만나러 갈 때 임은 날 찾아왔네
願使遙遙他夜夢 바라노니, 아득한 어느 밤 꿈에서
一時同作路中逢 한때에 일어나 같은 길에서 만나지기를

기구(起句)에서 만날 방법이 꿈길밖에 없다고 하니, 두 사람이 멀리 떨어져 있거나 쉽게 만날 수 없는 상황임을 알 수 있다. 승구(承句)에서는 꿈길에서도 서로를 찾아간다고 하여, 두 사람이 같은 마음으로 서로를 그리워하고 있음을 말하고 있다. 애틋한 정조를 자아낸다. 전구(轉句)과 결구(結句)에서는 어느 한 밤 꿈에서 서로 같은 마음으로 만나지기를 소원한다고 했다. '상사몽'이라는 제목처럼 그리움이 깊고 진하다. 그러나 사실 두 사람이 같은 마음으로 서로를 그리워하는 것인지는 알 수 없다. 시적 화자가 간절히 만나기를 바라는 상황임을 미루어 보건대, 임의 마음은 무정하고 무심한 듯도 하다. 그렇게 보면 결구에서 서로 만나지기를 바란다고 말한 것은, 임도 나를 많이 그리워했으면 좋겠다는 바람을 표현한 말로 볼 수 있다.

황진이가 진하게 그리워하는 대상으로 가장 유력하게 언급된 인물은 견결한 선비를 자임했던 소세양(1486~1562)이다. 그 밖에도 황진이의 일화에 이름을 올린 남성들은 쟁쟁하다. 그녀가 유혹해 파계하게 만들었다

는 지족선사, 끝내 유혹하지 못했다는 서경덕, 진짜 성인이라 평한 이이, 군자라 평한 정철, 소인이라 평한 유성룡, 노래 소리에 반해 6년간 부부의 도리를 다하며 함께 살다가 약속한 6년이 되자 미련 없이 헤어진 선전관 이사종. 또 황진이의 소원이었던 금강산 유람을 함께 했던 재상집 아들 이생도 특별했다. 황진이가 같이 여행할 만한 사람으로 이생을 먼저 선택했고, 금강산을 유람하는 동안은 그를 종처럼 취급하기도 했다. 그런가 하면 황진이가 자신의 몸을 팔아 양식을 마련하기도 하면서 일 년여 갖은 고생 끝에 두 사람은 초췌한 몰골이 되어 금강산을 함께 유람했다. 물론 야담에 전하는 이야기지만, 재상의 아들인 이생을 '자기의 종'이라 지칭했다는 황진이나, 그런 일들에 대해 '아무런 말을 하지 않았다'는 이생이나 기이하기만 하다.

물론 대상이 누구인지도 중요하지만, 황진이는 왜 그렇게 누군가를 향한 진한 그리움, 사랑의 욕망을 표현했던 것일까? 사실 황진이는 한 사람에게 정조와 애정을 기울일 의무도 필요도 없는 기생이었다. 기생은 관리를 비롯한 사대부들의 향락을 돕는 것이 직업적 임무였다. 수청을 들고, 상황에 따라서는 시를 주고받기도 했다. 먹고사는 수단이 되는 기녀로서의 직무를 남달리 거부할 수도 없었다. 그런데 전하는 기록에 따르면, 황진이는 잔치에 불려 나가는 등 기녀로서의 일을 할 때에 외모를 의도적으로 꾸미지 않았다. 그러면서 자기의 예술적 재능과 민낯의 미모가 갖는 위력을 활용(?)하여 도리어 남성들의 행실과 수준을 품평했다. 황진이는 "나를 보고 헛되이 그냥 보내지 않는 것은 사나이로서 평범한 일이요, 처사를 매우 분명하게 하는 것은 바로 군자의 행실이다."라고 하면서 당대의 쟁쟁한 사대부들과 교류하되 사람을 선택해 사귐을 먼저 요청했다. 정반대로 '남자 같았다'는 평가도 있었다. 그렇게 보였다면 이는 황진이가 흔히 '편성(偏性)'이라 지칭되는 여성에 대한 편견을 넘어 남성들과 지적으로 교류하고 공감하기 위해 취한 전략 같은 것이 아니었을까. 그런 황진이의 마음이 〈상사몽〉의 바탕을 흐르고 있다. 도덕성이나 종교심을 확인하는 내기의 대상으로 삼거나 시험하거나 또는 아름다운 외모와 기예만을 보고 소유하려는 남자가 아니라 지취(志趣)를 이해하고 공감하는 대상으로 여겨주는 사람을 향해 그 사람과 서로 마음이 같기를 바라며 밤마다 꿈길을 나섰던 것이다.

당당한 소실, 금지된 글쓰기를 넘어 - 〈자술〉

선조 때의 시인 이원은 옥봉(玉峯)이라는 호가 유명해 이옥봉으로 더 많이 불렸다. 이름이 알려지지 않은 천민 여성과 종실 사람인 옥천 군수 이봉 사이에서 태어났다. 여기서 살펴볼 이옥봉의 〈자술(自述)〉은 칠언절구의 한시이고, '몽혼(夢魂)'이라는 제목으로 더 널리 알려져 있다.

近來安否問如何 근래에는 어떻게 지내고 계신지요
月到紗窓妾恨多 사창에 달빛 드니 저의 한은 많습니다
若使夢魂行有跡 꿈속의 넋이 오간 흔적이 남는다면
門前石路半成沙 문 앞 돌길이 이미 모래가 되었을 것입니다
(《가림세고》)

기구에서 근래의 안부를 물음으로써 지금 시인이 임과 만나지 못하고 있음을 드러낸다. 승구의 '사창'은 '비단 창'으로 여성의 거처를 상징하는

말이다. 홀로 있는 달 밝은 밤은 깊은 상념으로 그려진다. 전구와 결구는 매우 잘 알려진 구절이다. 그리움에 얼마나 자주 임을 찾아갔던지, 그 길의 돌들이 자신의 오가는 발길에 밟혀 모래가 되었을 것이라는 말이다. '저의 한이 많습니다'라는 군더더기 없는 표현과 '돌길이 이미 모래가 되었을 것'이라는 말로 원망과 회한을 담아냈다. 이옥봉보다 조금 앞선 때에 윤현(1514~1578)도 〈제증청주인(題贈淸州人)〉이라는 시에서 "만약 꿈속의 혼이 다니는 데 자취가 있다면, 서원성 북쪽은 모두 오솔길이 되었을 것이네"라고 하여 비슷한 상상력을 발휘한 바 있다. 그러나 양반 남성이 정인(情人)을 향해 읊은 그리움의 시라는 점에서 같은 상상력 다른 정조를 자아낸다.

〈자술〉은 이옥봉이 남편 조원에게 보낸 것이다. 이옥봉이 송사에 연루된 어떤 사람을 위해 시를 지어 파주 목사에게 보낸 것이 조원의 분노를 사서 내쳐진 뒤에 쓴 시로 알려져 있다. 조원은 처음에 이옥봉을 소실로 받아들일 때 이미 '시를 짓지 말라'는 조건을 달았다고 한다. 왜 '시를 짓지 말라'고 했던 것일까? 게다가 조원이 처음에 이옥봉을 소실로 맞기를 꺼려했다는 증언들도 있다. 아마도 조원은 이옥봉이 서녀이지만 왕실의 계보에 한쪽 혈통이 닿아 있다는 것에 부담을 느꼈던 듯하다. 나중에 이옥봉은 정실인 이씨의 아들에게 주는 〈증적자(贈嫡子)〉라는 시를 짓고선 그의 뛰어난 글씨와 자기의 뛰어난 문학적 역량을 언급하며 "우리 모자의 이름이 동방을 울린다"고 했다. 우리가 흔히 생각해 온 것과 같은 '움츠린, 그늘 속의 소실'의 목소리와 태도가 아니다. 자기와 조원의 아들을 '모자'로 지칭하며 재능과 역량을 자부했다. 또 조원이 삼척 부사로 부임할 때 영월을 지나면서 지은 〈영월도중〉에서는 왕가의 자손으로서의 자의식에 단종을 애도하는 마음을 얹어 슬픔과 분노를 솔직하게 드러냈다. 허균은

《성수시화》에서 이 시를 "맑고 웅장하며 여성에 흔히 보이는 지분기가 없다"고 했고, 무엇보다도 옥봉이 "원망하는 마음을 품고 있다"며 그 내면을 읽어냈다. 당시에 사육신에 대한 복권이 이루어지지 않은 때였고, 영월에 있는 단종의 묘역을 수리하고 치제(致祭)하는 일에 대한 논의가 없지는 않았지만, 40년 넘는 선조의 치세 동안 몇 차례에 불과했다. 그런 시대적 여건임에도 불구하고 이옥봉은 직설적으로 단종에 대한 애도와 왕손으로서의 정체성을 곡진히 드러냈다. 왕실의 자손이라는 뚜렷한 자의식이 있었고, 시인으로서의 민감한 시정신이 넘쳐났던 것이다.

이런 이옥봉의 자의식과 시정신을 고려해 보면, '시를 짓지 말라'는 것은 시를 절대 쓰지 말라는 뜻은 아니었을 터이다. 어떤 시를 어떤 상황에서 짓는지가 문제였던 듯하다. 이제 이옥봉의 시 짓기가 어떤 '문제적 성격'이 있었는지 간단히 살피려고 한다. 〈자술〉을 '임에게 버림받은 회환과 그리움을 읊은 시'라고만 하면, 이것은 앞에서 짧게나마 확인했듯 이옥봉이라는 여성-시인이 가졌던 그녀만의 독특한 개성과 자의식을 도리어 덮어버리는 것이기 때문이다. 윤국형(1543~1611)은 《문소만록(聞韶漫錄)》에서 그의 친구인 조원과 함께한 자리에서 이옥봉이 시를 지었던 일화를 전한다. 1589년 경상도 상주 목사로 부임하던 윤국형과 성주 목사에서 갈려 서울로 올라가던 조원이 관사에서 만났다. 술자리가 있었는데, 이때 조원은 동행했던 이옥봉에게 시를 한 수 지어 윤국형에게 주도록 했다. 알려진 것과 다르게 조원이 시 짓기를 먼저 권한 것이다. 이옥봉은 즉석에서 시를 지어 불렀고 조원이 이를 받아썼다. 그리고 윤국형은 시 읊는 이옥봉의 자태를 천상의 것인 양 묘사해 놓았다.

《문소만록》에 전하는 이 시에서 이옥봉은 남편 조원과 윤국형의 정치적 현실을 날카롭게 지적했다. 조원에 대해서는 한(漢)나라의 가의(賈誼)

의 일을 고사로 썼다. 가의는 젊은 나이 때부터 문명을 떨쳐 왕의 총애를 받았으나 이를 질투한 다른 관료들의 질시를 받아 장사 태부로 좌천되었고, 자신의 억울한 운명을 굴원에 빗대어 〈조굴원부(弔屈原賦)〉를 지었다. 이조 좌랑으로 있다가 탄핵을 받아 지방관으로 머물고 있던 조원의 상황을 비유한 것이다. 윤국형에 대해서는 "역린을 건드렸으나 무사히 살아남은 것을 은혜로 아시라."라고 썼다. 놀라운 것은 실제로 '역린'이라 할 만한 일이 윤국형에게 있었다는 사실이다. 윤국형은 선조에게 세자를 책립하라고 건의했다가 선조의 분노를 사 상주 목사에 내쳐져 내려오는 길이었다. 세자 책립을 둘러싼 선조의 날카로운 태도는 당시부터 알려진 일이었는데, 윤국형은 이 문제를 거론했던 것이다. 이옥봉은 그 문제를 지적했던 것이다. 자신들의 문제에 대해 이렇듯 날카로운 발언을 한 것에 대해 조원은 몹시 우려했을 것이다. 《가림세고》• 부록에도 전하지 않는 이 시는 작자가 누구인지를 확정하기는 어렵다. 그러나 이런 시를 이옥봉이 지었다고 전언하는 것 자체가 그녀가 날카로운 시정신을 갖고 있었다는 점을 증명한다. 그리고 개성 강한 이옥봉의 재능과 시는 조원과 이옥봉 두 사람의 관계를 파탄 나게 한 원인으로 지목되어 전하게 된다.

이옥봉이 조원에게 '버림받는' 결정적 계기가 된 작품은 〈위인송원(爲人訟寃)〉이다. 시의 내용을 보면, 견우와 직녀의 비유를 가져와 억울한 사정이 있음을 풍간한 것만큼은 분명해 보인다. 파주 목사가 그 시에 감탄했다거나 그로 인해 억울한 사정이 해소되었다거나 하는 후일담도 있다. 그런데 시 한 수로 절도와 관련된 소송이 풀리지는 않는다. 사건의 해결

• 1704년(숙종 30) 조원, 조희일, 조석형 삼대의 시문(詩文)을 모아 엮은 책. 부록에 이옥봉의 시 32편이 실려 있다.

에는 다른 요소들이 더 크게 작용했을 듯하다. 그리고 한 가지 더, 이 시는 이옥봉의 작품이 아니라 중국 시라는 말이《청장관전서》에 실려 있다. 어찌 되었든 아랫사람의 억울한 사정을 풀어주겠다는 순수한 뜻이 다시는 조원을 만나지 못하는 아픈 결과로 돌아왔다. 그리고 설마설마하는 기다림의 끝에 깊은 한이 남았고, 이것이 〈자술〉로 표출되었다. 〈자술〉에서 돌이 모래가 되도록 꿈속의 넋이 조원이 있는 곳을 오갔다는 말은, 그리움이라기보다 깊은 원망인 셈이다.

그런데 시의 제목이 〈자술〉과 〈몽혼〉 두 가지 버전으로 전한다. '자술'과 '몽혼'이라는 말은 감각이 상당히 다르다. 후대에 〈몽혼〉이라는 더 애절한 제목의 시로 유명해지면서 지금까지 그 제목으로 더 많은 관심을 받게 되었는데, 그 과정에 대해 잠시 생각해 볼까 한다.

조원과 헤어진 이후 이옥봉의 행적과 죽음은 분명하게 알려져 있지 않다. 17세기 이후 조원의 후손들이 이옥봉의 행적을 재삼 기록했는데, "임진왜란 당시에 정절을 지키다 죽음을 맞았다"고 되어 있다. 곧게 정절을 지켰다는 사실은 조원에 대한 절개와 애정을 환기한다. 후손들은 할아버지 조원이 내쳤던 소실 이옥봉의 시들을 수습하여 임천 조씨 가문의 시집《가림세고》에 부록으로 올렸다. 서녀이나마 왕실의 계보 끝자락에 닿아 있고, 재능이 뛰어났으며, 임진왜란의 난리 통에 절개를 지켜 죽은 열녀로서의 추숭까지 더해졌다. 결국 '몽혼'이라는 제목은 조원에 대한 사랑과 절개를 지킨 열녀로서 이옥봉의 애절한 사랑을 부각하는 제목으로서 채택된 것이다. '자술'이라고 할 때의 원망의 느낌이 덜어진다. 날카로운 붓끝으로 당대의 예민한 문제들까지 파고들었던 그녀의 시들은 조원과의 파국을 낳았다. 하지만 〈자술〉은 애절한 정감의 힘으로 조원을 향한 변함없는 그리움을 담은 '몽혼'의 시편으로 많은 사랑을 받게 되었던 것이다.

—

여성 한시가 담고 있는 긴장과 이완의 언어들

—

16세기 이후로 접어들면서 여성이 혼인 후에도 친정집에 머물며 결혼 생활을 유지하던 남귀여가(男歸女家)의 혼인 형태가 남성 중심으로 바뀌고, 그에 따라 여성의 삶의 형태에도 변화가 생겼다. 가부장제 사회를 강고하게 구축하면서 사족 여성의 외출을 제한하는 등 여성을 제도적으로 통제하려는 시도는 15세기부터 있어왔던 것이다. 여성에게는 정절을 강조하고 욕망을 통제하면서, 사대부 남성들에게는 기녀와 축첩 제도를 허여하여 욕망을 제도적으로 보장했다. 거기에 여자는 술과 밥을 일삼으면 그만일 뿐이라거나 여성의 말하기는 온순하고 부드러워야 하며 달변이거나 논리적이라거나 나쁜 말을 해서는 안 된다는 유교의 오래된 가르침이 교조적인 권위를 얻었다. 그에 따라 여성의 활동은 '부덕'과 '집안'의 범주 내로 명확하게 규정되었다. 여성의 시 짓기나 공부는 '재주가 덕을 넘어서면 안 된다'는 식의 논리 속에서 한도가 그어졌다. 허난설헌을 '재주가 삶을 불행하게 만들었다'는 식의 논리로 평가하기도 했고, 이옥봉이 조원에게서 내침을 당한 이유를 '재주가 덕을 이겨서'라고 증언하는 사람도 있었다. 그런 한편, 구한말의 이건창(1852~1898)은 조선 여인들이 재주가 없어서가 아니라 노동과 내조에 몰려 시를 쓸 여가가 없었다고 했는데, 맞는 말이다.

그러나 그렇듯 제한된 현실이 곧바로 여성이 경험하고 표현할 수 있는 세계의 제한으로 이어진 것은 아니었다. 여성들은 제한된 상황 속에서도 재능과 감수성, 날카로운 시각으로 자기의 경험과 정감을 문학으로 그려냈다. 가족과 벗, 사회와 현실, 역사에 눈을 돌리고 이를 문학에 담았다. 또한 여성들은 '임'이라는 특정 대상과의 관계를 중심으로 사랑을 노래했다. 황진이의 〈상사몽〉과 허난설헌의 〈채련곡〉, 〈염지봉선화가〉 모두 사랑으로 인한 그리움과 설렘을 읊고 있다. 자의식이 강하게 드러난 작품도 있고, 그리움과 원망, 설렘의 정서가 섬세한 여성적 정감 속에 담겨 있다. 조선 시대 비평가들도 그렇고, 현대의 시각도 대체로 그것이 여성 문학의 특질이라 이해하고 있다. 다른 관계를 배제하고 임을 향한 그리움이나 원망을 고립적으로 읊었던 것 자체도 여성적 현실이고, 진정한 정감이다. 특별히 모자라거나 한쪽으로 치우친 특성이 아니라 여성의 고유한 경험과 현실이 빚은 진솔한 정감이고, 여성들은 이를 문학적으로 탁월하게 그려낸 것이다.

이것은, 낮은 목소리로 '네네(唯唯)'라고 긍정적인 말을 해야 하며 남을 거스르거나 나쁜 말을 해서는 안 된다는 여성적 말하기의 규범을 완전히 벗어나는 것이기도 했다. 그로 인해 이옥봉처럼 관계의 파탄을 맞기도 했고, 황진이처럼 도리어 많은 남성의 선망과 흠모의 대상이 되기도 했다. 조원은 소실 이옥봉의 시 짓는 능력을 자부하여 벗 앞에서 시 짓기를 권했겠지만, 날카로운 비유와 풍자로 남성들의 정치 세계를 언급하는 이옥봉의 시를 보고는 도리어 가슴이 서늘했을 것이다. 이렇게 여성에게 부과된 '부덕'의 범주를 의식하면서도 그 너머의 것을 시로 발언하기 위해 여성 시인들은 이완과 긴장의 전략을 구사하지 않을 수 없었다.

남성 작가들은 현실의 문제, 이를테면 시대와 자기의 만남, 군주와 신하의 관계를 남과 여의 관계로 우의(寓意)했다. 여성들이 가졌을 긴장과는 또 다른 측면의 전략이 필요했을 터이다. 조선 후기로 가면서는 사회 부조리의 피해자이자 고발자로 여성 화자를 내세워 치열한 고발정신과 사실적 수법을 구사했다. 이렇게 여성 화자를 세운 문학적 성취는 훌륭했다.

여성 정감의 내면성과 진솔함, 구체성은 사실을 전달하고 진정을 공감하는 데 큰 역할을 했기 때문이다. 다만 이런 방식은 군주에 대한 신하의 충성의 구도로 남성에 대한 여성의 절의와 헌신을 강조하거나, 임의 절대성을 강조하는 정형화된 논리를 만들기도 했다. 발언하는 주체인 여성에 대한 피상적이고 정형화된 이해가 원인이기도 했고 결과이기도 했다. 특히 중세 봉건 시대에는 여성과 피지배층에 대한 이해가 특히 그러했다. 그런 제한과 규범의 한도를 뚫고 나온 그들의 힘겨운 목소리가 지금 우리 삶의 어떤 지점과 접속하고 있는가? 여성적 목소리와 정감의 힘을 우리는 지금 시대에서 다시 묻고 있다.

– 김남이

참고 문헌

김경미·박무영·조혜란 공저, 《조선의 여성들, 부자유한 시대에 너무나 비범했던》, 돌베개, 2004.

박무영, 〈여성적 말하기와 여성 한시의 전략〉, 《여성문학연구》 2, 한국여성문학회, 1999.

안대회, 〈18세기 여성화자시 창작의 활성화와 그 문학사적 의의〉, 《한국고전여성문학연구》 4, 한국고전여성문학회, 2002.

이종문, 〈이옥봉의 작품으로 알려진 한시의 작자에 대한 재검토〉, 《한국한문학연구》 47, 한국한문학연구회, 2011.

이혜순, 〈15, 16세기 여성 화자 시의 의의〉, 《한국문화》 19, 서울대학교 규장각 한국학연구원, 1997.

一二三四五六七八九十

피안의 세계를 그리며

욕망, 지울 수 없는 인간의 본능

인간은 본능적으로 욕망을 추구한다. 비록 욕망의 크기와 정도, 방향이 저마다 다르다 할지라도 인간은 욕망의 굴레에서 벗어나지 못한다. 그것은 욕망이 인간의 행동을 야기하는 근본적인 동인(動因)이고, 스스로를 보다 나은 환경 속에 두고자 하는 의식 이전의 것이기 때문이다. 따라서 욕망으로부터 자유로울 수 있는 인간은 없고, 욕망으로 인해 인간은 무엇인가를 이루기도 하고 좌절하기도 한다.

욕망은 다양한 층위를 지닌다. 에이브러햄 매슬로우(Abraham Maslow)의 주장과 같이 욕망을 5단계(생리적 욕구→안전의 욕구→애정과 공감의 욕구→존경의 욕구→자아실현의 욕구)로 세분화하는 것이 어느 정도 적절한 것인지는 확언하기 어렵지만, 욕망을 단일한 층위로 규정하기는 쉽지 않다. 다만 일반적으로 욕망의 가장 낮은 단계를 생리적·생물학적인 욕망으로 보고, 가장 높은 단계의 욕망을 사회적 욕망이라고 규정한다.

그렇다면 '높은 단계의 욕망을 추구하는 인간은 낮은 단계의 욕망을 추구하는 인간보다 우월하다고 할 수 있는가?' 하는 의문을 가질 수 있다. 사회적·정치적·경제적 위상이라는 측면에서 볼 때 높은 단계의 욕망을 추구하는 인간이 낮은 단계의 욕망을 추구하는 인간보다 우월하다는 점은 대체로 인정할 수 있다. 그러나 높은 단계의 욕망을 추구하는 인간이라고 하여 낮은 단계의 욕망을 모두 충족했다고 할 수 없으며, 낮은 단계의 욕망을 추구하는 사람보다 행복하다고 보기도 어렵다.

큰 욕망을 성취하며 사회적으로 많은 것을 이루어낸 인간은 그렇지 않은 인간보다 상대적으로 더 큰 만족감을 느낀다고 생각하기 쉽다. 그렇기 때문에 그와 같은 성취를 이룬 인간은 자신의 삶에 대한 만족도가 높고, 스스로에 대한 자존감이 크다고들 생각한다. 그러나 조금만 더 자세하게 살펴보면 그와 같은 성취를 이룬 사람일수록 자신의 삶에 대한 회한과 번민이 크다는 것을 알 수 있다. 높이 올라갈수록 깊이 떨어지는 것을 인간은 피할 수 없기 때문이다.

욕망의 완전한 추구가 인간에게 가능한가? 또 욕망이 성취되면 인간은 행복해질 수 있을까? 여기에 대해서는 여러 가지 주장이 있을 수 있지만, 그 옛날 인류가 등장한 이후부터 지금까지 욕망을 완벽하게 성취했던 인간이 있었다는 말은 들어보지 못했다. 욕망을 성취한 이후 인간은 행복해지기보다 또 다른 욕망에 의해 번민하고 고뇌해 왔을 뿐이다. 그래서인지 인간은 욕망을 추구하고자 하는 욕구와 함께 욕망에서 자유로워지고자 하는 욕구를 가지고 있다. 욕망의 완벽한 성취를 통해 행복하고 만족할 수 없다면 오히려 욕망에서 자유로워지는 것이 더 나은 선택이라고 생각하기 때문일 것이다. 욕망의 세계를 살아가던 인간이 욕망 속에서 허우적대다가 결국은 세속적인 관심사나 범속한 마음으로부터 벗어나 진리를 깨달은 이상의 경지인 피안의 세계를 꿈꾸게 되는 것은 인간만이 가진 아이러니(irony)라고 할 수 있다.

피안에 대한 근원적 그리움, 회고와 반성 - 〈감로사차혜원운〉

많은 것을 이룬 인간이 오히려 더 큰 회한과 번민을 가지게 되는 것은 그 회한과 번민이 대체로 삶의 역정을 통해 돌이켜 본 자신의 모습에서 촉발되기 때문이다. 삶의 역정을 돌이켜 본 뒤 느끼는 회한과 번민이 개인에게 보다 깊이 있게 다가오기 위해서는 그동안 살아왔던 삶의 모습이 그 누구보다 굴곡져 있어야 하고, 삶에 대한 의지와 성취욕이 어느 누구보다 강렬해야 하며, 그 삶을 통해 이루어낸 것이 다른 누구보다 커야 한다.

김부식은 그 누구보다도 치열한 삶을 산 인물이었다. 그는 1075년(문종 29)에 태어나 1151년(의종 5) 77세로 운명하기까지 고려 시대 그 어떤 인물과 비교해도 결코 뒤지지 않을 정도로 많은 것을 이루었고, 자신의 꿈과 이상을 추구하며 자기의 자리를 지키기 위해 노력했던 인물이었다. 아버지 근(覲)이 예부시랑 좌간의대부에 이르렀으나 젊은 나이에 운명하여 김부식은 열서너 살 무렵부터 편모슬하에서 자라야 했지만, 그를 포함해 4형제가 모두 과거에 합격해 중앙 관료로 진출했다. 특히 4형제 중 그와 둘째 형 부일, 동생 부철 3형제가 당시 관직 중에서 가장 명예로운 한림직(翰林職)을 맡아 남들의 부러움을 샀다. 관직 진출 이후 다양한 직책을 거치며 재상의 지위에 오른 김부식은 '서경 천도설'을 주장하며 반란을 일으킨 묘청 일파를 진압했고, 《삼국사기》와 《예종실록》, 《인종실록》을 편찬하기도 했다.

정치적·학문적으로 이와 같은 업적을 이루었지만, 그만큼 김부식은 자신의 자리를 지키기 위해 노심초사했던 것으로 보인다. 묘청의 반란을 진압하기 전 정치적·문학적으로 숙명의 라이벌이었던 정지상을 애매한 죄목으로 처형한 것이나, 묘청의 반란을 진압할 때 공을 세운 윤언이와 당시 그에게 비협조적이었던 한유충을 좌천시킨 일을 보면 당대의 정치적 상황 속에서 그가 느꼈던 불안감이 적지 않았음을 짐작할 수 있다. 그런 삶을 살아서였는지는 모르지만 만년(晩年)에 김부식은 개성 주변에 있는 관란사(觀瀾寺)를 원찰(願刹)로 세우고 불교에 매달렸다.

김부식이 느꼈던 회한과 번민은 그의 시 속에서도 쉽게 확인할 수 있다. 그의 대표작이라고도 할 수 있는 〈감로사차혜원운(甘露寺次惠遠韻, 감로사에서 혜원스님의 시에 차운하여)〉이라는 시를 보면, 자신의 삶에 대한 성찰을 바탕으로 한 진한 회고와 반성의 정서가 잘 드러난다.

俗客不到處 세상 나그네 오지 못하는 곳에
登臨意思淸 올라와 보니 마음 맑아지네
山形秋更好 산은 가을이라 더욱 곱고
江色夜猶明 강은 밤들자 외려 밝으며
白鳥高飛盡 흰 새는 높이 날아 사라지고
孤帆獨去輕 외로운 배만 홀로 가벼이 떠가는데
自慙蝸角上 부끄럽구나, 달팽이 뿔같이 좁은 세상에서
半世覓功名 반평생 공명 찾아 헤맨 것이

이 시는《동문선》9권〈오언율시〉부분에 수록되어 있는데, '송도감로사차혜원운(松都甘露寺次惠遠韻, 송도의 감로사에서 혜원스님의 시에 차운하여)' 또는 '제송도감로사차혜원운(題松都甘露寺次惠遠韻, 송도의 감로사에서 혜원스님의 시에 차운하여 쓰다)'이라는 제목으로도 잘 알려져 있다. 오언율시 측기식(仄起式)이며, 운자는 평성 '경(庚)' 운의 '청(淸)·명(明)·경(輕)·명(名)'이다.

이 시는 김부식이 감로사에서 혜원스님의 시를 차운하여 쓴 것으로, 공명을 좇아 살았던 자신의 삶을 뉘우치는 고백적인 형태의 시이다. 그래서인지 이 시는 감로사에서 느낀 한가로운 정취에 초점을 맞추기보다 감로사에서 자신의 삶을 돌아보고 느낀 회한과 반성을 중심 내용으로 하고 있다. 시의 중심 배경이 되는 감로사는 개성 부근의 예성강 북쪽 오봉산 마답촌에 있는 사찰로, 고려 문종 때 이자연이 원나라에 사신으로 갔다가 윤주(潤州)에 있는 감로사의 빼어난 경치에 감탄해 귀국한 다음 그와 같은 장소를 6년 동안 물색하여 창건한 절이다. 이 시에서 김부식은 속세의 발길이 닿지 않는 감로사에 올라 인생의 무상함을 느끼고 지난 생애를 반성하고 있다.

유교적 이념을 바탕으로 한평생 정치적 풍파 속을 헤매며 공명(功名)에 누구보다 민감했던 김부식이었기 때문에, 이 시를 창작할 당시 김부식의 마음속에는 정치적 음모와 정쟁이라는 혼탁하고 피비린내 나는 현실을 떠나 무욕의 청정한 세계로 돌아가고자 했던 열망이 일어났다고 볼 수 있을 것이다. 이 시 속에서 김부식은 세상 사람들이 오르지 못하는 감로사에 올라 지나온 세월과 자신의 삶을 돌아보며 반성하고 회한에 젖은 모습을 읊고 있는데, 선경후정(先景後情)의 기법에 따라 감로사에서 바라본 자연 풍경과 주변 모습, 즉 가을 산·강·백조·돛단배 등의 외부 상황을 묘사한 다음 지금까지 추구해 왔던 헛된 공명을 부끄럽게 여기는 마음을 서술하는 것으로 시상을 전개하고 있다.

수련의 두 구에서 김부식은 세상의 속된 사람과 감로사의 청정함을 대비했다. 세상의 속된 사람은 찾아올 수 없는 곳인데, 세상의 욕망에 가득 차 있는 내가 올라보니, 올라서는 것만으로도 마음이 저절로 맑아져 세상의 욕망을 모두 잊을 수 있다고 했다. 감로사를 청정 공간으로 만들어 세속과 분리시키고, 그 공간에서 느끼는 자신의 청정한 의식을 언급하며 시상을 전개했다.

함련과 경련 네 구에서는 대구법을 사용하여 감로사에서 바라본 가을 경치를 묘사하고 있는데, 함련에서는 낮의 가을 산 모습과 밤의 강물 빛을, 경련에서는 높이 나는 흰 새와 가볍게 떠가는 돛단배를 대비했다. 함련의 정태적인 모습과 경련의 동적인 모습은 함련과 경련 안에서 각각의 구들이 대구를 이루고 있을 뿐 아니라 함련과 경련 두 연까지도 대(對)를 이루고 있음을 보여준다. 이 두 연에서 외부를 향하고 있는 김부식의 시선은 감로사를 둘러싼 풍경의 신비로움을 한 폭의 동양화와 같이 그려내었다.

단풍에 물든 가을 산의 곱디고운 모습과 달빛을 받아 더욱 빛나는 밤 강물, 저 멀리 하늘 높이 날아가는 흰 새와 강물 위를 가볍게 떠가는 돛단배는 감로사 주변의 풍경이면서 동시에 김부식이 감로사에서 가지게 된 청정한 마음의 결과물이다. 감로사에 올라서서 가지게 된 청정한 마음 때문에 김부식의 눈에 자연이 있는 그대로 다가들게 된 것이다. 세속의 집착과 욕망을 벗어던지지 않았다면 결코 느낄 수 없었던 '여백의 미', '비어 있는 충만함'은 욕망에 집착하며 안절부절못하던 속세에서는 결코 상상하지 못했던 풍경들로, 감로사에서 청정해진 김부식의 마음과 등가적인 심상을 이룬다.

이런 풍경이 마음에 들어오자 김부식은 갑자기 스스로가 말할 수 없이 부끄러워졌다. 그래서 미련에서 김부식은 감로사에서 정화된 자신을 돌아보며 지난날을 반성했다. 욕망을 위해, 공명을 위해 살아왔던 그동안의 삶이 얼마나 구차하고 허무한 것이었던가를 깨달은 것이다. 지금까지 정신없이 살아왔던 삶이 사실은 달팽이 더듬이 위처럼 비좁고 보잘것없는 공간에서 헛된 것들만 좇아왔던 것이었음을 인식한 것이다. 미련에서 김부식은 자신의 시선을 내면으로 옮기면서 자신의 지난 삶을 반성하고, 반성한 내용을 솔직하게 고백했다. 미련을 읽으면서 경련에서 높이 날아가 버린 것은 흰 새가 아니었고, 홀로 가볍게 떠간 것은 돛단배가 아니었음을 알 수 있다. 날아가 버리고 떠간 것은 김부식의 내면에 자리 잡고 있던 욕망과 공명을 향한 집착이었다.

그런데 이 시는 당나라의 시인 이백이 지은 〈독좌경정산(獨坐敬亭山, 홀로 경정산에 앉아)〉이라는 시의 첫 구절과 상당히 유사한 모습을 보이고 있다. 〈독좌경정산〉의 첫 두 구절이 "새들은 높이 날아가 버리고, 외로운 구름만 홀로 여유로운데(衆鳥高飛盡 孤雲獨去閑)"인데, 이 시의 경련에서 이백의 시 첫 구절에 나오는 '중(衆)'을 '백(白)'으로, 두 번째 구절의 '운(雲)'을 '범(帆)'으로, '한(閑)'을 '경(輕)'으로 바꾸어 의경(義境)과 시어에서 상당한 유사점을 보여주어 모방과 표절을 의심하게 한다. 그러나 김부식의 이 시는 이백 시의 첫 구절에 나오는 '중(衆)'을 '백(白)'으로 바꾸어 푸른 하늘과 흰 새라는 선명한 색채감의 대비를 보여주었고, 두 번째 구절의 '운(雲)'과 '한(閑)'을 '범(帆)'과 '경(輕)'으로 바꾸며 역동성을 강조하여 이백의 시에서 볼 수 없는 분위기를 느끼게 한다. 이 시에 대해 서거정은 《동인시화(東人詩話)》에서 "걸출한 기상이 드러나 있다."라고 했으며, 홍만종은《소화시평(小華詩評)》에서 "속세를 벗어난 아취(雅趣)가 있다."라고 평가했다.

차안에서 피안을 꿈꾸며 – 〈불일암증인운석〉

김부식처럼 현실에서 욕망을 추구하던 삶을 되돌아보며 회한과 번민 속에서 피안을 추구하는 경우도 있지만, 이와 달리 인간이라는 존재의 근원적인 유한함에 대한 인식을 바탕으로 청정 세계인 피안을 추구하는 경우도 있다. 이 경우의 인간이 지닌 욕망은 일반적인 인간의 욕망과는 층위를 달리한다. 그것은 생리적·생물학적인 욕망이나 사회적 욕망에서 탈피한 무욕망·무욕구의 욕망이라고도 할 수 있는 것으로, 번뇌에 얽매인 고통의 현실 세계를 벗어나 이상(理想)의 해탈 세계에 이르고자 하는 것이다. 따라서 이와 같은 욕망의 추구는 원천적으로 욕망이라는 것을 완전히 버림으로써 가능해지는 것이기 때문에 일반적인 인간의 욕망과는 여러모로 다른 모습을 보인다.

손곡(蓀谷) 이달(1539~1612)의 〈불일암증인운석(佛日菴贈因雲釋, 불일암에서 인운스님에게 주다)〉이라는 시에 등장하는 스님에게서 이러한 해탈의 세계에 이르고자 하는 인간의 모습을 잘 볼 수 있다. 이 시를 쓴 이달의 행적에 대해서는 자세하게 알려진 것이 없지만, 삼당시인(三唐詩人)의 한 사람으로 허균과 허난설헌의 글 선생이었고, 서얼 출신이었기 때문에 뛰어난 글재주를 가지고 있었지만 관직 진출이 어려웠다고 한다. 그러나 허균이 쓴 〈손곡산인전(蓀谷山人傳)〉을 통해 이달에 관한 대략적인 내용을 살펴볼 수 있다.

〈손곡산인전〉에 따르면 이달은 자가 익지(益之)로 고려 말의 문신인 이첨(1345~1405)의 후손이었으나 그의 어머니가 천민이었기 때문에 세상에 쓰이지 못했고, 원주의 손곡(蓀谷)에서 살았기 때문에 호를 '손곡'이라고 지었다고 한다. 어려서부터 다양한 서적을 섭렵했고, 글재주가 뛰어나 최경창·백광훈과 함께 당대 '삼당시인'이라고 불렸다. 이후 박순에게 시를 배워 시 창작 경향을 송시풍(宋詩風)에서 당시풍(唐詩風)으로 바꾸었는데, 그의 시는 맑고 우아하며 품격이 높았다. 그러나 외모가 추했고 성품도 방탕한 면이 있어 세상에서 크게 인정받지 못했다. 이달은 재능을 인정받아 한때 말단 관직에 나가기도 했으나, 곧 벼슬을 버리고 평생을 방랑 생활로 일관했다.

이달은 서얼 출신으로 관직 진출에 어려움이 있었고, 방탕한 기질과 추한 외모 때문에 세상 사람들에게 배척받았지만, 뛰어난 글재주로 상당한 호평을 받기도 했다. 그랬기 때문인지는 모르지만 이달은 평생 세상의 법도나 예법에 크게 구애받지 않았고, 그의 시는 신분의 제약에서 오는 울적한 심정과 가슴속의 원망을 기본 정조로 하면서도 유려하고 품격이 높았다. 그래서 허균은 이달의 시를 "맑고 새로우며 아담하고 곱다."라고 평가했다.

이달의 〈불일암증인운석〉이라는 시는 이달의 문집인 《손곡시집》에 모두 두 수가 실려 있는데, 3권에는 오언율시 1수가, 5권에는 오언절구 1수가 수록되어 있다. 같은 제목으로 동일한 인물인 인운스님에게 준다고 한 것으로 보아 같은 시간과 장소에서 지은 것인데 《손곡시집》을 편찬하면서 시의 형식에 따라 작품을 배열하여 두 수의 시가 나뉘어 수록된 것으로 보인다. 두 수의 작품 중 오언율시보다 오언절구가 더 많이 알려져 있다. 두 작품을 하나씩 살펴보자.

鶴逕通眞界 학이 나는 길은 참 세상으로 통하고
玄都訪紫壇 신선은 제단을 찾아가는데
蒼巖懸瀑瀉 푸른 바위에는 흐르는 폭포가 걸려 있고
碧殿午鍾殘 고운 대웅전에는 정오의 범종 소리 아스라하며
洞秘三珠樹 골짜기는 신비로운 삼주수를 감추고
囊留九轉丹 주머니에는 구전단이 남아 있으니
如聞芝盖過 들려오는 지나가는 수레 소리도
空外玉簫寒 옥피리 소리처럼 하늘 멀리 사라지네

이 시는 '佛日菴贈因雲釋(불일암증인운석)'이라는 제목으로《손곡시집》 3권에 수록되어 있는 오언율시이다. 전체적으로 불일암의 모습과 주변 풍경을 묘사한 시로, 불일암을 속세와 분리된 청정 공간인 신선의 세계로 그려내었다. 불일암은 모두 두 곳이 있는데, 하나는 전라남도 승주군의 송광사에 딸린 암자이고, 다른 하나는 지리산 쌍계사에 딸린 암자이다. 시의 함련 첫째 구에서 '푸른 바위에는 흐르는 폭포가 걸려 있고'라고 한 것으로 보아 지리산 불일폭포 옆에 있는 불일암이 이 시의 배경이라고 생각된다.

이 시가 불일암을 선계(仙界)로 묘사한 시라고 했는데, 그래서인지 시에서 사용된 시어의 대부분이 선계를 표현하는 용어이다. 절이나 사찰을 뜻하는 진계(眞界)와 신선이 산다는 현도(玄都), 도교의 제단을 의미하는 자단(紫壇), 전설 속의 진귀한 나무로 잎이 모두 진주라는 삼주수(三珠樹), 아홉 번 단련하여 만든 단약으로 복용하면 신선이 될 수 있다고 하는 구전단(九轉丹)까지, 모두 불일암을 선계·선경으로 묘사하기 위해 사용한 시어들이다.

수련의 두 구는 멀리서 바라본 불일암의 모습을 묘사한 것이다. 학이 날아가는 참된 세상인 그곳에 불일암이 있고, 선계에서 신선들이 제단을 찾듯 불일암에서 스님들이 제(祭)를 지내고 있다. 수련을 보면 선계와 같은 주변 풍경에 도취되어 학을 따라 한달음에 불일암으로 달려가는 이달의 모습이 그려진다. 함련의 두 구에서는 불일암 주변의 풍경을 묘사하고 있다. 절 옆 이끼 낀 푸른 바위에서 흘러내리는 폭포 소리와 곱게 단청 칠한 대웅전에서 아스라하게 들려오는 범종 소리가 자석처럼 이달의 발걸음을 이끌었던 듯하다. 함련의 '푸른 바위'와 '고운 대웅전'이라는 시각적 묘사와 '폭포 소리'와 '범종 소리'라는 청각적 묘사는 불일암을 더욱 신비롭게 만들어준다.

수련과 함련이 불일암을 찾아가는 도중에 바라본 풍경이라면, 경련은 불일암 안에서 바라본 풍경이다. 불일암에서 내려다본 골짜기는 마치 삼주수가 숨어 자라는 듯 신비롭고, 불일암 속에 있는 자신은 구전단이 들어 있는 주머니를 만지작거리는 듯하다고 했다. 불일암과 주변 풍경, 그리고 그 불일암 속에 있는 스님으로 인해 이달은 자기도 모르게 스스로 신선이 되었다고 느낀 것이다. 그래서 이달은 미련에서 저 멀리서 들려오는 지나가는 수레 소리도 옥피리 소리처럼 하늘 멀리 사라진다고 느낀 것이다. 불일암 주변의 폭포 소리와 불일암에서 울리는 범종 소리 때문에 수레 소리가 아스라하게 들렸을 수도 있겠지만, 그것보다는 불일암이라는 선계에 들어서자 속세의 소리가 들려오지 않은 것이라고 생각된다. 그만큼 불일암은 신비롭고 오묘한 곳이며, 속세와 단절된 선계인 불일암에서는 자기도 모르게 세속에 대한 상념이 사라진다는 것이다. 초월적 공간인 불일암에 욕망을 버리고자 하는 인간들이 찾아가는 이유가 이것 때문이라고 할 수 있다.

이처럼《손곡시집》3권에 수록된 오언율시가 속세와 분리된 선계 불일암을 묘사하는 데 치중하고 있는 것과 달리《손곡시집》5권에 수록된 오언절구는 불일암에 있는 인운스님의 탈속적인 경지를 묘사하는 데 중점을 둔 시이다.

山在白雲中 산이 흰 구름에 묻혀 있는데
白雲僧不掃 흰 구름을 스님은 쓸지 않다가
客來門始開 길손 오자 그제야 문 열고 보니
萬壑松花老 온 골짜기에 송화 꽃이 하마 쇠었네

이 시는 '산사(山寺)'라는 제목으로도 잘 알려져 있는데,《손곡시집》에는 앞에서 이야기한 '佛日菴贈因雲釋(불일암증인운석)'이라는 제목으로 수록되어 있다. 또 시의 첫 구에 나오는 '산(山)'이 '사(寺)'로 되어 있는 것도 있지만, 어떤 글자로 풀이하더라도 작품의 내용에는 별다른 차이가 없기 때문에 여기서는《손곡시집》에 실려 있는 표기에 따라 '산(山)'으로 풀이하도록 한다. 이 시의 운자는 상성(上聲) '호(皓)' 운의 '소(掃)'와 '노(老)'이다.

이 시는 불일암의 풍경 묘사를 통해 세속을 초월한 스님의 탈속적인 경지를 읊은 것이다. 첫 구인 기구(起句)에서는 구름에 덮인 산의 모습을 묘사했다. 동양화에서 흔히 볼 수 있는 풍경으로 별달리 특별할 것 없는 모습이다. 그러나 이 첫째 구가 둘째 구인 승구(承句)와 합해지면 그 의미망이 한없이 확장된다. 흔히 볼 수 있는 구름이 중의적 의미를 내포한 표현으로 확장되기 때문이다. 피상적으로 본다면 구름은 불일암을 속세와 단절시키는 요소이고, 구름을 통해 불일암은 속세와 단절된 청정한 공간으로 변모한다. 그런데 이 시가 인운(因雲)스님에게 주는 시라는 점에서 구름은 더 많은 의미를 내포한다.

절은 스님이 생활하는 공간이고, 스님은 속세의 번뇌와 잡념, 욕망과 고집을 버리고 해탈의 경지인 피안의 세계에 들어가고자 하는 존재이다. 산을 뒤덮어 산의 진면목을 가리는 구름은 속세의 번뇌와 잡념, 욕망과 고집을 의미하는 것으로, 스님이 해탈의 경지에 이르기 위해서는 반드시 걷어버려야 하는 것이다. 그렇기 때문에 구름을 없애는 것이 피안의 세계에 들어가는 길이 된다. 그런데 스님이 구름을 쓸지 않는다고 했다. 해탈 역시 인간의 욕망이고, 인간의 욕망은 어떤 경우에도 완전하게 이루어질 수 없는 것이기 때문에 이루려는 인위적인 노력을 하지 않는 것이라고 할 수도 있고, 진정한 해탈은 세상의 욕망이 일어날 수 없는 곳에서 이루어지는 것이 아니라 욕망의 상황 속에서 욕망을 극복해 낼 때 이룰 수 있는 것이기 때문에 속세의 번뇌와 잡념, 욕망과 고집이라는 구름을 멀리하지 않는 것이라고 할 수도 있다. 또 인운이라는 스님의 법명은 스님이 그 자신 스스로를 세속의 욕망으로 보고, 자기 스스로를 극복하고자 하는 의미를 지닌 것이라고도 할 수 있다.

셋째 구인 전구(轉句)에서 스님이 구름을 쓸지 않은 이유를 알 수 있다. 길손이 오자 그제야 문을 열었다는 것은 길손이 오기 전까지 불일암의 문이 늘 닫혀 있었다는 것이고, 스님이 문 밖으로 나오지 않았다는 것이다. 그러니 스님은 문 밖의 구름을 쓸 수 없었던 것이고, 쓸 필요가 없었던 것이다. 이것은 스님이 세속의 욕망 옆에서 욕망의 움직임과 관계없이 스스로를 수양하고 있었다는 것이다. 길손이 오자 문을 열었다는 것은 스님의 수양이 물리적으로 또 의식적으로 세속과 단절된 채 이루어지고 있었던 것이 아니라는 뜻이다.

넷째 구인 결구(結句)에서 송화 꽃이 하마 쇠었다는 것은 그러는 사이에 나도 몰래 봄이 가고 있다는 말이다. 이것은 스님이 시간의 흐름과 계절의 변화를 초월했다는 표현으로, 스님이 자연과 하나가 되어 있음을 의미한다. 세속을 초월한 공간과 시간 속에 어우러진 스님의 탈속적인 경지가 쇠어버린 송화 꽃으로 구체화된 것이다.

이 시는 서경 묘사라는 회화적인 기법을 통해 스님의 탈속적인 경지를 표현한 시이다. 초월적이고 달관적이며 탈속적이고 낭만적인 성격을 지니고 있으며, 절제된 언어와 담담한 표현을 통해 풍경 묘사만으로도 스님의 높은 수양 경지를 눈으로 볼 수 있게 한다. 그래서 홍만종은 《소화시평》에서 "당시(唐詩)와 매우 비슷하다."라고 평가했다.

시가 지니는 의미

욕망으로부터 자유로울 수 없다는 인간의 한계는 인간 스스로를 더 큰 욕망 속으로 몰아넣거나 욕망으로부터 달아나고자 하는 강한 회피 의식을 유도한다. 하지만 어느 경우에도 인간은 욕망으로부터 진실로 자유롭지 못하다. 그래서 인간은 고뇌하고 번민하며 갈등하고 고통 받는다. 평생의 삶을 돌이켜보아도 완전하게 만족할 수 있는 인생을 찾기 어렵다는 것은 인간이라는 존재가 지닌 근원적인 고뇌를 의미한다. 그렇기 때문에 인간은 언제나 피안의 세계를 갈망하지만, 사실상 피안의 세계에 도달하는 것은 불가능하다.

시는 바로 이 지점에서 창작된다. 현실과 이상, 욕망과 수양의 경계에서 갈 수 없는 피안을 꿈꾸는 인간은 자신의 고뇌와 번민, 의지와 욕망을 시

속에 담아낸다. 그것이 김부식의 시와 같은 것이든, 이달의 시와 같은 것이든 관계없이. 그런 점에서 시는 고뇌와 번민의 해소를 위한 도구이면서 동시에 의지와 욕망의 충족 행위일뿐더러 희망과 기원의 다른 이름인 것이다.

- 윤재환

참고 문헌

민족문화추진회 편역, 《국역 동문선》, 솔, 1998.

민족문화추진회 옮김, 《신편 국역 성소부부고》, 한국학술정보, 2006.

이달, 《손곡시집》(한국고전번역원 《한국문집총간》 61), 민족문화추진회, 1990.

一二三四五六七八九十

가족, 같고도 다른 그 이름

아버지 날 낳으시고 어머니 날 기르시니

전통 교육에서 어린아이들이 처음 배우는 책인 《사자소학(四字小學)》의 첫 네 글자는 "父兮生我(아버지 날 낳으시고)"이다. 이어 "어머니 날 기르시니, 배로써 나를 품어주시고 젖으로써 나를 먹여주셨도다."라고 나온다. 송강 정철의 〈훈민가〉에도 "아버지 날 낳으시고 어머니 날 기르시니"라 했다. 맞는 말인가? 어머니가 열 달을 배에 품었다 낳았는데, 아버지가 날 낳으셨다니. 이는 생명이 아버지에게서 온다는 남성 중심의 중세적 사고가 반영된 말인데, 이 구절을 처음 인용한 이유는 전통시대의 교육에서 '나'라는 존재가 어떻게 생명을 받았는가, 그 근원이 부모이며 부모와 자식이 육체로 연결된 혈친의 관계임을 깨우쳐주는 것이 첫 번째 가르침이었다는 점이다.

유교의 경세관에서 치국과 평천하를 이루는 근간은 집안 다스림(齊家(제가))이다. 그러므로 전통시대의 가족은 피와 살을 부모에게 받았다는 혈친의 원리를 바탕으로 엄격한 윤리를 세웠다. 오륜(五倫) 가운데 '부자유친, 부부유별, 장유유서'도 바로 가족 간의 윤리이다. 부모와 자식 간의 친함, 부부 사이의 구별됨, 형과 아우 사이의 우애이다. '효제(孝悌)'라는 말도 있다. 부모에 대한 효도와 연장자에 대한 공손함을 바탕으로 한 우애이다. 이런 윤리들을 근거로 가족 사이의 질서와 화합을 끌어가려 했지만, 그것은 명분을 등에 업고 갈등과 희생을 요구하는 것이기도 했다. 남자의 일이라는 명분으로 과거 공부와 벼슬로 집 밖을 일삼았던 가부장들의 수고와 무관심, 여자의 일이라는 윤리로 대가족 속에서 무한 책임과 노동을 감당했던 여성들. 홍길동이 아버지를 아버지로 부르지 못했다는 장면으로 대표되는 적서 차별, 장화와 홍련, 흥부와 놀부, 콩쥐와 팥쥐의 서사들이 담고 있는 처첩과 형제·자매 간의 갈등들. 가부장제 사회의 구조적 문제들이 가족의 문제로 터져 나왔다.

흥미진진한 서사물들이 가족 간의 갈등과 화합을 주된 소재로 삼아 스토리를 만들어간 반면, 가족을 주제로 한 한문 시문은 다른 주제와 비교해 아주 많지는 않다. 가족이라는 것 자체가 사적인 정감의 영역에 깊이 연결되어 있다는 판단에서 비롯된 것이다. 사대부 남성의 입장에서 부모와 처첩, 그리고 자식들을 향한 감정을 드러내는 것은 공공의 윤리성과 균형 잡힌 감정을 중요하게 생각하는 유교 중심의 문학관에서 보면 애써 할 일은 아니었다. 물론 그럼에도 가족을 대상으로 여러 감정을 그려낸 시편들, 가족에 대한 기록화 같은 산문 일기들이 전한다. 그러나 가족에 관한 가장 공식적인 글쓰기는 가족들이 죽었을 때 가능했다. 여성들은 '죽고서야' 행장, 유사, 묘지 등의 묘도문자를 통해 비로소 글쓰기의 대상이 되었고, 행적이 세상에 알려졌다. 17세기 이후 유교적 이념과 가문의 위상을 높이기 위한 중요한 수단으로 이런 글쓰기가 활용되었고, 18세기 이후에는 아내, 첩, 딸, 할머니 등에 대한 기록이 폭증했다. 조선 후기로 가면서 개인의 감정을 절실한 것으로 여기고 일상의 사소한 것들까지 문학의 대상이 될 수 있다는 문학 관념의 변화가 일어났다.

여기서는 조선 시대 네 명의 시인이 가족과 관련하여 지은 시를 읽어보려 한다. 조선 전기의 신사임당과 허난설헌, 그리고 조선 후기의 박지원과 김정희이다. 결혼으로 인한 가족과의 이별, 자식과 아내, 형의 죽음을 겪으며 쓴 작품들이다. 워낙 잘 알려진 작품들인데, 작품을 썼던 당시 이들이 처해 있던 상황을 조금 더 구체적으로 따라가면서 공감해 보자.

어머니 홀로 둔 마음 – 〈유대관령망친정〉, 〈사친〉

강릉의 선비 신명화의 다섯 딸 중 둘째였던 신사임당(1504~1551)은 1522년 19세의 나이로 22세 된 서울 선비 이원수(1501~1561)와 강릉에서 혼인했다. 그해에 아버지 신명화가 세상을 떠나 삼년상을 마치고, 1524년 시어머니 홍씨를 처음으로 뵈러 서울로 갔다. 홍씨 역시 이원수가 어릴 때 남편을 잃고 홀로 살아왔는데, 며느리를 그제야 처음 대면할 수 있었다. 이후 사임당 부부는 시댁의 근거지인 파주 율곡리와 봉평, 그리고 친정 강릉을 옮겨 다니며 살면서 아들 셋과 딸 셋을 낳았다. 그런 세월 동안 사임당은 삼십대 중반의 나이가 되었고, 큰 병을 앓으며 고생을 했다. 친정 어머니 용인 이씨(1480~1569)는 환갑을 넘겼고, 시어머니 홍씨도 살림을 거느릴 수 없을 정도로 연로해졌다. 〈유대관령망친정(踰大關嶺望親庭, 대관령을 넘다가 친정을 바라보며)〉은 신사임당이 혼인한 지 19년 만에 친정집을 완연히 떠나 연로해진 시어머니 홍씨를 대신하여 시댁의 살림을 맡으러 떠나는 길에 쓴 시이다. 이때가 1541년이었다. 아들인 이이가 쓴 〈선비행장(先妣行狀, 어머니 행장)〉에 따르면, 그렇게 올라간 뒤로 사임당은 수진방(壽進坊)에서 시집의 살림을 맡아 맏며느리의 역할을 했다.

慈親鶴髮在臨瀛 늙으신 어머니는 임영에 계시는데
身向長安獨去情 서울 향해 나만 홀로 가는 마음
回首北坪時一望 머리 돌려 북촌 마을 때로 바라보니
白雲飛下暮山靑 흰 구름 날아 내리는 저녁 산이 푸르구나

강릉에서 대관령을 넘어 서울 수진방까지의 길은 어림잡아도 200킬로미터가 넘는 여정인데, 그 길의 십 분의 일도 못 온 대관령에서 신사임당의 걸음이 멈췄다. 생각해 보면 한양의 시어머니 홍씨도 긴긴 세월을 홀로 살아내고 있었지만, 육친의 부모가 더 안쓰럽고 걱정되는 것은 당연하다. '나 혼자 간다'는 말에, 어머니를 두고 가는 것도 힘들고 그렇다고 모시고 갈 수도 없는 상황에 대한 안타까움이 담겨 있다. 그런데 사임당은 그런 마음을 달리 강하게 표현하지 않고 '백운(白雲)'의 고사를 썼다. 백운은 타향의 자식이 부모에 대한 그리움을 표현하는 데 많이 쓰이는 전고이다. 당나라 적인걸이 태행산을 넘어가던 중에 백운이 외로이 떠가는 남쪽 하늘을 바라보면서 "저 구름 아래에 부모님이 계신다"고 하고는 한참 동안 머물러 있다가 구름이 다른 곳으로 옮겨 간 뒤에야 길을 떠났다는 고사에서 비롯했다. 대관령에서 친정 어름의 백운을 응시하는 자신의 모습을 적인걸의 고사로 표현함으로써 감정의 과잉을 막고 전아한 분위기를

만들었다.

이이의 기억에 따르면, 서울에서 사는 동안에도 강릉과 친정어머니에 대한 사임당의 그리움은 '밤잠을 이루지 못할 정도'였다고 한다. 〈사친(思親)〉도 한양으로 완전히 올라와 살던 어느 때 쓴 칠언율시이다.

千里家山萬疊峰 천 리 고향은 만 겹의 봉우리로 막혔으니
歸心長在夢魂中 돌아가고 싶은 마음은 길이 꿈속에 있도다
寒松亭畔雙輪月 한송정 가에는 커다란 보름달이요
鏡浦臺前一陣風 경포대 앞에는 한바탕 바람이로다
沙上白鷗恒聚散 모래 위엔 백로가 항상 모였다가 흩어지고
波頭漁艇每西東 파도머리엔 고깃배가 저마다 동서로 오가네
何時重踏臨瀛路 언제나 임영 가는 길을 다시 밟아
綵舞斑衣膝下縫 색동옷 입고 슬하에서 바느질할까

수련(1·2구)은 고향에 대한 거리감을 '천 리' 먼 곳, 꿈에서나 갈 수 있는 곳으로 표현했다. 함련(3·4구)과 경련(5·6구)은 고향 강릉의 경물을 읊었다. 나고 자란 곳이니만큼 한송정이며 경포대의 달과 바람, 물가의 백로와 고깃배가 그린 듯 묘사되었다. 미련(7·8구)은 고향에 대한 그리움에 중첩된 의미를 담았다. 자녀 일곱을 둔 중년의 사임당이 색동옷 입고 바느질 배우던 어린 시절로 돌아가고 싶다고 했다. 어머니에 대한 그리움은 어머니와 함께했던 자기의 어린 시절에 대한 그리움이기도 했던 것이다. 어엿한 중년이 되었음에도 친정의 어머니가 그립고, 어머니와 함께했던 어린 날 고향이 생생하게 그립다. 이보다 더 진솔한 마음이 어디 있을까. 이처럼 혼인하는 여성이 겪었을 가장 낯설고 힘든 경험은 가족의 곁을 떠나

시댁이라는 새로운 가족과 연결되는 일이었다. '시집살이'라고 하는 혼인 구조 속에서 어찌 보면 가장 자연스러운 혈친과의 관계가 제한당하는 것이기 때문이다. 신사임당의 시들은 그런 낯선 경험 속에서 거스를 수 없이 흘러나왔던 자연스러운 감정의 표현이었다. 조선 후기의 여성 시인 정일헌(貞一軒) 남씨는 친정에 가고 싶은 마음을 시로 쓰면서 그 마음을 굳이 '사사로운 정(私情)'이라고 낮추어 표현했다. 친정에 대한 그리움은 가부장 중심의 혼인 형태가 확고해지는 조선 후기에 이르면 '사사로운 정'이라고 비하하는 전략을 쓰고서만 표현할 수 있었던 것이다.

죽음이 가져온 이별 앞에서 – 〈곡자〉 외

가족에 관한 생각이 깊어지는 중요한 계기 중의 하나는 죽음으로 가족을 잃는 것이다. 누군가의 죽음을 계기로 멀고 가까운 가족들이 모여들고, 더러는 싸움을 하기도 하고, 더러는 예전의 일들을 떠올리며 망자에 대한 애도의 한편에서 웃음꽃과 추억이 피어나기도 한다. 몇 달에서 몇 년에 이르는 상례와 제례의 과정이 있었고, 그것이 죽음을 받아들이고 슬픔을 공유하며 상실의 아픔을 딛고 일상으로 돌아오는 과정이 되었다. 그런 때 제문을 쓰고 시를 썼는데, 그런 시와 문장은 많다. 여기에서는 아들과 형제, 아내를 잃고 쓴 시를 시대 순서에 따라 읽어보기로 한다.

먼저 허난설헌(1563~1589)이 자식을 연달아 잃고 쓴 오언고시 〈곡자(哭子)〉이다. 김성립과 혼인을 한 시기가 분명하지는 않지만, 대체로 1580년 이전, 그러니까 허난설헌이 18세가 되기 이전이라고 한다. 나중에는 시댁의 별당에서 홀로 거처하며 시 짓기로 시간을 보냈다고 하니, 그렇게 지내기 이전 20대 초반의 어느 즈음 이 시를 썼던 것 같다.

去年喪愛女 작년에 사랑하는 딸을 잃고
今年喪愛子 올해에 사랑하는 아들을 잃었네
哀哀廣陵土 슬프고 슬프구나, 광릉 땅이여
雙墳相對起 두 개 무덤이 마주하고 서 있네
蕭蕭白楊風 백양나무에 소슬하게 바람이 불고
鬼火明松楸 귀신불은 소나무와 가래나무에 번쩍이네
紙錢招汝魂 종이돈으로 너희 혼을 부르고
玄酒奠汝丘 맑은 물을 너희 무덤에 올리노라
應知弟兄魂 너희 동생과 형의 혼이
夜夜相追遊 밤마다 같이 놀고 있을 터이지
縱有腹中孩 뱃속에 아이가 있다 한들
安可冀長成 장성하기를 기대할 수 있으랴
浪吟黃臺詞 부질없이 〈황대사〉를 읊조리니
血泣悲呑聲 피눈물에 목이 메는구나

〈곡자〉는 슬픔으로 인한 감정의 고조와 이완이 번갈아 나타난다. 시의 처음 두 구는 자식을 연달아 잃은 사실을 가감 없는 단순한 구조의 문장으로 썼다. 그 다음은 광릉 묘역에 있는 두 개 봉분의 황량하고 스산한 풍경을 그렸다. 어찌 보면 자기가 겪은 일인지 남의 일을 쓴 것인지 구분이 잘 안 되게 사실과 풍경을 처음 두 구에 서술해 놓고, '슬프디 슬픈 광릉(경기도 광주)'이라는 말로 이것이 자기의 일임을 드러냈다. 광릉은 남편 김성립의 가문인 안동 김씨의 선영이 있는 곳이기 때문이다. '지전을 사르고 현주를 올린다'는 말은 제사를 지낸다는 것이다. 두 아이의 무덤 앞에 주질러 앉았을 듯한 난설헌의 모습이 그려진다. 난설헌의 생각이 가 닿은 것은 저승의 두 아이가 서로 같이 어울려 도란도란 놀고 있으리라는 상상이다. 이는 사람들이 망자와 자신의 허전함을 위로하는 방식이기도 하다. 홀로 있던 어머니가 돌아가시면 '아이구, 이제 저승 가서 아버지 만나 좋으시겠네!' 하듯이. 아이 둘을 연달아 잃은 슬픔이 그나마 위로받는 짧은 순간이다. 하지만 다시 아이를 낳아도 또 잃을지 모른다는 거의 본능적인 두려움을 표현하면서 시상이 급변했다. 달리 표현할 길 없는 마음은, '황대 아래 외〔瓜〕가 하나씩 하나씩 차례대로 떨어진다'는 〈황대사〉의 전고를 가져와 읊었다. 정치 투쟁으로 네 명의 형제가 황대 아래 심은 외가 차례로 떨어지듯 죽어간 것을 슬퍼한 노래인데, 여기에서는 정치적 의미는 빼고 자식들이 거듭 죽는다는 뜻만을 가져왔다.

난설헌이 잃은 아이는 김희윤이다. 난설헌의 둘째 오빠 허봉(1551~1588)이 쓴 〈희윤묘지〉가 전하고, 김성립의 묘갈명에도 "아들 희윤을 낳았는데 어려서 죽었다"고 되어 있다(허전, 〈서당공묘갈명(西堂金公墓碣銘)〉). 외삼촌 허봉이 쓴 희윤의 묘지(墓誌)는 "싹만 틔우고 꽃피워 보지 못한 아이 희윤이다. 희윤이의 아버지는 성립이니 나의 매부이고, 할아버지는 첨이니 나의 벗이다. 눈물을 흘리며 명을 짓는다. 환하던 그 모습, 반짝이던 그 눈. 만고의 슬픔을 이 한 번 울음에 부친다."라고 했다. 무덤에 넣을 글이었다. 원문으로 보면 겨우 마흔일곱 글자인데, 훗날 무덤의 주인이 누구인지 알 수 있게 아버지와 할아버지의 이름을 썼다. 그리고 '그 아버지가 나의 매부요 할아버지가 나의 친구'라고 밝힘으로써 아이의 묘지에 이름을 새기지 못하는 외삼촌과 어머니 허난설헌의 자리를 두었다.

〈곡자〉는 오언고시이다. 압운과 평측, 자수의 제한이 있는 근체시와 달리 형식적 제한이 없다. 그래서 중국과 우리나라의 많은 시인들이 자기의 복잡한 심경을 드러내고 싶을 때에는 고시를 선택했고, 여러 편을 이어 쓰는 연작의 방식으로 자기의 뜻을 풍부하고 곡진하게 표현했다. 〈곡자〉는 장편은 아닌데, 이러저러한 한시의 규칙을 돌아볼 겨를은 없었던 상황에서 아프고 두려운 마음을 시로 쏟아낸 것이다. 난설헌이 두 아이를 잃은 슬픔을 이내 뱃속의 아이를 잃을지도 모른다는 공포로 표현한 것처럼, 이것은 상당히 육체적인 감정이기도 하다. 그렇게 고통스러운 순간에 한시를 썼다는 것은 허난설헌에게 시가 그런 순간들을 견디는 버팀목이었기 때문이리라.

한 가지에서 태어나 같은 기를 부모에게서 받은 동기(同氣). 형제와 자매의 죽음에 맞닥뜨리는 것도 몸을 잃는 것과 같은 경험이다. 시대를 조금 많이 건너뛰기는 하지만, 조선 최고의 문장가이자 근엄하고 날카로우며 목소리조차 엄청 커서 사람들이 두려워했다는 연암 박지원(1737~1805). 그가 돌아가신 형님을 그리며 애틋하게 홀로 읊은 시 〈연암억선형(燕巖憶先兄, 연암협에서 돌아가신 형님을 그리며)〉을 읽어보자.

我兄顔髮曾誰似 우리 형님 얼굴과 수염은 누구를 닮았던가
每憶先君看我兄 돌아가신 아버님 그리울 때마다 형님 얼굴 쳐다봤었지
今日思兄何處見 오늘은 형님이 보고 싶은데 어디를 보아야 하나
自將巾袂映溪行 두건에 도포 입고 시냇가에 가서 내 모습 비춰보네

박지원의 형님 희원은 1787년 58세로 별세했다. 박지원의 나이 51세 때였다. 형수인 공인 이씨는 그보다 십여 년 앞선 1778년 박지원 일가가 연암협에 머물 때 세상을 떠났다. 그때 연암협의 집 뒤에 형수를 묻었는

데, 형님이 돌아가시자 두 분을 합장했다. 그렇게 형님을 묻고 난 어느 날, 박지원은 연암협의 시냇가에 앉아서 이 시를 썼다. 박지원의 아들 종채가 아버지에 관해 쓴《과정록》에 이야기가 전한다.

가족을 잃은 슬픔이 누구에겐 덜하고 누구에게는 더할까 싶지만, 1787년부터 1788년까지 박지원의 가족에게는 잔인한 죽음의 시간이었다. 동갑내기로 16세에 부부가 되었던 박지원의 부인 이씨가 세상을 떠났고, 반년 뒤 형님 희원이, 이어 박지원의 며느리 이씨와 큰딸이 세상을 떠났다. 두 해에 걸쳐 네 명의 가족과 죽음으로 이별했던 것이다. 박지원은 23세 때 어머니 함평 이씨가, 31세 때 아버지가 돌아가신 뒤 일곱 살 위인 형님과 형수를 부모처럼 여겼다.《과정록》에 따르면 형수 이씨는 고생을 많이 해서 몸이 여위고 우울증도 있었다. 박지원은 그런 형수를 다정한 말로 위로했고, 좋은 것이 생기면 늘 형수에게 먼저 가져다 드렸다고 한다. 박지원의 아내 이씨 또한 형님인 이씨가 고질적인 기침병으로 심하게 괴로워할 때에는 수선을 피우지 않고 가만히 옆을 지키며 살펴보다가 증세가 진정되면 비로소 자기 처소로 돌아왔다고 했다. 이런 박지원을 두고 친구들은 북송의 사마광이 자기 형을 섬긴 일에 견주며 칭찬했다.

시라면 으레 경물을 묘사하고 그런 다음 심정을 얹어 쓰는데, 〈연암억선형〉은 그런 것이 없다. 경물을 묘사하지 않고 바로 형님 이야기로 나아갔다. 그런데 형님을 그리워하는 '연암의 정경(情景)'이 도리어 선명하다. 한 부모에게서 육신을 받고, 그리하여 모습조차 서로 닮은 동기(同氣). 형제에 대한 사무치는 그리움의 정경이다. 이 그리움에는 거의 30년 전에 세상을 떠나신 아버지에 대한 그리움이 겹쳐져 있다. 아버지가 그리울 때면 형님을 보며 달랬는데, 이제 형님도 계시지 않는다. 그 자리를 메울 것은 형님 닮고 아버지 닮은 자신의 모습뿐. 그는 덩그러니 시냇물에 비친 자기의 모습을 들여다본다. 키가 크고 풍채가 좋으며, 긴 얼굴에 쌍거풀진 눈과 커다란 귀, 도드라진 광대뼈와 구레나룻. 박지원의 아들 종채가 묘사한 박지원의 모습이다. 그저 상상일 뿐이지만, 아마 형님도 아버지도 그렇게 서로 닮았을 듯하다.

연암은 형님뿐만 아니라 동갑내기 아내도 같은 때에 잃었다. 20수의 애도시를 지었다고 하는데, 원고가 없어져서 볼 수가 없다고 한다. 연암뿐만 아니라 조선 후기로 들어서면 세상을 떠난 아내에 관한 시와 산문이 많이 나왔다. 여성에 관한 기록들이 대거 등장하는데, 그 중에서 가족이었던 어머니와 아내에 관한 기록이 특별히 많았다. 지금은 아름다운 휴양지가 되었지만 조선 시대까지만 해도 고래가 파도를 일으키는 사나운 바다 건너 죽음의 유형지로 알려진 제주의 유배지에서 아내의 죽음을 듣고 시와 제문을 지어 죽음을 애도하는 남편의 이야기를 보자.

우리가 읽을 시는 김정희(1786~1856)가 쓴 〈도망(悼亡, 아내를 애도함)〉이다. 1842년(헌종 8) 김정희가 57세 때 제주 유배지에서 썼기 때문에 '배소만처상(配所輓妻喪, 유배지에서 아내의 상을 슬퍼하다)'라는 제목으로 많이 알려져 있다. 시의 제목인 '도망'은 죽은 이를 애도하고 추념한다는 뜻으로, 만시(挽詩)의 하나이다. 번역의 결이 보는 사람마다 조금씩 다른데, 기구부터 결구까지를 한 문장으로 연결해서 읽어보자.

那將月老訟冥司　어찌하면 월하노인 시켜 저승에 호소하여
來世夫妻易地爲　내세에는 우리 부부 처지 바꿔 태어나서
我死君生千里外　나는 죽고 당신이 천 리 밖에 살아남아서
使君知我此心悲　당신에게 이 슬픈 마음 알게 할 수 있을까

'어떻게 하면 당신 잃은 이 슬픔을 당신도 알게 할까.' 아내 이씨를 향한 까마득한 말이다. '천 리 밖'이라는 말은 심상해 보이지만, 김정희가 유배지에서 아내 이씨에게 보낸 편지에서 늘 쓰던 말이다. 아내를 걱정하며 "당신 한 몸이라 생각하지 말고 이천 리 밖에 있는 내 마음을 생각하여 조섭을 잘 하라는 당부"(1482년 3월에 보낸 한글 편지)를 간곡히 했다. 또 천 리 먼 제주 유배지에서 아내가 마련해 준 음식과 의복을 갖추니 분수에 넘치는 일이라며 고마워하기도 했다. 그렇듯 김정희는 아내에게 제주에서 서너 달에 한 번씩은 편지를 보냈다. 아내가 세상을 떠났던 1482년 11월 15일 즈음에는 14일에 한 번, 18일에 한 번 급히 편지를 쓰며, 세 달째 소식이 없는 아내에 대한 걱정, 그리고 피부병 때문에 잠도 못 자고 아주 가려워 죽겠다는 하소연을 써서 보냈다. 그렇게 편지를 썼던 날에 아내가 세상을 떠났다는 것을 한 달 뒤에야 알게 된 김정희의 마음은 어땠을까.

〈도망〉에서 애도하는 아내는 예안 이씨로, 김정희의 두 번째 아내이고 이병현의 딸이다. 김정희는 15세이던 1800년 한산(韓山) 이희민의 딸과 혼인했는데, 5년 뒤 혈육 없이 세상을 떠났다. 그리고 다시 혼인하여 맞은 아내가 예안 이씨이니, 김정희가 23세 되던 1808년이었다. 이때부터 1842년 예안 이씨가 세상을 떠날 때까지 34년을 부부로 살았다. 김정희는 시뿐만 아니라 아내 제문도 썼다. 제주에서 한 달 뒤에 부음을 받고 쓴 〈부인예안이씨애서문(夫人禮安李氏哀逝文)〉이 그것이다. 김정희는 죽어서는 안 될 아내가 죽은 애통함 때문에 도저히 담담할 수가 없다고 했다. 그 애통함의 근원은 이씨가 '삼십 년 동안 보여준 효와 덕성'에 있다. 가족은 물론 벗들과 모르는 사람들까지도 칭송했는데, 부인은 그것이 인도(人道)에 당연한 것이라며 칭찬을 마다했다고 써서 덕성을 더욱 부각했다. 사실 이 말은 이씨가 집안을 위해 희생과 헌신을 다했기에 그녀의 죽음이 아깝고 슬프다는 말이기도 하다.

〈도망〉은 '혼자 남겨지는 슬픔을 다음 생애에서 자네도 한번 톡톡히 당해보게.'라는 원망에 깊은 그리움을 담아냈다. 누구에게도 털어놓지 못할 마음일 터이다. 갖가지 노동으로 생활을 지켜냈던 아내의 부재는 일상을 더욱 힘들게 할 것이니, 얼마쯤은 살아남은 자의 앞날에 대한 걱정이 없다고도 못하겠다. 그러나 그 또한 함께 살아온 날들의 무게에서 나온 것이니, 원망 섞인 그리움과 슬픔은 조금 이기적이고 야속하다 할지언정 거짓은 아니다.

—

가족이라는, 오래된

—

원래 우리나라의 오랜 풍속은, 여자는 혼인하고 친정에서 살며 남자들이 처가살이를 하는 것이었다. 그런 풍토 속에서 사대부가의 딸(여성)은 아들과 다름없이 재산권을 행사하고 제사의 의무를 아들들과 분담했다. 여성들은 친정 집안의 분위기에 따라서 경전과 역사서를 익히고 문학과 예술을 배우기도 했다. 신사임당의 어머니 용인 이씨는 무남독녀였는데, 친정어머니 최씨를 돌보기 위해 강릉에 살면서 16년을 남편과 따로 살았다. 신사임당도, 허난설헌도 그런 분위기 속에서 성장했다. 가족의 상황과 인정(人情)에 따르는 유연한 가족 형태가 가능했던 것이다. 조선 후기까지도 이런 현상이, 시대의 주류는 아니었을지 몰라도, 지속되었다. 그런 한편 신사임당과 허난설헌의 시대는 성리학에 대한 학습과 이해가 심화되면서 가부장제의 틀이 강고해지던 때였다. 여자는 혼인하면 남편의 집에 가서 살며 그 집안에 소속된 존재가 된다든가, 부덕(婦德)이라는 명분으로 여성에게 행동은 물론 생각의 틀에도 제한이 가해졌다. '가족'의 개념, 가족의 구성원으로서 할 수 있는 활동과 영역에 큰 변화를 경험하게 되었던 것이다. 여성이 경험하는 현실의 차이는 더 컸다.

신사임당과 허난설헌의 시는 남성 중심의 가부장제의 위계가 강화되면서 맞닥뜨렸던 여성의 경험과 진솔한 반응, 그리고 여성에 대한 이해의 차원에서 본원적인 문제를 제기했다. 신사임당은 혼인한 뒤에도 오랜 세월을 친정 중심으로 살았고, 완전히 시댁으로 들어간 뒤에도 친정에 가고 싶은 마음을 별로 감추지 않았다. 혼자 남은 친정어머니에 대한 걱정과 궁금함, 장년이 되어서도 어린 시절 부모의 품이 그립고 돌아가고 싶은 마음. 이는 후대에 중후한 명망으로 추숭된 사임당의 형상에서 그림자 감정이었다. 하지만 이것이야말로 변화하는 혼인 제도 속에서 딸로 살기보다 결국 시집살이에 적응해야 했던 16세기 여성의 진솔한 속내이다. 허난설헌 또한 읽고 쓸 것이 많고 자유로웠던 친정을 떠나 낯선 방식으로 시집살이를 시작하고, 이내 연달아 아이를 잃는 심정을 곡진하게 썼다. 그녀를 방탕하다고 심판했던 조선 후기의 사대부들은 공교롭게도 이 아픈 모정에 대해서는 별 관심을 두지 않았다. 허난설헌을 방탕하다고 비난하자면 애타는 모정은 배제되어야 했을 터이니 말이다. 그러나 방탕하다는 비난을 받았던 시 가운데 많은 것은 건강하고 대담 발랄한 조선 전기 여성의 욕망을 표현한 것일 뿐이었다. 여성의 욕망과 모정은 적대적이거나 상호 배타적이지 않다.

박지원과 김정희의 시는 남성 사대부들의 시가 가족에 대한 감정을 한시로 어느 정도까지 표현할 수 있는지 보여주었다. 칠언절구의 아주 짧은 형식인 점도 비슷하다. 박지원이 세상을 뜬 뒤 아들 종채는 "이제 기억 속의 아버지 모습은 날로 아득해져 가는데 우러러볼 초상화조차 없으니 비통함을 견디기 어렵다."라고 했다. 종채는 어디에서 누구를 보며 아버지를 그리는 마음을 달랬을까. 박지원의 슬픔은 그대로 아들 종채의 슬픔이 되었다. 누구라도 공감하지 않을 수 없는 가족의 감정이다. 그런가 하면 김정희의 〈도망〉은 애도시의 오랜 전통 속에서 지어진 것이다. 중국 진(晉)의 반악이라는 작가가 죽은 아내를 애도하며 세 수의 오언고시로 〈도망〉을 지은 이래, 세상을 떠난 아내 곧 망실(亡室)을 슬퍼하고 그리워하는 애도시를 가리키게 되었다. 조선 시대 들어서는 17~18세기에 집중적으로 도망시가 지어졌는데, 연작이나 장편으로 함께했던 일상과 망자가 쓰던 물건, 가족, 꿈 등을 제재로 해서 추억과 슬픔을 절절하게 그려냈다. 그런 도망시의 전통에서 보면 김정희의 〈도망〉은 짧기만 해서 덤덤한 시처럼 보인다. 그러나 천 리 먼 유배지에서 속수무책으로 아내의 죽음을 받아들여야 했던 심경이 한 글자도 허투루 놓이지 않은 단편의 시 속에 응집되어 있다. 유교적 덕목인 효와 덕성을 글의 한가운데 놓고 이를 중심으로 정형화된 형태로 칭송한 애서문(哀逝文)이 다하지 못한 정감의 집약적 유출은 한시를 통해 가능했던 것이다.

현대 인간의 생활 패턴과 삶의 주기에 비추어 보면, 이전처럼 혈연과 이성 간의 제도적 결혼은 구속력이 약해졌다. 새로운 가족 개념과 실천이 필요하다는 말도 이제 낯선 제안이 아니다. 그런 시대에 가부장제의 조선 시대 사람들이 가족 때문에 쓴 오래된 시들을 읽는다는 것에서 어떤 의미를 추려낼 수 있을까. 가족제도를 이전처럼 회복해야 한다거나 가족애가 필요하다는 선언은 실효성이 없어 보인다. 가족제도는 물론이고 관계의 의미는 계속 변화해 왔지만, 지금은 역사의 단층(斷層)이라 할 만큼 인간의 삶이 달라지는 연대기를 맞이했다고 한다. 그렇기에 변화의 형질을 짐작하기가 쉽지 않다. 미래에 가족, 가족이라는 감정을 어떻게 상상하고 표현해야 하는지, 어떤 관계의 가능성이 있는지 과거로부터 되짚어보기를 시작해 본 것이라 하면 되겠다.

- 김남이

참고 문헌

김경미·박무영·조혜란, 《조선의 여성들, 부자유한 시대에 너무나 비범했던》, 돌베개, 2004.

안대회, 〈한국 한시와 죽음의 문제 - 조선 후기 만시의 예술성과 인간미〉, 《한국한시연구》 3, 한국한시학회, 1995.

이은영, 〈못다 한 사랑과 그리움의 노래 - 도망시의 전통과 미〉, 《동방한문학》 42, 동방한문학회, 2010.

一二三四五六七八九十

인간답게 산다는 것

문학과 인간다움

'인간답다'는 말은 사전적으로 "됨됨이나 하는 행동이 사람으로서의 도리에 어긋남이 없다."라는 뜻이다. 그렇다면 다시 생각해 볼 것은 '사람(인간)이란 무엇인가? 또 사람의 도리라는 것은 무엇인가?' 하는 것이다. 국어사전에서는 '인간'을 "직립보행을 하며, 사고와 언어 능력을 바탕으로 문명과 사회를 이루고 사는 고등동물"로, '사람'을 "두 발로 서서 다니고 언어와 도구를 사용하며, 문화를 향유하고 생각과 웃음을 가진 동물"이라고 정의하고 있다. 이 정의를 그대로 인정한다면 '두 발로 걷고, 생각하고 말하며, 무리 지어 사는 존재'를 인간이라고 할 수 있지만, 우리는 단순히 이와 같기만 한 존재를 인간이라고 규정하지 않는다. 인간이기 위해서는 앞서 정의한 생물학적인 개념 이상의 어떤 것이 필요하다고 생각하기 때문이다.

인간답다는 말은 인간의 도덕적 가치를 전제한 것으로 보인다. 그렇기 때문에 일반적으로 인간다운 인간을 '인간으로서의 도리에 충실한 인간'이라고 규정한다. 이와 같은 측면에서 본다면 인간은 본질적으로 도덕적인 존재이고, 인간성은 바로 도덕성을 의미하게 된다. 그래서인지 고대부터 지금까지 동서양을 막론하고 인간의 본성을 이야기할 때 도덕성이라는 개념은 언제나 빠지지 않았다. 인간의 보편적인 도덕 가치와 규범을 인정하여 감각 세계의 변화를 넘어서 영원하고 변치 않는 진리를 찾아가는 이성적 존재를 인간으로 규정한 소크라테스나 플라톤, 인(仁)을 중심으로 인간을 규정한 공자, 측은(惻隱)·수오(羞惡)·사양(辭讓)·시비(是非)의 사단(四端)을 근거로 인간을 평가한 맹자 모두 이와 같은 의식을 보여준다.

그렇다면 인간은 정말 도덕적이고, 도덕적이지 않다면 인간일 수 없는가? 도덕이란 무엇이고, 도덕적인 모든 존재를 인간이라고 할 수 있는가? 도덕이란 "인간이 지켜야 할 도리나 바람직한 행동 규범"을 의미하는데, 이 말은 개인적이면서 동시에 집단적인 존재인 인간이 개체로서의 삶을 넘어서서 집단적인 삶을 살아가기 위한 도리와 규범을 뜻한다. 다시 말해, 도덕이란 자연물인 인간이 인위적으로 구성된 집단 안에서 생존하기 위해 필요한 최소한의 규칙이라는 것이다. 그렇기 때문에 도덕은 인간의 자유를 근본으로 하지만, 그 자유는 무제한의 자유가 아니라 인간이 인간에게 부여한 유한한 자유이다. 해방의 자유가 아니라 자율의 자유라는 점에서 도덕의 자유로움은 회의의 대상이 되어 위선적인 형태로 나타나기도 한다.

이렇게 본다면 도덕이란 인간이 집단을 이루고 살아가기 위한 기본적인 규범이라고 할 수 있다. 그 규범이 지켜지지 않는다면 인간 집단이 영위될 수 없기 때문에, 도덕이란 인간에게 더 없이 중요한 것이고 반드시 지켜져야 하는 것이다. 그렇다면 인간은 도덕적인가? 도덕적이어야만 인간이라고 할 수 있는가? 이것은 다른 문제이다. 도덕을 바탕으로 인간답다는 말은, 인간 스스로가 인위적으로 추구하는 목표에 어느 정도 가까이 가 있는가를 의미하는 것이지 인간이라는 존재 자체를 의미하는 것은 아니기 때문이다. 도덕의 유무로 인간을 규정한다면 온전한 인간은 지고지순한 절대선의 도덕적 경지에 올라 있는 존재가 되어야 한다.

집단적인 존재로 살아가야 하는 인간이 느끼는 가장 큰 어려움은 개인적 욕구와 공동선, 즉 도덕과의 조화이다. 집단적 존재이지만 집단의 하나로 머무는 것에 만족하지 못하는 인간은 공동선과 개인적 욕망 사이에서 스스로 다양한 결핍을 보충해야 하는 결핍된 존재이다. 이기주의와 이타주의 사이에서 끝없이 갈등하는 존재가 인간이고, 이성과 감정·도덕과 본능 사이에서 수없이 고뇌하는 존재가 인간이다. 자연물인 인간이 인위적인 도덕적 인간을 추구하기 때문에 인간은 도덕과 본능·이성과 감정 사이의 괴리를 느낄 수밖에 없다. 그 괴리가 인간을 고뇌하고 회의하게 만들며, 좌절하고 원망하게 만든다. 집단적으로 살아갈 수밖에 없는 인간의 속성이 인간에게 도덕적 가치를 부정할 수 없게 만들지만, 인간은 본능적 욕구를 버릴 수 없는 존재이기 때문이다. 결국 인간이란 추구해야 할 도덕적 가치와 현실적 욕망 사이에서 고뇌하고 갈등하며 도덕적 인간에 부합하기 위해 노력하는 존재이다. 이때 느끼는 고뇌와 갈등의 크기는 도덕적 가치와 현실적 욕망 사이의 괴리가 지니는 크기에 따라 달라지는데, 이 순간 느끼는 고뇌와 갈등을 극복하기 위한 인간의 다양한 행위 중 대표적인 것이 문학·예술 활동이다. 그렇기 때문에 인간은 불멸의 예술 작품을 창작하여 높은 정신적·문화적 성취를 이룰 수 있었다. 이렇게 본다면 문학이란 본질적으로 고뇌와 갈등의 산물이고, 이상과 현실 사이의 괴리, 이성과 감정·도덕과 본능의 틈바구니에서 만들어지는 것이다.

염량세태를 좇는 인간관계 – 〈사청사우〉

인간이 도덕성을 추구하는 것은 본질적으로 인간이라는 존재가 집단적 속성을 지니고 있기 때문이다. 공동체에서 배제된 인간은 인간으로서의 정상적인 삶을 유지하기 어렵다. 그렇기 때문에 인간은 도덕이라는 규범을 통해 공동체의 삶을 조절하고 조화하려고 하지만, 이와 같은 목표는 인간이 지니고 있는 이기적 속성에 의해 수많은 도전을 받는다. 자신의 개인적인 이익을 최상의 가치로 규정하고, 이익의 달성을 통해 자신을 공동체 사회에서 보다 나은 위치에 자리매김하고자 하는 의식은 공동체 사회의 틀을 흔들고 구성원들을 회의하게 만든다. 이와 같은 욕구에 따른 행동의 대표적인 예가 공동체 사회 구성원 간의 관계, 즉 인간관계이다.

'따뜻하면 붙고 차가우면 놓아버린다'는 말은 뜨거웠다가 차가워지는 인간 세상의 모습을 보여주는 말이다. 상대가 권력과 세력을 가지고 있으면 그와 관계를 맺기 위해 찾아오는 사람들로 문전성시를 이루다가 권력과 세력이 사라지면 찾아오는 사람이 없어 문 앞에 참새 잡는 그물을 칠 정도[문전작라(門前雀羅)]라고 한다거나, '정승 집 개가 죽으면 문상을 가도 정승이 죽으면 문상 가지 않는다.' 또는 '달면 삼키고 쓰면 뱉는다.'라는 말은 모두 이익에 따라 움직이는 인간관계를 가리킨다. 시에서도 이와 같은 인간관계를 비판한 것들이 적지 않은데, 대표적인 것이 김시습의 〈사청사우(乍晴乍雨, 잠시 개었다가 다시 잠시 비가 내리니)〉라는 시이다.

이 시를 지은 김시습은 생육신의 한 사람으로, 자는 열경(悅卿), 호는 청한(淸寒)·동봉(東峰)·매월당(梅月堂)이다. 어릴 때부터 신동으로 이름이 났으나 스무 살 때 세조의 왕위 찬탈이라는 소식을 듣고 벼슬을 포기한 뒤 중이 되어 전국을 방랑했다. 그는 9년간의 방랑 생활 뒤《탕유록(宕遊錄, 얽매이지 않고 유랑한 기록)》을 썼고, 경주의 남산에 머물면서 우리나라 최초의 한문소설이라고 일컫는《금오신화》를 창작했다. 49세에 환속했는데, 유·불·도 사상을 두루 갖추고 탁월한 문장으로 일세를 풍미했으며, 지조를 지킨 삶을 살았다고 하여 '생육신'의 한 사람으로 이야기된다. 김시습의 일생을 볼 때, 그는 자신의 이상이 실현될 수 없는 현실에 대한 절망감과 고독감을 지니고 평생을 외롭게 살았던 자유인이었다고 할 수 있다. 김시습의 〈사청사우〉라는 시를 보면 당시 김시습이 느꼈던 인간관계에 대한 불신과 냉소를 느낄 수 있다.

乍晴乍雨雨還晴　잠시 개었다 비 내리고 비 내리다 다시 개니
天道猶然況世情　하늘의 이치도 이러한데 하물며 세상인심이랴
譽我便是還毁我　나를 칭찬하다가 곧 도리어 나를 헐뜯고
逃名却自爲求名　명예를 피하다가 돌이켜 스스로 명예를 찾지만
花開花謝春何管　꽃이 피고 지는 것을 봄이 어찌 상관했겠으며
雲去雲來山不爭　구름이 오고 가는 것을 산은 다투지 않네
寄語世人須記認　세상 사람들에게 말하노니 꼭 기억해 두기를
取歡無處得平生　잠시 기뻐해 본들 평생 누릴 수 없다는 것을

이 시는 김시습의 문집인《매월당집》4권에 실려 있다. 칠언율시 평기

식(平起式)으로, 운자는 하평성 '경(庚)' 운의 '청(晴), 정(情), 명(名), 쟁(爭), 생(生)'이다. 수련의 첫 번째 구에서 '환(還)'을 쓰고, 함련의 첫 번째 구에서 다시 '환(還)'을 썼으며, 수련의 두 번째 구에 '세(世)'를 쓰고, 미련의 첫 번째 구에서 다시 '세(世)'를 썼으며, 경련에서도 의도적으로 '화(花)'와 '운(雲)'을 반복하여 자첩(字疊)이 되었지만, 이와 같은 의도적인 글자의 중복을 통해 시 속에 리듬감과 대구를 잘 형성했다.

이 시에서 김시습은 잠깐 개었다가 곧 다시 비가 내리는 날씨를 통해 변덕스러운 세상인심을 경계하고 비판한다. 인간 세상은 다양한 이해관계에 따라 인간의 행동이 달라지는 변화무쌍한 곳이기 때문에 집착하며 살 곳이 못 된다고 했다. 그래서 그는 언제나 변함없는 자연과 함께 살아가고자 한다는 자신의 의지와 함께, 세상 사람들에게 세속적인 명예와 이익을 버리고 무위자연으로 돌아갈 것을 권하는 뜻을 시 속에 밝혔다. 비판적·관조적·비유적·경세적인 성격으로, 세속적인 명리를 떠나 무위자연으로 돌아가려는 김시습의 인생관이 잘 드러나 있는 시이다.

시 속에서 김시습은 날씨가 가진 변화무쌍함과 꽃이 피고 지는 현상, 구름이 오가는 현상에 대해 지적했지만 그러한 현상들은 비판의 대상이 아니다. 그것은 인위적으로 어찌할 수 없는 하늘의 이치이자 순리이기에 다툼과 비판의 대상이 아닌 것이다. 그러나 세상인심은 자기 이익을 위해 아부하다가도 필요에 따라 상대를 헐뜯는다. 이러한 세상의 모습이 작자가 비판하는 대상인 것이다.

이 시의 수련은 변덕스러운 날씨를 제재로 세상인심의 변덕스러움에 대해 이야기하고 있다. 날씨는 하늘의 이치이자 자연의 순리인데, 인간이 변하지 않는 진리로 믿고 있는 하늘의 이치와 자연의 법칙까지도 변덕스러우니 세상인심이야 말해서 무엇하겠느냐는 것이다. 변덕스러운 날씨는 시를 짓게 만든 소재이고, 작자는 이런 상황을 시의 첫 구절과 제목으로 삼았다.

함련은 변덕스러운 인정세태를 비판한 것으로, 구체적으로는 자신을 대하는 세상의 양면성과 변덕스러운 세상의 인정을 밝히고 있다. 수련을 이어 예시를 보여준 것으로, 지조와 원칙을 내세우던 사람들도 입장이 바뀌거나 이해관계가 달라지면 자신이 칭찬하던 사람을 더 심하게 욕하고, 명예를 마다하던 사람도 도리어 명예를 탐하는 변덕을 보인다고 했다.

경련은 자연의 섭리가 지닌 불변성을 밝힌 부분으로, 꽃을 피고 지게 하고 구름을 오가게 하는 자연의 섭리는 변하지 않는다는 것이다. 바람과 구름, 산과 꽃이 자연의 법칙에 순응하며 살아간다고 했는데, 이 연에서 사용된 꽃과 봄, 구름과 산이 모두 자연의 섭리에 순응하는 모습을 보여주어 함련의 인정세태와 대비될 뿐만 아니라 다시 각각이 이미지의 대비를 이루고 있다. 꽃과 구름, 봄과 산은 각각 유사 이미지를 지니는데, 꽃이 피고 지는 것과 구름이 오고 가는 것은 변덕스러운 외적 상황을, 봄과 산은 순리를 따르는 변하지 않는 의연한 자연의 모습을 말한다.

미련은 변덕스러운 세상인심에 대한 경계와 함께 순리에 따라 욕망을 버리고 살 것을 권한 것으로, 인간 세상이 집착할 만한 곳이 못 된다는 작자의 인식을 보여주는 부분이다. 이 연에서 김시습은 인간 세상은 이해관계가 지배하는 변덕스러운 곳이며, 이해관계에 따라 인간의 행동이 달라지는 곳이라고 하여, 인간 세상을 질서에 의해 움직이는 자연 세계와 대비시켰다. 그는 인간 세상은 늘 인심의 변화와 추이를 살피며 살아야 하는 피곤한 곳임을 알아야 한다고 했다. 특히 미련의 마지막 구에서 김시습은 평생 정착하여 얻을 만족할 만한 기쁨은 어떤 곳에도 없으며, 부귀영화도 무상한 것이라 한평생을 걸 만한 기쁨이 되지 못한다는 자신의 생각을 밝혔다.

이 시를 통해 김시습이 희구한 인간 세상은 변덕 없고 일관성 있는 평화로운 세계이다. 그것은 꽃처럼, 산처럼, 구름처럼 스스로의 속성에 따라 자유롭게 살아가는 자연과 같은 세상이다. 그는 이 시를 통해 자연처럼 욕심이나 얽매임 없이 담담하고 유유하게 순리대로 살아가는 삶에 오히려 생의 즐거움이 있다고 세상 사람들에게 충고하고 있다. 그러나 다른 한편으로는 이 시가 어느 한쪽에도 정착하지 못하고 떠돌아다니는 자신의 유랑에 대한 설명이라고 볼 수도 있다. 즉 김시습은 이 시를 통해 세상인심이란 한결같지 않아서 언제 어떻게 변할지 예측할 수 없으니, 꽃과 구름을 대하는 봄날과 산처럼 외부의 변화에 일희일비하지 않고 욕심을 버리고 순리대로 유유히 살아간다면 오히려 은근한 생의 즐거움이 있다고 충언한 것이다. 이 충언을 통해 김시습은 현실에 만족하지 못하고 끝없이 무엇인가를 찾아 떠돌아다니는 자신의 처지를 자조적으로 밝히고, 세상 사람들에게 현실의 처지에 만족하라고 권유하고 있다고도 볼 수 있다.

연민 그리고 갈망 - 〈영류가고안〉

독립된 개체로서 자율성을 지니면서도 집단 구성원의 하나로 살아가야 하는 인간은 스스로가 집단 안에서 처한 위치와 맺은 인간관계에 의해 고민하고 갈등하지만, 집단을 벗어날 수 없다는 한계 때문에 좌절하게 된다. 이 좌절은 집단의 구성원으로 그 집단 안에서 정당한 대우를 받지 못하는 사람이 느끼는 것이 아니라, 정당한 대우를 받지 못하고 있다는 것을 깨달은 뒤 이를 극복하기 위해 시도했던 노력이 무산되는 고통을 맛본 사람만 느끼는 것이다. 따라서 이 경우의 좌절은 자신의 처지를 자각한 사람만 느낄 수 있는, 지식인 혹은 깨어 있는 사람의 고통이다.

집단 안에서 느끼는 좌절은 '자기 연민'이라는 심리학적 방어기제를 유도하여 스스로를 집단 속에서 고립시키고 그 집단에서 벗어나고자 하는 욕구를 강화하지만, 고립의 정도가 깊어질수록, 또 집단을 벗어나고자 하는 욕구가 커질수록 좌절의 정도는 심해진다. 그것은 인간이 결코 집단을 벗어나 살아갈 수 없다는 근원적인 한계 때문인데, 대부분의 경우 자기 연민과 자유에의 갈망은 소외된 개인의 좌절을 극복하기보다 더 깊은 절망으로 이끌게 된다. 따라서 이런 경우의 좌절을 극복하기 위해 자각한 지식인, 깨어 있는 지성인이 선택하는 대표적인 행위가 문학·예술 작품의 창작 활동이다.

이 글에서 살펴볼 손곡 이달의 〈영류가고안(詠柳家孤雁, 유씨 집에 있는 외로운 기러기를 두고 읊다)〉이라는 시는 이달이 당대 사회에서 느낀 자기 연민과 자유에의 갈망을 기러기에 가탁하여 창작한 시이다. 시의 제목에 기러기를 직접 거론한 것으로 보아, 이달이 직접 기러기를 보고 지은 시인 것은 분명하다. 하지만 이 시에서 기러기는 자연물 기러기만을 의미하는 것이 아니라 당대 사회에서 소외되고 박해받는 존재, 고민하고 갈등하며 좌절하는 존재를 뜻하는 것으로 볼 수 있다. 이달이라는 인물의 생애(78~79쪽 참조)로 볼 때, 이 시에서 기러기로 치환된 인물은 바로 이달 자신이라고 보는 것이 타당해 보인다.

紫塞胡霜重　만리장성에 북방 된서리 무섭게 치자
南天暖氣通　남녘 땅 따뜻한 기후를 찾아
孤飛水雲外　홀로 물 넘고 구름 넘어 날다가

誤墮罻羅中 잘못하여 그만 그물에 떨어져

飮啄隨人意 먹고 마시는 것도 남의 뜻에 따라야 하니

棲遲恨路窮 놀며 지내다 뒤처져 길 막힌 것을 한하네

浦沙眠夜月 갯가에서는 달빛 속에 잠들고

煙渚戲蘆叢 물가에서는 갈대밭을 노닐다가

接翅飜遙海 떼 지어 아득한 바다를 날아가면서

聯行叫遠風 줄지어 먼 바람 속에서 울고

長愁戈者矢 근심거리라고는 사냥꾼의 화살이어서

徒避莫徭弓 단지 막요의 화살만 피하면 됐었지

繕性能如此 갖추어진 본성이란 모두 같은 거지만

在身本不公 타고난 몸이 같지 않은 것인데

念群渠獨嗇 생각해 보게, 무리 중에 있을 새를 홀로 가두어 두고

無患爾何豐 걱정도 없이 자네만 어찌 풍요롭겠나

在物雖形異 만물의 모습은 비록 다르다지만

懷鄕與我同 고향 생각하는 것은 사람과 같으니

何當養六翮 어찌 이 기러기 키울 수 있는가

好去向雲空 기꺼이 구름 낀 하늘로 날아가게 하구려

이 시는 1618년(광해군 10) 간행된 이달의 문집《손곡시집(蓀谷詩集)》초간본에는 3권 '오언율시' 부분에 수록되어 있지만, 1693년(숙종 19) 간행된 중간본에는 배율(排律)로 간주하여 문집의 마지막 부분에 수록되어 있는데, 5언의 구 스무 개가 이어져 있는 것으로 보아, '오언배율'로 보는 것이 타당해 보인다. 운자는 상평성 '동(東)' 운의 '중(重), 통(通), 중(中), 궁(窮), 총(叢), 풍(風), 궁(弓), 공(公), 풍(豊), 동(同), 공(空)'이다.

이 시는 이달이 유씨 집에 갇혀 있는 기러기를 보고 기러기의 처지에 대한 연민과 함께 기러기에 가탁한 자신의 자유에 대한 갈망을 드러낸 시이다. 시의 내용은 한순간의 실수로 동료들과 헤어지고 그물에 걸려 유씨 집에 갇힌 뒤 자유롭던 과거의 추억을 떠올리며 고통 받는 기러기의 상황을 제시하고, 이어 이 기러기를 가두어 기르고 있는 유씨에게 고향을 생각하는 마음은 새나 사람이나 모두 같으니 기러기를 놓아주도록 권하는 것이다. 갇혀 있는 기러기에 대한 연민과 놓아주라는 권유를 내용상의 주제로 하여 시적 대상인 기러기에 대한 연민의 정서를 드러낸 이 시는, 전체를 두 부분으로 나누어 볼 수 있다. 전반부는 1~12구까지로 시적 화자인 이달이 기러기의 입장에서 기러기의 처지를 독백체로 진술한 부분이고, 후반부는 13~20구까지로 말을 건네는 방식으로 기러기에 대한 화자 이달의 견해를 '자네'인 유가에게 피력한 부분이다.

시를 조금 더 자세하게 살펴보면, 첫 구의 '만리장성', '북방', '된서리'는 모두 시의 시공간적 배경이 늦가을의 북쪽 지방임을 뜻한다. 2구의 '남녘 땅', '따뜻한 기후'는 기러기가 가고자 하는 곳으로, 지향점이나 목표를 뜻한다. 이는 18구의 '고향'과 유사한 이미지를 지닌다. 3구는 기러기가 잡히게 된 계기를 보여주는 것이다. 철새인 기러기는 무리 지어 움직이는데, 이 기러기는 무리를 떠나 홀로 날다가 잡히게 된 것이다. 기러기가 홀로 날게 된 이유는 6구에 나와 있는데, '놀며 지내다 뒤처져 길 막혔기' 때문이라고 했다. 4구에서는 기러기가 처한 상황을 단적으로 보여준다. '그물'은 기러기의 생명을 위협하는 것으로 11구의 '사냥꾼의 화살'과 유사한 의미이다. 6구는 기러기가 그물에 걸린 사연과 심정을 드러낸 것이다. 이 구에서 '한하네'라는 표현은 표면적으로 기러기의 심정을 말하지만, 전반부가 화자인 이달이 기러기의 입장에서 자신의 정서를 서술한 것임을 고려할 때 화자의 정서라고도 할 수 있다. 다시 말해, 그물에 걸려 잡힌 기러기에 대한 안타까움을 직접적으로 제시한 것이라고도 할 수 있다. 1구에서 6구까지는 기러기가 잡힌 사연과 기러기의 처지를 말한 것이다.

7구에서 12구까지는 자유롭고 근심 없던 시절에 대한 기러기의 회상에 해당한다. 이 여섯 개의 구에 나오는 '갯가', '달빛', '물가', '갈대밭', '바다'는 모두 자유가 없는 현재의 공간을 의미하는 '그물'과 대조적인 시어들로 자유의 공간이면서 과거의 공간이다. 비록 11구에 나오는 '사냥꾼의 화살'이 근심거리이기는 했지만, 12구에서 '막요의 화살만 피하면 됐었지'라고 한 것으로 보아 이 역시 큰 걱정거리는 아니었다고 할 수 있다. 12구에 나오는 '막요(莫徭)'는 활쏘기로 유명한 부족의 이름을 말한다.

13구부터는 후반부에 해당한다. 13~14구에는 본성에 대한 이달의 견해가 드러나 있다. 일반적으로 유교에서는 하늘로부터 부여받은 만물의 본성이 모두 같은 것이라고 본다는 점에서, 이 두 구에는 이달이 지니고 있었던 유교적 사고가 드러나 있다고 볼 수 있다. 15구에 나오는 '생각해보게'라는 말의 대상은 이후 내용으로 볼 때 '자네', 즉 기러기를 잡은 '유씨'라고 할 수 있다. 이 말은 유씨에게 건네는 말로 사람과 짐승, 특히 새와의 대조를 통해 깨달음을 유도하기 위해 사용한 것이다. 16~18구는 고향을 생각하는 마음인 본성은 타고난 형체에 관계없이 사람이나 짐승이 모두 똑같다는 말로, 13~14구에서 본성은 모두 같다고 한 견해와 유사하다. 19~20구는 화자인 이달의 견해가 단적으로 드러난 이 시의 주제 구이다. '이 기러기'는 잡힌 기러기를 의미하는 것이고, '구름 낀 하늘'은 애초 기러기가 있어야 할 곳으로 '그물'이나 '화살'과 대조적인 자유로운 공간을 의미한다. 원문의 '육핵(六翮)'은 원래 큰 기러기로 날개 속에 여섯 개의 뼈가 있어서 천 리를 난다는 새를 뜻한다. 하지만 이 시에서는 갇혀 있는 기러기를 뜻하고, '운공(雲空)'은 구름 위의 하늘을 말한다. 이 시의 후반부는 '갖추어진 본성이란 모두 같은 거지만'과 '고향 생각하는 것은 사람과 같으니'를 근거로 해서, 화자인 이달이 '유씨'에게 잡은 기러기를 놓아주도록 권하는 내용이라고 할 수 있다.

이렇게 보았을 때 이 시는 화자인 이달이 유씨 집에 잡혀 있는 외로운 기러기에 대한 연민을 바탕으로 유씨에게 잡고 있는 기러기를 자유롭게 풀어줄 것을 권한 시라고 할 수 있다. 그와 같은 점에서 이 시에 등장하는 기러기는 화자인 이달에게 연민을 느끼게 하는 대상이면서 동시에 화자인 이달이 지닌 자유에 대한 갈망을 드러내는 대상이 된다. 따라서 이 시 속의 기러기는 화자인 이달의 정서를 간접적으로 드러내는 '객관적 상관물'이라고 할 수 있다.

이루고 싶은 안타까움 - 〈시벽〉

집단 속에 존재하는 한 개체인 인간이 느끼는 번민과 좌절은 집단 속에서 다른 구성원과 맺고 있는 관계나 집단 안에서 개인이 차지하는 위치라는 외적 상황에 의해서만 야기되는 것이 아니다. 오히려 더 본질적인 번민과 좌절은 집단 구성원 개개인이 지니고 있는 개인적 욕구의 충족이라는 개별적인 의식과 가치관에 의해 일어난다. 그것은 인간이 집단의 구성원으로 존재할 수밖에 없다고 하더라도 개별성 역시 버릴 수 없기 때문이다. 따라서 한 개인의 욕구나 욕망은 사회적 관계 속에서 형성되기도 하지만, 그와 함께 그 자신이 살아온 환경과 의식, 지향점 등에 따라 각기 다른 모습으로 나타난다. 이러한 개인적인 욕구와 욕망이 집단 안에서 인정될 때 그 욕구와 욕망은 보편성을 지니며 욕구와 욕망의 충족 행위가 인정되지만, 개인적인 차원에 머물게 되었을 때 그 욕구와 욕망은 개별적인 특수성을 지니는 것으로 치부된다.

이 개인적 차원의 욕구와 욕망이 집단의 규범과 질서를 어지럽히는 경우 그 욕구와 욕망은 철저하게 금지되지만, 집단의 규범과 질서에 어긋나지 않을 경우 그 욕구와 욕망의 충족 행위는 어느 정도 허용된다. 이 경우의 욕구와 욕망은 집단적 가치관에서 볼 때 이해하기 어려운 개인적인 차원의 것이고, 욕구와 욕망의 충족 여부 역시 개인적인 판단에 따라 이루어진다. 그렇게 보았을 때 집단 안에서 허용된 개인적인 욕구와 욕망의 달성에는 사회적 제약이 존재하지 않기 때문에 욕구와 욕망의 충족 행위가 무난히 이루어질 것 같지만 사실은 그렇지 않다. 오히려 집단 안에서 허용된, 집단 구성원 누구나 인정할 수 있는 보편적인 욕구의 충족보다 어려운 경우가 대부분이다. 그것은 그와 같은 욕구와 욕망이 집단 구성원들 누구도 이해하기 어려운 순전히 개인적인 차원의 것이고, 따라서 그 욕구와 욕망의 달성은 오로지 개인적인 노력에 의해서만 이루어질 수 있기 때문이다. 그래서 누구도 이해하지 못하지만 그 자신 스스로는 다른 어떤 것보다 이루고 싶은 간절하고 절실한 그것이 바로 이 욕구이고 욕망이다. 이규보의 시 〈시벽(詩癖, 시를 짓고 싶어 하는 병)〉은 이와 같은 이규보의 개인적인 욕구와 욕망을 밝힌 시이다.

年已涉縱心 나이 이미 칠십을 넘었고
位亦登台司 지위 또한 정승에 올랐으니
始可放雕篆 이제는 시 짓는 일 놓을 만도 한데
胡爲不能辭 어찌하여 그만두지 못하는가

朝吟類蜻蟀 아침이면 귀뚜라미처럼 읊조려대고
暮嘯如鳶鴟 저녁이면 올빼미인 양 노래 부르니
無奈有魔者 어찌할 수 없는 시마란 놈이
夙夜潛相隨 아침저녁 남몰래 따라와서는
一着不暫捨 한번 붙어 잠시도 놓아주지 않아
使我至於斯 나를 이 지경에 이르게 했네
日日剝心肝 날이면 날마다 심장 간장 도려내어
汁出幾篇詩 몇 편의 시를 쥐어짜 내니
滋膏與脂液 내 몸의 기름기와 진액일랑은
不復留膚肌 다 빠져 살에는 남아 있질 않는데
骨立苦吟哦 뼈만 남아 괴롭게 읊조리자니
此狀良可嗤 이 모습 정말로 우습지만
亦無驚人語 그렇다고 놀랄 만한 시를 지어서
足爲千載貽 천 년 뒤에 남길 만한 것도 없다네
撫掌自大笑 손바닥을 부비며 홀로 크게 웃다가
笑罷復吟之 웃음을 그치고는 다시 읊조려보니
生死必由是 살고 죽는 것이 분명 시 때문일 테니
此病醫難醫 이 병은 의원도 고치기 어렵구나

이 시는 이규보의 문집인《동국이상국집》〈후집(後集)〉 1권 '고율시(古律詩)'에 수록되어 있는 22구의 오언배율이다. 운자는 상평성 '지(支)' 운의 '사(司)·사(辭)·치(鴟)·수(隨)·사(斯)·시(詩)·기(肌)·치(嗤)·이(貽)·지(之)·의(醫)'이다. 이 시는 시를 짓지 않고서는 견딜 수 없는 이규보가 느끼는 병을 제재로 한 반성적·사색적·반어적·고백적인 성격의 시이다.

창작의 고통 속에서도 시 짓기를 그만둘 수 없는 마음을 주제로 시에 대한 애정을 반어적으로 표현했고, 솔직하고 반성적인 어조로 자신의 심정을 드러내었으며, 시 짓는 습관을 의인화했다는 특징을 보여준다.

이 시를 쓴 이규보(1168~1241)는 고려 무신집권기(1170~1279)를 살았던 고려 최고의 천재 시인으로, 진취적이고 양심적인 민족 시인이라는 평가를 받고 있다. 자는 춘경(春卿), 호는 백운거사(白雲居士)이며, 호탕하고 활달한 시풍으로 당대를 풍미했다. 초기에는 도연명의 영향을 받았으나, 이후 개성을 살려 독자적인 시문학의 경지를 이룩했다. 시와 술, 거문고를 즐겨서 '삼혹호(三酷好)선생'이라 자처했고, 경전·사기·잡설에 이르기까지 다양한 문학작품을 남겼다. 주요 작품으로 〈동명왕편〉, 〈슬견설〉, 〈주뢰설〉 등과 시화집으로《백운소설》, 문집으로《동국이상국집》이 있다.

이 시를 지을 때 이규보는 이미 칠십을 넘긴 나이에 정승의 지위에까지 올랐으니, 스스로는 심간(心肝)을 깎아내어 시를 쥐어짜는 괴로운 일은 그만둘 만도 하다고 생각하지만, 그의 생각과는 달리 시마(詩魔)가 아침저녁으로 따라다니면서 시를 짓지 않고는 못 배기게 한다고 했다. 또 그렇게 괴롭게 시를 썼지만 정말 대단한 작품을 만든 것도 아니라고 했다. 그가 창작한 시의 수준은 그저 '손바닥 부비며 홀로 크게 웃으며' 자족하는 정도일 뿐이라고 했다. 하지만 이런 말들은 결국 시 짓기를 병이라고 여길 정도로 스스로 시 짓기를 좋아하고 있음을 드러낸 것이다. 따라서 이 시에서 시 짓는 과정을 괴롭다고 표현한 것은 스스로 얼마나 시 짓기를 좋아하는지를 보여주는 반어적인 표현이다. 또 이규보가 스스로 자신의 시가 보잘것없어 '천 년 뒤에 남길 만한 것도 없다'고 했지만, 지금 우리가 그의 시를 읽고 있음을 볼 때 이 시의 반어적 표현이 지닌 묘미가 더욱 커진다. 그리고 이 시의 11~14구까지를 보면 이규보가 시의 구성과 표현에서 완벽을 추구했던 시인이었음을 알 수 있다. 이 네 구의 표현은 당대 최고의 시인으로 추앙받았던 그가 시를 창작하기 위해 얼마나 애썼는지를 단적으로 보여주기 때문이다.

이 시는 모두 네 부분으로 나누어 볼 수 있는데, 첫 번째는 1구에서 10구까지로 시 짓기를 그만두지 못하는 상황에 대해 밝히고 있다. 두 번째는 11구에서 14구까지로 시 짓기의 괴로움을 밝히고 있다. 세 번째는 15구에서 20구까지로 스스로 느끼는 시 짓기의 즐거움을 말한다. 네 번째는 21~22구로 시 짓기를 그치지 않겠다는 마음을 드러내고 있다.

이를 조금 더 구체적으로 살펴보면, 1구와 2구의 '칠십을 넘긴 나이'와 '정승의 지위'는 존경받을 만한 나이와 그가 얻은 명예를 말하는 것으로, 시 짓는 일을 그만두어도 될 만큼 부귀와 영화를 누리는 이규보의 넉넉한 생활을 나타낸다. 3구와 4구는 시 짓기의 고통과 부담감 때문에 그만 지을 만도 하지만 그만두지 못하는 자신의 처지를 밝힌 것이다. 5구와 6구는 아침에 읊조리는 귀뚜라미와 저녁에 노래하는 올빼미를 대비한 대구 형식으로 잠시도 그치거나 쉬지 않는 시 창작 활동을 비유했다. 7구의 '시마(詩魔)'는 시를 짓고 싶은 마음을 불러일으키는 마력 또는 시를 짓고자 하는 마음을 말하는 것이고, 8구와 9구는 시 짓기를 그만두지 못하는 이유와 시 짓기에 대한 집착, 또 그 집착의 일상화에 대해 밝힌 것이다. 10구는 시 짓기를 좋아하는 마음의 반어적 표현이라고 할 수 있다.

11구는 혼신의 힘을 다하는 시 짓기의 과정으로, '심장'과 '간장'은 깊이 감추어둔 마음을 뜻하는 것이기도 하다. 12구는 시 짓기의 고통, 13구와 14구는 시 짓기의 괴로움을 말한다. 15구는 표면적으로는 시 짓기의 괴로움에 대해 말한 것이지만, 사실은 시 짓기를 좋아하는 마음을 반어적으로 표현한 것이며, 16~18구는 자신의 시에 대한 스스로의 평가로 겸손한 태도를 보여준다. 19구와 20구는 자신의 시에 대한 만족감을 보여주는 것으로 자족감을 표현한 것이다. 즉 뛰어난 시를 짓지 못하지만 스스로 만족하는 자족적인 태도를 보여준다. 21구와 22구는 시 짓기의 간절함을 나타낸 것으로, 앞으로도 시 짓는 일에 전념할 것이며 시 짓기를 그치지 않을 것임을 암시하는 것이다.

이 시는 시 짓기의 괴로움을 토로한 것이다. 이규보는 시 짓는 행위를 즐거우면서도 저주스럽다고 했다. 그는 시를 그만둘 수 없음을 한탄하면서 시 짓는 것이 고치기 어려운 버릇이라고 하고, 또 시마에 매여서 벗어날 수 없다고도 했다. 이전에도 그는 〈구시마문(驅詩魔文, 시마를 쫓는 글)〉이라는 글을 썼었는데, 이 글에서 시를 쓰게 하는 귀신인 시마는 죄상을 따져서 물리쳐야 한다고 하고, 그 죄상을 다섯 가지로 열거했다. 첫째는 시가 사람을 들뜨게 한다고 했다. 물(物)에서 흥을 느끼니 들뜰 수밖에 없다는 것이다. 둘째는 시가 숨은 비밀을 캐낸다고 했다. 사물에서 그 본질을 캐내고자 하니 그런 비난을 들을 만하다는 것이다. 셋째는 시가 자부심을 가지게 한다고 했다. 들떠서 비밀을 캐내면서 그 짓을 자랑스럽게 여긴다는 것이다. 넷째는 시가 비판을 한다고 했다. 사물의 올바른 상태를 따지자니 잘못된 것을 비판하지 않을 수 없다는 것이다. 다섯째는 시가 상심하게 한다고 했다. 시가 쉽사리 이루어지지 않으니 그렇게 되는 것이다. 그런데 이 시마의 죄는 실제로는 시의 존재 의의이자 시의 가치이다.

이 시에서 이규보가 언급한 '시벽(詩癖)'은 〈관동별곡〉에서 정철이 '자연에 묻혀 사는 기쁨'을 '천석고황(泉石膏肓)의 병'이라고 한 것과 같은 것이라고 할 수 있다. 이 시는 이규보가 70세 되던 해의 가을에 지은 것인데, 제목 옆에 "스스로 점점 고질이 된 줄은 알았지만 그래도 그만둘 수 없었기 때문에 시를 지어 상심한 것이다."라는 자주(自註)를 달았다. 평생 동안 시를 짓다 보니 시 짓는 것이 버릇이 되어 이제 시 재주를 자랑하고 높은 벼슬에 진출하기를 바라지 않아도 될 만한 나이와 지위에 올랐지만, 그래도 시 짓는 버릇을 버리지 못하고 심간(心肝)을 깎아 시를 짓는 자신의 모습을 스스로 탄식한 것이다. 하지만 이와 같은 표현은 결국 시에 대한 이규보의 애정이 거의 병적인 경지에 이르렀음을 보여주는 것이며, 이규보가 진정으로 원했던 것이 무엇인지를 알 수 있게 한다.

문학의 의미

인간에게 갈등이란 없을 수 없는 것이다. 비록 외적 상황에서 어떤 갈등을 느끼지 못하는 초연한 사람이라고 하더라도 그 내면에서조차 아무런 갈등이 존재하지 않는다고 보기는 어렵다. 그것은 인간이라는 존재에게는 그 누구도 부정할 수 없는 근원적인 한계가 있기 때문이다. 집단 속에서 한 개인이 느끼는 갈등과 개인이 내면에서 스스로 느끼는 갈등의 층위는 같은 것이 아니다. 따라서 각각의 갈등은 그 극복의 방법을 달리할 수밖에 없다. 그러나 어떤 방법을 사용한다고 하더라도 갈등의 극복 과정은 인간에게 고뇌와 번민을 불러온다. 대립과 반목이 가득한 세상을 견디지 못하고 벗어나고자 했던 김시습, 자유를 갈망하며 현실을 초월하고자 했던 이달, 스스로 꿈꾸던 삶을 언제까지라도 계속하고자 했던 이규보. 이들은 각기 다른 갈등을 가지고 자신을 둘러싼 세상을 살아갔던 인물들이다. 이들 모두 그들이 느꼈던 갈등을 완전하게 벗어났다고 보기는 어렵지만, 각자 자신들만의 방법으로 갈등을 극복하고자 노력했다. 하지만 이들의 노력이 크면 클수록 이들에 대한 세상의, 내면의 반발은 더욱 커졌다고 보인다. 갈등의 극복 의지가 오히려 더 큰 갈등을 불러온 것이라고 할 수 있다. 점점 더 커지는 갈등 속에서 느끼는 고뇌와 번민은 자연스럽게 그들을 문학의 길로 이끌었다. 그들은 문학작품 속에 그들의 고뇌와 번민을 담으면서 갈등의 우회적인 해소를 추구했고, 문학을 통해 갈등 속의 고뇌와 번민을 녹이려 했다. 현재 우리가 볼 수 있는 그들의 고뇌와 번민, 갈등 해소를 위한 노력과 발버둥은 그들이 남긴 몇 편의 시를 통해서만 가능할 뿐이지만, 우리는 그 속에서 치열했던 그들의 삶이 지닌 궤적을 가감 없이 살펴볼 수 있다. 문학의 의미와 존재 가치가 바로 여기에 있는 것이 아닐까 생각된다.

\- 윤재환

참고 문헌

세종대왕기념사업회 편역, 《국역 매월당집》, 세종대왕기념사업회, 2011.

민족문화추진회 편역, 《신편 국역 동국이상국집》, 한국학술정보, 2006.

이달, 《손곡시집》(한국고전번역원 《한국문집총간》 61), 민족문화추진회, 1990.

2부

산수 자연과 유유자적

一二三四五六七八九十

스스로 완성된 세계, 자연으로의 이끌림

자연, 스스로 완성되어 있는 세계

16세기의 학자 김인후가 지었다고 하는 한 편의 시조는 한국인의 자연관을 대변하는 전형 중의 하나이다.

> 산수(山水)도 절로 절로 녹수(綠水)도 절로 절로
> 산(山) 절로 수(水) 절로 산수(山水) 간에 나도 절로
> 이중에 절로 자란 몸이 늙기도 절로 하여라

아홉 번이나 '절로'가 반복되는 이 작품은 아무런 인위적 조작 없이 저절로 존재하는 '자연(自然)'이 등장한다. 작중의 '산수'는 자연에 대한 대유(代喩)이다. 산과 물로 제한할 것 없이 해와 달, 바람과 숲, 풀과 꽃도 '저

절로'의 세계에 속한 동포들이다.

이 시조는 어렵지도 않고 심각하지도 않다. 한번 입에서 툭 터져 나오면 물 흐르듯이 저절로 읽히고 쉽게 이해된다. 독자의 이해력과 본문의 의미를 가로막는 사유의 간격이 거의 존재하지 않는다. 그렇다면 이 시조에는 확실히 우리 모두가 무의식적으로 공감하는 자연관이 스며 있다고 보아도 무방할 것이다. 이 시조 한 편에 의지하여 '자연이 무엇이냐?'라고 물어보아도 될 것 같다.

이 작품에서 산과 물은 인간과 상관없이 존재하는 무정한 사물이 아니다. 이 속에서 태어나고 이 속에서 자란 인간이 이 속에서 동행하여 늙어가는, 태어남에서부터 사라짐까지 함께 공존하는 존재이자 내 삶의 의미를 뒷바라지해 주는 포근한 공간이다. 아울러 여기에 형상화된 자연이 정태적으로 고정되어 있지 않다는 점도 주목된다. 산과 물이 딱딱하게 죽어 있는 것이 아니라 살아서 저절로 변화한다. 그렇기에 이 안의 시적 화자도 저절로 자라고 늙어가며 변화하는 인생의 의미를 자연과 더불어 찾고자 했던 것이다. 도전, 탐험, 대결은커녕 그는 무한한 신뢰와 애정을 가지고 자연에 동화하려는 중이다.

사물로서의 자연이 이토록 인간에게 친근하게 된 데에는 온전히 설명할 수 없는 연유가 내재해 있을 것이다. 한국이 아닌 세계의 다른 공간에서 자연은 공포와 탐험 또는 개척의 대상이 되기도 한다. 한국문학사 초기 신화만 하더라도 대지는 만물을 길러주는 어머니이기도 했지만, 한편으로는 기근과 화재가 일어나는 재앙의 땅이기도 했다. 말하자면 자연이 언제 어느 곳에서나 친화감을 부르는 우호적 존재는 아니었던 것이다.

그런데 예술의 한 갈래인 한시의 세계로 들어가면 자연은 대체로 충만하고 완성된 세계로서 수용되어 있다. 생업의 장소 혹은 철학적 명상의 공간으로서 설정되는 또 다른 경로가 있으나, 대부분은 스스로 존재하며 우주적 질서를 실현해 가는 존재, 인간의 사회에서는 좀체 찾을 수 없는 완전한 아름다움이 펼쳐지는 세계로 형상화된다. 또한 자연에는 뭔지 모를 완벽함이 구현되어 있다고 간주되기 때문에, 갈등을 내려놓고 귀의하거나 상처를 치유받으려 하거나 혹은 생존의 고투가 주는 피로감을 씻어주리라 가정된다. 고단한 일상을 벗어나 소풍을 나가고 그곳에 깃들어 유유자적한 흥취를 대가 없이 누리려 할 때도 자연은 불완전성에 대한 상대어가 되며 무조건적인 긍정으로 충만해진다.

자연과의 넓고 깊은 친화감은 한시의 미의식과 작법에도 많은 영향을 주었다. 자연을 그윽하게 완상하는 상자연(賞自然)의 태도나 인간과 자연의 융합을 지향하는 정경교융(情景交融)의 작법이 일반화되었고, 물아일치(物我一致)가 지향하는 자연과 인간의 조화, 인위적 흔적을 남기지 않는 자연스러움의 경지가 예술의 절정으로서 예찬되었다. 불완전한 인간사회와 대비되는 자연의 세계, 그곳은 아주 오랫동안 그리고 폭넓게 미적 감각과 예술의 고향으로 존재했다.

산중의 별천지 지리산 화개동 - 〈화개동〉

한국문학사에서 최초의 개인 문집을 가진 문인은 최치원(857~?)이다. 《계원필경(桂苑筆耕)》의 저자이기도 한 그에게는 신비스럽게 전해오는 한시 작품군이 있다. 15세기의 대규모 시선집인 《동문선》이나 후대에 그의 작품을 망라한 《고운집(孤雲集)》에도 수록되어 있지 않은 작품들이다. 17세기의 평론가 이수광이 쓴 《지봉유설》에는 이런 대목이 발견된다.

지리산의 어떤 노승이 석굴 안에서 기이한 책 몇 질을 얻었는데, 그 안에 최치원이 손수 열여섯 수를 적은 시첩이 포함되어 있었다.

이수광이 구례 군수에게서 이 시첩을 얻어 보았을 때는 이미 그 절반이 사라진 뒤였다. 그러나 남아 있는 작품의 필적으로 보아 최치원의 작품이 분명하다고 감정한 그는, 매우 진귀한 것이라며 여덟 수를 적어놓았다. 이수광이 보았다는 이 시첩도 지금은 전하지 않는다. 진짜 최치원의 작품인지는 의문에 싸여 있지만, 그의 증언이 사실이라면 이 〈화개동〉 연작은 한시의 자연관을 읽어내기 충분한 매우 이른 시기의 자료가 될 것이다.

1수

東國花開洞 우리나라 화개동은

壺中別有天 깊은 골짝 별천지라네

仙人推玉枕 신선이 옥 베개 밀치면

身世欻千年 어느새 천 년 세월이 훌쩍

3수

雨餘多竹色 비 온 뒤라 대나무 빛 짙어지고

移坐白雲開 옮겨 앉으니 흰 구름이 열리네

寂寂因忘我 고요히 나를 잊고 있노라니

松風枕上來 솔바람이 베개 위를 스치네

6수

擬說林泉興 산중의 흥취를 전하려 해도

何人識此機 이 오묘함을 누가 알랴
無心見月色 무심히 달빛을 바라보다가
默默坐忘歸 묵묵히 돌아가길 잊어버렸네

1수는 지리산 깊은 골 화개동을 '호중천지(壺中天地)'라 선언했다. 골짜기가 하도 깊어 호리병같이 생긴 곳이라 한 것이다. 다소 과장이 섞여 있으나 시가 말하려는 주관적 진실은 이 골짜기가 외부와 차단된 별세상이라는 점이다. 속인이 발을 대지 못하는 이곳은, 신선이 한숨 자고 난 뒤에 베개를 밀치고 일어나면 이미 천 년이 흐르는 세상이다. 도가(道家)의 신선 세계를 연상시킬 만한 분위기이다. 그러기에 2수는 이런 시상을 이어받아 "일만 골짜기에 천둥이 친들 / 일천 봉우리에 비 맞은 초목이 싱그러운들 / 산중의 스님은 세월 가는 것도 잊고 / 오직 잎에 머물렀던 봄빛만 기억한다"라고 했다. 여름의 천둥도 싱싱했던 초목도 아랑곳하지 않는 스님의 감각을 제시해 물리적 시간의 흐름을 정지시켰다. 스님에게는 오직 한순간, '엽간춘(葉間春, 잎사귀에 봄빛이 고여 있던 그때)'만이 의미를 지닌다.

신선과 스님을 통해 환기된 이 시공간은 세속적 현실과는 질적으로 다르다. 3수는 시적 화자인 '나'가 인식한 화개동의 형상이다. 짙어가는 대숲, 흩어지는 흰 구름은 화자의 시선을 붙들고 있는 별천지 내부의 자연물이다. 흔히 대나무는 곧은 절조를, 백운은 무욕의 자유로움을 상징하는데, 이 시에서도 부분적으로는 그런 이미지가 포개진 듯 읽힌다. 하지만 대숲과 백운은 말로는 다 할 수 없는 더 넓은 상징성을 가지고 화자와 서로 통하는 존재이다. 그렇기에 고요히 '자신을 잊는' 무아의 경지에서 서로가 만나고 있는데, 그때 깨끗하고 시원한 솔바람이 다가와 화자의 머리를 쓰다듬어 주고 있다. 자연과 인간이 조금의 간극도 없이 깊은 교감을 나누는 장면이다.

물아일체의 경지에서 자연과 대화하며 살아가는 이 즐거움은, 그러나 아무에게나 전해줄 수 있는 것이 아니다. 6수는 숲과 샘이 흐르는 이곳에서의 지극한 삶이 다른 누군가에게 전수되기가 불가능함을 말하고 있다. '기(機)'라는 글자는 아주 오묘하게 움직이는 기미를 뜻한다. 금방 눈에 띠거나 감촉할 수 없으므로 손쉬운 소유를 불허한다. 화자는 말을 잊은 채 달빛과만 무언의 대화를 나누고 있다. 여기서도 달빛이 구체적으로 어떤 의미인지를 설명할 수는 없다. 스님의 봄빛처럼 화개동의 대숲, 흰 구름, 솔바람, 달빛은 한결같이 완전한 일체감을 주는 자연물의 은유이다.

지상의 한 구역에 속하는 동국(東國)의 화개동은 지리산 안에 있는 어느 골짜기이다. 등산객에게는 쉬 찾기 힘든 오지일 수도 있겠고, 범상한 사람에게는 지리산 골짜기 중 어느 한 곳에 불과할 수도 있다. 그러나 이 시가 표현한 화개동은 물리적 차원에 배열된 지리적 구역을 지칭하지 않는다. 시적 화자가 전하려는 이 시공간은 이미 지상의 속성을 넘어선 곳에 존재한다. 작품 안에는 일체의 속태(俗態)가 섞여 있지 않다. 사회 현실과 완전히 차단된 대신, 아무에게나 전할 수 없는 오묘한 기쁨과 일체감으로 자연과 인간이 교통하는 충만의 세계이다.

—

성곽 바깥에서 마주친 봄 – 〈춘일성남즉사〉

—

물아일체나 물아상망(物我相忘)의 경지는 너무나 신비스러워 좀체 형언을 허락하지 않는다. 이루 형언할 수 없다는 말은 어떤 언어로도 표현이 불가능하다는 뜻이다. 너무나 아름다운 사람을 볼 때도 사람들은 말로는

다 할 수 없다고들 한다. 그러나 이 진술에는 할 수만 있다면 그 아름다움을 표현해 내고 싶은 욕구가 이미 전제되어 있는 것이다. 이루 말할 수 없이 좋은 자연의 경우도 마찬가지이다.

조선 시대에 국가가 화가를 뽑을 때도 비슷한 요구를 했다. 그런데 화가를 뽑는 시험, 즉 녹취재(祿取才)에서 수험생이 우선 넘어야 할 관문은 그림 솜씨 이전에 출제된 문제 자체를 이해하는 것이었다.

① 정거좌애풍림만(停車坐愛楓林晩)

: 수레를 멈추고 앉아 저문 단풍 숲에 끌렸다네 (정조 10년 녹취재)

② 대월하서귀(帶月荷鋤歸)

: 달빛은 허리에 두른 채 호미를 걸머지고 돌아오나니 (순조 7년 녹취재)

실제로 출제되었던 문제들이다. 출제자는 화가가 위의 시 구절을 알고 있느냐, 그리고 이 정경을 그림으로 얼마나 잘 그려내느냐를 측정하고자 했을 것이다. 그래서 ①이 두목(杜牧)이 지은 〈산행(山行)〉이란 시의 한 구절이고, ②가 도잠(陶潛)이 지은 〈귀전원거(歸田園居)〉에서 뽑은 구절임을 모른다면 아마도 합격하기가 힘들었을 것이다. 더욱이 실제로 그림을 그리자면 시의 한 절이 뽑혀져 나온 작품 전체의 정경을 알지 않으면 안 되었다. 〈산행〉에서 "수레를 멈추고 앉아 저문 단풍에 끌렸나니, 서리 맞은 단풍이 이월의 꽃보다 붉구나."를 모르면 '서리 맞은 단풍'의 정취를 표현하기가 어렵다. 〈귀전원거〉에서도 "남산 아래 콩을 심었더니, 잡초가 무성해 콩 싹이 드물구나. 새벽에 나가서 우거진 잡초를 매고, 달빛 아래 호미를 메고 돌아온다."라는 문맥을 모르면 아마도 어떤 인물을 그리고 무엇을 들여야 할지 망설였을 것이다.

녹취재에서 출제된 그림의 제목이 암시하는 바는 명작 속에 나오는 특정한 정경과 이를 그린 그림이 긴밀한 쌍으로 인식되었다는 사실이다. 시와 글씨와 그림의 일치를 일컫는 '시서화 일치'나 시와 그림을 나란히 세워두고 감상하는 '시화합벽(詩畵合壁)'의 문화가 녹취재에 직접적으로 반영된 셈이다. 주의해 보고 싶은 점은 화가에게 요청한 그림 장면 중에 자연과 인간의 어울림을 묘사하라는 주문이 매우 많았다는 것이다. 예컨대 "여린 초록 가지 끝에 붉은 빛이 한 점 / 사람 설레는 봄 풍경은 많을 필요 없다네(嫩綠枝頭紅一點 動人春色不須多)"라는 구절도 연둣빛 가지 끝에 맺힌 꽃 한 송이를 가지고 봄의 정취 전체를 구현하라는 요구이다.

시화 일치의 관념이 대변해 주듯이 동아시아에서 아름다운 자연 혹은 인간과 조화된 자연은 예술의 한 정점을 표현해 낼 수 있는 주요한 경로로 인식되었다. 수려한 산수와 아름다운 경관은 그저 놀고 즐기는 유락(遊樂)의 처소를 넘어 미의 원천이자 감동의 소재로 즐겨 애용되었다. 조선 전기의 권근이 쓴 〈춘일성남즉사(春日城南卽事)〉도 이런 맥락에서 감상을 요하는 명작이다.

春風忽已近淸明 봄바람 불어 어느덧 청명절이 다가오니
細雨霏霏晩未晴 가랑비는 부슬부슬 저물도록 개지 않네
屋角杏花開欲遍 집 모퉁이 살구꽃 두루 활짝 피려느냐
數枝含露向人傾 이슬 머금은 두어 가지가 내게로 기우네

제목의 '즉사(卽事)'란 즉흥적으로 짓는다는 의미이다. 시를 짓느라 끙끙거리지 않고 흥이 일자마자 곧장 지었음을 말해준다. 시적 화자는 오늘, 청명절에 맞추어 성곽 남쪽으로 봄 구경을 나왔다. 청명절은 24절기 가운데 춘분 다음에 놓이는 시기이다. 절기상 벌써 봄의 절반을 지나고 있는 시점이다. 나들이를 나온 곳은 성곽의 남쪽이다. 앞의 〈화개동〉에 비하면 세속과 단절된 곳이 아니라 사람들이 모여 사는 성안에서 얼마 떨어지지 않은 곳이다. 관료였던 권근의 삶을 대입해 보면, 모처럼 한가한 틈을 타서 이제야 벅적한 성곽의 바깥으로 상춘(賞春)의 발걸음을 얻은 셈이다.

작품 안에 등장하는 소재는 특별히 귀하거나 이색적인 것이 아니다. 봄바람, 가랑비, 살구꽃 등은 누구나 흔히 접할 수 있는 자연이다. 이 흔함이 즉흥적으로 썼다는 고백과 호응한다. 한시의 원문을 보아도 그 작법이 까다롭지 않다. 난해한 고사나 어려운 구법(句法)을 구사하지 않았으며, 쉽게 읽히고 이해되도록 했다. 김인후의 시조와 상통하는 경향이다. 보기에 따라서는 평범한 시라고 치부할 우려도 있다. 그러나 권근의 벗이자 당시 문단에서 안목이 높았던 정도전은 이 시를 보고 유독 "어탈조화(語奪造化, 시어가 조화를 빼앗았다)"라는 결코 흔하지 않는 평가를 내렸다.

'어탈조화'의 '조화'는 조화옹으로 불리는 조물주가 만들어놓은 세상을 뜻한다. 사람들이 알아챌 수 없는 자연의 질서를 가지고 한 치의 어긋남이 없이 완벽하게 빚어낸 세계를 의미하기도 한다. 그래서 조화는 인간이 함부로 간섭하면 안 되는 대상이자 훔쳐내거나 빼앗아도 위험한 것이다. '탈(奪)'은 어감도 의미도 강한 글자이다. 강탈(强奪), 약탈(掠奪)처럼 허락 없이 남의 것을 억지로 뺏을 때나 쓰는 표현이다. 그런데 어찌하여 감식안이 빼어난 정도전이 이런 말을 서슴지 않았던 것일까?

예술의 경지로서 '자연스러움'은 뭔가 땜질하고 손질한 티가 전혀 나지 않는 단계에 올라섰을 때 주어지는 평이다. 이 작품은 먼저 쉽고 자연스러운 표현으로 봄의 정취를 형상화해 내었다. 그러나 더 중요한 것은 끙끙 힘을 들이지 않고서도 조물주가 들키지 않으려 했던 그 '조화'를 몇 개의 글자로 꼬집어내어 언어적 형상성이 높은 표현으로 안착시켰다는 점이다. 어디가, 또는 어떤 점이 그러한 것일까?

가령 어느 화가에게 봄의 진면목을 그려내라며 다음의 구절을 제시했다고 가상해 보자.

屋角杏花開欲遍(옥각행화개욕편) 數枝含露向人傾(수지함로향인경)

화가에게 주어진 이 제목을 보면 앞서의 녹취재 제목과 비슷함을 알 수 있을 것이다. 무엇을 그릴 수 있을까? 집 모퉁이 담장 너머로 살구나무 몇 가지가 보이고, 활짝 피어나는 꽃망울에는 아롱진 물방울이 보일 듯 말 듯 하며, 그 곁으로 봄 정취에 젖은 행인 한 사람을 떠올릴 수 있을 것이다. 솜씨 좋은 화가라면 살구꽃 몇 가지와 행인을 묘사하여 무르익는 봄의 정경을 한 폭의 단면으로 그려낼 수 있을 것이다. 그에게는 도처에 난만한 봄의 자취들을 다 그리기보다는, 오직 꽃가지 몇 개와 행인 한 사람만으로 봄의 느낌을 고스란히 표현해야 하는 난제가 주어져 있다.

난도는 더 높아질 수 있다. 사물의 형태를 핍진하게 그려내는 형사(形似)를 넘어 마음속에 일어나는 흥취까지를 그려내라고 주문하면 표현하기가 쉽지 않은 것이다. 정신을 그려낸다는 뜻의 '신사(神似)'는 단순한 모사를 넘어 정신적 감응까지 제대로 형상화되기를 요구한다. 이쯤 되면 필 듯 말 듯 다 피어나려는 순간 행인을 붙잡으려는 듯 이슬을 머금고서 붉어진 꽃잎, 봄의 정경 속으로 온통 빠져든 행인의 마음을 생생하게 표현하는 것이 매우 어려움을 알 수 있다. 생각건대 '조화를 빼앗았다'는 평가는 신사(神似)의 경지와 관련이 있다.

작품은 홀연 불어온 봄바람으로부터 시상을 열었다. 홀연히 다가온 바람이 아니었다면 시적 화자는 소리 없이 지나가는 봄날을 미처 알아채지 못했을 수도 있다. '그러고 보니 아, 벌써 청명절이구나!' 하는 감각이 이어서 환기되었다. 2구는 온종일 부슬부슬 내리는 봄비로써 시상을 이어받았다. 집 바깥으로 구경을 가고 싶건만 하필 비가 내리고 있는 풍경이다. '저물도록'이라는 표현은 시인이 하루 종일 비가 개기를 바랐음을 느끼게 한다. 시인이 언제 외출했는지는 분명하지 않다. 기다리다 못해 저물어서 나갔을 수도 있고, 아침부터 구경을 나가 부슬비 속을 거닐었을 수도 있다. 성곽 바깥으로 나갔다는 제목의 의미를 합하면, 성곽 멀리까지는 나가지 못하고 잠시 짬을 낸 것 같다. 실컷 구경을 하고 돌아오는 길이었다면 지천으로 찾아든 봄날의 자연과 그에 따른 흥감이 작품 어디엔가 어리비쳤을 듯하다.

그리고 드디어 3~4구의 압권이 묘사되었다. 막 봄 구경을 나가는 순간의 정경인지, 반대로 귀가하는 도중에 본 풍경인지는 읽는 이에 따라 다르게 감상될 수 있다. 하지만 이 시를 보다 맛깔나게 읽자면, 이제 막 성곽을 벗어나는 순간이라 간주하는 것이 좋을 듯하다. 덧붙여 어느 집의 모퉁이를 돌기 직전이라 보면 그 모퉁이에 가려져 들판에 펼쳐져 있을 봄의 전경은 아직 보이지 않게 된다. 그래서 모퉁이만 돌아가면 그 순간 온갖 풍경이 쏟아져 들어올 것 같은 그런 설렘이 3구의 행간에 숨겨져 있지 않을까 한다. 그리고 이 짧은 시간 동안 시인의 감각을 유일하게 끌어들인 것은 한창 피어나는 살구꽃이다. '두루'라는 뜻을 지닌 '편(遍)'에 유의하건대, 만약 오늘도 그냥 지나쳤더라면 시적 화자는 아마 이 해의 활짝 핀 살구꽃을 보지 못할 것이다. 여기에는 망울마다 다 피어나려는 절정 직전의 그 순간을 놓치지 않게 되어 아주 다행이라는 느낌이 실려 있다.

4구는 잡힐 듯 말 듯 여운이 감도는 결구이다. 이슬 같은 빗방울을 단

살구꽃 몇 가지는 그냥 고운 사물로만 그려져 있지 않다. 이슬을 머금은 꽃은 청초한 미인을 연상시키는 의인화의 결과이다. 동시에 아직 들판의 봄을 접하지 못한 화자에게 이 살구꽃은 봄 전체를 대표하는 상징이다. 시 안에서 화자를 더더욱 감동시킨 것은 그다음 장면이다. 하루 종일 부슬비를 맞고 서 있었던 살구꽃 가지가 마치 그리운 연인을 하염없이 기다렸다는 듯이 이슬로 단장한 채 '나'에게 다가오고 있는 것이다. 시적 논리로 치자면, 정말로 기다렸던 주어는 부슬비가 개기를 기다렸던 '나'가 아니라 사실은 부슬비 속에서 온종일 서 있었던 살구꽃이다. 살구꽃은 그 기다림과 반가움을 나타내느라 '활짝 피려' 하고, '이슬을 머금고' 그리고 '나를 향해 기울었던' 것이다.

자연과 인간의 대면을 형상화한 이 작품은, 봄의 전경을 대유하는 살구꽃과 봄날의 자연을 향하는 인간의 마주침을 회심의 순간으로 집중시켜 나가는 매력을 가지고 있다. 겉으로 보자면 봄날을 놓치지 않으려 애썼던 것이 시인인 듯싶지만, 더욱 오래도록 기다렸던 것은 살구꽃으로 은유된 자연이다. 시인이 찾아가지 않았다면 살구꽃 가지는 서글피 홀로 꽃을 피우다 혼자 지고 말았을 것이다. 엇갈릴 뻔했던 둘이 아슬아슬하게 만나는 그 순간, 꽃은 화자에게로 다가왔고 시인은 즉흥의 감격을 시로 붙잡아 두었다. 결국 이 작품은 자연과 인간이 서로에게 잊힐 수 없는 교감의 순간을 포착한 것이다. '조화를 빼앗은 솜씨'란 이를 이름이지 않았을까!

—

자연에 대한 인간의 예의 - 〈산중〉

—

〈춘일성남즉사〉의 정수를 감별해 낸 정도전(1342~1398)도 그 자신이 뛰어난 시인이었다. 자연을 소재로 한 많은 명작을 남겼는데, 〈산중(山中)〉이라는 작품은 특히 자연을 대하는 인간의 태도를 음미하게 만든다. 단양의 삼봉(三峯) 아래 집을 짓고 살던 시절, 친히 밭농사 짓고 약초를 캐던 그 무렵에 그는 이런 시를 남겼다.

弊業三峯下 하찮은 나의 집을 삼봉 아래 지어놓고
歸來松桂秋 돌아오니 어느덧 소나무에 든 가을
家貧妨養疾 가난한 살림이라 병 요양 어렵지만
心靜足忘憂 마음이 고요하니 근심 잊기 족하네
護竹開迂徑 대숲을 보호하느라 길을 둘러 내었고
憐山起小樓 산을 아껴서 다락을 나지막이 지었네
隣僧來問字 이웃 스님이 찾아와 글자를 물으면
盡日爲相留 온종일 머물다 가도록 붙들어두네

산중에서의 조촐한 삶을 담담히 읊은 시이다. '삼봉'은 정도전의 호이기도 한데, 충청도 단양의 도담(島潭) 삼봉에서 가져온 것이다. 그는 이곳의 외가에서 태어났으므로 다시 찾은 이곳이 정든 고향 같았을 것이다.

시는, 가난한 살림이나마 가족과 더불어 소박하게 사는 산중 선비의 생활을 읊었다. 마음이 편하고 고요하므로 근심을 잊기 족하다고 한 대목이 눈에 띈다. 고향 같은 산천이 주는 아늑함이 시인의 마음을 한적하고 담박하게 만들었을 것이다. 심심할 만큼 평화로운 외딴 산중에서 혹 스님이 찾아올라 치면 일부러 온종일 붙들어두고 글을 논하는 장면도 재미가 있다. 세상의 근심을 잊은 채 조용히 살아가는 은자의 모습을 도담 삼봉의 자연이 말없이 감싸주고 있다.

이 작품에서의 자연은 고향의 이미지가 강하다. 허름한 집과 다락, 질병의 요양과 마음의 치료, 사욕이 없는 교유를 인자하게 감싸주는 곳인지라 마치 어머니의 자애로운 보살핌을 받는 것처럼 느껴진다. 그런데 이 작품에서는 자연이 한없는 은혜를 베푸는 데서 멈추지 않고 자연에 대한 인간의 자세도 살짝 곁들여 넣었다. 대숲을 상하지 않게 하려고 시인은 일부러 우회하는 길을 놓았으며, 앞산의 풍경을 놓칠세라 다락 하나도 작고 나지막하게 지었던 것이다. 자연의 자애에 비하면 턱없이 작은 배려이지만, 이 구절은 어머니 대자연 앞에 선 인간의 모습을 곰곰이 생각하게 만든다. 인간은 자연의 일부로서 그 크기가 아주 작지만, 아이가 어머니를 해치지 않는 것처럼 애정과 예의를 지켜야 하는 것 아니냐는 음성이 은은히 들려오는 것이다.

- 김동준

참고 문헌

권근 저, 민족문화추진회 역, 《국역 양촌집》, 1980.

남만성 역, 《지봉유설》, 을유문화사, 1980.

정병철 역, 《증보 삼봉집》, 한국학술정보, 2009.

전수연, 《권근의 시문학 연구》, 태학사, 1998.

최신호, 〈최치원론〉, 《한국문학작가론》, 형설출판사, 1982.

김종진, 〈정도전 문학의 연구〉, 고려대학교 박사학위논문, 1990.

一二三四五六七八九十

산수 자연과 인간 사회의 중층적 의미 결합

자연은 인생의 프리즘이자 배움의 공간

문학이 개발한 특수한 수사법 중에는 겉으로 드러난 표면적 의미와 더불어 그 안에 담긴 심층적이고 중층적인 함의를 함께 전달하려는 장치가 많다. 은유, 상징, 우의 등이 대표적인 기법들이다. 작가들은 삶을 둘러싼 여러 현상과 사물을 관찰하여 그 속에서 되새겨 볼 수 있는 인생의 의미, 깨달음 등을 이끌어내려는 욕구를 가지고 있다. 자연과 산수를 대상으로 하는 경우에도 이런 욕구와 기법은 그대로 적용된다. 산수를 대하며 깊은 명상에 잠기거나 특정한 자연물을 매개로 삼아 삶의 자세를 일깨운다든가, 혹은 아득한 길을 홀로 걸어가면서 인생의 의미를 성찰하는 순간마다 표면적 의미와 이면적 함의의 중층적 결합이 이루어지게 된다.

여말선초의 시인이었던 성석린(1338~1423)이 금강산으로 가는 스님을 보내며 써준 송별의 시는 비교적 간명한 예이다.

一萬二千峯 금강산 일만 이천 봉우리는
高低自不同 높고 낮음이 저절로 다르다오
君看初日出 그대여 가서 보시오, 해가 처음 솟을 때
何處最先紅 어느 곳부터 가장 먼저 붉어지는가를

가을철 금강산을 일컫는 풍악산(楓嶽山)은 예나 이제나 수려한 경치로 유명하다. 그러나 시인이 여기에서 궁극적으로 전달하려는 의미는 산의 아름다움이 아니라 산이 일깨워주는 가르침이다. 저마다 높낮이가 다른 일만 개의 봉우리는 각각 다른 모양과 잠재력을 지닌 인간 하나하나를 뜻한다. 이 시를 독자인 스님 입장에서 보자면 각자 수양의 경지가 다른 무수한 수도승으로 해석될 수 있다. 마지막 두 구는 스님에 대한 시인의 당부와 주제가 집약되어 있다. '해돋이가 시작되면 어느 봉우리부터 가장 먼저 밝아지는가?'라고 물음으로써 찬란한 광명을 가장 높은 곳에서 가장 먼저 볼 수 있는 자는 누구인지를 환기시킨 다음, 수많은 금강산 스님 중에서 가장 높은 경지에 도달하라는 권유를 전하려 했던 것이다.

한시를 읽어낼 정도의 스님이라면 이 시에 숨겨진 주제를 금방 알아차렸을 것이다. 더욱이 이 시는 겉으로 말해둔 것과 속으로 당부하는 주제가 긴밀한 짝을 이루게 하는 '우의(寓意)'의 기법을 사용했다. 일만 이천 봉우리의 예시가 상징이나 은유처럼 다양한 해석의 가능성을 향하기보다는 열심히 정진하여 최고의 경지에 이르라는 단순 명료한 뜻으로 귀결될 것이기 때문이다. 어쨌든 성석린이 금강산 일출 순간을 부각시킨 까닭은 이를 매개로 삼아 인생훈을 말하고 싶었기 때문이다. 혹 이 시에 적용된 발상과 깨달음, 즉 가장 높은 봉우리가 가장 먼저 광명을 보게 되는 법이라는 진실을 스님이 몸소 터득하여 시를 쓰게 되었다고 가정한다면, 그때의 금강산은 스님 자신이 인생의 감각을 이끌어내는 배움의 장소로 바뀌게 된다. 자연은 그것을 어떻게 바라보고 어떤 의미를 구현하는가에 따라 때로는 인생을 표현하는 프리즘이 될 수도 있고, 때로는 삶의 의의를 각성해 내는 배움의 장소가 될 수 있는 것이다.

성석린의 간명한 시에 비하면 자연을 통해 인생의 무엇인가를 말하려는 시들이 보다 함축적이고 상징적으로 해석되어야 하는 경우도 잦게 발견된다. 표면과 이면의 의미 관계가 일대일의 선명한 대응을 이루는 방식 외에도, 표현된 특정의 문구가 여러 갈래의 의미심장한 해석을 허용하는 경우가 적지 않기 때문이다. 자연에 대한 혹은 자연으로부터 비롯된 성찰, 명상, 관조 등은 이따금 표면적 의미의 껍질 안에 숨겨진 진짜 뜻을 찾아내기 어렵도록 만든다. 그러나 그러한 순간에도 독자는 묘사의 이면에 감추어진 의미를 곰곰이 되새김질함으로써 작자가 최종적으로 말하고 싶었던 바를 따라가 보지 않을 수 없다.

자연물을 매개로 삼은 우의와 풍자 – 〈요화백로〉

고려 중기의 문인인 이규보(1168~1241)는 착상이 기발한 시를 자주 쓴 시인으로도 정평이 나 있다. 글자를 다듬는 데 공을 들이기보다는 신선한 시상을 순식간에 펼쳐내는 솜씨가 탁월했던 만큼, 그의 시에는 경쾌하고 자유로운 생각이 거침없이 표현되었다. 어느 날 각월(覺月)이라는 스님이 소장한 족자 그림 두 편에 써준 시도 그러한 느낌을 준다. 〈월사방장화족

이영(月師方丈畫簇 二詠)〉, 즉 '월사스님의 족자 그림에 써준 두 편의 시'는 그 첫 번째가 대나무와 복사꽃을 그린 그림에 부친 〈협죽도화(夾竹桃花)〉이고, 두 번째가 여뀌꽃과 백로 그림에 부친 〈요화백로(蓼花白鷺)〉이다.

綠竹是君子 푸른 대나무는 본래 꿋꿋한 군자요
紅桃眞美姬 붉은 복사꽃은 참으로 아름다운 여인
天顔巧媚嫵 예쁜 얼굴로 교묘하게 아양을 떨며
干此凜凜姿 늠름한 이 남자를 덤벼들려 하지만
此君孤節苦 이 남자 남다르게 굳은 절개 있으니
爭肯爲爾移 어찌 네게 쉽사리 흔들릴 쏘냐
暫時強攀附 잠깐이야 억지로 매달린다 한들
能到雪霜隨 네가 어찌 눈과 서리 견딜 수 있으리
炎涼不相保 더위와 추위조차 이겨낼 수 없으니
安用配君爲 네 어찌 대나무의 배필이 되리요?

前灘富魚蝦 앞 여울에 물고기 많고 새우도 많아
有意劈波入 욕심 생겨 물결을 가르고 들어가려다
見人忽驚起 행인을 보고는 깜짝 놀라 자리 뜨더니
蓼岸還飛集 여뀌꽃 언덕으로 날아가 다시 모였네
翹頸待人歸 목 빼고 사람이 지나가길 기다리느라
細雨毛衣濕 가랑비에 깃털이 젖는 줄도 모르네
心猶在灘魚 속내는 여전히 여울 속 물고기뿐이련만
人道忘機立 사람들은 말하네, 기심을 잊고 서 있다고

하필 스님이 이런 그림을 소장하고 있었는지는 알 수 없으나, 속인 아닌 '스님'에게 준 이 두 편의 시는 이규보 특유의 장난기와 해학적 기질을 잘 보여준다. 스님에게 준 시는 흔히 고승의 고결한 인품과 무욕의 경지를 묘사하는 것이 상례이건만 여기에서는 그런 흔적이 전혀 없다. 속물적 인간을 풍자하기 위해 복사꽃과 해오라기를 뜬금없이 툭 끄집어내었다. 만약 풍자의 대상이 세속의 인간이 아니라 스님이거나 스님 주변에 있는 인물이라면 농담에 덧붙인 풍자가 더 짓궂어진다. 어떤 여인의 유혹을 받고 있는 스님을 은근슬쩍 골려먹고 있는 상황일 수도 있고, 세상사에 초연한 체하지만 속은 시커먼 주변 인물을 꼬집어주고 있는 정황일 수도 있어서이다. 누구를 지목한 것인지를 구체적으로 밝히지는 않았지만, 두 편의 시가 그림 속의 자연물을 통해 결함 많은 인간을 풍자하고 있음은 확실하다. 스님의 입장에서 보면 소장한 그림 두 점을 애써 보여주었다가 공연히 풍자의 빌미를 주게 된 형국이다.

게다가 이 시들은 그림을 읊은 '제화시(題畵詩)'이다. 제화시는 그림 감상의 소감을 주로 적는 시인데, 이규보는 정작 이 그림의 솜씨나 정취는 아랑곳하지 않았다. 다른 이에게 보여주었더라면 복사꽃과 대나무가 무척 어울린다든지, 여뀌꽃 사이에 서 있는 백로의 자태가 고결하다든지 하는 수사를 빼놓지 않았을 것이다. 그에 비하면 예쁘게 그려놓은 복사꽃과 대나무를 보고 '네깟 것이 아무리 예쁘다 해도 저 남자는 절대 안 넘어갈걸!' 하는 생각 자체가 이미 발칙하고 장난스럽다. 그런데 이런 착상을 서슴없이 한시로 적어 스님에게 대꾸했다는 것은, 농담을 주고받을 만큼 두 사람이 무척 친한 사이였으리라는 점과 기발한 시상을 선호했던 이규보의 시적 취향을 아울러 추측하게 만든다.

〈요화백로〉는 특별히 더 많은 관심을 받았던 시이다. 시를 쓰는 솜씨가 더 낫고, 엮어낸 시상이 무척 흥미롭기 때문일 것이다. 보여준 족자에는 틀림없이 여뀌꽃 언덕의 백로가 정지된 화면으로 그려져 있었을 테지만, 시인은 정태적 그림을 동적인 연상으로 속도감 있게 묘사해 내었다. 물 속의 새우와 물고기는 애초에 그림으로 표현하기 어려운 것이거니와, 이를 잡아먹으려고 날아가려다 인기척에 흠칫 놀라 물러서는 동작, 고상한 척 목을 길게 빼고 서 있는 자태, 가랑비에 깃털이 젖어가는 시간은 한결같이 상상에 의한 시상의 전개를 따랐다. 정적인 그림을 동적인 발상으로 채워 넣고 있는 것이다. 하지만 무엇보다도 이 시를 생기 있게 만든 것은 마지막 구의 풍자적 감각이다. 우아하게 서 있는 백로를 향해 겉 다르고 속 다른 속물의 생리를 꿰뚫어보고 있기 때문이다. '기심(機心)'은 세상사의 기미를 엿보아 잇속을 챙기려는 마음을 뜻하는 말이다. 이규보는 기심을 잊은 무욕의 상징물(백로)을 거꾸로 뒤집어 속물보다 더한 속물로서의 추한 본질을 가차 없이 꼬집고 있는 것이다. 그래서 15세기의 시인이자 평론가인 김종직은 이 시를 이렇게 평했다.

> 탐욕스러운 자가 청렴한 듯 꾸몄는데도 사람들이 이를 간파하지 못하고 있음을 말한 것이다. 풍자하려는 의도가 깃들어 있는 시이다.

붉은 여뀌꽃이 피어 있는 언덕에 하얀 백로 몇 마리가 앉아 있는 그림은 멋진 자연경관을 그려낸 한 폭의 그림일 수 있다. 하지만 자연물을 투시하는 시각과 활용하는 방식에 따라 동일한 자연물이라 해도 전혀 다르게 해석될 수 있다. 〈요화백로〉는 자연이 인간과 사회를 풍자하는 매개가 될 수 있음을 전형적으로 보여주는 작품이다. 물론 이때의 자연은 인간과 사회의 속성을 빗대어 말하기 위한 계단이자 겉면의 역할에 머무른다.

정경의 묘사인가 철학적 우의인가 – 〈도점〉

자연물 묘사의 이면에 한 겹 더 포개놓은 의미의 층을 쉽게 추리해 낼 수 있는 시가 있는가 하면, 형상화된 시적 장면이 그 자체로 완성된 정경의 묘사인지 아니면 철학적 우의를 겹친 것인지를 가늠하기 어려운 경우가 있다. 앞의 성석린과 이규보의 시는 표층과 심층의 중층적 연관을 분석해내는 과정이 비교적 쉬운 예들이다. 하지만 작중에 묘사된 정경이 분명히 그것 자체로 미적인 효과를 충분히 발휘하고 있는데도, 이를 자꾸 음미하다 보면 철학적 명상을 맛보게 하는 미묘한 작품도 있다. 출가한 방랑 시인 김시습은 〈도점(陶店)〉이라는 범상치 않은 시를 쓴 적이 있다.

兒打蜻蜓翁掇籬 아이는 풀벌레 잡고 늙은이는 울타리 엮는데
小溪春水浴鸕鶿 봄물 녹은 개울에서는 해오라기가 멱을 감네
青山斷處歸程遠 푸른 산 끊어진 곳으로 돌아갈 길은 아득한데
橫擔烏藤一个枝 까만 등나무 한 가지를 비스듬히 메고 걸어가네

"산중에서 출발하여 서울의 친구 집을 찾아가는 길에 이런 승경(勝景)을 적게 되었다."라는 설명이 달려 있는 작품이다. 작중에서는 스님 처지의 시인이 옹기 가게인 '도점'을 막 지나고 있는 중이다. 그 순간 자기도 모르게 시인을 사로잡은 풍경은 봄 시냇물에 해오라기가 멱을 감고 할아버지와 손자가 어울려 살아가는, 어찌 보면 흔한 시골의 한 장면이었다. 그러나 십대에 머리를 깎고 출가하여 평생을 방랑해야 했던 김시습의 눈으로 보자면, 이 풍경이야말로 상실한 가족에 대한 그리움이 간절하게 압

축된 것이었을 듯하다. 아이와 노인은 시인이 갖지 못한 소박하되 충만한 삶을 뜻한다. 그렇기에 봄물이 불어난 개울가에서 한가롭게 멱을 감는 해오라기조차도 이 평화로운 정경을 한껏 거들고 있다.

'승경'이라는 표현에 어울리게 여기에 묘사된 정경은 흐뭇한 기쁨을 준다. 울타리를 엮는 늙은이의 손길은 가족을 위한 따스한 배려이고, 그 온기 속에서 아이는 천진난만하게 놀 수 있다. 산천에는 봄기운이 감돌고 물새도 행복에 동참하면서 이 흡족한 장면을 보조한다. 그러나 이 아름답고 따스한 정경은 승려의 삶을 선택한 그에게는 허락되지 않은 풍경이다. 그는 어차피 이곳을 지나가야 하며, 이런 삶을 영영 소유하지 못할 운명에 붙들려 있다. 부러움과 결핍감이 중첩되고 어쩐지 자신의 삶에 대한 비애가 솟아나올 법한 그 순간, 시상은 예상치 않게 담박한 말투로 넘어간다.

'푸른 산 끊어진 곳으로 돌아갈 길이 멀다'는 표현은 담담한 사실 진술로 이해될 수 있다. 굽이굽이 이어진 산길이 산자락을 휘돌다가 시야에서 사라지는 곳이 청산이 끊어진 바로 그 지점이다. 가야 할 길이 아득히 멀다고 말하고 있는 것이다. 숨겨진 의미를 애써 찾을 필요가 없는 단순한 경관 묘사라 해도 무방하다. 하지만 이 구절을 반복해서 읊다 보면 구불구불 끝없이 이어진, 그러면서도 이 평화로운 집을 작별해서 가야만 하는 길이 한편으로는 숙명적인 인생의 길인 듯 느껴질 수도 있다. 내가 홀로 걸어가야 하는 이 길에는 저 옹기 가게처럼 행복한 곳도 없지 않건만 청산으로 이어진 아득한 길을 가야만 하는 것이 내 삶의 실존이라고 해석되는 경우, 이 구절은 돌연 자신의 운명에 대한 신비한 명상으로 바뀐다. 그리고 이때의 '길'은 머물지 않는 나그네의 길, 곧 김시습의 숙연한 인생을 은유한다.

청산으로 이어진 그 길이 김시습의 인생길과 겹쳐서 음미되면 마지막 구절도 단순한 동작 묘사 이상의 의미를 얻는다. 일반적으로 어느 한곳에 정착할 수 없는 나그네는 얼른 쉴 곳에 도착해야 한다는 불안감과 조바심을 갖는다. 마음이 바쁜 만큼 손발이 분주해지고, 해 저물기 전에 목적지에 도달하도록 발길을 서두르는 법이다. 그런데 이 시의 마지막 구절은 그 반대의 의경을 빚어놓았다. 등나무 지팡이를 짚고 서둘러 길을 재촉하는 것이 아니라 오히려 이 지팡이 하나를 어깨에 사선으로 걸치고 바쁠 것 없다는 듯 터벅터벅 길을 떠나고 있는 것이다.

어찌하여 그는 이렇게 느긋해질 수 있었을까? 시는 이 속에 어떤 미묘한 의미가 숨겨져 있는지를 직접 말해주고 있지 않다. 그러나 인생이란 결국 이렇게 끝없는 길을 걷다가 어느 곳에서 멈추어야 한다는 것, 오늘 서두른다고 길이 모두 끝나지는 않는다는 생각에 이르면, 지금 이 순간의 걸음이 인생의 소중한 순간으로 바뀐다. 그래서 쫓기듯 분주한 걸음에 비하면 지팡이 하나를 어깨에 걸머지고 길 위의 인생을 수용하는 달관의 자세가 훨씬 명상적이고 철학적인 것이다.

—

자연과 간극 없는 대화를 나누었던 사람들 - 〈산중〉

—

농경사회에서 산업사회로 이동하며 자연과 인간의 거리는 갈수록 멀어졌다. 산수 자연 속에서 살아가는 사람들과 인공물이 가득한 도회지에서 살아가는 사람의 감각은 질적으로 다르다. 농촌과 도시의 거리감은 자연과 인간의 관계, 자연에 대한 인간의 대화 방식을 바꾸어놓았다. 세속 도시의 사람들 중에 휴식 공간으로서의 역할을 넘어 자신의 인생과 철학이 스며든 고장으로서의 자연을 체질화하고 사는 이가 얼마나 될까?

거꾸로 생각하자면, 산업사회와 도시화의 진행 이전에 인간이 자연과 어울려 사는 것은 거의 필수적 삶의 조건이었다. 생업의 경제적 터전으로서, 미적 감수성의 고향으로서, 철학적 명상의 대상으로서 자연은 인간과 뗄 수 없는 관계를 맺고 있었다. 산수 자연과 인간 사회 사이에는 경제적·심미적·철학적 차원 어디에서든 깊숙한 친밀감이 흐르고 있었다. 16세기의 철학자이자 시인인 율곡 이이의 〈산중(山中)〉은 자연과 인간이 격없이 가까웠던 시대, 산중의 정경이 인생의 정경으로도 음미될 수 있었던 삶의 환경을 묘사하고 있다.

採藥忽迷路 약초 캐다 홀연 길을 잃었는데
千峯秋葉裏 봉우리에는 온통 가을의 낙엽들
山僧汲水歸 산승이 물 길어 돌아가더니
林末茶煙起 수풀 끝에서 차 달이는 연기가 오르네

약초를 캐느라 시간 가는 줄 모르다가 정신을 차리고 보니 문득 길을 찾지 못하겠다는 것이 1구요, 고개 들어 주변을 둘러보니 어느덧 온 산에 가을이 들었더라는 것이 2구이다. 약초 캐는 가을 숲을 담담히 그려놓았다. 그러면서 은은히 이런 명상도 들게 한다. '약초를 캐듯 학문에 정진하다 보니 어느덧 내가 어느 경지에 있는지를 모르게 되었다. 주변을 살펴보니 가을 숲처럼 새로운 세계가 내 곁에 펼쳐져 있다.' 정경의 묘사만으로 철학적 독백 효과를 환기시키고 있는 것이다.

약초를 캐다가 우연히 만난 사람이 산승이라는 것도 사실 전달 이상의 은유적 분위기를 자아낸다. 산승이 물을 길러 가더니 조금 있다가 암자가 있을 듯한 숲 저편에서 차 달이는 연기가 피어오르더라는 진술은 실제의 사실을 묘사한 것일 수 있다. 그러나 한편으로는, 범상한 사람들은 이르지 못하는 이 '산중'의 경지에서 유가의 철학자인 시인과 불가의 고승인 산승이 허심탄회하게 만나는 장면으로 읽힐 수 있는 것이다. 둘은 아직 서로 말을 나눈 사이가 아니지만 차 연기가 오르는 숲 끝으로 시인이 찾아가 보리라는 상상은 이 시가 남겨둔 여운이다.

스무 글자의 짤막한 시 한 편을 과도하게 해석한 것 아니냐는 의문이 나올지 모르겠다. 하지만 자연과 인간, 정경 묘사와 철학적 은유, 문학과 철학이 분리되지 않고 여러 겹이 한 덩어리를 이루었던 시대를 우리는 눈여겨보아야 한다. 자연을 말하는 것으로 삶의 의미를 곰곰이 사유하던 시대도 있었던 것이다. 이 시를 단순한 정경 묘사만으로 한정한다면, 인간의 사회가 자연과의 깊숙한 대화를 잊어버렸다는 증거가 될지 모를 일이다.

- 김동준

참고 문헌

김하라 편역, 《욕심을 잊으면 새들의 친구가 되네》(이규보 선집), 돌베개, 2006.

김상훈·류희정 옮김, 《조물주에게 묻노라》(이규보 작품집), 보리, 2005.

김태완 옮김, 《율곡집 - 성리학의 이상향을 꿈꾸다》, 한국고전번역원, 2013.

정길수 편역, 《길 위의 노래》(김시습 선집), 돌베개, 2006.

심경호, 《김시습 평전》, 돌베개, 2003.

一二三四五六七八九十

선비들의 탈속과 은거

탈속과 은거, 선비의 또 하나의 길

공자는 "등용해 주면 도(道)를 행하고, 내버려두면 은둔하는 것"(《논어》〈술이편〉)을 성인의 도리로 여겼다. "천하에 도(道)가 있으면 나타나 벼슬하고, 도가 없으면 은거해야 한다."(《논어》〈태백편〉)라고 본 것이다. 맹자 또한 "옛사람들은 뜻을 얻으면 백성에게 은택이 더해지고, 뜻을 얻지 못하면 몸을 닦아 세상에 드러나니, 궁(窮)하면 홀로 그 자신을 선(善)하게 하고, 영달(榮達)하면 아울러 천하를 선하게 하는 것이다."(《맹자》〈진심 상〉)라고 했다.

이와 같이 전통적 유학 사상에서는 나라에 도(道)가 있을 경우에는 나아가 백성들을 위해 관료로서의 경륜을 펼치고, 나라에 도가 없을 경우에는 물러나 은사(隱士)로서 초야에 묻혀 사는 것을 이상적인 삶의 가치로 삼아왔다. 벼슬을 하든지 은둔을 하든지, 만나는 환경에 따라 둘 다 명분이 있는 일로 여겨졌다. 다시 말해 은사적 삶이 관료적 삶과 동등한 가치를 지니며 선비로서 추구해야 할 삶의 전형 속에 또 하나의 길로 존재했던 것이다.

이에 중국의 남북조 시대 도연명(365~427)은 관료로서의 세속적 삶을 떨쳐버리고 〈귀거래사(歸去來辭)〉를 지으며 향리의 전원으로 돌아와 은사적 삶의 전형을 보여주었다. 도연명이 전원에서의 소박한 삶과 그 삶의 흥취를 읊는 전원시를 대거 창작한 이래로 당대(唐代)의 왕유(701~761), 맹호연(689~740) 등에 이르러서 전원시 창작이 하나의 뚜렷한 경향을 이루게 되었다. 전원시 창작은 기본적으로 전원생활을 전제로 하여 창작되기 마련이다. 도연명이 향리의 전원에 은둔했기에 수많은 전원시가 나왔고, 왕유도 많은 관직을 역임했지만 만년에는 망천장(輞川莊)에서 은거생활을 했기에 도연명의 삶을 그리워하며 자연의 청아한 정취를 읊은 수많은 전원시를 남길 수 있었다. 맹호연도 벼슬을 하지 못한 채 오래도록 녹문산(鹿門山)의 은사로 살았기에 도연명의 삶을 그리워하며 많은 전원시를 남길 수 있었다. 그들에게 자연은 본연의 공간이요 물아일여(物我一如)의 의미를 지니는 대상이었다.

한편 현실적으로는 입신양명을 위해 벼슬길에 나아가는 관료적 삶을 추구하면서도, 정신적으로는 초야에 묻혀 사는 은사적 삶을 영위하는 것을 더 높이 평가하는 풍조도 있었다. 남북조 시대 사령운(385~433)은 산수, 즉 자연 경물을 한시의 본격적인 소재로 편입시켜 산수시(山水詩)의 선성(先聲)이 된 것으로 평가를 받는데, 그는 육신은 비록 관직에 있었지만 마음만은 늘 산수에 머물러 있었기에 빈번한 유람을 통하여 산수시를 지을 수 있었다고 한다. 사령운에게 자연은, 현실에 대한 불만의 반대급부로서의 피세(避世)의 성격을 갖는다. 이러한 영향으로 후대 한국과 중국에서 탈속과 은거를 주제로 하여 지어진 시들 중에는 관료로서의 세속적 삶에 지친 스스로를 치유하기 위한 정신적 보상 차원에서 지어지는 경우가 많았다. 실제로는 은사로서의 구체적 삶을 실천하지 못한 상태에서도 탈속과 은거를 주제로 하는 시가 대거 창작되었던 것이다.

한국에서 지금까지 탈속과 은거를 주제로 하여 지어져 왔던 한시 작품은 헤아릴 수 없을 정도로 많을 터이나, 여기에서는 시대, 작자의 신분, 작품의 내용 등을 종합적으로 고려하여 대표적인 작품 세 수를 소개하고자 한다. 우선 신라 말기의 시인으로서 만년에 이르러 가야산 해인사에 은거했던 최치원(857~?)의 〈제가야산독서당〉을 살펴보고, 이어 여말선초의 대표적 문신으로서 평생 동안 관료적 삶을 영위했던 설장수(1341~1399)의 〈어옹〉, 그리고 조선 중기의 서류(庶流) 출신 문인으로서 관료적 삶에의 접근이 원천적으로 제약되었던 권응인(1517~1587)의 〈초당즉사〉를 살펴보기로 하자.

세상과 담을 쌓고 숨다 – 〈제가야산독서당〉

알려져 있다시피, 최치원은 6두품 출신으로 태어나 12세에 당나라에 유학을 가서 빈공과에 급제한 후 고병(高騈)의 막하에서 명성을 날리다가, 29세에 신라로 환국한 뒤 몇몇 관직에 오르기도 했다. 하지만 신라의 기울어가는 국운에 실망한 나머지 40세 즈음 세상을 등지고 은거를 하게 된다. 최치원은 894년(진성왕 8) 시무책(時務策) 10여 조를 올려서 나라의 혼란을 시정하고자 했고, 진성여왕(재위 887~897)은 그를 육두품으로서 오를 수 있는 최고 관직인 아찬(阿飡)으로 임명하기도 했으나, 그의 생각이 사회적 모순을 외면하는 당대의 진골 귀족들에게 받아들여질 리 없었다. 진성여왕이 즉위 11년 만에 정치 문란의 책임을 지고 효공왕(재위 897~912)에게 왕위를 양위한 후에 신라의 국력은 점점 쇠퇴하고 견훤과 궁예의 세력은 날로 커져가는 상황이 되자, 최치원은 신라 왕실에 대해 좌절감을 느끼며 모든 관직을 버리고 각지를 유랑한 끝에 가야산에서 은거하다 생을 마쳤다고 전한다.

다음 시는 최치원이 만년에 은거했던 가야산 해인사 북서쪽에 있는, 현재의 학사대(學士臺)에 있었다고 전하는 독서당에서 지은 〈제가야산독서당(題伽倻山讀書堂, 가야산 독서당에서 부쳐)〉이라는 작품이다.

狂噴疊石吼重巒 겹 바위 틈 마구 뿜어 겹겹 산봉 울려대니
人語難分咫尺間 사람 소리 지척에도 분간하기 어렵구나
常恐是非聲到耳 옳다 긇다 탓하는 말 들릴까 두려워서
故敎流水盡籠山 일부러 물을 시켜 온 산을 감쌌노라
(《동문선》 권19)

이 시는 세상의 온갖 시시비비(是是非非)로부터 벗어나고자 하는 화자의 결연한 둔세(遁世) 의지를 우의적으로 읊은 칠언절구의 작품이다. 1~2구는 작자가 거처하는 가야산 독서당 주변의 모습이다. 중첩된 바위 사이로 미친 듯이 마구마구 뿜어대는 물소리가 겹겹이 솟은 산봉우리를 부르짖듯이 울려대니, 지척에서도 사람의 말소리를 분간하기 어렵다고 했다. 그런데 3~4구에서 보듯, 그것은 옳으니 그르니 따지는 소리가 귀에 들릴까 항상 두려워서 일부러 흐르는 물로 하여금 온통 산을 감싸게 시킨 것

이라는 것이다.

중첩되어 솟아 있는 바위 틈새로 우르르 콸콸 쏟아지는 물의 기세를 '분(噴)'과 '후(吼)'라는 시각과 청각을 나타내는 글자를 동원하여 묘사함으로써, 3구에서 말한 속세의 '시비성(是非聲)'을 막아내려는 화자의 강렬한 의지를 감각적으로 표현하고 있다. 바위틈을 세차게 흘러가는 물은 하나의 자연현상일 뿐이지만, 화자는 거기에 자신의 심경을 투영한 의미를 부여하여 인격화시키고 있는 것이다. 또한 단순한 자연현상이 아니라 자신이 의도적으로 물로 하여금 산을 감싸 돌게 했다고 비유함으로써 의도적으로 세상의 시비를 막고 싶은 마음을 강하게 드러내고 있다. 시비의 소리가 난무하는 어지러운 세상에서 벗어나고자 결국에는 물소리를 통해 스스로를 세상과 단절시키고자 하는 화자의 심리를 잘 표현하고 있는 것이다. 즉 이 시는 겉으로는 물소리에 대한 이야기로 시종(始終)했으면서도 문맥 속에는 실의(失意)한 작자의 결연한 둔세 의지를 담고 있는 작품인 것이다.

자연 속에서 흥취를 즐기다 – 〈어옹〉, 〈초당즉사〉

먼저 〈어옹(漁翁, 고기잡이 늙은이)〉을 지은 설장수에 대해 간략히 살펴보자. 설장수(1341~1399)는 여말선초의 문신으로 자는 천민(天民), 호는 운재(芸齋)이다. 원나라에 귀부(歸附)한 위구르인 후손으로 1358년(공민왕 7) 홍건적의 난을 피하여 아버지 설손(?~1360)과 함께 고려로 귀화했다. 1362년(공민왕 11) 22세의 나이로 문과에 급제한 후 각종 벼슬을 역임하여 문하찬성사, 판삼사사에 이르렀다.

이성계가 조선을 건국한 뒤에는 정몽주의 도당으로 지목되어 우현보, 이색 등과 함께 잠시 해도(海島)로 유배되기도 했다. 그러나 이듬해에 사면되어 곧바로 사역원 제조(提調)로 등용되었다가, 태조의 특명으로 검교(檢校) 문하시중에 복직되어 계림(鷄林)을 본관으로 하사받고 연산부원군에 봉해졌다. 1399년(정종 1) 1월 진향사(進香使)로 명나라 서울에 간 것을 합하여 여말선초에 명과의 외교를 맡아 무려 여덟 번이나 중국에 들어가 사신의 임무를 수행했다. 1399년(정종 1) 10월 19일에 병으로 세상을 떴으니, 당시의 나이 59세로 시호는 문정(文貞)이다.

不爲浮名役役忙 헛된 명예 이루려고 분주하게 살지 않고
生涯追逐水雲鄕 평생 동안 수운향을 추구하며 살아가네
平湖春暖煙千里 너른 호수 봄 따뜻해 천 리 멀리 안개이고
古岸秋高月一航 옛 강기슭 가을 높아 한 척 밴 양 달이로세
紫陌紅塵無夢寐 서울 거리 먼지 속엔 꿈에서도 가지 않고
綠蓑靑蒻共行藏 도롱이와 삿갓으로 진퇴를 함께하네
一聲欸乃歌中趣 한 가락 뱃노래의 흥겨움에 빠졌는데
那羨人間有玉堂 인간들의 옥당 벼슬 부러워나 하겠는가
(《동문선》 권17)

이 시는 어옹의 삶을 통해서 은사로서의 삶을 지향하는 화자의 심정을 읊은 칠언율시의 작품이다. 앞서 살펴보았듯 설장수는 관료 생활 도중 잠시 섬으로 유배되었던 것을 제외하면 평생 은거와는 동떨어진 관료의 분주한 삶을 영위하다가 일생을 마쳤다. 이러한 측면에서 볼 때, 이 시에서의 '어옹'은 화자 자신의 모습을 투영한 것은 아니라 '어옹'의 한가로운 삶

에 의탁하여 화자의 심정을 읊은 작품이다. 현실적으로 입신양명하는 관료적 삶을 영위하면서도 정신적으로는 '어옹'과 같은 은사적 삶을 추구하고 있는 것이다.

1~2구에서는 '헛된 명예'와 '수운향'이 대조적 의미를 이루며 화자가 지향하는 삶의 전형을 제시하면서 시상을 열고 있다. 보통 '수운향'은 호숫가나 바닷가에 위치하여 풍경이 맑고 그윽한 지방을 뜻하는 말로, 은사가 사는 곳을 가리키는 경우가 많다. '어옹'이 추구하지 않는 대상인 '헛된 명예'가 화자에게는 현실적으로는 추구할 수밖에 없으면서도 정신적으로는 떨쳐버리고 싶은 대상인 것이며, '어옹'이 추구하는 대상인 '수운향'은 화자가 정신적으로 추구해 왔지만 현실적으로는 추구하지 못했던 대상인 것이다.

3~4구와 5~6구에서는 '수운향'과 '어옹'의 모습을 전형화시키며 부연하고 있다. 온화한 날씨의 봄날에 넓은 호수에 안개가 천 리 멀리까지 끝없이 펼쳐져 있는 아련한 풍경, 하늘이 높은 깊은 가을밤에 강기슭 옆 물속으로 한 척 쪽배가 떠 있는 듯이 조각달이 비춰 드는 선명한 풍경, 이야말로 '수운향'의 모습이다. 바로 이러한 아름답기 그지없는 풍경 속에서 '어옹'은 헛된 명예를 추구하는 '서울 거리 먼지 속'을 꿈에서라도 결코 돌아보지 않고, 오로지 '도롱이와 삿갓'으로 은사의 소박한 삶을 영위하고 있는 것이다.

7~8구에서는 화자가 표현하고자 하는 주제 의식을 직접적으로 표현하며 시상을 마무리하고 있다. '한 가락 뱃노래의 흥겨움'에 흠뻑 빠져 있는 '어옹'이 결코 '헛된 명예'에 불과한 '옥당 벼슬'을 부러워하지 않을 것이라고 했다. '어옹'을 세속의 명예에 얽매이지 않고 평생 동안 은사의 한가한 삶을 추구하는 존재로 제시하고 있으며, 이러한 모습은 곧 화자가 정신적

으로 추구하는 삶의 모습인 것이다.

이제 권응인의 〈초당즉사(草堂卽事, 초가집에서 즉흥적으로 짓다)〉를 살펴보자. 권응인은 조선 중기 서류(庶流) 출신 문인으로 자는 사원(士元), 호는 송계(松溪)이다. 글은 퇴계 이황에게, 시는 호음 정사룡에게 배웠으며, 시인 및 평론가로 이름을 날렸다. 그러나 서류 출신이라는 신분적인 한계 때문에 벼슬은 사역원 소속 관원의 하나로서 중국어와 이문(吏文)을 전문으로 하는 한리학관(漢吏學官)에 머물고 말았다.

結屋近青嶂　푸른 산 가까이에 집을 짓고는
携瓶盛碧溪　병 가져가 맑은 시냇물을 담았네
徑因穿竹細　오솔길은 대숲 뚫어 좁게 나 있고
籬爲見山低　울타리는 산 보려고 낮게 둘렀네
枕石巾粘蘚　돌을 베니 두건에는 이끼가 붙고
栽花屐印泥　꽃 심으니 나막신엔 진흙 묻었네
紛華夢不到　번화한 곳 꿈에서도 가지 않으니
閑味在幽棲　한가한 멋 그윽한 곳 사는 데 있네
(《송계집》 권1)

이 시는 화자 자신의 은사로서의 삶의 모습을 읊은 오언율시 작품이다. 권응인은 변변한 벼슬길에도 오르지 못한 채 불우한 생애를 마쳤지만, 이 작품에는 산림에 묻혀 청정무구한 은둔 생활을 즐기는 은사의 모습이 잘 나타나 있다.

1~2구에서는 푸른 산과 맑은 시내를 배경으로 하여 지어진 초가집에서의 은사의 삶을 제시하며 시상을 열고 있다. 푸른 산 앞에 초가집을 지

어놓고서 초가집 앞으로 흐르는 맑은 시내의 물을 물병에 길어서 생활하는 은사의 청정한 삶의 모습을 보여주고 있는 것이다. 차를 달이는 화로의 연기가 한 줄기 연기처럼 피어오르고, 찻물이 보글보글 끓는 소리가 아련히 들리는 듯하다.

3~4구와 5~6구에서는 1~2구에서 제시한 내용이 부연되어 있다. 3~4구에서는 화자가 살고 있는 초가집의 풍경을 묘사하고 있다. 초가집에서 바깥으로 오솔길이 좁다랗게 뻗어 있는데, 대숲 사이로 길을 뚫어서 만들었기 때문에 이와 같이 길이 좁아진 것이라고 했다. 초가집 주위에 울타리가 낮게 둘러져 있는데, 산을 바라보는 데에 방해가 되지 않게 하려고 이와 같이 울타리를 낮게 둘러놓았다고 했다. 초가집, 오솔길, 울타리는 만들어진 인공물이고 대숲과 산은 원래 존재하는 자연물인데, 자연물이 인공물의 일부가 되기도 하고 인공물이 자연물의 일부가 되기도 하는, 인간과 자연이 혼연일체가 되는 풍경이 묘사되고 있다.

이어 5~6구에서는 초가집에서의 화자의 삶을 묘사하고 있다. '돌을 베니'라고 한 것은 은거 생활을 뜻한다. 산림에 은거하는 생활을 비유할 때 보통 '침석수류(枕石漱流, 돌을 베개 삼고 시냇물에 이를 닦는다.)'라는 표현을 많이 써왔다. 시냇가나 대나무 숲 어디쯤에 돌을 베개 삼아 잠시 누워보니 머리에 두른 하얀 두건에 푸른 이끼가 묻어난다. 울타리 아래나 마당 한 구석에 꽃나무를 심다보니 나막신에 진흙이 묻어난다. 은사로서의 풍류를 즐기는 속에 이끼니 진흙이니 하는 자연물과 더불어 일체가 되는 화자의 모습이 매우 감각적이고 섬세하게 묘사되고 있다.

7~8구에서는 자연 속 초가집에서의 은거 생활에서 느끼는 흥취를 새삼 강조하며 시상을 마무리하고 있다. '번화한 곳'에는 꿈에서도 가지 않는다고 했다. 세속에서의 입신과 출세 같은 것에 대한 미련은 아예 없다

는 것이다. 오로지 '그윽한 곳'에 살며 '한가한 멋'을 느끼고자 할 뿐이다. 분주하게 살아가는 세속적 삶으로부터 완전히 벗어나서 자연 속에서 한가로운 흥취를 만끽하는 은사로서의 모습이 잘 나타나 있다.

탈속과 은거, 치유의 수단

이상의 세 작품 모두 탈속과 은거를 주제로 하여 지어진 것이다. 최치원의 〈제가야산독서당〉은 실의(失意)한 작자의 결연한 둔세(遁世) 의지를, 설장수의 〈어옹〉과 권응인의 〈초당즉사〉는 은사적 삶의 흥취를 읊은 작품이라는 점에서 차이점이 존재한다. 그러나 세 작품 모두 세속적 삶으로부터 받게 되는 화자의 정신적 상처를 치유하기 위한 수단으로 읊은 것이라는 점에서는 공통점을 가지고 있다.

최치원의 〈제가야산독서당〉은 은사적 삶의 흥취를 읊으려 한 작품이 아니다. 세상과 단절하고자 하는 작자의 의지가 반영된 작품이며, 달리 말하자면 작자의 강렬한 탈속 의지가 반영된 작품이다. 세속적 삶과 철저하게 절연된 자연 속에 의지하여 세속의 번뇌와 고민으로부터 초연히 벗어나고 그 자연을 보호막으로 삼아 자신의 정신적 안주 공간을 마련하겠다는 의도가 반영되어 있는 것이다. 최치원은 당나라에 유학하며 문명(文名)을 드날리고 돌아와 고국 신라에서 경륜을 마음껏 펼치려는 꿈이 있었다. 그러나 결국 모든 꿈이 좌절되고 말았다. 그래서 아예 세상과 담을 쌓음으로써 세상에서 상처받은 스스로의 마음을 치유하고자 한다. 그 치유의 수단이 곧 〈제가야산독서당〉인 것이다.

설장수의 〈어옹〉과 권응인의 〈초당즉사〉는 모두 은사적 삶의 흥취를 읊고 있지만, 은사적 삶의 지향이 간접적인 방식을 통한 정신적인 추구인가, 아니면 직접적인 방식을 통한 실천적 추구인가 하는 점에서는 뚜렷한 차이가 있다. 설장수는 현실적으로 관료적 삶을 영위하면서도 정신적으로는 '어옹'의 삶에 의탁하여 은사적 삶의 흥취를 표현하고 있고, 권응인은 은사적 삶을 스스로 실천하며 그 흥취를 표현하고 있다. 그러나 세속적 삶으로부터 받게 되는 정신적 상처를 치유하기 위한 수단이라는 점에서는 설장수의 〈어옹〉과 권응인의 〈초당즉사〉 또한 공통점을 가지고 있는 것이다.

설장수는 관료로서의 세속적 삶에 지친 스스로를 치유하기 위한 정신적 보상 차원에서 〈어옹〉을 읊고 있다. '어옹'이 추구하는 은사로서의 탈속적인 삶의 모습을 빌어서 작자가 정신적으로 추구하는 삶의 모습을 제시하고 있는 것이다. 탈속을 꿈꾸는 주제 의식의 시를 통해 화자 스스로의 마음을 치유하고 있는 셈이다.

권응인 또한 〈초당즉사〉를 통해 현실과 이상 사이에서의 번뇌와 갈등을 초극하고자 한다. 실상 권응인의 상당수 작품(예컨대 〈야몽위함경어사교이실소희작오절(夜夢爲咸鏡御史覺而失笑戲作五絶, 밤 꿈에 함경도 어사가 되었는데 깨고 나서 나도 모르게 웃음이 툭 터져 나오기에 희롱 삼아 지은 절구 다섯 수〉 등)을 살펴보면, 신분 문제로 인한 현실적 장벽과 관직 진출에 대한 열망 사이에서의 번뇌와 갈등이 잘 나타나 있다. 이러한 점을 염두에 두고 볼 때, 권응인은 〈초당즉사〉를 통해 자연에 묻혀 '한가한 멋'을 즐기며 살아가는 은사로서의 자신의 삶을 노래함으로써 자신의 신분적 한계로 인한 번뇌와 갈등을 스스로 치유하며 위안을 얻고 있는 것이다.

탈속과 은거를 주제로 하는 시는 근본적으로 자연에 대한 희구 자체에서 나오는 것이 아니라 현실적 삶에 대한 강한 불만을 바탕으로 나오는 것이다. 이러한 측면에서 볼 때, 최치원의 〈제가야산독서당〉이나 설장수의 〈어옹〉, 권응인의 〈초당즉사〉는 모두 현실에서의 세속적 삶에서 연유한 정신적 상처를 치유하는 강력한 수단의 하나인 셈이다.

- 남재철

참고 문헌

송준호 평석, 《한국명가한시선 1 - 고운 최치원》, 문헌과해석사, 1999.

강구율, 〈송계 권응인의 삶과 시세계의 한 국면〉, 《동방한문학》 17, 동방한문학회, 1999.

유영봉, 〈왕조 교체기의 '귀화시인' 설손과 설장수 부자〉, 《한문학보》 23, 우리한문학회, 2010.

一二三四五六七八九十

가난을 편안히 여기며 도(道)를 즐기다

사대부란 어떤 사람들인가?

우리나라 고전문학 가운데에는 선비, 즉 사대부가 창작한 작품이 많다. 그런데 '사대부'에 대한 우리의 대체적인 인상은 아마도 '올바른 세상을 만들기 위해 자신의 안위는 돌보지 않는 사람' 정도라고 할 수 있을 듯하다. 보다 구체적으로는 임진왜란이 일어났을 때 나라를 위하여 분연히 떨치고 일어났던 '의병'들이나 일제 치하에서 온갖 개인적인 고난을 무릅쓰고 나라의 광복을 위해 투쟁했던 '독립운동가'들이 그러한 선비 정신을 구체적으로 실현했던 분들이라 할 것이다. 그러므로 우리가 상상하는 '선비'의 이미지는 언제나 엄숙한 모습으로 대의와 명분을 위해 동분서주하며 개인의 편안함 따위는 전혀 돌보지 않는 모습이다.

그렇지만 선비들이 창작한 많은 고전 작품 가운데에는 세상에 나아가 세상을 바로잡는 것과는 정반대인 '자연에서 청빈하게 지내는 삶을 칭송하는 노래'들이 많이 발견된다. 게다가 이와 같이 '은거를 찬양하는 노래'들은 고려 시대부터 조선 시대까지 지속적으로 창작되었다. 세상에 나아가는 것과 물러나는 것 가운데 도대체 어느 것이 사대부의 진면목일까?

이에 대한 답은 '사대부'라는 말을 잘 뜯어보면 그 실마리를 찾을 수 있다. '사대부'는 '사(士)'와 '대부(大夫)'가 조합된 단어인데, '사'는 '독서하는 자'를 의미하고, '대부'는 '정치하는 자'를 의미한다. 오늘날의 표현을 빌리자면 '지식인'과 '정치인'을 결합한 것이 사대부인 것이다. 그런데 '독서하는 자'가 되기 위해서는 시끄러운 세상과 거리가 먼 조용한 환경이 필요하고, '대부' 즉 정치인이 되기 위해서는 적극적으로 세상에 뛰어들어야만 한다. 모순처럼 보이기는 하지만 사대부에게는 이 두 가지 측면이 모두 요구된다. 올바른 '정치인'이 되려면 반드시 '지식인'으로서의 깊고도 고상한 학문적 소양이 필요하고, 또 올바른 '지식인'이 되기 위해서는 '정치인'이 지닌 현실적이면서도 구체적인 안목이 꼭 필요하기 때문이다. 때와 상황에 따라 발현되는 면모가 달라지는 것이지만, '은거'와 '출세'는 사대부에게 모두 필요한 것이었다.

그런데 사대부들은 '독서'에 전념하기 위해서는 '부와 명예'가 오히려 방해가 된다고 보았다. 그렇기에 자연 속에서 가난하면서도 깨끗하게 사는 삶을 고상하게 여기는 풍조가 하나의 전통이 된다. 고려 후기의 저명한 문인이었던 이색(1328~1396)의 칠언율시인 〈독두시(讀杜詩, 두보 시를 읽다)〉를 통해 이러한 사대부의 삶의 자세를 엿볼 수 있다.

錦里先生豈是貧 금리선생 어찌 가난하다 하리오
桑麻杜曲又回春 두릉의 뽕나무 삼나무 밭에 또 봄은 돌아왔네

鉤簾丸藥身無病 발 걷고 환약 지으니 몸에 병 없고
畫紙鼓針意更眞 종이에 바둑판 그리고 두들겨 낚시 만드니 천진도 하구나
偶値亂離增節義 우연히 만난 난리에 절의를 높일망정
肯因衰老損精神 쇠하고 늙었다고 정신까지 손상하랴
古今絶唱誰能繼 고금의 절창을 그 누가 이을까
賸馥殘膏丐後人 향기와 기름을 후인에게 남겨주었네

두보(712~770)는 '충군애민'의 유교적 소양을 갖춘 중국 당나라의 애국 시인으로서 동아시아 한자문화권에 지대한 영향을 끼쳤던 인물인데, 성도(成都)의 금관성에서 지낼 적에 스스로를 '금리선생'이라 불렀던 적이 있다. 이색은 이 시에서 두보가 가난하고 소박한 삶을 살면서도 나라에 대한 굳건한 절의를 잃지 않았던 점을 칭송하고 있다. 전반부의 구체적인 표현 모티프는 거의 두보의 시구에서 가져온 것이 특징이다. 두보의 "두릉에 다행히도 뽕나무 삼나무 밭이 있네(杜曲幸有桑麻田)"(〈곡강(曲江)〉), "발 걷으니 자던 해오라기 날고, 환약 빚으니 꾀꼬리 지저귀네(鉤簾宿鷺起丸藥流鶯囀)"(〈봉간엄명부(奉簡嚴明府)〉), "늙은 아내는 종이에 그려 바둑판 만들고, 어린아이는 바늘 두들겨 낚싯바늘 만드네(老妻畫紙爲棋局 稚子敲針作釣鉤)"(〈강촌(江村)〉)와 같은 구절들에 나오는 시어를 활용해 이색은 시상을 전개한 것이다. 이를 통해 두보가 고향 '두곡'에서 뽕나무와 삼나무를 심으며 살고 싶어 했고, 해오라기·꾀꼬리와 어울려 지내는 자연의 삶을 좋아했으며, 바둑판이나 낚싯바늘이 없어도 화목하게 지내는 시골 마을의 소박함을 편안히 여겼음을 표현해 내었다.

후반부는 두보의 삶과 문학에 대한 이색의 총평이라 할 수 있다. 두보가

살았던 시대는 '안녹산의 난'이 일어나 매우 혼란했으며, 그 와중에 두보는 개인적으로 많은 고난을 겪어야만 했다. 그렇지만 두보는 그러한 역경 속에서도 나라와 백성에 대한 걱정을 놓지 않았으며, 그러한 심정을 시로 표현하여 수많은 '고금의 절창'을 남겼다. 이러한 두보의 작품은 후대인들이 시를 짓는 데 커다란 자양분으로 작용하는 '향기'와 '기름'이 되었다는 것이 이색의 평가인 것이다.

이처럼 두보의 시는 자연 속에서 소박하게 지내는 것을 즐기면서도 애국애민의 자세를 잃지 않았다는 점에서 후대의 사대부들에게 귀감이 되었기에 많은 사랑을 받았다고 할 수 있다.

세상에 나갈 준비 - 〈만보〉

모든 사대부들의 이상과 포부는 자신이 살아가는 세상을 요순 임금이 다스리던 때와 같은 태평성대로 만드는 것이었다. 그러한 포부를 펴기 위해서는 세상에 나아가기에 앞서 철저한 학문 수련과 자기 수양이 요구되었다. 이 수련 과정에는 많은 어려움이 닥치기 마련이고, 또 그런 어려움을 극복하면서 배움의 희열을 느끼기도 했을 것이다. 이황(1501~1570)의 오언고시인 〈만보(晩步, 저녁 산책)〉에는 이러한 과정에서 느끼는 내면의 감정이 잘 나타나 있다.

苦忘亂抽書 하도 잘 잊어 어지러이 책을 뽑아

散漫還復整 흩었다가 다시 정리하다 보니

曜靈忽西頹 해는 문득 서쪽으로 기울어

江光搖林影 강물 빛은 숲 그림자 흔드네
扶笻下中庭 지팡이 짚고 가운데뜰에 내려
矯首望雲嶺 머리 들어 구름 낀 고개 바라보네
漠漠炊烟生 아스라이 밥 짓는 연기 피어나고
蕭蕭原野冷 쓸쓸히 언덕과 들은 싸늘한데
田家近秋穫 농가는 가을걷이 가까워
喜色動臼井 기쁜 낯빛이 방앗간 우물터에 피어나네
鴉還天機熟 갈가마귀 돌아오니 조화의 작용에 익숙하고
鷺立風標逈 해오라기 우뚝 서니 우아한 자태 드러나네
我生獨何爲 내가 살아감은 대체 무엇 때문인가
宿願久相梗 묵은 소원 오래도록 풀리지 않네
無人語此懷 이 마음 이야기할 사람 없어
瑤琴彈夜靜 거문고만 타노라니 밤은 고요하네

이 시는 이황이 20세의 젊은 시절에 지은 것이다. 1~2구에는 이황이 당시 학문에 전력을 기울였던 모습이 잘 드러나 있다. 특히 이황 같은 대학자도 공부한 내용을 자주 잊었기에 여러 책을 어지러이 펼쳐놓아야만 했다는 표현이 재미있게 다가온다. 그렇지만 이황은 시간 가는 줄도 모르고 공부에 매진했던바, 문득 고개를 드니 저녁이 되어 있었던 것이다. 3구에서 12구는 저녁이 되어 지팡이를 짚고 산책에 나섰다가 보았던 경물들을 묘사하고 있다. 그런데 9~10구에 등장하는 '백성'과 11~12구의 '갈가마귀, 해오라기'가 특히 중요하다. 사대부가 생각하는 이상 사회는 결국 '안민(安民)', 즉 백성을 편안히 하는 것으로 귀결되는데, 여기서 이황은 수확을 맞아 기뻐하는 백성들의 모습을 보고 안도하고 있는 것이다. 그리고 겨울을 나기 위해 다시 날아온 갈가마귀를 보고는 참으로 새들도 하늘의 이치에 익숙하다고 하며 대자연의 위대함을 다시금 새기고, 해오라기를 보면서 우아하면서도 당당한 모습에 감탄을 하고 있다. 요컨대 이황은 우주 자연과 인간 사회가 조화롭게 운용되는 모습을 관조하고 있는 것이다. 그런데 13구부터는 반전이 일어난다. 세상은 조화로운 데 반해 자신의 '오랜 소원'은 이루어지지 않고 있다며 괴로움을 토로하고 있다. 그 소원은 아마도 학문의 성취일 것이다. 그 괴로움을 풀 길 없어 고요한 밤에 거문고만 탄다며 시를 맺고 있다.

이황은 모든 사람이 존경하는 대학자이다. 그 높은 학문이 저절로 얻어진 것이 아니라 수많은 고뇌를 통해 이루어진 것임을 이 시는 묵묵히 증언하고 있다.

도(道)를 펼칠 수 없는 세상이라면 – 〈봉화계부운〉

사대부들은 세상에 나아가기에 앞서 심혈을 기울여 학문에 정진하지만, 모든 사대부가 자신의 포부를 실현할 기회를 얻을 수는 없었다. 사대부들이 이상을 실현하기 위해서는 관료가 되어야만 했는데, 관료가 되는 일도 쉬운 일은 아니었다. 또한 설혹 높은 지위에 오른다 하더라도 정치적 갈등 때문에 자신의 뜻을 펼치지 못한 경우가 많았다. 그러한 대표적 예로 정약용(1762~1836)을 들 수 있다. 정약용은 정조 임금도 인정한 출중한 인재였음에도 불구하고 정치적 갈등 때문에 18년간 유배 생활을 해야만 했다. 정약용이 지은 칠언율시인 〈봉화계부운(奉和季父韻, 삼가 작은아버지의 시에 답하다)〉에는 자신의 뜻과 상관없이 은거를 선택할 수밖에 없었던 그의 심정이 잘 드러나 있다.

羈夢棲棲繞碧山 타향살이 몽혼이 고향 산을 맴돌다가
敝廬風雨挈家還 비바람 치는 낡은 집에 처자 함께 왔습니다
才疏敢惜休官早 재주 모자라니 벼슬 일찍 버렸다 감히 애석해 할 것 있나요
性拙深知涉世艱 성품 옹졸한 탓에 세상 살기 어려움을 깊이 알았답니다
鄕里開筵無白眼 마을에선 잔치 열어 백안시하는 사람 없고
釣船沽酒每朱顏 고깃배에서 술 사 마시니 매양 붉은 얼굴입니다
殘書點撿先人跡 남겨진 책에서 선인들 자취 살펴보며 지내니
已辦餘生付此間 남은 생애 이렇게 살기로 마음을 먹었습니다

이 시는 1800년, 정약용이 39세에 지은 작품이다. 정약용은 1789년 문과에 급제한 뒤 여러 차례 정치적 부침을 겪었으나 1795년에는 병조 참의에 임명되기도 했고, 이후 금정 찰방과 곡산 부사 등의 지방관을 역임하기도 했다. 그러나 이 시를 지을 때쯤에는 반대파의 공격이 하도 집요해져 그는 더 이상 벼슬자리에 있을 수 없다고 생각했다. 이 시에서 정약용은 작은아버지에게 말하는 형식을 통해 자신의 심정을 토로하고 있다.

1구에서 '타향살이'는 지방관을 역임했던 시절을 표현한 말이다. 세상에서 물러나는 심정이 매우 괴로웠을 테지만, 화자는 모든 원인을 자신의 탓으로 돌리고 있어 독자들로 하여금 더욱 애석한 마음이 들게 한다. 5~6구는 고향에 돌아와 마을 사람들과 격의 없이 즐겁게 지내고 있다는 내용이지만, 또한 화자의 좌절감이 반어적으로 표현된 것으로 볼 수 있다. 그러한 상태에서 화자가 다시 마음을 추스를 수 있었던 것은 '학문'이라고

하는 소명이 있었기 때문이다. 7~8구에는 다소 자조적이기는 하지만 남은 생애 모든 힘을 기울여 학문에 힘쓰겠노라는 굳은 결의가 드러나 있다. 실제로 정약용은 이 시를 지은 이후 18년간 유배 생활을 하며 빛나는 학문적 업적을 세웠으니, 이 시에 담긴 그의 마음이 얼마나 치열한 것이었던가를 짐작할 수 있다.

가난한 것이 멋이다 – 〈독좌〉 외

모든 사대부가 세상에 나아가 자신의 이상을 펼치고자 하는 포부를 품지만, 실제로 자신의 이상을 실현했던 경우가 그리 많지 않았던 것이 사실이다. 역사상 수많은 사대부들이 좌절을 맛보아야만 했다. 이는 개인적 능력의 한계 때문이기도 하지만, 많은 경우는 객관적인 상황이 그들의 이상 실현을 허락하지 않았다. 이처럼 세상에 나아가긴 했지만 자신의 이상을 펼칠 수 없게 되면 사대부들은 곧바로 '은거'로 방향을 바꾸었다. 곧 학문 도야와 제자 양성을 통해 훗날을 기약한 것이다.

만약 자신의 이상을 실현하거나 지조를 지킬 수 없는 상황인데도 불구하고 머뭇거리고 물러나지 않는 자가 있다면, 그자는 즉시 '사림(士林)' 곧 사대부 사회에서 '부귀와 명예에 눈이 먼 사람'이라는 조롱과 비난을 받아야만 했다. 그래서 사대부 사회에서는 기본적으로 욕심 없이 은거하는 삶을 고상하게 보는 경향이 있었던 것이다. 서거정(1420~1488)의 오언율시인 〈독좌(獨坐)〉에서 그러한 점을 볼 수 있다.

獨坐無來客 홀로 앉아 있노라니 오는 손님 없고

空庭雨氣昏 빈 뜰은 빗기운에 어두컴컴한데
魚搖荷葉動 물고기 요동치니 연잎이 움직이고
鵲踏樹梢翻 까치가 밟자 나뭇가지 흔들리네
琴潤絃猶響 거문고 축축하나 현(絃)에선 소리가 울리고
爐寒火尙存 화로 차가우나 불이 아직 남았네
泥途妨出入 진창길이 들고 남을 방해하니
終日可關門 온종일 대문을 닫는 것이 좋겠네

이 시의 화자는 세상과 단절된 고적함을 즐기며 세밀한 시선으로 자연 경물을 관찰하고 있다. 특히 3~4구의 묘사는 일상적인 시선으로는 포착할 수 없는 장면이라 할 수 있는바, 시인의 감수성이 대단히 예민함을 알 수 있다. 또한 거문고가 습기를 머금고 있고 화로가 차다는 것은 물질적 조건이 그리 좋지는 않다는 것을 나타내고 있는데, 그럼에도 불구하고 소리를 즐기고 불씨를 찾을 수 있다는 것은 화자가 부족한 환경에서도 만족할 줄 아는 성품을 지녔다는 점을 보여주고 있다.

서거정의 작품 가운데 오언율시인 〈추풍(秋風)〉을 더 살펴보자.

茅齋連竹逕 초가집은 대나무 길로 이어지고
秋日艷晴暉 가을날의 맑은 햇살은 곱기도 하네
果熟擎枝重 열매는 익어 가지에 무겁게 달려 있고
瓜寒著蔓稀 오이는 차가워 성근 덩굴에 붙어 있으며
游蜂飛不定 노니는 벌들 이리저리 날아다니고
閑鴨睡相依 한가한 오리는 서로 기대어 졸고 있네
頗識心身靜 자못 마음과 몸이 고요해짐을 알겠으니

棲遲願不違 은거의 뜻 어기지 않기를 다짐하네

이 시의 '초가집'은 시인이 살고 있는 집은 아니다. 어느 은자의 집을 시인이 방문하고 그 풍경을 묘사한 것으로 보인다. 그런데 그 분위기가 아주 아름다우면서도 정겹다. '대나무 길'이 환기하는 청신함이나 '맑은 햇살'이 일깨우는 따듯함이 독자들의 마음을 편안히 만드는 효과가 있다. 그리고 '열매', '오이', '벌', '오리' 등의 등장은 농촌의 일상을 정겹게 떠올리게 한다. 이어 시인은 자신의 소회를 직접 토로한다. 은자의 초가집에 있어보니 몸과 마음이 고요해진다는 것이다. 또 이렇게 고요함을 느끼고 보니 자신이 세워둔 은거의 계획을 반드시 실천하겠다는 것이다. '은거에의 다짐'이 이 시의 주제라고 할 수 있겠다.

그런데 실상 서거정은 조선 시대 어떤 문인보다도 순탄하고 영화로운 삶을 살았던 인물이다. 그는 세종 대부터 성종 대까지 과거 시험을 주관하는 대제학이라는 영광스러운 자리에 있었으며, 조정에 있었던 수십 년 세월 동안 정치적·문화적 방면에서 많은 영향력을 행사했기 때문이다. 그럼에도 불구하고 그는 위와 같이 '은거하는 삶'을 찬양하는 시를 많이 지었다. 일견 모순이라고 볼 수도 있으나, '안빈낙도(安貧樂道)'는 사대부라면 마땅히 추구해야만 하는 정신적 가치였던 것이고, 서거정 또한 이를 자신의 내면에 받아들이고 생활 속에서 실천하고자 했던 것이라 이해할 수 있다.

이처럼 안빈낙도는 사대부들이 보편적으로 지향하는 가치였기에 무수한 문인들이 다양한 문학 형식을 통해 표현했다. 그래서 안빈낙도는 고전문학에서 일종의 미학적 범주이자 '멋'으로까지 승화되기에 이르렀다. 병와(甁窩) 이형상(1653~1733)의 오언악부시(한역시)인 〈누항락(陋巷樂, 가난한 삶의 즐거움)〉에서 그러한 점을 확인할 수 있다.

十年經營久 십 년 세월 준비하고 도모하여
草屋一間設 초가 한 칸 지어내니
半間淸風在 반 칸에는 청풍이 있고
又半間明月 또 반 칸에는 명월이 있네
江山無置處 강산은 둘 곳이 없으니
屛簇左右列 병풍처럼 좌우로 벌려 두리라

이 시에서 화자는 자연 속에 은거할 준비를 오랫동안 해오다가 소박한 초가집을 완성한 기쁨을 노래하고 있다. 한 칸밖에 안 되는 집이지만 맑은 바람과 밝은 달이 넉넉히 들어오니 부러울 것이 없다는 낙관적 태도가 인상적이다. 이 시의 압권은 5~6구인데, 방이 좁아 강산까지 들여놓을 수는 없으니 강산을 병풍 삼겠다는 것은 자연 자체를 자신의 집으로 삼겠다는 말이며, 이는 곧 '물아일체'의 경지를 표현한 것이다. 이 시는 '가난'이 하나의 멋이 될 수 있다는 점과 가난해야만 물아일체의 높은 경지에 오를 수 있다는 것을 성공적으로 형상화하고 있다.

그런데 이 시는 본래 송순(1493~1582)의 시조 "십 년을 경영하여 초옥 한 간 지어내니 / 나 한 간 달 한 간에 청풍 한 간 맡겨두고 / 강산은 들일 데 없으니 둘러 두고 보리라"라는 작품을 그대로 한문 악부시 형태로 번역한 것이다. 이를 통해 조선 시대에 국문문학과 한문문학이 상호 활발히 교섭했던 점과 안빈낙도의 주제 의식이 널리 향유되었던 사정을 확인할 수 있다.

도(道)를 어떻게 형상화할 것인가?

'안빈낙도'를 풀이하면 '가난을 편안히 여기며 도를 즐긴다.'라는 뜻이다. '가난을 편안히 여긴다'는 것은 앞의 작품들을 통해 쉽게 이해할 수 있지만, '도를 즐긴다'는 말은 이해하기 매우 어렵다. '도'가 무엇인지 잘 알 수 없기 때문이다. 앞에서 언급했던 '물아일체', 즉 '대상 사물'과 '나'가 하나가 된다는 말이 이에 대한 해답이 될 수도 있다. 물아일체가 된다는 것은 '사물'을 '나'의 관점에서 보는 것이 아니고, '도'의 견지에서 '사물'과 '나'를 바라본다는 뜻이다. 그런데 여기에도 다시 '도의 견지'란 것이 무엇인가 하는 물음이 뒤따르게 된다.

'도'란 천지자연을 운행하는 이치라고 말할 수 있겠지만, 그 구체적 내용과 경지를 아는 것은 매우 어려운 일이다. 사대부들도 '도'의 높은 경지를 깨우치고, 그것을 인간 세상에 실현시키기 위해 한평생을 기울여야만 했다. 특히 자연 속에 은거할 때면 자연 속에서 도를 발견하고 이를 형상화하는 데 깊은 관심을 기울였다. 이황의 칠언절구인 〈반타석(盤陀石)〉이 바로 그러한 시이다.

黃濁滔滔便隱形 누렇고 탁하게 물결칠 때는 형체를 숨겼다가
安流帖帖始分明 잔잔한 흐름으로 잦아들어야 비로소 분명해지네
可憐如許奔衝裏 대견하다, 이처럼 날뛰고 부딪는 속에서
千古盤陀不轉傾 천고의 반타석은 구르거나 기울지 않았네

반타석은 이황이 은거했던 도산서당 부근의 바위를 가리킨다. 화자는

큰 비가 내려 탁류가 거세게 흘러 반타석을 집어삼키는 것을 보면서 시상을 얻었다. 탁류가 아무리 거세더라도 전혀 미동치 않다가 물결이 잦아들면 의연히 본래의 모습을 드러내는 반타석은 도를 상징한다고 볼 수 있다. 이 시에서는 아무리 세상이 불의하더라도 그것은 일시적인 것으로 도를 해칠 수는 없다는 뜻도 읽어낼 수 있고, 거친 마음으로는 도를 볼 수 없고 편안히 가라앉혀야 도를 볼 수 있다는 뜻도 읽어낼 수 있다. 또한 반타석은 이황의 학문과 인격의 무게를 보여준다고 해석할 수도 있다.

한편 이규보(1168~1241)의 〈영정중월(詠井中月)〉은 불교에서 말하는 깨달음에 대한 내용을 노래하고 있다.

山僧貪月色 산승(山僧)이 달빛을 탐내어
幷汲一甁中 달과 물을 병 속에 함께 길었네
到寺方應覺 절에 이르면 응당 깨달으리
甁傾月亦空 병이 기울면 달 또한 사라질 것임을

여기서 '달빛'은 깨달음 혹은 불교의 도를 상징한다. 달빛을 물과 함께 담았다는 것은 인간의 사유와 언어를 통해 도를 파악하려는 시도를 의미한다. 이러한 시도는 결코 성공할 수 없는 것임을 이 시는 절묘하게 전달하고 있다. 원래 불교에서는 '불립문자(不立文字)'라 하여 언어를 통해서는 깨달음이나 도를 전달할 수 없다고 본다. 이러한 가르침을 이 시는 적실한 예화를 통해 전달하고 있는 것이다.

일반적으로 유교는 불교에 대해 배타적 입장이었지만, 많은 사대부들이 불교에 깊은 조예를 지녔으며 불교의 가르침을 빌려와 유교의 학설을 발전시키기도 했다. 불교이든 유교이든 심오한 핵심적 진리는 일반적인 언어로 전달하기 어려운 법인데, 그러한 경우에 '시(詩)'는 간결한 언어를 통해 도의 핵심을 전달하는 효과적인 도구로 활용되었던 것이다.

- 김용태

참고 문헌

이민홍, 《사림파문학의 연구》, 형설출판사, 1985.

임형택, 〈16세기 사림파의 문학의식〉·〈이조 전기의 사대부 문학〉, 《한국문학사의 시각》, 창작과비평사, 1984.

진재교, 〈구비 전통과 이조 후기 한시의 변모〉, 《국문학의 구비성과 기록성》, 한국고전문학회, 1999.

一二三四五六七八九十

잉여 인간의 풍자와 해학

방랑 시인 김삿갓

"백일장 과거에서 조상을 욕한 죄로 하늘이 부끄러워 삿갓을 쓰고……" 가수 홍서범이 부른 〈김삿갓〉(1989)의 한 대목이다. 요즘 청소년들에게는 생소하겠지만, 한때는 제법 유행한 노래이다. 이 노래를 들어본 적이 없더라도 '방랑 시인 김삿갓'이라는 이름은 한 번쯤 들어보았을 것이다. 이 노래는 그가 평생 삿갓을 쓰고 방랑 생활을 하게 된 과정을 알려준다.

김삿갓의 본명은 김병연(1807~1863)으로, 본디 안동 김씨 명문가 출신이다. 그러나 '홍경래의 난'을 계기로 그의 집안은 하루아침에 몰락했다. 당시 평안도 선천 부사로 재직 중이던 조부 김익순(1764~1812)이 반란군에 투항했다는 죄목으로 처형당했기 때문이다. 김병연의 나이 겨우 다섯 살 때의 일이었다.

남은 가족들은 살아남기 위해 뿔뿔이 흩어졌다. 김병연의 부모는 여주와 이천으로, 김병연과 형 김병하는 황해도 곡산에 있던 노비의 집으로 피신했다. 얼마 후 김병연의 부친이 세상을 떠나자 모친은 두 아들을 데리고 강원도 영월로 들어갔다. 김병연은 그곳에서 혼인도 하고 자식도 낳았다. 그러나 그가 할 수 있는 일은 아무것도 없었다. 죄인의 후손이니 과거를 볼 수도 없었고, 농사나 장사를 하는 것도 어려웠다. 할 줄 아는 것이라곤 읽고 쓰는 것뿐이었다.

김병연이 삿갓을 쓰고 영월을 떠나 방황을 시작한 것은 20대 초반의 일이다. 그가 방랑 생활을 시작하게 된 직접적인 이유는, 노래 가사의 내용대로 '조상을 욕한 죄' 때문이라고 알려져 있다. 김병연이 응시한 백일장에서 "충절을 지키다 죽은 가산 군수 정시(鄭蓍)에 대해 논하고, 하늘에 사무치는 죄를 지은 김익순에 대해 읊으라."라는 시험문제가 출제되었는데, 김익순이 자기 할아버지인 줄도 모르고 있던 김병연은 할아버지를 욕하는 시를 지었고, 나중에 그 사실을 알게 되자 충격을 받아 하늘을 바라보기가 부끄럽다며 삿갓을 쓰고 방랑을 떠났다는 것이다.

그렇지만 이는 사실로 보기 어렵다. 여러 문헌에 따르면, 이 시는 김병연이 지은 것이 아니라 김병연의 뛰어난 재능을 질투한 평안도 선비가 그에게 수치를 주려고 지은 것이라 한다. 이 시의 제목이나 형식이 과거 시험에 나온 것이라 보기 어렵다는 점을 고려하면, 김병연이 '조상을 욕한 죄'로 방랑했다는 이야기는 사실이 아닌 듯하다. 오히려 방랑 초기 김병연은 한양의 유명 인사들과 교분을 맺으며 몰락한 집안을 다시 일으키려고 애썼다. 그러나 이러한 시도는 물거품이 되고, 김병연은 평생 팔도를 떠돌다가 57세의 나이로 전라도 화순에서 세상을 떠났다.

그렇다면 김병연은 무엇 때문에 평생 삿갓을 쓰고 방랑 생활을 했던 것일까? 그가 '김삿갓'이라는 별명으로 수많은 설화에 등장하는 이유는 무엇일까? 그가 남긴 시는 과연 어떠한 것이며 무슨 의미가 있는가?

하늘이 부끄러워 삿갓을 쓰고

김병연의 자는 성심(性深), 호는 난고(蘭皐)이며, 김삿갓이라는 별명으로 잘 알려져 있다. 이 별명은 그가 늘 삿갓을 쓰고 다녔기 때문에 붙은 것이다. 삿갓은 한자로 '립(笠)'이라고 한다. 그래서 김삿갓을 '김립(金笠)'이라 부르기도 한다.

삿갓은 비와 눈, 그리고 따가운 햇볕을 피하기 위해 쓰는 모자이다. 원래는 실용적인 목적에서 만들어졌으나, 상(喪)을 당한 사람이 차마 하늘을 볼 수 없다는 뜻에서 쓰기도 했던 모양이다. 김병연이 늘 삿갓을 썼던 이유는 조상을 욕했기 때문에 하늘을 보기가 부끄러워서라고 하는데, 앞서 언급한 대로 이는 잘못 전해진 것이다. 김병연은 실용적인 이유로 삿갓을 썼으리라고 짐작된다. 삿갓을 소재로 지은 그의 시에서도 죄의식은 전혀 느껴지지 않는다.

浮浮我笠等虛舟 정처 없는 내 삿갓은 빈 배와 같은데
一着平生四十秋 사십 년 평생 내내 쓰고 다녔네
牧豎輕裝隨野犢 소 따라 들판으로 가는 목동의 가벼운 차림이요
漁翁本色伴沙鷗 백사장의 갈매기와 벗하는 어부의 본색이라네
醉來脫掛看花樹 술 취하면 벗어 걸고 꽃나무를 바라보고
興到携登翫月樓 흥이 나면 손에 들고 누각에 올라 달구경 하네

俗子依冠皆外飾 속세 사람 의관은 모두 겉치레이니
滿天風雨獨無愁 온 하늘에 비바람 가득해도 나는 걱정 없네

-〈영립(詠笠, 삿갓을 읊다)〉

이 시는 한 구에 일곱 자씩 여덟 구로 구성된 칠언율시이다. 전형적인 칠언율시의 형식을 따른 작품이다. 김병연의 파격적인 한시는 이와 같은 정통적인 한시를 지을 수 있는 능력을 바탕으로 한 것이다.

'빈 배〔虛舟(허주)〕'는《장자》에서 인용한 것이다. 주인 없이 강을 이리저리 떠도는 배를 말한다. 정처 없이 떠도는 김병연의 '삿갓'은《장자》의 '빈 배'와 마찬가지라는 말이다. 사십 년 평생 삿갓을 쓰고 다녔다고 했으니, 이미 오랜 방랑 생활을 경험한 말년에 지은 것으로 보인다.

목동과 어부를 언급한 것은 삿갓이 원래 이들의 것이기 때문이다. 삿갓은 원래 목동의 가벼운 차림〔輕裝(경장)〕이며, 어부가 본래 쓰고 다니는 것〔本色(본색)〕이라는 뜻이다. 한시에서 목동과 어부는 으레 세상을 멀리하는 은자를 상징한다. 그러니 삿갓은 속세를 벗어난 사람의 상징이기도 하다.

김병연은 이러한 삿갓의 상징에도 얽매이지 않는다. 꽃나무를 바라보고 달을 구경할 때는 과감히 삿갓을 벗어던진다. 술에 취하면 술기운에 몸을 맡기고, 흥이 나면 흥겨운 대로 행동한다. 어디에도 얽매이지 않는 자유로운 삶의 태도를 엿볼 수 있다.

이렇게 살아가는 김병연에게 의관은 한갓 구속일 뿐이다. 어쨌든 사대부 신분이니 의관을 정제하고 다니는 것이 예법이겠지만, 사대부의 의관은 모두 겉치레에 불과하고 화자에게는 비바람에도 끄떡없는 삿갓이 훨씬 유용하다는 말이다. 예법과 명분에 얽매여 실질을 버리는 '속세 사람'에 대한 은근한 비판도 담겨 있다.

다음 시에 나타나는 비판은 훨씬 노골적이다.

唐鞋崇襪數介綿 중국 가죽신에 솜을 가득 넣은 버선 신고서
踏盡淸霜赴暮煙 새벽 서리 밟고 가서 저녁에야 들어가네
淺綠周衣長曳地 연둣빛 두루마기 길어서 땅에 끌리는데
眞紅唐扇半遮天 진홍색 중국 부채로 하늘을 온통 가렸네
詩讀一卷能言律 책 한 권 읽고서 시를 말하고
財盡千金尙用錢 천금 재물을 다 쓰고도 여전히 돈을 쓰네
朱門盡日垂頭客 하루 종일 대문 앞에서 고개 숙이던 사람이
若對鄕人意氣全 고향 사람 만나기만 하면 의기양양하네

–〈진일수두객(盡日垂頭客, 하루 종일 고개 숙이는 사람)〉

제목에서 알 수 있듯이, 이 시는 권력자의 집을 찾아가 하루 종일 고개를 숙이며 벼슬자리를 구걸하는 사람을 묘사한 것이다. 이러한 행태를 '엽관(獵官)' 또는 '분경(奔競)'이라고 한다. 이는 조선 후기의 중대한 사회 문제였다. 벼슬을 얻고자 하는 사대부는 많은데 벼슬자리의 수는 정해져 있으니, 과거에 급제해도 벼슬에 오르지 못하는 사람이 비일비재했다. 이는 치열한 당파 싸움의 주된 원인이기도 했다. 이러한 상황에서는 능력보다 연줄이 중요하니, 어떻게든 권력자에게 줄을 댈 필요가 있었던 것이다.

이 시의 주인공도 그러한 사람 중의 하나이다. 그는 중국 가죽신에 솜을 가득 넣은 버선을 신었다. 추운 새벽부터 권력자의 집을 찾아가 서성거리려면 발이 시리기 때문이다. 연둣빛 두루마기와 진홍색 중국 부채를 보면 번듯한 선비의 행색이다. 그렇지만 배운 것이 없다. 고작 책 한 권 읽고서 대충 시나 지을 줄 아는 수준이다. 게다가 뇌물을 써서 청탁하느라 재산

이 거덜 났는데도 미련을 버리지 못하여 계속 돈을 쓰고 있다. 권력자 앞에서는 한없이 비굴하다가도 행여 고향 사람이라도 만나면 조만간 벼슬한자리 하게 될 것이라며 거만하게 군다. 김병연은 그들의 추악한 이면을 적나라하게 드러낸다.

조선은 신분제 사회였으나 그 신분은 어느 정도 유동적이었다. 아무리 대단한 조상을 둔 사대부라도 벼슬이 끊기면 서민으로 전락하게 된다. 그래서 수많은 선비들이 기를 쓰고 벼슬을 얻으려 했던 것이다. 김병연은 이 시에서 그러한 선비들을 비판했지만, 그 역시 벼슬을 도외시할 수만은 없었다. 김병연의 시에서는 그가 방랑 생활의 와중에 더러 유력자들과 교분을 맺으며 재기를 도모했다는 사실을 확인할 수 있다.

한시의 형식과 내용을 파괴하다

지금 남아 있는 김병연의 시는 400수가 넘는다. 이 중 절반 이상은 과체시(科體詩)이다. 과체시는 과거 시험에서 써내야 하는 독특한 시다. 일곱 글자를 한 구로 삼아 30~40구를 지어야 하는데, 압운, 평측(平仄), 대우(對偶) 등 복잡한 형식을 지켜야 하므로 짓기가 몹시 까다롭다. 과거 시험을 제외하면 아무런 쓸모가 없지만, 조선 시대 선비라면 누구나 익혀야 하는 것이었다. 김병연은 과거 볼 생각을 접었으니, 지금 남아 있는 그의 과체시는 합격을 위한 습작으로 보이지는 않는다. 필시 생계를 위해 학생들에게 가르치면서 지은 듯하다.

김병연이 남긴 과체시를 보면, 그에게는 형식과 규범을 준수한 정통 한시를 지을 능력이 있었던 것이 분명하다. 그러나 김병연 문학의 진수는 전형을 벗어난 파격적인 한시에 있다.

二十樹下三十客 이십 나무 아래 삼십 나그네
四十家中五十食 사십 집에서 오십 밥을 먹네
人間豈有七十事 세상에 어찌 칠십 일이 있으랴
不如歸家三十食 집에 가서 삼십 밥을 먹는 것이 낫네

-〈二十樹下(이십수하)〉

이십(二十), 삼십(三十), 사십(四十), 오십(五十), 칠십(七十)을 글자 그대로 수량 명사로 풀이하면 무슨 뜻인지 도무지 알 수가 없다. 그렇지만 우리말로 풀이하면 달라진다.

스무(시무)나무 아래 서른(설운) 나그네
마흔(망할) 집에서 쉰밥을 먹네
세상에 어찌 일흔(이런) 일이 있으랴
집에 가서 서른(설은) 밥을 먹는 것이 낫네

'스무나무〔二十樹(이십수)〕'는 우리나라에 흔한 나무인 '시무나무'를 한자로 표기한 것이다. 20리마다 한 그루씩 심어 거리를 표시했다고 해서 이런 이름이 붙었다. '서른 나그네〔三十客(삼십객)〕'는 서른 살 먹은 나그네가 아니라 설운 나그네, 즉 서러운 나그네라는 뜻이다. '마흔 집〔四十家(사십가)〕'은 망할 집이라는 욕설, '쉰 밥〔五十食(오십식)〕'은 상한 밥, '일흔 일〔七十事(칠십사)〕'은 이런 일, 그리고 마지막 구의 '서른 밥〔三十食(삼십식)〕'은 덜 익은 밥이라는 뜻의 '설은 밥'으로 풀이할 수 있다.

시무나무를 전전하는 서러운 나그네는 못된 집에서 쉰밥을 대접받는다. 세상에 어찌 이런 일이 있느냐고 각박한 세상인심에 분개하던 나그네는 차라리 내 집으로 돌아가 덜 익은 밥이나 먹겠다며 스스로를 위로한다. 서러운 심정을 해학적으로 승화한 작품이다.

이처럼 언뜻 보기에는 평범한 한시처럼 보이지만, 우리말로 풀이해야 의미가 통하는 구절이 숨어 있는 시를 '육담풍월(肉談風月)'이라고 한다. 이러한 육담풍월은 오래전부터 존재하던 것이다. 다만 과거의 육담풍월은 한시의 기본적인 형식을 모두 갖추었으며, 한자로 풀이해도 뜻이 통하고 우리말로 풀이해도 뜻이 통하는 반면, 김병연의 육담풍월에서 한자는 그다지 의미가 없다. 앞의 시는 한시의 운율을 구성하는 압운과 평측에 전혀 맞지 않으며, 한자로 풀이하면 뜻이 전혀 통하지 않는다. 우리말과 한문 사이에서 절묘한 균형을 이루던 육담풍월은 김삿갓에 이르러 완전히 우리말로 기울어졌다. 김병연은 아예 한글과 한문을 섞어 시를 짓기도 했는데, 이러한 경향은 순한글로 창작·유행된 20세기 '언문풍월(諺文風月)'로 이어졌다.

물론 이러한 시는 전통적인 한시의 규범으로부터 벗어난다. 김병연은 한글을 섞어 한시를 짓는 방법뿐 아니라 다양한 방법으로 한시의 규범을 파괴했다. 복잡한 한자를 분해하여 새로운 의미를 만들어내기도 하고, 압운 규칙을 무시하고 구마다 똑같은 운을 사용하기도 했다. 일반적인 한시는 같은 글자를 거듭 사용하는 것을 꺼리는데, 김병연은 일부러 같은 글자를 여러 번 반복하여 시를 지었으며, 두 가지 이상의 음과 뜻을 가진 한자를 교묘히 사용하여 두 가지 의미로 해석될 수 있는 시를 짓기도 했다. 심지어 욕설과 외설을 시에 넣는 것도 마다하지 않았다.

김병연 문학의 또 다른 특징은 소재도 독자도 모두 대중적이라는 점이다. 본디 한시는 폐쇄적인 문학이다. 한시의 복잡한 형식과 규범은 오랜 학습을 필요로 한다. 한시를 창작하고 향유할 수 있는 계층이 사대부에 국한된 이유이다. 그러나 김병연은 한시의 형식을 파괴하여 접근을 용이하게 하고, 보다 대중적인 소재를 다룸으로써 한시를 대중의 영역으로 끌어들였다. 그는 종래의 한시에서 좀처럼 시의 소재로 쓰지 않는 남녀 간의 성행위, 과객, 훈장, 거지 등의 인물, 그리고 이, 벼룩, 담뱃대, 목침, 요강, 돈 따위의 물건 등 저속하고 하찮게 여겨지는 소재도 자주 활용했다. 무엇보다 그의 시에서 가장 빛나는 부분은 그가 전국 방방곡곡을 다니며 직접 목도하고 경험한 평범한 사람들의 삶을 묘사한 시다.

四脚松盤粥一器 네 다리 소반에 죽 한 그릇
天光雲影共排徊 하늘빛과 구름 그림자가 함께 떠도네
主人莫道無顔色 주인장, 면목 없다 말하지 마오
吾愛青山倒水來 나는 물에 거꾸로 비친 청산이 좋다오

-〈無題(무제)〉

김병연은 가난한 농부의 집을 발견하고 하루 묵기를 청한다. 자기 먹을 양식도 부족한 농부에게 나그네를 대접할 음식이 있을 리 없다. 달랑 죽 한 그릇을 소반에 얹어 내어온다. 그나마 멀겋다 못해 맑아서 하늘과 구름이 그대로 비쳐 보인다.

쉰밥이나 멀건 죽이나 먹을 만한 음식이 못 되지만, 김병연의 태도는 사뭇 다르다. 주인의 태도 때문이다. 대접할 것이 이것밖에 없다며 무안해하는 주인에게 김병연은 쓸쓸한 위로를 건넨다. '죽이 맑으니 저 산이 그릇에 비쳐 보이는구료. 나는 이 맑은 죽에 비치는 청산을 좋아한다오.' 궁상

맞은 처지에 대한 자조나 한탄은 전혀 찾아볼 수 없다. 자기 집을 찾아온 나그네를 굶길 수 없다는 인정에서 음식을 대접하는 농부, 그리고 볼품없는 음식을 앞에 놓고도 소탈하게 웃으며 감사의 뜻을 전하는 나그네의 모습이 생생하게 전해진다.

김삿갓은 한 사람이 아니다

우리가 알고 있는 방랑 시인 김삿갓에 대한 이야기는 대개 입에서 입으로 전해진 것이다. 앞뒤가 맞지 않는 내용이 많아 전부 사실이라고 보기 어렵다. 그가 지었다는 시도 따지고 보면 다른 사람이 지은 것인 경우가 많다. 과연 김삿갓이라는 사람이 실제로 존재했는지도 의문이며, 김삿갓이라는 별명으로 방랑한 사람이 하나뿐이었는지도 의문이다. 김삿갓에 대한 기록들은 당시 수많은 '김삿갓'이 존재했다는 사실을 암시하고 있다.

김병연이 태어나기 7년 전인 1800년(정조 24) 3월, 세자 책봉을 기념하여 과거 시험이 열렸다. 1차 시험의 응시자는 무려 11만 8838명이었다. 한양 인구가 23만 명에 불과하던 시절이다. 좁은 시험장에서 밀고 당기는 와중에 깔려 죽은 사람도 있었다. 조선의 선비들은 모두 공무원 시험에만 매달렸다.

지금이야 공무원 시험이 아니라도 선택할 수 있는 진로가 다양하지만, 당시 선비들로서는 그런 선택이 불가능했다. 배운 거라곤 글 읽고 짓는 것뿐이라 농사도 장사도 할 줄 몰랐다. 과거에 낙방한 선비들은 잉여 인간으로 전락하고 말았다. 그리고 그들 가운데 일부는 김병연처럼 정처 없는 방랑을 떠나기도 했다. 이른바 '과객(過客)'이다. 과객들은 자신의 글재주를 과시하며 글을 지어주거나 글씨를 써주는 매문매필(賣文賣筆)로 숙식을 해결하기도 하고, 때로는 한곳에 머물러 서당 훈장 노릇도 했다. 이렇게 살다가 다시 삿갓을 쓰고 방랑의 길에 오른 이들은 한둘이 아니었다. 조선 후기에 수많은 '김삿갓'이 존재했다는 사실은 많은 문헌들이 증명하고 있다. 김병연이라는 실존 인물 위에 그들의 기구한 인생과 기발한 문학이 포개지면서 우리가 알고 있는 '방랑 시인 김삿갓'이 탄생하게 된 것이다. 지금 김삿갓이 지었다고 전해지는 시는 김병연 한 사람의 시가 아니라 그와 같은 처지에 있었던 수많은 몰락 양반들의 시다. 그리고 그 시들은 많은 사람들의 입에서 입으로 전해지는 과정에서 새로 생겨나기도 하고 사라지기도 하고 바뀌기도 했다.

김삿갓의 존재가 널리 알려지게 된 것은 경성제국대학 조선어학과 출신의 학자 이응수 덕택이다. 그는 당시 여러 문헌에 실려 있는 관련 기록과 민간에서 구전으로 전해지던 김삿갓의 시와 설화를 수집하여《김립시집》(1941)으로 엮었다. 당시 시대 상황을 고려해 보면, 이응수는 김삿갓을 17세기 일본의 방랑 시인 마츠오 바쇼에 필적하는 인물로 자리매김하려는 의도가 있었던 것이 아닌가 한다. 어쨌든 이를 계기로 김삿갓은 인기 문화 콘텐츠로 자리 잡았다. 김삿갓은 시집, 소설, 노래, 영화를 통해 널리 알려졌다. 우리가 알고 있는 '방랑 시인 김삿갓'의 이미지는 이렇게 형성된 것이다.

김삿갓의 삶은 분명 비극적이다. 그러나 그의 문학은 풍자와 해학으로 가득하다. 그는 암담한 현실을 비판하고 조롱하여 상처 입은 마음을 달래고 자신의 존재를 확인했다. 그리고 그 과정에서 그의 문학은 평범한 사람들의 삶에 더욱 가까이 다가가게 되었다. 대중이 김삿갓에 열광한 것은 당연한 결과이다. 마치 장난처럼 보이는 김삿갓의 문학은 천여 년 넘게 지속된 기존 한문문학의 권위에 도전하고 마침내 그 형식을 와해시켰다. 세상은 종종 소외된 이들의 힘으로 변하기 마련이다.

- 장유승

참고 문헌

이응수, 《김립시집》, 한성도서주식회사, 1941.

임형택, 〈이조 말 지식인의 분화와 문학의 희작화 경향〉, 《실사구시의 한문학》, 창작과비평사, 2002.

정대구, 《김삿갓 연구》, 문학아카데미, 1989.

김영준, 〈김삿갓 희작시의 연구〉, 성균관대학교 석사학위논문, 2000.

남재철, 〈난고 김병연의 삶과 관련된 몇 가지 진실〉, 《한문학보》 19, 2008.

3부

우국애민과 민중의 현실

一二三四五六七八九十

작품이 품은 역사적 진실

시대는 사람을 낳고 사람은 시대를 닮고 - 고려 중기와 이규보

고려 시대는 귀족 사회였다. 사대부의 시대였던 조선과는 달리 혈연에 근거한 귀족들이 주요 지배엘리트로서 권력을 향유하고 정치를 수행했다. 고려 전기에 과거를 통한 인재 등용이 제도화되고, 최충·김부식 등과 같은 유학자들이 관료로서 사회에 새로운 기풍을 불어넣었다고 하더라도 고려 전기는 주로 귀족들에 의하여 주도되는 사회였다. 그러나 고려 사회는 고려 중기 무신의 난을 계기로 급격하게 변화한다. 무엇보다 사회 지배층의 성격이 무신에 기반하여 권력이 재편되었고, 그 시대는 거의 백여 년을 지속했다. 무신 정권의 마지막 세대인 최씨 정권만도 무려 60여 년을 차지하는 만큼, 사회의 전반적인 분위기는 고려 전기의 귀족적 문약한 기풍과는 확연하게 달라졌다. 이 시기 중앙에서는 무신 세력 간의 권력

쟁탈이 연이어 일어났고, 그들을 위협하는 각종 변란이 끊임없이 발생했으며, 지방에서는 농민 항쟁도 치열하게 전개되었다. 그리고 원나라가 고려에 침입하여 고려 정부는 국가의 존립을 위해 강화도로 수도를 옮기고 내륙에서는 피어린 대원(對元) 항쟁이 일어났다. 이른바 원나라의 속국으로 됨과 동시에 왕권이 복원되는 형식을 갖추기 전까지 국가의 지배력은 무신 집권자들에게서 나왔다.

당시 최씨 정권을 열었던 최충헌은 이인로, 김극기, 이담지, 이공로, 김양경, 이규보 등과 사적으로 관계를 맺고, 최선, 임유, 금의 등으로 좌주-문생의 위계 관계로 묶어두었다. 그의 아들 최이도 조문발, 이순목, 이수, 하천단, 김구 등을 등용하여 문인을 자신의 정권에 참여시켰다. 최씨 정권에 의하여 등용된 이들은 본래 과거에 합격한 자들로서 관료적 실무에도 유능했다. 당시 문인들이 관직을 얻을 수 있는 방법은 극히 제한적이었다. 무엇보다 실권자들과 밀착된 자의 추천을 받아야 했다. 인맥을 기반으로 하는 추천제는 능력으로 선발되는 과거제와 기묘하게 얽히면서 당시 지식인들의 사회 진출의 주요한 통로가 되었던 것이다. 그러나 한편으로 이런 인재 등용 체계는 문인들의 권력층에 대한 비판적 목소리를 억누르는 역기능도 갖고 있었다.

이처럼 무신의 집권으로 구질서 체계가 무너지고 농민을 비롯한 일반 민중들의 항쟁이 거세지며 국가적 위기 요소가 가중되는 한편, 외세의 침입과 그 지배력이 심각해지는 상황에서 지식인들이 선택할 수 있는 폭은 그리 넓지 않았다. 그들 사이에 이규보가 서 있었다. 그는 1189년 과거에 급제했지만 최초로 관직에 오른 것은 1199년 전주목에 사록(司祿) 겸 장서기(掌書記)로 부임하면서이다. 그러나 곧이어 파직되었고, 1207년 최충헌에 의해 직한림원에 임명된 이후로 본격적인 관직 생활을 시작한다.

그의 관직 생활 기간은 특히 거란의 침입, 원나라와의 외교 관계 수립 및 전쟁 등이 연이어졌고, 최충헌 등이 도방(都房), 서방(書房) 등을 설치하고 여러 문인들을 포섭하여 정권을 안정시키던 때였다. 그의 나이 26세(1193), 아직 관직 생활을 하기 이전에 〈동명왕편〉이 쓰였다.

고려의 독자적인 문화 전통에 대한 자각과 현실 비판 – 〈동명왕편〉

이규보는 14세 이후 문헌공도(文憲公徒) 성명재(誠明齋)에서 학습하고 22세에 과거에 급제하기까지 유교적 이념을 자신의 학문적 바탕으로 삼았다. 그래서 그는 〈동명왕편〉 서문에서 그의 사상적 계통을 명확히 밝히면서 동명왕 신화에 대하여 부정적인 견해를 다음과 같이 말했다.

> 세상에서 동명왕의 신이한 일을 말하는 사람이 얼마나 많은지, 우매한 사람들이라도 그 일을 말하곤 한다. 나는 일찍이 그것을 듣고서 "공자 선생님은 괴력난신(怪力亂神)을 말하지 않았다. 이는 실로 황당하고 기이하게 속이는 일이어서 우리가 입에 올릴 바가 못 된다"고 말했었다.

이규보는 동명왕 신화와 같은 것은 말할 거리도 못 되는 것으로 치부하곤 했었다. 유교적 합리주의에 입각할 때, 신화적인 내용은 증명할 수 없는 이상한 이야기였던 것이다. 그랬던 그가 《구삼국사(舊三國史)》를 본 뒤에 달라진 입장을 〈동명왕편〉 서문에서 다음과 같이 고백했다.

> 계축년(1193) 4월에 《구삼국사》를 얻어 〈동명왕본기(東明王本紀)〉를 읽

어보니, 그 신이한 자취가 세상에서 말하는 것보다 더했다. 역시 처음에는 믿을 수 없어 귀(鬼)나 환(幻)이라고 생각했는데, 세 번 거듭 읽고 음미하며 그 근원에 다가서니 환이 아니고 성(聖)이었고, 귀가 아니고 신(神)이었다. 하물며 역사는 직필을 한 것인데 어찌 허투루 전하였겠는가?

도대체 무슨 일이 일어난 것일까? 이규보는 〈동명왕본기〉를 수차례 음미하면서 사색해 나갔다. 그 결과 그동안 귀신이나 허깨비의 이야기로 알고 있던 것이 성스럽고 신이한 것이었음을 깨닫게 되었던 것이다. 상식적으로 생각할 때, 낯선 이야기가 소중하게 다가오는 것은 아주 절실한 체험이나 각성에 의해 가능해진다. 이규보도 동명왕 신화를 자신의 삶과 밀접한 이야기로 받아들였음을 짐작할 수 있다. 적어도 그에게 진실로 각인되었던바, 그 이유는 무엇이었을까?

당시 동명왕 신화는 보편적인 토속신앙이었다.《고려도경(高麗圖經)》에 의하면 개경(개성)에 동신사(東神祠)가 있었다고 전하며, 1101년(헌종 2)의 토속신에도 동명왕이 포함되고, 1105년(숙종 10)에도 왕이 서경(평양)의 동명성제사에서 제사를 지냈으며, 1116년(예종 11)의 기우제를 지내는 곳에 개경의 동신사와 서경의 동명(성제)사가 포함되어 있었다. 즉 동명왕을 모시는 사당이 개경과 서경에 자리하고 있었고, 왕이 직접 납시어 제사를 거행할 정도로 동명왕 신앙은 국가 차원으로 행해졌으며, 신앙의 뿌리도 생각보다 깊었던 것이다.

이규보는 자신이 살고 있는 고려의 문화 전통을 존중했다. 비록 유교를 자신의 이념으로 갖고 있었음에도 다신주의적 토속신앙에 대한 수용을 통해서 고려 이전의 역사에 대하여 진실로 받아들인 것이다. 이 부분이 훗날 자신의 이념과 다르다는 이유로 불교를 배척했던 성리학적 지식인들과 다른 점이다. 고려는 불교 국가였고, 불교 또한 토속신앙과의 습합을 통하여 토착화되었다. 《삼국사기》를 집필했던 김부식도 만년에 불교를 신앙했고, 이규보는 자칭 '거사(居士)'라고 부를 정도로 불교적 생활에 젖기도 했다. 고려 후기 수많은 유교 지식인을 길러내었던 이색도 불교적 생활을 즐겼던 것으로 알려져 있다. 고려가 지닌 문화적 다양성과 포용성을 생각할 때, 이규보의 동명왕 신화 수용은 이해가 된다.

〈동명왕편〉은 천황씨, 지황씨의 출현으로부터 시작하여 중국 고대 제왕들의 신이한 사적을 약술한 뒤 동명왕을 나란히 두었다. 상대방의 신이함과 나란하게 견줄 수 있으니 우리 측도 신성하다는 논리이다. 즉 그는 동명왕 신화 자체를 두고 '괴력난신'을 따지던 태도에서 나아가 중국의 신화와 견주면서 동명왕의 신이함을 평가했고, "동명왕의 일은 변화와 신이로 많은 사람들의 눈을 현혹시킨 것이 아니라 실로 나라를 창업한 신이한 자취인즉, 이를 서술하지 않으면 장차 어떻게 훗날 사람들을 볼 수 있겠는가? 이러한 까닭에 시를 지어 기록하니 이는 우리나라가 본래 성인이 도읍한 곳임을 천하게 알리기 위함이다."라고 〈동명왕편〉 서문에서 밝혔다. 즉 고려가 본래 중국과 견줄 수 있는 천하의 신성한 나라라는 것이다. 자국의 문화 전통에 대한 인식은 자국의 독립적 가치를 자각하고, 나아가 자국의 존재 이유를 확보하게 된다. 흔히 역사의식을 주목하는 것은 바로 자국, 자아의 독립적 가치를 인식하는 것과 맞닿아 있는 것이다. 이런 관점은 뒷날 이규보가 외교 관계에서 보여주는 자주적 태도와 이어져 있다.

〈동명왕편〉은 서사시이다. 역사적 소재를 시로 기록하되 하나의 스토리를 갖고 있으며, 고대의 영웅을 형상화한 작품이다. 〈동명왕편〉의 서사시적 특질은 자국의 문화 전통을 바탕으로 민족 영웅의 과거를 주요한 제재로 삼아 서사 대상에 대한 절대화·숭고화를 이루는 데서 잘 나타난다.

무엇보다 〈동명왕편〉은 민족과 국가(고구려)의 시초를 이야기하면서 그 시대를 절정기로 기록하고, 그 시대의 인물들, 즉 해모수, 동명왕, 유화, 유리 등을 하나의 오점도 지니지 않은 완전한 영웅으로 그리고 있다. 이렇게 과거의 역사를 형상화할 때, 그 과거는 시간적으로나 가치적으로 범접할 수 없는 '절대적 과거'가 된다. 이러한 인식을 바탕으로 〈동명왕편〉은 인물들의 행위와 성격을 절대적인 것으로 표현하고 있다. 즉 호매하고 용맹한 해모수의 모습, 지혜로우며 늠름한 동명왕 주몽의 모습, 아름답고 자애로운 유화의 모습 등처럼 그 성격들은 인간의 범주를 넘어서 신성화되고 있는 것이다.

그러나 〈동명왕편〉은 신성한 이야기의 반복적 재생에 머물지 않는다. 특히 핵심 인물인 해모수와 동명왕의 형상을 보면 눈에 띄는 점이 나타난다. 동명왕은 뛰어난 활쏘기 능력, 비류국의 고각(鼓角)을 가져다가 오래된 것처럼 꾸며 자신의 것인 양하는 것, 썩은 재목으로 궁궐을 지어 자신의 궁궐이 오래되었음을 보이는 것, 홍수로 비류국을 침수시키는 것 등을 통하여 송양왕을 물러나게 한다. 그가 상대를 속이고 억지를 부리며 모질게 구는 행위는, 생사를 다투는 권력투쟁 가운데 한 집단의 지도자가 생존과 권력 획득을 위해 행하는, 인간적 신의나 인자함 등과 같은 보통 사람의 도덕과는 다른 정치 지도자로서의 윤리를 보여준다. 사실 이 승리로 인하여 동명왕은 고구려를 건국할 수 있게 된다. 특히 홍수를 일으켜 비류국을 침수시키는 것은 그 전환점이었다. 곧 〈동명왕편〉의 인물 형상들로부터 '민족 영웅'이라는 표지를 떼어내고 보면, 그들이 생사존망의 필요 속에서 자기(민족)의 이익을 위해 권모술수마저 능통하게 사용할 줄 아는 정치적 군주라는 것을 어렵지 않게 찾을 수 있다. 특히 홍수 모티브가 동양 전통에서 천지개벽 이후 신이 내리는 가장 큰 대자연의 해법으로서, 인간 능력의 확대와 시험을 상징함과 동시에 이를 이겨내는, 즉 물을 다스리는 신이한 능력을 지닌 자라야 국가를 다스릴 수 있다는 통치자의 권위, 군왕의 능력과 자격을 아울러 상징한다는 점을 같이 고려한다면 더욱 그러하다.

《삼국사기》를 보면, 동명왕이 송양왕과 활쏘기를 겨뤄 항복시키는 내용만 나온다(《삼국사기》 권3, 〈고구려본기〉 제1). 혹시 김부식은 고구려 건국주의 정치적 행위를 미화하려고 한 것은 아니었을까? 그렇다면 이규보가 〈동명왕편〉에서 고스란히 기록을 남겨둔 것은 무엇 때문일까? 혹시 김부식과 달리 동명왕을 비판한 것인가? 그렇지는 않은 듯하다. 이규보는 도덕적 수양과 인간적 완성을 통한 통치자의 권위·능력과는 다른 모습을 그리고 있었다. 즉 용감함을 타고났고, 국가와 민족을 위하여 누구도 능가할 수 없는 힘을 지녔으며, 임기응변에 능통한 지혜로운 군주를 형상화했다. 사실 이규보는 의식적으로 그 점을 드러내려고 노력했다. 〈동명왕편〉의 서사와 결사 부분에서 그 단서를 확인해 볼 수 있다.

〈서사〉

아주 오래전, 인심이 순박할 때 / 신령스럽고 성스러운 것 모두 기록하기 어려워라 / 뒷날 점점 인정이 경박해지고 / 풍속은 대부분 분에 넘치게 사치스러웠지 / 성인은 가끔 나기는 하지만 / 신이한 자취는 드물게 드러났네

〈결사〉

예부터 제왕이 일어남에 / 징조와 상서로움이 아주 많았건만 / 다음 자

손은 게으르고 거침이 많아 / 모두 선왕의 제사를 끊어버렸네 / 이제야 알겠으니, 옛 법 잘 지키는 임금은 / 여뀌가 있는 땅에서 작은 것도 삼가고 경계하고 / 왕위를 지키기를 너그러움과 인자함으로 하고 / 백성을 교화하기를 예와 의로써 하여 / 길이길이 자손에게 전해 / 오래도록 통치했다네

본사에서 동명왕을 노래하고 있는 것과 달리 서사와 결사는 당대에 대한 비판의 그림자를 엿볼 수 있다. 즉 이규보는 '점점 인정이 경박해지고' '분에 넘치게 사치스러웠'으며, 그리하여 '선왕의 제사를 끊어버'리고만 위정자들에 대해 비판적 태도를 취하고 있다. 아울러 나라의 군주가 된 자는 '왕위를 지키기를 너그러움과 인자함으로 하고' '백성을 교화하기를 예와 의로써' 하는 인물이어야 한다고 밝히고 있다. 이규보가 살았던 당시의 군주는 무신의 횡포에 흔들리는 유약한 존재였다. 〈동명왕편〉이 지어진 명종 23년(1193)은 이의민(?~1196)이 정권을 잡고 있을 때로, 1차 무신 집권기 동안 군주의 권위가 가장 흔들렸던 시기였다. 이규보의 의식은 이러한 파국적 상황을 넘어보고자 한 데서 나온 것임을 쉽게 짐작할 수 있다.

우리는 앞서 살펴본 해모수와 동명왕의 형상에서 드러난 바와 같이 현실의 어려움을 해결해 나가는 강한 힘과 지혜를 가진 군주 형상은 고려 중기 무능하고 유약하기 짝이 없는 군주의 모습과 대조되고 있음을 어렵지 않게 확인할 수 있다. 이규보는 동명왕 신화에서 현실 문제를 해결할 수 있는 실마리를 얻었던 것이다. 그의 동명왕 이야기에 대한 인식이 '귀(鬼)·환(幻)'에서 '신(神)·성(聖)'으로 전환된 것도 바로 그 현실적 의미를 각성했기 때문이었다. 서문에서 "진실로 나라를 창건하신 신이한 자취"라

고 한 것은 바로 민족 영웅의 자질을 나라를 굳건하게 만드는 힘으로 전환하고픈 지식인이 지닌 역사의식의 표출이라고 할 수 있다. 그 기저에는 고대 문화 전통에 대한 긍정을 통해 고려의 독자적 위치에 대한 문화적 자양분을 확보하고자 하는 지적 태도가 있었다. 다시 말해 이규보는 당시 고려 사회의 토속신앙을 있는 그대로 이해하고, 이를 기반으로 민족적 전통을 국가적 독자성으로까지 확장하며, 나아가 자신이 처했던 고려 당시를 비판할 수 있었던 것이다.

아련한 회고 속에 박제된 역사, 감정으로 남다 - 〈부벽루〉

고려의 개경과 서경에 동명왕을 기리는 사당이 있었다. 고려인들은 서경에 이르러서 무언지 알 수 없는 아련한 추억을 회상하듯 동명왕을 떠올리곤 했다. 이규보로부터 삼백 년이 흐른 어느 날, 이색은 서경의 부벽루에 올라서 다음과 같이 노래했다.

昨過永明寺 어제 영명사를 들렀다가
暫登浮碧樓 잠시 부벽루에 올랐었네
城空月一片 텅 빈 성엔 한 조각 달이요
石老雲千秋 예스러운 돌엔 천추의 구름이로다
麟馬去不返 기린말이 가서 돌아오지 않으니
天孫何處遊 천손이 어느 곳에서 노니는고
長嘯倚風磴 길게 읊으며 바람 부는 언덕에 서니
山青江水流 산은 푸르고 강은 절로 흐르누나

〈부벽루(浮碧樓)〉(《목은시고》 권2)는 정지상의 〈송인(送人)〉과 한국한시사에서 쌍벽을 이루는 명작이다. 중국 사신이 평양에 당도하면 이 두 작품을 제외한 모든 제영(題詠)을 철거했다는 일화가 있을 정도였다. 흔히 '부벽루'는 농후한 굳센 기상을 가졌고 헌걸찬 대장부로 비유된다. 이 시는 서경 부벽루에서 지었는데, 이곳은 한적하고 고아한 정취를 풍기는 장소이다. 흔히 고상한 은사를 닮은 장소라고 한다. 부벽루 일대는 고려 중기부터 국왕이 뱃놀이를 즐기던 곳이었다. 고려의 왕들은 대대로 서경을 순행하는 기회를 틈타서 배를 타고 대동강을 오르내리며 연회를 즐겼다. 이곳은 조선 시대에 들어서도 국내외 관원들이 반드시 방문하여 유흥을 즐기는 곳이었다. 시대를 지나면서 하나의 문화 공간이 되었던 것이다.

부벽루를 두고 노래한 이색은 어떤 마음이었을까? 이 시는 오언율시이다. 2구에서 '부벽루'를 등장시키고, 3구에서 6구까지 부벽루의 모습을 읊은 뒤, 7구와 8구에서 자신의 감회를 드러내고 있다. 즉 2구에서 시상을 열고 7구에서 닫아가는 이개칠합(二開七合)의 구조를 갖고 있다. 특히 이 시는 대구를 통해 시상을 안정되게 전개해 나가고 있다. 찬찬히 두 구씩 살펴보도록 하자.

어제 영명사를 들렀다가
잠시 부벽루에 올랐었네

처음부터 시간의 대조를 통하여 시인이 '시간'을 의식하고 있음을 보여주고 있다. '어제'는 지나간 과거이고, '잠시'는 바로 지금이다. 비록 하루의 차이지만 엄연하게 구분되는 시간적 단절이 내재되어 있다. 영명사와 부벽루라는 공간의 차이가 그것을 증명해 준다. 게다가 지금은 '잠시'라고 했으니 더욱 찰나적이고 순간적이다. 즉 과거는 곱씹을 정도의 시간적 진폭을 갖고 있다면, 지금은 늘 순간적으로 스쳐지나간다. 그 스치는 시간을 날카롭게 포착한 시인의 감각이 참으로 예민하다. 2구에서 '부벽루'를 등장시켜서 시인이 위치한 곳이 어디인지를 분명하게 밝혀놓았다. 3구는 이 '부벽루'를 이어받는다.

텅 빈 성엔 한 조각 달이요
예스러운 돌엔 천추의 구름이로다

부벽루가 놓인 공간, 그곳은 황량하기 그지없다. 성이 텅 비었다고 했으니 인적은 간데없다는 것이요, 돌이 예스럽다고 했으니 오래되고 낡았음을 말해준다. 시인이 순간적으로 마주한 장소는 '순간적이지' 않았다. 아주 오래되고 낡은, 그래서 더 이상 현재 살아 있지 않은 곳이었다. 그곳에 달이 떠 있고 구름이 흘러가고 있다. '달'은 온전하지 않다. 어슴푸레하게 빛을 뿌리고 있을 뿐이다. 모양도 초승달처럼 조각에 불과하지만, 거기엔 달빛마저 그리 밝지 않음을 행간에 담아두었다. 그런데 구름은 '천추'라고 했다. 아주 오랜 세월을 지내온 구름이 그 하늘에 흐르고 있었다. 시간의 축적과 두께를 보여주는 것은 왜일까? 비록 이 장소가 황량한 곳이지만, 처음부터 그랬던 곳은 아니었음을 은은하게 내비치고 있는 것이다.

기린말이 가서 돌아오지 않으니
천손이 어느 곳에서 노니는고

'기린말'과 '천손'은 고사가 있다. 즉 '천손'은 천제의 아들 해모수와 하백의 딸 유화의 사이에서 태어났다는 고구려의 시조 동명왕을 가리킨다. 그가 일찍이 기린말을 기르다가 뒤에 기린말을 타고 하늘에 조회 갔다는 것이다. 이 두 구는 동명왕을 두고 노래한 것이다. 부벽루가 옛날 동명왕이 기린말을 타고 누비던 곳이었다는 기억을 되새기고 있다. '가서 돌아오지 않으니' '어느 곳에서 노니는고'는 실제 궁금해서 묻는 것이 아니다. 이미 그가 돌아간 지 오래되었고, 오지 않을 것도 알고 있다. 시인에게 동명왕은 부벽루를 추억하는 하나의 물상에 지나지 않는 것이다. 그래도 '천손'과 '기린말'을 떠올리는 순간, 황량하던 부벽루는 일견 신성한 장소로 변한다. 우리가 박물관에서 고대 유물을 보면 무언가 신성한 느낌을 갖는 것과 비슷하다. 그러나 그뿐이다.

> 길게 읊으며 바람 부는 언덕에 서니
> 산은 푸르고 강은 절로 흐르누나

시인은 잠시 부벽루를 통해 떠올렸던 옛날 신성했던 시절로부터 지금 이곳으로 돌아온다. 그리고 바람 부는 언덕에 서본다. '길게 읊조리는' 행위는 시인의 가슴속 느낌을 밖으로 내보내며 나름의 감회를 보여주는 것이다. 기쁘거나 즐겁지도 않다. 그렇다고 슬프거나 서럽지도 않다. 감정이 어느 정도 가라앉았다. 무언가 답답한 느낌에 나도 모르게 한숨 섞인 소리가 터져 나온다. 그것이 '길게 읊조림'이다. 8구는 시인이 부벽루에서 맞이한 감정의 총결이다. 그런데 총결치고는 낯설다. 풍경으로만 묘사하고 있기 때문이다. 한시는 종종 인간의 정서를 풍경의 객관적 묘사를 통해 재현하곤 한다. '산은 푸르고 강은 절로 흐르누나'. 여기서 산과 강은 인간과 관계없이 언제나 그 자리에 있었던 자연이다. 이들은 수많은 사람들이 오갔던 것을 모두 지켜보고 있었다. 산은 푸른빛을 띠고 강은 언제나 그랬듯이 흐르고 있었던 것이다. 시인은 시간과 장소를 통해 인간의 역사를 생각하고 있다.

〈부벽루〉는 특정한 문화 공간을 찾아가 쓴 서정시이다. 즉 아련한 회고의 정취를 읽어낼 수 있다면 감상은 성공한 셈이다. 그러나 앞서 보았던 〈동명왕편〉과 비교할 때, 예민한 독자라면 하나의 차이를 알아챌 수 있다. 바로 '동명왕'에 대한 처우이다. 〈동명왕편〉의 '동명왕'은 살아 있는 형상으로서 시인이 현실을 비판할 수 있는 근거가 되었다. 그러나 〈부벽루〉의 '동명왕'은 그렇지 않다. 박제된 골동품처럼 생명력이 없다. 그저 어렴풋한 기억으로만 존재할 뿐이다. 그래서 〈동명왕편〉의 역사는 비판과 성찰이라는 현실이 되었지만, 〈부벽루〉의 역사는 지나간 영화를 추억하는 기억으로만 남았다. 그렇다고 〈부벽루〉가 〈동명왕편〉보다 못한 작품은 아니다. 하나는 서사시로서, 하나는 서정시로서 모두 성공한 작품들이다.

문학과 역사적 진실, 그 가능과 현실의 사이에서 – 〈관사유감〉

'역사'란 과연 무엇인가? 내가 나고 자란 곳에 대한 시간적·문화적 인식은 도대체 무엇을 의미하는 것일까? 내가 지금 생각하는 것이 과연 옳은 것일까 아니면 그릇된 것일까? 역사와 관련한 작품을 읽는 이유는 무엇일까? 문학이 인간의 현실을 재료로 삼아 작가의 상상을 통해서 이뤄진다고 할 때, 상상의 한계는 어디까지 허용되고, 그 안에 이른바 '진실'은 얼마나 될까? 과연 진실하기나 한 것일까? 고전 작품의 경우, 특히 고려 시대의 작품을 읽는 우리에게 그것은 어떤 '역사적 진실'을 전해줄 수 있을까? 참으로 알 수 없다. 그런 점에서 우리가 '역사 인식'을 운운하는 것은 늘 제한적일 수밖에 없다. 특히 7, 8백 년 전의 모습들에 대하여 분명한 상(像)을 가질 수 있을까? 바로 어제의 일조차 또렷하고 정확하게 재현할 수 없는 것을 인정한다면, 수백 년 전의 역사를 얼마나 '진실하게' 재현하고 읽어낼 수 있을지, 그 가능과 현실에 대하여 겸허한 태도로 읽을 필요가 있다. 그것만이 문학이 우리에게 주는 상상과 현실 사이의 길항이 주는 긴장을 받아들이고, 지금-여기의 독자가 정직하게 읽을 수 있는 기회를 제공할 것이다.

그래서 고전 작품을 읽으면서 그것의 내용에 전적으로 신뢰하는 것도, 그렇다고 불신하는 것도 온당하지 않다. 이렇게 고려 후기 작품을 읽으면서 가져야 할 자세를 거론하는 이유는 다름이 아니다. 역사를 작품의 소재로 끌어들인 고전을 읽으면서 그 고전의 내용을 그대로 신뢰하지도 불신하지도 않아야 하며, 그 안에 담긴 '역사적 진실'을 읽으려 노력해야 하기 때문이다. 역사적 진실은 팩트로서의 사실과는 다르며, 그 시대의 인간적 문제를 정면으로 맞서서 고민하고 해결하고자 했는가와 관련이 있다. 그래서 우리가 시대를 기록하면서도 당대의 모순과 갈등을 해결하고자 하는 작자의 고뇌와 노력을 읽지 못한다면 '진실'은 찾아낼 수 없다.

고구려의 동명왕을 소재로 한 이규보의 〈동명왕편〉이나 평양의 부벽루를 두고 노래한 정지상의 〈부벽루〉에 보이는 고구려에 대한 기억들이 고려 사회의 모습을 그대로 보여주는 것이 아님은 물론이다. 그들은 분명 역사 소재를 다루었다. 곧 옛 기억을 더듬고 있었다. 왜 그랬을까? 16세기 김육(1580~1658)이 역사책을 보다가 느낀 감회를 적은 〈관사유감(觀史有感)〉에서 단초를 찾아보도록 하자.

古史不欲觀 옛 역사책 보고픈 마음이 없는 건
觀之每迸淚 볼 때마다 번번이 눈물 나서네
君子必困厄 군자들은 반드시 곤액 당하고
小人多得志 소인들은 많이들 뜻 얻었다오
垂成敗忽萌 성공이 되려 하면 패망 싹트고
欲安危已至 안정이 되려 하면 위험 이르네
從來三代下 그 옛날 삼대 시대 이후부터는
不見一日治 하루도 다스려진 적이 없다오
生民亦何罪 생민들은 그 역시 무슨 죄인가
冥漠蒼天意 저 푸른 하늘의 뜻 알 수가 없네
既往尙如此 지난 일이 오히려 이와 같은데
而況當時事 하물며 오늘날의 일이겠는가

김육은 왜란과 호란 양란의 시기를 살았던 인물이다. 그래서인지 그는 평생 동안 나라와 민생을 위한 우국충정으로 일관했다. 늦은 나이에 벼슬길에 들어서서도 마찬가지였다. 오언고시인 〈관사유감〉은 성공과 패망, 안정과 위험이 같이 온다고 적고 있다. 사실 성공에 교만하거나 안정에 도취되는 것을 경계한 말이지만, 성공과 패망, 안정과 위험이 서로 씨앗이 되어서, 성공했는가 하면 어느새 그 안에 패망이 싹트고 있고, 안정을 취했는가 하면 어느새 위험이 성큼 다가온다는 것이다. 우리는 이 시의 마지막 구절, '지난 일이 오히려 이와 같은데, 하물며 오늘날의 일이겠는가'에서 시인의 시선이 과거가 아니라 현재에 있음을 확인하게 된다. 역사책을 들추는 것은 과거의 일을 알기 위해서이기도 하지만, 궁극적으로 지금을 온전하게 볼 수 있기 위해서이다. 그러니 '역사책을 보는 것'은 '지금을 보는 것'이라고 해도 틀린 말은 아니다.

역사 소재를 다룬 시를 읽고, 역사적 진실 운운하는 이유도 마찬가지이다. 수백 년 전의 일을 온전하게 파악할 수는 없지만, 세상이 돌아가는 이치를 짐작할 수는 있다. 역사가 전해주는 교훈을 읽고 그것을 지금의 문제를 해결하고 극복하는 바탕으로 삼고자 우리는 고전 작품 속 역사를 살펴본다. 이규보가 〈동명왕편〉에서, 이색이 〈부벽루〉에서, 김육이 〈관사유감〉에서 내보였던 속내는 모두 비슷하지 않을까? 문학과 역사적 진실, 그 가능과 현실의 사이에서 우리는 감각을 예민하게 만들 필요가 있다.

- 김승룡

참고 문헌

민족문화추진회 편역, 《신편 국역 잠곡유고》, 한국학술정보, 2007.

민족문화추진회 편역, 《신편 국역 동국이상국집》, 한국학술정보, 2006.

민족문화추진회 편역, 《국역 목은집》, 민족문화추진회, 2000.

김승룡, 〈고려 중기 민족 현실과 이규보의 모색〉, 《새민족문학사강좌 1》, 창비, 2009.

박성규, 《이규보 연구》, 계명대학교 출판부, 1982.

이우성, 〈고려 중기의 민족서사시〉, 《한국의 역사인식》, 창작과비평사, 1976.

장유승, 〈문화 공간으로서의 부벽루〉, 《한국한문학연구》 53, 2014.

우국충정을 노래하다

우국충정, 선비의 본분

전통적 유학 사상에서는 나라의 앞일을 걱정하는 기개가 높고 포부가 큰 선비를 '우국지사(憂國之士)'라 하며 자신들이 추앙하고 본받아야 할 지식인의 전형 가운데 하나로 여겨왔다. 그러한 까닭에 한·중을 막론하고 내우외환에 의해 나라가 위난에 처할 때에는 조야(朝野)를 막론하고 우국지사가 나와서 나라를 위해 스스로를 희생하는 것을 마다하지 않았다. 또한 우국지사들이 주체가 되어 현실을 개탄하고 나라를 걱정하는 내용의 시를 지은 경우도 많았다. 아울러 우국지사들의 영웅적 삶과 충정을 대상으로 하는 시들도 당대 혹은 후대의 많은 시인들에 의해 지어졌다.

우국충정을 주제로 하는 한시의 다양한 양상을 살펴보기 위해서는 우선 우리 민족의 대표적인 영웅 가운데 한 명이라고 할 수 있는 고구려 장수 을지문덕(?~629)이 지은 〈여수장우중문시〉를 살펴볼 필요가 있다. 이어 조선 전기에서 중기 때 시인이자 문신인 임억령(1496~1568)의 〈송대장군가〉를 통해 민중 영웅의 한 표상을 살펴보고자 한다. 아울러 조선 중기의 시인 임제(1549~1587)의 〈잠령민정〉을 통해 조선조 사대부 지식인들이 갖는 우국충정의 한 양상에 대해 살펴보기로 한다.

민족의 영웅 을지문덕 – 〈여수장우중문시〉

〈여수장우중문시(與隋將于仲文詩)〉라는 제목은 후대에 붙여진 것이니, 이 제목에 대해 먼저 확인해 볼 필요가 있다. 이 시의 창작 경위 및 작품 내용이 최초로 기록된 문헌은 636년 당나라 위징 등이 편찬한 《수서(隋書)》 〈열전〉의 '우중문(于仲文)' 조이며, 《수서》에 수록된 내용이 1145년 경 고려 김부식이 편찬한 《삼국사기》 〈열전〉의 '을지문덕' 조에도 인용되어 실리게 된다. 《수서》와 《삼국사기》에서는 을지문덕 시의 제목을 따로 밝히지 않은 채, "(을지)문덕이 (우)중문에게 시를 주어 말하기를(文德遺仲文詩曰)"이라 한 뒤에 시 작품 내용을 소개하고 있을 뿐이다.

그러다가 1478년(성종 9) 서거정 등이 편찬한 《동문선》에서는 '증수우익위대장군우중문(贈隋右翊衛大將軍于仲文, 수나라 우익위 대장군 우중문에게 주다)'라는 제목으로, 명나라 풍유눌(1513~1572)이 편찬한 《고시기(古詩紀)》에는 '유우중문(遺于仲文, 우중문에게 주다)'라는 제목을 달고 작품을 소개했다. 《동문선》과 《고시기》는 각각 한국과 중국에서 을지문덕 시에 제목을 붙인 가장 빠른 시기의 문헌으로 보인다. 이후 을지문덕의 시 제목은 다양한 방식으로 나타나게 되는바, 조선 후기 실학자 한치윤(1765~1814)이 편찬한 《해동역사(海東繹史)》에서는 〈유우중문시〉라 했고, 1917년 이규용 편찬한 《증보해동시선(增補海東詩選)》에서는 〈여수장우중문〉이라고 했다. 현재 일반인들에게 널리 알려진 제목은 〈여수장우중문〉 또는 〈여수장우중문시〉이다.

주지하다시피 수나라 2대 황제인 양제(煬帝)는 북방의 돌궐과 서방의 토욕혼(吐谷渾)을 공략하는 데에는 성공했으나, 3차에 걸친 동방의 고구려 침공은 모두 실패했다. 612년(영양왕 23) 1차 침공 때는 을지문덕 등 고구려 제장(諸將)의 항전에 막혀 대패했다. 당시 113만 3800명에 이르는 대규모 군대를 이끌고 쳐들어왔다가 엄청난 피해를 입었다. 이어 양제는 613년과 614년에 2차, 3차 침공을 감행했지만, 이 역시 모두 실패하여 결국 수나라는 국운이 기울어 역사의 뒤안길로 사라지게 된다.

이제 수나라의 고구려 침공을 좌절시킨 데에 결정적인 기여를 한 고구려 명장 을지문덕의 〈여수장우중문시〉를 살펴보기로 하자. 먼저 이 시의 창작 경위와 관련한 역사적 맥락을 짚어볼 필요가 있다.

요동전쟁 때, 우중이 군대를 거느려 낙랑도 방향을 지휘하여 그 군대가 오골성에 주둔했다. 우중문이 파리한 말과 노새 수천 마리를 뽑아서 군대 후미에 배치시켜서 얼마 뒤 군사를 거느리고 동쪽으로 갔다. 고구려에서 병사들을 출동시켜 치중(輜重)을 공습하니, 우중문이 반격하여 크게 격파했다. 압록수에 이르렀을 때 고구려 장수 을지문덕이 거짓으로 항복하면서 우중문의 군영으로 들어왔다. 우중문이 이에 앞서 양제의 밀지를 받았는데, '만약 고구려 왕 고원이나 을지문덕을 만난다면 반드시 사로잡으라'는 것이었다. 이에 을지문덕이 찾아오니 우중문이 잡으려고 했다. 이때 상서우승(尙書右丞) 유사룡이 위무사로 있으면서 이를 굳이

제지하니, 우중문이 마침내 을지문덕을 풀어주었다. 얼마 뒤 후회가 되어 사람을 시켜 을지문덕을 속이며 말하기를, "재차 의논할 일이 있으니 다시 오라"고 했으나 을지문덕이 따르지 않고 마침내 압록수를 건너가 버렸다. 우중문이 기병을 뽑아 압록수를 건너 추격했는데, 싸울 때마다 고구려를 격파했다. 을지문덕이 우중문에게 시를 주어 말하기를,

神策究天文 신령한 꾀 하늘 현상 꿰뚫어 보고
妙筭窮地理 묘한 셈은 땅의 이치 통달했구려
戰勝功旣高 전쟁 이겨 공로 이미 높아졌으니
知足願云止 만족 알고 바라건대 그만두시오

라고 하니, 우중문이 답서를 보내어 회유하려 했으나 을지문덕이 목책(木柵)을 불태우고서 달아나버렸다.

이는 한·중 문헌 중 〈여수장우중문시〉가 수록된 최초 문헌인 《수서》 〈열전〉 '우중문' 조의 내용 일부이다. 《수서》의 내용을 더 살펴보면, 당시 좌익위대장군인 우문술은 9군(軍)과 함께 압록수에 이르렀다가 군량이 떨어져 회군하려고 했다. 그런데 우익위대장군인 우중문이 정예군으로 을지문덕을 추격하여 계속 공격하면 공을 세울 수 있다고 강력하게 주장하는 바람에 우문술도 어쩔 수 없이 우중문 등과 함께 강을 건너 추격했다가, 을지문덕의 거짓 패배를 통한 유인 전략에 속아서 결국 살수(薩水)에서 참담한 패배를 당하게 되었다고 한다. 우문술과 우중문 등이 이끈 수나라 정예군이 처음 요수(遼水)를 건널 때는 30만 5000명의 대군이었는데, 살수에서 을지문덕에게 패한 후 요동성으로 복귀할 때에는 고작

2700명에 불과했다고 하니, 살수에서의 패배가 참혹했음을 알 수 있다.

〈여수장우중문시〉는 형식상으로 볼 때 오언절구로 볼 수도 있고, 오언고시로 볼 수도 있다.《동문선》에서는 '오언절구'로 분류하고 있고,《고시기》는 '고시(古詩)'를 수록한 것이므로 '오언고시'로 보고 있는 셈인데, 이러한 차이는 절구의 발생 시기 및 분류 기준을 어떻게 볼 것이냐에 따라 발생한다. 〈여수장우중문시〉는 평측법이 비교적 느슨하게 적용되어 있어서 당나라 때에 완성된 근체시 절구의 엄격한 기준을 가지고 보자면 오언고시로 봐야 하지만, 남북조 시대에 이미 성립한 고절(古絶)의 덜 엄격한 기준을 가지고 보자면 우리나라 최초의 오언절구로 볼 수도 있다.

내용상으로 봤을 때 〈여수장우중문시〉는 표면적으로는 적장 우중문의 지략을 칭송하면서 회군해 주기를 요청하고 있는 것처럼 보이지만, 실제로는 야유와 조롱을 통해 상대방의 도발을 유도하려는 고도의 심리적인 군사 전략적 목적을 지니고 있다. 즉 서로 대구를 이루고 있는 1~2구는 적장 우중문의 전략과 전술이 신령스럽고 기묘하기 이를 데 없어서 천지의 현상과 이치를 훤히 꿰뚫어 보는 탁월한 수준이라고 극찬하고 있는 듯하지만, 곱씹어 보면 그 칭송이 터무니없이 과장된 것이라 반어적으로 느껴진다. 실상은 우중문의 지략에 대한 칭송이 아니라 은근히 비웃는 태도로 깔보며 놀려대고 있는 것이다.

3~4구도 표면적으로는 적장의 전공을 치켜세우며 회군해 달라고 요청하고 있는 듯이 보이지만, 실제로는 회군하지 않을 경우 엄청난 후과(後果)를 각오해야 할 것이라는 엄중한 경고임과 아울러 적장 우중문의 도발을 유도하려는 심리적인 유인 전략의 일환이기도 하다. 4구는 노자의《도덕경》에 나오는 "만족함을 알면 모욕을 당하지 않고, 그만둘 줄 알면 위태롭지 않다(知足不辱 知止不殆)."라고 한 내용을 전고(典故)로 활용한 표현

이다. 이러한 측면에서 볼 때 3~4구는 현재까지의 전공에 만족해하지 않아서 공격을 그만두지 않은 채 계속 추격해 온다면 엄청난 모욕과 위태로움이 뒤따르게 될 것이라는 엄중한 경고인 것이다. 아울러 계속적인 퇴각 중에 있는 을지문덕이 파죽지세로 추격해 오는 적장 우중문에게 이러한 경고를 보낸다는 것은 곧 모욕적인 언사를 통해 적의 계속적인 도발을 유도하려는 심리적인 유인 전략의 일환인 것이다.

민중의 영웅 송 대장군 – 〈송대장군가〉

〈송대장군가(宋大將軍歌)〉의 작자 임억령(1496~1568)은 조선 중기의 시인이자 문신으로 전라도 해남에서 태어났다. 1525년(중종 4) 문과 급제 후 동부승지, 대사간 등을 역임했다. 그러나 1546년(명종 1) 을사사화 이후 해남, 창평, 강진 등에서 오랫동안 우거(寓居) 생활을 하다가 1552년(명종 7) 이후에야 다시 등용되어 강원도 관찰사, 담양 부사 등을 역임하고는 1568년(선조 1) 해남에서 생을 마감했다.

〈송대장군가〉는 임억령이 전라도 강진에서 우거하고 있던 1549년(명종 4) 즈음에 완도 지역에서 '송 대장군'이라는 이름으로 백성들 사이에서 구비 전승되고 있던 한 민중 영웅의 형상을 부각시켜서 감명 깊게 표출한, 총 78구로 구성된 장편서사시이다. 조선 시대에는 완도의 남서부는 해남현에, 북동부는 강진현에 속해 있었다. 송 대장군은 전라도 진도 지역에 웅거하며 대몽 항쟁을 벌이고 있던 삼별초군이 1270년(원종 11) 완도에 주둔했을 때에 해로와 해안 지역의 삼별초군을 지휘한 송징(宋徵) 장군을 말한다고 한다.

〈송대장군가〉는 내용상 1~6구, 7~24구, 25~30구, 31~42구, 43~56구, 57~64구, 65~78구, 이상 총 7단락으로 나누어 살펴볼 수 있다. 1~6단락은 모두 7언구로 되어 있는데, 7단락은 5언구로 되어 있다. 이 중 내용상 1단락은 서사, 2~6단락은 본사, 7단락은 결사에 해당한다. 서사에 해당하는 1단락은 서술 시점을 기유년(1549년, 명종 4) 10월로, 서술 주체를 완도 인근 해남 출신 임억령 자신으로, 서술 장소를 자신이 우거하던 강진 고을 완도로 밝힘과 아울러 완도 지역의 산천이 수려하여 영웅이 출현했다고 밝히고 있다. 이제 본사가 시작되는 2단락을 인용해 보자.

力拔山兮氣摩宇 송 대장군, 힘은 산을 뽑고 기개는 천지를 휩쓸어
目垂鈴兮須懸帚 두 눈이 왕방울 같은데 수염은 빗자루 달아맸나
上接擣藥月裏兔 위로 손을 뻗으면 달 속의 불사약 찧은 토끼 붙잡고
生縛白額山中虎 흰 눈썹 늙은 호랑이를 산 채로 잡아 묶으리라
腰間勁箭大如樹 허리에 찬 굳센 화살 굵기가 나무둥치
匣中雄劍遙衝斗 칼집에 든 큰 칼은 북두칠성 찌르겠네
六十里射若百步 활을 당기면 화살은 육십 리 밖을 백보 거리처럼 날고
嵯峨石貫如弊屨 활촉은 높다란 벼랑에 헌 짚신 꿰듯 박히더라네
項籍縱觀彼可取 항우는 진시황을 보고 "저 자리 내가 차지하리!"
韓信頗遭淮陰侮 만고 영웅 한신도 회음 땅에서 수모당한 일 있었더니
長鯨豈容一杯魯 큰 고래 한 잔 술로 어이 배부르랴
蟠龍或困草間螻 서린 용은 풀 섶 땅강아지에게 곤욕을 당하기도 하지
千尋巨海夜飛渡 천 길이나 깊은 바다 한밤중에 나는 듯 건너와
萬疊窮谷聊爲負 만첩 산중 외진 골짝에 몰래 진을 치고는
能教野犬吠白晝 들개들을 시켜서 대낮에 짖어대게 하고

盡使海船山前聚 바다의 배들을 다 산 앞으로 모여들게 하니
邊人皆稱米賊酋 변방 사람들 그이를 일컬어 '미적추'라 불렀다네
王師㒟息安能討 관군도 숨죽이는 판이니 누가 감히 덤비리오
(《석천시집》 권5)

여기에서 보듯 2단락은 영웅의 걸출한 형상을 과장적으로 묘사하고 있다. 그런데 그 과장은 작자의 주관적인 생각이 아니고 구비 전승에 근거한 것이다.《신증동국여지승람》 강진현의 '고적(古跡)' 조에 따르자면, "전하는 말에, 옛날 섬사람 중에 송징(宋徵)이라는 사람이 있었는데 무용(武勇)이 절륜하여 활을 쏘면 화살이 60리 밖까지 나갔다. 활시위가 끊어지니 피가 나왔다. 지금도 반석에 화살 흔적이 남아 있으므로 그곳을 '사현(射峴)'이라 부른다."라고 했다.

송 대장군은 영웅으로서 천하를 경략할 만한 기상과 능력을 가지고 태어났건만, 온 바닷물을 마셔도 시원찮을 큰 고래가 겨우 한 잔 술에 허기를 모면하고 있듯, 아직 승천하지 못한 채 땅에 서려 있는 용이 풀 섶 땅강아지에게 곤욕을 당하고 있듯, 이곳 외진 완도에 들어와서 본거지를 삼고는 '미적추(米賊酋)'라는 별호로 불렸던 것으로 보건대, 해적과 유사한 형태를 취하며 세미(稅米)를 실은 배들을 털었던 것이다. 당시 송징 장군은 계속된 흉년과 내륙에서 파견된 관리들의 횡포로 인한 고통이 극에 달했을 때 세미를 실은 조운선(漕運船)을 습격하여 주민들을 구제했다고 전해지고 있다.

그런데 이 영웅은 여자의 간계 때문에 뜻밖의 죽음을 맞이한다. 이어지는 3단락을 인용해 보기로 하자.

那知天借女兒手 어이 알았으랴! 하늘이 계집아이 손을 빌려
一夜絃血垂如縷 하룻밤 새 활시위에서 피가 줄줄줄
壯骨雖與草木腐 장사의 남은 육신은 진작 초목과 더불어 썩었으되
毅魂尙含風雷怒 의연한 그 혼백 상기 노염을 품어 바람 우레 사나우니
爲鬼雄兮食此土 영험한 귀신이 되었도다! 이 땅에서 받들어져
揷雉羽兮木爲塑 신장대에 꿩깃 흔들리고 거룩한 형상 나무에 새겨졌네

3단락은 영웅의 비장한 최후 및 그 영혼이 민중에 의해 신(神)으로 만들어져 사당에 모셔진 사실이 소개되어 있다. 송 대장군 최후의 비극적인 모습을 '하룻밤 새 활시위에서 피가 줄줄줄'이라고 묘사하고 있는바, 이는 앞서 언급한 《신증동국여지승람》의 '활시위가 끊어지니 피가 나왔다'고 한 내용과 유사하다. 그러나 송 대장군을 죽게 한 '계집아이'는 누구이고, 송 대장군이 그 '계집아이'에 의해 어떻게 죽었는지는 고증이 어렵다. 다만 송 대장군의 죽음과 관련하여 현재 완도읍 장좌리에서 전해오는 이야기가 있어서 참고할 수 있을 따름이다.

즉 송징 장군의 용력 때문에 나라에서 제어할 길이 없어지자 그를 죽이는 사람에게 상금과 벼슬을 준다는 방을 내걸었다 한다. 벼슬이 탐난 송징 장군의 딸이 남편에게 아버지를 죽이자고 했는데, 남편이 말리자 혼자서 아버지를 죽이려고 장좌리로 갔다는 것이다. 송징 장군이 딸에게 왜 왔냐고 묻자, 딸은 아버지를 데리고 까투리가 머물던 섬이라 하여 이름 붙여진 '까뜨린여'라는 곳으로 갔는데, 그곳에서 두 사람이 앉아 있다가 송징 장군이 꿩으로 변하자 딸은 매로 변하여 꿩을 쳐서 바다에 떨어뜨려 송징 장군을 죽였다는 것이다. 이러한 전설은 곧 송 대장군의 비극적 최후에 대한 설화적 변용으로 나타난 것이리라.

어찌 되었든 3단락의 내용을 통해 우리는 송 대장군이 비극적 최후를 맞은 이후 그 영웅 형상은 그 지방 백성들의 기억 속에 길이 살아남아서 하나의 신앙의 대상으로 받들어지고, 또 사람들이 그의 위대한 모습을 그리워한 나머지 조각으로 만들어 민중 신앙의 대상으로 삼았던 사정을 알게 된다. 이러한 사정은《신증동국여지승람》강진현의 '사묘(祠廟)' 조에 잘 나타나 있으니, "호국신사(護國神祠)가 현 남쪽 칠장리에 있는데, 세상에서 말하기를, 모시는 신은 송징(宋徵)이라고 한다."라고 했다. 이러한 내용을 보면, 송징 장군은 임억령 당시에도 지역의 수호신, 민중의 영웅으로 모셔지고 있었던 것이다.

이어 4단락은 고루한 유생들이 이 영웅을 모신 사당의 의미를 제대로 이해하지 못한 까닭에 음사(淫祀)로 취급해서 훼철한 일을 지적하고, 5단락은 하늘이 도탄에 빠진 백성의 구제를 위해 송 대장군을 내려보냈는데 훌륭한 군주를 만나지 못해 초야에 묻히게 되었음을 밝힌 다음, 6단락은 현재로 돌아와 국방이 허술하기 짝이 없는 실정을 개탄한다. 마지막으로 결사에 해당하는 7단락은 주인공의 영웅적 형상에다 시인의 추모하는 정서를 결합시켜서, 5언구로서 박진감 있게 시상을 마무리 짓는다. 4~7단락의 구체적인 내용은《이조시대 서사시 2》를 참조하기 바란다.

지식인의 우국충정 - 〈잠령민정〉

〈잠령민정(蠶嶺閔亭)〉의 작자 임제(1549~1587)는 선조 대 전반기에 활동한 문인이다. 1577년(선조 10)에 29세의 늦은 나이에 문과에 급제하여 벼슬은 겨우 종오품 외직인 평안도 도사, 정오품 내직인 예조 정랑 겸 지제교에 이르렀으며, 39세의 젊은 나이에 세상을 떠났으니 그때는 임진왜란 발발 5년 전이었다.

잠령은 주로 현재의 서울 마포구 합정동 한강가에 위치한 일명 '절두산(切頭山)'이라고도 불리는 잠두봉(蠶頭峯)을 가리키는 경우가 많은데, 〈잠령민정〉이라는 제목에서의 '잠령'이 잠두봉을 가리키는지는 확인이 안 된다. '민정(閔亭)' 또한 '민씨(閔氏) 소유 정자' 정도로 이해가 되지만, 그 위치를 확인하기는 어렵다. 다만 잠령의 민정이 어디에 위치하는 어떤 의미를 지닌 정자인지를 이해하지 못하더라도, 이 작품의 내용을 파악하는 데에는 별 문제가 없어 보인다. 이제 작품을 인용해 보기로 하자.

東溟有長鯨 동쪽의 바다에는 큰 고래 있고

西塞有封豕 서쪽의 국경에는 멧돼지 있네

江障哭殘兵 강목에는 패잔병만 울고 있으며

海徼無堅壘 해안에는 굳센 보루 전혀 없구나

廟算非良籌 조정에선 좋은 계책 아니 세우나

全軀豈男子 몸보신만 꾀한다면 대장부이랴

寒風不再生 말 잘 보는 한풍자(寒風子)가 다시 안 나니

絶景空垂耳 절영마(絶影馬)는 부질없이 귀가 처졌네

誰識衣草人 누가 알리, 베옷 입은 이 사람이

雄心日千里 웅대한 뜻 하루 천 리 달리는 줄을

(《임백호집》 권1)

이 시는 시대 현실에 대한 비판적 인식과 더불어 대장부로서 나라를 걱정하는 우국의 마음을 노래한 오언고시 작품이다. 1~2구는 급변하는 국

제 질서 속에서 조선이 처한 위태로운 현실을 비유적으로 표현하고, 3~4구는 그러한 현실 속에서 준비가 전혀 되어 있지 않는 변방 상황을 표현하고 있다. 동쪽 바다의 '큰 고래'와 서쪽 국경의 '멧돼지'는 각각 세력을 키워 발호하고 있는 일본과 여진족을 비유적으로 표현한 것이다. 임진왜란을 눈앞에 둔 동북아시아의 급변하는 정세 속에서 일본과 여진족은 점차 세력을 키워가고 있는데, 이를 막아내야 할 조선의 허술하기 짝이 없는 변방 진지에서는 패잔병처럼 지쳐빠진 나약한 병사들이 사기가 꺾여 어쩔 줄 모르며 울고만 있다는 것이다.

임제는 27세인 1575년(선조 8) 왜구의 침입 때문에 전라도 나주에 주둔해 있던 전라 감사 박계현(1524~1580)의 막부에 출입하면서 교제를 맺기도 하고, 31세인 1579년(선조 12)에는 함경도 안변에 있는, 북방으로 여진족과 접하고 있던 고산도의 찰방(종육품)이 되어 북관에 나갔으며, 군량 등을 옮기는 일을 하는 전운관으로서 북관 지역을 두루 왕래하기도 했다. 구태여 나주나 안변에서의 경험이 아니더라도, 임제는 당시 일본과 여진이 발호하던 상황과 우리의 허술한 대비 태세에 대해 잘 알고 있었을 것이며, 이러한 인식을 바탕으로 1~2구와 3~4구가 읊어졌을 터이다.

5~6구는 급변하는 국제 정세 속에서 아무 대책도 세우지 못하는 무능한 조정과 자신의 몸보신에만 열중하는 소인배 같은 조정 대신들에 대한 비판적 태도를 설의적 표현을 통해 드러낸다. 7~8구는 위태로운 나라를 구원할 훌륭한 인재들이 제 능력을 발휘하지 못한 채 허송세월하고 있는 안타까운 현실을 비유적으로 표현하고 있다. '한풍자'는 훌륭한 말을 잘 감정하는 전설 속의 인물이고, '절영마(絶影馬)'는 조조가 탔다는 훌륭한 말이다. 즉 '절영마'는 국가를 떠받들 훌륭한 인재를, '한풍자'는 그러한 인재를 알아보고서 등용해 줄 안목 있는 존재를 비유한 것이다. 인재 등용

이 제대로 이루어지지 않아, 국가를 걱정하는 대장부는 쓰이지 못하고 일신의 이익만 도모하는 소인배들이 판을 치고 있는 조선 조정의 안타까운 현실을 비판하고 있는 것이다.

이어 9~10구는 위태로운 나라를 구하고자 하는 대장부로서의 포부와 함께 그러한 포부를 펼칠 수 없는 안타까운 나라의 현실에 대한 근심을 표현했다. '절영마'와 같은 훌륭한 인재가 등용되지 못하는 안타까운 현실 속에서 작자 자신은 아직 등용되지 못하여 '베옷'을 입은 채 세상에 나아가지 못하고 초야에 묻혀 살고 있지만, 자신이 곧 국가를 위기로부터 구하고자 하는 웅대한 뜻을 품은, 하루에 천 리를 달리는 천리마와 같은 훌륭한 능력을 갖춘 인재라는 것이다. 그런데 '뉘가 알리'라는 표현에 드러나 있듯이, 자신의 웅대한 뜻과 능력을 알아봐주지 못하는 나라에 대한 안타까움과 걱정을 표현하고 있는 것이다.

우국충정, 지금도 여전히

이상의 세 작품 모두 우국충정과 관련된 작품이다. 을지문덕의 〈여수장우중문시〉는 우국충정을 직접적인 주제로 삼아 지어졌다기보다는 우국충정을 바탕으로 삼아서 장수로서의 전략 전술을 펼치는 과정의 일환으로 지어졌다고 보는 것이 옳을 터이다. 그러나 을지문덕이 후대 우리 민족의 우국지사들을 포함한 많은 지식인들에 의해서 민족적 자부심의 원천, 그리움의 대상, 영원한 귀감으로 인식되어 왔다는 점에서 이 작품은 큰 의미를 갖는다. 그리고 임억령의 〈송대장군가〉는 고려 시대에 활동했던 민중의 영웅을 대상으로 하여 읊어진 작품이라는 점에서 우국을 주제로 하는 우리 한시 가운데 특징적인 면모를 보여주는 경우라고 할 수 있다. 아울러 임제의 〈잠령민정〉은 과거 우리 지식인들이 우국충정을 주제로 지은 시의 가장 전형적인 모습을 보여주는 작품이라는 점에서 중요한 의미를 갖는다.

우국충정을 주제로 하는 시는 민족의 위난이 이어지는 한, 그 위난을 걱정하는 우국지사들이 존재하는 한 계속해서 지어질 수밖에 없다. 이러한 까닭에 을지문덕, 임억령, 임제의 작품 이후에도 임진왜란과 병자호란을 겪으면서, 조선의 멸망과 일제의 침략을 겪으면서, 민족의 분단과 정치적 혼란을 거치면서, 그리고 지금도 여전히 지어지고 있다. 그러기에 황현(1855~1910) 선생은 1910년 국치를 통분하며 〈절명시(絶命詩)〉 4편을 남기고서 순국했고, 김좌진(1889~1930) 장군은 북만주에서 조국에 대한 그리움과 일제에 나라를 강탈당한 통한을 담아 〈단장지통(斷腸之痛)〉을 읊었던 것이다. 우국충정의 이러한 시심(詩心)은 표기 수단은 바뀌었을지언정 한용운, 이육사, 윤동주 등 많은 시인에 의해 지금까지도 여전히 이어지고 있다.

- 남재철

참고 문헌

임형택 편역, 《이조시대 서사시 2》, 창비, 2013.
소재영, 〈임제론〉, 《한국문학작가론》, 형설출판사, 1977.
남재철, 〈수당 한시에 나타난 요동에서의 여수전쟁과 그 상흔〉, 《진단학보》 107, 진단학회, 2009.

一二三四五六七八九十

나라 잃은 슬픔

지식인의 본분

오늘날 경영학이나 경제학에서는 사람을 오로지 경제법칙에 따라 행동하는, 자기 이익에 가장 충실한 존재로 상정하지만, 조선 시대 지식인들은 그렇게 생각하지 않았다. 유학, 그 중에서도 주로 성리학을 독실하게 신봉했기 때문에 성선설을 주장했다. 물론 보통 사람들의 경우, 일정한 재산〔恒產(항산)〕이 없으면 항심(恒心, 늘 존재하는 선한 마음)을 지키기 어렵다는 점은 잘 알고 있었지만, 적어도 군자(君子)·지식인은 아무리 어려운 상황에서도 이 선한 마음을 지키지 않으면 안 된다고 생각했다.

유학은 한마디로 요약하면 수기치인(修己治人, 자신의 몸과 마음을 닦은 후에 남을 다스림)의 학문이라 할 수 있다. 평소에 자기 자신을 수양하는 데 힘쓰다가 백성을 다스릴 만한 기회가 생기면 최선을 다해서 그들을 이끌어

주고, 영영 그럴 기회가 없으면 스스로 자신의 학문을 닦을 뿐인 것이다. 그러나 자신이 어디에 있든 세상의 시름을 먼저 걱정하고, 세상이 다 즐거워한 뒤에라야 즐거워하는 마음가짐〔先憂後樂(선우후락)〕을 잃지 않는 것이 지식인의 책무라고 생각했다.

늘 이론은 현실과 괴리가 있기 마련이고 행동은 말을 따르기 어렵다. 글쓴이 역시 조선 시대 내내 나라에 군자들만 가득하고 정의가 강물처럼 넘쳤다는 말을 하려는 것은 결코 아니다. 엄격한 신분제 사회의 모순을 극복하지 못했고, 말기로 올수록 경제와 국방에서 허점을 노출한 사실을 옹호해 줄 생각도 없다. 다만 사람의 선한 본성을 믿고 지식인의 사회적 책임을 강조했기 때문에, 평화로운 시절이나 어려운 시절이나 나라와 백성들을 위해서 헌신했던 인물들 역시 적지 않게 배출될 수 있었다. 사람들이 스스로를 이익을 추구하는 존재로 규정하느냐 선을 실천하는 존재로 규정하느냐에 따라서 삶이 달라질 수 있고 사회가 바뀔 수도 있기 때문이다. 글쓴이의 이러한 주장은 자연과학을 흉내 내는 실험이나 수식으로 입증할 수 있는 문제가 아니라 직관과 가치관의 영역에 속한다.

다만 예나 지금이나 사회의 주도적 가치에 편승해서 자기 이익을 챙기려는 사람들은 사라지지 않을 것이고, 자연히 조선 시대 지식인들 중에는 위선자가 많았다고 비판할 수 있다. 또 한편으로는 피와 살을 가진 존재들이 먹고사는 문제에 무능한 것을 아무렇지도 않게 생각하는 풍조가 만연했던 것 역시 큰 문제였다. 오늘날은 조선 시대와 정반대로 오로지 경제적 가치를 으뜸으로 삼아 불과 몇십 년 만에 눈부신 경제 발전을 이룬 것은 다행스러운 일이지만, 노골적인 욕망들이 날것 그대로 충돌하는 사회가 되었다. 이제 위선자조차 찾기 힘들어졌으니, 사람들이 솔직해졌다고 좋아할 일인가?

사람 사는 세상에서 지식인 노릇 하기 어렵구나 – 〈절명시〉

황현(1855~1910)의 자는 운경(雲卿), 호는 매천(梅泉)이며, 본관은 장수이다. 강위, 이건창, 김택영 등과 함께 구한말의 한문 사대가로 꼽힌다. 호남에서 나고 자랐으며 서울에 올라와서 과거에 응시한 적도 있지만, 당시의 정치 상황을 개탄하여 구례에 은거했다. 서울로 올라오라 권하는 이에게 "그대는 어찌하여 귀신들 설치는 나라의 미치광이들 틈에 끼어들어 똑같이 귀신과 미치광이가 되라 하십니까?"라고 답했다 한다. 경술국치가 일어나자 비분함을 이기지 못하고 자결했다.

鳥獸哀鳴海岳嚬　새 짐승도 슬피 울고 바다와 산도 찡그리니
槿花世界已沉淪　무궁화 세계가 이미 망해버렸구나
秋燈掩卷懷千古　가을 등불 아래 책을 덮고 옛 역사를 회고해 보니
難作人間識字人　사람들 사는 세상에서 지식인 노릇 하기 어려웠지

(《매천집》 권5, 〈경술고(庚戌稿)〉)

매천 황현이 자결하기 직전에 마지막으로 남긴 〈절명시(絶命詩, 목숨을 끊으며)〉이다. 모두 네 수이며, 위의 시는 세 번째 수이다.

앞의 두 구에서 조수(鳥獸)와 해악(海岳)도 나라를 잃어 슬퍼한다고 말하고 있다. '무궁화 세계〔槿花世界(근화세계)〕'는 우리나라를 가리키는데, '근역(槿域)'이라 일컫기도 한다. 뒤의 두 구는 책을 통해 역사를 살펴보니 사람들 사는 세상에서 참된 지식인 노릇 하기 어려웠던 것이 예나 지금이나 한가지임을 깨닫는 자신의 모습을 그리고 있다. 보통 사람들처럼 당장

의 생존과 눈앞의 이익을 위해 행동하지 않고 높은 이상을 추구하는 사람들은 한결같이 험난한 길을 걸어갔다는 점을 말한 것이다.

황현의 벗인 김택영은 황현의 전(傳)을 지으면서 최후의 순간을 아래와 같이 기록했다.

> 융희(隆熙) 4년 7월 일본인들이 마침내 한국을 병합했다. 팔월에 황현이 이 소식을 듣고 비통해 마지않아 음식을 들 수 없었다. 하룻저녁에 〈절명시〉 4수를 짓고 또 아들과 동생들에게 유서를 남겼다.
> "내가 꼭 죽을 만한 의리가 있는 것은 아니지만, 나라에서 선비를 키운 것이 오백 년인데, 나라가 망하는 날 단 한 사람도 순절(殉節)한 사람이 없으니 어찌 가슴 아프지 않겠는가! 내가 위로는 하늘이 내려준 떳떳한 덕을 저버리지 않고, 아래로 평소에 읽던 책을 저버리지 않으며, 까마득하게 길이 잠들려 하니, 참으로 통쾌하다. 너희들은 너무 슬퍼하지 말거라."
> 유서를 다 쓰고 독약을 삼켰다. 다음 날 아침 식구들이 비로소 깨달았다. 아우인 황원이 달려와 살펴보고, 남기고 싶은 말씀이 없으시냐고 물었다. 황현은 "내가 무슨 말을 하겠는가? 내가 쓴 유서를 보게."라 하고, 웃으면서 "죽는 것도 쉽지 않더군. 독약을 마실 때 (마시려다) 입에서 뗀 것이 세 번이었으니, 내가 이처럼 어리석다네."라 했다. 얼마 뒤 숨이 끊어지니, 향년 쉰여섯이었다. (《소호당문집정본》 권9, 〈황현전〉)

황현이 '꼭 죽을 만한 의리가 있는 것은 아니'라고 말한 것은 벼슬길에 나아간 적이 없기 때문이다. 그러나 오백 년 동안 선비를 키운 나라가 망했는데 아무도 항거하여 순절한 이가 없기 때문에 자신이라도 희생하겠다는 뜻을 밝힌 것이다. 숨이 넘어가기 직전의 망설임을 고백한 것도, 자신의 행동을 성찰할 수 있고 용기 있는 사람만이 할 수 있는 것이다.

—

사람보다 충성스러운 개 - 〈한구편〉

—

다음에 읽어볼 작품은 어지간한 사람보다 훨씬 의로운 개에 대한 이야기를 전하고 있다. 역시 구한말 한문 사대가 중 한 사람으로 꼽히는 이건창(1852~1898)의 〈한구편(韓狗篇, 한씨네 개)〉이라는 작품이다.

이 시를 지은 이건창은 자가 봉조(鳳朝, 鳳藻), 호는 명미당(明美堂)·영재(寧齋)이며, 본관은 전주이다. 이건창의 조부는 1866년 병인양요가 일어나자 강화도에서 유소(遺疏, 죽음을 앞둔 신하가 임금에게 올리는 글)를 올리고 자결한 이시원(1790~1866)이다. 이시원의 순국을 기념하기 위해 치러진 과거 시험에서 이건창은 15세의 나이로 급제한 뒤, 20세 때 홍문관 교리가 되어 벼슬길에 나아가 나중에 참판에까지 올랐으나 강직한 성품으로 올곧게 처신하고자 했기 때문에 줄곧 주변과 갈등이 많았다. 갑오개혁을 대단히 부정적으로 평가했기 때문에 1894년 이후로는 고향에서 은거하다가 한창 때 세상을 떠나고 말았다. 이건창의 집안은 하곡(霞谷) 정제두(1649~1736) 이후 강화도에 정착하여 양명학(陽明學)을 중심으로 독특한 학문 세계를 개척해 나갔던 '강화학파(江華學派)'에 속하는 중요한 가문이었다.

〈한구편〉은 상당히 긴 장편이라 편의상 단락을 나누어 살피기로 한다.

季弟從西來 막내아우 서도에서 돌아와서는
示我韓狗文 한씨네 개 기록한 글 보여주었네

讀過再三歎 읽어보고 두 번 세 번 탄식했으니
此事誠罕聞 이런 일은 참으로 못 들어봤네
史家重紀述 역사가는 기술(紀述)을 중요시하고
銘頌在詩人 기리고 찬송함은 시인의 역할
二美不偏擧 시와 산문 한쪽으론 미흡하기에
吾今當復申 내 이제 다시 시로 읊음 마땅하리라

첫 단락은 시를 짓게 된 연기(緣起)를 언급했다. 이건창의 막내아우는 이건면인데, 그가 평안도에 갔다가 한씨 집의 개에 대해 기록한 글을 가지고 와서 보여주었고, 그 글을 토대로 자신이 시를 지은 것임을 밝히고 있다. 조선 시대에 개에 관해서 사람이 산문을 지은 일도 드물지만, 이미 산문이 있음에도 다시 시를 짓게 할 만큼 개의 행적이 감동적이었다는 것을 보여준다.

狗也江西產 그 개는 강서(江西) 고을 출신이며
主人韓氏貧 주인 한씨는 찢어지게 가난했다지
所蓄惟此狗 기르는 짐승으론 이 개 한 마리
神駿乃無倫 영특하고 빼어나기 짝이 없었네
戀主而守盜 주인을 사랑하고 도둑을 막아
狗性固無論 개로서의 품성은 말할 것도 없고
如人忠孝士 충성스럽고 효성스런 선비 같았고
智勇貴兼全 지혜와 용기를 겸비하였네
貧家無僮指 가난한 집인지라 노복도 없어
使狗適市廛 개에게 장보기를 시켰다 하네

以包掛其耳 자루를 개의 귀에 걸어주고

繫之書與錢 편지와 돈을 묶어 보냈네

市人見狗來 상인들이 개가 오는 걸 보면

不問知爲韓 묻지 않아도 한씨가 보낸 줄 았았다지

發書予販物 편지를 열어 보고 물건을 넣어주고는

其價不忍瞞 그 값을 차마 속이지 못했다 하네

狗戴累累歸 개는 바리바리 이고 돌아가

掉尾喜且歡 꼬리 흔들며 반가워하고 기뻐했다지

邑豪欺主人 읍내 건달 주인을 업신여겨서

道遇與惡言 길에서 만나 험한 소리 지껄이고

肆氣勢欲毆 성질 부려 때릴 듯하였는데

狗見怒而奔 개가 보고 성을 내고 달려가

吽呀直逼前 으르렁거리고 바로 앞으로 달려 나가

如虎將噬豚 돼지 물고 가려는 범과 같았네

主人曰不可 주인은 "안 돼" 하고

麾之狗傍蹲 손을 저어 옆에 쪼그려 앉게 하였네

自後豪斂伏 그 뒤로 그 건달 꼼짝 못하고

畏韓如畏官 한씨를 관(官)만큼 두려워하였다네

韓狗聞一邑 한씨 집 개의 명성 온 고을에 자자하여

遠近爭來看 멀고 가까운 곳에서 다투어 와 구경했네

강서(江西)는 조선 시대 평안도 강서현(江西縣)으로 평양 서쪽 황해 연안에 위치한다. 앞부분에서는 개의 성품이 충성스럽고 영특하다는 말을 하고, 뒤에는 한씨네 개의 일화 두 가지를 배치했다. 첫 번째는 개를 시켜서 시장을 보게 한 일이고, 두 번째는 주인을 괴롭히던 동네 건달을 단번에 제압한 일이다. 시장 사람들 역시 본래 순박하기도 하려니와, 사람도 아니고 차마 개를 속이지는 못했을 것이다. 두 일화를 통해서 이 개가 덩치가 상당한 품종이 아니었던가 생각된다. 그러나 누가 알았으랴? 개가 신통하다고 사방에 소문난 것이 결국 비극의 원인이 될 줄을.

債家欲得狗 돈 빌려준 집에서 개를 차지하고자
急來索錢還 급히 와서 돈 갚으라 요구했네
無錢還不得 돈이 없어 갚을 수 없으니
索狗手將牽 개를 찾아 직접 데려가려 하였네
主人抱狗語 주인은 개를 안고 말하는데
垂淚落狗前 눈물 흘려 개 앞에 떨어졌네
何意汝與我 "어찌 알았으랴 너와 내가
一朝相棄捐 하루아침에 헤어질 줄을
去貧入富家 가난뱅이 집 떠나서 부잣집으로 가니
賀汝得高遷 네가 좋은 곳으로 옮겨간 것을 축하한다
好去事新主 잘 가서 새 주인 모시고
飽食以終年 평생 배불리 먹도록 하여라"
別狗入屋中 개와 헤어져 집 안으로 들어와
思狗淚如泉 개를 그리워하여 눈물이 샘처럼 솟아났네
出門視狗處 문 밖으로 나가서 개가 간 곳 바라보니
狗已中途旋 개는 이미 중간에서 돌아왔구나
銜衣方入懷 옷을 물고 바야흐로 품 안으로 들어오는데
新主來復嗔 새 주인 와서는 꾸짖었네

自牽與新主 새 주인과 함께 스스로 끌고 가서

附耳戒諄諄 귀에 대고 차근차근 타일렀건만

如是四五日 이와 같이 네닷새 동안

狗去來何頻 개가 오고 감이 어찌 이리 빈번했던가

新主復來語 새 주인 다시 와서 말하길

此狗不可馴 "이 개는 길들일 수 없으니

狗還錢當出 개를 돌려줄 터이니 돈을 마땅히 갚아

勿爲更遷延 다시는 연체되지 않도록 하게"

主人不能答 주인은 답을 할 수가 없어서

撫狗重細陳 개를 어루만지며 거듭 자세히 설명했네

舊主誠可念 "옛 주인은 참으로 생각해 줄 만하지만

新主義亦均 새 주인에게도 그 의리는 똑같단다

汝誠念舊主 네가 참으로 옛 주인을 생각한다면

勤心宜事新 마음을 다하여 마땅히 새 주인을 섬기거라

奈何違所命 어찌하여 명령을 어기고

往來不憚煩 오고 가며 번거로움을 꺼리지 않느냐"

狗受主人敎 개는 주인의 명령을 따라

却往新主門 마침내 새 주인의 집으로 따라갔네

白日何太遲 밝은 해는 어쩌면 이리 더디 가는가

擧首望黃昏 고개 들어 황혼 되기만 기다렸네

潛還舊主家 몰래 옛 주인 집으로 돌아가서

垂首隱籬藩 고개 숙여 울타리 가에 숨어서는

不敢見主人 감히 주인을 보지 못하고

但爲守其閽 다만 그 문을 지켰네

相去四十里 사십 리나 떨어져 있으며
道險多荊榛 길도 험해 가시덤불도 많았건만
日日無暫廢 날이면 날마다 잠시도 거르지 않았다 하네
寒暑風雨辰 추우나 더우나 바람 불거나 비 오는 날이라도
兩家久乃覺 두 집에서 한참 뒤에 깨닫고는
相語爲感歎 서로 이야기하며 감탄했지만
狗竟以勞死 개는 끝내 과로로 죽었으며
死葬韓家村 죽어서야 한씨네 마을에 묻혔다네
行人爲指點 오가는 사람들 손으로 가리키며
共說義狗阡 이구동성으로 의로운 개의 무덤이라 말한다네

결국 개가 신통하다고 소문이 나면서 비극이 시작되었다. 한씨에게 빚을 많이 내준 부자가 개를 차지할 목적으로 빚 독촉을 심하게 하면서, 돈이나 곡식이 아니라 개를 요구하게 된 것이다. 개가 옛 주인과 정을 끊지 못하고 끝없이 그리워하면서 결국 지쳐서 죽어가고, 마침내 죽어서 주인댁 옆에 묻히는 과정을 감명 깊게 묘사했다. 처음에 개가 새 주인을 따라가지 않으려 발버둥치는 모습, 네닷새에 한 번씩 옛 집을 찾아오는 모습, 옛 주인의 간곡한 당부를 알아듣고는 낮에는 새 주인 집에 있다가 밤만 되면 사십 리 길을 달려와서 옛 주인 집을 지켜주되 들키지 않게 노력하는 모습을 점층적으로 묘사하면서 갈수록 감정을 고조시키고 있다. 개의 입장에서, 옛 주인의 당부를 지키면서도 옛 주인에 대한 자신의 마음을 다할 수 있는 유일한 방법을 찾아서 결국 몸을 사른 것이다. 살아서는 옛 주인에게 돌아갈 수 없다는 것을 개는 알았던 것일까?

烏乎此狗義 아, 이 의로운 개에 대해서는
可質於聖賢 성현들께 물어볼 만하리라
樂毅身在趙 악의(樂毅)는 조(趙)나라로 망명했지만
終身不背燕 평생토록 연(燕)나라를 배신하지 않았으며
徐庶心歸漢 서서(徐庶)는 마음으로 한(漢)나라에 복속하여
居魏耻爲臣 위(魏)나라에서 신하 노릇 하는 것을 부끄러워했으며
王猛志中原 왕맹(王猛)은 중원(中原)에 뜻을 두고
黽勉事苻秦 부지런히 부견(苻堅)의 전진(前秦)을 섬겼지만
未若此狗事 이 개의 일처럼
義烈且忠純 의가 맵고 충성이 순수하진 못하리라
國家五百載 우리나라가 오백 년 동안
養士重縉紳 선비를 기르고 사대부를 우대하였네
社稷如太山 사직은 태산과 같고
環海無風塵 사방에는 풍진이 일지 않았네
高官與厚祿 높은 벼슬과 두둑한 월급으로
豢飫富以安 좋은 음식 물리게 먹고 부유하고 편안하구나
甘心附夷虜 달갑게 오랑캐들에게 붙어
賣國不少難 나라를 팔아먹는 걸 조금도 어려워하지 않네
逆賊悉竄逋 역적들은 모조리 도망가 숨어
朝著方紛紜 조정은 바야흐로 어지러운데
何由得此狗 어떻게 하면 이런 개를 얻어서
持以獻吾君 가져다가 우리 임금님께 바칠까

(《명미당집》 권4, 〈少休收草(소휴수초)〉)

악의(樂毅)는 중국 전국 시대 연나라의 장군으로 강대국인 제나라를 공격하여 70여 성을 함락시킨 명장이었지만, 나중에 모함을 받아 결국 조나라로 망명할 수밖에 없었다. 삼국 시대 서서(徐庶)는 유비를 도왔지만 볼모로 잡힌 모친 때문에 위나라에서 벼슬할 수밖에 없었는데, 끝내 위나라를 위해서 계책을 내놓지 않았다. 왕맹은 전진(前秦)의 황제 부견(苻堅)을 도와 화북(華北) 지역을 통합하는 데 큰 역할을 한 인물이다. 모두 역사에 이름을 남긴 사람들인데, 시인은 그 충성스러움이나 의로움이 오히려 이 개만 못하다고 평하고 있다. 그리고 당시 벼슬아치들의 불의에 대한 분노를 표출하고, 이런 충성스런 개를 얻어서 임금님께 바치고 싶다는 말로 끝맺고 있다.

예전만큼은 아니지만 지금도 "개만도 못하다"는 말은 자주 쓰이는 욕이다. 이건창이 태어나서 활동한 19세기 후반은 거듭된 세도정치를 거치면서 나라의 기강이 땅에 떨어진 시기였다. 이 시는 병술년(1886)에 지은 작품이다. 임오군란(1882), 갑신정변(1884) 등을 거치면서 나라에 충성하지 않고 자신의 사익만을 위해 외국에 붙어 '나라를 팔아먹는(매국)' 자들을 수없이 목도했을 것이다. 그들의 비루한 행적과 한씨의 개를 대비시키면서 통렬한 비판을 가한 것이다.

이건창의 조부인 이시원 역시 아우의 집에서 키우던 개가 죽자 〈예구설(瘞狗說)〉이라는 글을 지은 적이 있다. 아우네 집에서 태어났지만 자신과 아우 사이를 오가며 형제를 똑같이 잘 따르던 개를 추억하면서, 자손들이 우애 있게 지냈으면 하는 바람을 담은 글이다. 아마도 이건창이 개에 대한 시를 짓겠다고 결심한 것은 조부가 지은 글의 영향도 얼마간은 있었을 것이다.

이 작품은 우리말로 번역해 놓고 보면 붓 가는 대로 상당히 쉽게 쓴 것처럼 보인다. 그러나 어려운 말이나 전고(典故)를 잔뜩 녹여 쓴 한시는, 현대의 독자가 읽기는 매우 난해하지만, 시에서 읊고 있는 상황에 참조할 만한 옛 시인들의 선례가 많다면 시인 입장에서는 오히려 더 쉬울 수 있다. 사실 한시를 짓는 입장에서는 특정 상황에 대한 선례를 참조하지 않고, 이런 구체적인 일화를 자수(字數)와 각운까지 지켜가며 긴 호흡으로 묘사하는 일이 생각보다 훨씬 어렵다. 상당히 공력을 들인 작품으로 생각되는데, 이것은 이 시에 등장하는 개가 주인을 향해 품은 마음과 자신을 희생하는 행동이 강화학에서 추구하는 바람직한 사람됨과 맞닿아 있기 때문이다. 이 점이 궁금한 독자는《강화학 최후의 광경》에 실린 〈강화학 최후의 광경〉을 읽어보기 바란다.

- 이현일

참고 문헌

임형택 편역,《이조시대 서사시 2》(개정판), 창비, 2013.

임형택 외 옮김,《역주 매천야록》1~3, 문학과지성사, 2005.

민영규,《강화학 최후의 광경》, 우반, 1994.

이희목,《이건창 문학 연구》, 성균관대학교 대동문화연구원, 2005.

一二三四五六七八九十

애민의 마음으로 민중의 삶을 노래하다

고려 후기 신흥사대부, 백성의 삶을 눈에 담다

고려 후기, 그 중에서도 특히 여말선초는 왕조 교체의 정치사적 변혁기이자 중세 문학이 새로운 단계로 접어드는 문학사적 전환기이다. 특히 이들의 문학은 '소기(小技)'에 머물지 않고 풍성하고 다채로운 성과를 남겼다. 그 중에서도 주목할 것은 양적으로나 질적으로 전대와는 비교할 수 없는 현실주의적 성취를 거두었다는 것인데, 특히 백성의 삶에 대한 관심을 작품으로 표현한 것이 그것이다. 당시 백성들은 안팎으로 사회 모순이 중첩되고 심화되어 지극히 곤궁한 상태였다. 고려 후기 지식인들은 백성을 사랑하는 애민 의식을 바탕으로 그들의 어려운 실상을 적극적으로 시화하였다. 일찍이 무신 집권기에 이규보가 농민의 아픔과 상처를 시로 표현한 바 있었지만, 여말선초 사대부들은 더욱 강렬한 눈으로 시를 지어냈다.

신흥사대부의 애민 의식은 백성들을 인격적 객체로 이해하려는 분위기 속에서 나왔다는 점에서 이전과는 다른 점이 있다. 이색은 "대저 천지는 만물의 부모이다. 성인과 착한 사람, 어리석은 사람과 불초한 사람이 모두 동포이다."라고 했다. 여기에는 현실 세계의 차별과는 무관하게 인간은 본원적으로 평등한 존재라는 사고가 반영되어 있으니, 이른바 '성즉리(性卽理)'의 성리학적 사유 체계를 수용하면서 차츰 백성의 존재를 새롭게 인식하게 된 것이다. 백성들에 대한 정책적 배려 역시 그들 또한 동일한 인간이라는 관념 속에서 나타났음을 감안하면, 고려 후기의 백성에 대한 입장은 단순 동정론을 벗어나 이념적으로 진일보한 점이 있다.

백성에 대한 관심의 증대는 시 속에서 생산 활동에 종사하는 형상으로 나타나기도 했다. 이색의 〈초동(樵童)〉, 〈잠부(蠶婦)〉 등이 그러하다. 이들은 노동하는 계층에 대한 관심의 증대라는 점에서 의미가 있다. 또한 백성의 생활 실태에 대한 관심의 확대는 자연재해로 인한 농민의 고통을 다룬 시들을 낳았다. 특히 가뭄이나 홍수 같은 기상이변을 다룬 시들로서 이연종의 〈고한음(苦寒吟)〉, 안축의 〈대우탄(大雨歎)〉, 원천석의 〈고한(苦旱)〉 등이 그러하다. 뿐만 아니라 모순된 사회제도로 인한 폐단과 질곡에 대한 통찰도 시로 표현했는바, 안축의 〈삼탄(蔘嘆)〉, 〈염호(鹽戶)〉 등이 그러하다. 이 시들은 공물과 부역이라는 명목으로 자행되는 수탈에 힘겨워하는 하층민의 생활상을 잘 보여준다. 아울러 이민족의 침입으로 인해 백성들의 삶은 더욱 피폐해졌고, 국난 극복과 우국의 정을 담은 시들을 통해 신흥사대부들은 현실에 더욱 밀착된 시 세계를 보여주었다. 이인복의 〈녹진변군인어(錄鎭邊軍人語)〉처럼 생사를 기약할 수 없는 병사의 불안한 정서와 고통스러운 생활상을 보여주기도 하고, 이달충의 〈전부탄(田婦歎)〉이나 정몽주의 〈정부원(征婦怨)〉처럼 이산의 아픔을 여성 화자의 입장에서 노래하기도 했다.

특히 백성의 삶에 오롯하게 집중한 작품으로 소품적 성격을 띤 이제현의 〈소악부〉와 서사적으로 농민의 가슴 아픈 현실을 그려낸 윤여형의 〈상률가〉는 주목된다. 이들은 거대한 구호나 이념의 투사 없이도 삶의 애환을 차분하게 혹은 격렬하게 그려내고 있다. 신흥사대부가 일궈낸 현실주의적 시 세계가 보여주는 백성들에 대한 따스한 시선, 공감하는 마음을 엿볼 수 있는 대표적인 작품들이다.

늙은 농부가 전하는 참담한 백성의 삶 - 〈상률가〉

가혹한 체제 모순으로 백성의 삶이 도탄에 빠졌음을 극명하게 노래한 사람이 바로 윤여형이다. 그가 지은 〈상률가(橡栗歌)〉(《동문선》 권7)는 대토지 겸병(兼倂), 자연재해, 관아의 수탈로 인해 도토리를 주워 먹으며 연명할 수밖에 없는 늙은 농부를 통해 당대 사회의 모순을 첨예하게 드러내었다.

윤여형은 잘 알려지지 않은 인물이다. 문집은 물론이거니와 행장도 남아 있지 않으며, 다른 사람의 저술이나 역사 기록에도 그의 이름은 거의 나타나지 않는다. 다만 《동문선》에 시 7수가 실려 있고, 이제현이 그에게 준 시 1수가 전할 뿐이다. 아마도 이제현과 동시대 인물이거나 후배 또는 문생으로, 이곡과 비슷한 연배가 아닐까 생각한다. 이제현이 그를 두고 '학유(學諭)'라고 불렀던 것을 보면, 윤여형은 성균관의 학유를 지낸 것으로 보인다. 학유는 종구품으로 성균관의 최하위직이다. 그러나 학유를 지냈던 것을 보면, 그의 학문적 지향이 신흥사대부들과 같은 궤였던 것으로 보인다. 그가 남긴 〈상률가〉를 통하여 당대 사회 속에서 백성들의 삶은 어떤 모습이었을지 살펴보도록 하자.

橡栗橡栗栗非栗 도톨밤 도톨밤 밤이 밤 아니거늘
誰以橡栗爲之名 누가 도톨밤이라 이름지었는고
味苦於荼色如炭 맛은 씀바귀보다 쓰며 색은 숯보다 검으나
療飢未必輸黃精 요기하는 덴 반드시 황정보다 지지 않나니
村家父老裹糇糧 촌가 늙은이 누룽지 싸 가지고
曉起趁取雄雞聲 새벽에 장닭 소리 나자 도톨밤 주우러 가네
陟彼崔嵬一萬仞 저 천길만길 벼랑에 올라
捫蘿日與猿狖爭 칡넝굴 헤치며 매일 원숭이와 경쟁하듯
崇朝掇拾不盈筐 온종일 주워도 광주리에 차지 않는데
兩股束縛飢腸鳴 두 다리는 동여놓은 듯, 주린 창자 쪼르륵
天寒日暮宿空谷 날 차고 해 저물어 빈 골짜기에 잠자네
燒桂燃松煮溪蔌 솔가지 지펴서 시내 나물 삶지만
夜深霜露滿皎肌 밤이 깊자 온몸이 서리 맞고 이슬 젖어
男呻女吟苦悽咽 남자 여자 앓는 소리 너무나 처참해라
試向村家問老農 내 촌가에 들려 늙은 농부에게 물으니
老農丁寧爲予說 늙은 농부 자세히 나보고 얘기하네
近來權勢奪民田 "요사이 세력 있는 사람들 농민의 땅을 빼앗아
標以山川作公案 산이며 내로써 한계 지어 공문서 만들었다오
或於一田田主多 어쩌면 한 땅에 주인이 여럿이라
徵後還徵無閒斷 곡수를 받은 뒤 또 받아가기 쉴 새 없고
或罹水旱年不登 홍수나 가뭄을 입어 흉작일 때에는

塲圃年深草蕭索 해묵은 타작마당엔 풀만 쓸쓸하지요
剝膚槌髓掃地空 살을 베끼고 뼈를 긁어가 아무것도 없으니
官家租稅奚由出 관가의 조세는 또 어떻게 낼꼬
壯者散之知幾千 몇 천 명 장정은 흩어져 나가고
老弱獨守懸磬室 노약자만 남아서 빈집을 지키니
未忍將身轉溝壑 차마 몸을 시궁창에 박고 죽을 수 없어
空巷登山拾橡栗 마을을 비우고 산에 올라 도톨밤을 줍는다오."
其言悽惋略而盡 처량한 그 말이 간략해도 자세해
聽終辭絶心如噎 듣고 나니 가슴이 미어질 것 같아라
君不見侯家一日食萬錢 그대 보잖았나, 공후의 집 하루 먹는 것이 만
전어치
珍羞星羅五鼎列 맛있는 음식이 별처럼 벌여 있고 다섯 솥이나 되는 것을
馭吏沉酒吐錦茵 하인도 술 취하여 수레 위 비단 요에 토하고
肥馬厭穀鳴金埒 말은 배불러 금마판에서 소리치는구나
焉知彼美盤上餐 그들이 어찌 알기나 하랴, 그 좋은 반 위의 음식들이
盡是村翁眼底血 모두 다 촌 늙은이 눈 밑의 피인 줄을

〈상률가〉는 4개의 단락으로 나뉜다. 1행에서 4행까지 1단락, 5행에서 16행까지가 2단락, 17행에서 28행까지가 3단락, 29행에서 36행까지가 4단락이다. 시인과 시적 주인공 사이의 대화가 들어 있는 액자형 구조로 이루어져 있으며, 일종의 이야기시, 즉 서사시이다. 그래서 이 시를 읽기 위해서는 서사의 핵심과 논리를 이해할 필요가 있다. 굶주림을 해결하기 위해 도톨밤을 주워 먹는 늙은 농부들, 이들의 삶이 이렇게까지 처참하게 된 이유는 그들 자신에게 있지 않았다. 권문세가로 대변되는 지배층의 각

박한 수탈과 구조적 착취로 인하여 삶의 기본인 '요기'마저 제대로 할 수 없었던 것이다. 서사의 핵심은 생명의 존속 여부로서, 무엇이 사람들의 생명을 위태롭게 만들고 있는가가 논리의 고갱이다. 시인은 관찰하고 인터뷰하는 리포터가 되어 정보를 객관적으로 전달하는 듯한 가운데 비분에 찬 공감을 내보이며, 객관적 경(景)과 주관적 정(情)을 교묘하게 결합하고 있다.

1단락은 도토밤의 모양, 맛, 쓰임새 등을 간략하게 들었다. 아주 서민적이고 친근감이 가도록 그려놓았다. 시의 주요한 소재를 거론하면서 시상의 분위기를 끌어내는《시경》의 흥(興)과 같은 역할을 하고 있다. 도토밤이 무엇보다 '요기'기 될 수 있다는 점이 눈에 띈다.

2단락은 도토밤을 줍는 배고픈 늙은이들의 모습이다. 굶주린 창자를 움켜쥐고 벼랑을 기어오르고, 내려오다가 날이 어두워지면 푸성귀를 삶아 끼니를 때우며, 산골짜기에서 웅크리고 밤을 지새우기도 한다. 추위와 주림에 떠는 촌로들의 신음 소리가 귓가에 들리듯 그려져 있다. 1단락에서 그래도 '요기'가 된다고 했던 '도토밤'은 사실 굶주림을 달래기 위한 방편이었음을 알 수 있다. 그래서 1단락의 서술이 더욱 마음 아프게 다가온다.

3단락은 늙은 농부와의 문답을 통해 농민의 실상을 드러내고 있는 부분이다. 농부의 말을 빌려서 내용은 더욱 호소력을 얻게 되었고, 시인은 농민의 참상을 연극적인 효과 속에서 대변하고 고발해 나간다. 권문세가가 전 국토를 점거하고 각각 농민의 살을 베껴가고 뼈까지 긁어가고 있다. 이 멋대로 행해지는 약탈 속에서 젊은이는 흩어지고 노약자만 남아서 연명을 위해 하는 수 없이 도토밤이라도 줍게 되었다는 것이다. 시인은 가슴이 미어지는 슬픔과 분노를 문맥의 아래에 눌러 깔고 오히려 담담하게 객관적으로 묘사하고 있다. 기본적인 끼니마저 온전하게 먹을 수 없는 처지의 사람들, 이들은 거의 막바지에 내몰렸고, 그들이 선택할 수 있는 유일한 대안은 '도톨밤'이었다. 이들에게 '도톨밤'은 단순한 먹을거리가 아니라 생명 그 자체였던 것이다.

4단락은 시인이 늙은 농부의 처지에 공감하면서 지금까지 절제해 온 감정을 분출하고 있는 부분이다. 시인은 늙은 농부의 말을 듣다가 가슴이 미어질 듯한 아픔을 느꼈다. 그리고 권문세가들의 하인도 토할 정도로 먹고 짐승마저 배부른 상황을 거론하며, 저들의 맛난 식사가 농부의 피였다고 성토한다.

대화체를 이용하여 농민 당사자의 입으로 말하도록 구조를 만드는 것은 두보를 비롯한 옛 시인들에게서도 발견된다. 그러나 이 작품의 경우, 우리말로 풀어놓았을 때에도 세련된 형상과 시어의 간결성이 독자로 하여금 읽는 내내 정서적 긴장을 놓치지 않도록 해준다. 윤여형의 〈상률가〉는 고려 후기에 농민을 제재로 한 일련의 시들, 즉 애민시의 수준이 한층 더 올라가 있음을 보여준다. 윤여형은 신흥사대부였지만, 뚜렷하게 관직을 한 자취는 보이지 않는다. 아마 그렇기에 관료적 치자(治者)의 의식 세계에 머물지 않고, 더욱 핍진하고 절실하게 농민의 삶을 그려내었던 것으로 보인다.

백성의 감정을 있는 그대로 존중하다 – 〈소악부〉

고려 후기 시문학은 '채시관풍(採詩觀風)'이라는 방법론을 단서로 하여 현실 속의 인정을 포착하고자 했다. '채시관풍'은 고대 중국의 주나라에서 민간 가요를 채집하여 여론을 살피고 이를 정책에 반영하는 제도였다. 즉

시를 채집하여 풍속을 살핀다는 뜻이다. 이제현은 이런 전통을 부활시켜 민간에 유행하는 노래를 채집해 한시를 지었으니, 그것이 바로 〈소악부(小樂府)〉이다. 일종의 번해시(飜解詩)이다. 기존의 정황과 노래를 새롭게 각색한 것이다. 그는 주나라에서 민간 가요의 채집을 맡던 관청이 '악부'였던 데서 착안하되 국가 차원이 아니라 개인적 창작이라는 점을 드러내고, 고려 사회에 유포된 민간의 노래를 모아 창작했다는 점에서 '소악부'라고 이름을 붙였던 것이다. 〈소악부〉는 기본적으로 백성들이 살아가는 모습을 살피는 데 그 목적이 있었다. 이제현은 일찍이 안축의《관동와주》에 붙인 서문에서 이렇게 말했다.

> 옛날에 관리를 두어 시를 채집한 것은 그 시구를 꾸미는 것을 취하기 위함이 아니라 그들이 찬미하거나 풍자하는 것을 살펴 권계를 삼고자 함이었다. (중략) 그들이 느껴 지었던 것은 풍속의 좋고 나쁨, 백성들의 즐거움과 슬픔에 관계되는 것이 열에 아홉 편이다.

그는 옛날 채시의 목적이 백성들의 뜻을 살펴서 정사에 반영하는 데 있었다고 언급했다. 이런 점에서 '채시관풍'은 신흥사대부의 사회 의식이 한시와 만나 형성된 시학적 견해라고 할 수 있다. 즉 백성의 삶을 살피고 그들의 문제를 해결해 주어야 한다는 공적인 책임 의식을 기반으로 시를 지어야 한다는 주장인 것이다. 이는 현실주의적 창작에 긍정적으로 기여한바, 백성들의 열악한 현실을 적극 취재하여 시화하도록 자극했다. 이제현의 〈소악부〉(《익재난고》 권4)를 통해 그 내용을 확인해 보도록 하자. 그는 모두 11수의 시를 남겼다. 여기서는 주제를 두 가지로 분류하여 살펴보기로 한다. 먼저 백성들의 삶에 대한 비판적 의식을 내보이는 작품들이다.

① 拘拘有雀爾奚爲 불쌍한 참새야 너는 어이하여
觸着網羅黃口兒 그물에 걸린 황구아가 되었느냐
眼孔元來在何許 네 눈은 원래 어디에 두었다가
可憐觸網雀兒癡 가엾게도 그물에 걸린 어리석은 참새 됐나

② 黃雀何方來去飛 참새야 어디서 날아왔다 날아가느냐
一年農事不曾知 한 해 농사일랑 일찍이 아랑곳 않네
鰥翁獨自耕耘了 늙은 홀아비 홀로 지은 농사인데
耗盡田中禾黍爲 밭 가운데의 벼와 기장 다 먹어 치우다니

③ 木頭雕作小唐鷄 나무 끝에 작은 닭을 새겨서
筯子拈來壁上棲 젓가락으로 집어다가 벽 위에 살게 했네
此鳥膠膠報時節 이 닭이 꼬끼오 울어 때를 알리면
慈顔始似日平西 그제야 어머님 얼굴 지는 해 같으리

④ 縱然巖石落珠璣 구슬이 바위에 떨어지더라도
纓縷固應無斷時 구슬끈만은 끊어지지 않으리라
與郞千載相離別 님과 내가 천 년을 이별한다 해도
一點丹心何改移 일편단심이야 어이 변하랴

⑤ 憶君無日不霑衣 님 생각에 매일 옷깃을 적셔
政似春山蜀子規 흡사 봄 산에 울어대는 자규새 같네
爲是爲非人莫問 옳고 그름을 사람들아 묻지 마소
只應殘月曉星知 다만 새벽달과 별만은 알리라

⑥ 從教壟麥倒離披 밭두둑의 보리 쓰러진 채 두고
亦任丘麻生兩岐 언덕 위의 삼도 제멋대로 놔두었네
滿載青瓷兼白米 푸른 도자기 흰 쌀 가득 싣고서
北風船子望來時 북풍에 오는 배만 기다리고 있네

위 시들의 주제를 요약하면 다음과 같다. ①은 혼란스러운 시대에 생각 없이 벼슬길에 올랐다가 참담한 꼴을 당한 어리석은 관료를 풍자한 것이고, ②는 늙어 홀로된 홀아비가 일 년 동안 땀 흘리며 지어놓은 농사를 참새 떼가 날아와 다 먹어 치우는 자연현상을 통하여 가렴주구의 탐학스러운 정치를 풍자한 것이며, ③은 나무 막대기 끝에 작은 닭을 새기고, 그 닭이 생명을 얻어 울 때까지 어머니께서 편안하게 사시기를 기원하는 효심을 노래한 것이고, ④는 구슬이 바위에 떨어져도 그 구슬을 꿰고 있는 끈이 끊어질 수 없듯이 임금에 대한 일편단심이 변치 않겠다는 것을 말하고 있으며, ⑤는 고려속요 〈정과정곡(鄭瓜亭曲)〉을 옮긴 것으로, 소인배들의 모함으로 조정에서 내쫓긴 뒤 유배지에서 임금을 그리워하는 신하의 마음을 읊은 것이고, ⑥은 제주도가 원나라의 일본 침략을 위한 목축장으로 변하여 백성들이 경작할 토지를 잃었기에, 외지에서 오는 장사치의 배가 닿기만을 잔뜩 기다리고 있는 백성들의 곤궁한 삶을 읊은 시이다.

이 가운데 ②, ③, ⑥은 관료들의 수탈 정치로 인하여 생존이 위기에 몰린 백성들의 삶을 노래하고 있다. 특히 ⑥은 이제현이 덧붙인 주석과 관련하여 살펴보면, 소악부로 창작되는 과정을 짐작할 수 있다.

탐라는 땅이 좁고 백성이 가난하다. 과거에는 전라도에서 도자기와 쌀을 팔러 오는 장사꾼들이 때때로 오긴 했으나 흔하지는 않았다. 지금은 관가와 사가의 소나 말이 들에 방목되어 농사를 지을 땅이 없는 데다가 오가는 벼슬아치들의 행렬이 북 드나들 듯 빈번하여 그들을 맞이하고 보내는 일에 시달리니, 이는 그곳 백성들의 불행이다. 그러므로 이 땅에서 자주 변란이 일어난다. (《익재난고》 권4)

이제현은 백성들이 정부나 힘 있는 자들에게 땅을 빼앗겨 살아갈 길이 막연한 현실을 설명하고 있다. 이 악부의 원가인 〈탐라요〉는 원나라에 붙어 권력을 누리는 사람들과 가혹하게 수탈해 가던 관료층들에 의해 야기된 제주도 사람들의 원한을 노래한 것이다. 이제현은 이 노래에 관심을 갖고 악부로 재창작했으니, 그 이면에 애민 의식이 놓여 있음을 알 수 있다. 이제현은 제주도 사람들이 겪는 고통을 안타까워하며 〈책문(策問)〉(《익재난고》 권9), 〈상도당서(上都堂書)〉(《익재난고》 습유) 등에서 자신의 마음을 토로한 바 있다. 곧 순간적인 느낌으로 창작한 것이 아니라 진지하고 일관된 의식 아래에 지어진 것이다.

⑦ 鵲兒籬際噪花枝　까치는 울타리 가 꽃가지 속에서 울어대고
　喜子床頭引網絲　거미는 상머리에서 거미줄 치네
　余美歸來應未遠　우리 님 오실 날 멀지 않으리니
　精神早已報人知　그 소식 일찍 나에게 알려주네

⑧ 浣沙溪上傍垂楊　빨래하는 시냇가 늘어진 버들 곁으로
　執手論心白馬郞　손을 잡고 속삭이던 백마 탄 사내
　縱有連簷三月雨　처마 끝에 석 달 동안 비 내리더라도
　指頭何忍洗余香　손가락 끝에 남은 향기 차마 어이 씻으랴

⑨ 脫却春衣掛一肩　봄옷 벗어 한쪽 어깨에 걸치고
呼朋去入菜花田　벗을 불러 채화밭에 들어갔다네
東馳西走追蝴蝶　동서로 달리며 나비 쫓았던 일
昨日嬉遊尙宛然　어제 즐겨 놀이하던 것처럼 완연하네

⑩ 新羅昔日處容翁　신라 그 옛날 처용 노인
見說來從碧海中　푸른 바다 속에서 왔다고 말하였네
貝齒赬唇歌夜月　흰 이빨 붉은 입술로 달밤에 노래하고
鳶肩紫袖舞春風　솔개 어깨 자줏빛 소매로 봄바람에 춤을 췄네

위 작품들은 앞의 작품들에 비해 상대적으로 현실에 대한 고뇌나 비판적 의미가 약한 시들이다. 심지어 낭만적이고 자유로운 정감마저 느낄 수 있다. 그렇다고 현실과 무관한 내용을 다루지는 않았다. ⑦은 멀리 부역을 떠난 남편이 빨리 돌아오기를 학수고대하는 아낙네의 애절한 심정을 읊었고, ⑧은 한 여인이 애정을 속삭이며 헤어졌던 백마 탄 남자를 잊지 못하는 마음을 읊었으며, ⑨는 어린 시절 채마밭에 아름다운 꽃이 만발한 봄날에 꽃숲 속에 들어가서 친구들과 유락하던 추억을 읊었고, ⑩은 신라시대 전해오는 처용의 전설을 읊었다. 주로 남녀 사이의 애틋한 사랑과 유락의 감정을 노래하고 있으며, 백성들의 솔직하고 인간다운 정서를 표현했다.

그런데 눈에 띄는 작품은 ⑧이다. 이 작품은 《고려사》 〈악지(樂志)〉에 '제위보(濟危寶)'라고 제목이 붙어 있다. '제위보'는 나라에서 자금을 출연하여 만든 재단으로, 가난하고 병든 자들을 구휼하는 기관이었다. 이에 대한 《고려사》의 기록은 다음과 같다.

어느 부인이 자신이 지은 죄 때문에 제위보에서 노역하고 있었다. 그녀는 자기 손이 남에게 붙잡혔는데, 그 치욕을 씻지 못함을 한스럽게 여기고는 이 노래를 지어 혼자서 원망했다. 이제현이 시를 지어 이 노래를 번해했다.

노래의 주인공인 부인은 죄를 지어 제위보에서 노역살이를 하고 있었는데, 어떤 외간 남자에게 손목을 잡혀 혼자 분을 삭이지 못해 이 노래를 지었다는 것이다. 이 내용은 이제현의 시와는 분위기가 영판 다르다. 이처럼 원래의 사정과 이제현의 시가 왜 차이가 나는지를 해명할 방법은 딱히 없지만, 이 부분에서 이제현의 〈소악부〉가 원래 이야기와 노래를 그대로 옮기는 데 머물지 않았으며, 그 안에 작가적 상상력과 비약이 존재함을 알 수 있다. 특히 치욕을 씻기 위해 불렀다는 노래를 아름다운 남녀 간의 사랑 노래로 변곡한 것은 특이하다. 사실 ⑧을 보면 처음 정을 준 사람을 잊지 못하는 여인의 애틋한 마음을 읽을 수 있다. 그런 점에서 이제현의 〈소악부〉가 주로 남녀 사이의 세속적 인정을 통하여 창작되고 있음을 주목할 필요가 있다. 민가로 불리면서 아름다운 곡조로 전해지고, 그 안에 백성들은 자신들의 애틋한 마음을 담아서 기존의 노래를 누구나 동의할 수 있는 가락으로 새롭게 변화시켰을 것이다. 이제현은 그런 백성들의 마음과 가락을 읽어내고 존중했던 것이 아니었을까?

이제현의 〈소악부〉는 고려 후기 이색, 이숭인 등을 거쳐 조선의 악부문학에 영향을 주었다. 의고악부, 기속악부, 영사악부 등이 그러하다. 이들은 이름은 달리해도 대부분 백성들의 감정을 읽고 가락을 존중하면서 현실의 아픔과 상처를 담아내었던 점에서는 공통된다. 바로 그 기저에 백성의 감정을 존중하는 애민 의식이 놓여 있다.

애민의 이중성 – 체제 안정과 백성 사랑의 사이에서

고려 후기 신흥사대부들은 문학과 사회의 관계를 깊이 있게 통찰하여 자기 시대의 병폐와 삶의 조건을 적극적으로 다룸으로써 예술적으로나 사상적으로 진일보한 성과를 거두었다. 이로부터 체제 모순과 이민족의 침략으로 참담한 지경에 빠진 백성들의 삶을 잘 반영해 놓았다. 이를 통해 객관적 현실을 세부적이고 구체적으로 제시하면서 현실주의적 성취를 거두었다.

그러나 그들이 구현한 현실주의는 그 자체로 시대적 한계가 있었다. 중소 지주 출신이었던 신흥사대부들은 자신의 사회적·경제적 이해와 관인으로서의 치자(治者) 의식이 결합되어 있었던 것이다. 농업에 근본한 중세 시대의 존속과 지주의 풍족한 삶은 농민을 토지에 긴박해야만 가능했기에, 신흥사대부는 백성들을 체제 질서에 순응시켜 사회의 존속을 도모했다. 농민에 대한 정책적 배려의 이면에는 자기들의 경제적 이해에 대한 의도가 역시 강하게 들어 있었던 것이다. 이는 이들만 그러했던 것은 아니다.

앞서 고려 중기의 이규보도 애민시를 지었던 사람으로 잘 알려져 있다. 그는 당시 다른 작가들과 달리 농민의 모습을 잘 포착하고 그들이 겪는 모순을 잘 그려내었다고 평가받는다. 그가 지은 〈대농부음(代農夫吟)〉(《동국이상국집》 후집 권1)은 당대 대표적인 애민시로 꼽힌다. 이 시를 들어본다.

新穀青青猶在畝 푸릇푸릇 새로 난 벼가 아직도 논에 있거든

縣胥官吏已徵租 관청 아전들 벌써부터 세금 거두네
力耕富國關吾輩 힘껏 농사지어 나라 부강함은 우리 때문인데
何苦相侵剝及膚 어이해 악착같이 달려들어 살까지 저미느냐?

이 작품은 후집에 수록되어 있다. 후집은 주로 관직에서 물러난 뒤의 시문과 전집에서 누락된 시문을 수렴했는데, 이 시는 벼슬을 그만두기 전에 지은 작품이다. 아무리 농민의 삶이 가진 아픔을 직서하듯 표현해 내었지만, 관료의 눈으로 본 농민의 모습인 것이다. 물론 관료의 눈이라 해도 그의 입장이 어떤가에 따라 다양한 평가가 내려질 수 있다. 그럼에도 이규보가 충실한 관료였다는 점과 농민 항쟁에 대한 시가 전무하다는 점, 개경에서 목도했을 노비의 난이 시에 나타나지 않는다는 점 등에 비추어, 그동안 이 시에 대하여 애민적 차원에서 적극적으로 평가했던 것은 다소 제한적일 필요가 있다.

이처럼 '애민시'는 이중적인 모습을 지니고 있다고 평가된다. 곧 백성의 삶을 응시하고 저들이 가진 아픔과 상처를 직시하여 애정 어린 시선으로 바라보고 있는 것과 동시에, 중세 체제의 안정을 위해 저들이 유민(流民)이 되지 않도록 적극적으로 돌봐야 하는 이중적 마음을 담았던 것이다. 이는 신흥사대부가 지닌 신분적 한계에 기인한다. 그렇다면 그들의 애민시가 거둔 시적 성취를 어떻게 평가할 수 있을까? 그들은 신분적으로 중소 지주로서 점차 세족화하는 추이를 갖고 있었음에도 현실주의적 창작 방법에 의거해 백성들의 삶을 응시하고 현실 속의 모순과 갈등을 리얼하게 포착하여 창작해 내었다고 평가된다. 애민시는 세계관에 대한 창작 방법의 승리를 보여주는 작품이라고 할 수 있다. 그런 점에서 윤여형의 〈상률가〉나 이제현의 〈소악부〉는 고려 후기(여말선초) 신흥사대부

들이 자신들의 신분적 한계를 뛰어넘어 거둔 현실주의적 성과로 평가할 수 있다.

- 김승룡

참고 문헌

민족문화추진회 편역, 《동문선》, 솔, 1998.

아세문화사 편, 《익재난고》(영인본), 아세아문화사, 1973.

이성호, 〈여말선초 사대부문학과 현실주의 경향〉, 《새민족문학사강좌 1》, 창비, 2009.

김시업, 〈고려 후기 사대부문학의 일성격〉, 《대동문화연구》 15, 성균관대학교 대동문화연구원, 1982.

박성규, 〈익재 소악부론〉, 《동양학》 25, 단국대학교 동양학연구소, 1995.

一二三四五六七八九十

백성들의 참혹한 삶을 고발하다

가혹한 정치는 호랑이보다 무섭다

공자가 태산(泰山)을 지날 때 한 여인이 무덤 곁에서 통곡하고 있었다. 공자가 그 까닭을 물으니, 여인은 시아버지와 남편 그리고 아들까지 3대가 모두 호랑이에게 죽음을 당했다고 대답했다. 공자가 또 그 여인에게 무서운 이곳을 왜 떠나지 않느냐고 묻자, 여인은 "이곳은 학정이 없기 때문입니다."라고 대답했다. 이에 공자는 "가정맹어호야(苛政猛於虎也)", 즉 가혹한 정치는 호랑이보다 무섭다고 탄식했다고 한다. 《예기》에 실린 이야기이다.

공자의 사상에서 가장 중요한 문제는 '애민과 안민', 즉 백성의 삶을 안정시키는 것이었다고 할 수 있다. 공자가 편집했다고 전하는 《시경》도 '안민'이 가장 핵심적인 주제였다. 《시경》에는 힘없고 가난한 백성들의 고통스러운 삶을 고발하는 작품이 많이 실려 있는데, 이러한 작품을 통해 위정자의 각성을 촉구하기 위해《시경》이 편집되었다고 전해진다.

공자의 사상은 유교라는 사상 체계로 정립되어 동아시아에 지대한 영향을 끼쳤고,《시경》또한 동아시아 한문학의 규범으로 존숭되어 이후 시문학의 발달에 지대한 영향을 끼쳤다. 그래서 한국을 비롯해 중국, 일본, 베트남의 한시문학에서 '애민'은 보편적인 주제였다. 백성들의 민요를 한시 양식으로 담아낸 '악부시'는 말할 것도 없고, 개인 서정시 형식이 확립된 이후에도 백성들의 비참한 삶을 고발하고 위정자의 실정을 비판하는 한시들은 광범위한 작가층에 의해 지속적으로 창작되어 왔다. 이러한 사회적 성격의 한시문학은 동아시아 한문학의 뚜렷한 전통이었다고 할 수 있다.

한국 한문학사에서 사회적 성격의 한시를 가장 먼저 창작한 작가는 최치원(857~?)이라 할 수 있다. 그의 〈강남녀(江南女)〉는 아무리 힘들여 노동을 해도 그 대가를 받지 못하는 여성의 고통을 그린 작품이다. 이후 이규보(1168~1241), 최해(1287~1340), 윤여형(14세기 전반), 이곡(1298~1351) 등의 고려 시대 한문학 작가들이 이러한 전통을 계승하면서 우수한 작품을 산출해 내었다. 이러한 전통은 조선 시대에 들어 더욱 확대 발전되었던바, 아래에서는 조선 시대의 애민시 가운데 4편의 작품을 살펴보도록 하겠다.

늙은 군인의 노래 - 〈노인행〉

성간(1427~1456)의 〈노인행(老人行)〉(장단12구 고시)이라는 작품부터 보기로 한다. 성간은 젊은 나이에 삶을 마감했던 탓에 남긴 작품이 그리 많진 않지만, 문학사적으로 의의가 큰 시문을 다수 남겼다. 또 그의 형 성임과 아우 성현은 각각《태평통재》와《용재총화》같은 중요한 저작을 남긴 작가이다. 성간의 집안은 조선 초기 문벌 가문으로서 문학사적으로도 큰 족적을 남겼다고 할 수 있다.

〈노인행〉이라는 제목을 직역하면 '노인의 노래'이다. 여기서 '행(行)'이라는 것은 일종의 '노래'라고 번역할 수 있는데, 고대의 민요를 채집해서 만든 악부시나 한시가 정형화되기 이전에 자유로운 형식으로 짓던 '고시(古詩)'의 한 갈래이다. '가(歌)', '요(謠)', '음(吟)', '곡(曲)'과 유사한 용어라 할 수 있다. 그러나 명칭이 다른 만큼 각각의 갈래마다 조금씩 다른 특징이 있는데, '행'은 '행운유수(行雲流水)', 즉 하늘의 구름이나 흐르는 물과 같이 감정을 자유롭게 드러내는 노래라는 뜻을 담고 있다. 다음은 〈노인행〉의 전문이다.

隴草萋萋雉雙飛 밭둑 풀은 무성하고 산 꿩 쌍쌍이 나는데
隴邊老人長嘆息 밭머리의 어떤 노인 길게 탄식하네
自道余生年七十 스스로 말하길 자기 나이 일흔이라 하거늘
手脚凍皴面深黑 손과 발 얼어 갈라지고 얼굴은 시커멓네
男婚女嫁知幾時 아들 장가며 딸 시집은 언제 보내나
短衣襤幓纔過膝 짧은 옷에 헤진 적삼 겨우 무릎을 덮었네
前年召募度黃沙 지난해 징집되어 누른 사막 건너가서
萬死歸來鬢如雪 구사일생 돌아오니 머리는 흰 눈과 같아졌네
今年把鋤事耕耨 올봄엔 호미 잡고 밭 갈고 김매자니
石田磽确牛蹄脫 돌밭이라 울퉁불퉁 소 발굽이 빠졌네
牛蹄脫知奈何 소 발굽 빠졌으니 이 일을 어찌할꼬

獨坐茫然心斷絶 홀로 앉아 멍하니 애간장만 끊네

1구의 도입부는 여타 '산수전원시'와 유사하게 평화로운 분위기로 시작한다. 그런데 2구에 '노인'이 등장하면서부터 긴장이 시작된다. 전체적인 구성은 노인의 신세 한탄과 그 노인을 안타깝게 바라보는 시인의 시선이 한데 어우러진 형식을 취하고 있다. 노인이 자신의 나이를 말하자 시인은 한평생 고생에 찌든 노인의 얼굴을 형용하고, 노인이 자식들 결혼을 걱정하자 시인은 그의 남루한 옷차림을 묘사하여 그의 살림이 얼마나 어려운가를 보여준다. 그런데 노인은 전쟁터를 다녀온 군인이었다. '누른 사막〔黃沙(황사)〕'을 건넜다는 것은 아마도 조선 초기 여진과의 갈등으로 불안했던 북방의 전쟁터를 가리킬 것이다. 그 사지(死地)에서 요행히 살아 돌아와 농사에 힘쓰려 하지만 밭을 갈아줄 소의 발굽이 빠지는 불운에 망연자실하는 노인에 대한 묘사로 작품을 마무리하고 있다.

앞서 설명했듯이 작자 성간은 당시 벌열 집안 출신이었음에도 불구하고 이와 같이 최하층 백성들의 고단한 삶을 핍진하게 포착해 내었다. 이는 그가 유교의 애민 사상과 《시경》에서 비롯된 사회시 전통을 몸에 익힌 '선비'였기에 가능했을 것이다. 다른 한편으로 이 작품이 이토록 백성들의 어려운 삶을 객관적으로 묘사할 수 있었던 것은 '노인'이라고 하는 구체적인 인물이 작품 전면에 등장했던 점에서도 찾을 수 있다. 단순히 작가의 시선에 포착된 모습을 설명하는 것이 아니라 '노인의 목소리'가 작품 속에 스며듦으로써 현실성이 배가된 것이다.

이러한 사회적 성격을 띤 한시들은 일반 백성을 독자로 상정한 것이 아니라 일반 사대부를 포함한 위정자들에게 읽히기 위해 지어졌다. 그래서 이 작품을 읽었을 당시 지배 계층은 백성들의 처지에 대해 다시 한 번 생각하고 고민하는 계기가 되었을 것이라는 점에서 이 작품의 의의를 찾을 수 있다. 그러나 조선 후기에 지어진 애민시들에 견주어 볼 때, 당대의 사회적·역사적 상황이 구체적으로 드러나고 있지는 않다는 점이 아쉽게 여겨지기도 한다.

산에서 내려오지 못하는 이유 - 〈산민〉

김창협(1651~1708)의 〈산민(山民, 산골 백성)〉(오언16구 고시)이라는 작품을 살펴보자. 김창협은 당쟁이 매우 격화되었던 17세기 후반의 인물이다. 그는 노론계의 핵심적 가문 출신이지만 온건하고 합리적인 노선을 걸었기에 반대 당파로부터도 일정한 존경을 받았으며, 학문과 문학에서도 걸출한 업적을 남긴 학자이자 문인이었다. 다음은 〈산민〉의 전문이다.

下馬問人居 말에서 내려 인가를 찾아가니
婦女出門看 부인이 문 열고 나와 보고
坐客茅屋下 초가집 아래로 나그네 앉히고서
爲客具飯餐 나그네 위하여 밥상을 차리네
丈夫亦何在 남편은 또한 어디 있는가
扶犁朝上山 쟁기 매고 아침에 산에 갔다네
山田苦難耕 산밭은 너무나 갈기 어려워
日晩猶未還 해 저물도록 여태 돌아오지 않았네
四顧絶無隣 사방을 둘러봐도 전혀 이웃은 없고
雞犬依層巒 개와 닭들 산비탈에 의지해 있네

中林多猛虎 숲 속에는 무서운 호랑이도 많고

采藿不盈盤 콩잎 뜯어도 광주리에 차지 않거늘

哀此獨何好 애처롭다 이 사람들 유독 무엇이 좋아

崎嶇山谷間 기구하게 산골짝에 사는가

樂哉彼平土 즐거운 저 평평한 땅

欲往畏縣官 가고 싶지만 고을 관리 두렵다네

작품의 전개 과정은 〈노인행〉과 유사하다. 〈노인행〉에서 시인이 노인을 만나 그의 어려운 사정을 들었듯, 여기서는 시인이 '부인'을 통해 산골 삶의 어려움을 듣고 있다. 그런데 도입부는 〈노인행〉에 견주어 비교적 완만하게 시작된다. 1구부터 4구까지의 묘사에서는 오히려 산골의 소박하고 정겨운 인심이 느껴지기도 한다. 그런데 5구에서 '남편의 부재'를 통해 그들 삶의 실상이 드러나게 된다. 산밭은 척박하여 노동력을 몇 배나 더 투입해야 하고, 이웃이라곤 개와 닭뿐이어서 '호환(虎患)'을 걱정해야 하는 지경이다. 게다가 콩잎 같은 푸성귀가 많이 나는 것도 아니다. 그럼에도 불구하고 이 산골을 떠나지 못하는 것은 산을 벗어나면 만나야 하는 관리의 횡포 때문이다. 공자가 '가정맹어호'라는 탄식을 했던 것과 똑같은 사정인 것이다.

이 작품이 〈노인행〉과 비교해 가장 다른 점은 백성들이 비참한 생활을 할 수밖에 없는 원인에 대해서 생각이 미치고 있다는 것이다. 〈노인행〉에서 노인은 분명 불행한 삶을 살아가고 있지만, 그 이유는 명확하지 않다. 일견 '불행한 운명' 탓으로 보이기도 한다. 그런데 〈산민〉에서는 '고을 관리〔縣官(현관)〕'라는 특정 존재가 그 원인으로 지목된다. 산골의 부부는 '고을 관리'들의 세금 독촉이 두려워 조선 왕조라는 '체제'를 벗어나 산골로 피해 들어와 화전민이 되었던 것이다. 화전민의 삶은 농사도 훨씬 더 고되고 호환과 같은 위험도 크지만, 세금 독촉의 가혹함에 비할 바는 아니었던 것이다. 이러한 문제에까지 파고들고 있기에 이 시의 독자들은 백성들에 대한 단순한 '연민의 감정'을 넘어 보다 심각한 사회문제에 대해 생각하게 된다.

그 누가 얼음 깨는 노고를 이야기하랴 – 〈착빙행〉

김창협의 작품 가운데 〈착빙행(鑿氷行, 얼음 깨는 노래)〉(장단20구 고시) 한 편을 더 살펴보자. 이 작품도 〈노인행〉과 같은 '~행'의 갈래이다. 20구의 장편이므로 3부분으로 나누어 살펴보도록 한다.

季冬江漢氷始壯 동짓달 한강, 얼음 비로소 단단해져
千人萬人出江上 천 사람 만 사람이 강가로 나와
丁丁斧斤亂相鑿 쩡쩡! 도끼날이 어지러이 찍어대니
隱隱下侵馮夷國 우르릉! 아래로 풍이국을 침노하네
鑿出層氷似雪山 깎아낸 층층의 얼음 설산과 흡사한데
積陰凜凜逼人寒 쌓인 음기 으슬으슬 사람을 싸늘하게 파고드네

한겨울 결빙된 한강에서 얼음을 채취하는 광경에 대한 묘사로 작품은 시작된다. 수많은 인부들이 도끼로 얼음을 깨내는 광경을 시청각적으로 묘사한 것이 인상적인데, 특히 청각에 호소하는 구절이 흥미롭다. '풍이(馮夷)'는 옛 전설에 나오는 '강(江)의 신' 이름이다. 강물 속 신들의 나라를

진동시킬 정도로 도끼 소리가 요란하다고 하니, 도끼 찍는 소리가 얼마나 대단했던가를 흥미롭게 전달해 주고 있다. 그리고 그렇게 해서 쌓아놓은 얼음 더미를 '산'으로 비유하는 것도 재미있다. 여기까지 읽으면 흡사 한 겨울의 풍속시를 읽는 듯한 느낌을 자아낸다. 그런데 시인의 시선은 여기에서 멈추지 않고 노동의 구체적 현장 속으로 파고든다.

朝朝背負入淩陰 아침마다 등에 지고 빙고로 들어가고
夜夜椎鑿集江心 밤마다 망치 끌 가지고 강 한복판에 모이누나
晝短夜長夜未休 낮은 짧고 밤은 긴데 밤에 쉬지 못하고
勞歌相應在中洲 노동요 주고받으며 강가에 있네
短衣至骭足無扉 짧은 옷 정강이에 닿고 발에는 짚신도 없어
江上嚴風欲墮指 강가의 매서운 바람, 손가락 떨어뜨릴 듯

이 구절을 통해 얼음 채취 노동은 한밤중에 이루어졌음을 알 수 있다. 한겨울이라 하더라도 낮에 얼음을 채취하면 녹을 염려가 있었기 때문이었을 것이다. 그런데 그러한 작업의 특성상 인부들의 휴식 시간은 짧을 수밖에 없고, 태양의 온기를 받을 수 없는 한겨울밤의 매서운 추위를 온몸으로 받아내지 않을 수 없었다. 옷도 변변치 못한 인부들이 그나마 의지하고 힘을 낼 수 있는 방법은 서로 주고받는 노동요뿐이었다. 묘사가 치밀하고도 현실적이어서 독자들은 심정적으로나마 인부들의 고통을 나누어 갖게 된다. 작품의 형상화가 대단히 성공적인 것이다. 그런데 작품은 여기서 멈추지 않고 한 단계 더 나아간다.

高堂六月盛炎蒸 고루 거각 오뉴월 찌는 열기 한창일 때

美人素手傳淸氷　미인이 흰 손으로 맑은 얼음 가져다가
鸞刀擊碎四座徧　난도로 내리쳐 온 좌석에 부서지면
空裏白日流素霰　하늘엔 밝은 태양, 흰 싸락눈 흩날리네
滿堂歡樂不知暑　당에 가득 저 사람들 희희낙락 더위 모르니
誰言鑿氷此勞苦　그 누가 얼음 깨는 노고를 이야기하리
不見道傍暍死民　그대는 못 보았나, 길가 더위 먹어 죽은 백성들
多是江中鑿氷人　대부분 강에서 얼음 깨던 자들이었네

장면이 갑자기 전환되었다. 시간적 배경은 열기가 푹푹 찌는 여름이고, 공간적 배경은 으리으리한 부잣집이다. 빙고에 저장해 두었던 얼음을 꺼내 와 소비하는 장면을 그리고 있는데, 향락적 분위기를 매우 감각적으로 그려내었다. 그런데 얼음을 깨는 '미인의 흰 손'은 강추위에 끊어질 것 같았었던 인부의 '손가락'과 대비를 이루게 되고, 아름다운 난새가 그려진 칼〔鸞刀(난도)〕은 얼음을 깨는 '망치 끝'과, 얼음 조각이 튀어 흩어진 '흰 싸락눈'은 '층층의 얼음 설산'과 대비를 이루고 있다. 시인이 의도적으로 풍자적인 수법을 활용한 것이다. 그러고서 시인은 직접 자신의 목소리로 희희낙락하는 자들을 준엄하게 꾸짖고 있다. 얼음을 깨기 위해 그토록 고생한 백성들의 노고에 어떻게 그리 무심할 수 있느냐는 비판이다. '그대는 못 보았나〔君不見(군불견)〕'라는 표현은 고시에서 독자들의 주의를 환기할 때 자주 활용하는 표현이며, 호의호식하는 지배 계층과 도탄에 빠진 백성들을 대비적으로 묘사하는 것도 사회 비판 한시의 유구한 전통이라 할 수 있다.

그런데 앞에서 본 두 작품과는 달리 〈착빙행〉에는 백성의 육성이 담겨 있지 않다. 구체적 인물이 등장하지 않고 있는 것이다. 모두 시인의 눈에

포착된 장면들이 주관적 진술을 통해 그려지고 있다. 그렇다고 해서 앞의 작품들보다 문학성이 떨어지는 것은 아니다. 앞의 작품들과 달리 시인의 강한 주관이 투영되면서 풍자적이면서도 비판적인 목소리가 강하게 울리는 효과가 높아진 것이다. 시인이 이러한 방법으로 작품을 구성한 것은 백성들이 비참한 삶을 살 수밖에 없는 원인이 지배 계층이 자신들의 향락적 생활을 위해 힘없는 백성들을 착취하는 데 있다는 점을 강하게 말하고 싶었기 때문이다. 단순히 백성들에 대한 연민의 감정을 불러일으키거나 문제를 제기하는 데에서 한 걸음 더 나아가 지배 계층을 신랄하게 비판함으로써 그들의 대오 각성을 불러일으키고자 하는 뚜렷한 목적이 있었던 것이다.

배내털 아직 마르지도 않았거늘 – 〈군정탄〉

정민교(1697~1731)의 〈군정탄(軍丁歎, 군정의 탄식)〉(7언42구 고시)을 살펴보자. 정민교는 신분적으로 중인에 속했다. 중인들의 문학 활동을 학계에서는 '여항문학'이라 지칭한다. 정민교는 '여항문인'이라 일컬을 수 있는 인물이며, 정민교의 아우 정내교 또한 유명한 여항시인이었다. 정민교는 29세 때인 1725년 평안도 감사 밑에서 서기 일을 맡아보았다. 그때 그는 평안도 우산(牛山) 땅에 머문 적이 있었는데, 그때 지은 작품이 〈군정탄〉이다. 다음은 도입부이다.

朔風蕭瑟塞日落 북풍이 소슬하고 찬 해는 졌는데
孤村有女呼天哭 외딴 마을 한 여인이 하늘을 부르며 통곡하네

牛山歸客不堪聽 우산으로 돌아가는 나그네 차마 들을 수 없어
駐馬欲問心悽惻 말 멈추고 물으려니 마음이 처참하네

앞에서 본 작품들은 〈군정탄〉보다 훨씬 편폭이 작음에도 불구하고 본론을 이끌기 위한 장치로써 도입부를 활용했는데, 여기서는 그러한 여유도 없이 곧바로 본론으로 들어가고 있다. 〈산민〉에서와 같이 '여인'이 등장하긴 하는데 '울부짖는 여인'이라는 점이 다르다. 작품의 전개가 매우 급박하다.

自言其夫前年死 스스로 말하네. "남편은 지난해 죽었소
夫死幸有兒遺腹 그래도 다행히 아이를 뱃속에 남겼는데
生男毛髮尙未燥 사내 낳아 배내털 아직 마르지도 않았거늘
里任報官充軍額 아전이 관에 알려 군액에 충당했소
襁褓兒付壯丁案 포대기 속 아가를 장정이라 등재하고
旋復踵門身布督 돌아와 문에 들어서 신포 내라 독촉하더라오
昨日抱兒詣官點 어제는 아기 안고 관가 점호에 갔는데
天寒路遠風雪虐 날은 춥고 길은 멀며 눈바람도 거셌다오
歸來兒已病且死 돌아오니 아기 이미 병들어 죽고 말아
肝腸欲裂胸臆塞 간장은 찢어지려 하고 가슴은 미어졌소
深寃入骨訴無地 통한이 뼈에 사무쳐도 하소연할 곳 없으니
窮窘寧不呼天哭 막다른 처지에 어찌 하늘 불러 통곡하지 않으리오"

이 부분은 여인의 육성이 직접화법을 통해 그대로 문면에 드러나 있다. 앞의 시들이 백성들의 목소리를 담아내더라도 이를 시인의 시선과 목소

리에 섞어 표현했던 것과는 확연히 구분되는 수법이다. 사연인즉, 이른바 '황구첨정(黃口簽丁)'과 관련한 것이다. '황구'는 '어린 아기'를 뜻하고, '첨정'은 '군정(軍丁, 군역을 담당할 수 있는 남성) 명부에 등재'한다는 뜻이다. 그러니 '황구첨정'이란 어린 아기를 군역 명부에 등재한다는 뜻이 된다. 어떻게 이런 일이 있을 수 있었을까? 국가의 수취 체계가 거의 붕괴된 조선 후기에 이르러, 세금은 거둬야 하는데 이를 담당할 군정이 부족하자 마구잡이로 어린 아기까지 명부에 올리고, 심지어는 이미 죽은 사람도 명부에 올려(백골징포) 가혹하게 세금을 받아갔던 것이다. 그런데 이런 식으로 걷는 세금이 온전히 국고로 들어갈 리 없었고, 권력자들과 그 수족들의 수중으로 착복됨으로써 이는 국가를 좀먹는 고질병이 되었다.

시 속에 등장하는 여인은 이러한 황구첨정의 전형적 피해자라 할 수 있다. 게다가 여인은 끝내 자식까지 잃고 말았으니 그 비참함은 이루 말할 수 없다. 여인의 통곡을 들은 시인은 다음과 같이 자신의 감정과 생각을 토로한다.

爾婦此言眞可哀 이 여인의 이 말이 진실로 슬퍼
余一聞之長太息 내가 한번 듣고서 길게 탄식하네
先王制民德爲先 선왕께서 백성들 보살피매 덕이 먼저라
匹夫匹婦無不獲 한 사람도 은덕 얻지 못함이 없었네
昆蟲之微亦與被 미물들도 또한 함께 은덕 입거늘
矧復無告吾惸獨 하물며 호소할 데 없는 우리 불쌍한 백성들이랴
朝家設法本有意 나라에서 법을 만듦은 본래 뜻이 있어서이니
簽丁要使軍俉足 첨정은 원래 군사를 보충하려 함이었네
法行之久弊反生 법의 시행이 오래되니 폐단이 도리어 생겨나고

邇來最爲生民毒 근래에는 가장 백성에게 독이 되었네
丁男有限色目多 정남은 정해져 있는데 명목은 많아
遂令搜括及兒弱 결국 뒤지고 뒤지다 아기에게까지 미침이라
縣官惟知畏上司 관리들 오직 윗분 두려워할 줄만 알아
利己寧復恤民戚 제 잇속만 차릴 뿐 어찌 다시 백성을 돌보랴
只存虛名混侵虐 그저 빈 명목을 두어 마구 침학하다가
白骨之徵尤爲酷 백골에게도 징수하다니 더욱 참혹하도다

시인은 백성들의 처지를 슬퍼하고 나서 사태의 원인에 대한 자신의 생각을 진술하고 있다. 요점은 '군정'의 수는 정해져 있는데 세금의 '명목'은 늘어나기만 하므로 갓난아기까지 명부에 등재하는 사태가 벌어졌다는 것이다. 그런데 더 중요한 핵심은 마지막 부분에 나타나 있다. 이런 어처구니없는 일이 자행되는 데도 시정되지 않는 것은 관리들이 자신들의 보신(保身)만 생각하여 상관에게 잘 보일 궁리만 할 뿐, 백성들의 안위는 안중에도 없기 때문이라는 것이다. 시인은 국가의 공적 수취 체제가 몇몇 세력가에게 사유화되어 자정 기능을 완전히 잃어버리고 말았다는 진단을 내리고 있는 것이다. 이에 대한 해결책은 없었던 것일까? 시인은 거의 절망 상태였던 것으로 보인다.

八域同疾民半死 팔도가 같은 병에 백성 절반 죽었으니
如汝幾處呼天哭 그대처럼 얼마나 많이들 하늘 불러 통곡할까
吾王念此憂形言 임금께서 염려하사 걱정을 말로 나타내
十行絲綸頻懇曲 열 줄 가득한 윤음을 자주 간곡히 내리셨지만
廟堂無策但坐視 조정에선 대책 없어 다만 앉아 보고만 있으니

已矣此法無時革 아서라, 이 법은 고쳐질 때 없으리라
爾婦且莫呼天哭 여인이여 또한 하늘 불러 통곡하지 마오
呼天從來天不識 하늘을 불러봐야 하늘은 알지 못한다오
不如早從黃泉去 차라리 일찍 황천으로 따라가서
更與爾夫爲行樂 다시 그대 지아비와 행복하게 사느니만 못하리라

조선 팔도가 똑같은 문제에 신음하고 있으며, 이렇게 기막힌 처지의 여인이 얼마나 많은지 알 수 없다고 말함으로써 시인은 문제의 심각성을 환기하고 있다. '윤음(綸音)'은 '임금의 하교(下教)'를 높여 부르는 말이며, '열 줄 가득한'이란 표현은 윤음을 아름답게 수식하는 상투어이다. 전국적 규모의 비상사태를 맞아 임금은 자주 윤음을 내리지만, 이는 아무런 실효도 없다고 냉소적으로 단정하는 것에서 시인의 깊은 절망을 감지할 수 있다.

고전문학 작품에서 임금을 비판하는 장면을 만나는 일은 거의 불가능하다. 대개는 당대의 임금을 성군으로 간주한다. 다만 성군의 밝음을 가리는 몇몇의 '탐관오리'가 있어 세상을 어지럽게 하는 것이므로, 그 탐관오리만 제거하면 다시 밝은 세상이 온다는 낭만적 희망을 거의 모든 작품이 공유하고 있는 것이다. 그런데 이 작품에서는 그러한 희망을 찾아볼 수 없다. 오히려 여인에게 '어서 죽는 것이 나을 것'이라는 극단적 권유까지 하고 있으며, 심지어 '하늘'에 대해서도 깊은 회의감을 표출하고 있다. 그런 점에서 볼 때 〈군정탄〉은 절망감의 표출 그 자체가 일차적인 창작의 동인(動因)이라 볼 수 있을 정도이다.

앞의 〈착빙행〉은 지배 계층에 대해 신랄한 비판을 가하고 있지만, 그 이면에는 지배 계층이 반성을 하기만 하면 문제가 해결될 수 있다는 믿음이

깔려 있다고 할 수 있다. 그러나 〈군정탄〉에서는 그러한 점을 찾아볼 수 없다. 그렇기에 독자들은 더욱 깊은 충격을 받게 되는데, 이러한 점이 〈군정탄〉의 가장 큰 특징이라고 할 수 있다.

- 김용태

참고 문헌

임형택 편역, 《이조시대 서사시 1》, 창비, 2013.

이성호, 〈이조 후기 한시의 서사적 경향과 형상화 방법〉, 성균관대학교 박사학위논문, 1993.

진재교, 〈조선조 후기 현실과 서사한시〉, 《대동한문학》 35, 2011.

一二三四五六七八九十

생활과 생업의 현장, 정겹고 눈물겨운 터전

생업 현장으로서의 자연, 그리고 이에 응한 한시

산과 들, 하늘과 땅이 어우러진 사물로서의 자연은 그것을 바라보는 사람이 어떤 자리에서 어떤 눈으로 어떻게 느끼고 해석하는가에 따라 다양한 색깔로 변주된다. 자연과학자가 바라보는 자연은 지질, 천문, 지형 등의 과학적 분석 대상으로서 객관적 해석을 요구하는 데 비해, 사회학자는 자연이라는 경제적 자산을 바탕으로 삼아 인간이 일구어가는 각종 경제 활동과 산업을 중심 논제로 삼는다. 이들에 비하면 인문학자가 응시하는 자연은 궁극적으로 인간의 정신 활동이 스며든 자연물을 존중한다. 성리학자가 바라보면 자연은 불완전한 인간 사회가 갖지 못한 우주적 질서와 조화가 끊임없이 흘러넘치는 완전한 세계로 보일 수 있고, 시인이 응시하면 인간의 감성을 하염없이 감싸 안아주고 고양시키는 흥취의 원천이자 미

(美)의 고향으로 전환될 수 있다. 미술가와 음악가에게도 자연은 종종 완벽한 아름다움을 갖춘 작품으로 보이거나 인간의 삶을 아늑하게 뒷바라지하는 소중한 배경으로 묘사된다.

전통적으로 동양의 철학, 미술, 음악, 문학 등은 자연을 과학적 분석의 대상으로 사물화하지 않았다. 그보다는 자연 안에 인간이 미처 알아채지 못한 오묘하고 은밀한 진리가 비밀스럽게 간직되어 있다고 믿어왔으며, 아웅다웅 다투며 살아가는 인간 사회에 비하면 계절과 밤낮(시간), 산천과 초목(공간)이 조화롭게 공존하는 미적 시공간으로 감촉되었다. 저절로 그러하다는 '자연(自然)'의 말뜻처럼, 자연은 인간의 간섭 없이 스스로가 저절로 아름답고 질서 정연한 세계로 해석될 수 있었던 것이다.

그러나 이러한 미학적이고 철학적인 자연이 주로 학자, 예술가, 정치가들을 매료시켰던 맥락에 비하면, 괭이와 호미를 들고 하루하루의 생존을 염려해야 했던 사람들에게는 똑같은 그 자연이 눈물겨운 투쟁의 장소로 바뀌기도 했다. 의식주를 걱정 없이 대어주는 어머니 같은 대지는 풍요롭고 포근하지만, 어떤 때는 가뭄과 홍수, 질병과 기근을 불러일으켜 삶 전체를 위협하는 공포의 대상이 되었다. 풍족한 들판이 흥얼흥얼 노래하는 목가적 전원으로 형상화되었던 반면, 사람살이를 버둥버둥 힘겹게 했던 대지는 가혹한 농토와 비참한 생의 현장이 되었던 것이다. 동일한 대상에 대한 서로 다른 이 느낌은 오늘날이라고 해서 크게 달라지지 않았다. 농부의 자연과 예술가의 자연은 대체로 그리고 여전히 적지 않은 감각 차이가 존재하기 때문이다.

한시의 세계에서 자연은 대체로 미적 대상으로서 묘사된다. 생업의 현장으로서 등장하는 경우는 '이따금' 발견된다. 여기서 '이따금'이라고 한 까닭은 이 계통의 한시가 주류도 아니었으며 역사적으로 항상 연속되어

오지도 않았기 때문이다. 19세기 이전의 전근대 시기로 국한하자면, 유감스럽게도 노동하며 생활하는 사람들을 주인공으로 삼은 문학작품은 그다지 많지 않았다. 농부와 어부 혹은 광부가 시와 소설의 주인공이 되어 매력적인 활약을 펼치거나 감동적인 시 구절을 노래하는 장면이 흔했던가!

농촌과 어촌, 그러니까 생업의 현장이 지속적으로 실재해 왔음에도 불구하고 그들의 터전과 활동이 작품 안에서 주요한 역할을 하지 못했던 데는 어쩔 수 없었던 역사적 조건이 개입되어 있었다. 간단히 말해, 농부와 어부 등 노동에 직접적으로 종사한 사람들은 경제적인 여유로부터 소외되어 있었고, 이에 따라 고난도의 수련을 필요로 하는 문학 교육을 받을 기회가 거의 없었다. 특히 배우기가 훨씬 까다로운 한시의 영역에서는 시를 쓰는 사람이 곧 시적 화자가 되는 비중이 높으므로, 시를 쓰지 못하는 사람이 작품 안에서 자신의 목소리를 직접 드러내기가 상대적으로 매우 어려웠다.

하지만 다행스럽게도 한국 한시의 역사를 파헤쳐 보면 생업의 현장을 부각시킨 일련의 시를 만날 수 있다. 작품을 쓰는 사람이 생업 현장의 그들 자신이 아니라 해도 누군가의 작품에 등장인물로 나타나 그들이 하고 싶은 말을 하기도 하고, 그들의 생활상이 작품의 전면에 확대되는 경우를 발견할 수 있기 때문이다. 또한 이 계통의 한시는 생업의 현실을 중요시함으로써 훨씬 높은 리얼리티를 가질 수 있었다. 사실성이 주는 미적 감각, 곧 리얼리티가 생활하는 터전으로서의 자연과 만나고 그 안에서 살아가는 사람들의 실상을 중심으로 삼게 되면서 시는 자연스럽게 인문학적인 시선과 사회학적 관점이 교차하는 곳으로 이동했다. 인간과 사회와 자연이 공유하는, 사회학과 인문학의 시선이 접속되는 지평에서, 자연은 인간의 삶이 중심에 놓이는 삶의 현장으로 인식될 수 있었던 것이다.

시로 그린 강진의 풍속도 - 〈타맥행〉, 〈탐진촌요〉

조선 후기 실학의 집대성자로 널리 알려져 있는 다산 정약용(1762~1836)은 그의 생에서 가장 비참했던 강진 유배 시절에 현지의 농어촌 사람들과 직접 접촉하는 기회를 얻게 된다. 든든한 후원자였던 국왕 정조의 급작스러운 죽음과 연이은 천주교 박해의 와중에서 그는 가문 전체가 몰락하고 그 자신도 생명을 빼앗길 뻔한 처절한 순간을 지났다. 천주교 탄압을 빌미로 한 1801년의 신유박해는 가장 높은 저곳에서 가장 낮은 이곳으로 그의 삶을 바꾼 결정적 전환점이었다.

강진 유배 초기의 상황은 외롭고 처참했다. 형님 한 분(정약종)이 죽고, 살아남은 형제 중 한 사람(정약전)은 흑산도로, 그리고 자신은 육지의 끝자락으로 추방되었다. 한강에 배다리를 설계하고 수원성에 기중기를 도입했던 지난날의 영광에 비하면 이제는 강진의 동문 바깥 주막집에서 하숙하며 주민들에게 천주교도라는 조롱을 받아야 하는 처지로 전락했다. 그렇게 동문 주막집에서의 고독한 세월이 흐르던 1804년 4월 2일에, 그런데 예상과는 전혀 다른 시첩(詩帖) 하나가 눈에 띈다. 오징어 먹물을 사용하여 12수의 작품을 적고 스스로 제목을 붙인 〈탐진농가첩(耽津農歌帖)〉이 그것이다.

1801년 2월에 경상도 장기 지역에 유배되었다가 이해 7월에 강진으로 이배된 다음까지의 기간에 지어진 시문을 보면, 고향에 대한 그리움과 낯선 곳에서의 서글픔을 표현한 작품이 적지 않다. 그런데 〈탐진농가첩〉이 알려주는 것처럼 그는 한편으로 탐진(강진의 옛 이름)의 농가를 가까이서 바라보며 그들의 삶을 시에 담으려 했었던 것이다. 〈탐진농가첩〉에서 '농가(農歌)'란 농촌을 소재로 삼은 노래라는 뜻이므로, 정약용이 자신의 비극적 처지와는 별개로 주변의 이웃과 그들의 삶에 깊은 관심을 가지게 되었음을 증명해 준다. '보리타작 노래'로 번역되는 아래의 〈타맥행(打麥行)〉도 〈탐진농가〉 이전부터 생겨난 이러한 경향을 단적으로 보여주는 작품이다.

新篘濁酒如湩白 새로 거른 막걸리는 우유처럼 뽀얗고
大碗麥飯高一尺 큰 사발에 보리밥은 높이가 한 자로세
飯罷取耞登場立 밥 먹고 도리깨 들고 타작마당 나서니
雙肩漆澤翻日赤 검게 탄 두 어깨가 햇볕 아래 번들번들
呼邪作聲擧趾齊 에헤야 소리 내며 발맞추어 두드리니
須臾麥穗都狼藉 잠깐 만에 보리 이삭 여기저기 수북하네
雜歌互答聲轉高 주고받는 노랫가락 갈수록 높아지는데
但見屋角紛飛麥 보이는 것은 지붕까지 튀어 오르는 알곡들
觀其氣色樂莫樂 농부 얼굴 살펴보니 뭐가 그리 즐거운지
了不以心爲形役 억지로 일하는 기색 찾아볼 길 전혀 없네
樂園樂郊不遠有 낙원과 낙토가 저 멀리 있는 게 아니거늘
何苦去作風塵客 무엇이 괴롭다고 풍진 세상을 헤맬 것인가

12구로 구성된 칠언고시이다. 고시(古詩)는 한시의 갈래 중 하나로 평측법, 대우법 등의 형식적 제약으로부터 비교적 자유로운 형태이다. 그만큼 표현하고 싶은 내용을 홀가분하게 쓸 수 있는 장점이 있다.

이 시는 보리타작을 제재로 삼은 것부터가 농촌 풍속도를 연상시킨다. 묘사된 장면은 상상한 것이 아니다. 직접 보았던 농촌의 풍경 중에 타작

마당을 시상의 중심으로 삼아 현장의 농민에 초점을 맞추었다. 김홍도가 그린 풍속화 〈보리다작〉에서 타작하는 농부들의 흐뭇한 웃음이 포착되어 있는 것과 마찬가지로, 정약용의 시에도 전면에 부각된 이미지는 막걸리, 보리밥, 노랫가락, 보리 알곡, 그리고 웃음이 가득한 타작의 풍경이다. '농촌의 산수 자연이 아름답다'와 같은 자연에 대한 미화는 일체 보이지 않으며, 현실과 동떨어진 목가적 묘사도 넣지 않았다. 시상은 시종일관 보릿고개를 견디며 힘겨운 시기를 이겨낸 끝에 마침내 결실을 맺게 된 농민들의 모습을 중심으로 삼았다. 따라서 농촌이라는 현실적 배경에서 농민이라는 현실의 인간이 흥겹고 즐겁게 수확하는 그 순간의 장면을 그려낸 작품이 바로 〈타맥행〉이라 할 수 있다.

그런데 부패한 현실과 부조리를 날카롭게 비판했던 지식인이 또한 정약용이었음을 생각하면 이 작품이 왜 이렇게 충만함 일색의 농촌을 묘사하고 있는지가 궁금해질 수 있다. 물론 농민들의 한해살이 중에 보리타작 행사가 하나의 정점을 이루는 것은 사실이다. 추운 겨울과 배고픈 봄을 견디었던 만큼 보리 수확의 기쁨은 그야말로 구사일생의 감회와 비슷할 수 있다. 그렇다 해도 시인이 어떠한 결핍과 그늘도 개입시키지 않고 오직 낙원의 이미지로 수확 현장을 그린 데는 뭔가 다른 이유가 숨겨져 있지 않을까? 가장 처량했던 그 시기에 이 시가 지어졌음을 상기하자면, 행복한 농부들을 지켜보는 정약용 자신의 감정은 어떠했을까?

작품의 끝 구절 '낙원과 낙토가 저 멀리 있는 게 아니거늘, 무엇이 괴롭다고 풍진 세상을 헤맬 것인가'는 그래서 그 주어가 강진의 농민들일 수도 있고 정약용 자신일 수도 있다. 인간끼리 다투며 승패와 시비를 가려야 하는 풍진(風塵) 세상의 객이 되느니 이처럼 풍족한 낙원에서 계속 머무는 것이 현명하다는 메시지가 끝 구절의 주제이다. 겉으로 보자면 이 대목은 풍요로운 강진 농민을 부러워하면서 거칠고 사나운 세상에 나아가지 말라는 권유가 담겨 있다. 하지만 그 자신을 향한 독백으로 보면 이렇게도 읽힌다. '내 고향의 농토도 이처럼 낙원이었거늘, 왜 나는 풍진 세상에 나갔다가 그 죽을 고비를 겪었던 말인가!' 그럴 경우 〈타맥행〉은 생사의 고비를 겪은 유배객이 충만한 농가의 모습을 부러운 시선으로 묘사한 작품이라고도 해석된다.

정겹고 평화로운 농촌으로서 강진을 묘사한 정약용의 작품은 〈탐진촌요(耽津村謠)〉(15수), 〈탐진농가(耽津農歌)〉(10수), 〈탐진어가(耽津漁歌)〉(10수)로도 이어진다. 이들은 다수의 연작을 활용하면서 탐진의 이모저모를 묘사하여 마치 어느 한곳을 여러 장의 엽서로 꾸민 듯한 느낌을 준다. 〈탐진촌요〉의 세 수를 예로 들어본다.

水田風起麥波長 무논에 바람 불면 보리 이삭 물결치고
麥上場時稻挿秧 보리타작 하고 나면 모내기가 제철이라
菘菜雪天新葉綠 배추는 눈 속에서 새 잎이 푸릇푸릇
鷄雛蜡月嫩毛黃 섣달에 깐 병아리는 노란 털이 뽀송뽀송

石梯院北路多岐 석제원 북쪽에는 갈림길이 하 많아서
終古娘娘此別離 예부터 아가씨들 이곳에서 이별했다네
恨殺門前楊柳樹 한도 많은 그 문 앞의 수양버들 나무는
炎霜摧折少餘枝 그 통에 다 꺾이고 남은 가지 몇 개 없어

棉布新治雪樣鮮 눈처럼 새하얀 새로 짜낸 무명베를
黃頭來博吏房錢 이방에 낼 돈이라고 졸개가 와 뺏는구나

漏田督稅如星火 누전의 조세를 성화같이 독촉하며
三月中旬道發船 삼월 중순에 세금 배 떠난다고 난리치네

'탐진마을의 노래'로 번역할 수 있는 〈탐진촌요〉의 5, 6, 7수이다. 작품 전체는 15수의 절구를 엮어 탐진의 여러 정경을 한데 모았다. 전반적으로 애정의 시선이 스며 있으나, 〈타맥행〉에 비하면 완전무결한 낙원으로 묘사되지는 않는다.

6수는 탐진의 남녀가 이별하는 곳을 소재로 포착했다. 아마도 돌다리가 있었을 석제원 건물 북쪽으로 갈림길이 나뉘어 있고 그 길가에 버드나무가 서 있었던가 보다. 고향을 떠나 북쪽으로 사랑하는 남자가 떠나면 배웅하는 여인들은 이곳까지 와서 배웅을 했을 것이다. 버드나무는 이별의 아쉬움을 상징한다. '버들 류(柳)'라는 한자는 '머물 류(留)'라는 한자와 음이 같다. 버들가지를 꺾어서 임에게 주면 제발 떠나지 말고 머물러 달라는 마음이 전달되는 것이다. 무수한 이별에 그리움을 앓은 남녀의 정경을 풍속의 한 단면처럼 묘사한 작품이다.

5수는 농가의 계절을 간명하게 압축한 솜씨가 돋보인다. 벼논에 산들바람이 불고 보리 이삭이 물결치는 장면은 이른 봄의 풍경이다. 한 해의 농사가 순조로울 조짐이다. 잘 익은 보리를 타작하고 무논에 모를 심는 시기는 여름철이다. 이 모가 잘 자라면 벼 풍년이 올 것이다. 시상의 흐름에 전환을 준 3구는 훌쩍 가을을 건너뛰었다. 하얀 눈 속에서 푸릇푸릇 보이는 배추는 보기에도 싱그러울뿐더러 겨울철의 입맛을 돋우는 채소이다. 음력 12월 섣달에 깨어난 노란 병아리도 산뜻한 색상이다. 아장아장 잘 자라면 토실토실한 씨암탉이 되겠거니 하는 뜻이 녹아들어 있다. 사람을 드러내는 대신 농작물과 가축만으로 소박하지만 모자람 없는 농가의 풍경을 생생한 색채로 이미지화한 시이다.

7수에서는 분위기가 사뭇 달라졌다. 아전의 핍박이라는 불길한 모티프가 등장한 것이다. 농가의 아낙에게 새하얀 무명베는 추운 겨울 가족을 따스하게 만드는 소중한 옷감이다. 관리의 위협과 갈취가 없었더라면 무명베 역시 겨울철 농가의 행복감을 드러내는 소재가 될 수 있었을 것이다. 그러나 작가는 무명베라는 매개를 통해 이 행복한 농촌 세계를 위협할 수 있는 것이 무엇인지를 분명하게 지목해 두었다. 잘못된 정치가 자기 충족적인 공동체를 파괴할 수 있다고 보았기 때문이다. 시에서 '누전(漏田)'은 세금을 빼돌리기 위해 허위로 만들어낸 토지를 말한다. 관가에서 거짓으로 누전을 만들어 장부에 올리고 그 명목으로 백성들에게서 세금을 갈취하고 있는 것이다.

다양하게 점묘된 〈탐진촌요〉 15수 전체를 단지 3편만으로 고스란히 설명할 수는 없다. 탐진의 역사, 지형, 풍속, 특산 등을 골고루 소재로 삼은 만큼 그 점묘 범위가 넓기 때문이다. 나아가 〈탐진농가〉, 〈탐진어가〉 연작을 보면 작가는 농촌과 어촌으로서의 강진을 더욱 생생하게 구체적으로 그려놓았다. 농민과 어민의 삶에 초점을 맞추어 생업의 현장과 주민들의 생활 모습을 집중적으로 묘사한 것이다. 이 속에는 농사철을 맞아 농사짓기에 분주한 농촌의 풍정과 어촌 사람들의 다양한 생활 모습이 포함되어 있으며, 공동체를 위협하는 관리의 횡포조차도 공통으로 등장한다.

한 점의 결핍도 들이지 않았던 〈타맥행〉에 비하면 〈탐진촌요〉, 〈탐진농가〉, 〈탐진어가〉는 벼슬아치의 부당한 횡포, 삶의 애절함, 나아가 주민들의 어리숙한 모습까지를 묘사하고 있다. 완전한 낙원이 아니라 사람살이의 현장에 집중한 결과이다. 그렇더라도 강진을 바라보는 작가의 눈은 대체로 풍속을 관망하는 정도에 머물러 있다. 생업 현장을 치열하게 관찰한 작품이라 보기는 어려운 것이다. 따라서 〈타맥행〉을 비롯한 이 작품들은 모두가 풍속을 묘사하는 한시, 곧 '기속시(紀俗詩)'에 속한다고 볼 수 있다. 치밀한 관찰과 현실에 대한 비판성이 강화되었더라면 그 순간부터 시는 기속시의 경계를 넘어 현실비판시의 영역으로 자리를 옮겼을 것이다.

충청도 추석 농가의 비극적 극화(劇化) - 〈전가추석〉

영재(寧齋) 이건창(1852~1898)은 19세기 한문학이 배출한 특출한 문인이자 학자이다. 조선 후기 당쟁의 역사를 엄정하게 기술한《당의통략(黨議通略)》의 저자이자 강화학파의 적통으로서 양명학을 계승했던 그는, 고문(古文)의 대가라는 이름과 더불어 강직한 천재로서도 이름을 떨쳤다. 강화도에서 치른 과거 시험에서 15세에 급제하여 조선 왕조 500년 동안의 합격자 중에 최연소 합격의 영예를 누렸다. 그러나 부정과 불의를 보면 타협하지 않는 삶을 살았던 만큼 관직 생활이 순조롭지는 않았다. 26세(1877)에 충청도 암행어사로 나가 충청 감사의 비리를 낱낱이 적발했으나 오히려 모함을 받아 유배를 당한 것이 하나의 사례이다.

문장가로서의 명성에 가려져 시인으로서의 이름이 희미해져 있을지라도 그에게는 특별히 주목할 만한 한시 명작이 적지 않다. 특히 앞의 충청도 암행어사 시절에 직접 겪은 일을 시화한 〈전가추석(田家秋夕)〉 2편은 백성을 사랑하는 마음과 서사(敍事)에 능란했던 솜씨가 서로 만나 빛나는 명작을 탄생시켰다. 더도 말고 덜도 말고 오늘만 같기를 바란다는 추석날, 150년 전 충청도의 농가에는 어떤 일이 있었던 것일까? 편의상 단락을 나누어 1편부터 본다.

① 京師富貴地 서울이야 부귀한 사람들 모인 곳이라
四時多佳節 철철 따라 명절을 챙긴다지만
鄕里貧賤人 시골은 가난코 헐벗은 사람들
莫如仲秋日 추석처럼 좋은 명절 또 있으랴
秋日有淸暉 가을날 햇빛은 찰랑찰랑 비치고
秋宵有明月 가을밤 달빛은 휘영청 밝아서
風景固自佳 이 풍경이 참말 절로 아름답지만
非爲我輩設 빈천한 우릴 위해 펼쳐진 것은 아니라네

② 但見四野中 그래도 사방으로 트인 들판에
嘉穀正垂實 토실토실 곡식들 이삭을 드리우니
早禾已登場 올벼는 벌써 타작마당에 올랐고
豆菽亦採擷 콩이랑 팥이랑도 따고 거두고
中庭剝旅葵 마당에선 해바라기 씨 털고
後園摘苞栗 뒷동산에선 아름드리 알밤을 까네
團團土火鑪 둥그런 질화로에 불붙여 부채질하니
吹扇紅榾柮 마른 등걸이 벌겋게 타오르누나
煮飯作羹湯 밥도 짓고 국도 끓여서
大家劇啗啜 온 가족이 실컷 먹고 마시네
一飽便意氣 배 한번 부르매 기분이 늘어져서
散漫雜言說 떠들썩 이런저런 이야기꽃 피우네

③ 去年大凶年 지난해 큰 흉년 만났을 젠
幾乎死不活 아주 죽어 못 살 듯싶더니만

今年大豐年 금년에는 대풍이 들었으니
天意固不殺 하늘이 사람을 정녕 죽이실 리 있겠나
恨不腹如皷 배가 북처럼 불룩해질지언정
恨不口雙裂 입이 양쪽으로 찢어질지언정
日食十日糧 열흘 양식 하루에 먹어치워
快意償饕餮 주렸던 창자를 원 없이 채워보자

④ 父老在上座 아랫목 앉으신 어르신네께서
呼語勿亂聒 떠들지들 말라 하고 이렇게 이르시네
民生實艱難 "백성으로 살아가기란 실로 어렵고
物理忌盈溢 만물의 이치도 차고 넘침을 꺼리나니
莫以今醉飽 오늘 실컷 마시고 배부르다고
或忘舊飢渴 굶주리던 옛날을 잊진 말아라
吾老頗經事 내 늙도록 온갖 일 겪어왔나니
過食則生疾 너무 먹다간 배탈부터 나는 법이라"

①은 서울 사람과 시골 사람을 간결하게 대비시켰다. 절기 따라 명절을 챙기는 서울에 비하면 가난하고 헐벗은 이곳은 그나마 추석이 최고의 명절이다. 그렇지만 이 좋은 날의 멋진 풍경도 빈천한 자를 위한 선물은 아닐 것이라고 하여 일찌감치 낭만적인 시선을 막았다. 작가는 빈천한 이 시골을 아름답거나 충만한 전원으로 묘사하지 않는다. 농민들이 땀 흘려 살아가는 민생의 현장으로 전가를 바라보고 있어서이다.

②와 ③은 모처럼 누리게 된 농가의 즐거움을 확대했다. 여름 내내 고생하여 가꾼 곡물이 탈 없이 잘 자라나 추석 먹거리가 한껏 풍성해졌다. 거

둘 것이 참 많다. 질화로에서 요리를 막 마친 음식들을 모두 모여 실컷 먹으니 기분까지 절로 좋아져 이야기꽃이 한창이다. 그러나 생각해 보면 매년 추석이 이렇게 복 받았던 것은 아니다. ②에서처럼 작년에는 큰 흉년이 들어 식구들이 죽을 고비를 넘기지 않았던가! 그러니 배가 불러 터지고 입이 찢어질지언정 오늘만큼은 원 없이 먹어도 좋을 날이다. 작품 구성을 보건대, 작가는 ②, ③의 장면을 일부러 큰 폭으로 확대시켰다. 전가의 즐거운 추석 분위기를 생생히 그려 농민들이 저렇게 행복할 수 있음을 예시적으로 부각하여 보여준 셈이다. 전가의 삶으로 보자면 이 대목은 희열의 절정에 해당한다.

④는 1편의 결론이다. '백성으로 살아가기란 실로 어렵고, 만물의 이치도 차고 넘침을 꺼린다'는 노인의 말씀은 작중의 식구들을 비롯해서 작품 바깥의 독자, 그리고 작가인 이건창이 귀 기울여 들어야 할 교훈으로 설정되어 있다. 노인의 오랜 경험을 따르자면, 오늘 배부르다고 주린 옛날을 금방 잊는다거나 배터지게 먹다가 배탈부터 앓는 것은 미련한 짓이다. 조심조심 앞뒤를 재어가며 살아가야 한다는 것, 이것이 노인이 겪어온 삶의 지혜이다.

이 작품의 압권은 노인에게 발언의 기회를 넘긴 데서 비롯된다. 작가가 자신의 목소리를 절제하는 대신 작중의 노인에게 입을 빌려주었다. 대언(代言)은 발언의 권리를 작중의 인물에게 넘겨주는 기법의 일종이다. 실제로 26세의 이건창이라는 혈기왕성한 작가보다는 한평생 농토에서 살아오며 산전수전을 다 겪어온 이 노인이야말로 백성으로서 살아가는 현명한 방법을 가장 잘 말할 수 있는 사람이다. 결과적으로 작가는 작중인물을 통해 말하고 싶었던 주제를 효과적으로 전달할 수 있게 되었다. 백성으로서 살아가기, 곧 민생(民生)이 정말로 어렵다는 노인의 발언은 작가가 말하고 싶었던 한마디였을 것이다.

작가가 작중인물의 뒤편으로 물러섬으로써 이 작품은 연극의 효과까지를 겸하여 얻는다. ④의 역순으로 읽자면 ②와 ③도 사실은 작가의 주관을 배제한 사실의 묘사에 충실했다. 작가가 직접 개입한 대목은 ①에서 그친다. 작가는 시상의 물꼬를 터준 다음부터 대부분의 역할을 작중의 인물들에게 넘긴 것이다. 그리하여 1편은 마치 관객이 무대를 지켜보는 것처럼 극적 장면으로 전환되었다. 추석날의 전가는 무대이고, 식구들은 배우이며, 그들의 행동과 대사가 한 편의 연극처럼 보이도록 극화(劇化)된 것이다.

1편이 연극의 1부처럼 읽힐 수 있게 만든 또 다른 힘은 2편이 2부가 되어 극적 반전을 이루어나가기 때문이다. 추석날의 전가를 극화한 이건창의 솜씨는 2편에 이르러 밀도와 감동이 훨씬 높은 장면을 연출한다. 1편처럼 몇 단락으로 나누어 본다.

① 南里釃白酒　앞마을엔 막걸리 거르고
北里宰黃犢　뒷마을엔 누렁소 잡는데
獨有西隣家　홀로 서촌의 어느 집에서
哀哀終夜哭　서럽게 밤새도록 곡을 하는고

② 借問哭者誰　곡하는 이 누군가 물어보니
寡婦抱遺腹　유복자 품에 안은 홀어미라네
夫君在世日　"서방님이 살아 계실 적엔
兩口守一屋　두 식구가 이 한 집 지켜
門前一席地　문 앞의 멍석만 한 땅에서

歲收僅糜粥 매해 벌어 근근 풀칠은 하였소만
去年秋早霜 지난해는 가을 서리 일찍 내려
掃地無半菽 쓸어낸 듯 콩 반쪽도 구경 못했다오
糠麩雜松皮 겨우 밀기울에 송기를 섞어 먹어도
過冬猶不足 겨울나기가 부족하였지요

③ 春來向富人 봄이 오자 부잣집에 가서
乞禾得滿匊 나락 한줌 구걸해 얻어다가
一粒惜不嚥 한 톨도 먹기가 아까워
持爲種田穀 고스란히 간직했다 종자로 쓰고 나니
氣力日以微 몸의 기력은 날로 쇠약해지고
腸胃日以縮 위와 창자는 날로 오그라들고……
同是一般飢 굶거나 먹거나 함께하였는데
妾何頑如木 이내 몸만 나무둥치처럼 모진 것인지
却送夫君去 홀연히 서방님만 저세상으로 보내어
去埋前山麓 앞산 기슭에 내 손으로 묻었다오

④ 埋人人骨朽 앞산에 묻힌 사람 썩어갈 때에
種穀穀頭熟 논에 심은 곡식은 익어갔다오
穀頭熟何爲 벼 이삭 익은들 무엇하리오
閉門不忍目 차마 보지 못해 문 닫고 들어앉아
卽欲決相隨 차라리 따라 죽자 해도
奈此兒匍匐 젖먹이 어린것 두고 어이하리요
兒雖不識父 이 아이 비록 아비를 모르지만

猶是君骨肉 단 하나 서방님의 혈육이니"

⑤ 抱兒向靈語 아이를 품에 안고 영전에 고하다가
氣絶久不續 말을 잇지 못하고 혼절하였는데
忽驚吏打門 그때 문득 문을 때려 치는 소리
叫呼覓稅粟 아전이 세곡 바치라 외쳐댄다

똑같은 추석날, 무대 배경이 갑자기 서촌으로 바뀌었다. 소 잡고 막걸리 거르는 이웃 마을과는 달리 서촌에서는 홀연 밤새도록 홀로 곡하는 소리가 들려온다. 여기서 홀로 곡하는 소리는 여럿이서 즐기는 시끌벅적한 분위기와 극명한 대조를 이룰 뿐만 아니라 1편의 전가와도 강한 대비가 된다. 요컨대 극적인 대비 효과를 환기시키며 2부의 막이 오른 것이다. ①은 곧 2부의 서막을 알리는 도입부이다. 작가는 넉 줄의 간명한 묘사만으로 순식간에 대비적 긴장감을 조성했으나 그 자신은 여전히 관찰자의 자리를 지키고 있다.

이어지는 ②, ③, ④의 주인공은 밤새도록 곡을 했던 그 여인이다. 유복자를 품에 안은 이 홀어머니는 지난해부터 겪었던 기구한 사연을 서사적으로 진술한다. 토로하는 대사는 그 자체가 대언의 기법을 활용한 것이며, 그 내용은 절절한 자기 서사를 흐름으로 삼는다. 이야기를 경청하는 사람은 일차적으로는 작가인 이건창이지만 작가가 문면에 노출되지 않게 함으로써 이 시를 읽는 모든 사람을 관객으로 이끌어 들인다.

남편의 영전에서 곡을 하다가 여인이 전하는 사연은 애절하다. 멍석만 한 땅 조각을 일구며 살던 부부는 지난해 가을 호된 서리를 만나 겨우겨우 겨울을 연명했다. 봄이 오자 부잣집에서 벼 종자를 구걸하듯 얻어와 모내기를 했지만, 그 힘겨운 농사철을 지나며 남편이 굶어 죽듯 세상을 등지고 말았다. 모질게도 혼자 살아남았다고 탄식하는 이 여인은 남편을 손수 야산에 묻고서 다시 홀로 농사를 지었고 추석이 다가오자 이제 벼 수확을 앞두었다. 하지만 남들은 풍요로운 들녘 벼논이 이 여인에게는 볼수록 눈물만 나는 서글픈 대지가 되어버렸다. 그래서 스스로 삶을 포기하고 싶지만 남편이 떠난 뒤에 낳은 젖먹이 유복자 때문에 추석 명절날 밤이 새도록 남편의 영전에서 흐느끼고 있었던 것이다.

②~④의 이야기는 그 자체가 애간장을 끊어놓을 듯한 서사이다. 시라는 장르에서 이렇듯 서사적 마디를 통째로 배치하는 경우는 흔한 일이 아니다. 작가는 여인의 눈물겨운 이야기를 숨죽이며 끝까지 듣는다. 그렇게 해서 작중의 여인은 자신의 한 많은 인생을 말할 수 있게 되었고, 작가는 백성으로 살아가기 어렵다는 그 메시지를 더욱 실감나게 전달하게 되었다. 여기서 만약 작가가 직접 자신의 목소리를 높였더라면 작품의 리얼리티는 그만큼 감소하게 되었을 것이다.

⑤는 긴 여운을 남기는 종결부이다. 추석 명절날 남편의 영전에 이 여인이 고할 수 있는 것은 남편이 생전에 보지도 못했던 유복자와 굶주려 죽어가면서 씨를 뿌렸던 그 결실이다. 여인, 아이, 그리고 들판의 벼가 내년까지 올해와 같은 생명을 지켜나갈 수 있을지는 아무도 모른다. 이들의 앞날은 가녀리고 막막하다. 더욱이 작가는 마지막의 절제된 묘사로써 작품의 비극적 분위기와 주제 의식을 한층 고조시켰다. 밤새도록 들렸던 ①의 통곡 소리에 호응하는 또 다른 소리, 문을 두들겨대며 벼농사 세금을 내라는 아전의 목소리가 이 가냘픈 세계를 휘청거리도록 만든 것이다. 이 뒤에는 백성으로서 살아가기가 지독하게도 어렵다는 애민의 음성이 깔려 있음은 물론이다.

경세의 시각으로 세상에 다가가는 방법

정약용이 본 강진의 정경과 이건창이 겪은 전가의 비극은 농토에서 살아가는 민초들을 주인공으로 부각시켰다는 공통점이 있다. 아울러 두 계열 사이에는 기속적 묘사와 비극적 재현이라는 정도 차이가 있지만, 작가가 놓인 자리에 있어서만큼은 공유하는 입지가 존재한다. 경세가(經世家)의 마음, 곧 세상을 이끌어가려는 사람의 자세가 작품을 뒷받침하고 있는 것이다. 유배객과 암행어사의 신분 차이에도 불구하고 두 작가는 백성들의 삶이 나아지기를 바라면서 작품을 지었다.

경세가의 시선으로 백성을 본다는 것은 한편으로 주체와 객체 사이에 엄연한 거리가 있음을 반증한다. 은혜를 베푸는 자와 은혜를 받는 자의 구별이 사라지지 않음으로써 은연중에 계급적 위계가 잔존해 있기도 하다. 단적으로 이 시들은 그들 자신의 삶에 대한 묘사나 이야기가 아니다. 아무리 가까이 다가가 보더라도 결국은 완전한 동화가 실현되기는 어렵다. 그러나 이 시들이 특별한 가치를 보장받을 수 있는 이유는 생업의 현장을 외면하지 않고 바로 그 쪽을 향해 나아가는 방향성에서부터 찾아져야 할 것이다. 자연 안에서 유유자적한 흥취를 읊어내거나 고요히 관찰과 명상에 잠기는 시에 비하면 위의 시들은 분명히 민생의 현장을 향한 분명한 방향성을 지니고 있다. 그리고 백성과의 거리를 좁혀 나가면 나갈수록 시는 질적으로 다른 차원에 진입할 가능성이 높아졌고, 그에 따라 보다 진한 리얼리티를 획득할 여지가 많아졌다.

그럴진대 정약용과 이건창은 어떤 시인인가? 사회인문학의 시선으로 전원과 농토를 형상화할 줄 알았던 시인이라 평가될 수 있을 것이다. 민생, 곧 하루하루를 살아가는 생업의 문제에 초점을 맞추면 자연히 사회학의 시선이 불가피하고, 이 경험을 한시라는 장르로 가다듬는 과정에서 인문학의 통로를 거치지 않을 수 없기 때문이다. 하지만 그들 스스로에게 묻는다면 시인으로서의 입지란 경세의 완성을 향한 거점이라고 대답할 것 같다. 왜냐하면 그들은 현실의 실질적 문제들과 치열하게 맞서며 실천적인 학술을 향해 인생을 걸었기 때문이다.

- 김동준

참고 문헌

송재소 역, 《다산시선》, 창작과비평사, 1981.
임형택 편역, 《이조시대 서사시 1》, 창비, 2013.
송재소, 《다산시 연구》, 창비, 2014.
이희목, 《이건창 문학연구》, 성균관대학교 출판부, 2005.

제2장

한문산문

한문산문은 그 종류가 매우 많은데, 이 중에는 지금의 기준으로 볼 때 논설 등 실용문에 해당하는 것들이 많다. 말하자면 비문학적인 글이 많은 편이다. 그러니 이것들을 곧장 산문문학이라 하기는 곤란해 보인다. 하지만 이는 우리가 근대 이후의 학문 체계로 문학을 이해하고 있기 때문이다. 그래서 과거의 글을 미분화된, 그래서 덜 발달한 글쓰기로 이해하기 쉽다. 분명한 것은 과거 문인들은 이런 분류가 그리 명확하지는 않았다는 점이다. 그 대신 매우 다양한 글쓰기를 똑같은 비중으로 현실에 활용하고자 했다. 이는 한문산문을 지금의 기준에서 문학과 비문학으로 명확히 구분해서 보기 어렵다는 점을 환기시켜 준다.

그렇기는 하나 우리가 한문산문이라고 할 때는 좀 더 추려서 다음 몇 가지를 특별히 더 주목한다. 하위 항목으로 '전(傳), 론(論), 설(說), 기(記), 록(錄), 서(書), 서(序)' 등이 이에 해당한다. 이를 다시 '인물전류, 논설류, 기록류, 서간류, 서발류' 등으로 나눌 수 있다. 이 편에서 소개하고 분석한 작품들도 대부분 '○○전, ○○론, ○○설, ○○기, ○○서'라는 제목을 달고 있다. 이런 유형들을 모아보면 문학적인 한문산문의 큰 틀을 이해할 수 있다. 여기서는 이와 같은 대상 작품 중 중요하다고 판단되는 50여 편을 세 가지 주제 아래 편재하여 작품론을 개진했다.

1부에는 정치·사회 문제에 따른 현실 비판성이 강한 작품들을 선별하여 실었다. 대개 임금이나 나라를 위해 권면하는 중에 정치 문제가 드러나거나, 충신과 열녀를 내세워 현실을 비판하거나, 인재 등용 등을 통해 공정한 사회를 바라는 내용들이다. 신라 시대 설총의 〈화왕계〉에서부터 조선 후기 여성의 애환을 담은 〈향랑전〉까지 그 스펙트럼이 넓다. 2부는 개인과 인간 사회의 성찰과 깨달음을 제시한 작품들을 수록했다. 사물에 견주어 인간 사회와 개인의 성찰을 이야기하거나, 여행을 통하거나 관조하는 시선을 통해 새로운 깨달음을 구현한 내용들이다. 고려 시대 이규보의 〈주옹설〉부터 조선 후기 유람기까지 그 종류가 다양하다. 3부는 생활 정감이 두드러진 작품들을 수록했다. 가족이나 벗을 대상으로 애틋한 정을 나누거나 우의를 다지는가 하면, 생활공간에서 참된 의미를 찾고 심지어 예교의 속박을 벗어난 진정한 인간 가치를 찾아가는 내용들을 담고 있다. 조선 초 강희맹의 〈도자설〉부터 조선 후기 편지류까지 망라했다.

1부

정치·사회와 현실 비판

一二三四五六七八九十

현명한 임금을 기대하며

왕조 사회와 풍간(諷諫)의 전통

동아시아 한자문명권에 속했던 한국의 전통시대는 왕조 사회였다. 절대 권력인 왕을 중심으로 계급적 질서 아래 사회가 움직이는 체계로, 이 왕의 통치의 성패에 따라 당대 백성들의 삶이 좌우되었다. 이런 왕조 사회는 기본적으로 유학의 이념을 사회에 관철시키는 형태였던바, 이 전통은 삼국 시대에 본격적인 궤도에 오르게 된다. 물론 이 정치 체계는 후대로 갈수록 시대와 환경에 따라 변화를 거듭했으나 기본적인 골격은 20세기 초까지 유지되어 왔다. 이 점에서 한국의 과거 사회를 이해하고, 고전문학의 저변을 참작하는 데 '왕조 체제'는 매우 중요하다. 왜냐하면 고전문학의 대부분을 차지하는 한문학은 거의 전적으로 사대부들의 산물인데, 이 창작 주체들은 왕과 신료, 그리고 그 주변에 자리하여 사회를 이끌고자 했으며, 그런 과정에서 비판적 거리를 유지하는 경우가 많았기 때문이다. 사대부는 자신들이 섬기는 왕을 향해서도 비판을 서슴지 않았는데, 다만 이 경우 절대적 권력에게 직접적으로 쓴소리를 할 수는 없었다. 이는 일종의 불문율과 같았다. 그래서 무언가에 빗대어 은근하게 겨누는 방식을 취해야 했다. 이것을 '풍간(諷諫)'이라고 한다. 풍간은 완곡한 표현으로 대상의 잘못을 바로잡는다는 뜻인데, 주로 왕이나 고위층을 교정하는 방식이었다.

신선적인 면모로 유명한 한(漢)나라의 동방삭은 이런 풍간을 잘한 것으로 유명하다. 그는 위트와 풍자로 무제(武帝)의 잘못을 시정케 함으로써 결과적으로 중화제국을 건설하는 데 혁혁한 공을 세웠다. 한편 사마천의 《사기》 〈골계열전(滑稽列傳)〉에는 해학으로 왕과 그 주변의 잘못을 바로잡은 일화들이 소개되어 있다. 여기에 등장하는 인물들은 당시 배우들로, 요즘으로 치자면 개그맨이라 할 수 있다. 한대(漢代)의 신료와 궁정의 배우들은 풍자와 해학을 밑천으로 하되 비유적인 표현을 통해 왕의 잘못을 시정하면서 나라의 과업을 이루게 했다. 이처럼 풍간은 왕조 사회에서 매우 중요한 기능을 했거니와, 그것은 간접적인 방식으로 상대방을 설득하는 데 아주 유용했기 때문이다.

한편 이 풍간의 전통과 관련해서 우의적 글쓰기를 빼놓을 수 없다. 동물이나 기타 사물을 빗대거나 의인화하여 인간과 사회를 반영하는 우언적 글쓰기는 일반적으로 그 연원을 전국(戰國) 시대 장자의 《장자(莊子)》에 두고 있다. 그만큼 역사가 깊다. 장자를 비롯한 제자백가들은 인간 질서를 논란하기 위해 비인간적인 영역(자연과 동물 등)을 끌어옴으로써 직언을 피하면서도 능수능란하게 자기주장을 폈다. 여기서 다룰 〈화왕계(花王戒)〉는 바로 이런 풍간의 전통에 우의가 결합된 형태이다. 또 이런 전통이

후대로 가면 좀 더 직접적으로 대상을 비판하는 형태로 바뀌기도 하는 등 변화가 있었다. 우리는 조선 중기 〈촉견폐일설(蜀犬吠日說)〉과 조선 후기 〈어부(魚賦)〉 등의 작품을 통해 이를 확인할 수 있다. 이들 작품을 통해 과거 왕조 시대의 왕과 백성, 그리고 통치와 민의(民意)의 문제가 어떻게 결합하고 있는지를 고민할 수 있을 것이다.

임금과 신하, 간신과 충신이란 - 〈화왕계〉

〈화왕계(花王戒)〉는 풍간의 전통에다 우언의 형식을 결합한 가장 이른 시기의 작품으로 꼽힌다. 당대 신라를 넘어 동아시아에서 명성을 떨쳤던 원효대사의 아들이자 향찰을 집대성한 7세기의 대표적 지식인인 설총(655~?)이 지었다는 점도 주목할 만하다. 뿐만 아니다. 꽃의 세계를 인간사회, 특히 조정의 군신 간의 문제에 얹어 절묘하게 그려냄으로써 한국의인문학의 효시로 인정받는다. 그래서 후대의 숱한 의인문학에 지대한 영향을 끼쳤다는 점은 잘 알려진 사실이다. 그렇다면 설총은 왜 꽃을 상정하여 왕과 신하의 문제를 제기하게 되었을까?

〈화왕계〉는 애초 독립된 작품이 아니었다. 원래 《삼국사기》 〈열전〉 '설총' 조의 한 부분이었을 뿐이다. 즉 설총에 대한 일화 가운데 하나로, 당시 왕이었던 신문왕(재위 681~692)이 기이한 이야기를 들려 달라고 하자 꺼내든 게 바로 이 '화왕(花王)의 이야기'였다. 그러다가 조선 초 편찬한 《동문선》에 〈풍왕서(諷王書)〉라는 독립된 작품명으로 실리게 되었다. 즉 처음에는 '임금을 풍간하는 글'이란 뜻으로 불리다가 언제부턴가 '화왕을 위한 경계'란 의미의 '화왕계'로 불리게 된 것이다. 화왕이든 당대 실제 임금이든 이 작품이 왕을 위한 글임은 분명하다.

그 내용의 골자는 이렇다. 우선 화왕이 등장하여 그 자태와 향기를 뽐내자 원근의 여러 꽃들이 찾아온다. 저들은 화왕의 총애를 입기 위해 다투는데, 그 중에서도 아름다운 여인〔佳人(가인)〕으로 분신한 '장미꽃'이 곱게 단장하고서 왕 곁에서 모시겠다고 한다. 그러자 다른 한편에서 백발의 장부가 성큼성큼 왕 앞으로 다가온다. 그는 자신을 '서울 밖의 큰길 옆'에 사는 백두옹(白頭翁)이라고 아뢴다. 이는 바로 길가에 피고 지는 '할미꽃'이다. 백두옹은 비록 야인(野人)이지만 고량진미와 술에 빠져 있는 왕의 정신과 몸을 깨끗이 해서 독소를 없애겠다고 아뢴다. 자태를 뽐내며 곱게 자란 장미와 들에서 자라 할미마냥 곱지도 않은 할미꽃. 지금 이 두 꽃은 전혀 상반된 자세로 왕을 보필하겠다고 나선 것이다. 곧 간신과 충신, 아첨과 정직의 대결이다. 이때 왕은 양자택일의 상황에서 고민에 빠진다. 어찌 보면 너무 빤한 결정이 예상되지만, 실제 상황에서는 분명 선택이 쉬운 것만은 아닐 터다.

'장부(丈夫)의 말도 이치가 있거니와 가인(佳人)은 세상에 얻기 어려우니 이를 어찌할꼬?'

왕의 고민이 깊어질 법하다. 그러자 장부는 곧장 직언을 올린다.

"저는 왕께서 총명하여 의리에 밝으시다 생각하여 찾아뵌 것이옵니다. 그런데 지금 보니 아니시군요. 무릇 임금이 된 이로 아첨하는 자를 가까이하지 않고 정직한 이를 멀리하지 않는 경우는 드뭅니다."

장부의 이 말을 들은 화왕은 자신의 과오, 즉 아첨하는 가인을 가까이하려 한 점을 인정하지 않을 수 없었다. 당연히 이 이야기는 화왕이 자신의 과오를 바로잡아 정직한 이를 등용하리라는 기대를 품은 채 끝난다. 그럼에도 장부는 실제로 이런 정치를 펴는 왕이 드물었다는 점을 강조하고 있다. '아첨하는 자'를 가까이하고 '정직한 이'를 멀리하는 경우가 인간 역사에서 숱하지 않았던가. 이 점이 문제적인 장면으로 남게 된다.

그런데 원래 이 이야기는 《삼국사기》에서는 액자 형태로 들어가 있다. 곧 설총의 면모를 드러내기 위한 일화 부분이다. 그렇다면 이 이야기 전후, 즉 액자 안과 밖의 사정을 주목해 볼 필요가 있다. 처음 이 이야기가 시작된 계기는 신문왕이 무료함을 달래려고 설총에게 기이담을 들려 달라고 한 데 있었다. 즉 재미난 이야기로 따분함을 풀어 달라는 것이었다. 이에 설총이 들려준 이 화왕 이야기는 기본적으로 꽃을 의인화한 만큼 흥미로웠다. 하지만 이야기가 후반부로 전개될수록 매우 심각하거나 불편한 문제를 제기하게 되었다. 그야말로 은근하면서도 절묘한 풍간이다. 이 풍간이 제대로 먹혔는지, 이야기를 다 듣고 난 신문왕은 순간 심각한 표정을 지으면서 이렇게 말한다.

> "그대의 우언(寓言)은 참으로 깊은 뜻이 있도다. 청컨대 이것을 글로 남겨 임금 된 자의 경계로 삼도록 하겠소."

편안하게 이야기를 듣던 신문왕이 어느 순간 정신이 번쩍 들어 이 이야기를 귀감으로 삼게 된 것이다. 역사적으로 봤을 때, 신라가 삼국을 통일한 직후 왕위에 오른 신문왕은 분산된 왕권을 강화하고 미비한 제도를 정비하여 통일신라를 정초(定礎)한 임금으로 각인되어 있다. 우리가 잘 아는 '만파식적(萬波息笛)' 이야기도 바로 이 신문왕 대를 배경으로 한다. 따라서 설총이 들려준 이 이야기는 향후 신문왕이 왕권을 바로잡고 나라의 기틀을 세우는 데 큰 계기로 작용했을 가능성이 크다. 그렇다면 설총은 풍자를 통해 신문왕을 잘 보필한 신하가 된다. 그러니 화왕 이야기는 '설총' 조에서 그의 인물됨을 드러내는 가장 효과적인 부분으로 기능한다. 결국 설총은 한나라 무제를 골계로 잘 보좌했던 동방삭과 비견되는 인물로 격상되기에 이른다. 물론 이 이야기가 신문왕의 치적이 있은 뒤 이를 뒷받침할 의도로 일부러 만들어졌을 공산도 없지는 않다. 그럼에도 〈화왕계〉는 꽃을 의인화하여 아첨하는 신하를 멀리하고 정직한 신하를 중용하여야 제대로 된 정치를 할 수 있다는 점을 우언과 우의로 흥미롭게 묘파한 한국 고전문학의 첫 사례임은 분명하다.

악습, 탐관이 판치는 세상을 바로잡으려면
– 〈촉견폐일설〉, 〈어부〉

사물을 이용하여 넌지시 풍간하는 전통은 왕을 통한 올바른 정치 실현에 대한 욕망의 산물이라는 점에서 왕조 시대라면 의당 있을 법하고, 또 있어야 할 것이기도 했다. 다만 후대로 오면 이런 전통이 좀 더 다양해져 서사 장르로 확대되기도 하고, 관심의 영역과 표현의 정도가 변하기도 한다. 여기서는 조선 중기 홍성민(1536~1594)의 〈촉견폐일설〉과 조선 후기 이옥(1760~1812)의 〈어부〉를 통해서 이런 양상의 일면을 살펴보기로 한다.

먼저 〈촉견폐일설(蜀犬吠日說)〉은 '촉(蜀) 땅의 개가 해를 보고 짖는 것에 대한 설(說)'이라는 뜻으로, 여기서 '설(說)'은 요즈음의 논설에 해당하는 한문산문이다. 지금의 중국 쓰촨성 일대는 과거 촉(蜀) 땅으로,《삼국지》로 잘 알려진 삼국(三國) 가운데 하나인 촉나라가 바로 이 지역이었다. 그런데 이 지역의 기후는 흐리고 비 내리는 날이 많은 것으로 유명하다. 그러다 보니 해를 볼 기회가 드물었다. 이런 지역적 특성으로 속설이 생겼으니, 바로 '촉견폐일(蜀犬吠日)'이다. 즉 해를 보는 경우가 드문 이 지방의 개들은 해가 뜨는 날이면 그 해를 보고 짖어댔다. 홍성민은 이 속설을 끌어와 사회에 만연한 인습과 폐습의 문제를 논했던 것이다.

우선 작자는 이 속설을 분석한다. 개가 짖는 이유는 해가 뜨는 일이 일상적이지 않고 아주 낯설기 때문이라고 본다. 개들에게는 흐리고 어둡고 비가 내리는 것이 외려 일상이다. 그러니 낯선 사람을 보면 짖듯이 그렇게 짖게 된다는 설명이다. 요컨대 촉 땅은 흐리고 비 내리는 날이 일상인 셈이다. 따라서 촉 땅은 익숙한 것〔常〕과 이상한 것〔異〕이 다른 지역과는 정반대로 받아들여지는 공간이다. 여기서 작자는 개가 이상한 것을 보고 짖는 행위를 본성의 차원에서 바라보면서 논의를 심화한다. 그 한 예로, 옛날 폭군이었던 걸왕(桀王)의 개가 성군이었던 요임금을 보고 짖는다는 설정을 끌어온다. 걸왕의 개는 폭정에 익숙하고 요임금의 왕도 정치는 오히려 익숙하지 않았다는 것이다. 결국 걸왕의 개는 왕도 정치를 보고 짖어대는 격이다. 이 전제는 자연스레 인간의 본성 문제로 전환된다. 개에서 인간으로 본성 문제가 전환되며 현실적인 문제의 심각성이 배가되는 방향이다. 인간 사회에선 상(常)과 이(異)가 정(正)과 사(邪)로 재배치된다.

세상 사람들이 그릇됨〔邪〕을 옹호하고 올바름〔正〕을 물리치는 것이 촉 땅의 개가 해를 보고 짖는 것보다 심하다. 이는 다른 것이 아니다. 세상 사람들이 다만 사악함에 익숙해져 바름이 있는 줄 알지 못하는 것이다. (중략) 심하도다. 습속이 사람을 망가뜨리는 것이! 촉 땅 개가 해를 보고 짖는 것은 다만 자기가 짖는 것일 뿐이니 해에게는 병이 될 게 없다. 그러나 사람이 올바름을 보고 짖어댄다면 이는 단지 짖는 것에 그칠 뿐만이 아니라 반드시 사람에게 병이 되게 하는 것이다.

작자는 촉 땅의 개를 통해 인간 사회의 습속을 해석하고자 했다. 즉 '폐일(吠日)'을 '폐정(吠正)'으로 환치시키자 문제의 심각성이 확실히 드러난다. 개가 짖어도 해에게는 해될 것이 없지만, 인간이 그릇됨을 좇고 올바름을 멀리하게 되면 상대방에게 상처와 병으로 남게 되기에 문제이다. 결국 논의는 이 폐정(吠正)의 관습을 어떻게 혁파할 것인가로 모아진다. 요체는 어쩌면 간단하다. 임금이 선(善)을 익숙하게 하고 악(惡)을 기이한 것으로 만드는 데 있다는 것이다. 저 촉 땅의 개가 해를 보고 짖어대는 일이야 하늘에 달려 있으니 인력(人力)으로 어찌할 수 없지만, 사람이 올바름을 보고도 짖어대는 폐습은 임금이 한번 변화를 일으키면 당장 바로잡을 수 있다는 것이다. 실제로 흐리고 비가 내리는 것은 자연현상으로, 일종의 하늘의 조화이다. 반면 인간 사회에서의 폐습은 위정자가 바로잡을 수 있다는 논리이다.

작가 홍성민은 사실 고전문학사에서 그리 알려진 인물은 아니다. 사림파의 후손으로, 이 시기 대표적인 지식인이었던 화담 서경덕과 퇴계 이황의 문하에서 수학한 성리학자였다. 아마도 이 작품은 그가 지방의 관찰사(황해도 관찰사 등을 역임했음)로 당대에 만연한 악폐를 보고 이를 경계하려는 의도에서 지은 것으로 판단된다. 특히 작품 중간에 "신이 크게 염려하는 것은(臣之所大悶者)"이라는 언급이 있는 것으로 보아 임금에게 올리는 성격의 글로 이해된다. 사실 인간사의 악습과 악폐는 늘 존재하며, 그런 점에서 이 글을 한 시대로 특정할 필요는 없다. 인간의 본성과 그런 인간이 만들어낸 적폐를 경계하는 목소리는 어느 시대에도 유용한 법이다.

이에 비해 이옥의 〈어부(漁賦)〉는 탐관을 우의적으로 고발한 작품이다. 〈촉견폐일설〉이 '짖는 개'를 소재로 했다면, 여기서는 물고기 나라인 '수국(水國)'을 하나의 세계로 설정했다. 물이 하나의 국가이고 이곳을 주재하는 왕은 용(龍)이다. 이런 설정은 어디선가 많이 본 듯하다. 바로 용궁을 배경으로 하는 문학적 소재로, 매우 익숙한 편이다. 용궁 세계 하면 으레 조정에 비견되곤 한다. 여기서도 용이 관장하는 세계는 큰 물고기와 작은 물고기가 생활하는 영역이다. 더 구체적으로 보면, 큰 물고기는 뭇 신료이며 작은 물고기는 만백성으로 상정된다. 다시 큰 물고기는 등급이 나누어져 고래 따위는 고관대작이며, 메기, 다랑어 등은 아전의 무리이다. 그런데 이들은 작은 물고기들을 먹고 산다. 따라서 큰 물고기가 작은 물고기를 잡아먹는 상황, 이는 곧 관리가 백성들에게 탐학을 부리는 사회 현실로 치환된다. 즉 '강자가 약자를 삼키고, 지위가 높은 자가 아랫사람을 사로잡는' 약육강식의 현실이다. 이렇게 되면 작은 물고기는 남아나지 못할 게 뻔하다. 이는 결국 한 나라의 몰락을 가져오게 된다는 점을 작자는 경고한다. 백성이 없는 나라는 존재할 수 없는 법이다. 그렇다면 임금, 즉 용은 어떻게 해야 하는가?

> 그러므로 용의 도(道)란 그들에게 구구한 은혜를 베풀어주는 것보다 차라리 먼저 그들을 해치는 족속들을 물리치는 것만 같겠는가?

단순히 작은 물고기들을 하나하나 보호해 주는 것으로 문제가 해결되지 않는다는 현실적인 진단이다. 그것보다는 작은 물고기를 괴롭히는 큰 물고기들을 다스리는 게 요점인 것이다. 이제 용왕, 아니 왕이 해야 할 일은 명확해졌다. 백성의 고혈을 빨고 있는 탐관오리를 색출하여 그들을 처단해야 백성들의 삶은 피폐해지지 않고 왕조는 지속될 수 있다. 하지만 조선 후기 사회는 이런 임금의 결단으로만 문제가 해결될 수 없는, 즉 총체적 난국으로 접어들고 있었다. 왕조 사회가 한계 상황에 봉착했다고나 할까.

작가 이옥은 18세기 후반과 19세기 초를 살다 간 소품 문인으로 잘 알려져 있다. '소품문(小品文)'은 조선 후기의 새로운 글쓰기 경향으로, 생활 주변의 독특한 소재를 기발한 착상으로 흥미진진하게 엮어나가는 방식을 취했다. 이런 소품은 일면 호사적인 취미로 취급되어 당대의 현실적인 문제들을 회피하려는 경향이라며 비판받기도 한다. 그러나 그 안에는 당대의 암울하거나 부당한 현실을 콕콕 찔러주는 촌철살인의 묘수를 숨기고 있었다. 이 소품가의 대표적인 인물이 이옥이다. 그가 지은 부(賦)에만 한정해 보더라도, 여기 물고기 말고도 개구리, 거북, 곤충, 봉선화, 포도, 거미, 벼룩, 나비 등 주변의 동식물적 소재를 적극적으로 끌어와 이를 작품화했다. 이들 작품은 개체들의 성질이나 습성을 절묘하게 묘파하면서도 언제나 현실 인간의 삶을 직시하고 있는 경우가 많다. 그 중에서도 〈어부〉는 당대의 정치 상황과 백성들의 현실을 가장 직설적인 화법으로 적실하게 고발하고 있는 작품이다.

—

바른 정치에 대한 기대와 자세

—

앞서 살펴본 〈화왕계〉, 〈촉견폐일설〉, 〈어부〉는 장르 면이나 글쓰기 방식에서 일정한 차이가 난다. 즉 전(傳)에서 끌어온 것에서부터 설(說)과 부(賦) 등 각양각색이다. 또한 〈화왕계〉가 꽃을 의인화하면서 국왕을 진작시키는 풍간의 성격이 농후한 반면, 〈축견폐일설〉은 개가 해를 보고 짖는다는 속설을 끌어와 인간 사회의 폐습을 지적했으며, 〈어부〉는 수국의 물고기 세계를 빌려와 인간 세상을 빗댔다는 점에서 서로 구분된다. 〈축견폐일설〉과 〈어부〉는 우의적이기는 하나 〈화왕계〉처럼 본격적인 우언이라고는 할 수 없다. 개의 반응과 물고기의 세계, 즉 사물의 현상을 빌려왔을 뿐이다.

그럼에도 불구하고 세 작품은 크게 두 가지 점에서 일맥상통한다. 먼저 인간과 그 사회를 논란하기 위해 사물과 그 세계를 끌어왔다는 점이다. 꽃과 개, 물고기가 그 소재였다. 사실 이것들은 인간과 매우 친숙하면서도 밀접한 동식물이다. 혹은 완상하거나 혹은 함께 생활하거나 혹은 식생활을 돕기도 한다. 그러니 한편으로는 인간과 그 사회를 논란하기에 가장 적절한 소재일지 모른다. 그런 만큼 왕을 비롯한 인간을 직접적으로 다룰 수 없을 때 제격인 소재이다. 즉 이들 개체는 모종의 불편한 인간 현실을 건드리기에 이점이 많은 셈이다. 하지만 이것만이 이들 소재를 끌어온 이유는 아니다. '과연 인간과 그 사회는 사물들에게 어떻게 비춰질까?' 하는 성찰적 인식과 문학적 상상력이 발휘된 결과물이기도 했다. 결국 이런 유형의 글쓰기는 인간과 그 사회에 대한 성찰과 교정을 위해 매우 유용한 도구였다.

다음으로 이들 작품은 공히 그 초점이 왕을 포함한 위정자에게 놓여 있다는 점이다. 이는 앞의 분석에서 확인한 그대로다. 〈화왕계〉는 현인군자를 알아보고 조정에 어떤 신료를 두어야 하는가 하는 임금의 안목을 묻는 듯하며, 〈축견폐일설〉은 악습에 따른 패도(敗道)가 설치는 세상을 정도(正道)로 변화시키는 것은 오직 임금의 마음가짐에 달려 있음을 설파했으며, 〈어부〉는 바른 정사는 임금이 선량한 백성들을 괴롭히는 탐관오리를 뿌리 뽑는 데 있음을 강조했다. 이처럼 이 글들은 모두 좋은 정치를 위해서는 안목을 갖춘 어진 임금이 사회 현실을 직시하고 오직 백성을 위한 정사를 펼쳐야 함을 역설한 것이다. 하지만 이들 작품의 의도와 결과가 여기에만 머물러 있는 것은 아니다. 백성이 없으면 임금과 신하도 존재할 수 없다는 평범하지만 준엄한 전제가 작동하고 있기 때문이다. 왕조 사회의 성격에서 볼 때, 절대 권력을 가진 왕에게는 사실 다른 견제 장치가 있을 수 없다. 역성혁명이 아니고는 말이다. 만약 왕이 균형 감각을 잃고 독재로 빠지면 이것이야말로 대책이 없어진다. 그런 점에서 왕의 선정을 바라는 이 글들은 분명 왕이 독단과 독선에 빠져서는 안 된다는 견제의 기능이 그 밑바탕에 자리하고 있다.

한편 시기상의 차이이기도 하지만 세 작품은 주변의 신료 사회에서 민간 사회의 세태로, 다시 뭇 백성들에까지 확대되는 인상이다. 세 작품을 다시 합쳐 보면, 왕을 중심으로 주변의 신료, 현실 사회, 그리고 그 사회를 살아가는 백성을 통괄하는 하나의 우의라고 봐도 좋겠다. 왕의 존재는 백성이 있다는 전제에서만 가능하다. 이 평범하지만 심중한 전제는 왕의 문제가 백성의 문제로 직결된다는 점을 시사한다. 이옥은 〈어부〉의 말미에서 "아! 사람들은 물고기 세계에만 큰 물고기가 있는 줄 알고, 사람 세상에도 큰 물고기가 있음을 알지 못하니 물고기가 사람을 슬퍼하는 것이 사람이 물고기를 슬퍼하는 것과 같지 않다고 말할 수 있겠는가."라는 문제적인 발언을 했다. 그만큼 조선 후기 사회는 많은 문제를 안고 있었기에 임금의 선정을 고대하지만, 그것만으로 문제가 해결될 수 있을까 하는 회의가 없지 않았다. 이 점은 지금도 여전하지 않은가. 그럼에도 자칫 지금 사회의 현실을 직시하지 못하고 다른 세계의 일인 양 치부해 버리고 있지는 않은가? 그러니 이들 작품은 지금 우리 사회에 대한 경종이 아닐 수 없다.

- 정환국

참고 문헌

실시학사 고전문학연구회 옮김, 〈어부〉, 《이옥 전집》, 휴머니스트, 2010.

홍성민, 〈촉견폐일설〉, 《졸옹집》 권6, 한국고전번역원.

윤승준, 〈한국 우언의 인물 설정 방식과 우의 - 권계우언과 풍자우언을 중심으로〉, 《국문학논집》 22, 단국대학교 국어국문학과, 2013.

윤주필, 〈〈귀토지설〉과 〈화왕계〉의 대비적 고찰〉, 《고소설연구》 30, 한국고소설학회, 2010.

정환국, 〈이옥의 인간학 - 전(傳)을 중심으로〉, 《한국한문학연구》 52, 한국한문학회, 2013.

一二三四五六七八九十

억울하게 죽은 충신과 열녀

유교의 이념과 개인의 현실

'충효열'은 흔히 유교 이념의 당위이자 실제 인간의 행위를 통해 실현된 가장 이상적인 범주로 본다. 나라에 충성을 다한 신하, 부모를 효성으로 모시는 자식, 정절을 고수한 열녀는 이 충효열 구현의 구체적인 대상이다. 어쩌면 이 덕목은 유교의 이념이기에 앞서 인간이라면 당연히 추구해야 할 도덕률인지 모른다. 지금 사회에서도 이런 주체들을 찾고 상찬하고 있지 않은가. 그렇다면 이것이 꼭 전통시대의 산물만은 아닐 터다. 그럼에도 전통시대에는 이것이 지상 최대의 과제인 양 모든 사람이 골몰했다는 점에서, 또 이것이 유교적인 이상으로 받아들여졌다는 점에서 지금보다 과거 시대에 유독 강조되었던 것만큼은 분명하다. 문제는 이런 충효열의 강도가 높아지는 만큼 개인이나 집단의 생명을 담보해야 하는 경우가 발생

했다는 점이다. 말하자면 이 충효열의 고삐는 자칫 인간의 죽음을 통해서 더 조여지는 사례가 많았다는 점에서 간혹 일개인에게 가혹하게 다가오곤 했다.

그런데 유가 덕목으로 충효열은 시대와 사회의 분위기에 따라, 무엇보다 일개인이 처한 환경에 따라 그 기준이 애매해질 때가 있었다. 그래서 때때로 사안에 따라 그 적절성 문제가 도마에 오를 여지가 있었다. 믿어 의심치 않는 상황과 사례가 있는가 하면, 도대체 왜 그래야만 했을까 하는 의구심을 불러일으키는 사례도 있다. 그러다 보니 이를 실천한 인물에 대한 무궁한 경외심을 갖게 되기도 하지만, 안타까운 마음에 무한한 연민을 느끼게 되기도 하며, 간혹 그 불합리한 결단에 화가 나기도 한다. 요컨대 충효열과 그 실천, 특히 죽음을 통한 실천은 우리에게 많은 고민거리를 던져준다. 과연 인간의 삶에서 이 문제를 어떻게 이해해야 할 것인가? 이것은 암암리에 사회가 그러기를 강요한 것인가, 아니면 개인 의지의 소산인가? 우리가 만약 그런 상황에 맞닥뜨렸다면 어떻게 했을까?

여기에 하나의 사안을 덧보태 보자. 바로 직분의 문제이다. '직분에 충실하라'는 구호는 전통시대나 현재나 개인에게 부과된 대사회적 명제이다. 직업의식은 꼭 유교적 이데올로기의 차원에서만 설명될 수는 없다. 그럼에도 유가 사회는 자신의 직분에서 곧잘 '충'과 연결하여 그 공공성을 강조했다. 상하층 상관없이 자신의 직분을 다하는 것이 계급사회를 유지하는 원천이라고 보았으며, 따라서 직분을 지키는 것은 국가와 사회의 안녕을 위해 중요한 덕목 가운데 하나였다.

그런데 이런 덕목을 실천해야 할 상황에서 인간 '개인'은 어떻게 대응했던가? 선택의 기로, 불가항력적인 상황, 철저하게 의지화된 결행 등 다양한 현실이 자리했을 법하다. 여기서 다룰 세 편의 작품은 이런 문제를 논의하기에 적절하다. 다만 작품에서 다루고 있는 인물들의 죽음이 적이 불편하다. 기본적으로 억울하게 죽었다고 보기 때문이다. 그러면서도 그 양상이 사뭇 다르다. 한편 각각이 처한 상황과 저들의 결행은 기본적으로 유교 이데올로기의 차원에서 이해할 지점이 많지만, 그럼에도 지금 시대를 살고 있는 우리에게 여전한 현실이자 상황일 수 있겠기에 이 억울하게 죽은 사례는 남달라 보인다.

불의에 타협할 수 없었던 검군 – 〈검군전〉

〈검군전(劍君傳)〉은《삼국사기》〈열전〉에 실린 작품으로, 궁중의 관청 직원이던 검군(劍君)의 죽음을 다루고 있다. 검군의 신분은 '사인(舍人)'이다. 사인은 신라 시대 각 관청에 소속된 벼슬아치로, 대개 그 품계가 4품직에서 6, 7품직까지 다양했던 것 같다. 지금으로 치면 6급 공무원 정도 되는 셈이다. 바로 이런 국가공무원이 공무 문제로 죽게 된 것이다. 그것도 같은 사인들에게 죽임을 당한다는 점에서 뭔가 찜찜하다. 이 사건은 진평왕 대인 628년 여름에 벌어졌다.

> 정해년(627) 8월에 서리가 내려 각종 곡식을 해치고, 이듬해(628) 봄과 여름 사이에는 큰 기근이 들어 백성들이 자식을 팔아 먹고사는 형편이었다. 이때 궁중의 여러 사인(舍人)들이 공모하여 창예창(唱翳倉)에 저장된 곡식을 훔쳐 나누었는데, 검군만은 홀로 받지 않았다.

627년 여름에 서리가 내려 농사를 망쳤고, 이해에는 기근까지 겹쳤다.

연이은 자연재해는 백성들의 삶을 피폐하게 했다. '자식을 팔아 먹고사는' 극한 상황, 그렇다면 조정에서는 당연히 비축한 곡식으로 구휼해야 하는 것이었다. 그런데 궁궐의 곡식 저장 창고인 창예창에선 또 다른 일이 벌어지고 있었다. 관인들이 이 틈을 타 저장된 곡식을 훔쳐 나누어 가졌던 것이다. 백성에게 구휼하기는커녕 수상한 때를 만나 관곡을 훔쳤으니 공무원으로서 직분을 망각했을 뿐만 아니라 용납될 수 없는 범죄를 저지른 것이다. 그런데 같은 동료였던 검군만은 이 공모에 참여하지 않았다. 나중에 동료들이 적다면 더 주겠다며 부추겼으나 검군은 끝내 받지 않았다.

기근이 겹쳐 백성들이 도탄에 빠진 상황에서 관료들은 모두 한패가 되어 나라의 곡식을 훔쳐 사욕을 채우는 이 사건에서 검군만이 홀로 범죄에 가담하지 않았다. 관인으로서 당연한 처사인 것이지만, 사실 실제 상황에서 검군처럼 판단하고 행동하는 것이 그리 쉽지만은 않을 터다. 그럼에도 검군은 의연했다. 계속되는 동료들의 제의에도 "도가 아니면 천금의 이익에도 마음을 바꾸지 않겠다"며 올곧게 거절한다. 그런데 이렇게 되면 관곡을 훔친 동료들 입장에서는 낭패도 이런 낭패가 없다. 자신들의 불의를 검군이 빤히 알고 있기 때문이다. 그러니 검군을 죽이려 드는 것은 당연한 수순이었다.

검군은 자기를 죽이려고 하는 것을 알고 근랑(近郞)과 작별하였다. "오늘 이후로는 다시 서로 만나지 못할 것입니다." 근랑이 그 이유를 물었지만 검군은 말하지 아니하였다. 재삼 묻자 그제야 대략 그 사유를 말하였다. 근랑이 "어찌 관사에 말하지 않는가?"라고 묻자, "자기가 죽을 것을 두려워하여 여러 사람이 죄를 짓게 하는 것은 인정상 차마 할 수 없는 일입니다."라고 하였다. "그러면 어찌 도망가지 않는가?" 묻자, "저편이 잘못이요 나는 정직하거늘 도망가는 것은 장부가 아니지요."라고 답하고 마침 내 갔다. 사인들은 술을 내어 사죄하면서 비밀리에 약을 섞여 먹였다. 검군은 알면서도 억지로 먹고 결국 죽었다.

검군이 저들이 자신을 죽이려는 것을 알면서도 이를 피하지 않고 죽어가는 장면이다. 평소 모시던 화랑인 근랑에게 작별을 고하는 대목에서 자신이 죽을 수밖에 없는 상황을 극적으로 드러내고 있다. 관사에 고발하거나 그것도 마땅치 않으면 도망을 쳐서라도 죽음을 피하라는 근랑의 권유에, 검군은 각각 '인정(人情)'과 '정직(正直)'의 차원에서 받아들일 수 없다고 한다. 그러면서 기꺼이 독주를 마시고 죽고 만다. 자신은 정당하지만 죽어야 할 상황, 또 그 죽음이 예고되었기에 충분히 피할 수 있음에도 이마저도 거부해야 하는 상황, 검군의 죽음은 참으로 곤혹스럽다. 그는 불의에 타협할 수 없었으나 인정상 동료를 고발할 수도 없었다. 결국 자신의 희생으로 이 곤혹스러운 현실을 감당했던 것이다.

사실 7세기 신라 사회는 이제 막 유가적인 이념과 질서로 재탄생하고 있었다. 그런 만큼 모종의 가치와 기준이 유동하는 시기였다. 이전까지는 고유의 정신이라고 할 수 있는 화랑도의 풍류 정신이 사회에서의 인간의 역할과 가치 창출을 견인해 내고 있었다. 이 화랑도 정신이 신라의 삼국통일에 초석이 된 사실은 잘 알려져 있기도 하다. 검군은 바로 이 화랑도의 일원이었다. 그 자신 '풍월도(風月徒)의 마당에서 수행하는 자'로 규정함으로써 비록 하급 관료에 불과하지만 그 뜻은 누구보다도 고결하다는 점을 강조한다. 그러므로 검군의 억울한 죽음은 몹시 불편하면서도 정당하게 받아들여진다.

사육신의 절의와 기개 – 〈육신전〉

1456년 6월, 조선의 창덕궁은 명나라 사신을 맞을 준비로 부산했다. 그런데 한편에서는 이 기회를 이용해 당시 국왕이던 세조를 살해하고 자리에서 쫓겨난 비운의 왕인 단종을 복위시키려는 거사를 준비하고 있었다. 그런데 무슨 낌새를 차렸는지 감이 좋은 한명회는 연회 절차를 조정했다. 준비하던 쪽에서는 어쩔 수 없이 거사를 미루게 되었다. 그러던 중 같은 쪽에서 밀고자가 나타났다. 결국 이들은 거사를 일으키지도 못한 채 모두 붙잡혀 형장의 이슬로 사라졌다. 이 사건을 '단종 복위 운동'이라고 하며, 이때 죽은 여섯 신하가 사육신(死六臣)이다. 이들 사육신은 성삼문, 하위지, 이개, 유성원, 박팽년, 유응부이다. 그리고 따로 생육신(生六臣)이 있다. 생육신은 비록 죽지는 않았지만 끝까지 단종에 대한 절개를 지킨 인물들로, 김시습과 남효온이 대표적으로 거론된다.

이 중 남효온(1454~1492)은 사육신에 대한 인물전을 남겼다. 바로 〈육신(六臣傳)〉이다. 대체로 인물전은 대상 인물이 죽은 뒤 한참 지나 사회적으로 어느 정도 추인된 속에서 짓기 마련인데, 〈육신전〉의 경우 바로 한 세대 뒤에 지어졌다. 거기다가 한 개인도 아닌 여섯 인물을 한자리에 입전시켰다는 점에서도 이채롭다.

이처럼 〈육신전〉은 여섯 명을 입전시켰기 때문에 개개인에 대한 자세한 인생 행적을 기록하는 대신에 개별 인물에 대한 선택과 집중을 통해 특화하는 방식으로 구성했다. 첫 번째 입전자는 박팽년으로, 세종 대에 과거에 급제하여 성삼문과 함께 집현전 학사로서 총망 받던 인재로 소개한다. 그러고는 곧바로 단종 복위 거사의 과정을 소개했다. 성삼문이 주도

하고 박팽년 등이 동의함으로써 창덕궁에서 명나라 사신을 접대하는 잔치에서 세조 쪽을 제거하고 상왕(上王), 즉 단종을 옹립하기로 한 마스터플랜이 짜인 것이다. 그런데 갑자기 세조가 별운검을 연회에 서지 못하게 하고, 세자는 병을 핑계로 참석하지 않는다는 보고가 접수된다. 별운검은 나라의 큰 잔치 따위에 임금을 옆에서 보호하는 호위 무사인데, 유응부가 이 별운검을 서게 되어 있었다. 세조 쪽에서 거사에 대한 모종의 낌새를 알아차리고 한 조처였던 것이다. 이렇게 되자 사육신 쪽에서는 그 실행 여부를 두고 실랑이가 벌어졌는데, 결국은 거사 시기를 조정하는 것으로 일단락된다. 바로 그사이 같은 편의 김질이란 자가 이반을 하고 만다.

> 김질은 일이 잘못된 줄 알고 장인 정창손과 도모하기를, "지금 세자께서 어가를 따르지 않고 특별히 별운검도 세우지 않았으니 이는 하늘이 정한 것입니다. 먼저 거사 일을 임금께 고변하여 살아남아야 하지 않겠습니까."라고 하였다. 정창손은 즉시 김질과 함께 말을 달려 대궐에 나가 변고를 아뢰었다.

김질의 고변으로 거사는 단번에 물거품이 되었을 뿐만 아니라, 성삼문과 박팽년 이하 여섯 사람은 왕을 죽이려 했다는 죄목으로 형장으로 차례차례 나가야 했다. 〈육신전〉 '박팽년 조(條)'에서는 이처럼 거사의 계획과 실패한 과정을 속도감 있게 그리고 있다. 물론 박팽년의 성품과 그가 남긴 시 등을 소개하고 있으나, '박팽년 조'는 사육신이 죽게 된 이유를 설명하기 위해서 이 사건의 전체적인 정황을 소개하는 도입부로서의 성격을 갖는다.

다음으로 '성삼문 조'에서는 세조가 사육신을 친국(親鞫)하는 장면이 부각되어 있다. 특히 성삼문과 세조와의 대화가 흥미롭게 구성되어 있는데, 성삼문의 꺾이지 않는 지조가 생생하게 드러난다. "왜 나를 배반했느냐"는 세조의 추궁에 성삼문은 "하늘에는 해가 둘이 될 수 없듯이 백성에게도 왕이 둘일 수 없다"며 대응한다. 화가 난 세조가 무사를 시켜 불에 달군 쇠꼬챙이로 발을 뚫고 팔뚝을 끊어내도 안색 하나 변하지 않는 장면은 소름이 돋을 정도이다. 마지막 부분에선 매사에 얽매임이 없고 우스갯소리도 곧잘 하지만 절의에 있어서는 누구에게도 뒤지지 않는 외유내강한 그의 인물됨을 부각시켰다.

이어지는 이개, 하위지, 유성원 조에는 주로 이들의 인물됨과 세조의 왕위 찬탈을 바라보는 개인적인 심사와 죽음 등이 제시되어 있다. 이를테면 이개의 경우 평소 병약했지만 국문을 받을 때에는 안색 하나 변하지 않았다는 점을, 하위지의 경우 평소 과묵하여 말을 가려서 했으며 조정에서의 생활은 공손하고 예의가 바른 인물이었으나 세조가 왕위를 찬탈하자 주어진 벼슬을 거부하고 별실에 들어가 아무것도 먹지 않았다는 점을 주목했다. 따로 유성원은 계유정난이 일어나자 홀로 집현전을 지키며 통곡했고, 성삼문과 박팽년 등이 주도한 단종 복위의 거사가 실패했다는 소식을 접하고는 집으로 돌아가 아내와 한 모금 술을 마시고는 집 뒤편 사당으로 들어가 관복도 벗지 않은 채 자결한 점을 특기한다.

마지막은 유응부이다. 특히 유응부의 경우는 죽기 직전의 장렬한 모습이 인상적이다. 무인으로서 세종과 문종이 총애하여 2품직까지 올라간 점만 명시하고는 곧장 친국하는 장면으로 들어간다. 세조가 "너는 무엇을 하려고 했느냐"고 묻자, 유응부는 주저 없이 "연회가 열리는 날 검으로 족하(足下)를 죽이고 옛 주인을 복위시키려고 했소. 불행히도 간사한 자에게 일이 발각되었으니 내가 다시 무엇을 할 수 있겠소? 족하는 속히 나를 죽이시오."라고 대답한 것이다. 그러면서 유응부는 같이 국문을 받던 성삼문 등을 돌아보며 거사를 실행하지 못하고 우물쭈물하다 기회를 놓쳤다며, "서생(書生)들과는 함께 일을 도모할 수 없다"고 꾸짖기까지 한다. 이런 장부로서의 기개는 형벌을 받는 모습에서 극대화된다.

> 세조는 더욱 화가 치밀어 불에 달군 쇠로 아랫배를 지지라고 하였다. 기름과 불이 함께 살을 태웠으나 유응부는 안색 하나 변하지 않았다. 달군 쇠가 식자 그 쇠를 땅에 내던지며 "이 쇠는 식었으니 다시 달궈 와라!"라고 외치며 끝내 굴복하지 않다가 죽었다.

사실 이 부분은 워낙 유명하여 유응부라는 개인의 결의한 모습도 모습이거니와 세조의 왕위 찬탈과 단종의 폐위, 그리고 사육신의 절개 문제가 응축된 장면으로 기억되고 있다. 아무리 단심(丹心)이 굳세고 의지가 강한 인물이라 하더라도 이 정도의 모습을 보일 수 있을까 싶다. 그런데 유응부에 대한 서술은 여기서 끝나지 않는다. 모친에 대한 지극한 효성까지 부각시켰기 때문이다. 무인으로서 절의와 효성을 겸비한 모습이다. 이른바 '충효겸전(忠孝兼全)'의 표본인 셈이다. 〈육신전〉은 이 유응부의 장렬한 모습을 통해 대미를 장식했다.

〈육신전〉의 구성은 이렇거니와 형식적인 특징도 돋보인다. 우선 개별 인물들의 소개와 사적을 서술한 다음, 끝부분에 그들이 남긴 시를 첨부했다. 이 시들은 일종의 절의시(節義詩)로 그들의 절의를 문학적으로 각인시키는 효과가 있다. 그리고 작품의 끝에는 사평(史評)을 덧붙였다. 이 사평의 내용은 사육신의 단심(丹心)과 그들에 대해 조문하는 형식을 취하고 있는데, 이를 통해 이들의 원통한 죽음을 기리는 효과를 거두고 있다.

이러한 〈육신전〉은 작자인 남효온의 절의 의식과 겹쳐져 있다. 사육신보다 한 세대 정도 뒤의 인물인 남효온은 생육신 중에서도 김시습과 함께 가장 잘 알려져 있다. 그는 세조가 집권한 시절에 젊은 날을 보냈거니와, 당대의 집권 세력을 세조를 옹립한 자들로 규정하고 평생 벼슬을 하지 않고 단종에 대한 단심을 잃지 않았다고 한다. 당연히 그는 평소 사육신의 절의를 숭상했다. 주변의 만류에도 아랑곳하지 않고 지은 〈육신전〉을 통해 작자는, 그의 충분을 육신들의 신념과 행동 속에 고스란히 집어넣어 자신의 절의 의식을 제고했던 것이다.

갈 곳 없는 향랑의 한 - 〈향랑전〉

〈육신전〉이 조선 전기 충신전이었다면 〈향랑전(香娘傳)〉은 조선 후기 열녀전이다. 유교 사회에서 열녀는 여성에게 주어진 절대 명제와도 같았다. 이는 '충신은 두 임금을 섬기지 않고, 열녀는 두 남편을 섬기지 않는다.'라는 대의에 기반한 것이었다. 따라서 열녀전은 충신전과 마찬가지로 매우 이른 시기에 출현했으며, 우리 문학사에서는 고려 시대부터 본격적으로 등장했다. 그런데 조선 후기에 오면 그 경향이 달라졌는데, 이는 점증하는 열녀 담론과 궤를 같이했다. 즉 조선 후기 열녀 담론의 큰 줄기는 기존에 사대부가의 여성에게만 부여되었던 정절의 문제가 하층의 평민 여성에까지 파급되었다는 점과, 살아서 정절을 지키는〔生烈女(생열녀)〕 문제에서 죽음으로 정절을 완성하는〔사열녀(死烈女)〕 단계까지 확대된 점 등이다.

이런 과정에서 '열녀를 어떻게 볼 것인가' 하는 문제를 떠나 주체적이거나 자의적인 의지가 아닌 일종의 강요된 열녀가 등장하기도 했다. 이런

'열녀 만들기'는 당사자인 여성으로서는 엄청난 현실적 고통이었으며, 조선 후기 사회의 일그러진 초상 가운데 하나이기도 했다. 이런 현상에 대해 일군의 비판적 지식인들은 이를 다양한 관점에서 논란했거니와, 연암 박지원의 〈열녀함양박씨전〉은 그 대표적인 사례이다. 아무튼 이런 저간의 사정으로 조선 후기 열녀전에서 열녀의 모습은 균일하지 않고 매우 다양했다. 이런 열녀의 한 전형으로 불릴 만한 작품이 〈향랑전〉이다. 경상북도 선산(善山)의 열녀인 향랑을 입전한 작품으로, 그녀의 원통한 사연과 억울한 죽음이 극적이어서 여러 문인들이 전으로 남겼는가 하면, 후대까지도 인구에 회자되었다. 현재까지 확인된 전 작품만 하더라도 10편 정도가 되며, 관련된 한시와 산문 기록도 적지 않다. 전 작품의 경우 제목도 '향랑전', '열녀향랑전', '임열부향랑전', '열녀상랑전' 등으로 다양하다. 이는 그녀의 이름이 '향랑', '상랑' 등으로 불렸던 데 기인한 것으로 판단되는데, 그만큼 그녀의 사연이 사람들에게 다양하게 회자되었다는 증거이기도 하다.

여기서는 눌은(訥隱) 이광정(1674~1756)의 〈임열부향랑전(林烈婦香娘傳)〉으로 그 내용을 살펴보기로 한다. 이광정은 향랑과 같은 지역의 인사였을 뿐만 아니라 누구보다도 그녀의 죽음을 안타까워했으며, 그녀가 죽은 시점에서 그리 머지않은 시기에 지어졌다는 점에서 이 작품을 택한 것이다. 이 작품에 의하면, 향랑은 성이 박씨이고 농사꾼의 딸이었다. 그러나 그녀의 환경은 열악하기 짝이 없었다. 어머니를 일찍 여의고 계모의 박대를 받아 항상 매를 맞으며 자랐다. 그러나 이 정도는 아무것도 아니었다. 그녀의 삶은 시집간 이후에 더 처참해졌다.

> 나이 열일곱에 임씨 집에 시집갔다. 남편의 이름은 칠봉이고, 나이는 열

넷으로 성품이 유치하고 거칠었다. 아내를 함부로 대했으나 향랑은 불만을 얼굴에 드러내지 않고, 남편이 나이가 어려서 아는 것이 없기 때문이며 시간이 지나면 반드시 달라질 것이라 생각했다. 하지만 칠봉이 장성해서는 더욱 심해지고 자주 아내를 매질하고 때리더니 머리채를 쥐고 몰아내 쫓아버렸다. 시부모는 아들을 막을 수가 없어 며느리를 집으로 돌려보냈다. 계모는 향랑이 집에 돌아온 것을 보고 성을 내며 "네가 무례해서 시댁에 죄를 얻은 것이야."라고 했다. 아버지는 향랑이 새어머니에게 받아들여지지 않을 것을 알고 돌아가신 어머니의 집으로 보냈다.

앞서 계모의 박대에도 공손하고 근실했던 향랑이다. 그녀는 비록 향촌의 처자이지만 평소 남자도 가까이하지 않는, 그야말로 부덕(婦德)을 갖춘 존재였다. 그런 그녀는 시집을 가면 자신의 삶이 나아질 줄 믿었다. 그러나 이 칠봉이라는 남편은 난봉꾼이었다. 결국 향랑은 비참하게 얻어맞고 쫓겨났는데, 친정에서는 다시 계모에게 문전박대를 당한다. 계모와 남편은 그녀를 송두리째 구렁텅이로 몰아넣는 존재이다. 그들로 인해 그녀는 시댁은 물론 친정에서도 있을 수 없는 처지가 되었다. 외가로까지 쫓겨났는데, 거기서 외숙은 그녀에게 개가할 것을 권유한다. 문제는 여기서부터다. 그녀는 당연히 시댁으로 돌아가야 한다고 믿는다. 그것이 그녀의 본분이라고 생각하는 것이다. 그러니 외가에서도 있을 수 없었다. 그래서 다시 시댁으로 도망을 친다. 그러나 남편의 타박은 여전하다. 결국 시댁에서도 받아들여지지 않았다. 이제 그녀는 갈 곳이 없었다.

향랑은 갈 수도 없고, 욕을 참고 구차히 살다가 좋지 않을 일이 생길까 염려하여 스스로 목을 찔러 죽고자 하나 시아버지가 그것도 싫어하는지라

탄식할밖에.

"아 돌아갈 곳 없음이여! 부모가 나를 자식으로 생각하지 않으시고, 지아비가 나를 처로 생각하지 않으며, 시부모님이 나를 며느리로 여기지 않으시니 내 어떻게 세상에서 살아갈 수 있으리오. 차라리 강물에 가 깨끗함을 함께하면 혼백이 부끄럽지 않으리라."

부모는 자신을 자식으로 생각하지 않고, 지아비는 자신을 아내로 여기지 않으며, 시부모는 자신을 며느리로 인정하지 않는다. 이제 그녀는 갈 곳이 없다. 결국 그녀의 선택은 죽음뿐이었다. 물론 다른 선택지가 없지는 않았다. 바로 재가하는 것이다. 그러나 그것은 그녀가 받아들일 수 없는 것이었다. 이 현실은 그녀에게 지워진 운명이었다. 이 비극적인 운명은 그녀의 죽음을 통해서 뚜렷해진다.

향랑이 강물에 몸을 던지면서 노래를 불렀다. 그 노래가 〈산유화(山有花)〉이다. 이 노래는 〈메나리〉라는 민요로, 원래 농부들이 불렀다고 한다. 그 곡조가 슬프고 처량한데, 여기서 '산에 핀 꽃'은 향랑의 입장에서는 자신의 슬픔을 상징하는 은유로 읽힌다. 이광정은 이 향랑을 소재로 〈향랑요〉라는 장편의 시를 따로 남기기도 했는데, 바로 죽으면서 그녀가 불렀던 〈산유화〉의 이미지를 떠올리게 한다. 향랑의 죽음은 이 〈산유화〉라는 노래를 통해 더 애절하게 다가온다. 그리고 이 노래는 비단 향랑뿐만 아니라 정절이라는 이름으로 죽어간 조선 시대 수많은 여인들의 한을 대변한 셈이다.

지금까지 살펴본 검군, 사육신, 향랑은 그들 자신이 믿었던 직분, 절의, 정절이라는 덕목에 희생된 이들이다. 이런 덕목이 전통사회에서 유교적 이념으로 자리한 것이다. 그렇다면 이들은 전통사회에서 강요된 유교 이념의 희생자일 수 있다. 하지만 따지고 보면 이런 덕목은 인간 삶에서 요구되는 윤리이기도 하다. 그런데 이런 기본적인 인간 윤리를 실천하는 것이 닥친 현실에선 매우 곤혹스러울 때도 있다. 이상과 현실은 간혹 인간의 삶과 죽음의 문제에서 가혹하게 다가오는 경우가 많다. 이들의 억울한 죽음은 이런 문제를 환기하는 데 심중한 이해를 요구한다.

- 정환국

참고 문헌

정출헌 옮김, 《추강집》, 한국고전번역원, 2014.

서신혜 편역, 《열녀 향랑을 말하다》, 보고사, 2004.

이재호 옮김, 《삼국사기》, 솔, 1997.

이혜순·김경미, 《한국의 열녀전》, 월인, 2002.

엄기영, 〈《삼국사기》 〈검군전(劍君傳)〉의 인물 형상과 입전 의도〉, 《어문논집》 65, 민족어문학회, 2012.

정출헌, 〈〈육신전〉과 〈원생몽유록〉 - 충절의 인물과 기억서사의 정치학〉, 《고소설연구》 33, 한국고소설학회, 2012.

최지녀, 〈'향랑(香娘)'을 형상화하는 두 가지 방식 - 〈향랑전〉과 〈향랑전설〉〉, 《국문학연구》 19, 국문학회, 2009.

一二三四五六七八九十

국가의 탄생과 올바른 정치적 이상

국가와 통치자는 백성에게 무엇이어야 하는가?

일정한 지역에 정착을 하고 채집과 농사와 수렵을 시작하면서부터 인간은 사회를 이루었고, 그 과정에서 정치는 인간과 떼려야 뗄 수 없게 되었다. 국가를 운용하고, 법을 세우며, 그 법을 적용하는 거창한 일만이 정치가 아니라, 우리가 눈 뜨고 눈 감을 때까지 일상에서 겪는 그 어떤 것도 정치와 연관이 없다고 하지 못할 만큼 정치는 일상적인 행위이다.

그 일상성만큼 정치에 대한 깊이 있는 논의의 연원도 길다. 우리가 이름을 들어보았을 법한 대부분의 학자들이 정치에 대한 일정한 견해를 내놓았다. 플라톤은 그의 정치적 이상을《국가》에 집대성했고, 아리스토텔레스 역시《정치학》에 자신의 정치적 견해를 피력해 두었다. 동양 역시 마찬가지이다. "임금은 임금답게 행동하라", "정치란 바르게 하는 것이다" 같은 말은 통치자들에게 보낸 공자의 준엄한 메시지이며, "백성이 가장 귀하고, 사직(社稷)은 그 다음이며, 임금이 가장 하잘것없다."라고 말하며 맹자는 국가의 성립에서 백성이 가장 중요하다는 점을 역설했다.

하지만 이들의 이상적인 이론과 부단한 실천에도 불구하고, 인류의 역사를 돌아보건대 제대로 다스려졌던 시절은 짧고 그렇지 못한 시기는 길다. 선량하게 살고자 하는 백성들은 늘 핍박 받는 대상이었고, 그들을 궁지로 내몰아 제 잇속을 챙기는 이들은 부조리하게도 떵떵거리며 사는 경우가 많았다. 사마천의 말을 빌자면, 하늘이 무심하게도 안회와 같이 선량한 사람은 요절하고, 도척과 같이 극악무도한 인간은 호의호식하며 장수했던 것이다.

이러한 부조리한 시대를 살아가면서 우리 선조들은 악화일로로 치닫는 이 흐름을 거슬러 새로운 시대를 열고자 궁리하고 실천했다. 그 과정에서 국가의 부조리를 낱낱이 살펴보며 그 문제점을 지적하고 해결책을 제시하려고 했다. 당대의 현실과 대비되는 이상적인 국가의 모습을 예거하면서 통치자의 각성을 촉구하고, 피폐해진 백성들의 경제 상황을 타개할 비책을 꺼내놓는가 하면, 부조리를 틈타 반역을 꿈꾸는 무리가 등장할 것임을 넌지시 경고하기도 했다.

지금 생각하기에 군주전제정치(君主專制政治) 사회였던 고려나 조선이라는 사회를 그 권력의 정점인 왕이 좌지우지했을 것 같지만, 그래서 신하들은 왕의 명령에 무조건 복종했으리라 생각하는 사람들이 많겠지만, 그렇지 않다. 오히려 목숨을 내놓는 한이 있더라도 왕의 잘못을 직간접적으로 비판하고 눈앞에 산적한 폐해를 타파하려고 한 경우가 적지 않았다. 더욱이 이렇게 왕에게도 직언을 하는 상황이었기에, 동료 혹은 상급자인 통치 관료들을 향한 비판의 칼날은 더욱 예리할 수밖에 없었다.

이제부터 보게 될 〈원목(原牧)〉, 〈논균전(論均田)〉, 〈호민론(豪民論)〉 등은 그 고민의 양상과 방향은 다소 다르지만, 모두 당대 부조리에 대한 각성의 촉구이자 경고라는 점에 있어서는 함께 음미해 볼 필요가 있는 글들이다.

국가의 탄생과 이상적인 백성의 대표자를 꿈꾸며 - 〈원목〉

인간은 처음부터 사회를 구성하여 살지는 않았다. 사냥과 채집을 주로 하며 이곳에서 저곳으로 떠돌던 인간이 농경과 사냥을 병행하게 되고, 그에 적합한 땅을 찾아 정착한 뒤에야 동일한 공간에 살던 사람들이 무리를 이루고, 그 무리가 사회를 구성하여 국가가 탄생했다. 결국 척박한 외부 환경으로부터 효과적으로 스스로를 지키고, 일정한 의식주의 제공을 통해 좀 더 안정적인 삶을 영위하기 위해 인간은 국가를 형성한 것이다.

하지만 개인과 개인, 그 개인들이 형성한 하위 단위의 집단, 그리고 그 하위 집단들이 만든 상위 집단 사이에서 편의와 안정을 획득하기 위한 다툼이 일어났다. 이때 개인과 집단 사이의 분쟁을 중재해 줄 현명하면서도 덕이 있는 사람이 필요하게 된다. 루소(Jean-Jacques Rousseau, 1712~1778)가 말한 대로 히브리의 장로, 스파르타의 게론테스(gerontes), 로마의 원로, 유럽의 세뇨르(seigneur) 등이 모두 연륜이 있는 사람들이었던 것처럼, 동양에서도 경험이 많고 현명한 어르신〔수(叟)〕을 추대하여 각 마을, 당(黨), 주(州), 국가의 대표자로 삼았다.

이미 말했듯이 이들은 상대 집단을 정복함으로써 통치자가 된 것이 아니라 함께 호흡하던 사람들이 보내준 존경과 감화에 힘입어 추대되었기 때문에, 국가 운용의 지침이 되는 법(法)을 제정하는 과정에서도 항상 자신보다는 자신을 추대한 사람들의 편의와 안정을 위해 법을 수립하고자 했다. 정약용(1762~1836)은 〈원목(原牧)〉에서 이 과정과 효용을 다음과 같이 서술한다.

> 마을의 대표자는 백성들의 바람을 따라 법을 제정하고 그것을 당의 대표자에게 올렸고, 당의 대표자는 백성들의 바람을 따라 법을 제정하여 주의 대표자에게 올렸으며, 주의 대표자는 그 법을 나라의 대표자에게 올렸고, 나라의 대표자는 그 법을 황제에게 올렸기 때문에, 그 법은 모두 백성들의 편의에 맞았다.

다만 정약용이 살고 있던 시대는 물론 역사에 기록된 시대 중에 이처럼 백성들의 편의에 맞는 법이 제정되어 그들의 안락한 삶이 보장되는 시대는 드물었고, 백성들은 대부분 통치자의 잇속 챙기기에 희생되어 궁핍한 삶을 살았다. 《목민심서(牧民心書)》나 《흠흠신서(欽欽新書)》 등에서 보이듯 올바른 정치와 제대로 된 법의 집행에 꾸준히 관심을 두었던 정약용에게 이러한 사회적 모순은 반드시 타파해야 할 해악이었다. 그러자면 근본적인 원인을 찾아 그 뿌리를 제거하는 것이 가장 우선이었는데, 그는 그 원인을 다음에서 찾는다.

> 황제는 자기의 욕심에 따라 법을 제정하여 제후에게 내렸고, 제후도 자기의 욕심에 따라 법을 제정하여 주의 대표자에게 내렸으며, 주의 대표자는 그 법을 당의 대표자에게 내렸고, 당의 대표자도 그 법을 마을의 대표자에게 내렸기 때문에 그 법은 모두 통치자를 높이고 백성을 낮추며,

아랫사람의 것을 깎아내어 윗사람에게 보태주게 되어 백성이 하나같이 통치자를 위해 사는 것처럼 되어버렸다.

정약용보다 50년 먼저 태어났던 루소는 그의 대표적인 저서《사회계약론》에서 백성들의 일반적 의지에 근본을 두지 않고 특정한 개인의 특수 의지에 초점을 맞추는 경우, 그것은 법이 아니라 명령이며 그 명령은 입법자의 욕망을 실현하는 수단으로 전락하여 부정(不正)으로 얼룩지게 될 것임을 우려한 바 있다. 앞뒤로 50년, 그리고 동양과 서양이라는 시공간의 차이를 두고 있지만, 두 학자가 진단한 당대 사회의 모순과 부조리를 발생시킨 근본 원인은 이처럼 정확히 일치한다. 이들의 말대로 통치자 스스로가 어떠한 과정을 거쳐 백성의 대표가 되었는지를 잊어버리고서 자신과 제 주변 인물들의 편의에 따라 법을 제정하여 명령을 내리는 한, 백성들은 영원히 압제의 사슬에서 벗어날 수 없다.

그렇다면 어떻게 해야 제대로 된 정치가 펼쳐질 수 있는가? 아마 루소는 인간이 자유롭고 행복했던 그 원초적 상태를 꿈꾸며 "자연으로 돌아가라"라고 할지도 모르겠다. 하지만 그 역시 한번 잃어버린 순수성은 다시 회복되지 않는다는 사실을 인식하고 있었다. 결국 태고(太古)의 평온했던 시절로 회귀하는 것은 불가능한 것이다. 반면 정약용은 다음과 같이 통치자들에게 일갈한다. "백성들이 통치자들을 위해 사는 듯한 이 상황, 즉 백성들이 제 뼈와 살과 골수와 체액을 모두 빼서 통치자들을 위해 바치고 있는 현실을 반성하고, 애초에 백성의 권익을 위해 추대된 대표자임을 인식하라. 그래서 백성의 대표자가 백성을 위해 있다는 사실을 몸소 증명하라."라고 말이다.

오래전부터 통치자의 악행이라는 질곡으로부터 민중을 탈출시킬 해결책을 찾기 위해 지식인들은 고민했다. 그 결과 다양한 문제 제기와 해결책이 도출되었다. 지금까지 살펴본 정약용의 〈원목〉 역시 이와 같은 흐름 속에서 나온 글이다. 다만 이 글을 다른 글들과 구별하게 해주는 주요한 미덕은, 국가와 법의 기원 및 성격을 큰 틀로 삼아 압축하여 제시함으로써 백성의 대표자로서 통치자의 마음가짐과 그 의무를 분명하게 지적하고 있다는 점이다. 이를 유념하면서 정약용이 꿈꾸었던 개인·사회·국가의 조화와 균형을 살펴보는 일도 의미가 있으리라 생각한다.

백성의 먹고살기와 호민(豪民), 그 혁명의 서막
- 〈논균전〉, 〈호민론〉

국가를 운용하는 주요한 관건은 정치와 경제이다. 안부 인사가 "식사하셨어요?"인 다른 사람이 한 끼를 해결했는지에 우리는 지대한 관심을 갖는다. 이것을 보면 먹고사는 문제, 크게 보아 경제적 문제가 우리의 일상 속에 깊이 뿌리내리고 있음을 알 수 있다. 이렇게 중요한 경제를 살리자는 표어가 국가 운용의 가장 중요한 의제가 된 것은 어제오늘의 일이 아니다. 인간이 지구상에 존재하기 시작한 그 어떤 순간부터 먹고사는 문제는 제기되었으며, 그에 대한 다양한 해결책 역시 제출되었다. 따라서 조선 시대라고 예외일 수는 없었다. 정치·경제를 비롯한 사회적 문제에 관심이 깊었던 대부분의 사대부들이 이 문제를 고민했는데, 농업이 백성의 경제활동에 가장 큰 비중을 차지하고 있었던 만큼, 조선 시대에는 농업과 토지의 문제가 경제적 의제 중 가장 부각되었다.

앞서 살펴본 정약용도 이 문제를 고민했다. 그는 사유지를 개인이 경영하여 그 이익을 스스로가 챙기고, 여러 사람들과 함께 공유지를 경영하여 거기에서 나오는 이익은 국가에 세금으로 제출하자는 '정전제(井田制)'를 지지했다. 정약용의 선배 학자들 역시 이를 지상의 목표로 삼아 해결하려고 했는데, 유형원(1622~1673)은 대토지 소유를 제한하는 '균전제(均田制)'와 농사를 짓는 사람이 토지를 소유하게 하자는 '경자유전(耕者有田)'을 제안했다. 이와 유사한 맥락에서 조선 후기 실학의 아이콘으로 인식되는 이익(1681~1763) 역시 대토지 소유를 엄격하게 금지하고, 일정한 너비의 토지를 영업전(永業田)으로 설정하여 이 영업전은 매매를 불가능하게 하되 그 외의 거래는 자유롭게 풀어주자는 '한전법(限田法)'을 제안했다. 그가 이렇게 주장한 이유는 다음과 같다.

> 부자는 토지가 이랑이랑 이어지는데도 가난한 자는 송곳 꽂을 땅도 없기에 '부자는 더욱 부유하게 되고 가난한 자는 더욱 가난해지게 된다(富益富貧益貧).'

'부익부빈익빈'이라는 짤막한 관용구가 이익이 주장한 한전법의 가장 중요한 근거이다. 우선 그는 농민이 몰락하는 가장 결정적인 이유를 소유한 토지가 없기 때문이라고 진단했다. 비록 파산하기는 했지만 여전히 농사지을 수 있는 토지를 가지고 있다면 그 노력 여하에 따라 얼마든지 원상태로 회복할 수 있겠지만, 그렇지 못한 경우라면 그가 딛고 일어날 조금의 여지조차 없는 막막한 상태에 처하게 된다. 그가 말한바, "집안이 파산했지만 토지가 남아 있으면 여전히 다시 일으킬 수 있지만, 파산하여 토지가 없게 되"면 재기의 희망조차 바랄 수 없게 된다.

반면 파산한 농민의 토지를 헐값에 구입한 지주(地主)는 그 땅에서 이익을 취하고, 그 이익으로 또 땅을 헐값에 구입하여 자신의 이익을 기하급수적으로 늘릴 수 있다. 결국 돈이 돈을 벌어다 주는 것처럼 땅이 땅을 벌어다 주기 때문에 손대지 않고도 코를 풀듯이 쉽게 자본을 늘릴 수 있다. 물론 이들이 토지를 무한정 늘려가는 사이 빈민들은 재기할 수 없을 정도로 몰락하게 되어서, 결국 국가는 소수의 대토지 소유자들과 대다수의 극빈층으로 구성될 것이다. 이렇게 되면 국가의 존립은 불가능해진다. 이익은 이러한 사태를 방지하고자 실행 가능한 여러 가지 방법 중에서 합리적이라 생각한 한전법을 주장했다.

하지만 이 제도는 실시되지 못했고, 정약용의 시대로 접어들어서는 대다수의 땅을 지닌 지주가 5%, 자영농이 25%, 남의 땅을 빌려 경작하는 소작농이 70%에 달하는 기형적인 형태를 띠게 되었다. 이러한 상황 속에서 소작농은 종처럼 부려졌고, 부자는 농사를 짓지 않고도 점점 부유해졌다. 조선 후기에 발생한 민중의 봉기는 대개 이와 같이 부조리한 경제적 상황과 그것에도 아랑곳하지 않는 통치자들의 안일한 대응 속에서 일어난 예견된 몰락의 징후이다.

그런데 이러한 사태를 200년 앞서 예견한 이가 있었으니, 바로 허균(1569~1618)이다. 그가 주로 사회의 구조적 모순을 예리하게 비판한 시기는 1610년경이다. 그는 이즈음 삼척 부사와 공주 목사에서 파직되었으며, 나주 목사는 아예 임명이 취소되었고, 전시대독관(殿試對讀官)으로서 조카를 과거에 부정 합격시켰다는 죄목으로 전북의 함열현으로 귀양 가 있었다. 굴곡지기만 한 자신의 삶을 되돌아보며 나락으로 떨어지게 된 원인을 자기 자신과 사회적 부조리 양측에서 모두 찾아보려고 했던 그는, 자신을 반성함과 동시에 국가의 부조리에 대해서 신랄한 비판을 담은 12편의 논설문을 썼다. 그 중 한 편이 바로 〈호민론(豪民論)〉이다.

이 글은 백성들에 의한 국가의 전복을 예견한 글로서, 국가의 산적한 모순이 해결되지 않고 백성들을 가혹하게 내몰기만 한다면 황소의 난과 같은 대규모의 민중 봉기가 머지않아 일어날지도 모른다고 예언하며 끝맺는다. 이 봉기의 주체는 글의 제목이기도 한 호민(豪民)인데, 과연 그 호민은 어떤 사람이기에 이렇게 무시무시한 일을 계획하고 실행하는가?

> 백정과 장사치 사이에 자취를 감추고 남몰래 다른 마음을 품은 채로 세상을 바라보다가 요행히 시대에 변고가 있으면 자신의 바람을 실행하려는 자가 호민(豪民)이다. 저 호민은 매우 두려워할 만하다.

늘 윗사람들의 명령대로 움직이는 수동적 백성은 항민(恒民), 즉 일반 백성이며, 윗사람 몰래 그를 욕하고 괴로움에 가슴도 치지만 결국 그들의 요구대로 따르는 자들은 원민(怨民), 즉 원망하는 백성이다. 이들은 두려워할 만하지 않다. 그 수동성과 소극성으로는 자신의 상황을 바꾸고자 적극적으로 행동하지 못할 것이기 때문이다. 하지만 호민은 그렇지 않다. 평소에는 항민과 원민 사이에 섞여서 자신을 드러내지 않지만, 국가의 위기가 닥쳐오면 그 틈을 놓치지 않고 봉기를 일으켜 새 세상을 열려고 한다. 호민의 수가 많지 않아 그 위험이 그다지 크지 않을 것이라 생각하겠지만, 호민이 앞장서서 봉기를 하면 원망 가득하던 원민 역시 그에 동조하게 되고, 수동적이던 항민 역시 늘 그랬듯 남들이 가는 길을 따라 호민의 무리에 합세하게 된다. 이것이 두려워해야 할 일이다. 중국의 진나라를 망하게 한 진승오광의 난, 한나라와 당나라를 각각 몰락하게 만든 황건적의 난과 황소의 난이 모두 이렇게 발생했기 때문이다. 물론 허균은 그 원인도 적확하게 지적한다.

> 하늘이 통치자를 세운 이유는 백성을 기르기 위해서이지 한 사람이 위에 올라가 눈을 부릅뜨고 보며 한도 끝도 없는 탐욕을 채우게 하려는 것이 아니었으니, 저 진나라와 한나라 이후의 재난은 당연한 결과이지 불행한 일이 아니다.

이미 정약용과 이익도 지적했듯이 통치자가 백성들을 모질게 대하고 제 잇속을 챙기기 위해 가혹하게 거두어서 호의호식했기 때문에 진나라와 한나라 이후의 재난은 당연한 결과이다. 이처럼 허균은 당대의 현실을 지적하며, 통치자들의 의식이 변하지 않고 제도와 법을 고치지 않는다면 조선도 머지않아 호민들에 의해 전복될 것임을 단언한다.

이익의 〈논균전〉은 경제적 측면에서 몰락하는 백성들이 딛고 일어설 한 줌의 터전 마련을 촉구했고, 허균의 〈호민론〉은 정약용과 이익이 지적한 사회적 부조리를 해결해야만 국가가 온전히 유지될 것임을 경고했다. 이들이 처해 있던 상황이나 글의 어조와 논리도 다르지만, 이들 모두 당대의 문제를 해결하고자 치열하게 고민했고, 그 해결책 역시 충분히 곱씹어 보아야 할 합리적 대안이라는 점에서 충분히 의미가 있다.

이상적인 정치를 위하여

허균은 사회의 부조리를 날카롭게 비판한 글은 썼지만, 자신의 포부를 펼칠 수 있는 지위에 올랐을 때 체계적으로 그 정책들을 실행하지는 못했다. 이익은 재야의 스승으로 추앙되어 그 후배들에게 지속적으로 영향을 끼치긴 했지만, 정작 자신의 정치적·경제적 견해를 관철할 정도의 자리에 섰던 적이 없다. 정약용 역시 《목민심서》라는 책의 제목에서도 알 수 있듯이 몸소 정치를 실행하지 못하고 마음〔심(心)〕으로만 백성들을 다스리는 일〔목민(牧民)〕에 대해 고민할 수밖에 없는 상황이었다. 그렇다면 이들의 제안과 준엄한 경고는 모두 의미 없는 옛사람들의 헛된 말이었을 뿐인가?

우리는 허균과 이익과 정약용이 살던 시대와 달리 대표자를 우리 손으로 뽑는다. 우리의 대표자인 국회의원이 법을 발의하면 대통령이 거부권을 행사하지 않는 한 제정되므로, 국민의 바람에 따라 법을 만드는 시대에 살고 있다. 국회의원을 비롯한 국가의 대표자인 대통령을 뽑는 선거 기간이 되면, 그들은 언제나 국민을 주인으로 삼아 국민을 위한 정치를 할 것이라 약속한다. 서민의 편에 서서 서민을 위한 정치를 하겠다는 말도 잊지 않는다. 결국 〈원목〉에서 말했던 것처럼 아래로부터의 정치가 가시적인 모습으로 드러나고 있고, 〈논균전〉의 내용과 같이 가난한 서민들이 딛고 일어날 최소한의 경제적 안전망이 가동되고 있어서, 〈호민론〉에서 예언한 것과 같은 사회 전복은 일어날 수 없는 상황이다.

하지만 무엇 때문인지 사회의 정치적·경제적 모순은 사라진 적이 없다. 오히려 점차 민주주의와 사회의 민낯에 눈떠가는 민중을 호도하는 정치적 꼼수만이 교묘해지고 있는 게 아닌가 하는 생각까지 들게 한다. 이러한 상황을 좀 더 긍정적 국면으로 전환시키려면, 허균이 경고했고 이익과 정약용이 비판하고 제안했던 사회의 상황에 대해 더욱 고민해 봐야 하지 않을까? 이런 의미에서 옛글은 현재에 아무런 의미가 없는 케케묵은 과거가 아니라 새롭게 읽어야 하는 두툼한 현재일지도 모른다.

– 안득용

참고 문헌

루소, 이태일·최현 옮김, 《사회계약론 외》, 범우사, 1991.

루소, 주경복·고봉만 옮김, 《인간 불평등 기원론》, 책세상, 2015.

이헌창, 《한국경제통사(제6판)》, 법문사, 2014.

최석기 외, 《성호 이익 연구》, 사람의무늬, 2012.

김영, 〈허균론〉, 《애산학보》 19, 애산학회, 1996.

이헌창, 〈다산(茶山) 연구의 새로운 모색 - 다산(茶山) 정약용의 국가제도론에 관한 일고찰〉, 《한국실학연구》 24, 한국실학학회, 2012.

一二三四五六七八九十

공정한 인재의 선발과 열린 소통

공정한 인재의 선발을 위하여

국가를 운용함에 있어서 제대로 된 인재의 선발과 양성만큼 중요한 일은 없을 것이다. 상고시대 중국의 역사를 담은 《서경(書經)》의 상당 부분이 훌륭한 재상(宰相)을 찾고, 능력 있는 인재를 찾는 데 할애된 이유는 바로 이런 사실 때문이다. 공자 역시 정치를 묻는 그의 제자 중궁에게 덕이 있고 능력 있는 사람〔현재(賢才)〕을 등용하라고 했으며, 맹자도 인재의 중요성을 역설하면서 천하를 도모하고자 한다면 왕이 직접 신하를 찾아가라고까지 했다.

하지만 공자와 맹자도 자신의 포부를 펼치기에 적합한 자리를 얻어 자신의 이론을 펼쳐본 적이 없다. 중국 전역을 돌아다니며 자신의 정치를 유세했지만 대부분 퇴짜 맞기 일쑤였다. 공자와 맹자의 사례를 굳이 들지 않더라도 역사의 기록을 살펴보면 언제나 제대로 다스려지는 시대보다 그렇지 못한 시대가 많았는데, 이 사실은 국가의 운용에 적합한 인재를 선발하지 못했다는 점을 방증한다. 또 국가의 번영을 이끌었던 인재들보다, 능력은 있지만 시대를 만나지 못하고 스러진 이들의 이야기가 더욱 빈번하게 소개되는 사실 역시도 그 선발과 양성이 제대로 진행된 시기가 그리 많지 않다는 사실을 보여준다.

이러한 추세는 현대에 이르기까지 크게 달라지지 않았다. 정약용이 〈원목〉에서 말한 진단을 조금 인용하자면, 국민들이 선택한 국가의 대표자는 정권을 획득함과 동시에 능력과는 상관없이 자신의 주변 인물들을 등용하기 때문이다. 이렇게 등용된 이들은 국민의 안위보다 자신을 뽑아준 윗사람의 욕망과 의지를 효율적으로 구현해야 하고, 그렇게 되면 국민들은 언제나 뒷전으로 밀려나게 된다. 정약용은 이 흐름을 역전시키고자 통치자가 백성을 위해 존재한다는 것을 뼈저리게 깨닫고 백성을 위한 정치를 해야 한다고 주장했다. 지금의 정치인들 역시 이 말을 충분히 곱씹어 보아야 할 것이다.

정약용의 진단이 오늘날에도 여전히 유효한 것처럼, 과거의 역사는 지금 우리에게도 작지 않은 의미를 지닌다. 따라서 우리는 역사의 여신 클리오(Clio)에게 현재 우리의 문제를 끊임없이 물어보고, 과거(역사)라는 거울에 현재를 비춰봄으로써 지금 당면한 문제의 해결을 위한 실마리를 찾아야 한다. 지금에 이르기까지도 인재의 등용과 그 제도에 문제가 있다고 생각한다면, 그 원인과 해결책을 면밀하게 찾아가는 과정에서 이 주제에 대해 먼저 고민하고 나름의 해결책을 제시한 선조들의 조언에 귀 기울일 필요가 있다.

지금부터 살펴보게 될 〈유재론(遺才論)〉, 〈원수(原水)〉, 〈논붕당(論朋

黨)〉, 〈이옥설(理屋說)〉은 인재 등용의 폐단과 그 발생 원인 및 해결책 등을 각자의 방법으로 서술한 글들이다. 모두 개성 있는 작가의 글이기 때문에 서로 말하는 방법과 시각에 차이는 있지만 현실을 비춰주기에 충분한 거울이다.

인사가 만사다 - 〈유재론〉, 〈원수〉

'현재(賢才)'란 제대로 된 성품을 갖추고 업무에 대한 능력도 탁월한 인재를 가리키는 말이다. 만약 국가에 꼭 필요한 인재를 뽑아야 한다면 '현재'를 빼놓고서는 적임자를 논할 수 없다. 따라서 국가를 제대로 경영하고자 하는 통치자들은 이 현재를 찾는 데 그 어떤 노력도 아끼지 않는다. 흔히 말하듯 인사(人事)가 만사(萬事), 즉 제대로 된 인재를 뽑아놓으면 국가를 경영하는 일의 반은 이미 된 것이나 마찬가지이기 때문이다. 하지만 탁월한 인재를 알아보는 일이 그리 쉬운 것은 아니다. 당나라의 문인 한유(768~824)는 "세상에 백락이 있어야만 천리마도 있다. 그런데 세상에 천리마는 늘 있지만 백락이 늘 있지는 않다."라고 단언한 바 있다. 하루에 천리를 달려갈 수 있는 천리마는 세상에 둘도 없는 명마이다. 하지만 그것을 제대로 알아봐주는 백락과 같은 사람을 만나지 못한다면 그 어떤 천리마라 하더라도 자신의 능력을 발휘하지 못하고 평범한 말로서 살다가 죽고 말 것이다.

그런데 백락이 되어야 할 통치자가 천리마와 같은 인재를 찾아 발탁하기는커녕 제 발로 자신에게 오려는 천리마의 출입문을 막아버린다면, 그 통치자를 어떻게 평가해야 할까? 허균은 〈유재론(遺才論)〉에서 이러한 상황을 다음과 같이 비판한다.

> 우리나라는 땅이 좁아 인재가 드물게 배출되어 예로부터 그것을 근심하였다. 우리 조선에 이르러서는 인재 등용하는 문이 더욱 좁아져서 명문 세가나 명망 있는 집안이 아니면 높은 지위에 오를 수 없게 되었다. 초야에 묻혀 지내는 선비들은 비록 훌륭한 능력이 있어도 억울하게 그 능력을 써보지 못한다. 과거로 벼슬길에 나간 경우가 아니면 높은 자리에 오르지 못하여 비록 인격이 고매하고 능력이 있는 사람이라도 끝내 판서와 정승의 자리에 오르지 못한다. 하늘이 이처럼 공평하게 재주를 부여했지만, 집안이나 과거 시험 따위로 제한을 두니, 인재가 없다고 항상 괴로워하는 것은 당연할 일이다.

성군(聖君)이라고 불리는 제왕들은 초야에 묻혀 있던 재야의 인사는 물론이고 항복한 포로나 전쟁에서 패한 장군, 창고지기, 심지어는 도적들 중에서도 인재를 찾아서 막중한 임무를 맡겼다. 물론 그 결과는 성공적이었고, 그랬기 때문에 그들은 성군이 되었으며, 그 나라는 날로 융성해질 수 있었다. 하지만 조선은 그렇지 않았다. 아니 조선뿐만 아니라 이상적인 사회로 일컬어지는 역사의 여명기에 수립되었던 왕조를 제외하고는 합리적으로 인재를 선발한 나라가 거의 없었다. 다만 그렇다고 해도 조선만큼 집안도 재산도 없는 이들이 벼슬에 오르기가 바늘구멍을 통과하는 것처럼 어려웠던 나라도 찾기 힘들다. 이런 상황을 자초한 자들은 바로 가문과 과거 시험에만 지상 최대의 가치를 둔 통치자 자신들이었다. 위 글에서 비판하는 주된 내용이 바로 이러한 태도, 즉 인재가 관직에 들어와 능력을 펼 수 있는 문을 스스로 닫아놓고도 인재가 없다고 푸념하는 통치자들의 모순된 행동이다. 그런데 문제는 가문과 과거 시험만을 중시하는 태도 말고도 더 있다.

> 예로부터 지금에 이르는 아주 오랜 시간, 이 넓은 세상 그 어디에서도 서출(庶出, 첩의 자식)이라고 해서 현명한 자를 버렸다는 말과, 개가한 어머니의 자식이라고 재능 있는 사람을 등용하지 않았다는 말은 듣지 못했다. 하지만 우리나라는 그렇지 않다. 어머니가 천한 신분이거나 개가한 집안의 자손은 모두 벼슬길에 나서지 못한다.

송나라의 명재상이었던 범중엄은 2세에 아버지를 잃고 개가한 어머니를 따라 의붓아버지 밑에서 자랐다. 한무제가 총애하던 장군 위청과 왕에게 직언하기로 유명한 반양귀의 어머니는 종이었다. 《사기(史記)》 〈열전〉에도 올라 있는 장군 사마양저와 《잠부론(潛夫論)》을 쓴 사상가 왕부는 서출이다. 조선처럼 양반들만이 관직을 독점하는 '그들만의 리그'를 만드느라 여타 출신 계급들에게 좁은 문으로 들어오기를 강조했다면 이들은 이름조차 남기지 못했을 것이고, 그 사회는 조금 더 암울해졌을 것이다. 조선의 통치자들은 이처럼 출신 성분까지도 철저히 따져가며 자기와 출신이 다른 이들을 배제함으로써 기득권을 움켜쥐려 하고서도 언제나 인재가 없다고 푸념하는 부조리한 모습을 보였다. 허균이 비판한 모습은 바로 이렇게 모순적인 '그들'의 행태였고, 이러고서는 국가가 지속될 수 없다고 생각했다.

그런데 사람의 인품과 능력보다 겉으로 보이는 모습이나 출신 성분으로 인재를 선발하는 모순은 고려 시대에도 있었다. 이인임과 지윤의 실정을 탄핵하다 10년 동안이나 하동으로 유배를 갔던 이첨(1345~1405) 역시 유배지에서 쓴 〈원수(原水)〉를 통해 인재 등용의 폐단을 지적했다. 거름더미에서 흘러나왔다는 소문이 도는 작은 샘을 말끔하게 치우자 그 샘이 훌륭한 물맛을 갖게 되었다는 일화에 빗대어, 그저 눈에 보이는 모습과 풍문으로만 사람을 평가하고 그 본질을 보지 않는 세태를 에둘러 비판했다. 물론 그의 칼날 역시 다음과 같이 통치자를 향하고 있다.

> 지금 위에 있는 자들은 그저 용모와 말만으로 사람을 선발하면서, 그 마음이 비뚤어졌는지 올곧은지를 기준으로 면밀히 따지지 않으니, 참으로 물의 흐름만 알고 그 근원을 알지 못하는 것과 같다.

이첨이 서술한, 번드르르하게 보이는 용모와 사람의 혼을 빼놓는 말솜씨는 인재를 판단하는 핵심 사안이 아니라는 점에서 허균이 말한 가문이나 출신 성분 등의 외적인 조건과 유사하고, 그가 거론한 마음씀씀이는 허균이 말한 인품과 능력에 해당한다. 따라서 두 글은 동일한 문제의식에서 나왔다고 할 수 있다. 물론 허균이 직설적으로 다양한 측면에서 문제를 제기하고 폐단을 지적함으로써 개선을 촉구한 반면, 이첨은 소문으로 인해 방기된 샘물에 유배당한 자신의 처지를 빗대었다는 방법적인 차이는 있다. 하지만 두 사람 모두 자기 당대의 문제를 깊이 인식하고 그것을 개선하고자 고민했다는 사실은 다르지 않다.

밥그릇 싸움은 이제 그만 - 〈논붕당〉, 〈이옥설〉

1450년 문종은 식년시(式年試, 3년마다 정기적으로 보던 과거 시험)의 문제로 현명한 인재를 구하는 방법을 물었다. 세조의 경우, 1456년 식년시에서 현재(賢才)의 등용을, 1462년 식년시에서 문무(文武)의 인재를 기르는 방법을, 1462년 온양 별시(別試, 국가에 경사가 있을 때 보던 과거 시험)에서 인재의 선택을, 1462년과 1465년 식년시에서 다시 어진 인재를 구하는 방법을 문제로 출제하여 관료를 선발했다. 성종 역시 1474년 식년시에서 어진 인재를 구하는 방법을 출제했고, 심지어 폭군으로 알려진 연산군도 1501년 식년시에서 현명한 관료를 선발하여 등용하는 일을 시험문제로 출제했다. 물론 조선 전기뿐만 아니라 조선 후기까지도 인재 선발에 관련된 문제는 과거 시험의 단골 메뉴였다. 그만큼 국가의 운용에 있어 훌륭한 인품을 갖춘 능력 있는 인재의 선발은 국가의 운명을 좌우하는 중요한 일이었기 때문이다.

다만 이렇게까지 유사한 문제가 반복적으로 출제되었다는 사실은 오랜 시간이 지나도록 인사의 폐단을 해결하지 못했다는 반증이기도 하다. 보통 어떤 문제를 해결하기 위해서는 문제를 유발한 근본적인 원인을 찾아 없애야 하는데, 우리 선조들은 주로 문제의 근본적인 원인을 말하기보다는 그 폐단을 지적하는 데 더욱 힘을 기울였다. 하지만 이익(1681~1763)의 〈논붕당(論朋黨)〉은 그렇지 않다. 이익은 이 글에서 인사 문제의 근본 원인을 바로 지적한다. 이익도 허균과 마찬가지로 능력과 인품보다는 출신 성분으로 벼슬길을 제한하고 막아버리는 현실에 대한 문제의식을 가지고 있었으며, 이 문제를 중국의 사례와 비교하며 비판한 〈서얼방한(庶孼防限)〉이라는 글을 썼다. 〈논붕당〉은 〈서얼방한〉에서 한 걸음 더 나아가 예리하게 그 근원적 문제를 파헤친다.

〈논붕당〉에서 그가 제기한 인사 파행의 근본적 원인은 바로 이해(利害)의 문제이다. 밥은 한 그릇밖에 없는데 굶주리던 열 사람이 함께 이 밥을 먹게 되면 틀림없이 다툼이 일어나게 되고, 남편은 한 명인데 처와 첩이 한 집안에 살며 남편의 사랑을 바란다면 둘 사이의 갈등을 피할 수 없다. 마찬가지로 관료의 자리는 한정되어 있는데 이러저러한 일로 관료들을 자주 선발하여 그 인원이 많아졌기 때문에 인사의 파행이 일어났다는 것이 이익의 판단이다.

> 대체로 과거 시험을 자주 봐서 뽑힌 사람이 지나치게 많고, 애증(愛憎)이 편중되어 있어 벼슬에서 나아가고 물러나는 데〔진퇴(進退)〕에 일정함이 없기 때문이다.

밥 한 그릇을 두고 여러 사람이 다투듯이, 남편의 사랑을 두고 처와 첩이 갈등하듯이, 제한된 자리를 두고 여러 사람이 다투고 절대 권력자의 애정을 독차지하기 위해 다투다 보니 언제 관직에 나아가고 물러날지를 알지 못하게 되는 상황이 이익이 생각한 인사 파행의 가장 근본적인 요인이다. 이익이 될 만한 일은 하나인데 사람이 둘이라면 둘로 나누어 다투고, 사람이 넷이거나 그 이상이라면 넷이나 그 이상의 패거리를 만들어 자신들이 이익을 독차지하려고 애쓸 것이다. 물론 한번 잡은 이익을 놓치지 않기 위해 패권을 잡은 이들은 상대편 패거리를 배척하여 재기가 불가능하게 만들기도 한다. 또한 이렇게 권력을 독점한 패거리 내에서도 이익으로 인해 반목하고 갈등하다 갈라서기도 한다. 이 때문에 이익은 〈논붕당〉의 말미에서 인사 파행의 원인을, 선조(宣祖) 이후 "하나의 관직에 열 사람을 동시에 임명하더라도 줄 수 있는 관직이 없다"고 할 정도로 많아진 관료의 수와, 자신의 사사로운 이익을 보존하기 위해 패거리로 뭉친 정치권의 행태라고 다시 한 번 분명하게 규정한다.

근본적 원인이 이렇다면 그 해결책 역시 여기에서 찾아야 한다. 물론 이익은 이에 대한 대답 역시 준비해 두었다.

> 그렇다면 어찌해야 괜찮아질 것인가? 과거를 줄여 잡되게 등용하는 것을 막으며, 인사고과를 확실하게 매겨 무능한 자를 솎아버린다. 그런 다음 높은 벼슬은 아껴서 많이 주지 말고, 승진시키는 일을 신중히 하여 가벼이 발탁하지 않으며, 재능에 걸맞은 자리를 주도록 힘쓰고 자주 옮기지 않게 하며, 이익을 넘보는 구멍을 막아서 백성들의 뜻이 일정하게 되도록 만든다.

요약하자면 최소한으로 인재를 선발하고, 그들의 능력을 철저하게 평가하여 조심스럽게 고위 관료로 삼으며, 전문적 관료가 될 수 있도록 관직을 자주 옮기지 않게 하는 방법을 사용하여 이익을 탐하지 않게 하고 백성들의 뜻도 안정시켜야 한다는 정도의 주장이다. 대단히 일반적인 해결책이다. 그러나 누구나 짐작하고 있지만 누구도 선뜻 하려고 하지 않았던 일을 이익이 입 밖으로 꺼냈으며, 그것이 궁극적인 문제 제기와 함께 제시한 해결책이라는 점에서 의미가 있다.

하지만 이익은 이 일을 수행할 수 있는 자리에 있지 못했다. 이첨과 허균의 비판적 문제 제기와 이익의 근본적 해결책을 보고도 권력을 쥔 패거리들은 이 문제를 해결하려고 하지 않았다. 제때 문제를 해결하지 못한 결과 조선은 점차 저물어갔다.

이 대목에서 이규보(1168~1241)의 〈이옥설(理屋說)〉을 떠올려본다. 제때 어떤 문제점을 인식하고 대비하면 더 큰 화를 면할 수 있다는 식의 속담은 동서양 모두에서 살펴볼 수 있다. "호미로 막을 것을 가래로 막는다."라는 속담이나 "A stitch in time saves nine.", "Prevention is better than cure." 등이 그것이다. 이규보의 〈이옥설〉 역시 이러한 상황을 빗대고 있다. 비가 샌 지 오래된 두 칸의 방과 제때 손을 봐두었던 한 칸의 방, 이렇게 세 칸의 방을 수리하다 보니 방치해 둔 두 칸의 방은 재목들이 완전히 썩어 상당히 비용이 들었지만, 제때 손봐 두었던 한 칸의 방은 거의 대부분의 목재를 재활용할 수 있었다는 일에 빗대어 이규보는 다음과 같이 말한다.

> 국가의 정치 역시 이와 같다. 백성을 심하게 좀먹는 일이 있는데, 머뭇거리며 개혁하지 않다가 백성이 피폐해지고 국가가 위태로워진 이후에 급하게 고치려고 하면, 다시 회복하여 세우는 일이 어렵지 않겠는가?

이규보는 정치의 전반적인 문제에 대해 비판적으로 서술했지만, 정치의 주요 의제 중 하나가 인재의 선발과 양성이라는 사실로 볼 때 이 발언의 의미는 작지 않다. 다만 아쉬운 것은 이렇게 주장한 사대부 대부분이 자신의 뜻을 실현할 위치에 서 있지 않았다는 점, 혹은 그 자리에 올라가고 난 뒤에는 자신의 주장을 실천하기보다 제 안위만을 고민하며 과거의 자신을 잊었다는 사실이다.

열린사회와 공정한 인재 선발을 꿈꾸며

이규보와 이첨의 글은 그다지 신랄하지 않기 때문에 큰 문제를 불러일으켰을 것 같지 않다. 하지만 인재 선발에 대해 손을 놓고 있는 왕과 고위 관료를 직접적으로 비판하고 있는 허균의 〈유재론〉과 선조 시대를 직접적으로 거론하며 그 이후의 패거리 정치를 비판하고 있는 이익의 〈논붕당〉은 서슬이 퍼렇다. 지금을 예로 들자면, 인사 파행의 원인을 대통령과 그의 아버지나 할아버지를 비롯해 국무총리와 각 부처 장관 및 여당의 총재 등의 탓으로 싸잡아 비판한 경우와 같다. 왕이라는 절대 권력을 정점에 두고 운용되던 조선 시대라는 점을 감안하면, 목이 달아나도 벌써 몇 번이나 달아났을 상황이다. 하지만 이들은 그런 비판 때문에 위협받았던 적이 전혀 없다. 실제로 조선은 그런 사회였다.

과거 시험의 가장 마지막 단계인 '대책(對策)'은 이미 합격이 결정된 신진 관료들이 생각하는 당대의 문제에 대한 의견을 수렴하려는 의도로 개설되었다. 1611년 과거에 합격한 신진 관료들에게 당시 왕이었던 광해군은 바로 이 '대책'의 문제로 '지금 정치에서 가장 급히 시행해야 할 일'이 무엇인가를 물었다. 다른 고시 합격자들이 각자 자신이 생각하는 정책을 진술하고 있을 때, 임숙영(1576~1623)은 작심한 듯 광해군의 실정을 꼬집는다. 그 내용은 주로 왕실의 안주인들을 엄격히 다스리지 못했고, 임금에게 향하는 언로를 막았으며, 공정한 도리를 시행하지 못했고, 국가의 발전을 저해하고 있다는 것이었다. 물론 임숙영은 이 모든 것이 광해군의 잘못으로 벌어진 사달이라는 점 역시도 분명하게 밝혔다. 대책의 문제에 대한 답도 아니고, 거의 인신공격에 가깝게 왕을 비판한 이 대책문을 받아본 광해군은 당연히 임숙영의 합격을 취소하려고 했다. 하지만 이 정도의 간언도 하지 못한다면 아무도 간언하지 않게 될 것이라는 대간(臺諫)들의 의견을 받아들여 급제자 명단에 그를 남겨두게 된다.

이 외에《어우야담》으로 잘 알려진 유몽인(1559~1623)도 북경으로 사신가는 이지완에게 준 글에서 호의호식하며 국가의 일에는 전혀 관심을 갖지 않는 한 사람, 즉 왕을 신랄하게 비판한 적이 있다. 또《지봉유설》의 저자인 이수광(1563~1628)도 〈도우설(禱雨說)〉에서 백성들에게 단비 같은 존재가 되지 못했던 왕과 위정자들을 비판한 바 있다. 하지만 이들의 글이 문제시되었다는 기사를 어디에서도 읽은 적이 없다. 조선도 그런 사회였다.

인사 청문회가 실시된 이래로 지명된 인사들이 고위 공무원으로 가는 그 관문을 통과하지 못하고 낙마하는 일을 종종 보게 된다. 어떻게 저런 자들이 국민을 위해 일을 한답시고 청문회장에 앉아 있는 것인지 의아할 때가 한두 번이 아니다. 이첨, 허균, 이익 등 모두가 인재의 기준으로 제시했던 인품과 능력의 기준에 한참 못 미치는 사람들이기 때문이다. 그런데 그런 자들이 가끔 청문회를 통과하는 기상천외한 일이 일어나기도 한다. 자기 당이나 자기가 모시는 권력자에게 충성을 다한 결과로 일어난 패거리 정치의 폐해 때문이라고밖에 볼 수 없다. 때때로 이러한 현실을 비판하는 사람들에게는 직간접적으로 위해가 가해지는 일도 없지 않다. 잘못은 자신들이 저질러 놓고 그것을 비판하는 사람들의 입을 막아버리겠다는 의도를 노골적으로 드러내는 경우이다. 그들에게 염치를 기대하는 것은 무리인가.

800여 년 전 이규보가 우리에게 던졌던 말, 이첨이 자신의 처지에 빗대서 폐단을 지적했던 발언, 그리고 유몽인·허균·임숙영·이수광의 외침과 이익의 진단 등을 지금 우리가 다시 음미해 보아야 하는 이유가 바로 여기에 있다. 눈과 귀를 막고 밀실에서 패거리 정치를 하는 '그들' 역시도 앞서 소개한 고려와 조선 시대의 선배 정치가들이 했던 말에 귀를 기울여야 한다. 그들이 지녔던 문제의식과 비판적 시각, 그리고 해결책 등을 담은 글들은 지금의 정치가들이 열린 광장에서 정당한 토론을 통해 인재를 선발하고 양성하는 일을 다시 논의하며 듣기 괴로운 비판에도 귀 기울여 자신의 견해를 수정하는 데 훌륭한 지침이 되리라 생각한다.

- 안득용

참고 문헌

백진우, 〈허균의 사론(史論) 산문 연구〉, 《어문연구》 150, 한국어문교육연구회, 2011.

서정화, 〈이규보 산문 연구〉, 고려대학교 박사학위논문, 2008.

안득용, 〈의론(議論) 산문(散文)을 통해 본 16·17세기 문학과 사회 - 의제(議題)와 글쓰기의 특성을 중심으로〉, 《민족문화연구》 61, 고려대학교 민족문화원구원, 2013.

五
의인화한 사물의 일대기

인물을 넘어 사물로 이어진 '전(傳)'의 관심

초등학교 시절에 누구나 한 번쯤 읽기 마련인 '위인전', '인물 전기'가 바로 동아시아 한문학 양식의 하나인 '전(傳)'이다. 전 양식의 역사는 상당히 오래되어서, 2100여 년 전 중국 전한(前漢)의 역사가인 사마천의 대표작이자 기념비적 역사서인 《사기》에서 시작되었다. 《사기》는 시간의 흐름에 따라 역사를 기록하는 '본기(本紀)'와 인물 개인에 주목한 '열전(列傳)'의 방식을 결합하여 '기전체(紀傳體)'라는 새로운 역사 서술 체계를 세웠다. 특히 '전' 양식은 역사 흐름의 동력이자 주체인 개인에 초점을 맞추려던 의도였다.

《사기》에서 〈열전〉은 전체 분량의 절반이 넘는데, 실제 사마천의 역사서에서 주목받는 부분도 바로 이 〈열전〉이다. 〈열전〉은 문인들에게도 영향을 미쳐, 역사적 인물과 사건에 국한되지 않고 주변 인물들의 주목할 만한 행적을 '입전(立傳)'하는 개별적인 문학 현상으로 발전했다. 그러자 역사서에 실린 전과 문인들의 개인적 관심에서 저술한 전을 구별하여 전자를 '사전(史傳)', 후자를 '사전(私傳)'으로 구분할 필요가 생길 정도였다. 사마천의 역사서에 대한 문인들의 관심이 그만큼 지대했고, 독자적 문학 양식으로 분화되기에 이른 것이다.

자서(字書)에 이르기를, "전(傳)이란 전달하는 것이다." 했는데, 이것은 사적(事蹟)을 기재하여 후세에 전한다는 뜻이다. 한나라 사마천이 《사기》를 지으면서 '열전'을 창설하여 한 사람의 생애를 기록한 이래 후세의 역사가들이 마침내 이를 바꿀 수 없었다. 이것을 계승하여 시골 촌구석에 덕이 있는데도 숨겨져 드러나지 않은 자가 있거나 간혹 변변찮은 사람일지라도 모범으로 삼을 만한 자가 있으면 모두 전을 지어 그 일을 전하고 의미를 부여했다. 이때 글 쓰는 자가 간혹 골계술(滑稽術)을 곁들이기도 하니, 이 모두가 전의 문체이다. 전에는 첫째 사전(史傳), 둘째 가전(家傳), 셋째 탁전(托傳), 넷째 가전(假傳)이 있다.

조선 후기의 문인 이유원(1814~1888)이 책에서 읽거나 보고들은 것을 기록한 《임하필기(林下筆記)》 가운데 '전(傳)'에 관련된 내용이다. 사마천으로부터 전이 시작되었음을 언급하고, 보통의 문인으로 작자의 범위가 넓어진 사정을 설명했다. 또한 내용상에서도 다소간의 구분이 있음을 밝혔다. 그의 구분을 본고의 논의에 따라 작자가 역사가인 사전(史傳)과 문인들이 작자인 가전(家傳)·탁전·가전(假傳)의 사전(私傳)으로 나눠 볼 수도 있다. 그리고 문인들의 사전은 내용과 성격에 따라 가전(家傳)이 '집안

〔家〕'의 친인척들을 입전하고 있다면, 탁전은 작자 자신의 일생을 마치 다른 사람인 것처럼 의탁하여 입전한 자서전과도 같은 작품이다.

그런데 이유원의 언급 가운데 언뜻 이해되지 않는 내용이 발견된다. 작자, 즉 문인들이 '간혹 골계술을 곁들이기도' 한다는 말의 의미이다. 더구나 역사서에서 출발한 전은 개별 인물의 일생을 '사실에 근거하여 그대로 기록한다'는 '거사직필(據事直筆)'의 창작 태도가 요구되었다. 따라서 인물의 생애 가운데 가장 주목할 만한 몇 가지 일화를 중심으로 서술하는 글쓰기 양식에 풍자, 익살, 유머의 의미를 갖는 '골계술'이란 말은 어울리지 않아 보인다. 그렇다면 골계술에 대한 언급은 이제 살펴보려는 가전(假傳)과 가장 관련이 있지 않을까 싶다.

'사실이 아닌 거짓〔假〕, 또는 무언가를 빌려〔假〕 서술한 전'이라는 의미의 '가전'은 실제 인물을 대상으로 삼은 것이 아니다. 사마천 이후 문인들의 열렬한 환영을 받은 전 양식은 사람에 대한 관심을 넘어 새로운 영역을 개척하기 시작했다. 사람이 아닌 사물 일반으로 입전 대상을 넓힌 것이다.

이는 중국 당나라의 대표적 문장가였던 한유(768~824)가 〈모영전(毛穎傳)〉에서 붓을 입전하면서 시작되었다. 한유는 붓이 토끼와 같은 동물의 털과 대나무의 조합으로 만들어지고, 세상의 모든 내용을 기록한다는 점에서 지혜롭다는 점을 특징으로 내세웠다. 그리고 주인공인 붓을 털과 연관시켜 '모영(毛穎)'이라 이름 붙이고, 《예기》에서 토끼를 '명시(明視)'로 별칭한 데서 모영의 선조로 삼아 내력을 서술한다. 여기에 '대나무 대롱〔管(관)〕'을 연상시키는 '관성자(管城子)'로 모영의 호를 삼고, 붓이 무언가를 기록한다는 점에서 음양(陰陽)·복서(卜筮)·의약·씨족·산림·지리·자서(字書)·회화는 물론 제자백가와 부처 등 외국의 학설까지 기억하는 영재로 표현했다. 또한 나머지 문방사우인 먹·벼루·종이의 특징을 뽑아 진현(陳玄)·도홍(陶泓)·저선생(楮先生)이라 이름 붙여 이야기를 꾸며내었다. 먹은 검고〔玄〕, 벼루는 질그릇이며〔陶〕, 종이는 닥나무〔楮〕로 만들기 때문이다. 마지막 장면에서는 털이 빠져 몽당붓이 된 모영의 죽음과 후손의 후일담으로 마무리한다. 가전은 인물에 대한 관심이 사물로 이어지면서 의인화 방식을 도입하여 문학적 재능을 과시한 희작적 작품이라 하겠다.

과거 문인들의 고매한 유희라는 점에서 지금 우리로서는 이해하기 쉽지 않다. 하지만 인형의 캐릭터마다 성격을 부여한 〈토이 스토리〉나 인간의 희로애락의 감정을 인격화시킨 〈인사이드 아웃〉 등의 애니메이션과 비교하며 가전과의 같고 다름을 이해해 보는 것도 하나의 접근 방법일 것이다.

—

술을 입전한 고려의 두 문인, 임춘과 이규보 – 〈국순전〉, 〈국선생전〉

—

고려 무신정권기(1170~1270)에 활동했던 임춘(?~?)과 이규보(1168~1241)는 문학적 재능으로 이름을 떨친 문인들이다. 하지만 무인들이 권력을 좌우하던 시대의 문인들은 국정 운영에 필요한 문서를 담당하는 기능적 역할을 할 뿐이었다. 그마저도 무신 정권에 동참했던 이규보와 그렇지 못했던(혹은 않았던) 임춘의 처지는 또 다른 점이 있었다. 하지만 적어도 가전을 창작하는 데 있어서는 동일한 관심사를 지녔던 듯하다. 일상의 기쁨과 슬픔, 즐겁거나 괴로운 일에 늘 사람들과 함께하기 마련인 술〔酒〕을 의인화시킨 가전을 나란히 창작했기 때문이다. 바로 임춘의 〈국순전(麴醇傳)〉과 이규보의 〈국선생전(麴先生傳)〉이다.

임춘은 무신 정권에서 급제하지 못한 울분을 오세재(1133~1195), 이인로(1152~1220) 등과 함께했다. 이들은 중국 죽림칠현을 사모하여 '죽림고회(竹林高會)' 혹은 '강좌칠현(江左七賢)'이라 불리는 모임을 가지며 음주와 음풍농월로 세상을 벗어나고자 했다. 이규보의 문집 서문에 따르면 "젊은 때부터 세속에 구속받지 않고 백운거사로 자호하면서 술 마시고 시 짓기만 일삼자, 남들은 공을 훌륭한 경제사(經濟士)로 대우하지 않았다. 그러나 얼마 후 명성이 해외에까지 떨치고 삼한(三韓)에서 독보하여 …… 직위가 삼공(三公)"에 이르렀다고 평했다. 인물평은 잠시 두더라도 누구보다 술을 가까이한 이들이 술을 의인화하는 데 재능을 발휘했으리라 기대를 모은다.

두 사람은 술을 제조하는 주원료인 곡물의 발효 과정에서 반드시 필요한 누룩, 즉 '국(麴)'을 성씨로 삼아 하나의 인물을 창조해 냈다. 임춘은 이름까지도 '아무것도 섞지 않은 진한 술'이라는 의미의 '순(醇)'이라 짓고, 이규보는 '성(聖)'이라 이름 붙여 '선생'으로 높여 부르기까지 했다. 투명하여 맑은 술인 청주(淸酒)를 '성인(聖人)'으로, 불투명한 술인 탁주(濁酒)를 '현인(賢人)'이라 부르던 습관을 염두에 둔 표현이다.

〈국순전〉은 주인공의 90대조를 모(牟, 보리)라고 하며 술의 원료를 먼 조상으로 삼고, 부친을 주(酎, 소주), 사촌 동생을 청(淸, 청주)으로 설정하여 집안 내력을 서술해 나간다. 가전은 사물의 특징과 성격을 의인화하는 독특한 서술 방식을 지녔는데, 술을 대상으로 삼아 본격적으로 주인공의 가문과 일생을 만들어가는 것이다. 〈국순전〉의 한 대목을 통해 창작의 실제를 엿보기로 하자.

5세손이 성왕(成王)을 도와 ①사직을 자신의 책임으로 삼아 태평하고 얼근한 성대(盛代)를 이루었고, 강왕(康王)이 자리에 오르자 ②점차로 홀대를 받아 금고(禁錮)에 처해져 고령(誥令)에 나타나게 되었다. 그러므로 후세에 드러난 자가 없고, 모두 민간에 숨어 살게 되었다. 위나라 초기에 이르러 순(醇)의 부친 주(酎, 소주)가 세상에 이름이 알려져 ③상서랑(尙書郞) 서막(徐邈)과 친하여 그를 조정에 끌어들여 말할 때마다 주에 대한 칭찬이 입에서 떠나지 않았다. 마침 어떤 사람이 군주에게 아뢰기를, "막(邈)이 주(酎)와 함께 사사로이 사귀어 점점 난리의 계단을 만들고 있습니다." 하므로 군주가 노하여 막을 불러 따져 물었다. 막이 머리를 조아리며 사죄하기를, "신이 주와 함께 지냄은 그가 성인의 덕이 있기에 수시로 그 덕을 마시고자 한 것입니다." 하니 군주가 그를 책망하였다. 그 후에 진(晉)이 선양(禪讓)을 받자, 세상이 어지러울 줄을 알고 다시 벼슬할 생각이 없어 ④유영·완적의 무리와 함께 죽림에 노닐며 일생을 마쳤다.

먼저 ①은 국순의 5세손에 대한 설명이다. 종묘와 사직을 지키며 국가의 계승과 평안을 도모했던 봉건 시대에서 태평성대를 보필한 조상의 업적을 기리고 있다. 특히 중국 주(周)나라의 성군으로 일컬어지는 문왕과 무왕의 뒤를 이은 성왕을 도왔으며, 사직을 자신의 책임으로 삼았다고 한다. 이는 역대 임금과 왕비의 위패를 모신 종묘, 그리고 나라 운영의 근간이 되던 토지와 곡식의 신을 모신 사직에 제사를 지낼 때 반드시 바쳤던 제주(祭酒)를 염두에 둔 표현이다. 또한 성왕의 뒤를 이은 강왕까지의 50여 년은 형벌 도구를 쓸 일이 없었다고 할 정도로 평온했던 '성강치세(成康之治)'로 불리던 기간이었으나, 강왕은 흉년에 곡식의 소비를 조정하고자 금주령을 내린 적이 있었기에 이를 ②에서는 조정에서 밀려난 것으로 묘사했다. 그런 시절이면 몰래 술을 제조하던 습속을 민간에 숨어 산 것으로 비유한 것이다.

③과 ④ 역시 삼국 시대 위나라 사람 서막(172~249), 진나라 초기 죽림칠현과 같은 역사적 인물들의 술에 얽힌 고사를 활용했다. 서막은 위나라의 조조(曹操)와 조비(曹丕)를 섬겼던 인물로, 당시 금주령이 엄했음에도 늘 술을 즐겨 마셔 취해 있었다고 한다. 위나라에서 진나라로 넘어가던 혼란한 정국에서 유영(221~300), 완적(210~263)과 같이 맑고 고상한 주제의 청담(淸談)만을 논하며 거문고와 음주에 탐닉했던 죽림칠현의 경우에도 술을 빼놓고 이야기할 수 없다. 서막과 죽림칠현이 즐기던 술이니 작중 주인공의 막역한 벗으로 삼기에 안성맞춤이었다. 이처럼 역대의 전고를 동원하여 술의 제조와 종류, 특성, 쓰임새는 물론 관련된 인물들을 연계시켜 한 집안의 성쇠를 그려낸 것이 임춘의 〈국순전〉이다.

이규보의 〈국선생전〉도 같은 방식으로 술을 의인화했지만, 주인공 국성(麴聖)을 중심으로 일대기적 서술에 집중했다는 차이가 있다. 조부인 모(牟, 보리)가 주천(酒泉)으로 옮겨와 거주했으며, 부친인 차(醝, 흰 술)가 농사 담당 벼슬인 사농경(司農卿) 곡씨(穀氏)의 딸과 결혼해 주성을 낳자 서막이 이름과 자를 지어주었다는 짤막한 집안 소개로 글을 시작한다. 그러고는 곧장 국성의 인물됨을 소개하고, 죽림칠현과의 교유 덕분에 명성이 알려지면서 청주종사(青州從事), 주객낭중(主客郎中), 국자제주(國子祭酒), 예의사(禮儀使) 등 술을 연상시킬 만한 벼슬에 종사한 것으로 그려낸다. 하지만 곧 중서령(中書令) 모영(毛潁, 붓)이 국성의 "아들 혹(酷, 독한 술)과 폭(醲, 단 술)과 역(醳, 쓴 술)이 아비의 총애를 믿고 자못 방자"하다는 상소를 올림으로써 불우한 노년을 맞게 된다. 인생의 영고성쇠를 말해주는 셈이다. 다만 이규보는 여기서 그치지 않고 다음의 한 장면을 더했다.

국성이 이미 벼슬을 면하자, 제(齊) 고을과 격(鬲) 고을 사이에 도적이 떼를 지어 일어났다. 군왕이 명하여 토벌하고자 하나 적당한 인물이 없어 다시 국성을 일으켜 원수로 삼았다. 국성이 군사를 통솔함이 엄하면서도 사졸과 더불어 고락을 같이하고, 수성(愁城)에 물을 대어 한 번 싸움으로 함락시켜 장락판(長樂阪)을 쌓고 돌아오자, 그 공로로 상동후(湘東侯)를 봉하였다.

방자한 아들을 간수하지 못해 영락하긴 했으나 국성의 무능 때문이 아님을 보여주는 대목이다. 그런데 이때 사용한 고사와 비유가 흥미롭다. 원래 제 고을과 격 고을은 중국의 청주와 평원에 위치한 군과 현인데, 진나라 환온(桓溫)의 휘하로 술맛에 정통한 주부(主簿)가 술을 품평할 때면 좋은 술은 '청주 종사'로 나쁜 술은 '평원 독우(平原督郵)'로 칭했다는 고사에서 끌어온 것이다. '제군(齊郡)'과 '격현(鬲縣)'은 각각 배꼽과 횡격막을 의미하는 '제(臍)'와 '격(膈)'이라는 한자의 모양과 발음의 유사성에서 착안했다. 좋은 술은 배꼽 아래까지 자연스럽게 내려갈 것이고, 나쁜 술은 횡격막인 가슴에도 미치기 전에 거스를 것이기 때문이다. 여기서는 제와 격 고을, 즉 배꼽과 가슴 사이에 근심이 쌓인 상태를 도적의 출현에 비유한 것으로, 이를 '수성(愁城, 시름의 성)'이라 불렀다. 사람들이 시름을 잊고자 술을 마시기도 하니 결국 국성의 승리는 자연스러운 귀결이겠다. 여기서 술과 연관된 고사와 인물을 총동원해 하나의 가문을 이루고 일생을 엮은 문학적 솜씨를 엿보게 한다.

두 문인의 또 다른 가전 - 〈공방전〉, 〈청강사자현부전〉

대표적인 가전 작가라고 할 수 있는 임춘과 이규보는 〈공방전(孔方傳)〉과 〈청강사자현부전(淸江使者玄夫傳)〉이라는 작품도 지었다. '공방(孔方)'은 '네모난 구멍'이라는 말로, 옛날 엽전에 뚫린 구멍을 의미한다. 〈공방전〉은 바로 돈을 의인화한 것이다. 그리고 '청강사자 현부'는 '청강의 사신인 현부'라는 의미인데, 《장자》의 〈잡편·외물(外物)〉에서 송나라 원왕(元王)이 하백으로 가던 청강의 사신이 예저라는 어부에게 잡혔다고 아뢰는 꿈의 내용에 근거해서 '거북'을 의인화한 것이다. 〈청강사자현부전〉은 이 대목을 현부가 벼슬하는 계기로 끌어와 인용했다.

전의 일반적인 형식대로 〈공방전〉은 먼저 공방의 조상을 설명하면서 "만일 만물을 조화하는 폐하의 풀무와 망치 사이에 놀아 때를 긁어내고 빛을 내도록 절차탁마한다면 분명 그 자질이 점점 드러나리다. 임금이 된 자는 사람의 능력을 드러내는 법이라 하오니, 원컨대 폐하는 저 완고한 구리와 함께 내치지 마옵소서."라는 평가를 받아 세상에 이름을 알렸다고 한다. 이는 쇠를 구리와 함께 녹여 동전을 주조하는 과정이자 그 결과물인 돈이 사람들의 귀중한 재물로 여겨지는 과정에 비유한 것이다. 이후로 부친 화천(貨泉)이 세금을 담당하는 벼슬을 맡고, 공방도 외국 사신을 접대하는 홍로경(鴻臚卿)과 백성을 부유하게 만든 관리라는 의미의 부민후(富民侯)를 지낸 것으로 설정한다. 그리고 공방의 품성에 대해서 이렇게 말했다.

공방의 성질이 욕심 많고 더러워 염치가 없었다. 이제 재물과 씀씀이를 도맡게 되니 본전 이자(利子)의 경중을 저울질하는 법을 좋아하여, 반드시 인재를 도야해야만 나라를 편하게 만드는 것은 아니라 여겼다. 그리하여 백성들과 작은 이익을 다투고 물건 값을 낮추어 곡식을 천하게 하며, 재화(財貨)를 중히 여겨 백성들이 본업인 농사일을 버리고 말단인 상업을 좇게 하므로 간관(諫官)들이 많이 상소하여 논했으나 임금은 듣지 않았다.

어느 시대와 지역에서든 화폐의 유통이 불가피하겠지만 폐해도 따르기 마련이다. 더구나 농업을 나라의 기본 동력으로 삼는 사회에서 이익에 민감할 수밖에 없는 상업의 성행은 상당한 갈등 요인이었을 것이다. 예를 들어, 중국 송나라 신종(神宗) 때의 왕안석(1021~1086)은 정부의 물자 조달을 합리적으로 조정하고, 낮은 이자로 자금을 빌려주어 빈농을 보호하며, 소자본 상인에게 대출해 주는 균수법(均輸法)·청묘법(靑苗法)·시역법(市易法) 등의 개혁 정치를 시행하려 했으나, 소식(1037~1101)은 급격한 변화에 따른 문제들을 비판했다. 결국 사마광(1019~1086)에 의해 왕안석의 신법은 폐지되는데, 이 역사적 정황을 공방의 무리가 득세하다가 물러나고 그의 아들은 장물죄로 사형된다는 식으로 묘사했다. 임춘은 화폐가 유용하지만 유통에 얽힌 이익 다툼을 부정적으로 해석하며 작품을 마무리한 것이다.

이규보는 〈청강사자현부전〉에서 거북의 신령스러움, 점복(占卜), 장수(長壽), 등껍질 등에 얽힌 역대의 고사를 활용해 의인화했다. 작품 서두에서는 뿌리가 없이 바다에 떠 있는 다섯 개의 선산(仙山)을 떠받치고 있다는 15마리의 거북에 대한《산해경(山海經)》의 언급을 끌어와서 신성한 조상으로 설정했다. 주인공 현부에 대해서는 이렇게 형상화했다.

자라면서 천문·역상학(曆象學)을 깊이 연구하여 하늘과 땅, 해와 달, 음과 양, 추위와 더위, 어둠과 밝음, 재난과 상서, 화와 복의 변화에 대해 미리 알지 못하는 것이 없었다. 또한 신선들이 대기(大氣)를 조종하며 공기를 호흡하여 죽지 않는 방법을 배웠다. 성품이 무(武)를 숭상하기 때문에 언제나 갑옷을 입고 다녔다.

거북의 등껍질을 불에 구워 갈라지는 모양을 살펴 하늘의 뜻을 점치던 일에 착안한 것이다. '균열(龜裂)'이라는 말도 여기서 유래한 것으로, 《삼국유사》의 가락국 건국과 관련한 노래인 〈구지가(龜旨歌)〉 역시 거북과 관련된 주술의 현장을 보여준다. 결말에서는 현부의 죽음을 아는 사람들이 없지만 "지금도 관료들 사이에서 그의 덕을 사모하여 황금으로 그 모습을 주조하여 차고 다니는 사람이 있다."라고 하고, 원서(元緖)와 원저(元宁)를 현부의 두 아들로 소개하며 그 족속을 세상에서는 '현의독우(玄衣督郵)'라 부른다며 거북의 별칭을 망라하는 것으로 일족에 대한 소개를 마무리한다.

한국 한문학에서 가전의 자리

이처럼 역사 서술의 한 형식에서 비롯되어 문인들의 관심 속에 독립한 전(傳) 양식은 가전(假傳)이라는 보다 독특한 면모로 발전할 수 있었다. 다시 말해, 인물에 대한 관심을 사물로 확대함과 동시에 문인들의 박식함이 골계적인 수법을 통해 하나의 소품으로 진화했던 것이다. 문인들의 글솜씨와 식견을 맘껏 펼치는 유희의 장이 가전에서 발휘되었다고 하겠다. 하지만 이는 문학적 박식함을 언어 구사의 솜씨로 구현해 보는 한때의 재주에 불과한 경향이 농후해, 상층에서 하층에 이르는 다양한 인물들의 전(傳)이 문집에 전하지만 가전의 창작은 손에 꼽을 정도이다.

역대 문인들의 작품을 집대성한 조선 전기의 시문집인 《동문선》에는 앞서 소개한 네 편과 함께 여름밤 시원하게 잠을 청할 때 사용하는 죽부인을 형상화한 이곡(1298~1351)의 〈죽부인전(竹夫人傳)〉과 종이를 의인화한 이첨의 〈저생전(楮生傳)〉, 그리고 승려인 식영암(고려 후기)이 지팡이와의 대화 형식으로 그려낸 〈정시자전(丁侍者傳)〉이 확인된다. 이 외에도 승려 혜심(1178~1234)은 〈죽존자전(竹尊者傳)〉과 〈빙도자전(氷道者傳)〉을 통해 대나무의 곧고 굳센 모습에서 마음을 비운 속성을 본받고, 투명하고 맑으면서도 금세 녹는 얼음에 인생의 무상함을 빗대어 불교에 귀의한 수도자로서의 마음가짐을 확인하고 있다.

조선 시대에도 가전의 창작은 이어져 정수강(1454~1527)의 〈포절군전(抱節君傳)〉, 이덕무(1741~1793)의 〈관자허전(管子虛傳)〉이 대나무를 소재로 삼아 선비의 절개를 표현했고, 이이순(1754~1832)이 모란을 꽃 중의 왕으로 삼아 왕국의 성쇠를 그린 〈화왕전(花王傳)〉도 확인된다. 그리고 권필(1569~1612)의 〈곽삭전(郭索傳)〉과 유본학(1770~?)의 〈오원전(烏圓傳)〉에서는 각각 게와 고양이를 대상으로 삼아 동물을 입전하는 전통을 잇기도 했다.

이처럼 사물을 의인화한 가전은 고려 후기에 집중적으로 창작된 이후 조선조에서는 산발적으로 나타났다. 형식은 비슷하지만 고려의 문인들은 다양한 전고를 활용해 작품의 완성도와 기교 면에서 특징을 보였다면, 조선의 경우 사군자의 하나인 대나무로 문인들의 삶의 자세를 강조하거나 은자로 묘사한 게와 영리한 고양이의 면모를 통해 인간 행실의 문제에 관심을 표명한 경향성이 나타난다. 이는 문학 고유의 독자성을 긍정해 자유로운 표현을 중시했던 고려 시대와 달리 작품의 내용과 함의에 비중을 두었던 조선 시대의 문학 창작의 변화에 따른 차이이다. 또한 조선 시대에는 딱히 가전이 아니라도 몽유록과 우언을 비롯한 다양한 서사 양식이 등장해 그 역할을 대신했기에 다양한 가전 작품의 창작으로 이어지지 못한 사정도 있다. 그럼에도 이러한 가전의 문학적 감수성과 창작력은 이후 임제와 같은 문인에게서 발현되어 〈수성지(愁城誌)〉, 〈화사(花史)〉는 물론 〈원생몽유록(元生夢遊錄)〉으로 이어졌음을 문학사는 기억하고 있으며, 우리도 이를 잊어서는 안 된다.

- 신상필

참고 문헌

김승룡, 〈가난: 고려 후기 가난에 대한 몇 가지 시선〉, 《고려 후기 한문학과 지식인》, 지식을만드는지식, 2013.

박희병, 《한국 고전 인물전 연구》, 한길사, 1993.

조동일, 〈사람의 일생 서술 방법〉, 《한국문학통사 2》, 지식산업사, 2005.

조수학, 《한국의 탁전과 가전》, 영남대학교 출판부, 1987.

2부

성찰과 깨달음

一二三四五六七八九十

인간 세상과 삶의 이치

인간과 세상, 그리고 삶

우리는 시공간을 살아간다. 시간의 흐름 속에서, 또 특정한 공간에서 우리의 삶이 존재하기 때문이다. 무슨 철학적인 소리냐 하겠지만 이것이 우리 삶을 지배하는 조건이자 현실이다. 유교 경전이자 고전 중의 고전인《주역》은 철학서이다. 한편《주역》은 인간의 길흉화복을 점치는 책으로도 알려져 있다. 여기에 점괘라는 것이 있기 때문이다. 그래서 '점 보는 책' 정도로 인식되곤 한다. 그러나 이 책의 핵심은 인간을 우주의 삼라만상 속에서 이해해 보려고 했던 사유의 뭉치이다. 그런 만큼 그 어떤 고전보다도 내용을 파악하기가 어렵다. 이것은 무엇을 말하는가. 우주와 자연의 이치를 이해하는 것이 어려울뿐더러 그 속에 인간을 배치시켜 연결시키는 것은 더더욱 난제라는 점을 반증한다. 그래서 이《주역》은 일생에 걸쳐 진력해도 완전히 꿰는 이가 거의 없었다고 한다. 만에 하나 이 책을 완전히 터득했다면 자신을 포함한 남의 앞날을 모두 꿰뚫어 볼 수 있는 그야말로 전능한 존재가 될 수도 있었다.

《주역》이 인간과 세계의 원리와 존재 양태를 규명하고자 한 결과물이듯이 예나 지금이나 이에 대한 고민들이 켜켜이 쌓여왔다는 것은 분명하다. '나의 존재성'이라는 점은 인간이면 누구나 고민하기 때문이다. 어쩌면 지금까지의 모든 학문과 사상이 종국적으로는 이 문제로 말미암거나 귀착되는 것이 아닌가 싶다. 여기에는 자기 자신이 사회와 세상에 대해서 흔들리지 않고 좀 더 지혜롭게 살아가고자 하는 욕망이 자리하고 있기 때문이다. 아래에서 우리가 살펴볼 몇몇 작품도 비록 《주역》 같은 차원은 아니지만, 실생활의 경험이나 특정한 사례를 통해 인간과 그 세상을 비춰보며 사람의 이치나 자세를 따져보는 내용들이다. 가만 들여다보면 그 소재나 풀어가는 방향이 지금 입장에서 보면 상당히 참신한 부분도 있지만 고개가 갸우뚱거려지는 부분도 없지 않을 것이다. 이렇게 느껴지는 이유는 아마도 전통시대 사람들의 생활 습관이나 사고방식이 지금과 다른 데서 연유할 수 있겠다. 이 또한 시대와 사회 시스템에 따라 관점이 달라지는 자연적인 현상일 수 있다. 그럼에도 잘 곱씹어 보면 상당히 유익한 면이 많다. 만약에 도저히 납득하기 어렵고 논리적인 비약이 느껴지면 그것대로 받아들이면 되겠다. 어떤 것이든 우리의 삶을 돌아보고 반성하는 데 나름 참조가 될 것이기 때문이다. 또한 작품을 해설하는 과정에서 잠시 드러내겠지만 과거의 소재와 대상물을 그저 '그때의 것'으로만 놔두지 말고 변화된 지금의 것으로 교차시켜 이해해 보면 흥미진진해지는 국면이 적지 않다. 이를테면 예전의 교통수단과 지금의 교통수단은 물질문명의 변화에 따라 크게 달라져 있다. 그러나 교통수단은 예나 지금이나 여전히 사람들의 생활에서 반드시 필요한 법이다. 물론 거기에 느리고 빠른 속도의 차이가 있을 수 있지만 말이다. 옛말에 주마간산(走馬看山)이라는 말이 있지 않은가. 옛날 교통수단으로 가장 빠른 것이 달리는 말이었다. 이 말을 달리면서 주변을 보면 제대로 관찰할 수 없다. 곧 여기에는 느림의 미학이 있는 셈이다. 바로 여기서 다루는 글들에는 이 느림의 미학을 통한 인간과 그 삶에 대한 통찰이 들어 있다.

혼자로는 존재할 수 없는 법 - 〈차마설〉

고려 시대 가전문학 가운데 하나인 〈죽부인전(竹婦人傳)〉으로 유명한 이곡(1298~1351)의 〈차마설(借馬說)〉은 남에게 말을 빌려 타면서 느낀 바를 술회한 내용이다. 명문가 집안 출신이자 고려 후기 국정에서 활약한 저자가 집이 가난해 타고 다닐 말이 없어서 남의 말을 빌려 탔다는 것인데, 요즈음으로 치면 출근할 자가용이 없어 렌트를 한 격이다. 이것이 단순히 설정인지 아니면 정말 그랬는지 알 수는 없으나, 아무래도 좋다. 그런데 빌린 말의 상태가 그때마다 달라 어떤 말은 야위어 느리고, 또 어떤 말은 잘 달리는 준마였다. 당연히 노둔한 말보다 준마가 타기에 좋을 법하다. 그러나 저자가 타본 경험으로는 그 결과가 정반대였다. 노둔한 말을 탔을 때는 개천이나 도랑을 만나면 말에서 내려야 하는 등 불편을 감수해야 했지만 다른 사고가 나는 일이 없었다. 반면 준마를 타면 언덕과 평지를 가리지 않고 경쾌하게 질주하는 맛이 있었으나 간혹 달리는 말에서 떨어지는 화를 당하기도 한다는 것이다.

이는 느림과 빠름에 따른 결과일 수 있는데, 말을 타는 입장에서는 꼭 준마라고 해서 좋은 것은 아니라는 점을 경험을 통해 알게 되었다. 요즈음 자동차는 고급일수록 빠르고 안전하기까지 한다고 하지만, 아무튼 너무 지나치면 큰 사고가 나는 것은 당연한 일일 터이다. 그런데 정작 저자는 이를 통해 인간 감정의 얄팍함을 문제 삼고 있다. "아, 사람의 감정이라는 것이 어쩌면 이렇게까지 달라지고 뒤바뀔 수 있단 말인가. 남의 물건을 빌려서 잠깐 동안 쓸 때에도 오히려 이와 같은데 하물며 진짜로 자기가 가지고 있는 경우에야 더 말해 뭐하겠는가?" 이 말은 좀 난데없어 보인다. 아마도 노둔한 말을 탔을 때의 불편함과 준마를 탔을 때의 경쾌함을 맛보아, 나중에는 안전하거나 위험에 처한 경우가 다른 데 따른 인간의 심리를 감정의 변화에 연결시킨 것 같다. 즉 사람이면 당연히 노둔한 말이 아니라 준마를 원할 텐데, 그것을 원하다 보면 되레 탈이 나기 쉽다. 요컨대 준마를 원하는 감정 때문에 가끔 낭패를 보기도 한다는 것이다. 그렇다면 어떻게 하는 것이 현명한 것일까? 준마를 버리고 노둔한 말을 선택해야 할까? 문제는 여기에만 있지 않다는 게 저자의 생각이다.

> 그렇긴 하지만 사람이 가지고 있는 것 가운데 남에게 빌리지 않은 것이 또 뭐가 있다고 하겠는가. 임금은 백성으로부터 힘을 빌려서 존귀하고 부유하게 되는 것이요, 신하는 임금으로부터 권세를 빌려서 총애를 받고 귀한 신분이 되는 것이다. 그리고 자식은 어버이에게서, 지어미는 지아비에게서, 하인은 주인에게서 각각 빌리는 것이 또한 매우 많다. 하지만 대부분 자기가 본래 가지고 있는 것처럼 여기기만 할 뿐 끝내 돌이켜 보려고 하지 않는다. 이 어찌 미혹된 일이 아니겠는가.

자신이 가지고 있거나 누리고 있는 호사가 원래부터 소유한 게 아니라

남에게 빌린 결과라는 것이다. 여기서 빌렸다고 하는 것은 남과의 관계성을 말한다. 절대 권력을 가진 임금이나 귀한 신분의 고관대작도 백성과 임금의 힘을 입지 않으면 존재할 수 없다는 점, 이는 사실 대단히 엄정한 현실이자 지향점이다. 상하 관계가 분명했던 왕조 시대의 지식인들은 이런 계급 질서를 부정한 것이 아니라, 상하의 계통을 엄격하게 세우되 상층의 하층에 대한 배려와 보호를 강조했다. 아무튼 임금이나 고관대작도 자신만으로 그 자리가 만들어지지 않는다는 점은 분명하다. 또한 가족 질서 내에도 이런 관계망은 마찬가지이다. 하지만 사람들은 이런 관계성을 무시하고 모든 것을 자기가 원래 가진 것으로 착각한다는 것이다. 사실 지금 우리도 돌아보면 그렇지 않은가. 저자는 이 점을 경계한 것이다. 대부분의 사람들은 이런 독선에 빠지기 쉬운 법이다. 저자는 마지막으로 역사에서 이 빌린 것을 돌려주고 난, 즉 남과의 관계성을 무시했다가 외로운 신세가 된 군주와 간신들을 예로 들어 철저한 경계거리로 삼고자 한다. 결국 이 글은 빌린다는 의미를 인간 사이의 관계성 맺기라는 문제로 전환하여 그 중요성을 설파한 것이다.

거대한 물결 같은 인간 세상 – 〈주옹설〉

조선 초기 사상사에서 빼놓을 수 없는 없는 학자가 양촌(陽村) 권근(1352~1409)이다. 정도전이 조선 왕조를 기획했다면, 권근은 왕조가 나아갈 이론적 근거를 마련했다고 해도 과언이 아니다. 그러므로 조선 왕조 건국에 있어서 정도전과 권근은 대단히 중요한 인물이다. 이런 권근의 학문은 주로 성리학을 체계화하는 방향이었다. 조선은 주자(朱子)의 성리학을 정책 기조로 삼아 출범한 왕조였다. 그러니 건국 초 권근의 역할은 지대한 것이었다. 그런 그였지만 오로지 정치적인 또는 사상적인 방면과 관련한 글만 쓴 것은 아니다. 그 또한 인간인지라 개인으로서 현실과 세상의 일에 관심이 왜 없었겠는가. 그런 흔적으로 〈주옹설(舟翁說)〉은 상당히 흥미롭다.

이 글은 배 젓는 노인 주옹과의 대화를 통해 인간과 그 세상을 깨우친다는 내용이다. 주옹이 일엽편주를 만경창파에 맡겨둔 채 생업을 이어가는 상황이 저자에게는 몹시 위태롭게 느껴졌다. 그런데도 그는 이를 즐기고 있는 것으로 보이자 그 까닭을 묻는다. 그러자 주옹은 제법 긴 답을 내놓는다. 이 답에서는 크게 세 가지 점이 따져지고 있다. 먼저 주옹은 사람의 마음이 일정치 않은 점을 상정한다. 즉 평탄한 육지를 밟을 때면 태연하여 방자하게 되고, 험난한 지경에 있게 되면 전율하며 두려워하게 된다는 것이다. 두려워하면 조심하는 마음이 생겨 자신을 지킬 수 있지만 방자하게 되면 위태로운 상황에 빠지는 법, 지금 자신은 전자를 택한 상황이라고 한다. 즉 삶의 안일함을 경계하겠다는 것이다. 그런데 이런 자신의 삶의 모습에 좀 더 구체적으로 들어가 보면 이것이 결코 쉬운 일이 아니었음을 확인하게 된다.

> 하물며 내 배는 떠다니는 것이라 일정한 형태가 없어서 혹시 한쪽이 무거우면 그 형세가 반드시 기울어지게 된다. 좌로 기울지도 않고 우로 기울지도 않으며, 무겁지도 않고 가볍지도 않게 내가 그 한가운데를 지켜 평형을 잡은 뒤에야 기울지 않아서 내 배의 평온을 지키게 된다. 그러니 비록 풍랑으로 인한 출렁거림이 어찌 능히 내 마음의 홀로 편한 바를 어지럽게 하겠는가. 또 인간 세상이란 하나의 거대한 물결이요, 인심이란

하나의 거대한 바람이다. 그런데 내 일신의 나약한 몸으로 아득히 그 가운데 빠져 표류하는 바가 마치 일엽의 편주가 만 리의 아득한 푸른 파도 위에 떠 있는 것과 같다.

강이나 바다에 뜬 배는 좌우의 균형에 의해서 유지되는 법이다. 어느 한쪽으로 기울면 가라앉고 만다. 그래서 자신은 배의 한가운데를 지켜 그 균형을 잡고 있단다. 그러니 '나'의 균형 잡기는 풍랑의 출렁거림도 방해할 수 없는, 즉 주변에서 자신을 흔들어댐에도 끄떡없는 자기 지키기인 셈이다. 그런데 뱃사공은 이런 바다 한가운데서 배를 띄우면서 인간과 인간 세상을 이해하게 된 모양이다. '인간 세상이란 거대한 물결이요, 사람의 마음이란 거대한 바람'이라고! 상당히 멋진 비유이지 않은가. 인간이 세상을 살아가는 것이 마치 배가 거대한 풍랑 속에 처해 있는 양상이요, 사람의 마음은 이 풍랑을 일으키는 태풍 같은 거대한 바람이라는 것이다. 풍랑 속에 있는 것도 결과적으로 이 풍랑을 일으키는 바람, 즉 '인심'에서 말미암는다고 보았다. 여기 사람의 마음이란 일개인의 심리라기보다는 사람들의 관계성 속에서 만들어지는 심리이다. 우리는 여러 관계 속에서 분란이 일어나기도 하고 삶의 지혜를 얻기도 하지만, 사람 사이의 관계 맺기는 실은 참으로 어려운 법이다. 이 바람은 급기야 거대한 물결을 일으키기에 사람은 다시 서로가 만들어놓은 그 거대한 풍파 속에서 골몰해야 한다. 어쩌면 이것이 인간 사회의 속성인지도 모를 일이다. 아무튼 여기 바람과 풍랑은 인간의 심리와 세상살이를 절묘하게 상징하고 있다. 그러니 일개인의 세상살이는 바로 나약한 몸으로 만경창파에 일엽편주로 떠서 표류하는 것과 다름이 없다는 게 뱃사공이 세상을 바라보는 시각이다.

그렇다면 어떻게 살아야 하는 것인가. 자연스레 이런 물음이 생길 법하다. 이미 뱃사공은 자신이 위험한 뱃일을 하고 있기에 항상 조심하며 방탕하지 않아야 한다는 사람의 지혜를 터득한 터이다. 그런데 일반 사람, 아니 더 구체적으로 말하면 육지에서 편안함을 추구하는 사람들은 이어질 환란을 생각하지 않고 마음껏 즐기려고만 한다는 것이다. 그러다가 결국 낭패를 당하고 마는 경우가 허다함을 역설한다. 뱃사공은 험한 곳에서 고된 일을 하면서 자신을 지키고 삶을 견디는 힘을 터득한 셈이다. 그것은 거대한 풍랑 같은 인간 사회에서 매사에 신중하여 그 중심을 지켜야 한다는 의미로 받아들여야 하지 않을까.

—

유유자적하기 – 〈답석문〉, 〈계상설〉

—

앞서 〈주옹설〉을 통해 삶의 자세에 대해서 짧지만 강렬한 메시지를 발견할 수 있었다. 여기서 다룰 두 작품은 주로 사람과 그 자세에 대해 집중적으로 조명한 글이다. 이규보의 〈답석문(答石問)〉과 장현광(1554~1637)의 〈계상설(溪牀說)〉이 그 대상이다. 〈답석문〉은 '바위의 물음에 답하다'는 뜻으로, 큰 돌 하나가 자신에게 난데없이 어떤 내용을 물었다는 설정을 통해서 논의를 끌고 간다. 그런데 이 돌과 사람의 문답은 그 설정이 뒤바뀐 느낌이다. 보통 이럴 경우 외물의 모습이나 지취를 통해서 인간과 그 세계를 반성한다는 내용의 글이 다반사인데, 여기서는 그렇지 않다.

우선 이 바위는 저자를 비꼰다. 바위라면 견고한 데다 무겁기 때문에 외부에서 움직이거나 옮기려 해도 끄떡없는 존재일 터, 바위는 바로 이런 상태가 자신의 본성임을 강조한다. 요컨대 어떤 외물도 자신을 변화시킬 수 없는, 그래서 온전하게 자신을 지킬 수 있는 상태라는 것이다. 이에 반해 사람은 '만물의 영장'이라고 하는데, 저자를 보면 몸이 자유롭지 못할 뿐만 아니라 세파에 부대끼고 있다. 그래서 저자를 포함한 사람은 "항상 외물에 얽매여 그 유혹에서 빠져나오지 못하는" 존재로, "본래의 참된 지조를 잃고 있다"며 몰아세운다. 돌의 입장에서 만물의 영장이란 게 어떻게 이런가 싶었던 모양이다.

이에 나(즉 저자)는 웃으면서 대답한다. 이때 웃음은 비웃음일 수도 있지만 큰 돌의 말에 수긍할 수밖에 없는 씁쓸한 웃음일 수도 있다. 그야말로 미물로부터 자신을 포함한 인간이 비웃음거리가 된 느낌이다. 이에 대한 대응이 자못 궁금해진다. 큰 돌은 자신은 변함이 없다고 하지만 저자는 결코 그렇지 않다는 것으로 반박한다. 사람이 옥을 캐기 위해 옥돌을 다듬거니와 그때도 돌은 깨지며, 사람이 죽어 비석을 만들면 역시 바위를 쪼개 만드는 법, 아무리 큰 바위나 돌이라도 사람의 소용에 의해 여지없이 쪼개지거나 흠결이 생기는 변형이 없을 수 없다는 것이다. 그러니 바위도 외물에 의해 움직여지고 상하게 되어 그 본성을 잃는다는 논리이다. 그렇다면 돌에게 비웃음을 받았던 자신은 어떤가.

> 나는 안으로는 실상을 온전하게 하고 밖으로는 인연의 타래를 비웠기에 외물이 나를 부려도 이에 무심하고, 남이 나를 떠밀어도 남을 원망하지 않는다. 저쪽이 절박해진 뒤에야 움직이며, 불러야 간다. 움직여야 할 때는 움직이고 멈춰야 할 때는 멈추니 가(可)할 것도 없고 불가(不可)할 것도 없다. 너는 빈 배를 보지 않았는가. 나는 이 빈 배와 같거늘, 네가 어찌 나를 따지려 드는가.

안으로 내실을 다지고 밖으로는 '인연의 타래', 즉 모든 연연함에서 벗어나 있기에 외물에 얽매임이 없을뿐더러 남이 자신을 내치거나 무시해도 아랑곳하지 않는다는 것이다. 그러다 보니 상황에 따른 행동거지가 전혀 지나치지 않게 된다. 사실 이때 저자는 아마도 당시 벼슬에서 내쳐졌거나 아니면 아직 변변한 벼슬자리에도 오르지 못한 처지를 역설적으로 드러낸 게 아닌가 싶다. 남의 추대를 받지 못했거나 또는 남의 내침으로 소외된 상황을 상정하고 있기 때문이다. 그런 상황에서 처신을 어떻게 해야 되는지를 되묻고 있다고 볼 수 있겠다. 그러면서 자신을 빈 배에 비유한다.

앞서 〈주옹설〉에도 배가 중요한 키워드였는데, 여기서도 마찬가지이다. 다만 이 빈 배는 물결에 흔들리겠지만 그 물결에 따라 이리 갔다 저리 갔다 할 뿐 크게 흔들리지 않는 대상이라는 점에서 거대한 바람과 파도에 위험해진 상황을 상정하고 있지는 않다. 그리고 빈 배는 자신이 마음을 비웠다는 반증이기도 하거니와, 앞으로 뭔가를 채울 수 있는 여건이 되는 것이기도 하다. 그래서 지금 '나'는 유유자적하다. 마지막으로 저자의 이런 대답에 바위가 부끄러워 아무 말도 못했다는 언급으로 작품이 끝나는바, 결과적으로 외물에 흔들리지 않고 남과의 관계에서도 자유로운 '빈 배'와 같다. 이 빈 배는 지금 자신의 자화상이기도 하거니와 사람이 삶을 살아가는 자세를 고민한 상징으로도 읽힌다.

이런 유유자적한 사람의 자세와 관련하여 〈계상설〉은 체험적으로 구현한 결과물이다. 저자인 장현광은 조선 중기 영남 지역의 대표적인 산림학자였다. 그는 조정에서 여러 번 불렀으나 대부분 이에 응하지 않고 유가의 학문에 전념했다. 〈계상설〉은 그런 그의 삶을 반추하는 데 안성맞춤의 작품이기도 하다. 먼저 작품명의 '계상(溪牀)'은 시냇가 평상이란 뜻으로, 자신의 거처를 상징한다. 그의 거처는 현재 경상북도 구미시에 있는 금오산 기슭이었다. 그의 집 앞은 조그만 시내가 흐르고 있었는데, 버드나무가 어우러진 시원하면서도 조용한 산속이었다. 이 시내를 가로질러 상수리나무로 엮은 평상을 설치한 모양이다. 그래서 그 이름을 이렇게 붙인 것이다.

여기에 앉아 있노라면 세상의 잡다한 소리와 일이 전혀 미치지 않아 고즈넉하기 이를 데 없었다. 이곳에서 편안히 누워 있기도 하고 책도 보며 시도 읊조리며 사색에 잠기기도 하거니와 간혹 탁주 한 사발을 들이키며 막힌 가슴을 뻥 뚫곤 했다. 한편 시선을 주변으로 넓혀보면 높은 산, 먼 하늘이 낮고도 가깝다. 몸이 평상을 떠나지 않고도 우주를 유람한 듯한 느낌을 가졌다니 이야말로 별천지가 따로 없다. 저자는 이 소박한 자연물인 계상에서 자신이 찾고자 했던 진정한 즐거움과 행복을 실감했다고 한다. 이곳에서 그는 예의 만물과 천하의 관계를 따져보게 되었다.

무릇 만물은 원래 딱히 어디에 붙어 있을 수는 없는 법, 붙어 있다 해도 그곳에 집착하여 얽매여도 안 되는 법이다. 오직 자연의 이치에 맡겨 외물(外物)의 유혹에 이끌리지 말고 사심(私心) 없이 만물이 오가는 대로 두어야 한다. 나아가 천하의 일에 있어서 하나만 억지로 주장해서도 안 되고, 반드시 그렇게 돼서는 안 된다는 것도 없어야 한다. 공평하고 바른 마음으로 만나는 바에 따라 마땅하게 잘 처리하고 때에 따라 잘 변화해야 한다. 그런 다음에야 붙어 있으면서도 한곳에 집착하지 않을 수 있다. 또 그래야 궁벽함에 한탄하는 어리석음에서 스스로 벗어날 수 있다.

세상의 어느 것이든 어디 한곳에 붙어만 있을 수 없는 법, 곧 항상 변화에 직면한다. 그러니 외물에 이끌리지 말고 그 오고 감에 맡겨주어야 한다는 것이다. 그 변화에 따르고 하나에 집착하지 않는 것, 저자는 이것이야말로 만물의 생리이자 인간 삶의 이치라는 점을 시냇가 평상에서 새삼 깨닫게 되었다. 여기 평상에 앉아 자연 속에서 소요하며 유유자적하는 저자의 모습은 이런 이치를 이미 터득한 주체로 인정된다. 하지만 요즘 시대에 이런 자연의 순리 속에서 인간 삶을 관조하며 달관하기는 쉽지 않다. 가끔 산속에서 자연과 벗하며 사는 사람들을 취재하는 TV 프로그램을 보곤 한다. 거기에 출연한 산사람은 대개 사회에서 이른바 인생의 쓴 맛을 본 뒤에 산속 생활을 시작했다고 한다. 그러고 보면 여전히 자연은 삶에 지친 사람들을 치유하는 공간임에는 틀림없다. 하지만 과거의 선비들은 애초 산과 물을 자신의 삶을 관조하는 대상이자 공간으로 받아들였다. 말하자면 지금과 같이 치유의 공간으로 받아들인 것이 아니라 이미 자연의 일부로 인간을 위치시켜 놓고 있었다. 자연을 대하는 인간의 자세가 지금과는 조금 달랐던 셈이다. 지금 우리는 어쩌면 자연을 훼손해 놓고 자신들이 궁하면 그 자연을 통해서 위로받고자 한다. 이 얼마나 자가당착인가. 그러니 이런 글은 만물과 인간 사이의 이치를 따지기에 앞서 경이로운 자연을 바라보는 인간의 눈높이가 어떠해야 하는가를 지금 우리에게 묻고 있기도 하다. 우리는 정말 자연 앞에 자세를 낮출 필요가 있다. 그래야만 인간과 자연의 진정한 대화는 비로소 시작될 수 있기 때문이다.

- 정환국

참고 문헌

권근 저, 신호열 역, 《국역 양촌집》, 민족문화추진회, 1986.

이규보 씀, 김상훈·류희정 옮김, 《조물주에게 묻노라》, 보리, 2005.

장현광 저, 성백효 역, 《국역 여헌집》, 민족문화추진회, 1999.

신원기, 〈넓은 읽기를 위한 〈차마설〉 해석〉, 《문창어문논집》 36, 문창어문학회, 1999.

김경호, 〈노년의 삶에 대한 여헌 장현광의 성찰〉, 《동양고전연구》 49, 동양고전학회, 2012.

一二三四五六七八九十

삶에 대한 경계

우언과 역설로 풍자한 삶

조선 시대 사대부들은 출처(出處), 현실의 부조리에 대한 비판과 고민 등 자기 내면과 사회 현실을 반영하는 글쓰기를 했다. 이는 시로, 산문으로 다양하게 표현되었는데, 산문은 다양한 양식에 독특한 소재와 구성, 기법을 구사하면서 풍성한 성과를 냈다. 주자성리학이 시대의 교학(教學)일 때에는 그 이념이 제시하는 가치관에 글쓰기의 논리가 종속되기도 했다. 이후 복고주의 문학론이나 양명학이 일어나고 주자학 일변의 가치관을 비판하는 흐름이 생기면서 다채로운 산문들이 나타났다. 절대적이고 도덕적인 가치를 표방하고 공공의 기능과 효용성을 중시하는 산문들뿐만 아니라 다양한 문예물로서의 산문, 새로운 가치관을 흥미로운 기법에 담아낸 산문들이 창작되었다.

우리가 지금 읽고자 하는 글들도 조선 시대 산문의 다채로운 변화 속에서 삶에 대한 경계를 담아낸 작품들이다. 〈조용(嘲慵)〉은 15세기 관료 문인이, 〈수려기(隨廬記)〉, 〈오학상송설(烏鶴相訟說)〉, 〈아기설(啞器說)〉은 18세기 재야 사족이 쓴 것이다. 〈조용〉은 4언체 산문이며 중국과 우리나라의 오랜 문학적 전통 위에서 나온 작품이다. 당나라 때의 문인 한유가 가난 귀신을 쫓아내려다 그 공로에 수긍하여 내쫓기를 그만두었다는 4언 〈송궁(送窮)〉의 문학적 전통 속에서 지어졌다. 우리나라에서는 고려 때 이규보가 〈구시마문(驅詩魔文)〉, 〈용풍(慵諷)〉을 썼다. 〈수려기〉는 건물의 내력과 같은 사실 기록의 성격이 강한 기문(記文)이면서 역설적인 비유로 삶의 기준에 관한 매우 새로운 제안을 했다. 〈오학상송설〉과 〈아기설〉은 설(說)의 양식에 우언 기법을 활용했다. 우언은 동물이나 사물에 기탁하여 인간의 삶과 사회를 반영하는 글쓰기이다. 매우 오랜 문학적 전통을 가진 것인데, 설 양식과 결합하면서 18세기 조선을 살던 재야 선비의 문제의식을 흥미롭게 풀어냈다.

조선 시대 최고의 문장가로 일컬어지는 연암(燕巖) 박지원은 글쓰기와 관련해 이런 말을 했다. "남을 아프게 하지도 가렵게 하지도 못하고, 구절마다 범범하며 우물우물 머뭇거리기만 하는 글을 어디에다 쓰겠는가?" 박지원의 아들 종채가 아버지의 언행을 기록한 《과정록》에 전하는 말이다. 글쓰기에 관한 좋은 말들이 참 많지만, 지금 우리가 읽으려고 하는 삶에 대한 경계와 성찰을 담은 글들이야말로 독자를 아프게 하고 가렵게 해야 하는 것이다. 그래야 자꾸 쳐다보며 생각하고, 고치려 하고, 뚜벅뚜벅 걸어가야 할 길의 방향도 찾아볼 수 있다. 시대와 글의 양식, 글을 쓰게 된 배경도 저마다 다른 조선 시대의 글 네 편을 읽으며 그들이 무엇을 문제로 여기고 새로운 기준과 방향을 결단하고 있는지, 또 우리는 어디가 아프고 가려워질지 경험해 보자.

—

게으르게, 내 마음 따라 살리라 - 〈조용〉, 〈수려기〉

—

'게으름을 조롱하다'는 뜻을 가진 〈조용(嘲慵)〉은 조선 전기의 관료 문인 성현(1439~1504)이 쓴 4언 산문이다. 첫 구절을 1466년 여름에서 시작하고 있는데, 성현의 나이 28세 때였다. 1462년 문과에 급제한 후 승문원과 예문관의 9품, 8품 말단 관직을 거치면서 갓 급제한 신진 문사로 관직 생활을 하고 있었다. 한창 활기발발하게 일하고 공부할 때인데 게으름을 조롱하는 글을 썼으니, 공부와 벼슬살이를 열심히 해야 한다는 뜻을 담은 교훈적인 글일까? 사실은 그 반대이다.

〈조용〉은 자신이 뭔가 큰 병에 걸린 것 같다는 성자(成子)의 말로 글을 열었다. 성자는 '귀신'을 불러, 지금 자기가 학업도 직무도 폐기하고 게으름과 태만 속에 잠이나 자꾸 자고 있으니 병이라고 했다. 이어 '분주한 세상 사람들'과 '게으른 자신'을 번갈아 거론하면서 분주함의 이익과 게으름의 손실을 견주어 말했다. 벼슬길에선 바쁘게 고관을 쫓아다녀 높은 벼슬을 얻고, 사람들은 다투고 빼앗아 이익과 재물을 얻으며, 젊은 사람들은 춤과 노래로 일 년 내내 실컷 즐긴다는 것이다. 반면 게으른 자신은 미관말직에 얽매여 삼 년 동안 승진하지 못했고, 목석같은 상태로 지내는데 도리어 남의 비난을 받고 있다. 이어 일체 몸 노동을 하지 않는 것은 물론이고 독서와 음악, 훈육과 시비 판단조차도 하지 않는 게으름의 상태를 나열하고, 이것은 병이요, 자기를 병들게 한 게으름 귀신은 떠나라고 했다.

이제 게으름 귀신이 항변할 차례인데, 귀신이 게으름의 미덕을 항변하는 이 부분이 글의 핵심이다. 귀신은 게을러서 안 움직이기 때문에 도리어 고요하게 되는, 게으름의 미덕을 이야기한다. 부지런함은 재앙과 실패의 근원, 게으름과 안일은 복록의 원천! 이른바 부지런한 사람들은 세력을 좇다가 분분하게 욕을 먹고 있으며, 이익과 욕망으로 시끄럽기 이를 데 없다. 반면 게으른 성현은 아무 나쁜 소문도 없고 근심도 없이 정신을 잘 보존하고 있으니 참으로 길하다. 무지(無知)와 무위(無爲), 무정(無情)과 무생(無生)의 상태. 하늘과 짝이 되어 태초(太初)와 합일하니, 게으름은 자기를 지키는 방법이 된다. 성현은 귀신의 논리에 승복했고, 게으름은 계속 함께하기로 했다.

사실 성현은 게으름과 관련이 많다. 게으르다는 뜻의 '용' 자를 넣은 '용재(慵齋)'를 호로 썼고, 자기가 쓴 잡록을 《용재총화》라고 명명했다. 업무 능력이 좀 떨어졌고 뛰어난 공적은 없었다는 평이 있으니 일에 게을렀다 할 만도 하다. 반면 책 읽고 공부하기를 좋아했으며 음악과 예술을 즐겼다는 평가도 있는 것을 보면, 좋아하는 일에는 부지런하기도 했다. 또 성현의 둘째 형 성간은 〈용부전(慵夫傳)〉을 써서 게으르게 사는 방식을 결코 포기하지 않았던 독특한 인간상을 보여주었다. 그러면서도 정작 그 자신은 지나친 독서 때문에 과로하여 죽었다고 전한다. 이렇게 보면 성현에게 있어 게으름은 나태와 안일, 또는 더러움이라는 일반적 의미와 구별되는 다른 함의가 있다. 그런 점에서 〈조용〉을 장난삼아 쓴 가벼운 글이라고만 평가하기는 어렵다. 또 젊은 문사가 노장사상에 무위(無爲)와 무정(無情)의 노장적 세계로 빠져들겠다고 한다면, 어째서 그런 감정과 생각을 표현하게 되었는가, 그 이유를 생각해 보지 않을 수 없다.

1466년 즈음 조정의 상황을 조합하고 상상력을 발휘해서 내막을 거칠게 추정해 보면, 성현이 이렇듯 "이익과 출세를 위해 내달리느니 차라리 게으르게 살겠다"고 소리칠 만한 일이 있기는 했다. 주목되는 상황은 1464년부터 세조가 주도하는 즉흥적 임시 시험이 계속 있었다는 것이다. 발영시며 등준시, 그리고 중시와 같은 것들을 말한다. 공교롭게도 성현 또한 1464년의 임시 시험에서 갓 급제한 신진 문사로서 응시했고, 등수 안에 들었다. 그러나 그 임시 시험들은 세조가 총애하는 관료를 중심으로, 공신과 종친을 우대하기 위해서 시행했던 것들이다. 성현은 〈조용〉에서 "미관말직에 매여 있다"고 말했던 것처럼 9품 말단에서부터 3년 동안 천천히 승진하던 중이었다. 그렇다고 다른 사람들처럼 특급 승진을 하지 못해 화가 난 것만은 아닐 터이다. 전례 없는 급작스런 승진의 기회, 출세의 욕망으로 선배와 동료들이 내달리는 것을 보면서, 부지런함의 속태(俗態)를 보았던 것이 아닐까? 그래서 '게으름을 조롱한다'는 역설적인 제목의 글로, 차라리 게으르게 살겠다는 어깃장을 놓으며 출세를 위해 내달리는 세태를 풍자했던 것 같다.

〈조용〉의 주제도 그렇지만 무엇을 기준으로 삼아 생각하고 행동해야 하는가 하는 것은 언제나 고민하는 문제이다. 이번에는 이를 주제로 쓴 조선 후기의 글을 읽어 보려고 한다. '따라 사는 집에 대한 기문'이라는 뜻을 가진 〈수려기(隨廬記)〉는 18세기의 재야 문형(在野文衡)이라 불린 이용휴(1708~1782)가 쓴 짧은 기문이다. 이용휴는 남인 실학의 계보를 열었던 성호 이익의 조카이고, 역시 '문장 제일'이라고 명성이 높았던 이가환의 아버지이다. 정치적으로 대개 열세에 있었던 남인에 속했고, 아들 이가환은 인륜을 멸하는 이단이라고 박해받았던 서학의 주동자로 몰려 죽임을 당했다. 그런 상황에서 이용휴는 평생 벼슬을 하지 못하고 불행한 일을 겹쳐 겪었다. 그렇게 힘겹게 살면서 30년 넘게 '재야 문형'이라 불렸다고 하니, 조선 후기 문학사에서 매우 정채(精彩) 나는 존재이다. 그가 특히 주목받는 부분은 '나-개인'의 독자성을 제안하고 이를 자기만의 글쓰기로 구현했다는 점이다.

그런 이용휴가 '따라 산다'는 뜻을 주제로 글을 썼으니 대체 무슨 말을 하려던 걸까? '수려'라는 제목에서 '여(廬)'는 집이니, '재(齋)'나 '당(堂)'처럼 건축물을 지칭하면서 또 그 건축물의 주인을 가리킨다. 건축물에 자기의 지향을 담은 글자를 넣어 이름을 짓고 존경하거나 명망 있는 사람에게 그 의미를 새긴 글을 청하는 것은 오랜 전통이었고, 지식인들이 서로 교류하는 방식이었다. 그러니 이 글은 누군가 '수려', 즉 '따라 사는 집'이라고 당호를 삼고 이용휴에게 청한 글일 터이다. 이용휴가 이 문제를 어떻게 풀어가는지 한번 보자. 제목만 보면 남들이 하는 대로 따라 사는 처세를 말하려는 듯하지만, 핵심은 그 반대이다. 내 마음이 곧 이치이니 내 마음을 따라 살면 된다는 것이다.

〈수려기〉는 글의 전반부에서 무언가를 따르거나 따르지 않을 수 없는 세상의 일반적인 상황을 먼저 말한다. 이를테면 바람이 불 때 그 방향으로 향하게 된다거나, 내가 움직이면 내 그림자가 뒤따르는 것처럼 말이다. 문화와 제도도 마찬가지여서, 지금을 사는 사람들은 옛날의 제도와 언어와 습관이 아니라 지금 시대의 자기 풍속과 언어를 따른다. 이것이 자연스러운 이치라고 했다. 그러나 추세를 따르지 않았던 경우도 제시한다. 천하가 주나라를 섬길 때 그것을 거부한 백이와 숙제, 추위에 만물이 시들 때 푸름을 결 곧게 지키는 소나무와 잣나무. 이들은 무리와 시세를 따르지 않는 것이다. 성인(聖人) 공자와 우임금이 시세를 따르기 위해 뜻밖에 점잖지 못한 행동을 했던 일도 예로 들었다. 그러면서 핵심적인 질문을 제기했다. 공자나 우임금 같은 성인도 풍속과 시세를 따랐으니 우리도 성인들처럼 다수를 따라 살아야 하는가? 이용휴는 아니라고 말한다.

그렇다면 남들 하는 대로 따라야 하는가? 아니다. 마땅히 이치를 따라야 한다. 이치는 어디에 있는가? 마음에 있다. 범사(凡事)에 반드시 자기 마음에 물어보라. 마음이 편안하면 이치가 허락한 것이요, 마음이 편안하지 않으면 이치가 허락하지 않은 것이다.

이용휴는 우리가 따라야 할 것은 이치라고 했다. 그런데 중요한 것은 이치가 어디에 있는가, 그 소재이다. 여기에서 이용휴의 색깔이 드러난다. 이치는 나의 밖, 고원한 데 있는 것이 아니라 각자 자기의 마음에 있다! 이것이 핵심 메시지이다. 각자 자기의 마음에 있다. 그러니 모든 일을 자기 마음에 물으라! 자기 마음이 편한 방향으로 따르면 그것이 곧 이치를 따르는 것이요, 모든 일이 합당하게 될 것이라고 했다. 내 마음이 곧 이치이니(心卽理), 마음을 따르라. 이 말은 양명학(陽明學)의 대전제이다. 양명학은 인간이 선한 본성을 가졌으며, 즉각적으로 진리를 깨닫고 실천할 수 있는 가능성을 인간의 마음이 선천적으로 가지고 있다고 보았다. 반면 성리학에서 마음은 욕망에 휩쓸리기 쉽기 때문에 항상 관찰하고 통제해야 하는 대상이다. 그래서 양명학의 논리처럼 마음을 이(理)라는 절대 가치의 자리에 놓게 되면, 마음이 작용하여 일어나는 인간의 욕망을 무제한으로 긍정할 여지가 생기게 되고 윤리적이지 못한 것까지도 정당화시킬 수 있다고 보았다. 지배계급의 이데올로기였던 성리학과 다른 관점이었기 때문에 16세기 이후 양명학은 이단의 학문이라 내내 공격당했다. 그런 시대적 흐름 속에서 이용휴는 〈수려기〉를 통해 인간의 마음이 곧 진리라는 전제를 표명하고, 각자의 마음을 근거로 삼아 마음이 편안하게 여기는 것을 따라 살아가자고 제안했던 것이다.

〈수려기〉가 보여준 아이디어는 18세기 이후 조선 지성사의 새로운 흐름을 전면으로 보여준다. 이는 주변에 존재하는 사물과 인간에 대한 이해와 배려를 전제로 하는 것이다. 그 대상은 여러 가지 사물들, 계층, 정치적 계보와 당론 등 여러 층위에 적용될 수 있다. 18세기에는 인간을 포함해 세상에 존재하는 사물이 저마다의 원리를 갖고 있다는 개체성에 주목하기 시작했다. 무엇보다도 개체성을 선후나 우열로 따지지 않고 상대적인 가치로 받아들이려는 인식의 전환, 이를 삶에서 여러 가지 방식으로 실천하려는 노력들이 나타났다. 〈수려기〉가 전하는 메시지처럼, 이런 변화 속에서 성리학은 자기 일변의 독점적 체계를 유지하지 못하고 개체성과 개인에 주목하는 다양한 인식 논리와 공존하며 경합해야 했다.

옳고 그른 것, 말할 때와 침묵할 때를 판단한다는 것
- 〈오학상송설〉, 〈아기설〉

동식물이나 어떤 기물을 사람에 비겨 인간의 모순과 사회의 부조리를 풍자하는 우언은 전국 시대《장자》이래의 오래된 전통이다. 여기에서는 설(說)이라는 산문 양식에 우언의 기법을 쓴 글 두 편을 읽어보려고 한다. 유의건(1687~1760)의 〈오학상송설(烏鶴相訟說)〉과 안정복(1712~1791)의 〈아기설(啞器說)〉이다.

〈오학상송설〉은 유의건의 문집인《화계선생집》에 전한다. 까마귀와 학의 재판에 '희유조'라는 비유적 이름을 가진 심판관이 등장한다. 첫 번째 재판의 안건은 까마귀의 백(白)과 학의 흑(黑) 중에 누가 옳은가를 판단하는 것이었다. 심판관 희유조는 학의 백이 옳다고 판결을 내렸다. 이에 까마귀는 흑보다 백이 낫다고 생각하게 되었고, 마침내 '자신이 하얗고 학은 까맣다'며 사실을 날조했다. 송사가 다시 벌어졌는데, 학은 '까마귀는 검다'는 자기의 주장을 반복했고, 반면 까마귀는 '학도 반드시 흰 것만은 아니고, 까마귀도 반드시 검은 것만은 아니'라며 주장을 바꾸었다. 논쟁이 거듭되는 중, 학은 까마귀 떼로부터 곤욕을 당한 채 울며 날아가 버렸다. 까마귀의 변론만을 가지고 재판은 계속되어 까마귀가 이겼고, 학은 '무고한 자를 죽음에 이르게 한 사태와 음험하고 간악한 까마귀'를 비난하며 죽음을 맞았다. 사실을 날조한 까마귀가 이기고 학은 죽었으니, 이는 기대와 다른 결말이다. 까마귀와 재판관 희유조는 유의건이 살았던 18세기 조선 사회의 다수·주류 세력과 편파적인 지도층에 대한 우의이다. 독자의 기대를 위반하는 결말은, 그렇게 일그러진 결말을 통해 현실의 부조리를 비판하고 꼬집는 우언의 방식 중 하나이다.

그런데 시비 판단의 근거가 '자기'라는 점에서는 학이나 까마귀나 마찬가지였다. 시비가 그렇게 자명한 것인지, 심판관 희유조의 판결문과 안처선생(安處先生, 어디에도 없는 사람)의 발언을 가지고 한번 정리해 보자. 희유조가 공표한 최종 선고문은 혼란을 일으킨다. 이 선고문을 보면 학은 높은 수레를 타고 궁궐을 드나드는 고고한 존재들인데, 도에 어긋나는 말을 하고 허명을 일삼았다. 무능하며 허명을 일삼는 권력의 상층부이다. 까마귀는 지붕과 마당에나 있는 초라한 존재들이지만 효성이 있고 나라의 창성함을 드러내는 공로가 있다. 이처럼 선고문에는 무고한 희생자로 그려진 학의 서사와 충돌하는 까마귀의 입장이 드러나 있다. 물론 까마귀를 지지한 심판관의 입장에서 공언된 것인데, 여기에서 묘사된 학의 문제점을 보면, 까마귀도 학도 다 그르다 옳다 하기가 어렵다. 글의 끝에 등장한 가공의 인물 안처선생이 '시비가 혼란되었다'고 말한 것은 바로 그런 이유에서이다. 서로 다른 입장에서 보면 노출되는 시비의 혼란을 지적하면서, 근원적 차원에서 시비의 판단이 가능한지, 누가 시비를 제대로 판단할 수 있다고 보는지 질문을 제기한 것이다.

〈오학상송설〉이 다루고 있는 시비 판단의 문제는 풍부한 우언으로 쓰인《장자》가 다루는 주요 논제이다. 특히 작자인 유의건이《장자》를 읽고 매우 인상적인 작품을 남겼기에 언급해 두지 않을 수 없다. 유의건은 지금 잘 알려진 선비는 아닌데, 40대 초반 좀 늦은 나이에 생원시에 합격했으나 관직 생활은 하지 않고 74세에 세상을 떠날 때까지 경주에서 평생을 머물렀던 재야의 선비이다. 70세가 되던 무렵《장자》를 읽고 17수의 칠언절구를 썼는데, 제6수가 〈오학상송설〉에서 다룬 시비의 문제를 읊고 있다. 전구와 결구는 "그르다고 했다가 옳다고 하며 원래 정해짐이 없으니, 고니가 하얗고 까마귀가 검은 것도 마찬가지라네(移非移是元無定 鵠白烏黔卽一般)"이다. 시에 달린 주석에 따르면 이 시는 "시비가 정해진 것이 없음을 말한 것이다." 시구 중의 '이시(移是)'는《장자》〈경상초〉에 "지금 사람들은 옳음을 자기의 입장에서 자꾸 바꾸는데, 이는 매미와 어린 새가 붕새를 비웃는 것처럼 어리석은 짓을 하는 것"이라는 문맥에서 나왔다.《장자》의 체계에서 보면 시비의 구분은 나와 저, 즉 피아(彼我)의 구별이 있을 때 한해 제한적으로 존재한다. 자기의 입장에서 저의 입장을 구별하여 판단하는 행위이기 때문이다. 그렇게 분별과 구분이 존재하는 세계는 이미 위대한 지혜(大知)를 상실한 제한된 세계이다. 혼연한 본원의 경지에서 시비는, 나와 저의 구별에 따른 편의적이고 임의적인 구별과는 다른 방식으로 〈오학상송설〉에서 심판관이 보여준 흐릿하면서도 명백히 편파적인 태도는, 이미 자기의 입장에서 시비를 주장하는 제한된 세계에서 이를 제대로 판단하는 것은 불가능하다는 근원적인 혼란을 암시한다. 〈오학상송설〉과《장자》를 읽고 쓴 시가 직접 관련되는가를 지금 확인하기는 어렵다. 하지만 소재와 주제 의식이 같다는 점에서 시로 쓰고 산문인 설로 다시 써서 뜻을 거듭 표현했을 가능성도 커 보인다. 재야에서 살아 온 70세 가까운 노년의 선비가 제기할 수 있는 근원적인 질문이 아니었을까.

벙어리 그릇〔啞器〕을 소재로 한 〈아기설〉 또한 18세기 조선의 구체적인 현실, 작가의 정체성과 접속되어 있는 풍자성 짙은 글이다. 안정복의 문집인《순암집》에 전한다. 벙어리 그릇을 처음 보는 작자가 왜 하필 벙어리인가를 질문하는 것으로 시작하여 여관 주인의 발언을 통해 벙어리 그릇의 심오한 가르침을 전달하는 방식을 취했다. 그에 따르면 벙어리 그릇은 첫째, 할 말을 제때 하지 못하는 자들을 벙어리라고 풍자하고, 둘째, 말을 해야 할 때를 제대로 판단하지 못하고 떠드는 자들에게 벙어리처럼 입을 다물라고 경계한다. 본문의 중심 화자는 여관 주인인데, 누구인지는 비밀에 부쳐져 있다. 가상의 인물일 터인데, 여관 주인은 자기의 성명을 묻는 안정복에게 자기의 입을 가리키며 말을 하지 않았다. 말을 해야 할 때가 아니니 벙어리처럼 입을 다물어야 한다는 뜻이겠다. 그 자신도 벙어리 그릇의 교훈을 실천한 것이다.

여관 주인은 벙어리 그릇이 풍자하는 바를 설명하기 위해 먼저 중국의 사례를 가져왔다. 요순과 같은 훌륭한 군주는 아무런 흠결이 없어 신하들이 할 말이 없었을 것 같았지만 주공과 소공이 도리어 쉼 없이 간언을 했고, 당 태종과 한 문제처럼 태평을 이룬 군주에게 신하들은 한숨과 통곡으로 바른말을 했다는 것이다. 이로써 군주들은 성인다움을 지켰고 신하는 직분을 지켰다. 그런 다음 '우리의 시대'로 옮겨가더니, 지금의 신하들은 죄다 벙어리라고 풍자했다. 임금이 성군이라 해도 그 미덕이 지속되기를 바라는 간절한 마음으로 간언을 해야 하는데, 임금의 덕과 국정의 방향에 대해 제대로 된 말을 하는 사람이 없기 때문이다. 다음은 벙어리처럼 되어야 한다고 경계했다. 말을 할 만한 지위도 없으면서 국정을 논하고, 자기 책임이 아닌데 조정의 득실을 말하며, 공평한 처사 대신 당론을 위한답시고 나서서 말하다가 결국 자신이 죽고 세상에 화를 끼치는 지경에 이를 것이니, 심각한 경계가 필요하다는 것이다.

안정복은 〈아기설〉의 처음에서, 1737년(영조 13) 과거 시험을 보러 한양에 갔다가 벙어리 그릇을 보고 이 글을 썼다고 밝혔다. 그러니 여관 주인의 입을 빌어 '지금 우리 임금' 운운한 것은 영조요, 벙어리같이 입을 다문 신하들이나 벙어리처럼 입을 좀 다물어야 할 신하들 모두 영조 대의 관료들을 겨냥하고 있다. 다만 1737년은 정사년으로, 과거 시험이 시행되는 식년(式年, 간지에 子午卯酉가 들어가는 해)이 아니다. 1735년부터 1738년 사이에는 대과와 소과 모두 시행된 근거 자료도 없다. 안정복은 당시 경기도 광주에서 정착해 살고 있었는데, 무책임하고 무능력한 관료들이 벅적대는 한양을 공간으로 삼아야 하겠기에 과거 시험을 보러 갔다는 설정이 필요했을 듯하다. 그런데 1737년은 안정복의 생애 기록에서 특기되는 때이다. "스승 없이 가학으로 공부하고, 잡학을 배우던 그가 《성리대전》을 읽고 《심경(心經)》을 읽기 시작한" 변화의 시기가 1737년이라고 쓰고 있기 때문이다. 사실 관계의 여부보다 그렇게 그려졌다는 점에 눈길이 간다. 당대의 정권을 잡은 자들을 비판하고 풍자하겠다는 안정복의 젊은 기개가 발현되는 변곡점에, 1737년이라 특별히 지목된 시기의 경험에서 나온 〈아기설〉이 자리 잡고 있다.

안정복의 삶에서 '벙어리'는 당대 조선의 관료들에 대한 풍자와 경계이자 자신의 정체성을 설명하는 상징이었다. 〈아기설〉을 쓰고 20여 년 뒤에 〈만음(漫吟)〉이라는 시에서 그는 "이제부터 벙어리처럼 귀머거리처럼 살리라"고 자조적으로 말했다. 이때의 벙어리는 젊은 날 그가 당대의 권력자들을 풍자하고 경계하며 비유로 썼던 벙어리와는 의미가 사뭇 다르다. 귀 막고 입 막고 단절하며 살겠다는 말처럼 들리기 때문이다. 이로부터 또 30년 가까이 흐른 뒤 〈폐구음(閉口吟)〉이라고 하는 시를 지었는데, 여기에서는 자신이 "벙어리를 자처하며 단절하고 살아왔지만 강개한 마음이 들 때면 숨김없이 다 말하겠다"고 했다. 안정복은 성호 이익의 남인 적통 학맥을 이은 후손이자 제자였다. 노론과 소론의 서인이 주도하는 정국에서 평생 벼슬을 하기 어려웠다는 것이 대체적인 평가이다. 60세가 넘어서야 채제공의 지지를 받아 세자익위사라는 벼슬을 했던 정도가 다였다. 그런 삶의 이력 속에서 '벙어리'는 자기의 의지와 정체성을 상징하는 기표였다. 20대에는 '벙어리'를 가지고 당대의 지조 없고 푼수 없는 관료들을 풍자했고, 중년과 노년에는 자기의 목소리를 현실의 장에서 내고 싶었던 내몰린 지식인의 무성(無聲)의 외침을 '벙어리'라는 상징에 담았던 것이다.

—

반영과 대화로서의 글쓰기

—

이렇게 네 편의 글을 읽었는데, 두 가지 정도로 나누어 특징을 정리할 수 있다. 〈조용〉과 〈수려기〉는 양식은 다르지만 역설의 반어적 기법으로 삶의 방식에 새로운 기준을 제안했다. 〈조용〉은 게으름을 조롱한다며 도리어 부지런함을 조롱하는 역설적인 주제 의식을 강하게 드러냈다. 〈조용〉의 부지런함은 상식적인 의미의 부지런함이 아니다. 출세와 이득, 재물과 즐거움 등 욕망하는 것들을 얻기 위해 내달리는 부지런함이다. 성현은 그렇게 사느니 차라리 게으르게 만사를 폐기하는 것이 자기를 잃지 않는 길이라는 뜻을, '게으름을 조롱한다'는 역설적인 제목으로 드러냈다. 사실은 '부지런함을 조롱한' 것이다. 〈수려기〉는 기문의 형식을 취하고 있지만 건축물의 내력을 적는 기문 양식의 전형에서 벗어나 있다. 도리어 무엇을 따라야 할 것인가에 대한 작자의 주장을 펴는, 설의 양식에 가깝다. '따른다'는 말을 제목에 내세움으로써 무엇인가 따라야 한다는 말을 할 듯했지만 사실은 성인도 무엇도 아닌 자기의 마음을 따르라고 제안하면서 새로운 가치의 기준을 제시했다. 〈수려기〉가 제안하듯 내 마음이 편안한 바를 따라 살아가는 결과가 어떠할지는 사실 알 수 없다. 내게 내 마음이 있듯이 다른 사람에는 다른 사람의 마음이 있는데, 다른 사람(개체)의 자재(自在)를 거스르거나 제한하면 그것은 진정한 의미에서 합당함이나 편안함이 아니다. 욕망과 욕망이 무수하게 부딪치는 일상에서, 내 마음을 이치로 삼아 마음을 따라 산다는 것은 무척 양심적인 사람이 되어야 함을 전제로 한다.

〈오학상송설〉과 〈아기설〉은 가상의 상황을 설정하고 우언에 비유와 역설을 통해 18세기 조선 사회의 현실을 비판했다. 〈오학상송설〉은 재판 과정의 흥미, 시와 재판 선고문이 글 속에 글로 삽입되어 재미가 나름 있다. 주장을 자의적으로 바꾸며 '무리 지어' 학을 위협하던 까마귀와 시비가 흐릿한 심판관에 대한 분노, 학에 대한 동정이 부조리한 현실에 대한 비판적 감정을 끌어올렸을 것이다. 여기에 작자가《장자》를 읽고 썼다는 시를 연결해서 보면 시비 판단이 불가능한 제한된 세계, 인식의 한계를 보다 심층적으로 우의했다는 점도 드러난다. 겨냥한 대상은 비슷한데, 〈아기설〉은 벙어리 그릇이라고 하는 쓸모없어 보이는 사물을 가지고, 입을 다물어야 할 때와 말을 해야 할 때를 모르는 자들을 풍자했다. 처세 일반론처럼 들리지만, 18세기 영조 치세 하에서 조정 신하의 자리를 차지하고 있는 자들에 대한 야유였다. 그리고 어쩐지 지금에도 속이 시원하게 여겨지는 발언이다.

우리가 읽은 네 편의 글은 자기 삶의 구체적 현실을 다루고 있다. 이를테면 성현은 〈조용〉에서 1466년 여름을 지적해 밝혔고, 안정복은 〈아기설〉에서 1737년을 굳이 밝혔다. 이렇게 쓰는 것은 문학적 전통의 일환이기도 하지만, 이 문제가 자기들의 시대, 구체적인 국면의 반영이라는 점을 명확하게 드러내는 방식이기도 하다. 그렇게 해서 풍자하고 비판한 삶의 국면은 과거에 속해 있는 과거를 반영한 것이다. 그러면서도 지금 우리를 가렵고 아프게 하며, 공감하게 하는 보편성이 있다. 지금 우리의 문제와 접속하고 우리와 대화하고 있는 것이다.

- 김남이

참고 문헌

박경남, 〈18세기 文學觀의 변화와 '개인'과 '개체'의 발견 (1)〉, 《동양한문학연구》 31, 2010.

백승호, 〈세상을 향해 소리 내고픈 벙어리 - 순암 안정복 한시 연구〉, 《한국한시연구》 58, 2015.

윤승준, 〈동물우언의 전통과 송사형 우화소설〉, 《고전문학연구》 14, 1998.

황혜진, 〈사대부의 권태, 그 문명비판적 의미 - 이규보의 〈용풍〉, 성간의 〈용부전〉, 성현의 〈조용〉을 대상으로〉, 《문학치료연구》 42, 2012.

一二三四五六七八九十

외물을 통한 '인간'의 발견 또는 성찰

외물을 통해 인간 내부 들여다보기

유발 하라리(Yuval Harari)의 《사피엔스》는 원시 인류의 종족에서부터 미래 인간 사이보그까지 인간의 역사를 흥미롭게 다루고 있다. 그는 과거 인류의 출현과 미래 인류의 향방에 대한 깊은 성찰을 보여줌으로써 현재 전 세계의 이목을 집중시키고 있는 저술가 중 한 명이 되었다. 그런데 이 책에서 우리가 주목해야 할 점은, 호모사피엔스로 진화한 인간의 역사가 그동안 얼마나 자연과 멀어져왔으며 그 결과가 지금 직면한 전 지구상의 위기와 불가분의 관계에 있다는 것을 반성적으로 묻고 있는 데 있다. 일본의 신화학자 나카자와 신이치는 과거 환태평양 지대의 몽골리안 루트를 추적하면서, 이 신화시대는 자연(동물 포함)과 인간이 호혜 관계에 있었다는 점을 곰과 인간의 대칭적인 관계로 설명하고 있다(《대칭성 인류학》). 그러면서 인간이 자신의 역사시대를 열면서 자연과의 조화가 깨졌고, 그 상황은 지금 가장 극점에 와 있음을 경고했다.

이 두 사례는 무엇을 말하는가? 인류 역사에서는 문명과 야만이라는 이분법적 도식이 자주 쓰여왔다. 애초 문명은 인류가 좀 더 인간다운 삶을 추구하려는 욕망에서 비롯한 것이며, 그렇지 못한 타자에게 야만이라는 꼬리표를 붙였다. 그 출발은 인간 중심적 세계 질서를 구현하는 과정에서 시작되었다. 여기서 일차적으로 인간과 자연을 분리시켰고, 이후 인간사회 내부에서 중심과 주변으로 구분하여 이를 문명과 야만으로 대치시켰다. 지금도 자신보다 못한 지역이나 대상을 야만시하는 풍조는 바로 이런 역사 궤적에 기인하고 있다. 전 세계적인 자연 재앙 앞에서 우리는 항상 인간과 자연의 조화를 외치고 있다. 그러나 이 조화를 깨뜨린 장본인은 공교롭게도 우리 인간들이었다. 사실 이런 흐름이 점점 강화되고 있었던 것이 역사적 사실이었다. 우리는 인간과 자연의 괴리, 인간 내부의 차별 문제에서 여전히 신음하고 있다고 해도 과언이 아니다.

이런 점에서 과거 전통시대 지식인들은 인간 내부를 고민하면서 자연과의 관계에 있어서 지금보다는 좀 더 조화로운 관점에서 고민을 했다. 아마도 이것은 물질문명이 지금보다 덜 발전했고, 그래서 자연의 이치 앞에 경건함이 남아 있었기 때문이 아닐까 싶다. 그러다 보니 자연, 즉 외물을 통해 인간 내부를 관찰하고 거기서 답을 찾으려는 경향이 강했다. 물론 여기에도 엄연히 인간과 자연은 분리되는 대상임은 분명했다. 그럼에도 천지의 자연물이나 미물, 동물 등을 글의 소재로 자주 끌어와 인간세계를 탐구하는 자료로 적극 활용했다. 거기에는 인간인 이상 인간 중심적인 시선이 여전했지만 인간과 자연을 동등한 개체로 바라보려는 시선뿐만 아니라 미물을 통해 새로운 깨우침을 얻으려는 시도도 없지 않았다.

그러나 이러한 점은 이미 자연과 너무 떨어져버린 지금 우리의 입장에서 볼 때 별 감흥이 일지 않을뿐더러 부질없어 보일 수도 있다. 하지만 어렸을 적 자연 속에서 뛰어놀던 기억을 되살린다면 생각지 못한 익숙한 장면이나 느낌이 재생될 수 있을 것이다. 다만 또 한 가지 난제는 과거에 우리 생활과 익숙했던 개체들이 지금은 아예 자취를 감춰버렸다. '저게 뭐였지' 하는 반응만 나올 수도 있겠다. 그런 느낌이 들면 그만큼 우리가 자연과 멀어져왔다는 사실을 확인하게 되는 것이니, 그것 또한 의미는 없지 않을 터이다.

미물이나 사람이나 한결같은 것 - 〈슬견설〉

고려 중기의 대표적인 문인 이규보(1168~1241)의 〈슬견설(虱犬說)〉은 이(虱)와 개(犬)를 다룬 글이다. 이는 조류나 포유류에 붙어 피를 빨아먹고 사는 기생충으로 주로 사람 머리에 기식하는데, 지금은 환경의 변화로 이가 있는 사람은 거의 없다. 예전에는 지금의 비듬처럼 머리에 서캐(이의 알)가 많았다. 특히 겨울에는 옷을 많이 입기 때문에 온몸에 이가 득실거려 옷을 벗고 이를 잡는 진풍경이 벌어지기도 했다. 그야말로 미물이자 사람에게는 해로운 기생충일 뿐이다. 이런 이와 개라! 언뜻 전혀 어울리지 않은 두 개체를 끌어왔으니 도대체 무슨 얘기를 하려나 싶다.

이 작품은 흥미롭게도 지금 우리 사회에서 논란이 되고 있는 개의 식용 문제와 관련되는 사례로부터 시작하고 있다. 작자가 의도적으로 설정한 객(客)이 어떤 불량한 자가 개를 몽둥이로 쳐 죽이는 것을 보고는 다시는 개고기나 돼지고기를 먹지 않겠다고 했기 때문이다. 믿거나 말거나 과거에는 이른바 식용할 수 있는 개를 '구(狗)'로, 그렇지 않은 개를 '견(犬)'으로 구분했다는 속설이 있었거니와, 어쨌든 이 글이 쓰인 고려 시대에도 이미 개고기를 먹는 풍습이 있었다는 사실을 확인할 수 있다. 하지만 돌아다니는 개를 쳐 죽이는 잔혹성 때문에 객은 개고기를 먹지 않겠다고 다짐하게 된 것이다. 가히 반려동물의 시대라고 할 만큼 현재 우리 사회는 애완견을 많이 키우고 있다. 그런 이유 때문인지 요즘 개고기를 먹는 사람들이 부쩍 줄어든 상황과 오버랩 되는 부분이다.

그런데 객의 이런 반응에 저자는 어떤 사람이 화로에 이를 태워 죽이는 것을 보고 앞으로 자신은 이를 잡지 않겠다고 대응한다. 사실 큰 개를 때려 죽이는 것과 이를 태워 죽이는 것은 차원이 달라 보인다. 과거에 이를 잡는 것은 자신에게 해로운 것을 죽이는 것이기 때문에 당연한 일이었다. 객은 처참하게 맞아 죽은 개를 보고 비참한 생각이 들어서 말한 것인데, 상대방은 이에 이를 잡지 않겠다고 하니 자신을 놀리는 것으로 받아들일 수밖에 없었다. 물론 이는 저자의 의도적인 대응이었다. 마침내 저자는 이를 꼬투리 삼아 자신의 견해를 본격적으로 드러내기 시작한다. 결코 객을 놀리는 것이 아니었다.

"무릇 혈기가 있는 것은 사람으로부터 소·말·돼지·양·곤충·개미에 이르기까지 모두 삶을 원하고 죽음을 싫어하는 마음은 동일한 것이네. 어찌 큰 것만 죽음을 싫어하고 작은 것은 그렇지 않겠는가? 그렇다면 개와 이의 죽음은 동일한 것이네. 그래서 그것을 들어 적절한 대응으로 삼은 것이지, 어찌 놀리는 말이겠는가? 그대가 나의 말을 믿지 못하거든 그대의 열 손가락을 깨물어 보게나. 엄지손가락만 아프고 그 나머지는 아프지 않은가? 한 몸에 있는 것은 크고 작은 뼈마디가 모두 피와 육질이 있기 때문에 그 아픔이 동일한 것일세. 더구나 저들은 각자 하늘로부터 호흡하는 생명을 받은 것들이네. 어찌 저것은 죽음을 싫어하고 이것은 죽음을 좋아할 리 있겠는가? 그대는 물러가서 눈을 감고 고요히 생각해 보게나. 그리하여 달팽이 뿔을 쇠뿔과 같이 보고, 메추리를 큰 봉황처럼 동일하게 보게나. 그런 뒤에야 내가 그대와 더불어 도(道)를 말하겠네."

사람이고 짐승이고 곤충에 이르기까지 피가 흐르는 개체라면 저마다 공통적인 성질이 존재한다는 것이다. 따라서 개의 죽음과 이의 죽음을 같은 이치로 보아야 한다. 미물이어서 우리가 너무 쉽게 다루는 이도 생명체인 이상 개와 다를 바가 없다고 본다. 이는 개와 이가 같은 개체라는 의미가 아니라 모두 자기성을 갖춘 존재라는 점에서 동일 선상에 놓고 볼 필요가 있다는 것이다. 이를 우리 몸의 일부로 옮겨와 이해를 쉽게 하고자 했다. 몸의 온갖 부분도 다 같이 혈맥이 닿는 곳이라면 통증을 느끼는 바, 크고 작은 것 상관없이 다 아프기 마련이다. 이야말로 가장 확실한 증거이기도 하다. 이런 증거로 인간과 미물 할 것 없이 생명을 지닌 것이라면 똑같이 살기를 바라고 죽기를 싫어하거나 두려워하는 것은 한결같다는 것이다. 이치가 그런 만큼 달팽이 뿔과 소의 뿔, 메추리나 봉황(즉 학 따위)을 동일하게 볼 수 있어야 한다는 논리로 귀착된다. 수염처럼 생긴 달팽이 뿔과 소의 뿔은 사실 비교할 수 없을 정도로 크기가 다르지만, 달팽이도 소와 같은 생명체이기 때문이다.

마지막으로 저자는 이런 인간과 미물을 동일하게 볼 수 있는 평등안(平等眼)이 갖춰졌을 때 비로소 함께 도(道)를 말할 수 있겠다고 했다. 도란 무엇인가? '도'는 옛사람들의 글에 자주 등장하는 말이다. 그런데 그 의미가 말하는 사람에 따라 조금씩 다르며, 심오한 뜻을 지니고 있다. 그러다

보니 그 구체적인 의미가 애매할 수밖에 없다. 여기서 언급한 도는 '세상 또는 만물의 이치' 정도로 파악된다. 다만 그 이치는 앞으로 더 따져야 할 부분이다. 지금 그 결론이 나온 것은 아닌 셈이다. 즉 인간이 생각하는 세상의 이치를 깊이 따져보기 위해서는 인간과 미물을 별개가 아닌 똑같이 욕망하는 주체로 상정해야 하기 때문이다. 이러한 문제의식을 사람에게 불편을 끼치는 미물인 '이'와 사람과 떼려야 뗄 수 없는 관계에 있는 '개'를 통해서 끌어낸 점은 상당히 그 설정이 독특하거니와, 잘 생각해 보면 정말 이치가 그렇지 않은가.

사람의 마음이란 - 〈경설〉

〈슬견설〉처럼 이규보는 사물이나 동물 등에 빗대 인간과 그 세상을 논한 글을 많이 지었는데, 이런 점이 그가 한국 고전문학의 영역과 범위를 확장시킨 중흥자로 인정받는 이유 가운데 하나이기도 하다. 하지만 한편으로 이규보는 고려 중기 무신란을 겪으면서 정권에 아부한 학자로도 역사의 입길에 오르내리고 있는바, 그런 자신의 위치와 고민이 이런 빗댄 글쓰기를 자주 한 이유이기도 했던 모양이다. 그러다 보니 인간 세상에 대한 회의를 드러내거나 적절한 자기변호의 도구로 문학을 활용한 면이 없지 않았다. 그런데 이런 조건에서 산생한 이규보의 문학이 대단히 흥미롭다는 점에서 일종의 아이러니라 할 만하다. 아무튼 여기서 살펴보려는 그의 〈경설(鏡說)〉도 문제적인 작품 중에 하나이다. 바로 자신의 이야기이기도 하기 때문이다.

제목이 '경설'이지만 거울 자체를 논한 것은 아니다. 〈슬견설〉과 같이 객을 설정하여 문답식으로 글을 구성했는데, 대화하는 주체는 거사(居士)이다. 원래 거사는 숨어서 벼슬하지 않는 선비란 뜻으로 3인칭이다. 그런데 이 글에서 거사는 다름 아닌 이규보 자신이다. 그는 자호를 '백운거사(白雲居士)'라고 했으니, 자신을 마치 남인 양 이렇게 표현한 것이다. 그런데 이 거사는 먼지가 낀 희미한 거울을 아침저녁 가릴 것 없이 여인이 단장이라도 하듯이 열심히 들여다보고 있었다. 객이 볼 때 이것이 이상했다. 도대체 얼굴도 제대로 비출 수 없는 거울을 허구한 날 사용하는 이유가 궁금했던 것이다. 그런데 괴이해하는 객에게 돌아온 답이 이랬다.

"거울이 밝으면 잘생긴 사람은 기뻐하지만 못생긴 사람은 싫어한다네. 그러나 잘생긴 사람은 수효가 적고 못생긴 사람은 많지. 만일 못생긴 사람이 한번 들여다보게 된다면 반드시 깨뜨리고야 말 것이네. 그러니 먼지가 끼어서 희미한 것만 못하다네. 먼지가 흐리게 한 것은 그 겉만을 흐리게 할지언정 그 맑은 것은 없애지 못하니, 만일 잘생긴 사람을 만난 뒤에 닦여져도 시기가 역시 늦지 않을 게야. 아, 옛날에 거울을 마주한 사람은 그 맑음을 취하기 위한 것이었지만 내가 거울을 대함은 그 희미한 것을 취하기 위함이네. 그대는 무엇을 괴이하게 여기는가?"

객이 혼란스러웠던 것은 거울이란 자신의 외형을 확인하는 데 사용하거나 맑고 밝은 것이 그 이미지인데, 지금 거사가 사용하는 거울은 이 두 가지 모두 충족되지 못한 데 있었다. 요컨대 전통적으로 거울은 사람의 외형과 정신의 맑음을 동시에 추구하는 대상으로 인식되고 있었다. 하지만 거사는 거울이 밝으면 잘생긴 사람이야 좋아하겠지만 못생긴 사람은 싫어하게 된다며 사람의 미추(美醜)에 따라 맑은 거울에 대한 호오가 갈린다고 맞선다. 일단 거사 자신은 못생긴 사람이기에 흐린 거울을 사용하는 것이 당연하다는 논리이다.

실제로 이규보가 못생겼는지 잘생겼는지 정확히 알려져 있지 않다. 하지만 이는 정말 사람의 외형적인 면만을 지적한 것은 아니다. 일종의 소외된 의식의 반영이다. 지금 거사는 세상에 나가지 못하는, 즉 거울 앞에 나서지 못하는 신세이다. 그래서 자신을 흐릿하게 가려야 할 처지이다. 하지만 먼지가 아무리 거울을 흐리게 한다 하더라도 원래의 맑음을 없애지는 못하는 법, 역설적이게도 자신의 흐린 거울은 '잘생긴 사람'을 만나면 다시 깨끗해질 것으로 기대한다. 아마 잘생긴 사람은 다른 누군가가 아닌 변화된 자기 자신일 것이다. 그렇다면 이 흐린 거울과 자신은 중의적인 대상으로 이해된다. 흐린 거울은 지금 자신의 상황이자 당대 사회의 현실일 수 있다. 잘생기고 못생긴 사람은 나와 다른 존재이겠지만, 나 자신의 두 가지 상황을 대변할 수 있다. 이렇게 보면 이 글의 내용은 상당히 복잡한 양상을 띤다.

"거울아 거울아 이 세상에서 누가 제일 예쁘니?"라는 말은 백설공주의 계모가 한 말이다. 거울을 보며 자아도취에 빠져 있거나 자신의 욕망을 거울을 통해 드러낸 전형적인 언급이기도 하다. 서양에서는 거울의 이미지가 이처럼 자신을 욕망하는 나르시스적인 대상으로 소비되었다고 한다. 하지만 한자문화권에서는 거울을 통해 자신을 반성하거나 그 맑은 성질을 본받으려는 경향이 강했다. 이렇게 거울에 대한 이미지와 활용이 나뉘기는 하지만 사실 거울에는 여러 가지 이미지가 다 있는 셈이다. 그런데 이 글은 누구도 원치 않을 먼지 낀 흐린 거울을 통해서 자기 자신의 상태와 의지를 드러내었던바, 일종의 거울을 통한 역설이라 하겠다.

나무는 자신을 비추는 거울 - 〈병죽설〉과 〈왜송설〉

여기서는 대나무와 소나무의 비정상적인 모습을 통해 인간 성정의 문제를 거론한 두 편의 작품을 살펴보려고 한다. 대나무와 소나무는 우리 생활 주변에서 매우 친숙한 대상이자 전통적으로 사람의 올곧음과 절개를 상징하는 것이기도 했다. 그러다 보니 이 두 대상을 글로 남겨 고전이 된 작품이 수없이 많다. 그런데 여기 두 작품은 대나무와 소나무의 비정상적인 상태를 문제 삼고 있다는 점에서 예의 작품들과는 결을 달리한다.

먼저 〈병죽설(病竹說)〉은 하수일(1553~1612)의 작품이다. 그는 16세기 후반에 활동한 문인으로 그리 잘 알려진 인물은 아니다. 16세기 영남 지방에서 퇴계 이황과 쌍벽을 이루었던 남명(南冥) 조식(1501~1572)의 제자로, 주로 진주 지역에서 활동했다. 영남 학문의 전통은 낙동강을 경계로 좌도(左道)와 우도(右道)로 나눠지는바, 조식은 우도의 좌장 격이었다. 그런 출중한 학자의 문하에서 하수일은 자신을 수양하며 학문에 전념했다. 〈병죽설〉은 그런 그의 성찰과 깨달음의 과정에서 나온 성과물 중에 하나이다.

그는 정원을 노닐던 중에 대숲에서 다른 것과 생김새가 다른 대나무 한 그루를 발견한다. 자세히 살펴봤더니 중간의 마디가 짧고 굽어 있었다. 원래 대나무는 아래쪽의 마디가 짧고 중간으로 올라갈수록 길고 곧게 뻗는 게 그 성질인데, 이 대나무는 그 반대였다. 왜 그런가 싶었더니 줄기 가운데를 좀벌레가 갉아 먹어 생긴 현상이었다. 이 벌레 먹어 병든 대나무를 발견하는 순간 저자에게 떠오르는 것이 있었다. 이런 현상이 대나무에게만 있지 않았을 터이다.

무릇 천지 사이에 태어난 것으로 처음부터 선(善)하지 않은 것은 없다. 하지만 물욕(物欲)에 가려져 그 선량한 마음이 어지럽히게 되면 저 병든 대나무와 같지 않은 경우가 거의 없다. 오호라! 대나무는 벌레 때문에 그 성질을 잃고, 사람은 욕심 때문에 그 본성을 망치게 된다. 마음에 병이 드는 것이 어찌 물과 사람을 가리랴! 그래서 옛사람들은 '물(物)을 관찰하여 자신을 반성한다〔觀物反己(관물반기)〕.'라고 했다.

세상에 '태어난 것'치고 그 본성이 선하지 않은 것은 없다는 것이 저자의 생각이다. 그러니 사람도 본성은 착한 존재라고 한다. 맹자의 성선설(性善說)이 떠오르는 대목이다. 문제는 물욕에 가려져 마음이 어지럽게 되고 결국 그 선량한 마음을 잃게 된다는 것이다. 대나무가 외물, 즉 벌레에 의해서 그 본성을 잃었듯이 사람도 욕심 때문에 본연의 선한 마음을 잃게 된다는 논리이다. 병든 대나무와 물욕에 의해 마음이 병든 인간, 이는 매한가지라는 인식이다. 그런데 사람의 경우 그런 자신이 병들었다는 것을 스스로 인지하지 못하는 경향이 있는바, 이 병든 대나무는 자신을 살펴볼 수 있는 좋은 통로인 셈이다. 원문의 관물반기(觀物反己), 즉 '외물을 관찰하여 자신을 반성한다'는 고인의 명언은 이 취지에 딱 어울리는 키워드이다. 그러니 이 병든 대나무야말로 인간을 비추는 거울과 같다 하겠다.

하수일보다 한 세대 정도 뒤의 사람인 택당(澤堂) 이식(1584~1647)은 〈왜송설(矮松設)〉에서 뒤틀려 왜소한 소나무를 가지고 이와 비슷한 논의를 펼쳤다. 그는 이 시기 문단에서 빼놓을 수 없는 명문장가이자 정치가로 이름이 높았다. 그런 그가 어느 해인가 한양에 임시 거처하고 있을 때 그 집에 있던 소나무가 특이하여 이를 소재로 글을 짓게 되었다고 한다. 네다섯 그루가 있었는데, 이것들이 저마다 크지도 못하고 몸통이 뒤틀려 있었던 것이다. 이 소나무는 분명히 집에서 분재로 가꾼 것이었으리라. 사실 우리 주변에서 흔히 볼 수 있는 나무 분재(盆栽)나 수석(水石) 따위의 수집은 조선 후기부터 본격적인 취미 생활 중에 하나로 자리 잡았는데, 그 전에도 있어왔던 모양이다. 다른 얘기지만 분재나 수석을 모으는 것은 자연물의 비정상적인 모습을 신기해하는 취미일 수 있다. 어쨌든 분재된 소나무는 정상적으로 자라는 것과는 그 모습이 다르다. 물론 자연적인 현상으로 이런 소나무가 자라기도 하지만 여기 소나무들은 죄다 웃자라는 것을 베고 끈으로 묶어 아래와 옆으로만 향하도록 하여 사람의 등골이 휜 것처럼 되고 말았다. 곧 인위적으로 이렇게 자라도록 만든 것이다. 이렇게 되려면 오랜 시간이 걸리는 법, 이 소나무는 지금 몹시 괴이한 형태이다.

분명한 것은 이것이 소나무의 본성은 아니라는 점이다. 저자는 이 뒤틀린 소나무를 보고서 "어쩌면 우리 사람의 경우와 흡사한가."라고 하면서 사람들이 뒤틀린 행동으로 세상에 아첨하는 행태를 비꼰다. 자기 본성을 내팽개치고 시류에 영합하는 무리를 비판하는 쪽으로 방향을 튼 것이다. 이건 좀 이상하다. 저 뒤틀린 소나무는 저절로 또는 원해서 그렇게 된 것이 아닌데 말이다. 소나무 입장에서 보면 상당히 억울할 법하다. 다만 결과적으로 저 소나무의 뒤틀린 모습은 사람이 자신을 잃어버리고 시류를 좇는 형태와 딱 맞아떨어진다는 점을 착안케 했다. 이어지는 마무리 논의는 〈병죽설〉과 흡사하다.

아! 사람이나 다른 생물이나 각각 원래 지니고 있는 본성이 있는 만큼, 곧게 잘 기르면서 해침을 당하는 일이 없게끔 한 뒤에야 사람이 되고 생물이 되어 그 이름을 더럽히는 일이 없게 될 것이다. 그런데 지금 그만 본성이 손상을 입어 문드러진 나머지 이처럼 정상적인 것과는 정반대로 그

참모습을 완전히 잃어버리고 말았다. 이 어찌 '곧게 길러지지 않은 채 살아 있는 것은 요행히 죽음을 면한 것일 뿐이다.'라는 말에 해당되는 것이라고 해야 하지 않겠는가. 그러고 보면 저 나무의 입장에서 볼 때에도 역시 슬픈 일이라고 해야 할 것이다. (중략) 그 본성을 해친 나머지 남에게 모멸을 받게 되는 것이야말로 남에게 잘 보이려고 한 행동의 결과라고 해야 할 것이요, 자기의 본성대로 따른 결과 존경을 받게 되는 것은 바로 위기지학(爲己之學)의 효과라고 해야 할 것이다. 따라서 군자라면 이런 사례를 통해서 자기 자신을 돌이켜보기만 하면 될 일, 저 왜송을 탓할 게 또 뭐가 있겠는가.

사람이든 여타 생물이든 고유의 본성이 있어 이를 잘 길러야 하지만 그렇지 못하면 자기 모습을 잃게 된다. 그러니 지금 뒤틀려 있는, 자기 본성을 잃은 저 소나무의 입장에서 볼 때도 슬픈 일이란다. 그런데 소나무야 슬픈 정도에 머물지만 사람의 경우는 훨씬 심각하다. 소나무는 신기한 존재라며 사람의 이목을 끌지만, 사람은 남에게 조롱과 멸시를 받는다. 더욱이 학문하는 선비는 사람들 중에서도 이 문제가 가장 심중하다. 여기서 유념해야 할 것은 전통시대 글쓰기를 했던 주체들은 사대부 지식인들이었다는 점이다. 계급사회였던 만큼 그들은 그들만의 방식으로 인간과 사회를 고민했다. 그러니 모든 기준과 표본은 양반 자신들이었다. 일반 백성들은 자신들이 보호하거나 가르칠 대상으로 상정되어 있을 뿐이었다. 어쩌면 인간 내부 질서 자체가 균열이 심한 상황이었다. 따라서 이들은 자신들이 인간과 사회에 대하여 어떤 존재가 되어야 하는가가 주요 관심사였다. 인간 평등의 관점에서 볼 때 이런 점은 확실히 일정한 한계가 있었다. 이식은 이 문제를 선비들의 학문하는 자세로 귀결시키고 있다. 요컨대 자기 자신을 성찰할 수 있는 위기지학을 강조한다.

유가에서는 학문을 위기지학(爲己之學)과 위인지학(爲人之學)으로 구별한다. 위기지학은 '자기를 위한 학문'으로, 위인지학은 '남을 위한 학문'으로 풀이된다. 언뜻 보면 전자는 자기만을 위한 이기적인 학문으로, 후자는 남을 위하는 이타적인 학문으로 생각될 수 있다. 그러나 의미는 정반대이다. 즉 전자는 자기 자신의 내면을 성찰하여 그 본질을 꿰는 학문이며, 후자는 자기 자신을 남에게 드러내 과시하거나 아첨하려는 학문이다. 당연히 과거에는 위기지학을 공부의 목표로 삼았다. 여기서도 위기지학을 자신의 본성을 잃지 않는 관건으로 끌어왔다. 저 뒤틀린 소나무를 보면서 인간 본성의 문제와 자신을 포함한 유가 지식인들, 즉 군자(君子)의 자기 성찰에까지 논의가 확대된 것이다. 이 역시 〈병죽설〉의 '관물반기'의 차원이기는 하나 그 성찰의 단계를 넘어 그러한 생활을 실천할 것을 요구한다는 점에서 좀 더 확장성을 갖는다 하겠다.

- 정환국

참고 문헌

장덕순 옮김, 《슬견설》, 범우사, 2008.

하수일, 〈병죽설〉, 《송정선생문집》 권3·잡저(《한국문집총간》 61, 민족문화추진회).

황인용, 〈왜송설〉, 《숲과문화》 6-2, 숲과문화연구회, 1997.

윤주필, 〈한국 우언문학에 나타난 자연물 모방의 경향과 특징〉, 《한국고전연구》 18, 한국고전연구학회, 2008.

조상우, 〈이(蝨)를 소재로 한 고전산문의 전개 양상 고찰〉, 《동양고전연구》 34, 동양고전학회, 2009.

一二三四五六七八九十

사람과 사물을 보는 눈

사람과 사물을 보는 통념

사람과 사물을 보는 관점에는 일정한 기준이 있다. 좋은 것이나 나쁜 것, 가치 있는 것이나 가치 없는 것, 선택하거나 버리는 것을 가르는 기준은 개인과 문화에 따라 천차만별이고, 지역과 시대, 나라와 국가, 신분과 성별에 따라 큰 차이를 낳는다. 그 기준과 관점은 작게는 친구를 사귀고 혼사를 맺는 것에서부터 인생의 선택과 인재의 선발에까지 영향을 미쳐서 개인의 인생에서부터 문화와 사회, 국가의 문제까지 깊은 관련을 맺고 있다. 전통시대에는 그 기준과 관점이 현대보다 더 강한 응집력을 가지고 큰 영향을 끼쳤다. 자연스럽게 문학은 그런 문제를 자주 다루었고, 좋은 작품이 다수 창작되었다.

사람의 외모, 그 중에서도 얼굴을 보고서 운명과 성격, 능력을 판단하는 이른바 관상(觀相)은 큰 문제로 대두했다. 장구한 기간 동안 관상은 사람을 판단하는 문화로 사회 전반에 큰 영향을 미쳤다. 관상 자체를 근거 없는 옳지 못한 풍습으로 규정하여 유가(儒家)에서는 공자 이래로 외모나 얼굴 등으로 사람을 판단하는 것은 불합리하다고 매도했다. 특히 전국시대 법가(法家) 사상가인 순자는 저술에서 '관상의 잘못을 논함〔非相(비상)〕'이란 편명을 따로 설정하여 이 문제를 깊이 있게 분석했다.

> 사람의 형상과 얼굴을 보고서 그 사람의 길하고 흉함, 요절하고 상서로움을 잘 안다고 세속에서 일컫는다. 하지만 옛사람은 그렇게 하지 않았고, 학자들은 관상을 말하지 않았다. 따라서 형상을 보는 것은 마음을 논하는 것보다 못하고, 마음을 논하는 것은 도술을 논하는 것보다 못하다.

순자는 관상이 유행하는 현상을 비판하여 과거에는 없었던 그릇된 풍습이라 지적했다. 형상보다 마음이, 마음보다는 도술(道術)이 사람을 판단하는 데 더 중요한 기준임을 역설했다. 여기서 도술은 사람의 지향 내지 업적이다. 순자의 주장은 유가에서 관상의 문제를 보는 관점을 잘 대변하고 있다. 그럼에도 불구하고 후대로 갈수록 관상은 사람을 판단하는 주요한 기준의 하나로 정착되었다. 고려나 조선 시대에도 사정은 크게 다르지 않아, 학자들은 관상을 보는 풍습을 비판의 대상으로 삼았으나 실생활에서는 다방면에 영향을 끼쳤다.

얼굴로 사람을 판단하는 관상은 그 범주를 넘어 사람을 그 자체나 능력과 인품으로 보지 않고 선험적 조건으로 판단하는 관습을 가져왔다. 이는 매우 폭넓고 강한 영향을 미쳤다. 신언서판(身言書判)이라는, 관리를 등용하는 시험에서 인물 평가의 기준으로 삼았던 몸과 말씨, 글씨, 판단력의 네 가지 기준도 사람을 차별하는 기준으로 작동하기 일쑤였고, 군자(君子)와 소인(小人)이란 기준도 사람을 편 가르는 기준으로 작동하기 쉬웠다. 그런 기준의 설정이 처음에는 긍정적 의미를 가졌지만, 후대로 갈수록 사람을 있는 그대로 보기를 거부하고 배제하는 논리가 되었다.

사람을 어떻게 판단할 것인가 하는 기준은 각 개인이 어떤 삶을 살 것인가 하는 문제와 밀접한 관련을 맺고 있어서 가정이나 사회에서 중요한 의미를 지닌다. 그리고 그 기준은 어떤 인재를 선발하여 관료로 임용할 것인가 하는 문제와도 밀접한 관련을 맺기 때문에 더욱 중요하게 취급된다. 각 시대마다 공정한 인재 선발의 기준을 설정해 놓고 있음에도 불구하고 관상을 비롯하여 신분, 지역, 집안과 같은 불합리한 기준이 공정한 기준을 무시하고 사람을 판단하는 잣대로 적용되는 일들이 널리 행해졌다. 그런 불공정하고 부조리한 현상에 대한 비판적 논의들이 관상을 본다는 주제로 풍성하게 이루어졌다.

—

관상에 대한 고정관념과 그 인습의 타파 – 〈이상자대〉, 〈상론〉

—

〈이상자대(異相者對)〉는 관상의 문제를 직접적으로 문제 삼고 있다. 상식을 넘어서 진실을 폭로하는 글을 많이 쓴 백운거사 이규보(1168~1241)의 작품이다. 그의 문집 《동국이상국집》 권20에 실려 있다. 권20에는 잡저(雜著)를 모아놓고 있는데, 〈명반오문(命班獒文)〉, 〈주서문(呪鼠文)〉, 〈구시마문(驅詩魔文)〉, 〈광변(狂辨)〉, 〈색유(色喩)〉, 〈토령문(土靈問)〉 등 현대의 문체로는 수필에 속하는 재기 발랄한 산문이 다수 실려 있다. 〈이상자대〉는 이상자(異相者), 곧 특이하게 관상을 보는 사람과 주고받은 대화를 기록했다는 뜻이다. 그 내용은 대략 다음과 같다.

특이한 관상쟁이는 통용되는 관상 책도 읽지 않고 일반적인 관상법도 따르지 않는 괴짜이다. 그만의 방법으로 관상을 보는데, 상식을 벗어나 완전히 엉뚱하다. 그가 나타나자 고관이나 귀족을 비롯해 남녀노소가 그를 찾아가 관상을 보았다.

상식을 벗어난 그의 관상보기는 이런 식이다. 부귀하여 살찐 사람에게는 "삐쩍 말라 천민상이다."라고 말하고, 빈천한 말라깽이에게는 "살쪄서 귀하게 될 관상이다."라고 말했다. 그 밖에도 장님, 잘 달리는 자, 미인, 어진 이, 악인을 두고 삐딱하거나 상식과는 반대되는 말을 해주었다. 게다가 사람들이 기대하는 화복을 미리 말해주지 않았다. 그 때문에 그를 벌주려는 이들이 나타나자 글쓴이가 말리며 남모를 이유가 있을 것이라고 하고 찾아가 이유를 물었다. 그러자 그 관상쟁이가 이렇게 답을 했다.

부귀한 사람은 교만하고 남을 업신여기는 경향이 있으므로 나중에는 죄를 많이 지어 하늘이 반대로 만들어버린다. 결국에는 쌀겨도 못 먹는 지경에 빠지므로 "삐쩍 말라 천민상이다."라고 말했다는 것이다. 빈천한 말라깽이는 겸손하고 두려워하며 자신을 닦는 경향이 있다. 고생을 많이 한 뒤에는 인생이 잘 풀리기도 하므로 부자로 살게 되기 쉬워서 "살쪄서 귀하게 될 관상이다."라고 말했다는 것이었다.

그는 사람이 처한 상황을 통찰하여 앞으로의 삶을 예상했다. 그가 한 말을 듣고 글쓴이는 단순한 관상가의 말과는 달리 좌우명이자 인생의 교훈이라 평가했다. 이상한 관상쟁이는 부자한테는 부자가 될 관상이요, 가난뱅이에게는 가난할 상이며, 장애인에게는 장애가 있을 수밖에 없다고 하여 얼굴이나 외모를 바탕으로 단순히 설명하거나 운명론적 선입관에 따라 앞날을 점쳐주는 관상보기를 거부했다. 사실 그는 관상쟁이가 아니다.

통찰력을 가지고 현재의 인생을 극복하여 더 나은 인생으로 유도하는 지혜로운 교사의 역할을 했다. 평범한 관상쟁이를 넘어서 관상이라는 풍습을 기반으로 세상을 훈계했다. 관상쟁이에게 기대하는 상식을 벗어나 있기 때문에 그에게는 기이한 관상쟁이라는 이름이 적합하다.

다음으로는 다산(茶山) 정약용(1762~1836)의 〈상론(相論)〉이다. 《여유당전서》〈시문집〉 권12 '론(論)'에 실려 있다. 이 글은 사람의 관상을 보고 인물됨을 판단하는 행위의 오류를 파헤쳤는데, 글을 쓴 시기는 밝혀져 있지 않다. 정약용은 조선 사회의 그릇된 풍습과 좋지 못한 관례를 통렬하게 파헤치는 논쟁적 글을 다수 썼다. 이 글도 그 중의 하나이다. 첫 문장에서 작자의 주장을 요약적으로 제시한 다음 논리와 사례를 통해 자신의 주장을 입증하는 방식을 취했다. 주장이 선명하고 논지가 정연하여 설득력이 있다. 글은 다음과 같은 내용이다.

> 관상으로 인간과 그의 능력을 판단하는 세상의 관습은 오류이다. 습관이 무엇이냐에 따라 관상은 변화하고 관상이 변화하면 그에 따라 형세가 만들어진다. 형국(形局, 관상이나 풍수에서 말하는 집터 따위의 외형이나 생김새)이나 유년(流年, 한 해 동안의 운세)에 따라 운명이 결정된다는 운명론은 망발이다.

정약용은 그 주장을 입증하고자 습관이 무엇이냐에 따라 관상이 변하는 현상을 삭도, 장돌뱅이, 목동, 노름꾼의 사례를 들어 분석했다. 입증한 결과 '관상이 이렇기 때문에 저와 같은 결과를 냈다'는 세상의 통념이 오류임을 보여주었다. 다음으로는 형세가 관상에 따라 이루어지는 현상을 세 가지 사례를 들어 분석했다. 형세가 갖추어지면 관상이 만들어지는 과정의 사례를 다산은 다음과 같은 가상적 사례를 들어 설명한다.

> 눈동자가 초롱초롱한 어린아이가 있으면 부모는 '이 아이는 가르칠 만하다'고 하고 아이를 위해서 책을 사들이고 선생을 정해준다. 선생은 '이 아이는 가르칠 만하다'고 하여 아이에게 붓·먹·연분·서판을 더 준다. 아이는 더 공부에 힘쓰고 날로 더 열의를 갖고 공부한다. 대부(大夫)는 '이 사람은 쓸 만합니다'라고 그를 추천하고, 임금은 그를 보고서 '이 사람은 대우할 만하다'고 평가하여 그를 권장하고 추켜세우고 칭찬하고 선발하여 어느새 정승에 이른다.
>
> 어떤 아이가 얼굴이 복스럽게 생겼으면 아이의 부모는 '이 아이는 부자가 될 만하다'고 하여 재산을 더 주고, 부자는 그 아이를 보고 '이 아이는 부릴 만하다'고 하여 자금을 더 보태준다. 아이는 더욱 힘쓰고 날로 열의를 갖고 일하여 사방으로 장사를 다닌다. 그러면 사람들은 그가 상업을 부흥시킬 것이라고 생각하고 그를 주인(主人)으로 삼으니, 잘될 사람을 더욱 도와주어 어느새 백만장자가 된다.
>
> 어떤 아이가 있어 눈썹이 덥수룩하고, 또 어떤 아이는 콧구멍이 밖으로 드러났으면, 아이의 부모와 어른들은 양성하고 도와주기를 일체 위의 경우와 반대로 한다. 그러니 이들이 무슨 수로 제 몸을 귀하거나 부유하게 만들겠는가?
>
> 이것이 관상으로 인하여 형세를 이루고 형세로 인하여 관상이 굳어지는 경우인데, 사람들은 굳어진 관상을 보고는 '관상이 이렇기에 이룬 결과가 저렇다'고 말한다. 아! 어쩌면 그리도 어리석은가.

아이가 똑똑한 인상을 가졌으면 부모도 선생도 '이 아이는 가르칠 만하다'고 하고 책과 문방구를 사 주는 등 좋은 여건을 만들어준다. 격려를 받고 아이는 더욱 공부에 힘써서 남들의 인정과 추천을 받아 높은 지위에 오른다. 아이가 얼굴이 복스럽게 생겼으면 부모는 '이 아이는 부자가 될 만하다'고 하여 재산을 더 주고 밑천을 대준다. 격려를 받고 아이는 더욱 열의를 갖고 일하여 나중에는 거부가 된다. 반면 어떤 아이가 꾀죄죄하고 바보스러운 외모를 가졌으면 부모도 남들도 앞서의 경우와 반대로 하므로 부귀나 성공과는 멀어진다. 그 아이가 무능해서 그런 결과를 낳은 것이 아니다. 하지만 결과를 놓고서 '관상이 이렇기에 이룬 결과가 저렇다'고 말하는 것은 어리석은 판단이다.

이 글에서는 관상이라는 정해진 운명을 부정한다. 관상이 영향을 미치는 것처럼 보이지만 그것은 착각이요 오류라 했다. 그러면서 '익힘〔習〕'을 화두로 제시한다. 관상이라는 정해진 운명을 부정하듯이 신분이나 지역, 천재성 등 이미 운명적으로 만들어진 환경과 조건이 아동의 학습 결과를 미리 결정해 놓았다는 선입견을 인정하지 않았다. 대신 후천적으로 어떤 환경과 조건을 아이에게 만들어주느냐, 아동이 얼마나 노력을 하느냐 하는 조건이 아동의 성취와 밀접하다고 했다. 관상이나 사주, 집안 배경이나 선천적 능력이 인간의 성취를 선험적으로 결정짓지 않는다는 것과 마찬가지이다.

이런 관점은 정약용의 경학(經學)에서도 중요한 이슈로 대두하고 있다. 한유와 주자는 최상의 지혜를 가진 상지(上智)와 하등의 지적 능력을 가진 하우(下愚)를 인간의 타고난 본성이라고 봄으로써 인간의 태생적 능력 차이를 고착화시키는 논리를 폈다. 두 사람은 조선 유학에 지대한 영향을 미친 중국 학자들이다. 이른바 한유의 '성삼품설(性三品說)'이 그 주장을 담은 논리인데, 정약용은 천하에 해독을 끼치고 만세에 재앙을 불러일으킨 논리라고 매도했다. 후천적 습관과 교육에 따라 인간은 다양한 모습으로 탈바꿈할 수 있다는 정약용의 논리는 경학의 사유에서 나온다.

정약용은 세상에서 널리 퍼져 있는 그릇된 통념의 오류를 척결하는 데 학문적 노력을 기울였다. 관상에 대한 비판 역시 그런 노력의 일환이다. 그는 관상을 보고서 인간을 평가하는 관습을 대표적 악습과 통념으로 간주했다. 사람을 보는 시각을 달리하여, 지나치게 선험적이고 운명론적인 태도로 평가하고 이끌어가서는 안 되며, 후천적 노력이 더 중요하므로 다수에게 좋은 조건과 노력을 할 수 있는 방법을 찾을 것을 요구했다. 그의 관점은 미래를 담당할 아이들의 학습 성취와 연결시켜 관상을 비판적으로 보았다는 점에서 더 큰 의의가 있다. 아이들을 외모나 집안 배경, 그의 천재성으로 재단하여 차별하지 말고 공평하고 충실하게 교육시켜야 한다는 논리를 정약용은 관상에 대한 근본적 비판을 통해 도출해 내고 있다.

사물을 있는 그대로 보는 시각 - 〈편복부〉

사람과 달리 사물을 보는 관점도 사회와 문화에 따라 통념이 형성되어 있다. 또 그런 통념의 불합리성을 비판하는 글이나 통념을 이용하여 사회나 정치에 대한 관점을 우의한 작품도 적지 않다. 조선 전기의 문인이자 학자인 서거정이 지은 〈편복부(蝙蝠賦)〉가 대표적이다.

서거정은 성종 시대의 대표적 관각문인(館閣文人)으로, 오랫동안 대제학을 맡아서 국가의 문학 정책과 인재의 선발을 주도했다. 그는 관료들의 문학 사업을 주도하여 많은 편찬 사업에 관여했는데, 대표적 저술이 바로《동문선(東文選)》이다. 고대부터 당대까지 한국 한문학의 성과를 총정리하는 작업을 그가 주도하여 완성했다. 그 밖에도《동국통감(東國通鑑)》, 《신증동국여지승람(新增東國輿地勝覽)》,《삼국사절요(三國史節要)》 등 중요한 저술을 편찬했다.

그 자신의 저술로는 문집《사가집(四佳集)》을 남겼고, 단행본 저작에는 시화집《동인시화(東人詩話)》, 사대부 일화집《필원잡기(筆苑雜記)》, 야담 골계집《태평한화골계전(太平閑話滑稽傳)》이 있다. 이들은 조선 전기 관료 사대부의 사유의 폭과 문학 활동의 다양성을 보여주는 중요한 의미를 지닌 저술이다.

서거정은 다양한 사물을 시문 창작의 소재로 활용했는데, 사부(辭賦)라는 문체를 이용하여 두 편의 작품을 썼다. 널리 알려진 작품이 바로 〈오원자부(烏圓子賦)〉와 〈편복부〉이다. 앞선 작품은 고양이를, 뒤의 작품은 박쥐를 대상으로 했다. 앞선 작품은 고양이가 병아리를 채 가는 것으로 오해했다가 고양이가 쥐를 잡으려 한 것임을 알아차리고서 고양이를 의심한 자신의 실수를 사과하고 쥐의 악덕과 고양이의 덕성을 찬미한 우언(寓言)이다. 고양이는 주인을 위해 악인을 없애려 노력하는 신하를 우의(寓意)하는 것으로 실제로는 글쓴이 자신을 가리키고, 자신이 충성스런 행동에도 불구하고 임금으로부터 오해받은 사실을 암시하고 있다.

박쥐를 우의한 〈편복부〉는 앞선 작품을 지은 11년 뒤인 1487년 7월에 왕명에 따라 지어졌다. 주요한 내용은 다음과 같다. 수많은 짐승 가운데 사랑스러운 새에는 봉황새, 붕새, 새매, 수리부엉이, 제비, 기러기, 앵무새, 구욕새, 까치 등이 있어 신비롭거나 매섭거나 아름답거나 소식을 전해주는 등 각자의 장점을 가지고 있다. 그 중에서 박쥐란 새는 추켜세울 만한 용모도 성질도 행태도 능력도 없는 쓸모없는 존재이다. 다만 하늘이 만물을 포용하므로 좋은 재질과 아름다운 바탕이 없는 박쥐 같은 미물도 살아간다. 어느 날 밤 적적하게 혼자 있을 때 박쥐가 우는 소리를 들었더니 머리털이 쭈뼛 곤두선다. 밤에만 활동하며 큰 집에 숨어드는 괴벽하고 은밀한 행태가 인간 세상 소인과 한 무리처럼 보인다. 저런 박쥐를 어떻게 하면 좋을까? 글쓴이는 이렇게 말한다.

是天地稟賦之自然 不可以大小形質而有別也
이것은 천지가 부여한 자연이므로, 크고 작은 형질로 차별할 수 없겠네.

박쥐가 장점 하나 없는 징그러운 미물이라 해도 하늘로부터 부여받은 자연의 사물이므로 인간이 차별하여 배제하는 것은 옳지 않다. 그대로 살게 해줄 수밖에 없다.

전통적으로 박쥐는 복을 내려주는 사물로 이해하여 길상(吉祥)의 새로도 보지만, 어둠 속에서 비밀스럽게 악행을 모의하는 소인을 비유하기도 한다. 서거정은 후자의 관점에 뿌리를 두고 있다. 서거정은 박쥐가 불길하고 나쁜 사물이라는 통념을 부정하지는 않는데, 다만 상식과는 색다른 태도를 보인다. 보통 군자와 소인의 분기를 다룰 때 소인은 내쫓거나 배제해야 할 대상으로 간주한다. 그러나 서거정은 설령 소인과 같은 존재라도 그 생존의 가치를 인정하지 않을 수 없다는 열린 태도를 보인다. 박쥐가 외양상 아름답지도 않고 장점이 없으며 자신에게도 전혀 호감을 주지 못하지만, 그렇다고 박멸하고 인정하지 않는 것은 옳은 태도가 아니다. 기본적으로 인간 중심적인 사유에 묶여서 만물을 자의적으로 재단하는 것이고, 그것은 만물을 포용하는 하늘의 태도가 아니다. 그는 이렇게 말한다.

然於穹壤之間 形形物物 蠉蠉蚩蚩 紛紛職職

그러나 하늘과 땅 사이에는, 형형색색 온갖 미물들이, 꿈틀꿈틀 아무 지각도 없이, 어지럽게 펼쳐 산다.

이 세계는 다양한 생물과 사물로 구성되어 있는 다채로운 장소라는 말이다. 그런 사물 가운데 많은 것이 인간에게는 하찮게 보일지라도 그 미물의 생명 역시 하늘로부터 부여받은 가치 있는 것이다. 인간 외에 사물의 존재와 그 가치에 대해 넓게 열려 있는 가슴을 가져야 한다는 사유가 표현되고 있다. 서거정이 지닌 그런 인식은 조선 후기에는 '인물성동론(人物性同論)'으로 전개되어 철학적 사유로 확대된다. 다만 서거정이 박쥐의 가치를 보는 시각에는 하늘이 만물을 포용하는 넓은 마음으로 소인배들도 포용해야 한다는 일종의 우의(寓意)가 담겨 있다는 점에서 사물 자체만을 다룬 시각으로만 읽을 수 없다.

편견 없이 세계를 보려는 노력

이규보의 〈이상자대〉는 특이한 관상쟁이의 행위를 통해서 얼굴이나 외모를 보고서 인간을 판단하거나 운명을 거론하는 관상보기의 상식을 거부했다. 정약용의 〈상론〉은 관상을 보는 관습에 대한 논문을 통해서 미신타파와 잘못된 관습을 비판하고 있다. 두 편의 글은 당시 사회에 뿌리 깊게 박혀 있는 그릇된 인식의 허위를 폭로하고 인식을 전환할 것을 강하게 요구하는 의미가 있다. 특히 이규보의 글은 글쓴이와 관상쟁이와의 대화를 통해서 흥미롭게 글이 이어짐으로써 빼어난 문학성을 가진 작품으로 예로부터 높은 평가를 받아왔다. 반면에 정약용의 글은 일종의 짧은 논문으로, 연역법적 글쓰기와 예증과 가설의 방법을 통해 관상을 보는 행위의 오류와 폐해, 그 대안을 논지 정연하게 밝히고 있다. 비판적 글쓰기의 한 전형을 보여준다는 점에서 좋은 글이라 평가할 수 있다.

서거정의 〈편복부〉는 이규보나 정약용의 글과는 다른 관점을 보여준다. 우선 대상이 사람이 아닌 사물이고, 그 문체는 운문과 산문의 중간 형태인 부(賦)이다. 그리고 왕명에 의해 쓴 글이라는 점도 색다르다. 사람들에게 부정적으로 인식되는 박쥐라는 미물을 인간 중심적 관점이 아닌 자연 전체의 관점에서 보고 포용해야 한다는 인식 전환의 시각을 보여준다.

세 편의 작품은 통념으로 굳어진 관습과 사물에 대한 개방적 인식과 폭넓게 시야를 확보하는 관점을 보여준다. 사람이든 사물이든 세계를 구성하는 존재들을 편견 없이 바라보려 하는 성숙된 인식의 태도를 작품을 통해 드러낸다는 점에서 문학사적 의의가 깊다.

- 안대회

참고 문헌

민족문화추진회 옮김, 《신편 국역 동국이상국집 4》, 한국학술정보, 2006.

다산학술문화재단 편역, 〈상론〉, 《정본 여유당전서 16》, 다산학술문화재단, 2012.

임정기 옮김, 〈편복부〉, 《국역 사가집 1》, 민족문화추진회, 2004.

안대회, 〈다산 정약용의 아동교육론〉, 《다산학》 18, 다산학술문화재단, 2011.

一二三四五六七八九十

조선 시대 사람들의 여행

산에 오르거나 누워서 유람하기

여행은 일상으로부터 벗어나 낯선 세계로 떠나는 것이다. 그곳에서 새로운 사람을 만나고 넓은 세상을 경험하게 된다. 그러한 경험을 통해 세상을 이해하고 자신을 되돌아보는 시간을 가질 수 있다. 여기에서는 조선 시대 사람들의 여행을 따라가 보기로 한다. 지금보다 교통도 불편하고 숙박 시설도 충분하지 않았지만, 조선 시대 사람들 또한 여행을 즐겨 했으며, 여행을 다녀온 경험을 글이나 그림 등으로 남기기를 좋아했다.

이들 기행문을 예전에는 '유기(遊記)' 혹은 '산수유기(山水遊記)'라고 했다. '산수 자연을 유람한 체험을 기록한다'는 뜻을 가지고 있다. 아름다운 자연의 풍광을 생동감 있는 언어로 묘사하기도 하고, 작가의 감흥이나 생각·깨달음 등을 서술하기도 한다. 산수유기는 크게 세 가지 구성 요소를 갖추고 있다. 첫째는 작가의 여정이다. 출발지로부터 여행의 목적지까지 이동한 경로를 서술하기 마련이다. 둘째는 여행을 하면서 보고 들은 것들이다. 여기에는 아름다운 산수 자연의 풍광뿐만 아니라 각 지역에서 살아가는 사람들의 생활과 풍속 등도 포함된다. 셋째는 작가가 느끼고 생각한 것들이다. 빼어난 산수 자연의 모습에 감흥을 느끼기도 하고, 예전에 겪지 못한 체험을 적기도 하며, 여행을 통해 깨닫고 알게 된 점들을 서술하기도 한다. 요컨대 자연과 사람에 관한 다양한 감정, 체험, 인식 등이 여정 속에서 다채롭게 펼쳐진다.

산수유기라는 문학 장르는 일찍부터 발달해 왔다. 중국의 경우 당나라에 이르러 본격적으로 발달했고, 우리나라의 경우 신라의 승려 혜초가 고대 인도를 여행하고 쓴 《왕오천축국전(往五天竺國傳)》이 가장 이른 시기의 작품이다. 고려 후기에 이르러 이규보, 임춘 등에 의해 산수유기가 활발하게 창작되기 시작했다.

한편 집 안에 앉아서 자연을 즐기며 생활하기도 했다. 이른바 '누워서 유람하는 방식'이다. 기행문을 읽으면서 가보고 싶은 산수 자연을 상상 속에서 떠올려보기도 하고, 때로는 그림을 걸어놓고 상상 속 유람을 떠나기도 했다. 이러한 상상 속 유람을 '와유(臥遊)'라고 한다. 와유의 방식 중에는 글과 그림을 통해 상상하는 것 이외에 집 안에 정원을 꾸며놓고 즐기는 것도 있었다. 채수가 쓴 〈석가산폭포기〉가 바로 여기에 해당한다.

금강산 기행문 – 〈관동록〉

금강산은 우리나라 최고의 여행지였다. 그곳은 오래전부터 우리나라 사람들이 가장 가고 싶어 했던 명소였다. 중국 사람들도 금강산을 좋아하여 "고려에 태어난다면 반드시 금강산을 구경하고 싶다"는 말까지 할 정도였다.

〈관동록(關東錄)〉은 홍인우(1515~1554)가 39세 때인 1553년 4월 9일부터 5월 20일까지 40여 일간 금강산과 동해안 일대를 유람한 경험을 서술한 작품이다. 이 기행문은 날짜별로 기록되어 있으며, 일명 '관동일록(關東日錄)'이라고도 한다. 1553년 친구와 함께 4월 9일 서울을 출발하여 양주 회암사(檜巖寺), 김화(金化), 단발령(斷髮嶺) 등을 경유하여 금강산을 유람하고 강릉, 대관령, 녕월, 원주를 구경한 다음 5월 20일 서울에 도착했다. 49일의 여행 기간 동안 육로 923리, 바다 405리, 산길 280리를 여행했다고 기록하고 있다.

〈관동록〉을 쓴 홍인우는 평생 벼슬에 뜻을 두지 않은 채 학문에 전념했던 인물이다. 그는 25세에 서경덕을 찾아가 학문에 대해 물었으며, 서경덕의 제자들과 교유했다. 그리고 이황과는 38세에 처음 만난 이후 서로의 집을 방문하기도 하고 편지를 주고받으면서 학문을 토론했다고 한다. 이황은 그에게 사우(師友), 즉 스승이면서 친구였다. 문헌에 따라 서경덕의 제자로 분류되기도 하고, 이황의 제자로 기록되어 있기도 하다. 16세기 전반을 살다간 홍인우는 과거 시험을 보고 벼슬길에 나가기를 거부한 채 평생 독서와 학문에만 힘썼던 학자였다. 저술로는 그의 시문을 모아놓은 문집《치재유고(恥齋遺稿)》가 있다.

〈관동록〉은《관동일록》이라는 책으로 출판되어 사람들 사이에서 널리 유통되었다는 점에서 흥미롭고 중요하다. 조선 시대에 기행문만을 따로 출판한 경우가 많지 않기 때문에 더 의미가 크다고 하겠다. 시와 산문 등을 모아서 문집을 간행하는 것은 흔한 일이었지만, 기행문만을 독립해서 출판하는 사례는 많지 않았다. 그리고 《관동일록》이 목판본으로 출판된 것은 바로 여행을 다녀온 그해였으며, 당대의 대표적인 학자였던 퇴계 이황의 서문과 율곡 이이의 발문 등이 수록되어 있다.

홍인우는 작품 서두에서 '우리나라의 명산으로 묘향산, 금강산, 구월산, 지리산 등이 유명한데 모두 백두산의 갈래'라고 하면서 그 가운데서 가장 아름답고 빼어난 산이 금강산이라고 했다. 그러면서 유람을 떠나 숙원을 풀고 싶었지만 세상사에 얽매어 수십 년 동안 계획을 이루지 못하다가 39세의 나이에 금강산을 구경할 수 있었다고 했다. 세속으로부터 벗어나 자연의 맑고 빼어난 기운을 느낄 수 있는 기회를 갖게 된 것이다.

홍인우는 금강산의 빼어난 자연경관을 생생한 언어로 묘사했다.

점심을 먹은 후, 다시 돌부리를 부여잡기도 하며 5, 6리쯤 나아가 영랑재에 올랐다. 천봉만학의 기괴한 형상을 굽어보았다. 주요 형상을 조금 들어 이름 붙여 말하면 이러하다. 사람 모습을 한 것, 새 모습을 한 것, 짐승 모습을 한 것이 있었다. 사람 모습을 한 것은 앉은 듯 일어선 듯, 우러러보는 듯 굽어보는 듯하여, 마치 장군이 군진(軍陣)을 정돈하자 백만 군졸이 창을 옆으로 비끼고 칼을 휘두르며 다투어 적진으로 내닫는 듯도 하고, 늙은 스님이 공(空)을 강론하자 수천의 중들이 가사를 어지러이 걸치고 급하게 참선에 돌아오는 듯도 하다. 새 모습을 한 것은 나는 듯 쪼는 듯, 새끼 부르는 듯 꼬리 뒤채는 듯하여, 마치 기러기 무리가 날개를 가지런히 하여 행렬을 이루어 가을 하늘에 점을 찍듯 열을 지은 듯도 하고, 짝 잃은 난(鸞)새가 외로운 그림자를 떨어뜨리면서 머뭇거리다가 거울 속으로 날아 들어가는 듯도 하다. 짐승 모습을 한 것은 웅크린 듯 엎드린 듯, 달리는 듯 누운 듯하여, 양들이 흩어져 풀을 뜯다가 해가 저물어 내려오

> 는 듯도 하고, 사슴들이 험한 곳을 달리다가 발을 헛디뎌 놀라 추락하는 듯도 하다.

금강산 영랑재에 올라 눈앞에 펼쳐진 기기묘묘한 자연의 형상들을 생동감 있게 묘사한 부분이다. 봉우리와 골짜기들의 다채로운 모습을 각종 비유를 동원하여 실감나게 표현하고 있다. '사람 모습을 한 것', '새 모습을 한 것', '짐승 모습을 한 것'으로 각각 표현한 다음, 다시 이들 모습을 '마치 ~ 듯하다'는 각종 비유를 들어 묘사했다. 이때 작가는 그 생생하고 다채로운 형상을 효과적으로 표현하기 위해 여러 가지의 비유를 열거했다.

> 잠시 뒤에 아침 해가 솟아올랐는데, 봉우리들은 빛을 내고 골짜기는 아름다움을 다투어 진주와 패옥이 펼쳐진 듯 기이하고 놀라웠다. 황홀하기가 마치 오나라와 월나라 장사치가 저잣거리에서 서서 기이한 물건에 눈이 어지러운 듯하며, 또한 목수와 장인이 도끼를 들고 산에 들어가자 소나무와 가래나무처럼 좋은 목재가 눈앞에 가득한 것과 같아서 눈에 닿는 곳마다 기이하고 기상이 천태만상이었다.

해가 솟아올라 금강산 봉우리와 골짜기를 비출 때의 기이하고 아름다운 모습을 묘사한 장면이다. 여기서 작가는 다채롭고 황홀한 풍광을 효과적으로 표현하기 위해 어떤 상황 속에 놓인 사람의 심정에 비유하고 있다. 자연현상을 인간사의 모습으로 돌려 비유한 것이다. 저잣거리에서 온갖 기이하고 신기한 물건들이 장사치의 눈앞에 펼쳐 있는 듯하고, 소나무와 가래나무같이 훌륭한 재목감이 될 산중 나무들이 목수와 장인들 앞에 줄지어 있는 것과 같다고 묘사했다. 율곡 이이가 "화려하면서도 과장되지 않아서 천태만상을 붓 하나로 수렴하여 남거나 빠진 것이 없다"고 평한 것은 이러한 점을 염두에 둔 것으로 보인다.

또 하나 〈관동록〉을 읽으면서 우리가 주목할 점은 작품 속에 나타나 있는 작가의 자연관이다. 먼저 홍인우가 한 말을 들어본다.

> 우뚝 솟아 고요히 있는 것은 나는 그것이 산임을 안다. 그 고요함을 체득하면 두텁고 무거워 흔들리지 않는 인(仁)을 세울 수 있을 것이다. 물결을 잔잔히 일으키며 움직이는 것은 내가 그것이 물임을 안다. 물을 관찰하면 두루 흘러 한곳에 머무르지 않는 지혜를 체득할 수 있을 것이다. 하물며 낮은 곳으로부터 높은 곳으로 오르고, 물길을 거슬러 올라가 근원을 찾는 것이 학자의 일임에랴.

산수를 관찰하고 그 안에 내재한 이치를 깨닫고 아는 것이 학자의 일이라고 했다. 고요히 움직이지 않고 서 있는 산의 모습을 통해 인간은 그 고요함을 체득함으로써 '인(仁)'을 세울 수 있다고 보았다. 끊임없이 움직이며 흘러가는 물을 통해서는 두루두루 미쳐서 막히지 않는 '지(智)'를 체득하게 된다고 보았다. 산수 자연을 완상하는 과정을 통해 궁극적으로 인간의 어짊과 지혜 같은 도덕적 덕목을 구현할 수 있다고 생각한 것이다. 그렇기 때문에 산수를 구경하고 즐기는 데에 머물지 않고 산수 속에서 도덕적 수양과 내면의 완성을 추구하고자 했다. 홍인우에게 있어 금강산은 도덕적 자기완성을 향한 고양된 정신 활동의 장이었다.

산수 자연은 예로부터 문학의 주된 소재였는데, 그것을 바라보는 시선과 입장은 시대와 역사의 변화에 따라 서로 다르게 나타났다. 이를 살펴보기 위해 율곡 이이의 말을 들어본다. 이이가 홍인우의 〈관동록〉에 붙인 발문에서 다음과 같이 말했다.

> 천지 사이에 모든 만물은 각기 이치를 가지고 있어서 위로는 해, 달, 별에서부터 아래로는 초목, 산천에 이르기까지, 그리고 미세하기로는 술지게미와 타고 남은 재에 이르기까지 모두 도체(道體)가 깃들어 있고 지극한 가르침이 아닌 것이 없다. 그러나 사람들은 아침저녁으로 그것을 눈으로 보면서도 그 이치를 알지 못하니 보지 않은 것과 무엇이 다르겠는가? 금강산을 유람한 선비들이 눈으로만 볼 뿐 산수의 정취를 깊이 알지 못하니 백성들이 매일 쓰면서도 그것이 무엇인지 모르는 것과 다를 게 없다. 그런데 홍장(洪丈, 홍인우를 가리킴)은 산수의 정취를 깊이 알았다고 할 수 있을 것이다. 비록 그러하지만 산수의 정취만을 알 뿐 도체를 알지 못하면 산수를 아는 데 귀할 게 없으니, 홍장의 앎이 어찌 여기에 그치겠는가?

율곡 이이는 산수 자연을 바라보는 인식 또는 관점을 크게 '눈으로 보는 것(目見)', '산수의 정취를 아는 것(知山水之趣)', '도체(道體)를 아는 것'으로 구분했다. 이 세 가지 유형 가운데 이이는 '도체를 아는 것'을 최상의 것으로 평가했다. 도체란 도의 본체를 가리키는 말인데, 우주의 현상과 인간 심성의 가장 본원적인 것을 말한다. 이이가 말한 '보는 것'이 산수 자연의 외형적인 아름다움을 즐기는 것이라고 한다면, '산수의 정취를 아는 것'은 자연의 아름다운 경관을 통해 촉발되는 심미적 정취를 가리킨다. 이이는 여기에 그치지 않고 더 높은 단계로서 '도체를 아는 것'을 설정했다. 그가 볼 때에 산수 자연을 완상하고 형상화하는 최상의 방법이 바로 '도체를 아는 것'이다. 이것에 따른다면 산수 자연은 미적 감흥과 쾌락을 구하는 장소로서가 아니라 내면적 심성 수양과 우주적 원리의 구현을 위한 장소로 기능한다. 이러한 유형 구분을 통해 이이는 홍인우야말로 산수의 정취를 깊이 알 뿐만 아니라 도체를 아는 안목을 지녔음을 높이 평가했다. 홍인우는 인간의 도덕성을 회복하고 발양하는 자기 수양의 공간으로서 산수 자연을 바라보고 있었던 것이다. 그리고 이러한 홍인우의 산수자연관은 이황, 이이 등도 모두 높이 인정하는 것이었던바, 16세기 사대부 문인들의 공통된 의식 지향이기도 했다.

이러한 점에 주목하여 퇴계 이황은 〈관동록〉에 쓴 서문에서 "산에 노니는 오묘함과 물을 구경하는 기술을 깨달았다"고 높이 평가했다. 이황 또한 자연을 심미적 즐거움의 대상으로만 보는 것이 아니라 심성적 교감의 대상으로 인식하고 있음을 보여준다. 홍인우의 〈관동록〉은 16세기 성리학을 공부했던 학자들이 생각하는 산수자연관의 모습을 반영하고 있다.

제주도 여행과 누워서 즐기는 자연 - 〈유한라산기〉, 〈석가산폭포기〉

조선 시대에 쓴 제주도 기행문은 많이 남아 있지 않다. 제주도를 여행하는 것이 그만큼 어려웠기 때문이었다. 지금 전하는 제주도 여행기는 대개 제주도 관리가 되어 부임한 사람들이나 제주도에 유배를 간 사람들이 쓴 것이 대부분이다. 관리로 부임하거나 유배로 가지 않은 경우에는 그만큼 제주도를 가는 것이 어려웠기 때문이다. 최익현(1833~1906)의 한라산 기행문인 〈유한라산기(遊漢拏山記)〉 또한 제주도에 유배 갔을 때 쓴 작품이다. 최익현은 제주도에서 3년간의 유배 생활을 보내다가 유배가 풀려 육지로 돌아가기 전에 한라산을 유람하고 이 작품을 썼다.

최익현은 조선 말기의 유학자이며 우국지사였다. 일본과의 조약을 반대하는 상소를 올리기도 했고, 의병을 일으켜 외세의 침략에 대항하기도 했다. 저서에《면암집》이 있다.

최익현은 1873년에 대원군이 실각하고 고종이 즉위했을 때 호조 참판에 임명되었다. 고종의 신임을 받던 그는 민씨 일족을 비판했다는 이유로 반대파의 공격을 받아 제주도로 유배를 가게 된다. 제주도 유배 생활을 하면서 그는 한라산이 신성한 산이어서 평범한 보통 사람들이 쉽게 구경할 수 없다는 말을 들었다. 마침내 그는 유배가 풀려 서울로 돌아가기 전에 평소 가보고 싶었던 한라산 등반길에 나서게 된다. "어른 십여 명에 대여섯 명의 하인이 따르는 한라산 등정이 시작되었다. 출발한 날짜는 3월 27일이었다."

최익현은 한라산 상봉(上峰)에 올라 "의연하게 세상의 더러움을 잊고 세속에서 벗어난 고고한 뜻을 지니고 있"음을 주목했다. 그리고 백록담에 대한 서술에서는 "얕은 데는 무릎까지 차고 깊은 데는 허리까지 찼으며, 맑고 깨끗하여 터럭만큼의 속된 기운이 없으니 은연히 신선이 사는 듯하였다."라고 묘사했다. 태고로부터의 신비함을 간직하고 있는 풍광 묘사가 인상적이다.

이처럼 한라산에 올라 세속으로부터의 초탈함과 신비한 분위기에 고무되기도 했지만, 작가가 한라산에 대해 특별하게 주목하는 것은 다른 곳에 있다. 그는 한라산이 위치한 제주도가 "큰 바다로 향하는 기둥이자 주춧돌이며, 삼천리 우리나라 바다의 입구이자 방어선"이라고 했다. 그리고 국가에 바치는 물품 가운데 제주도 물산이 가장 많고 풍부함을 지적했다. 이에 따라 최익현은, 금강산이나 지리산은 볼거리만을 제공하는 산이지만 한라산은 나라와 백성에게 많은 이로움과 윤택함을 가져다준다고 보았다. 이 같은 점이야말로 바로 한라산의 진정한 모습이라는 것이다. 하지만 그동안 한라산의 진면목은 제대로 알려지지 않은 채 한라산을 신령이 깃든 신비로운 산이라고 하는 것으로만 생각해 온 것이 큰 문제라는 지적도 덧붙였다.

앞에서 살핀 두 작품이 집을 떠나 멀리 여행을 하는 것이라면, 채수(1449~1515)의 〈석가산폭포기(石假山瀑布記)〉는 집 안에서 자연을 즐기면서 상상 속의 여행을 하는 것이다.

> 나에게는 종남에 별장이 하나 있다. 별장의 남쪽 담 밖의 돌 틈에 우물이 솟아올랐는데 물맛이 좋고 차가웠다. 나는 대청 앞에 못을 파서 그 물을 가둔 뒤에 연꽃을 심고 연못 가운데에 괴이하게 생긴 돌을 쌓아서 산 모양을 만들었다. 다시 그 돌 틈 사이사이에 소나무나 회양목 등을 왜소하게 생긴 놈만 골라 심었다. 그런데 담 밖에서 우물이 솟아나는 곳은 땅보다 석 자가 더 높은 곳이어서 그 물을 대통으로 끌어다가 땅에 묻어 내가 만든 돌산 가운데로 솟아 나오게 하였다. 그러자 물이 폭포를 이루며 두 개의 계단을 흘러내렸다. 사람들은 담장 밖에서 끌어들인 물인 줄도 모르고 물이 돌산 위에서 펑펑 솟아나는 것을 보며 그 놀랍고 신기함에 감탄하였다.

〈석가산폭포기〉는 정원을 만드는 과정, 정원 안에서 노니는 흥취를 서술하고 있다. 특히 이 작품에서는 연못 가운데에 만든 석가산(石假山)의 존재가 흥미롭다. 작품 제목에도 나오는 '석가산'은 돌로 만든 인공 산이다. 괴이하게 생긴 돌을 쌓아서 산 모양으로 만든 것이다. 여러 개의 돌을 쌓아 산의 형태를 축소시켜 재현한 것이 석가산이다. 채수가 시골 별장에 만든 석가산은 높이가 5척이고 둘레가 7척에 달한다고 했다. 높이가 사람 키만 한 석가산에 작은 나무들을 심었다. 그리고 대통을 이용해서 물길을 땅 속으로 끌어와 연못 한가운데에 있는 석가산 꼭대기에서 폭포처럼 물이 떨어지게 만들었다.

채수는 집 안에 석가산을 만들어놓은 이유를 사람이 늙으면 산에 오를 근력이 없기 때문이라고 했다. 산에 직접 갈 수 없을 때에 대신 산에 오르는 것과 같은 즐거움을 느낄 수 있다고 보았다. 이러한 것을 옛날 사람들은 '와유(臥遊)', 즉 누워서 유람하는 것이라고 했다. 옛날 사람들이 와유를 하는 방식에는 여러 가지가 있었다. 채수처럼 정원을 가꾸고 그 안에 석가산 등을 만들어서 즐기기도 하고, 다른 한편 유람의 체험을 글로 적은 여행기를 읽거나 아름다운 자연을 그림으로 그려놓은 산수화를 감상하기도 했다.

석가산은 비록 인공으로 조성한 것이지만, 글이나 그림에 비해 진짜 산수 자연을 보는 듯한 생생함을 가져다준다고 보았다. 채수는 작품 속에서 "벽에 걸린 그림으로는 진실에 가깝게 생동하는 경치의 맛은 찾아볼 수가 없는 것이다."라고 했다. 같은 시기의 문인이었던 성현은 채수가 만든 석가산의 모습을 묘사한 한시 작품에서 석가산의 형상이 실제 자연의 모습과 똑같다고 했다. 실제 자연의 모습을 축소해 놓은 듯한 생생한 활력과 핍진함이 석가산을 만든 중요한 이유의 하나였다.

기행문을 통해 배우는 것

예나 지금이나 사람들은 여행을 좋아하고 즐겨 한다. 특히 현대인들은 복잡한 일상에서 벗어나 한적한 자연 속에서 여행을 통해 잠시나마 휴식과 위안의 시간을 갖곤 한다. 일상에서 벗어나 특별하게 경험한 여행을 글로 써 표현했는데, 이들 기행문에는 산수 자연을 대하는 사람들의 서로 다른 생각과 태도가 나타나 있다. 자연의 아름다운 풍광에 한껏 빠지기도 하고, 철학적·관념적 태도로 자연을 관조하고 해석하기도 한다. 때로는 사회문제나 현실적 삶의 문제와 연결 짓기도 하고, 작가의 현실적 처지와 연관지어 자신의 불우함을 자연에 빗대어 토로하기도 했다. 우리는 옛사람들이 남긴 기행문을 읽으면서 그 속에 나타나 있는 산수 자연에 관한 생각이 무엇인지, 작가의 당시 현실적 처지나 주요한 관심사가 무엇인지를 주의 깊게 살펴볼 필요가 있다.

- 정우봉

참고 문헌

규장각한국학연구원 편, 《조선 사람의 조선 여행》, 글항아리, 2012.

이종묵 편역, 《누워서 노니는 산수》, 태학사, 2002.

정치영, 《사대부 산수를 유람하다》, 한국학중앙연구원, 2014.

안대회, 〈조선 후기 소품체 유기의 연구〉, 《대동문화연구》 79, 성균관대학교 대동문화연구원, 2012.

정우봉, 〈이덕무의 산수유기에 관한 연구〉, 《한국한문학연구》 50, 한국한문학회, 2012.

3부

생활 정감과 그 이치

편지에 담긴 우정(友情)과 부정(父情)

전통시대의 편지

요즘은 이메일이나 문자메시지 등을 통해 손쉽게 사람들과 안부를 주고받는다. 교통과 통신 수단이 발달하지 못했던 과거에는 대부분 써서 상대방의 안부를 묻고 자신의 근황이나 용건을 전달했다. 전통시대에는 편지를 서신(書信)·서간(書簡)·서찰(書札)·간찰(簡札)·척독(尺牘) 등으로 불렀다.

우리 조상들은 편지를 대단히 소중하게 생각하여, 문집을 편찬할 때 반드시 정리하여 수록했다. 또 이황은 송나라 주희의 《주자대전(朱子大全)》에서 편지를 뽑아 《주자서절요(朱子書節要)》라는 책을 엮기도 했다. 이를 통해 주희의 사상을 비롯하여 주희와 사우(師友) 관계에 있는 인물들의 인품과 학문을 이해하는 참고서로 삼았다. 이황의 후학들 역시 이황이

《주자서절요》를 엮었던 것과 마찬가지로, 이황의 문집에서 편지를 선별하여《퇴계서절요(退溪書節要)》를 편찬했다. 이 책에는 이황 사상의 요체 및 사우들과의 학문적 교류가 고스란히 담겨 있다.

편지 중에는 친구나 가족에게 부친 것이 많다. 함께 일하는 동료, 같이 공부하는 사우(師友), 가족들에게 보낸 편지에는 우정(友情)과 부정(父情)이 진솔하게 담겨 있다. 내용을 보면 일상적인 안부를 묻는 것에서부터 심오한 학문적 토론에 이르기까지 다양하다. 편지를 읽을 때 중요한 것은 편지를 보내는 자와 그것을 받아 읽는 사람의 관계이다. 편지에 담긴 속뜻을 음미하려면, 작성자와 수신자의 관계를 살펴야 하고, 특히 편지가 작성된 시기에 주목해야 한다. 여기서는 편지로 망년지우(忘年之友)를 맺은 이황과 기대승의 편지, 짧은 척독(尺牘)에 지음(知音)에 대한 그리움을 담은 권필의 편지, 유배지에서 아들에게 보낸 정약용과 이학규의 편지 등을 살펴본다.

망년지우 – 이황과 기대승의 편지

퇴계 이황(1501~1570)과 고봉 기대승(1527~1572)은 조선 시대를 대표하는 성리학자이다. 둘은 편지를 통해 8년 동안 사단칠정(四端七情)을 주제로 하여 논쟁한 것으로 유명하다. 이황과 기대승의 사단칠정 논쟁은 조선 시대 철학사의 한 획을 긋는 중요한 사건이었다. 이황은 58세로 성균관 대사성이었을 때 기대승을 처음 만났다. 당시 기대승은 막 과거 시험에 급제한 32세의 청년이었다. 이황은 스물여섯 살 아래의 기대승을 어리다고 무시하지 않고 학자로 존중하며 죽을 때까지 학문적으로 교류했다. 둘은 만난 뒤부터 이황이 죽을 때까지 12년 동안 100여 통의 편지를 주고받았다. 이황과 기대승은 그야말로 편지로 맺은 망년지우였다.

여기서는 1563년(명종 18) 음력 2월에 기대승과 이황이 주고받은 편지를 소개한다. 이황은 풍기 군수, 성균관 대사성 등의 관직을 역임하긴 했으나 본래부터 관직에는 뜻이 없었다. 1560년(명종 15)에는 고향인 경북 안동에 도산서당을 짓고 이곳에 머무르며 독서와 제자들의 교육에 전념했다.

기대승은 전라도 광주 태생으로 자는 명언(明彦), 호는 고봉(高峯)이다. 1558년(명종 13) 32세에 문과에 급제한 뒤, 이황에게 편지를 보낸 1563년 2월까지 줄곧 사관(史官)의 벼슬에 있었다. 기대승은 한 해 전인 1562년 음력 10월에 성묘를 하기 위해 휴가를 얻어 고향으로 갔다가 병이 들어 관직에서 물러나려고 했다. 그러나 임금은 사직을 허락하지 않고 병을 조리하라며 휴가를 주었다. 기대승은 병을 조리하는 도중에 서울로 올라와 있었다.

먼저 음력 2월 12일 서울에서 기대승이 안동의 이황에게 보낸 편지를 살펴보자. 기대승은 이황의 안부를 묻고 자신의 근황을 전하며 오랫동안 답장을 하지 못한 이유를 설명했다. 그러고는 지난 편지에서 이황이 해준 충고에 대해 다음과 같이 감사의 마음을 표했다.

> 지난날 오간 글에 저의 어리석은 소견을 대략 말했던 것은 감히 선생님께 숨길 수 없어서였고, 진실로 스스로 옳다고 여긴 것은 아니었습니다. 그런데 지금 가르쳐주신 내용을 받으니, 경계되고 두려운 마음을 이길 수 없습니다. "우리의 잘못은 바로 진실한 공부는 하지 않고 한갓 말로만 서로 경쟁하는 데 있으니, 이 병의 원인을 알고 돌이켜 노력한다면 헛되

지는 않을 것이다."라고 하신 말씀의 뜻이 선생님의 경우에는 진실로 겸손하신 말씀이지만, 저의 경우에는 바로 병에 맞는 약입니다. 지금 다행스럽게도 알게 되었으므로, 감히 스스로 기뻐하고 있습니다.

지난 편지에서 이황은, 진실한 공부는 하지 않고 한갓 말로만 경쟁하는 것이 큰 문제임을 지적했다. 여기서 '진실한 공부'란 하늘로부터 부여받은 선한 마음을 잘 보존하고 기르는 공부를 말한다. 기대승에게 이황의 지적은 전적으로 자신에게 해당되는 것이며, 이황의 충고가 자신의 병을 고칠 수 있는 좋은 약이다. 그리하여 기대승은 젊은 시절 한갓 의기와 글재주만 자신하고, 몸과 마음을 단속하지 못한 자신을 반성했다. 그러고는 지병에 시달리며 공무로 바쁜 상황 속에서 자신이 어떻게 하는 것이 좋을지 이황에게 가르침을 간절하게 요청했다. 기대승에게는 출처(出處)에 대한 깊은 고민이 있었던 것이다. 한편 기대승은 별지에 이황이 물었던 단어나 구절의 의미, 출전 등을 아는 대로 적어 보냈다.

이황은 기대승의 편지를 받아 보고 같은 달 24일에 답장을 보냈다. 먼저 오랜만에 편지를 받아 본 기쁨을 전하고, 출처에 대해 고심하는 기대승과 고민을 함께 나누었다. 이어서 이황 자신 역시 동지중추부사의 직책을 받았지만, 여론을 의식하여 사직 상소도 올리지 못하고 그저 탄핵되어 해임되기만을 바라는 답답한 심정을 토로했다. 그러고는 진실한 공부를 방해하는 세 가지를 다음과 같이 언급했다.

말재주만으로 경쟁하다시피 하는 것은 참으로 무익하고, 진실한 공부는 매번 하다가 말다가 하는 것이 괴롭습니다. 그러나 하다가 말다가 하는 잘못을 자세히 생각해 보면 기질과 습관의 치우침, 물욕의 가림, 세상사의 구속, 이 세 가지에 지나지 않습니다. 다행히 이곳은 산중이라서 물욕의 가림과 세상사의 구속은 적지만, 치우친 기질과 습관은 바로잡기 어려워, 뜰 앞을 서성이면서 매번 강직한 친구의 도움 받기를 생각하지만 만날 수 없었습니다. 그대의 편지를 받으니 마치 큰 보물을 얻은 것 같아, 펴서 읽어보고는 깊이 감복한 나머지, 늙고 혼미하다는 이유로 감히 스스로를 포기하지는 않기로 했습니다.

이황이 보기에 진실한 공부를 방해하는 것은 '기질과 습관의 치우침', '물욕의 가림', '세상사의 구속' 이 세 가지이다. 사실 관직에 있는 이상 물욕의 가림과 세상사의 구속을 떨쳐버리기는 어렵다. 이황은 도산서당에 물러나 있었기 때문에 자신에게 이 두 가지는 적다고 했다. 그러나 '기질과 습관의 치우침'은 강직한 친구의 도움이 아니면 고치기 어렵다. 바로 기대승의 편지가 이를 바로잡을 수 있는 자극제 역할을 했으며, 이에 힘입어 이황은 진실한 공부를 계속하기로 의지를 다지게 되었던 것이다. 또 기대승이 별지를 통해 알려준 사실에 대해 다음과 같이 고마움을 표했다.

보내주신 별지는 저의 어리석음을 많이 깨우쳐주니, 천하의 서적을 다 읽어보아야 한다는 것을 더욱 깨닫게 되었습니다.

이황은 스물여섯 살이나 어린 제자에게 글을 읽다 모르는 부분을 솔직하게 물었다. 기대승은 자신이 책을 찾아 아는 범위 내에서 답변을 보냈다. 이에 대해 이황은 위와 같이 진심을 다해 기대승에게 고마움을 전했다. 또한 63세라는 고령에도 불구하고 더욱 공부에 매진해야겠다고 다짐했다. 끊임없이 학문에 정진하는 이황의 자세를 엿볼 수 있다.

공자는 유익한 벗〔益友〕 세 가지를 말했는데, 정직하고 성실하며 견문이 많은 벗이다. 이황과 기대승은 그야말로 서로에게 도움이 되는 익우(益友)였다. 이황은 기대승에게 진실한 공부에 매진할 것을 충고했고, 기대승은 이황이 물은 단어의 의미와 출전에 대해 알려주었다. 둘은 나이를 초월하여 서로를 격려하며 부족한 부분을 채워주는 유익한 벗이었던 것이다.

지음(知音)에 대한 그리움 - 허균의 척독

전통시대의 편지 중에 '척독(尺牘)'이라는 것이 있다. 척독은 일반적인 편지보다 길이가 짧으며, 형식적인 안부 인사 따위는 생략하고 요점만을 간결하게 전달한다. 따라서 일반적인 편지보다 서정적이고 진솔한 경우가 많다. 조선 시대 문집 중에는 일반적인 편지인 '서(書)'와 구분하여 '척독(尺牘)'을 따로 묶은 것도 있다. 여기서는 허균(1569~1618)이 1610년(광해군 2) 음력 5월 권필(1569~1612)에게 보낸 척독 한 편을 살펴본다.

허균과 권필은 모두 문명(文名)이 높았으나 문제적인 인물이었다. 《조선왕조실록》에 담긴 허균과 관련된 사평(史評, 사관의 평가)에는 허균의 문학적 재능을 인정하는 한편 그의 인간성을 비난하는 평가가 붙어 다닌다. 허균은 1597년(선조 30) 29세에 문과 중시(重試)에 장원하고 이듬해 황해도 도사(都事)가 되었으나, 서울의 기생을 끌어들여 가까이했다는 이유로 탄핵을 받아 부임한 지 6일 만에 파직되었다. 1606년에 명나라 사신 주지번을 영접하는 종사관이 되어 문재(文才)와 학식으로 이름을 떨쳤다. 그러나 1610년(광해군 2) 11월 전시(殿試)의 시험을 주관하면서 조카를 급제시켰다는 이유로 탄핵을 받아 유배되기도 했다. 그러다가 1618년 50세에 대북파의 맹주 이이첨의 간계에 걸려 역적으로 몰려 참형을 당했다.

권필은 자는 여장(汝章), 호는 석주(石洲)이며, 서울 마포의 현석촌에서 태어났다. 남과 타협하지 않는 강직한 성품의 소유자로, 구속받기 싫어하여 벼슬에 나가지 않은 채 야인으로 살았다. 33세가 되던 1601년(선조 34) 중국 사신을 맞이하는 원접사(遠接使) 이정귀의 추천으로 제술관(製述官)이 되어 문명을 날렸다. 그 뒤 동몽교관(童蒙教官)에 제수되기도 했으나, 몇 되 곡식을 얻으려고 허리를 굽히고 싶지 않다고 하며 벼슬을 그만두었다. 1611년 임숙영이 문과 전시(殿試)의 '책문(策文)'에서 외척 유희분을 비판했다가 합격이 취소되는 사건이 발생했는데, 권필은 이에 분개하여 〈궁류시(宮柳詩)〉를 지어서 대북 정권을 풍자했다. 결국 이 시가 문제가 되어 이듬해 고문을 받고 함경도 경원으로 유배 가던 중 동대문 밖 민가에서 죽었다.

허균과 권필은 기질도 비슷하고 문학에 대해 공감하며, 함께 시와 술을 즐기던 글벗이었다. 허균은 자신의 문우(文友) 다섯 사람에 대해 시를 쓰면서 "석주 권필은 천하의 인물이라, 재주가 임금을 보좌할 만했거늘, 포부를 펴려 하지 않고, 궁벽한 골짝에서 굶주리길 달게 여겼네."라고 했다. 또 허균은 권필이 죽은 뒤 그의 문집인 《석주소고(石洲小稿)》에 서문을 써서 그의 천재성을 기리기도 했다.

형이 강화도에 계실 때에는 1년에 두어 차례 서울에 오시면 곧 저희 집에 머무르면서 술을 마시고 시를 주고받았지요. 이는 인간 세상에 매우 즐거운 일이었습니다. 그런데 온 가족이 서울로 이사 오시고는 열흘도 한가롭게 어울린 적이 없어서 멀리 강화도에 계시던 때보다도 못합니다.

이것이 도대체 어찌 된 까닭인가요?

연못의 물결은 바야흐로 넘치고 버드나무 그늘은 한창 짙어갑니다. 연꽃은 붉은 꽃잎을 반쯤 토해냈고, 푸른 나무는 비취빛 일산(日傘) 사이로 은은히 비칩니다. 때마침 우윳빛 나는 맛난 술을 빚어서 맑은 방울이 술동이에서 똑똑 떨어집니다. 얼른 오셔서 맛보시는 게 좋겠습니다. 바람이 잘 드는 마루는 이미 깨끗하게 쓸어놓았습니다.

인용문은 허균이 쓴 척독의 전문이다. 한문 원문을 기준으로 이황이 기대승에게 보낸 답서가 345자인 데, 허균의 이 척독은 94자에 지나지 않는다. 서두에 상대방의 안부를 묻거나 자신의 근황을 얘기하는 것이 전혀 없다. 곧바로 상대방에게 하고 싶은 말의 요점만 간략하게 서술했을 뿐이다.

권필은 1597년(선조 30) 29세에 큰누님이 있던 강화의 홍해촌에 정착했다가 1610년(광해군 2) 서울의 현석촌으로 가족을 이끌고 돌아와 있었다. 허균이 권필에게 편지를 쓴 1610년 음력 5월은 광해군 정권이 출범한 지 얼마 되지 않은 시점이다. 허균은 광해군 정권의 출범에 기여했으며, 편지를 쓸 당시 형조 참의로 재직하고 있었다. 권필은 서인으로 대북파와는 대립적인 위치에 서 있었으며, 광해군 정권에 불만이 많았다. 허균이 권필에게 편지를 보낼 당시, 둘의 관계는 정치적 입장 차이로 인해 다소 소원해졌던 듯하다.

편지의 전반부에서 허균은 아무 거리낌 없이 권필과 시와 술을 주고받던 시절을 그리워하고 있다. 그리하여 허균은 연못에 한창 물이 출렁이고 연꽃이 반쯤 핀 좋은 계절에 술이 적당히 익었으니, 자신을 찾아와 예전처럼 술을 마시고 시를 읊자고 청한 것이다. 짧은 편지에 지음(知音)을 그리워하는 허균의 간절한 마음이 진솔하게 담겨 있다.

부정(父情) - 유배지에서 아들에게 보낸 정약용과 이학규의 편지

조선 시대 사대부들은 정치적 사건에 연루되어 유배를 가는 경우가 있었다. 유배지에서 가족과 떨어져 외롭게 살았는데, 이들에게 편지는 가족의 안부를 확인하고 지인들과의 관계를 유지하는 유일한 통로였다. 편지를 통해 세상과 소통하면서 유배 생활의 고독을 달랬던 것이다. 여기서는 다산(茶山) 정약용(1762~1836)과 낙하생(洛下生) 이학규(1770~1835)가 유배지에서 아들에게 보낸 편지를 살펴본다.

정약용과 이학규는 조선 후기 실학자로서 이익(1681~1763)의 학통을 잇는 계승자였다. 정약용은 28세인 1789년(정조 13) 문과에 합격하여 초계문신(抄啓文臣)이 되었으며, 이후 10년 동안 정조의 특별한 총애 속에 두루 관직을 역임했다. 이학규는 유복자로 태어나 외가인 성호 이익의 집안에서 교육을 받았다. 약관의 나이에 정조로부터 재능을 인정받아 벼슬이 없는 상태에서 《규장전운(奎章全韻)》의 편찬에 참여했다.

그러나 정약용과 이학규는 1801년(순조 1) 신유사옥에 연루되어 유배길에 올랐다. 신유사옥은 천주교도를 박해한 사건인데, 여기에는 노론 집권 세력이 남인을 정계에서 축출하려는 정치적 의도가 깔려 있었다. 정약용과 이학규는 남인이었으며, 둘은 천주교와 무관했지만 집안에 천주교와 관련된 사람이 많았다. 단적으로 우리나라 최초로 천주교 세례를 받은 이승훈(1756~1801)은 정약용의 매부이자 이학규의 삼종숙이었다.

정약용은 전라도 강진에서 18년 동안, 이학규는 경상도 김해에서 24년 동안 유배 생활을 했다. 정약용과 이학규는 서로 편지를 주고받으며 유배객으로서의 울분을 해소하는 한편 학문적·문학적 교류를 나누었다. 둘은 또 자식들에게 편지를 많이 보냈는데, 이 편지들에는 애틋한 부정(父情)이 담겨 있다.

> 천지 만물 중에는 본래부터 완전하고 좋은 것이 있다. 그러나 이런 것은 기이하다고 감탄할 것이 못 된다. 무너지고 훼손되었거나 깨지고 찢어진 것을 잘 다독거려 완전하고 좋게 만든 것이라야 그 공덕이 감탄할 만한 것이 되는 것이다. (중략) 오늘날 세상을 쥐고 흔드는 공경(公卿)의 자제로 태어나 벼슬자리와 문호를 이어받는 것은 어리석은 사람이라도 누구나 할 수 있다. 너는 지금 폐족(廢族)이다. 만약 폐족의 처지에 잘 대처해서 처음보다 더욱 완전하고 좋게 된다면 또한 기특하고 좋은 일이 아니겠느냐?

인용문은 정약용이 1802년(순조 2) 12월 22일 유배지인 강진에서 고향 마현리(지금의 경기도 남양주시 조안면 능내리)에 있는 두 아들 학가와 학포에게 보낸 편지의 일부이다. 정약용은 4남 2녀를 두었는데, 학가와 학포 위로 학연과 학유 두 아들이 더 있다. 편지의 전체적인 내용은 가문이 폐족이 되었지만 좌절하지 말고 독서에 더욱 힘쓰라고 독려하는 것이다. 폐족은 조상이 큰 죄를 지어 그 자손들이 벼슬을 할 수 없게 되는 것을 말한다. 정약용의 자식들은 과거 시험에 응시할 수 없게 되었으며, 입신출세의 길이 원천적으로 봉쇄되었다.

정약용은 폐족의 처지에 잘 대처하는 유일한 방법으로 독서를 제시했다. 정약용이 보기에 권세가의 자제들도, 궁벽한 시골의 수재들도 독서의 맛과 깊이를 터득할 수 없다. 벼슬하는 집의 자제로서 어려서 듣고 본 바가 있고 중년에 화를 당한, 자신의 자식 같은 자들만이 비로소 참다운 독서를 할 수 있다고 힘주어 말했다. 그리하여 글을 읽어봤자 과거 시험도 보지 못한다고 절망하지 말고, 절대로 독서를 포기해서는 안 된다고 두 아들에게 당부했다.

그러고 나서 셋째 아들 학가에게는 "네가 열 살 때 지은 글은 내가 스무 살에도 짓지 못하였던 것이고, 근래 몇 년 전에 지은 것들에는 오늘날의 나로서도 따라갈 수 없는 것이 종종 있다."라고 칭찬하면서, 독서와 문장 학습에 열중할 것을 독려했다. 또 넷째 아들 학포에게는 "재주는 네 형에 비해 한 등 떨어지는 것 같기도 하다만, 성품이 자상하고 사려 깊으니 독서에 전념한다면 도리어 나을지 어찌 알겠느냐?"라고 하면서, 아들의 성격이 독서에 큰 도움이 될 것이라 격려해 주기도 했다.

이처럼 정약용은 고향에 있는 자식들의 교육을 포기하지 않았다. 편지를 통해 때로는 엄하게 꾸짖고 때로는 달래면서 독서에 힘쓰라고 독려했다. 비록 지금은 폐족이 되었지만, 절망하지 말고 열심히 공부한다면 더욱 훌륭한 가문이 될 수 있다고 다독거렸다.

다음은 이학규가 유배지인 김해에서 서울에 있는 아들에게 보낸 편지의 후반부이다.

우리 집안의 명예가 내게 이르러 욕되게 되었다. 나는 다만 네가 조상의 가업을 실추시키지 않고 다시 우리 집안의 명예를 지킬 수 있기를 바랄 뿐이다. 굶주림을 참고 목마름을 참는 것은 우리가 항상 겪는 일이란다. 잘 먹고 잘 입으면서 낫 놓고 기역 자도 모르고 가슴속이 시커멓고 텅 비어 한 조각 의리도 없는 자들이 있다. 식견 있는 사람들이 그들을 대신해 부끄럽게 생각해야 되지 않겠느냐? 저들은 몸 껍데기는 참으로 멋지게 보이겠지만, 진실한 마음은 실로 텅 비어 있단다. 만약 네가 부지런히 노력하여 날마다 듣지 못한 것을 듣고 날마다 알지 못한 것을 공부해 나간다면, 사흘에 한 번 밥 한 끼 먹는다고 하더라도 그 진실한 마음만은 실로 배부를 것이다. 그러니 무엇을 슬퍼하겠느냐?

편지의 서두에서 이학규는 아들이 지은 시구가 점점 좋아지고 게다가 문리(文理)가 향상되었다고 칭찬했다. 힘든 유배 생활 속에서도 아들의 성장이 큰 기쁨이 되고 위로가 된다고 했다. 그리고 인용문에서 말하고 있듯이, 비록 폐족이 되어 과거 시험에 응시할 수도 없지만 우리 가문의 명예를 계승하기 위해 독서를 게을리해서는 안 된다고 당부했다. 마지막으로 이학규는 가문의 몰락과 가난한 생활에 슬퍼하지 말고, 사대부로서의 떳떳한 마음만은 잃지 않아야 한다고 강조했다. 이학규의 편지에는 폐족이 된 자식들을 위로하고 다독거리며 공부에 열중하도록 가르치는 아버지의 정성이 느껴진다.

편지를 통한 교제의 미덕

누군가와 교제할 때 그 사람을 직접 만나 얼굴을 맞대고 이야기하면 서로간의 친밀도가 높아진다. 그러나 얼굴을 대면했을 때 하기 어려운 말이 있기 마련이고, 상대방의 반응으로 인해 정작 말하려고 한 것이 엉뚱한 데로 흐리기도 한다. 이럴 때는 자신의 생각을 차분하게 정리하여 편지로 써서 전하는 것이 교제의 깊이를 더할 수 있다. 생각을 가다듬고 정성껏 글로 쓰면서 내면의 깊이와 진솔함이 더해지는 것이다. 이런 점에서 편지는 한 영혼과 다른 영혼이 진솔하게 관계를 맺는 것이라 할 수 있다.

이황과 기대승의 편지에서 나이를 초월한 학자들의 우정을 볼 수 있었다. 이들의 편지에는 서로 존중하는 가운데 함께 인생을 고민하고 학문에의 의지를 다지는 동지애가 담겨 있었다. 허균의 척독에는 정치적 입장을 떠나 시를 읊고 술을 마시며 허심탄회하게 이야기하고 싶은 마음 맞는 벗에 대한 그리움이 있었다. 그리고 정약용과 이학규가 유배지에서 보낸 편지에는 집안이 몰락한 상황 속에서도 자식을 다독거리며 교육에 힘쓰는 아버지의 애틋한 마음을 엿볼 수 있었다. 사람과 사람의 관계가 점점 물질화되어 가는 오늘날, 이들 편지가 보여주는 우정(友情)과 부정(父情)의 울림은 결코 적지 않다.

- 안세현

참고 문헌

김영두 옮김, 《퇴계와 고봉, 편지를 쓰다》, 소나무, 2003.
김풍기 옮김, 《허균 산문선 - 누추한 내 방》, 태학사, 2003.
박무영 옮김, 《정약용 산문선 - 뜬세상의 아름다움》, 태학사, 2001.
정우봉 옮김, 《이학규 산문선 - 아침은 언제 오는가》, 태학사, 2006.
심경호, 《간찰 - 선비의 마음을 읽다》, 한얼미디어, 2006.
김풍기, 〈조선 중기 고문의 소품문적 성향과 허균의 척독〉, 《민족문화연구》 35, 고려대학교 민족문화연구원, 2001.
김하라, 〈낙하생 이학규 서간문의 자기서사적 특성〉, 《민족문학사연구》 27, 민족문학사연구소, 2005.

一二三四五六七八九十

18세기 연암그룹 사람들의 현실적 처지와 우정

영·정조 시대 연암그룹 사람들의 현실적 처지

조선 후기 영·정조 시대는 한국의 르네상스, 즉 문예부흥기였다. 영조의 탕평책이 실효를 거둔 후 정조의 문치(文治) 정책이 힘을 발휘하면서 도시 한양을 중심으로 그 어느 때보다 다채로운 학술과 문학, 문화, 예술 활동이 활발하게 이루어지고 성과 또한 두드러졌다. 이중 주목할 만한 것이 1768~1769년(영조 44~45)부터 1774~1775년(영조 50~51) 사이에 집중적으로 이루어진 연암 박지원을 중심으로 한 이덕무, 백동수, 유득공, 박제가, 이서구 등의 교유 활동이다. 이들은 대부분 백탑(지금의 서울시 종로구 탑골공원) 부근에 살면서 인적 네트워크를 구축했다. 18세기를 대표하는 문인 학자와 무사였지만, 이서구를 제외하고는 낮은 관직에 그쳤으니, 이는 출신 성분 때문이었다. 이덕무, 백동수, 유득공, 박제가 등은 대부분 서얼 출신이었기에 뛰어난 역량을 지니고 있었지만 결코 현달(顯達)할 수 없었던 것이다. 박지원은 본관이 반남(潘南)으로 명문가 자제이긴 하되 과거에 잇달아 낙방한 데다 당대 권력의 실세였던 홍국영의 미움을 받아 낙척한 상황이었다.

이들은 이 시절 백탑 근처에 모여 살면서 청운의 꿈을 품고 학문에 정진했지만, 현실은 그리 녹록치 않았다. 당시 정치적 상황과 신분적 처지에 얽매여 관직에 나가는 것이 쉽지 않았기 때문이다. 그 결과 고단한 현실을 견디지 못해 시골로 은거하거나 심지어 책을 팔아서 끼니를 때우는 지경에까지 이르게 된다. 그럼에도 이들은 서로를 이해하고 아껴주는 벗이 있었기에 낙담하거나 좌절하더라도 다시 일어설 수 있었다. 따라서 이 글에서는 기(記)와 서(序), 척독(尺牘) 등 다양한 한문 문체를 구사하여 진솔하게 토로한 삶의 이야기를 통해, 역량이 뛰어남에도 그에 걸맞은 대우와 평가를 받지 못한 18세기 연암그룹 사람들의 현실적 처지와 우정의 내면을 들여다볼 수 있을 것이다.

—

세상과 어긋난 이들의 좌절과 은거, 그리고 유쾌한 역설

—

〈수소완정하야방우기(酬素玩亭夏夜訪友記)〉는 이서구의 〈하야방우기(夏夜訪友記)〉, 즉 '여름밤 벗을 방문한 뒤 지은 글'에 박지원이 화답하여 쓴 것이다. 제목의 '수(酬)'는 답장하다는 뜻이고, 소완정(素玩亭)은 이서구의 당호(堂號)이며, 벗은 박지원을 가리킨다. 이서구(1754~1825)의 자는 낙서(洛瑞)이고, 호는 강산(薑山)·척재(惕齋)이며, 본관은 전주이다. 1774년(영조50) 문과에 급제한 뒤 이조판서와 대사헌을 거쳐 우의정을 역임했다.

박지원(1737~1805)은 홍국영으로 인해 목숨의 위협을 느끼자 과거를 포기하였다. 그리고 1771년(영조 47)에 백동수와 함께 개성을 유람하다가 황해도 금천군의 연암협을 답사한 뒤 은거할 뜻을 굳히고 가족을 데리고 들어갔다. 그런데 시골 생활이 그리 만만치 않았던 모양이다. 몸이 거대하여 더위를 많이 타는 데다 여름이 되니 몹시 무덥고 모기와 파리가 들끓어 견디기 힘들었다. 그래서 여름이면 이를 피하기 위해 전의감동(지금의 종로구 견지동 일대)에 있는 서울 집에서 지냈는데, 이 무렵 이서구가 박지원을 방문한 것이다. 박지원은 1768년에 백탑 근처로 이사하여 연암협으로 들어가기 전까지 이덕무, 유득공, 이서구 등과 한동네에 살았다. 특히 이서구와는 길을 사이에 두고 대문을 마주 보는 가까운 이웃이었다. 이러한 인연으로 이서구는 박지원의 집을 드나들며 학문을 배우게 된 것이다. 박지원이 32세, 이서구가 15세 때의 일이다.

이서구가 스승의 집 불이 켜진 것을 보고 방문하니, 그의 나이 19세가 되던 1772년 6월이었다. 이때 박지원은 사흘째 굶주리고 있었다. 의관을 갖추지 않고 창문턱에 다리를 걸친 채 행랑아범과 이야기를 나누다가 이서구가 온 것을 보고서야 옷을 갖춰 입었다. 이어 고금(古今)의 정치와 당대 문장 및 당론에 대해서 거침없이 말하는데, 이미 앞서 보았던 스승의 모습이 아니었다. 오랜만에 만난 스승과 제자는 밤새도록 담소를 나누었다. 그러나 이서구는 문득 옛 추억이 떠올랐다. 눈 내리던 어느 겨울 밤, 스승은 추운 날씨에 찾아온 어린 제자를 위해 술을 직접 데워 주었다. 옆에서 지켜보던 제자는 질화로에 떡을 구웠는데, 불길이 타올라 뜨거워지는 바람에 떡을 자꾸 떨어뜨리곤 하였다. 이 모습을 바라보던 두 사람은 손뼉을 치고 크게 웃으며 즐거운 시간을 보냈다.

그런데 불과 몇 년 사이에 스승의 머리가 하얗게 세어버린 것이다. 이서구는 이를 탄식하여 이날 밤 이야기를 〈하야방우기〉로 기록했고, 박지원이 이에 화답한 것이 〈수소완정하야방우기〉이다.

> 내가 연암 어른을 방문하니, 어른은 사흘이나 굶은 채 망건도 쓰지 않고 버선도 신지 않고서 창문턱에 다리를 걸쳐놓고 누워서 행랑것과 문답하고 계셨다.

박지원은 이서구의 〈하야방우기〉 가운데 한 대목을 소개하면서 〈수소완정하야방우기〉를 시작했다. 아무래도 이 구절이 신경 쓰인 모양인 듯, 이서구가 방문할 당시 자신의 상황에 대해서 자세하게 서술하였다.

무더위를 피해 서울 집에서 혼자 거처하는데, 하나 있던 여종은 눈병이 나 집을 나가버렸다. 밥해 줄 사람이 없어 행랑아범에게 밥을 얻어먹다 보니 자연스럽게 친해졌다. 이렇듯 조용히 지내노라니 무념무상의 시간이었다. 가끔 연암협에 있는 가족들이 보낸 편지를 받으면 '평안하다'는 글자만 훑어볼 뿐이다. 남의 경조사에 일체 발을 끊고, 며칠간 세수도 하지 않고 망건도 쓰지 않았다. 손님이 오면 그저 말없이 앉아 있고, 땔나무나 참외 파는 자가 지나가면 효제충신과 예의염치에 대해서 이야기했다. 사람들이 세상 물정에 어둡고 조리가 없어 지겹다고 비난해도 그만두질 않았다. 실컷 자다가 일어나면 글을 짓고, 지겨우면 철현금을 연주하고, 친구가 술을 보내오면 즐겁게 마셨다.

그러던 어느 날 박지원은 밥을 굶은 지 사흘이나 되었다. 행랑아범이 남의 집 일을 해주고 품삯을 받아 밤이 되어서야 밥을 얻어먹었다. 그런데 아이가 밥투정을 부리자, 행랑아범은 사발을 엎어버리고 악다구니를 퍼부었다. 그 모습을 지켜보던 박지원은 가르치지 않고 야단만 쳐서는 안

된다며 행랑아범을 타일렀다. 이때 이서구가 방문했으니 '행랑것과 문답하고 계셨다'고 한 것은 이러한 상황을 두고 말한 것이다.

> 낙서는 또 눈 내리는 밤에 떡을 구워 먹던 때의 일을 그 글에 기록했다. 마침 나의 옛집이 낙서의 집과 대문을 마주하고 있었으므로, 동자 때부터 그는 나의 집에 손님들이 날마다 가득하고 나도 당세(當世)에 뜻이 있었음을 보았다. 그런데 지금 나이 40이 채 못 되어 이미 나의 머리가 허옇게 되었다며, 그는 자못 감개한 심정을 말했다. 그러나 나는 이미 병들고 지쳐서 기백이 꺾이고 세상에 아무런 뜻이 없어, 지난날의 모습을 다시는 찾아볼 수 없다. 이에 기(記)를 지어 그에게 화답한다.

박지원은 반남 박씨 명문가의 자제로서 일찍부터 학문적 명성이 널리 알려졌다. 집에는 늘 손님들로 문전성시를 이루었고, 그 또한 세상을 경륜하고 싶은 포부가 있었다. 그러나 세상일은 뜻대로 되지 않았다. 결국 과거를 포기하고 연암협에 은거한 뒤로는 일체 세상에 대한 관심을 끊고 글만 지었으니, 이때 그의 나이 서른여섯이었다. 조선의 선비로 태어나 과거에 합격하여 관리가 되고 경세제민하고자 한 의지가 꺾이면서, 그의 머리엔 하얗게 서리가 앉았던 것이다. 고금의 정치와 당대 문장 및 당론에 대해 환하게 꿰뚫었지만 그 어느 곳에서도 경륜을 펼칠 수 없게 되자 박지원은 절망한다. '병들고 지쳐서 기백이 꺾이고 세상에 아무런 뜻이 없어 지난날의 모습을 다시는 찾아볼 수 없다'는 독백을 통해 그의 내적 갈등과 고통, 그리고 좌절이 오롯이 표출된다. 박지원이 처한 상황을 누구보다 안타까워한 것은 이서구이다. 그는 스승의 현재 처지를 지난날 행복했던 시절과 비교하며 가슴 아파했다. 이러한 심경을 〈하야방우기〉를 통해 토로하니, 박지원은 화답하여 〈수소완정하야방우기〉를 써서 자신의 속내를 털어놓았던 것이다.

앞서 박지원이 과거를 포기하고 연암협을 답사할 때 동행한 인물이 무사 백동수(1743~1816)이다. 당시 그는 "백 년도 못 살 인생인데 어찌 답답하게 나무와 바위뿐인 곳에 살며 조밥 먹고 꿩, 토끼나 쫓는 사람이 되겠습니까?"라며 박지원의 은거를 만류하였다. 그러던 백동수가 2년 후인 1773년(영조 49) 기린협으로 이주하게 된 것이다. 기린협은 지금의 강원도 인제군 기린면 산골짜기이다.

박지원은 기린협으로 들어가는 백동수를 위해 〈증백영숙입기린협서(贈白永叔入麒麟峽序)〉를 지어 주었다. 백동수는 자가 영숙(永叔)이고, 호는 인재(靭齋)·야뇌(野餒)이며, 본관은 수원이다. 평안도 병마절도사를 지낸 백시구의 서자인 백상화의 손자이다. 그는 서얼 출신이긴 하지만 명문가의 후예로서 무예뿐만 아니라 글씨와 고사에도 밝았다. 1771년 무과에 급제하였고, 이후 46세가 되던 1788년(정조 13)에 장용영 초관(哨官)에 임명되었다. 장용영은 정조의 친위부대이며, 초관은 종구품의 무관 하위직이다. 이때 정조의 명을 받아 규장각 검서관으로 재임하고 있던 이덕무, 박제가와 함께 《무예도보통지(武藝圖譜通志)》를 편찬하였다. 그 후 비인현감과 박천 군수 등을 지냈으나 오래지 않아 물러났다. 문무에 두루 능하고 무과에 급제했으나 신분적 처지 때문에 관직 진출에 제한을 받은 것이다. 그는 이덕무의 처남이기도 하다.

백동수와 관련하여 몇 가지 흥미로운 일화가 전한다. 그가 한번은 북한산에서 놀고 있는데, 무뢰배들이 와서 시비를 걸자 눈을 부릅뜨고 소매를 떨치면서 일어나니 수염과 머리털이 다 뻗쳐 무뢰배들이 달아났다고 한다. 또 그의 집은 원래 부자였지만 가난한 사람들을 많이 도와주느라 살림이 어려워졌다. 노년의 어느 날, 좁은 집에서 굶주린 채 누워 있다가 우연히 돈 몇 꾸러미를 얻어 빚을 갚고 남은 것으로 음식을 장만하려 했다. 마침 이웃 사람이 죽었는데 가난하여 염을 하지 못한다는 소식을 듣고는 남은 돈을 다 주었다고 한다. 그는 젊은 시절 세상과 화합하지 못하고 방황하였다. 그러나 무뢰배를 대처하는 모습과 자신의 배고픔을 돌보는 대신 이웃의 관리를 염할 수 있도록 도와준 일화를 통해 남다른 의협심을 확인할 수 있다. 조선 후기 실학자이자 문인인 성해응은 〈서백동수사(書白東修事)〉에서 "조선의 협객 무사로서의 면모를 유감없이 발휘한 기남자"라고 백동수를 높이 평가하였다.

당시 서얼 출신은 무과에 급제해도 벼슬하기가 쉽지 않았다. 1772년 영조가 서얼을 중용하라는 교시를 내렸지만, 실제로 병조에서 기용한 서얼 출신은 영조가 직접 거명한 한 사람뿐이었다. 이듬해 영조는 임금의 명을 가볍게 여겼다 하여 훈련도감의 수석 선전관이던 백동준과 그 밖의 선전관들을 유배 보내고 무과에 급제해 선전관에 추천된 후보자로 그 자리를 채우게 했다. 이때 백동수도 후보 명단에 올랐으나 백동준이 재종형이란 이유로 선전관에 임명되지 못했다. 이 일이 있은 후 백동수는 기린협에 은거하기로 결심한다. 박지원을 만류하던 백동수가 이제 연암협보다 훨씬 궁벽한 기린협으로 이주한다고 한 것이다.

> 이제 영숙이 기린협에 살겠다며 송아지를 등에 지고 들어가 그걸 키워 밭을 갈 작정이고, 된장도 없어 아가위나 담가서 장을 만들어 먹겠다고 한다. 그 험색하고 궁벽함이 연암협에 비길 때 어찌 똑같이 여길 수 있겠는가. 그런데도 나 자신은 지금 갈림길에서 방황하면서 거취를 선뜻 정하지 못하고 있는 형편이니, 하물며 영숙의 떠남을 말릴 수 있겠는가. 나는 오

히려 그의 뜻을 장하게 여길망정 그의 궁함을 슬피 여기지 않는 바이다.

무과에 급제했지만 신분적 처지로 인해 더 이상 벼슬하지 못할 것이라 판단한 백동수는 서울 생활을 접고 기린협으로 온 가족을 데리고 이주한다. 박지원은 그의 상황이 안타깝지만 말릴 수가 없었다. 오히려 과감하게 결정한 것에 대해선 부러워하기까지 하였다. 실상 박지원은 연암협에 은거하긴 했으나 세상에 대한 미련을 온전히 떨쳐버린 것은 아니었다. 처음 연암협으로 들어간 이후 완전히 이주하는 데 7년이 걸렸다. 그때까지 서울 집과 연암협을 오가며 자신의 경륜을 펼 수 있는 날이 오기를 내심 기다린 것이다. 이처럼 마음을 정하지 못하고 있던 박지원이 온 가족을 데리고 기린협에 은거하려는 백동수를 높게 평가한 것은 어쩌면 당연해 보인다. 이는 "그 사람의 떠남이 이처럼 슬피 여길 만한데도 도리어 슬피 여기지 않았으니, 선뜻 떠나지 못한 자에게는 더욱 슬피 여길 만한 사정이 있음을 짐작할 수 있다."라는 평을 보면 더욱 분명해진다. 그렇다고 해서 백동수의 은거를 안타까워하지 않은 것은 아니었다. 특히 백동수가 처한 상황이 현재 자신의 처지와 자연스럽게 오버랩이 되었기에 더욱 그러하였다.

이처럼 조선 후기를 대표하는 문인과 무인이던 박지원과 백동수는 뛰어난 학적 역량과 무사적 기량을 지니고 있었지만 당대 현실로부터 인정받지 못했다. 그 결과 이들은 세상에 대한 관심과 미련을 끊어버리기 위해 각각 연암협과 기린협으로 이주하여 은거한 것이다. 여기 또 시대와 어긋난 주목할 만한 인물이 있다. 바로 이덕무이다.

이덕무(1741~1793)의 자는 무관(懋官)이고, 호는 형암(炯庵)·아정(雅亭)·청장관(青莊館)·영처(嬰處) 등이며, 본관은 전주이다. 사근도 찰방, 광홍창 주부, 적성 현감 등을 거쳐 사옹원 주부를 지냈다. 그 역시 서얼 출신이었지만 학문적 명성이 대단했다. 절친한 친구 유득공, 박제가 등과 함께 규장각 초대 검서관이 되어 14년 동안 국고 문헌을 편찬하거나 교정하는 일을 담당하였다. 규장각에 소장된 귀중본을 마음껏 열람하고, 당대를 대표하는 학자들과 교유하며 방대한 분량의 《청장관전서(靑莊館全書)》를 저술할 동력을 마련하기도 했다. 그는 특히 책을 좋아하여 간서치(看書痴), 즉 '책만 읽는 바보'로 불렸으며, 어려서부터 21세가 될 때까지 하루도 손에서 책을 놓지 않았다고 한다. 양반 장서가들은 책을 빌리러 오는 그를 내치지 않았고, 심지어 "이덕무의 눈을 거치지 않은 책이라면 어찌 책 구실을 하겠는가?"라며 먼저 빌려줄 정도였다. 그런 그가 이처럼 좋아하는 책을 팔게 되는 상황에 처한다. 이서구에게 보낸 짧은 편지인 〈여이낙서서(與李洛瑞書)〉에 전후 사정이 자세하게 소개되어 있다.

이덕무는 배고픔을 견디다 못해 자신이 가진 것 중에 가장 귀한 《맹자》 7책을 200푼에 팔아 끼니를 해결했다. 그리고 이러한 사실을 역시 굶주리고 있던 절친한 친구인 유득공에게 자랑하니, 유득공 또한 《춘추좌씨전(春秋左氏傳)》을 팔아 밥을 해 먹고 남은 돈으로 이덕무에게 술을 사주었다. 두 사람은 맹자가 직접 밥을 해주고 좌구명이 술을 따라준 것이라며 칭송했다.

> 우리가 1년 내내 이 두 책을 읽기만 했다면 어떻게 조금이나마 굶주림을 구제할 수 있었겠소? 참으로 책을 읽어 부귀를 구하는 것은 모두 요행을 바라는 술책이요, 당장에 팔아서 한번 거나하게 취하고 배불리 먹기를 도모하는 것이 보다 솔직하고 가식이 없는 것임을 비로소 알았으니, 그대는 어떻게 생각하시오?

그토록 아끼던 책을 팔아 배고픔을 해결한 이덕무와 유득공은 맹자와 좌구명을 칭송하기에 이른다. 이 책들을 읽기만 했다면 결코 굶주림을 해결하지 못했을 것이다. 책을 읽는다고 해서 밥이나 술이 나오는 것은 아니다. 그러니 차라리 책을 팔아 밥해 먹고 술을 사 마시는 것이 훨씬 실리적이라는 결론을 내린다. 책을 읽어 부귀해지는 것은 실로 어려운 일이다. 이는 선비들이 과거를 통해 녹봉으로 먹고사는 것을 의미한다. 관직은 한정되어 있는데 벼슬을 구하는 사람들이 넘쳐나니 당시 양반들도 벼슬하기가 쉽지 않았다. 이 때문에 과거와 관련된 각종 부정부패가 만연하였다. 상황이 이러하다 보니, 아무리 재주가 있다 한들 서얼 출신인 이덕무의 입지는 좁을 수밖에 없었다. 간서치라 불릴 만큼 책을 좋아하던 그가 책을 팔고서야 배고픔을 해결한 현실이 아이러니하기만 하다. 더욱이 그 책이 조선 선비들의 필독서인《맹자》이니 말이다. 책을 읽어 부귀해지는 것은 모두 요행일 뿐이니 차라리 그 책을 팔아 실컷 먹고 마시는 것이 훨씬 낫다는 외침은 외려 그럴 수밖에 없었던 절박한 상황과 부조리한 현실에 대한 자조 섞인 절규였던 셈이다. 책을 팔아 배고픔을 해결하고 모처럼 좋아하는 술을 실컷 마실 수 있었다며 즐거워하는 이덕무의 해맑음과 글을 관통하는 전반적인 분위기가 경쾌하다는 점에서 이 글의 유쾌한 역설은 한층 더 빛을 발한다.

—

암울한 현실에서 꽃피운 우정

—

18세기 조선을 대표하는 문인과 무인인 박지원, 백동수, 이덕무, 유득공은 뛰어난 역량을 지니고 있었지만 당대 정치적 상황과 신분적 처지로 발신(發身)하지 못했다. 그 결과 벼슬에 대한 뜻을 접고 시골로 이주하여 은거하거나 심지어 생활고를 견디지 못해 자신이 가장 아끼던 책을 팔아 굶주림을 해결하는 지경에 이른다. 박지원은 제자이면서 벗이기도 한 이서구에게 화답한 글에서 기백이 꺾여 모든 일에 의욕이 사라진 사실을 토로했고, 온 가족을 데리고 기린협으로 은거하는 백동수를 전송하면서 과감하게 결단을 내리지 못하는 자신의 우유부단함을 답답해했다. 책만 읽는 바보라고 일컬어지던 이덕무는 이서구에게 보낸 짧은 편지에서《맹자》를 팔아 밥을 해 먹은 사실을 자랑했다.

이처럼 이들의 현실은 고단했지만, 현실의 고통과 좌절에 대해 허심탄회하게 토로할 친구가 있었다. 결코 적지 않은 나이 차에도 불구하고 서로를 벗이라 불렀던 박지원과 이서구, 양반과 서얼 출신 무사라는 신분의 격차 따위는 개의치 않고 의기투합했던 박지원과 백동수, 아끼던 책을 팔아야만 했던 친구를 위로하기 위해 자신 역시 책을 팔아 친구에게 술을 사준 유득공, 그리고 이덕무와 유득공의 처지와 행동에 대하여 이해하고 공감해 준 이서구. 이들은 여러 가지 현실적 제약과 상황으로 인해 받은 상처와 울분이 가득했지만 서로를 이해하고 격려해 주는 벗이 있었기에 그나마 덜 외로울 수 있었다.

여기서 잠깐 문체적 특성을 언급할 필요가 있다. 이서구가 쓴 글과 박지원이 화답한 글은 '기(記)'이다. '기'는 어떠한 사실을 비교적 자유롭게 서술하는 것으로, 요즘의 수필에 해당한다고 볼 수 있다. 박지원이 백동수를 전송하면서 쓴 글은 '서(序)'이다. 일종의 프롤로그로서 책이나 글의 서문, 즉 머리말을 뜻한다. 이덕무가 이서구에게 쓴 짧은 편지는 '척독(尺牘)'이라고 하는데, 조선 후기에 유행한 문체로서 작가의 감수성과 문예적 특성이 잘 발현되어 있다. 이 세 편은 기문, 서문, 척독 등 다양한 한문산문 문체를 활용하여 고단한 현실로 인한 좌절과 그 속에서 피어난 우정을 보여주고 있다. 따라서 이들 작품은 주제뿐만 아니라 형상화 측면에서도 주목할 만하다. 특히 오늘을 살아가는 현대인들에게도 이 세 편을 관통하는 주제가 시사하는 바는 결코 적지 않다.

- 손혜리

참고 문헌

신호열·김명호 역, 《연암집》, 보리, 2007.

신호열 역, 《국역 청장관전서》, 한국고전번역원, 1978.

박희병, 《연암을 읽는다》, 돌베개, 2006.

박희병, 《연암 산문 정독 1》, 돌베개, 2007.

손혜리, 《낮은 자리 높은 마음》, 태학사, 2015.

一二三四五六七八九十

그대를 영영 떠나보내며

죽음을 왜 기록할까?

우리 고전문학 작품 중에는 죽음을 주제로 삼은 것이 많다. 가까운 이들의 죽음을 맞닥뜨리며 살아갈 수밖에 없다는 사실은 예나 지금이나 마찬가지이지만, 옛사람들은 이를 글로 남기는 데에 우리보다 훨씬 익숙했다. 죽은 이를 기리는 제사 때 제문(祭文)을 지어서 낭송했고, 죽은 이에 대한 추도의 마음을 담은 만시(輓詩)와 애사(哀辭)를 바쳤으며, 그 일생의 행적을 모아서 행장(行狀)을 엮었고, 무덤에 세우는 비석에는 묘비명을, 땅에 묻는 지석에는 묘지명을 새겼다. 그들은 죽음을 제재로 삼은 글을 왜 이렇게 많이 썼을까?

후손의 촉탁에 의해서 죽은 이를 기리는 글을 짓는 경우도 있었으나, 그렇다 하더라도 죽은 이와 아무 관계도 없으면서 짓는 일은 거의 없었다.

죽은 이와 함께했던 시간들을 생각하며 그의 부재로 인한 참을 수 없는 슬픔을 글로 쏟아낸 작품들이 대부분이다. 죽음이 두려운 가장 큰 이유는 사랑하는 이들로부터 잊힌다는 것 때문이다. 그런 면에서 죽은 이를 기리며 쓰는 글들은 단순한 슬픔의 토로를 넘어서 그 사람을 떠올리며 기억하고 오래도록 남기기 위한 방식이기도 했다.

죽음을 기리는 작품 다섯 편을 함께 살펴 보고자 한다. 첫 작품은 허균이 22세에 죽은 아내를 18년 뒤에 추억하며 지은 〈망처숙부인김씨행장(亡妻淑夫人金氏行狀, 죽은 아내 숙부인 김씨 행장)〉이다. 왜 그리 젊은 나이에 죽었는지, 왜 18년이나 지나서야 행장을 지었는지 주목해 볼 일이다. 두 번째 작품은 삼의당 김씨의 〈셋째 딸을 곡하는 글〉이다. 이 애도의 글에서 엄마인 작가는 딸의 죽음이 슬프지 않고 오히려 다행스러운 일이라고 했다. 그 이유가 무엇일까? 세 번째 작품은 박지원의 〈백자증정부인박씨묘지명(伯姊贈貞夫人朴氏墓誌銘, 큰누님 증정부인 박씨 묘지명)〉이다. 누님의 죽음으로 인해 떠올린 어린 날의 생생한 추억이 어떤 울림을 만들어내는지 살펴보자.

이상의 세 작품이 가족의 죽음을 슬퍼한 글이라면, 네 번째 작품인 박지원의 〈홍덕보묘지명〉은 친구인 홍대용의 죽음을 기린 글이다. 범상치 않은 서두로 시작하는 이 묘지명에는 개인적인 슬픔을 넘어서 시대와 문화를 읽는 시각이 담겨 있다. 마지막 작품은 이건창의 〈유수묘지명(兪叟墓誌銘, 유씨 노인 묘지명)〉으로서, 이 글이 아니었다면 까맣게 잊힐 수밖에 없었을 한 초라한 인생을 독특한 방식으로 기억하는 글이다. 직접 만나본 적도 없는 이 노인의 삶과 죽음을 통해서 작가는 무엇을 말하고 싶었던 것일까?

마음에 묻을 수밖에 없는 가족

소설 〈홍길동전〉의 저자로 알려진 허균(1569~1618)은 당대 최고의 시인이자 비평가였다. 그는 당시로서는 드물게 자유분방한 사고를 지닌 작가였고 엄청난 독서광이기도 했다. 허균은 일찍 죽은 아내를 위해 지은 행장의 제목에서 자신의 아내를 '숙부인(淑夫人)'이라고 칭했다. 조선 시대에 '부인(夫人)'은 남편이 당상관인 정삼품 이상의 벼슬에 올라야 붙일 수 있는 호칭이었다. 남편이 정삼품이면 숙부인, 이품이면 정부인, 일품이면 정경부인이 된다.

어려운 시기를 지나 이제 막 당상관의 벼슬에 오르게 되자, 허균의 머리에 문득 스쳐가는 기억이 있었다. 오래전 가난하던 시절, 과거 공부에 싫증을 느끼던 어느 날 밤에 아내가 농담처럼 건넨 말이다. "게으름 부리지 마세요. 그러면 제가 부인 첩지(帖紙) 받는 날이 늦어지잖아요." 첩지는 벼슬을 내리는 공문서를 말한다. 허균은 정삼품인 형조 참의를 내리는 교지를 받아들고서, 그날 아내의 목소리를 떠올리며 이 글을 쓴 것이다. 아내가 죽은 것은 18년 전의 일이다.

임진년 왜적을 피하던 때 아내는 임신 중이었다. 지친 몸으로 단천까지 가서 7월 7일에 아들을 낳았다. 그런데 이틀 뒤 왜적이 갑자기 닥치자 순변사 이영이 물러나 마천령을 지키게 되었다. 나는 어머니를 모시고 아내를 이끌고서 밤을 새워 고개를 넘어 임명역에 도착했는데 아내는 기진맥진하여 말도 하지 못하였다. 그때 집안사람 허행이 우리를 맞이하여 함께 해도로 피란했지만 거기 머물 수가 없었다. 무리해서 산성원 백성

> 인 박논억의 집에 도착한 10일 저녁, 아내는 숨을 거두었다. 소를 팔아서 관을 사고 옷을 찢어서 염을 했지만 여전히 체온이 따뜻해서 차마 땅에 묻지 못하고 있는데 갑자기 왜적이 성진창을 공격한다는 소문이 들려왔다. 도사공께서 급히 명하셔서 뒷산에 임시로 묻었다. 그때 나이 스물둘, 함께 산 지 8년 만이었다.

아내가 죽던 날의 상황을 숨 가쁘게 서술했다. 임진왜란 때 임신한 몸으로 피란 다니다가 객지에서 아기를 낳고 고통 속에 숨을 거둔 것이다. 변변한 장례마저 치를 수 없는 상황이었고, 그 난리 통에 낳은 아들마저 젖이 없어 일찍 죽고 만다. 아내는 그렇게 스물둘의 젊은 나이로 전혀 예기치 못한 상황 가운데 세상을 떠나고 말았다. 몇 년 뒤에야 제대로 묘를 장만하여 다시 묻긴 했지만, 비명에 간 아내를 끝내 묻을 수 있는 곳은 허균의 마음뿐이었다.

이 글의 앞부분에서 허균은 열다섯 살에 시집온 아내가 시어머니를 모시는 며느리로서, 종들의 상전으로서, 그리고 자신의 아내로서 얼마나 훌륭한 사람이었는지를 짤막한 일화와 함께 소개했다. 특히 자신이 젊은 나이에 방종한 모습을 보일 때마다 아내가 다잡아주었음을 솔직하게 고백하기도 했다.

본디 행장은 감정을 깊이 드러내기보다는 죽은 이의 일생 사적을 차례대로 열거하는 것이 일반적이다. 그러나 이 작품에서 허균은 자신의 경험을 중심으로 순서를 뒤바꿔 서술했고, 복받치는 슬픔이 다시 불러내는 생생한 기억들을 인상적으로 드러내었다. 남편의 출세를 바라는 마음에 투정하듯 요구한 '부인'의 호칭을 이제야 불러줄 수 있게 되었는데, 그렇게 불러줄 아내는 이미 영영 떠난 지 18년이 되었다. 남은 자가 할 수 있는 것은 글로써 그녀를 기억하고 남기는 일뿐이다.

삼의당 김씨(1769~?)는 전라도 남원의 한미한 집안 출신으로서, 같은 동네에 살던 하욱과 혼인했다. 그녀는 남편의 과거 급제를 위해서 열성적으로 권면하고 내조했으며 경비 마련을 위해서 머리카락을 자르고 비녀를 팔기까지 했다. 그러나 끝내 과거 급제에 실패한 남편과 함께 시골에서 농사지으며 여생을 마쳤다. 삼의당 김씨는 조선 시대 여성으로서는 드물게 한문학 소양을 깊이 갖추었으며, 남편과 주고받은 한시와 편지를 비롯하여 서문, 제문, 잡록 등을 남겼다.

1795년 삼의당 김씨는 돌도 채 안 된 셋째 딸을 잃고 만다. 당시 27세이던 그녀는 딸의 죽음을 기리는 짤막한 작품 〈셋째 딸을 곡하는 글〉을 남겼다. 제목은 곡하는 글이지만 정작 내용에는 자신은 슬프지 않다는 말을 여러 번 반복한다. 함께한 시간이 1년도 안 되었다고 해서 그 죽음에 초연할 수 있을까? 김씨는 글의 첫머리에서 갓난아기로 죽은 딸을 향해서 "네가 세상에 산 게 몇 날이나 되고 내 사랑 받은 게 몇 달이나 되느냐?"라고 묻고, "차라리 너처럼 일찍 죽고 마는 것이 나으니, 나는 사람이 살고 죽는 것을 가지고 근심하고 기뻐하지 않는다."라는 말로 글을 맺었다. 딸을 먼저 보낸 엄마의 이 단호한 말을 어떻게 받아들일 수 있을까? 그녀는 정말로 슬프지 않은 걸까?

> 나는 네가 죽은 것을 다행으로 여기지 슬퍼하지 않는다. 만약 네가 자라서 스승의 가르침을 받아 말을 공손하게 하고 몸가짐을 부드럽게 하며 길쌈하고 비단 짜며 옷 만들고 수놓는 여성으로서의 일을 법도대로 배우다가 하루아침에 나를 버리고 요절했다면 나의 슬픔이 어떠했겠느냐? 또 네가 성인이 되어 첫닭 울 때 세수하고 양치하며 검은 비단으로 머리

카락을 싸매고 다발 머리를 빗질하고는 옷섶에는 노리개를 차고 향주머니 내음 풍기며 문안 인사 올리다가 하루저녁에 나를 버리고 사망했다면 나의 아픔이 또 어떠했겠느냐? 이렇게 되지 않고 네가 일찍 죽고 말았기 때문에 나는 너의 죽음을 다행으로 여기지 슬퍼하지 않는 것이다.

삼의당 김씨가 자신이 슬퍼하지 않는 이유를 밝힌 대목이다. 그러지 않아서 다행이라는 말 가운데, 돌도 안 되어 죽은 딸에게 앞으로 펼쳐졌어야 했을 미래의 모습이 손에 잡힐 듯 그려져 있다. 그 견딜 수 없는 아쉬움을 작가는 매정한 다짐의 글에 꼭꼭 담아두었다. 역설에 숨겨진 소망이 슬픔의 토로보다 더 깊은 울림으로 다가온다.

박지원(1737~1805)은 《열하일기》와 〈허생전〉 등으로 알려진 조선 후기의 대문호이다. 박지원보다 여덟 살 연상인 큰누님은 43세로 세상을 떴다. 장례를 마친 새벽, 상여와 함께 배를 타고 떠나가는 누님의 남편을 전송하고 나서 한바탕 통곡을 한 뒤 돌아서서 〈큰누님 증정부인 박씨 묘지명〉을 지었다. 그런데 이 작품은 일반적인 여인의 묘지명과는 매우 다르다. 대개 상투적으로 들어가곤 하는 여인의 어릴 적 성품과 식견, 시부모님과 남편을 잘 모시는 지혜로운 가정생활 등이 일체 보이지 않는다. 이 짧은 묘지명의 본문은 단지 상여를 보내고 나서 떠오른 다음의 기억 하나로 이루어져 있다.

누님이 시집가던 날 새벽 단장하던 일이 엊그제 같다. 나는 그때 여덟 살이었는데 응석을 부리며 말처럼 발랑 드러누워 발버둥을 치며 새신랑의 말투를 흉내 내어 점잖은 목소리를 내었다. 누님은 부끄러워 빗을 떨어뜨렸는데 그게 내 이마에 부딪쳤다. 내가 골을 내고 울어대며 먹물을 화장분에 뒤섞고 거울에 마구 침을 뱉어대자, 누님은 울음을 멈추게 하려고 옥으로 만든 오리 인형과 금으로 된 벌 모양 노리개를 꺼내주며 달랬다. 그러고서 벌써 28년이 되었다.

그런데 여러 이본을 살펴보면 이 글 역시 처음에는 누님의 훌륭한 품성과 매우 가난했던 시집 생활, 그러면서도 시부모를 잘 모시고 남편과 우애가 깊었던 내용 등이 포함되어 있었다. 그러나 박지원은 여러 차례의 개작을 거치면서 이런 부분을 과감하게 삭제하고 단지 누님의 남편이 현명한 아내를 잃고 난 뒤 살길이 막막하여 어린 자식들과 여종 하나만을 데리고 솥과 그릇, 상자 따위를 챙겨서 상여와 함께 배에 싣고 산골로 들어갔다고만 했다. 이 표현만으로도 누님의 시집살이가 얼마나 고달팠으며 그 빈자리가 얼마나 큰지를 미루어 알 수 있다.

박지원은 묘지명의 일반적인 법도를 깨뜨리는 파격을 단행함으로써 시간을 훌쩍 건너뛰어 누님과 함께했던 부끄럽지만 아름다운 어린 시절의 기억만이 강렬하게 부각되도록 만들었다. 그 기쁘고 즐거웠던 나날들, 그렇게 느릿느릿 가던 시간은 장성하고부터 너무도 빨리 흘러버렸다. 이제 남은 것은 함께했던 그 짧은 시간들에 대한 기억뿐이다. 그리고 오늘 우리에게 남겨진 것은 그 기억을 생생하게 재현한 이 글뿐이다. "강가의 먼 산들은 검푸른 것이 누님의 쪽진 머리 같고, 강물 빛은 그때 그 거울 같으며, 새벽달은 누님의 고운 눈썹 같았다." 상여 실은 배가 사라져가는 모습을 바라보며 박지원은 영원히 사라지지 않을 산과 강과 달에서 영영 떠나버린 누님의 모습을 떠올린 것이다.

—

죽음을 기억하는 독특한 방식

—

박지원의 〈홍덕보묘지명〉은 매우 색다른 형식의 묘지명이다. 우선 서두부터 묘지명의 일반적인 형식과는 상당히 다르다. 앞뒤 설명 없이 대뜸 "덕보(홍대용)가 죽은 지 3일 후, 문객 중에 사신을 따라 중국에 들어가는 사람이 있었다."라는 말로 시작하여 묘지명을 읽는 독자를 낯설게 한다. 다소 단절적인 서술 배치의 의도를 살피기 위해서 작품 전체의 단락 구성을 먼저 제시한다.

1-1. 사신 수행 인편으로 홍대용의 중국 벗 손유의에게 부고를 보내는 정황

1-2. 홍대용이 죽은 경위를 약술하고 중국의 다른 벗들에게 부고 전달 부탁

2. 홍대용의 식견과 행적: 음률, 역법, 지전설, 실무 능력 등

3-1. 홍대용이 중국의 유명 인사들과 교유한 내용

3-2. 홍대용의 중국 벗 엄성의 죽음으로 확인된 둘 사이의 깊은 교분

4. 홍대용의 가계, 생몰, 관직 이력, 가족, 장사 지낸 곳

글의 흐름을 크게 보면, 중국 벗들에게 부고를 보내고 나서 비로소 홍대용의 식견과 행적을 하나하나 떠올리고, 다시 홍대용이 중국 벗들과 얼마나 깊이 교유했는지를 되짚은 뒤, 묘지명에 담아야 할 일반적인 내용으로 마무리했다. 결국 이 묘지명은 홍대용이 중국의 벗들과 맺은 우정의 진면목을 전면에 드러내어 인상적으로 서술하고, 나머지 사항들은 압축하여

뒤편으로 밀어서 배치한 것이다. 물론 묘지명에 들어가야 할 내용을 아예 누락시킨 것은 아니다. 2에서 짧지만 매우 단단한 필치로 홍대용이라는 인물의 탁월한 면모를 드러내었고, 4에서 가계와 생몰, 관직 이력과 유가족 등을 건조하지만 빠짐없이 기술했다.

그러나 이 글을 읽었을 때 독자의 마음을 사로잡는 것은, 그 급작스러운 서두부터 시작해서 글의 대부분을 채우고 있는 홍대용과 중국 벗들과의 교유이다. 홍대용은 1765년 중국으로 가는 사신을 수행하여 북경에 갔는데, 그때 교유한 인물들인 육비, 엄성, 반정균 등은 문장과 예술에 뛰어난 선비로 중국 내에서도 유명한 인사들이었다. 그런데 홍대용이 이들과 깊은 정을 나누고 헤어져 조선에 돌아온 지 얼마 안 되었을 때, 그 중에서도 가장 마음이 맞았던 인물인 엄성의 부고를 전해 듣게 된다.

그 후 두어 해 만에 엄성이 민중(閩中)에서 객사하자 반정균이 편지를 써서 덕보에게 부고했다. 덕보는 애사(哀辭)를 짓고 예물로 향을 갖추어 용주에게 부쳐 마침내 전당현(錢塘縣)까지 이르게 되었는데, 전달된 그날 저녁이 바로 대상(大祥, 2주기 제사) 날이었다. 제사에 모인 이들은 서호(西湖) 주위 여러 고을 사람들이었는데, 모두들 경탄하면서 이는 지극한 정성으로 혼령을 감동시킨 결과라고 말했다. 엄성의 형 엄과는 덕보가 예물로 보낸 향을 사르고 그 애사를 읽은 뒤 초헌(初獻)을 했다. 아들 엄앙은 편지를 보내 덕보를 큰아버님이라 칭하면서 그의 아버지가 남긴 문집을 보냈는데, 돌고 돌아 9년 만에 비로소 받아 보게 되었다. 그 문집 속에는 엄성이 손수 그린 덕보의 작은 초상화가 있었다. 엄성이 민중에 있을 때 병이 위독했는데도 덕보가 증정한 조선 먹을 꺼내 향내를 맡고 가슴에 얹은 채 죽었기에 그 먹을 관에 함께 넣었다고 한다. 오하(吳下) 사람들은 이 일을 널리 알리고 특이하게 여겨 저마다 이 사연을 제재로 한 시와 산문을 지었다고 전한다.

이 글에서 엄성의 죽음은 홍대용의 죽음보다도 오히려 더 상세하게 서술되었다. 이 사건이야말로 홍대용과 중국 인사들 사이의 관계를 가장 선명하게 보여주기 때문이다. 그저 사행길에 만나 교유 관계를 맺은 정도가 아니라, 죽을 때까지 서로 흠모하고 죽은 뒤에도 관계가 이어질 정도로 마음을 깊이 주고받은 사이였음을 엄성의 죽음과 관련된 서술을 통해 부각시킨 것이다.

박지원이 홍대용의 죽음을 기리는 글에서 이토록 중국 벗들과의 교유를 강조한 이유는 무엇일까? 첫째는 이들 중국의 유명 인사들의 입장에서 홍대용은 그저 북경의 서점에서 우연히 만난 조선 선비일 뿐인데, 말도 통하지 않는 그와 붓으로 대화를 나눈 것만으로도 대유(大儒)로 인정하며 지속적인 교유를 맺었다는 사실 자체가 어떤 칭송보다도 더 효과적으로 홍대용의 뛰어난 학식을 보여주는 것이기 때문이다.

둘째로, 부고를 중국에 전하는 일로 서두를 삼은 데에서도 볼 수 있듯이, 조선을 넘어서 중국에까지 홍대용의 이름이 널리 알려지는 것이 마땅함을 밝히고 또 그러기를 바라는 의도에서이다. 3-2의 마지막을 "선량한 천성을 지닌 벗이라면 반드시 이들 사이의 특별한 인연을 널리 전파하여 덕보의 이름이 양자강 남쪽 지방뿐 아니라 더 널리 알려질 것이니, 구태여 내가 그의 묘지명을 짓지 않더라도 그의 이름은 영원히 사라지지 않을 것이다."라고 맺음으로써, 평범한 묘지명의 형식으로는 홍대용의 진가를 전할 수 없다는 뜻을 드러내었다.

마지막으로, 중국에서와는 달리 홍대용을 제대로 알아보지 못한 당시 조선의 현실에 대한 날선 비판을 담은 것으로 해석할 수 있다. 본래 묘지명은 산문의 서문과 운문의 명(銘)으로 이루어지는데, 이 작품은 명이 삭제된 상태로 통행되었다. 그 이유는 명에 신랄한 비판이 실려 있기 때문인데, 다른 형태로 남겨놓은 명의 내용을 풀이하면 다음과 같다.

> 그대의 죽음에 웃고 노래하고 춤추고 소리 지르는 게 마땅하다. 왜냐하면 그대는 이제 서호로 훨훨 날아가 벗들과 상봉할 수 있게 되었으니까. 그대는 그들과 생전에 다짐했던 대로 스스로에게 부끄러움이 없으리라고 나는 믿는다. 이제 그대는 입속에 구슬을 머금지 않고 가노니, 무덤 도굴하듯이 시(詩)로 남을 헐뜯는 이들도 그대를 어쩌지 못하리라.

홍대용은 중국의 벗들과 함께 서호에 가보지 못한 것을 안타까워했는데, 이제 자유로운 혼이 되었으니 먼저 죽은 엄성을 비롯한 벗들과 그곳에서 얼마든지 만날 수 있게 되어서 기쁘다고 했다. 다시 만나는 날 각자 스스로에게 부끄러움이 없도록 하자는 것은 홍대용이 그들과 헤어지던 날 함께 했던 다짐이었다. 죽은 이의 입속에 구슬을 물리는 것은 일반적인 예법인데, 이를 거부함으로써 남 헐뜯기를 일삼는 썩은 선비들의 구설수에 오르지 않겠다는 뜻을 보였다. 살아서 더러운 짓을 잔뜩 해놓고 죽은 뒤에 구슬을 채워 깨끗한 체하는 세태에 대한 풍자와, 얕은 글재주를 가지고 시세에 아첨하고 남을 헐뜯기나 하는 위선적인 선비들에 대한 비판을 함께 담은 표현이다. 박지원은 중국 벗들과의 우정이라는 독특한 방식으로 홍대용의 죽음을 기억했다. 이는 홍대용에 대한 가장 분명한 찬사이면서 당대 지식인 사회에 대한 분노에 찬 비판이기도 했다.

이건창(1852~1898)은 조선의 마지막을 장식한 문장가이다. 5세에 한문

문장을 구사하고 15세에 과거 시험에 급제할 정도로 영민했고, 20대 초에는 청나라에 사신으로 가서 이름을 떨쳤다. 그러나 강직한 성격 때문에 유배를 많이 다녔고, 서양과 일본의 국권 침탈에 반대하다가 갑오경장 이후 물러나서 47세로 세상을 떠났다. 그는 인물의 행적을 기록하고 논평하는 글이야말로 시대에 잘 대응하는 문학 양식이라고 생각하여, 다양한 인물 형상을 통해 당대의 사회 현실을 묘사하고 삶의 방향을 모색했다. 〈유씨 노인 묘지명〉 역시 이러한 맥락에서 지어진 글이다.

유씨 노인은 언제 어디서 태어났는지도 모르고 가족도 없이 떠돌아다니던 인물이다. 그러니 그의 죽음에 장례 치를 대책조차 없었다. 이건창은 이름도 모르고 얼굴도 본 적 없는 그를 위해서 소박하나마 장례비용을 장만해 주었을 뿐 아니라 그의 죽음을 기리는 묘지명까지 지었다. 그저 같은 마을에 살던 불쌍한 노인에 대한 동정심 때문에 그렇게 했을까?

이 노인은 중년에 홀몸으로 떠돌아다니다가 윤여화의 집에 객으로 묵은 지 30년이 되었다. 투박하고 말을 더듬는 데다가 다른 재주도 없어서 날마다 짚신 삼는 일만 했다. 그러나 자기가 짚신을 내다 팔지는 않고 여화에게 주었다. 여화가 짚신을 팔아 쌀을 장만하면 보내주어 밥을 지어먹게 했으나, 쌀을 얻지 못하면 여러 날이 되도록 먹지 못하기도 했다. 마을 사람들이 아무것도 가져오지 않고 짚신을 달라고 해도 노인은 바로 주곤 했다. 값을 치르지 않고 짚신을 가져간 지 오래되더라도 노인은 값을 달라고 찾아가는 일이 없었다. 그러니 일 년 내내 집 밖을 한 발짝도 나가지 않기도 한다. 우리 집이 여화의 집과 서로 마주 보일 만큼 가까운데도 나는 끝내 노인의 얼굴을 알지 못했다.

자폐에 가까울 정도의 삶을 살다 간 이 짚신 삼는 노인에게서 이건창은 무엇을 본 것일까? 그가 서술한 노인의 삶에서 우리의 눈에 들어오는 것은, 아낌없이 베풀고 보답을 바라지 않으며 정작 자신의 먹고사는 일에는 초연한 삶의 자세이다. 이건창 역시 이런 점을 우선 주목한 것이겠지만, 이어지는 단락을 보면 그가 말하고자 하는 것이 여기에 그치지 않음을 알 수 있다.

다음 단락에서 이건창은 "이 노인은 아마도 평범한 사람이 아니지 않을까?"라는 질문을 던지며 갑자기 옛 성현과 유씨 노인을 비교한다. 성현과 유씨 노인의 공통점은, 자신은 세상에 쓰이거나 나아가지 않았지만 그들이 한 일은 많은 이들에게 시행되고 있다는 점이다. 일반의 통념으로는, 성현이 도리를 밝힌 저술과 유씨 노인이 만들어준 짚신 사이에는 비교 자체가 무색할 만큼 엄청난 차이가 있다. 그러나 유씨 노인 자신은 그렇게 열심히 만든 짚신을 신고 다닐 일이 없었고, 성현들 역시 자신이 밝힌 도리를 가지고 세상에 직접 참여하지 못했으니 이는 똑같이 슬픈 일이라고 했다. 오히려 둘 사이에 다른 점이 있다면, 성현은 자신이 말한 도리 때문에 비방 받고 곤란을 겪었지만, 유씨 노인은 짚신 만드는 일로 어쨌든 늙어 죽을 때까지 먹고살 수 있었다는 것이다. 이렇게 통념을 깨뜨리는 논리의 끝에, 이건창은 앞서 던진 질문에 이렇게 스스로 답한다. "그러니 만약 노인이 평범한 사람이었다면 아무런 유감도 없었을 것이며, 이 노인이 설사 평범한 사람이 아니었다 하더라도 또 무슨 유감이 있었겠는가?"

이건창이 이 초라한 노인의 죽음을 기리는 글에 성현까지 거론한 것은 다소 비약적인 논리로 읽힐 소지가 있다. 노인의 삶이 생각하는 것처럼 그렇게 비참한 것만은 아니었다는, 죽은 이의 넋을 위로하기 위한 말로만 읽기에는 과하다고 할 수 있을 것이다. 그러나 이 묘지명이 이름 없는 노인의 아무도 알아주지 않는 삶을 기억하기 위해서만 쓰인 글이 아니라고 한다면, 해석의 가능성은 열려 있다. 올바른 도리를 제시하고도 세상을 잘못 만나서 도리어 근심하며 살아야 했던 옛 성현에 대한 애도로 읽을 수도 있으며, 급변하는 세태 가운데 아무런 역할도 하지 못하고 우환 의식 속에 살아가는 작가 자신의 모습에 대한 가슴 아픈 자성으로 볼 수도 있다. 혹은 세상 사람들이 쓸모없는 것으로 여기는 데에 참된 삶의 가치가 있다는 깨달음이 유씨 노인을 이렇게 독특한 방식으로 기억하게 했는지도 모른다. 그렇게 볼 때 이 묘지명을 맺는 짤막한 명(銘) 역시 더욱 풍성하게 읽힌다. "사람들은 풍성한 오곡을 보배로 여기지만 알맹이만 골라 먹고 마른 짚은 내버리네. 유씨 노인 그 짚을 얻어 평생을 살았으니, 살아서는 짚으로 신을 삼고 죽어서는 짚 거적으로 장사 지냈네."

죽음을 읽다, 삶을 읽다

오늘 우리는 죽음이 우리에게서 아주 멀리 있다고 생각하고 입에 올리기조차 꺼려한다. 그런데 옛사람들은 우리에 비해서 훨씬 자주 죽음을 접하고 죽은 이를 추모했다. 그리고 그 생각들을 글로 남겼다. 오늘 우리가 옛사람이 죽음을 기린 글들을 읽는 것은 무슨 의미가 있을까?

우리와 아무 상관도 없는 어떤 이의 죽음을 기록한 옛사람들의 글이 오늘 우리에게 여전히 울림을 준다면, 이 죽음이라는 것이 그만큼 보편적인 주제이기 때문일 것이다. 죽은 이와 함께했던 생생한 기억들, 다시는 만날 수 없다는 상실감으로 인한 절망적인 슬픔, 나 역시 죽음으로 잊혀갈 수 있다는 두려움, 그리고 지금 이 순간 살아 있음이 주는 의미 등을 우리는 글을 통해서 만날 수 있다. 소중한 사람의 죽음에도 불구하고 그 슬픔을 안고 걸어가야 할 남은 자의 삶은 계속된다. 그리고 그 죽음이 우리에게 상기시켜 주는 것은, 우리에게 주어진 삶 역시 제한적일 수밖에 없다는 사실이다. 옛사람들이 죽음을 대하고 기억하며 살아가는 모습을 보며, 우리는 우리 곁에 언제든 올 수 있는 죽음을 미리 만나고 우리에게 주어진 삶을 새로운 눈으로 돌아볼 수 있다. 누군가의 죽음을 읽는 일은, 오늘 우리의 삶을 읽는 일이기도 하다.

- 송혁기

참고 문헌

신호열·김명호 역, 《연암집》, 돌베개, 2007.

신호열 외 역, 《성소부부고》, 한국고전번역원, 1982.

이혜순·정하영 역편, 《한국고전여성문학의 세계 - 산문편》, 이화여자대학교 출판부, 2003.

이동환, 〈박연암의 〈홍덕보묘지명〉에 대하여〉, 《이조 후기 한문학의 재조명》, 창작과비평사, 1983.

이희목, 《이건창 문학 연구》, 성균관대학교 대동문화연구원, 2005.

김혈조, 〈연암 박지원의 〈백자증정부인박씨묘지명〉 연구 - 개작 과정과 글쓰기 방식을 중심으로〉, 《한문학보》 22, 우리한문학회, 2010.

정민, 〈〈홍덕보묘지명〉의 명사고〉, 《동방한문학》 21, 동방한문학회, 2001.

一二三四五六七八九十

사랑하는 자녀에게

글로 전하는 부모의 마음

가장 가까우면서 가장 어렵기도 한 것이 부모와 자녀의 관계이다. 세대가 다르고 관심과 바람이 다른 부모와 자녀가 마음을 터놓고 많은 대화를 나누기란 사실 쉽지 않다. 2000여 년 전 맹자는 부모 자녀 간에 잘잘못을 따지고 꾸짖다가는 자칫 천륜을 해치게 될 우려가 있으니 직접 가르치려 들지 말고 다른 사람의 자녀와 서로 바꾸어 교육해야 한다고 했다. 친구 사이라면 시비를 가리다가 끝내 동의되지 않을 경우 안 보면 그만이지만 부모 자녀 사이에 앙금이 깊어지면 수습할 길이 없기 때문이다. 부모와 자녀의 관계라는 것이 각자의 의도와는 달리 깊은 상처를 주기 쉬운 것은 예나 지금이나 마찬가지이다.

부모와 자녀 사이의 예법이 오늘 우리보다 훨씬 더 엄격했던 조선 시대였지만, 그때를 살던 이들이 남긴 문집을 보면 부모 자녀 간에 주고받은 글이 적지 않다. 사랑하는 자녀에게 당부하고 싶은 말을 유려한 문장에 담은 글 가운데 우리에게 울림을 주는 작품 몇 편을 살피고자 한다.

조선 초기 문인 강희맹은 우화적인 수필 작품을 통해서 자녀에게 하고 싶은 말을 넌지시 제시했는데, 그 중에서 〈도자설(盜子說, 아들 도둑 이야기)〉을 함께 읽는다. 왜 하필 도둑 이야기를 자녀에게 들려주고 싶었을까? 이어서 임진왜란 때 재상을 지낸 유성룡이 자녀에게 보낸 편지와 조선 후기의 학자 정약용이 유배지에서 자녀에게 보낸 편지들을 보고자 한다. 조선 시대의 부모들이 자녀들에게 하고 싶은 말은 무엇이었을까? 또 그 마음을 어떻게 표현했을까?

깨달음은 스스로 얻는 것 - 〈도자설〉

강희맹(1424~1483)은 세종과 성종의 총애를 받으며 부지런히 일한 벼슬아치였고, 박학다식하기로 이름난 문장가였다. 《촌담해이(村談解頤, 시골 노인들에게 전해들은, 웃다가 턱이 빠질 정도로 재미난 이야기 모음)》라는 책을 엮을 정도로 유머가 넘치는 인물이기도 했다. 인간의 본성이 적나라하게 드러나는 흥미로운 이야기들을 읽다보면 나름의 깨달음을 얻게 된다는 것이 그의 지론이었다.

강희맹은 〈훈자오설(訓子五說, 자녀를 훈계하는 다섯 가지 이야기)〉을 지었는데, 뱀을 먹는 풍속, 세 아들의 등산, 세 마리 꿩의 생태, 공중 오줌통을 남용한 양반집 자식 등의 재미있는 이야기들을 통해서 자녀에게 말하는 방식으로 이루어져 있다. "부모 자식 간에는 말을 부드럽게 해야 하기 때문에 과감하게 직접 훈계하지 않고 속된 이야기를 통해서 뜻만 살짝 내비친 것이다."라는 서문에서 강희맹의 의도를 알 수 있다. 그 가운데 첫 번째 편이 〈도자설〉이다.

어느 도둑이 자기 아들에게 도둑질하는 기술을 가르쳐주었다. 열심히 도둑질 기술을 연마한 아들 도둑이 다른 도둑들의 칭찬을 듣고 우쭐하여, 기술은 아버지와 다름없고 힘은 더 세며 훔친 재물도 더 많으니 이제 자신이 아버지보다 낫다고 했다. 그러자 아버지가 아들에게 말했다.

"아직 아니다. 배워서 이룬 지혜는 한계가 있고 스스로 터득한 지혜라야 어떤 상황에서도 여유롭게 대처할 수 있다. 그런 면에서 너는 아직 아니다. 내가 가르쳐준 기술을 사용하면 겹겹이 싸인 성에도 들어갈 수 있고 남모르게 보관해 둔 물건도 찾아낼 수 있다. 그러나 한번 차질이 생기면 낭패를 당하고 만다. 아무런 증거도 남기지 않고 어떤 상황에도 재빨리 대처하여 문제가 없게 되는 경지는 스스로 터득하지 않고서는 이룰 수 없다. 너는 아직 아니다."

아들 도둑은 아버지의 말을 건성으로 듣고 넘겼는데, 어느 날 한 부잣집의 보물을 훔치러 함께 들어간 아버지 도둑은 아들 도둑이 보물을 챙기는 동안 창고 문을 밖에서 자물쇠로 잠가버렸다. 꼼짝없이 창고에 갇혀버린 아들 도둑은 손톱으로 쥐가 물건 긁는 소리를 내서 주인이 쥐를 쫓으려 문을 여는 순간을 이용해 빠져나왔다. 급하게 쫓겨 잡힐 뻔한 상황에 이르자 돌을 연못에 던져 물에 뛰어든 것으로 위장함으로써 겨우 도망칠 수 있었다. 집에 돌아와서 자신을 원망하는 아들에게 아버지 도둑은 이렇게 말했다.

"이제 너는 세상에서 가장 뛰어난 도둑이 될 것이다. 남에게 배운 기술은 한계가 있지만 마음으로 터득한 것은 무궁하게 응용할 수 있는 법이다. 특히 곤궁하여 어찌할 수 없는 상황은 사람의 의지를 굳세게 만들고 생각을 원숙하게 만든다. 내가 너를 궁지로 몬 것은 너를 안전하게 만들기 위해서였고, 내가 너를 함정에 빠뜨린 것은 너를 구해내기 위해서였다. 창고에 갇히고 급하게 쫓기는 일이 없었다면 쥐 소리를 내고 돌을 던지는 기발한 지혜를 낼 수 있었겠느냐? 예상치 못한 곤경에 처했기에 네가 기발한 지혜를 낼 수 있었던 것이다. 생각이 한번 트였으니 이제 다시는 헤매는 일이 없을 것이다. 너는 세상에서 가장 뛰어난 도둑이 될 것이다."

강희맹이 자녀에게 이 이야기를 들려준 이유는 무엇일까? 어떻게 하면 도둑질을 잘할 수 있을지를 가르치려 한 것은 물론 아닐 것이다. 대를 이어 도둑질을 하며 아버지보다 자신이 더 낫다고 자부하는 아들 도둑의 모습을 그림으로써, 자신의 자녀가 대대로 권세를 누려온 집안의 후손으로서 자기 능력으로 높은 지위에 올랐다고 자랑하며 이룬 공적이 많다고 과신하지 않도록 경계하기를 바라는 마음을 표현한 것이다. 높은 자리를 사양하고 낮은 자리에 거하며 호방함보다 소박함을 즐기면서 세속에 휩쓸리지 말고 내면의 실력을 다져가라는 권면이다.

겸손과 노력을 넘어서 이 글의 초점은 '스스로 터득함'에 있다. 자신이 하는 공부가 어떤 가치와 유익이 있는지는 생각해 보지도 못한 채 그 공부로 인해 얻을 수 있는 지위와 공적에만 관심을 기울인다면, 당장은 잘 나가는 것처럼 보인다 하더라도 예상치 못한 상황에 맞닥뜨렸을 때 너무도 허망하게 무너지고 말 것이다. 어려움을 겪어보지 않고 곱게 자라온 자녀를 위해서 강희맹은, 곤경에 빠졌을 때 스스로 헤쳐 나오면서 얻는 깨달음이 얼마나 중요한지를 강조했다. "창고에 갇히고 급하게 쫓기는 어려움을 피하지 말고, 마음에 스스로 터득함이 있어야 함을 늘 명심하거라. 소홀하게 생각하지 말아야 한다." 도둑 이야기를 맺으며 강희맹이 자녀에게 던진 말이다.

서두르지 말고 깊이 읽어 숙성시켜야

임진왜란 정국을 주도하고 《징비록》을 저술한 관료로 알려진 유성룡(1542~1607)은 퇴계 이황의 학통을 이은 학자이자 문장가이기도 했다. 그는 6남 3녀를 두었는데, 이들에게 보낸 편지 아홉 통이 문집에 실려 전한다. 그 대부분은 독서와 작문의 대상과 방법 및 태도에 대한 내용이다. 밤을 새우지 말고 규칙적이고 꾸준히 읽을 것, 성급하게 결과를 얻으려 하지 말고 느긋하게 반복하여 읽고 쓸 것, 정밀하게 살피고 의문을 품을 것, 사서(四書)를 자기 말처럼 구사할 정도로 외워서 내면화할 것 등을 강조했다.

그 가운데 여러 자녀에게 보낸 편지 한 편이 있다. 한창 공부해야 할 시기에 이런저런 우환을 만나서 세월을 허비하게 된 자녀들을 위로하고, 자신도 젊었을 때 공부에 집중하지 못하고 세월을 흘려보낸 경험이 있음을 말하는 것으로 서두를 열었다. 이어서 열아홉 살 때 관악산에 들어가서 《맹자》를 스무 번 읽고 외웠던 일, 고향 안동에 내려가서 《춘추》를 서른 번 읽고 문장의 흐름을 깨우친 일 등을 들려주었다. 이러한 집중적인 공부 덕분에 다행히 과거 시험에는 급제할 수 있었지만, 그때 사서를 백 번

이상 읽어서 학문에 성취를 이루지 못한 것이 아쉽다고 했다.

유성룡이 관악산에 들어가서 《맹자》를 읽은 일과 관련하여 다음과 같은 일화가 전한다. 그는 외딴 암자에 거처하며 먹고 자는 것마저 잊은 채 공부에 몰두했는데, 한밤중에 이따금 벽을 두드리는 소리가 들리는데도 전혀 개의치 않았다. 어느 날 한 승려가 불쑥 나타나서 깊은 산속에 혼자 있으면서 도둑이 겁나지 않느냐고 묻자, 유성룡은 빙긋이 웃으면서 "사람 마음이란 알 수 없는 것이니 그대가 도둑이 아니란 건 또 어찌 알겠소?"라고 말했다. 사실 그 승려는 유성룡이 남달리 공부를 열심히 한다는 말을 듣고 일부러 시험해 보려 한 것이었다. 그러나 아무리 의심나는 행동을 해도 한 치도 흐트러지지 않는 유성룡을 보고는 넙죽 절을 하며, 의지가 이토록 굳으니 큰 인물이 될 것이라고 말했다고 한다.

유성룡이 자신의 경험을 들어가며 이 편지에서 말하고자 한 것은, 책을 여러 번 집중해서 읽어야 한다는 데에 그치지 않는다. 당장 과거 시험에서 효과를 거두는 데에만 초점을 맞춘 글공부를 하지 말고 성현의 글을 깊이 읽어서 내면화해야 함을 강조했다.

> 요즘 서울의 젊은이들은 마치 시장에서 장사하는 사람과 같아서, 그저 어떻게 하면 빨리 성공할 수 있을지만 연구하고 있다. 성현의 글은 묶어서 다락에 치워두고, 남의 비위를 잘 맞추는 자잘한 글들만 날마다 찾아내어 그 표현을 모방하여 시험관의 눈에 들도록 맞춰 지어서 시험 합격에 성공하는 이가 많다. 그러나 이는 약삭빠르게 벼슬만 구하는 자들의 수법이지, 너희같이 우둔하고 명예 다투는 데 익숙하지 못한 사람이 쉽사리 본받을 것이 못된다. 못난이가 천하일색 서시(西施)를 흉내 내다가는 남의 웃음거리만 되고 말 뿐이다. 게다가 저들이 서시인 것도 아니고

내가 못난이도 아닐 바에야 굳이 치욕스럽게 저들을 따를 이유가 없지 않겠느냐? 배움을 이루고 못 이루는 것은 나에게 달린 일이고 세상에서 알아봐주고 그렇지 않는 것은 하늘에 달린 일이다. 내가 해야 할 일을 다 하고 나머지는 하늘에 맡길 뿐이다.

공부의 목적과 자세보다 그 현실적 결과를 더 중시하는 세태는 예나 지금이나 다르지 않다. 특히 시험에 합격하기 위한 공부에 치중하다 보면 우선순위와 관심이 온통 어떻게 하면 효율적으로 좋은 결과를 낼 수 있을지에 쏠리기 마련이다. 유성룡은 자녀들이 그런 세태에 휩쓸리지 않고 차분하게 자신의 인격과 실력을 숙성시켜 나가기를 바라는 마음을 편지로 전했다. 숙성은 시간의 축적을 필요로 하는 일이다. 당장의 성패에 연연하여 일희일비하는 것이 아니라, 나는 과연 내가 마땅히 해야 할 일을 부끄러움 없이 다 했는가를 스스로 묻는 것이야말로 진정한 공부라는 말이다.

독서에 집중하기 위해 산속의 절에 들어가 있던 자녀에게 보낸 다른 편지에서 유성룡은 "내 가장 좋아하는 건 소년 시절 산사에서 공부하던 즐거움이라네. 그 깊은 산 푸른 창을 밝히던 등불 하나."라는 이황의 시를 인용하고 이렇게 말했다. "평생 해나가는 많은 일이 모두 다 그 등불 하나에서 나오는 것이란다."

—

절망 속에 살아남는 법

—

조선 후기의 대표적인 실학자 정약용은 정조의 총애를 받으며 관직 생활을 했으나, 순조 즉위 직후 천주교 박해 사건에 연루되어 40세 이후 18년 동안 유배 생활을 하게 되었다. 이로 인해 그 자신이 정치 일선에서 물러났을 뿐 아니라 자손들마저 대대로 벼슬길에 나갈 수 없는 폐족이 되고 말았다.

조선 시대에 과거 시험을 통한 관료 진출의 길이 차단된다는 것은 양반으로서의 존재 가치가 무너져 내리는 절망을 의미했다. 정약용이 나라의 죄인으로 몰린 것은 격화된 당쟁과 맞물린 천주교 탄압으로 인한 것이지 자신의 잘못 때문이 아니었다. 그럼에도 불구하고 정약용은 아버지로서 자식들에게 이토록 누를 끼치게 된 부끄러움을 속죄하기 위해서 저술에 전념하는 것이라고 고백할 만큼 책임을 통감하며 가슴 아파했다.

이런 상황에서 정약용은 머나먼 유배지에 있으면서 자녀들에게 지속적으로 편지를 보냈다. 현전하는 70여 편의 편지는 어머니를 잘 보살펴 달라는 것과 자신에게 필요한 물품 및 서적을 부탁하는 내용으로부터 삶의 자세와 올바른 처신에 대한 당부, 독서와 저술과 문학에 대한 논의, 텃밭을 가꾸는 일에 이르기까지 다양한 내용을 담고 있다. 대개는 근검과 절의를 강조하며 의연한 논조를 보이지만, 유배된 이듬해 겨울에 네 살짜리 막내아들의 죽음을 전해 듣고 보낸 편지와 광지(壙志, 죽은 사람의 이름과 행적을 기록한 글로, 돌에 새겨 함께 묻음)에는 정약용 본인이 느낀 슬픔과 절망이 엿보인다.

> 네가 세상에 나왔다가 돌아가기까지가 겨우 만 3년뿐인데 그 중 나와 헤어져 산 것이 2년이나 된다. 사람 수명을 60년이라고 치면 그 중 40년 동안이나 부모와 헤어져 산 셈이니, 이 얼마나 슬픈 일이냐. 네가 태어났을 때 나의 근심이 깊어서 네 이름을 농(農)이라고 지었다. 우려하던 대로 집안에 화가 닥치면 너는 농사나 지으며 살아가겠지만 그래도 그것이 죽는

것보다는 나을 것이기 때문이다. 반면에 지금 나는 죽으면 기쁜 마음으로 이곳 유배지를 떠나 황령(黃嶺)을 넘고 열수(洌水)를 건너 훨훨 집에 돌아갈 수 있을 테니 죽는 것이 사는 것보다 낫다. 죽는 것이 사는 것보다 나은 나는 살아 있고, 사는 것이 죽는 것보다 나은 너는 죽었으니, 이는 내가 어찌할 수 있는 일이 아니로구나. 내가 네 곁에 있었다고 해서 너의 죽음을 반드시 막을 수는 없었겠지만, 네 어미가 보낸 편지를 보니 네가 "아버지가 돌아오시면 나는 홍역이고 천연두고 다 나을 거예요."라고 했다더구나. 네가 뭘 알아서 이런 말을 했겠느냐마는, 그래도 내가 돌아오는 것으로 마음의 의지를 삼으려 한 것이겠지. 그런데 너의 소원을 이루지 못했구나. 너무나 슬픈 일이다.

아버지를 알아볼 나이도 되기 전에 헤어진 아이였다. 아버지가 한 번 보내준 소라 껍데기 두 개가 너무 좋아서 유배지에서 사람이 올 때마다 소라 껍데기를 찾다가 없으면 풀이 꺾이곤 하던 아이였다. 그러나 자신은 아픈 아이가 눈에 밟혀도 보러 갈 수 없는 신세이다. 소라 껍데기나마 다시 보내주었지만, 그것이 도착할 때 아이는 이미 죽어가고 있었다. 한창 무릎에 앉히고 재롱 볼 나이의 자식을 두고서 머나먼 유배지에서 한 발짝도 나가지 못한 채 하염없이 바다만 바라보아야 하는 아버지의 슬픔이 애잔하게 전해지는 글이다.

그러나 이처럼 절망할 수밖에 없는 상황이 지속될수록 정약용은 자신을 지켜가기 위해 부단한 노력을 했고 자녀들에게도 이 점을 끊임없이 강조했다. 그가 남긴 500여 권의 방대한 저술은 바로 이러한 노력의 결실이었다. 정약용은 자녀들에게 "너희들이 책을 읽는 것이 나를 살리는 길이다."라고 말했다. 자신이 책을 쓰는 목적은 자녀들이 읽게 하기 위한 것인데 만약 읽지 않는다면 자신은 할 일 없이 진흙 인형처럼 멍하니 앉아 있다가 병이 나서 죽고 말 것이기 때문이라는 것이다.

> 내가 너희들의 의향을 살펴보니, 글공부를 그만두려 하는 것 같구나. 참으로 천한 무지렁이가 되고 말려는 것이냐? 벼슬길에 나아갈 수 있는 신분일 때는 글공부를 하지 않더라도 괜찮은 집안과 혼인도 할 수 있고 군역도 면제받을 수 있지만, 폐족이 되어서 글공부를 하지 않는다면 어떻게 되겠느냐. 글공부 자체야 그리 중요한 일이 아니라 할 수도 있지만, 배우지 않아서 예의가 없게 되면 짐승과 다를 것이 있겠느냐. 폐족 중에 뛰어난 인물들이 많은 것은, 다름이 아니라 과거 시험 공부에 얽매이지 않기 때문에 그런 것이다. 과거 시험에 응시할 수 없다고 해서 스스로 좌절해서는 절대 안 된다. 경전을 읽는 데에 온 마음을 다 기울여서 책 읽는 자손이 끊어지지 않게 하기를 간절히 바라고 바란다.

정약용이 멀리 떨어진 유배지에서 자녀들에게 공부할 것을 강조한 것은 출세를 위해서가 아니었다. 아니 오히려 출세의 길이 단절된 상황이기 때문에 진정한 공부를 할 수 있다고 보았다. 벼슬에 나가는 길은 막혔지만, 공부를 통해서 훌륭한 문장가가 되고 진리에 통달한 학자가 되며 궁극적으로 인격이 완성된 성인(聖人)이 되는 길은 얼마든지 열려 있다. 그럼으로써 폐족임에도 불구하고 남들의 인정을 받는다면 그것이야말로 폐족에서 벗어날 수 있는 유일한 희망이기도 하다. 정약용이 절망할 수밖에 없는 18년을 보내면서 자녀들에게 마음을 다해 전하고자 한 것은, 바로 이 간절한 희망이었다.

부모의 마음, 어떻게 표현하고 어떻게 읽을까

마음을 음성언어로 표현한 것이 말이고 그것을 다시 문자언어로 표현한 것이 글이다. 따라서 마음과 말과 글은 서로 긴밀하게 연결되어 있다. 하지만 동일한 시공간에서 대개 즉흥적으로 오가는 것이 말이라면, 글은 시간과 공간을 달리하여 더 신중하게 작성되고 오래도록 보존되는 특성을 가진다. 우리는 대체로 말할 때에 비해서 글 쓸 때 좀 더 많이 생각하고 준비하는 과정을 거치곤 한다. 특히 어떤 대상을 독자로 두고 쓰는 글의 경우, 그 대상이 친구이건 부모 혹은 자녀이건 간에 이 생각하고 준비하는 과정에는 자신을 돌아보는 성찰이 개입된다. 부모라고 해서 언제부터고 부모였던 것이 아니고, 자녀라고 해서 언제까지나 자녀로만 사는 것은 아니다. 그런 면에서 부모는 자녀에게 글을 쓰면서 한때 자녀이기도 했던 자신의 마음을 떠올리게 되며, 나아가 부모의 글을 읽는 자녀 역시 부모로서의 마음이 어떨지 조금은 헤아려보게 된다. 글로 표현되는 마음은 쓰는 이와 읽는 이 모두의 자기 성찰을 더 깊게 만드는 것이다.

말이든 글이든 간에, 표현하려는 내용뿐만 아니라 그것을 어떻게 표현하는가도 중요하다. 서두에 언급한 것처럼, 마음을 그대로 드러내다가 서로 상처를 주기 쉬운 것이 부모 자녀의 관계이다. 따라서 어떤 경우에는 그 자리에서 던지는 말보다는 시간을 가지고 생각을 정리하여 쓰는 글이 속마음을 더 잘 전달할 수도 있다. 같은 내용이라도 어떻게 표현할 것인지를 좀 더 깊이 고민하게 되기 때문이다. 강희맹은 도둑 이야기를 들어서 우회적으로 깨닫게 했고, 유성룡은 자신의 경험을 들어서 공감을 유도했으며, 정약용은 절망스러운 상황을 강조하여 절절하게 당부했다. 각기 방식은 다르지만 부모의 마음을 어떻게 하면 더 잘 전달할 수 있을지 고심한 결과라고 할 수 있다.

지나간 시대에 어떤 부모가 자기 자녀에게 준 글을 지금 우리가 읽어야 할 필요가 있을까? 조선 시대에 부모가 자녀에게 준 글들에서 강조된 것처럼 과거 시험에 합격하여 실력 있고 존경받는 인물이 되거나 경서를 읽어 학문과 인격을 닦는 일 등은 오늘 우리의 삶과는 거리가 있어 보인다. 그러나 시대의 차이와 특정인의 상황을 넘어서서 자녀를 향한 부모의 마음이 잔잔한 흥미와 공감, 그리고 깨달음으로 다가오는 대목이 있다면, 그 글은 바로 우리에게 주는 글로 읽을 수 있다. 문학은 서정과 서사에만 있는 것이 아니다. 교훈이 앙상한 교훈으로 끝나지 않고 흥미와 공감을 동반한 깨달음으로 이어질 때, 그 지점에도 문학이 존재한다.

- 송혁기

참고 문헌

유성룡 외 저, 정민·박동욱 편역, 《아버지의 편지》, 김영사, 2008.

정약용 저, 박석무 역, 《유배지에서 보낸 편지》, 창비, 2009.

정약용 저, 송기채 외 역, 《다산시문집》, 한국고전번역원, 1982~1994.

이민희, 《고전산문교육의 풍경》, 강원대학교 출판부, 2011.

홍성욱, 〈강희맹의 〈훈자오설〉고〉, 《대동한문학》 16, 2002.

五
생활공간에 붙인 이름에 담긴 의미

건물에 대한 기문의 전통

서울 경복궁에 있는 근정전(勤政殿)과 경회루(慶會樓)로부터 경주 안강에 있는 이언적(1491~1553)의 독락당(獨樂堂)에 이르기까지, 우리 조상들은 모든 건물에 이름을 짓고 이름을 판에 크게 써서 건물 가운데에 걸었다. 그리고 기문(記文)을 지어 건물을 짓게 된 내력을 서술하고 건물 주변의 풍경을 묘사하며 건물의 이름에 담긴 의미를 설명했다.

경복궁에 있는 경회루는 '경사스러운 모임을 행하는 누대'란 뜻이다. 이름 그대로 나라에 경사가 있거나 사신이 왔을 때 연회를 베풀던 곳으로 사용되었다. 이처럼 이름을 붙여주는 행위는 그 공간의 기능을 표시한다. 그러나 이뿐만이 아니다. 근정전은 경복궁의 정전(正殿)으로, 조선 시대 때 왕이 신하들의 조회를 받거나 왕의 즉위식이 거행되었던 곳이었다.

'근정(勤政)'이란 이름은 조선의 개국에 큰 공을 세운 삼봉(三峯) 정도전(1342~1398)이 붙인 것이다. 정도전은 〈근정전기〉의 첫 문장에서 "천하의 일은 부지런히 하면 다스려지고, 게으르면 황폐해지는 것은 당연한 이치이다."(《삼봉집》 권4)라고 했다. 이는 새로운 왕조를 건립하여 좋은 정치를 행하겠다는 포부를 담은 동시에, 백성들을 위한 정사를 열심히 펼쳐야 한다는 책무를 각인시킨 것이다. 임금과 신하들은 근정전에 들어설 때마다 '근정'이란 현판을 보며 백성을 위한 올바른 정치를 되새겼다. 이것이 바로 고명사의(顧名思義)의 정신, 건물의 이름을 돌아보며 이름에 담긴 의미를 생각하는 것이다.

이언적의 독락당과 같이 개인이 생활하는 공간도 마찬가지이다. 이언적은 40세에 사간원 사간에 임명되었는데, 권신(權臣) 김안로(1481~1537)의 재등용을 반대하다가 관직에서 쫓겨나 귀향한 후 독락당을 짓고 학문에 정진했다. 이언적은 '독락(獨樂, 홀로 즐김)'이란 이름에, 번잡한 세상사를 끊어버리고 성현의 글을 열심히 공부하며 홀로 이치를 깨치는 즐거움을 담았다.

선인들은 어떤 건물을 지으면 지인에게 건물 이름을 짓고 기문을 써 달라고 부탁을 했다. 부탁을 받은 사람은 건물의 위치와 건물 주인의 인품 등을 고려하여 건물 이름을 짓고 기문을 써 주었다. 특히 사대부가 거처하는 서재는 건물 주인의 학문이나 삶의 지향을 담아내는 이름이 많았다. 건물의 주인이 직접 이름을 짓고 기문을 쓰기도 했다. 이처럼 선인들은 자신의 생활공간에 이름을 붙여 인생의 지향을 담아내고 그 공간에 적극적인 의미를 부여했다. 이는 곧 생활공간과 그곳에 사는 사람이 일체가 되는 것이다. 이와 관련하여 정약용의 〈수오재기(守吾齋記)〉와 이학규의 〈포화옥기(匏花屋記)〉를 살펴본다.

나를 지키는 집 - 〈수오재기〉

〈수오재기(守吾齋記)〉는 조선 후기의 실학자 다산 정약용(1762~1836)이 지은 글이다. '수오재'는 정약용의 큰형인 정약현(1751~1821)의 서재 이름이다. 정약현은 서재를 '수오재'라 이름 짓고, 동생인 정약용에게 기문을 부탁했던 것이다.

〈수오재기〉는 크게 네 단락으로 구성되어 있다. 첫 단락에서는 '수오'라는 서재의 이름에 대한 의문을 제기했고, 두 번째 단락에서는 나를 지켜야 하는 이유를 밝혔다. 세 번째 단락에서는 나를 지키지 못하고 살아온 과거의 삶에 대해 반성했고, 마지막 단락에서는 〈수오재기〉를 쓰게 된 배경을 밝히면서 나를 지키는 삶의 중요성을 강조했다.

〈수오재기〉의 서두에서 정약용은 '나를 지키는 집'이란 뜻을 가진 서재의 이름에 의문을 제기한다. 나와 단단히 연결되어 서로 떠날 수 없기로는 '나'보다 더한 것이 없고, 비록 '지키지' 않는다 한들 '나'가 어디로 갈 것인가 하고 말이다. 의문의 요점은 굳이 '나(吾)'를 '지킬(守)' 필요가 있는가 하는 것이다.

'수오(守吾)'라는 서재의 이름에 대해 가졌던 정약용의 의문은 경상도 장기(지금의 경북 포항시 장기면)로 유배 온 뒤에 풀렸다. 〈수오재기〉는 정약용이 40세 되던 1801년(순조 1)에 지은 것이다. 정약용은 신유사옥에 연루되어 경상도 장기로 유배 와 있었다. 정약용은 "천하 만물 중에서 지켜야 할 것은 오직 '나'뿐이다."라고 말하며, '수오'가 필요한 이유를 다음과 같이 말했다.

유독 이른바 '나'라는 것은 그 성질이 달아나길 잘하며 들고남을 종잡을 수 없다. 비록 친밀하기 짝이 없어 바싹 붙어 있어서 배반할 수 없을 것 같다가도, 잠깐이라도 살피지 않으면 가지 못하는 곳이 없다. 이익과 벼슬이 유혹하면 가버리고, 위세와 재앙이 두렵게 하면 가버리고, 궁상각치우의 아름다운 음악 소리가 흐르는 것을 들으면 가버리고, 푸른 눈썹 흰 이를 가진 미인의 아름다운 자태를 보면 가버린다. 가서는 돌아올 줄 모르니 잡아도 끌어올 수가 없다. 그러므로 천하에 '나'처럼 잃기 쉬운 것이 없다. 굴레를 씌우고 동아줄로 동이고 빗장으로 잠그고 자물쇠를 채워서 굳게 지켜야 하지 않겠는가?

인간이 생활하는 데 꼭 필요한 것이 의식주이다. 식량을 생산할 농토가 있어야 하고, 살 집이 있어야 하며, 입을 옷이 있어야 한다. 그리고 정약용과 같은 사대부들은 성현의 말씀이 담긴 책이 있어야 한다. 그러나 이것들 중에는 남들이 나에게서 완전히 없애지 못하는 것도 있고, 또 다른 것으로 대체 가능한 것도 있다. 따라서 내가 이것들을 꼭 지켜야 하는 것은 아니다.

그러나 '나'는 이것들과는 다르다. 달아나기를 잘하고 들고남을 종잡을 수 없으며, 한번 떠나가면 돌아올 줄을 모른다. 이익으로 유혹하면 떠나가고 재앙으로 겁을 주면 떠나간다. 그만큼 '나'라는 것은 성공에의 욕망이나 주변의 유혹에 끌려 다니기 쉽다. 따라서 '나'는 신경 써서 지키지 않으면 안 된다.

세 번째 단락에서 정약용은 "나는 '나'를 허투루 간수했다가 '나'를 잃은 사람이다."라고 했다. 젊은 시절 출세를 하려고 과거 공부에 매달렸던 자신, 관직에 발을 들여놓은 이후 일에 빠져 살았던 자신을 되돌아보았다.

지금 정약용의 처지는 고향의 가족과 헤어져 멀리 유배 와 있는 유배객일 뿐이다. 정약용은 자기 자신에게 물어본다. 어째서 자네는 여기까지 왔으며, 고향으로 돌아가지 못하고 있느냐고 말이다. 이 모든 것은 정약용 자신이 '수오'를 망각한 때문이다. 요컨대 〈수오재기〉에는 젊은 시절 세속적 욕망을 쫓아다니다가 '본질적 자아'인 '나'를 지키지 못했다는 후회와 반성이 담겨 있다.

정약용은 22세인 1783년(정조 7) 진사가 되어 성균관에 들어가 과거 공부에 매진했다. 이후 28세인 1789년(정조 13) 문과에 합격하여 초계문신(抄啓文臣)이 되었다. 초계문신은 정조가 마련한 인재 양성 제도로, 37세 이하의 젊고 재능 있는 문신(文臣)을 선발하여 규장각에 위탁 교육을 시키고 40세가 되면 졸업시키는 제도였다. 이후 정약용은 10년 동안 정조의 특별한 총애 속에 예문관 검열, 사간원 정언, 사헌부 지평, 홍문관 수찬 등을 거쳐 좌부승지, 병조 참지, 형조 참의 등의 관직을 두루 역임했다. 특히 1789년 한강에 배다리〔舟橋〕를 준공하고, 1793년 수원성을 설계하는 등 정조의 중점 사업에 큰 역할을 담당했다.

1800년(정조 24) 정조가 갑자기 승하하고, 이듬해인 1801년 신유사옥이 일어나면서 정약용은 중앙의 정계와 완전히 결별하게 되었다. 신유사옥은 천주교도를 박해한 사건인데, 여기에는 노론 집권 세력이 남인을 정계에서 축출하려는 정치적 의도가 깔려 있었다. 정약용은 남인이었는데, 이때 정약용 집안은 풍비박산 되었다. 정약용 집안은 천주교와 관련된 사람이 많았다. 셋째 형 정약종(1760~1801)은 천주교 지도자였다. 우리나라 최초로 천주교 세례를 받은 이승훈(1756~1801)은 정약용의 매부였다. 큰형 정약현의 사위는 독실한 천주교 신자로 백서 사건(帛書事件)을 일으켰던 황사영(1775~1801)이었다.

1801년 신유사옥으로 정약종, 이승훈, 황사영은 참형을 당했으며, 둘째 형 정약전(1758~1816)은 신지도를 거쳐 흑산도에 유배되었다. 정약현의 큰딸이자 황사영의 부인인 명련은 제주도로 유배되어 노비가 되었다. 정약용 역시 경상도 장기로 유배되었다가 바로 전라도 강진으로 옮겨져서 18년 동안 유배 생활을 했다. 오직 큰형 정약현만이 화를 면했을 뿐이다.

〈수오재기〉의 말미에서 정약용은 자신과 둘째 형님은 유배를 당했는데, 오직 큰형님만이 '나'를 잃지 않아서 수오재에 단정히 앉아 계신다고 했다. 그러면서 자신을 지키는 것이 가장 중요한 일이라고 힘주어 말했다. 정약용은 유배된 뒤에 비로소 '수오'의 중요성을 뼈저리게 깨달았던 것이다.

'다산(茶山)'이란 호는 정약용이 강진 유배 시절 '초당(草堂, 초가집)'에 붙인 이름이다. 그 전에는 '여유당(與猶堂)'이란 호를 사용했다. 정약용은 1800년(정조 24) 자신의 천주교 연루 문제가 정치적 반대파에 의해 거론되자, 정조에게 사직의 뜻을 표하고 고향인 마현리(지금의 경기도 남양주시 조안면 능내리)로 돌아왔다. 이때 자기 방의 이름을 '여유당'이라 하고, 〈여유당기〉를 지었다. '여유(與猶)'라는 말은 '살얼음 낀 겨울 시내를 건너듯', '사방에서 노려보는 사람들 사이를 걸어가듯'이란 의미를 지닌다. '여유'라는 이름에는 극도로 불안한 정약용의 정치적 입지가 반영되어 있다. 정약용은 〈여유당기〉에서 젊은 시절 말과 행동을 지나치게 단호하게 하고 전혀 타협할 줄 몰랐던 무모함을 다음과 같이 반성했다.

> 내 병을 내가 스스로 안다. 용감하되 무모하고, 선을 좋아하되 가릴 줄 모른다. 마음이 내키면 곧장 실천해서 회의하거나 두려워하지 않는다. (중략) 이런 까닭에 어려 몽매할 때는 이단으로 치달리면서도 의심하지 않

았고, 자라서는 과거 시험에 빠져 뒤도 돌아보지 않았으며, 삼십대에는 기왕의 일들을 깊이 후회하면서도 두려워하지 않았다. 이러니 한없이 선을 좋아했어도 비방은 유독 많이 받았다. 아! 이 또한 운명인가? 성격 때문이다. 내 어찌 감히 운명이라 말하겠는가?

정약용은 무모한 성격으로 인해 어려서 이단에 빠지고 자라서는 과거 시험에 몰두하며 삼십대 벼슬에 나가서는 거침없이 일을 처리한 것을 후회했다. 자신이 세상의 표적이 된 것은 하늘이 내린 운명이 아니라 자신의 무모한 성격 탓이라 했다. 그리하여 정약용은 자기 방에 '여유'라는 이름을 붙이며, 겨울 시내를 건너듯 신중하게 살아야겠다고 다짐했다. 〈여유당기〉에서의 자기반성이 〈수오재기〉에서는 나를 지키는 삶의 깨달음으로 나아갔다고 볼 수 있다.

정약용은 18년 동안 유배 생활을 하면서《경세유표(經世遺表)》,《목민심서(牧民心書)》,《흠흠신서(欽欽新書)》 등을 저술하여 조선 후기 실학을 집대성했다. 그리고 유배 생활 동안 외부 환경에 굴하지 않고 학문에 정진하며 학자로서의 본분과 사대부로서의 책무를 다했다. 1801년 〈수오재기〉에서 "천하 만물 중에서 지켜야 할 것은 오직 '나'뿐이다."라고 다짐했던 것이, 18년이라는 길고 힘든 유배 생활을 견디게 한 힘이었던 것이다.

내가 사는 집 - 〈포화옥기〉

〈포화옥기(匏花屋記)〉는 낙하생(洛下生) 이학규(1770~1835)가 지은 글이다. 이학규는 유복자로 태어나 어린 시절 외가에서 교육을 받으며 자랐다. 외가는 조선 후기 실학자이자 남인 명문가인 성호 이익(1681~1763)의 집안이다. 외할아버지는 당시 재야에서 문명(文名)이 높았던 이용휴(1708~1782)이며, 외삼촌은 정조가 채제공(1720~1799)의 후계자로 꼽았던 이가환(1742~1801)이다. 이학규는 약관의 나이에 정조로부터 재능을 인정받아 벼슬이 없는 상태에서 《규장전운(奎章全韻)》의 편찬에 참여하기도 했다.

그러나 정약용과 마찬가지로 이학규는 32세인 1801년(순조 1) 신유사옥에 연루되어 유배 길에 올랐으며, 이후 무려 24년 동안 경상도 김해에서 유배 생활을 했다. 이학규 자신은 천주교와 무관하다는 것이 밝혀졌으나, 가문 내에 천주교와 깊이 연관된 자가 있었기 때문에 유배되었던 것이다. 이학규의 삼종숙은 이승훈이고, 내종제는 황사영이었다.

이학규는 전라도 강진에 유배된 정약용과 편지를 주고받으며 유배객으로서의 울분을 해소하는 한편 학문적·문학적 교류를 나누었다. 저술 활동에 힘쓰며 오랜 유배 생활을 버텼지만, 이 기간 동안 이학규의 삶은 고통의 연속이었다. 가난한 생활을 하며 배고픔을 참고 견뎌야 했기 때문이다. 더욱이 유배 기간 동안 어린 두 자식, 아내와 어머니를 저세상으로 떠나보냈다. 이학규는 가족의 임종을 함께하지도 못한 채 유배지인 김해에서 홀로 슬픔을 삼켜야 했다.

〈포화옥기〉는 유배 생활이 10여 년 지난 1812년에서 1813년 사이에 지어진 글이다. '포화옥'은 이학규가 유배지에서 머물던 집에 붙인 이름이다. '포화'는 '박꽃'이란 뜻이다. 이학규가 기숙하던 여관방을 박 넝쿨이 둘러싸고 있었기 때문에 '포화옥'이라 했다. 유배 온 처지라 하지만 사대부가 지내는 집의 이름으로 '포화'는 어울리지 않는다. 이학규는 집 이름을 왜 '포화'라 했을까?

〈포화옥기〉는 이학규와 나그네의 대화 형식으로 구성되어 있다. 내용은 크게 이학규가 자신의 집에 대한 불만을 하소연하는 부분과 나그네가 하소연을 듣고 이야기하는 부분이다. 나그네는 여관에서 잠을 이루지 못하는 장사치와 여관에 살면서 천수를 누리는 노비 이야기를 들려준다. 그러고 나서 이학규에게, 불평하면서 스스로를 병들게 하지 말고 운명을 편안하게 받아들이는 삶을 살라고 충고한다.

이학규가 자신의 집에 대해 가진 불만은 이러하다. 방이 너무 좁고 낮아서 인사를 하려면 갓이 천장에 닿고 잠을 자려면 무릎을 구부려야 한다. 한여름에 너무 더워서 박을 심어 넝쿨로 집을 덮어 그늘지게 했다. 그런데 박 넝쿨 때문에 모기가 기승을 부려 긁느라 지치고, 뱀이 서식하여 밤길이 무섭다. 이를 신경 쓰다 보니 지병이 심해지고 가슴이 답답하여 못 살 지경이다.

나그네는 이학규의 하소연을 듣고 자신이 젊은 시절 장사할 때 한여름 여관에 투숙했던 경험을 이야기한다. 서늘한 내실은 수령과 보좌하는 관원이 차지하고, 바람 부는 곁채와 시원한 평상은 아전과 역졸들이 차지한다. 장사치들은 갈라진 벽에 겨우 대자리를 깔아놓은 허름한 곳에서 잠을 잔다. 가마솥같이 더운 방에서 여러 명이 모여 자다 보면, 고약한 액취나 방귀 냄새 등의 악취와 이 가는 소리나 잠꼬대하는 소리 등의 소음에 시달린다. 이 때문에 편히 잠을 들지 못하고 뒤척이다가 결국 옷가지를 집어 들고 부엌 바닥이나 방앗간, 외양간이나 마구간 등으로 잠자리를 네댓 번씩 옮긴다.

그런데 여관에 사는 노비는 이들과는 다르다. 때가 꼬질꼬질한 얼굴에 다 헤진 옷을 입고 소나 말처럼 분주히 오가며 열심히 일한다. 여관 손님에게 빌붙어 끼니를 해결하며 버려진 음식도 달게 먹는다. 그러고는 눕자

마자 곧이 잠이 든다. 한여름에도 마치 선선한 방에서 잠든 것처럼 말이다. 이렇게 입고 먹고 자는 데도 아무 병도 없이 튼튼하기만 하다. 나그네가 보기에 노비는 특별한 재앙 없이 천수를 누릴 듯하다. 그 이유는 무엇인가? 나그네는 다음과 같이 말한다.

"그 사람은 자기가 사는 곳을 여관으로 생각하며, 지금의 삶을 본래 정해진 운명이라 여깁니다. 온갖 걱정과 근심으로 자기 마음을 상하게 하는 일도 없고, 끙끙거리며 탄식하느라 기운을 허하게 하는 일도 없지요. 그래서 재앙을 특별히 겪지 않고 천수를 누릴 사람이랍니다."

여관의 노비가 건강하게 살아가는 것은 자신에게 정해진 운명을 받아들이고 지금의 삶에 만족하며 살기 때문이다. 노비는 '자기가 사는 곳을 여관'으로 생각한다고 했는데, 여기서 '여관'은 특별한 의미를 지닌다. 인용문과 이어지는 곳에서 나그네는 "지금 이 세상은 살아 있는 사람을 봉양하고 죽은 사람을 장사 지내는 여관과 같은 곳입니다."라고 했다. 나그네가 보기에 사람들이 사는 이 세상은 여관과 다름이 없다는 것이다. 이는 당나라 이백이 〈춘야연도리원서(春夜宴桃李園序)〉에서 "천지는 만물이 깃들어 사는 여관이다."라고 말했던 것과 궤를 같이한다. 이런 관점에서 보면 노비가 사는 여관이든 왕이 사는 궁궐이든 모두 여관이기는 마찬가지가 된다. 따라서 온갖 객들이 북적대는 더러운 여관방이라 하여 불평할 이유가 없는 것이다. 나그네는 이학규에게 다음과 같이 말하며 이야기를 끝맺는다.

"저 여관집의 노비는 일자무식한 사람입니다. 다만 그는 여관을 여관으로 여기면서, 음식도 잘 먹고 하루하루를 지내니, 추위와 더위도 그를 해치지 못하고 질병도 해를 입히지 못한답니다. 그대는 도를 지키고 운명에 순종하며, 소박하고 솔직한 태도로 행하는 분입니다. 그런데 여관 중의 여관에서 지내면서도 여관을 여관으로 생각하지 않으십니다. 자기 스스로 화를 돋우고 들볶아 원기를 손상시키니, 병이 생겨 거의 죽을 지경에 이르렀습니다. 그대가 배우기를 바라는 것은 옛날 성현의 말씀인데도, 오히려 여관집의 노비가 하는 것처럼도 하지 못하는구려."

일자무식한 여관의 노비조차도 정해진 운명을 받아들이고 자신의 삶에 만족하며 건강한 삶을 산다. 이학규는 현재 여관에서 지낸다. 이 세상을 여관으로 본다면, 이학규는 여관 중의 여관에서 지내는 것이 된다. 자기가 지내는 공간에 대해 전혀 집착할 필요가 없는 것이다. 이학규는 노비보다 신분도 높고, 더욱이 성현의 말씀을 공부하는 사대부이다. 그런데도 이학규는 자신이 지내는 여관방에 대해 불평하면서 스스로 화를 돋우며 병을 불러들이고 있다. 요컨대 이학규는 세상을 살아가는 자세가 여관집의 노비보다도 못하다는 것이다.

이학규는 "나그네의 말을 서술하여 벽에 적고 이를 '포화옥기'라 한다."라고 하며 글을 맺었다. 이학규가 자신의 집 이름을 '포화'라 지은 이유는 여기에 있다. 박 넝쿨 때문에 살기가 힘들다고 하소연했지만, 그로 인해 지금의 삶을 운명으로 받아들이고 편안히 살아갈 수 있는 마음의 안정을 얻었다. 결국 '포화'가 이학규를 새로운 삶을 깨달을 수 있도록 이끌어준 것이다.

고명사의(顧名思義)의 정신

집에 이름을 짓고 집의 내력이나 이름의 의미 등을 기문으로 써서 남기는 전통은 근대 이후에 단절되었다. 오늘날 도시 생활 속에서 집이나 방은 주거 공간 이상의 의미가 없다. 우리가 살고 있는 아파트는 동호수로 기억될 뿐이다. 아파트 단지의 초석(礎石) 따위에 공사 기간, 준공일, 건설회사, 건설비용 등이 적혀 있어서 건물의 내력을 조금이나마 알 뿐이다. 때문에 우리는 자기 공간에 대한 애정이 거의 없다. 경제적 가치로 환원된 집착이 있을 뿐이다.

정약용의 〈수오재기〉와 이학규의 〈포화옥기〉를 통해 살펴보았듯이, 선인들은 생활하는 공간에 이름을 붙이고 이름의 의미를 서술하는 기문을 지었다. 이를 통해 자신의 삶을 되돌아보고 앞으로 살아갈 인생의 방향을 다시 정립하고자 했다. 정약용은 〈수오재기〉를 쓰면서 본질적 자아를 상실했던 지난날을 반성하며, 유배 온 처지지만 자기를 올곧게 지켜야겠다고 다짐했다. 이학규는 〈포화옥기〉를 통해, 유배지에서의 힘든 생활을 불평하지 말고 현재 자신의 삶을 운명으로 받아들이며 마음의 안정을 얻었다.

이러한 행위는 사회 속에서 자기의 정체성을 확인하고 자기 존재를 긍정하는 과정이며, 결국 상처의 치유와 극복을 가능케 한다. 현대사회에서 인간성의 상실은 자기 정체성의 혼란과 비정상적인 사회화 과정과 무관치 않다. 이런 점에서 현대를 살아가는 우리에게 집에 이름을 붙이고 기문을 짓는 전통은 다시 음미해 볼 가치가 있는 것이다.

이제 자기가 생활하는 방이나 학교의 교실, 회사의 사무실에 이름을 붙여보자. 그리고 그 이름을 짓게 된 이유를 글로 적어보자. 자기가 생활하는 공간의 이름을 볼 때마다 그 의미를 되새겨 본다면, 공간에 애착이 생기고 자기 삶의 의미를 찾는 하나의 계기가 될 수 있을 것이다.

- 안세현

참고 문헌

박무영 옮김,《정약용 산문선 - 뜬세상의 아름다움》, 태학사, 2001.

정우봉 옮김,《이학규 산문선 - 아침은 언제 오는가》, 태학사, 2006.

안세현,《누정기를 통해 본 한국한문산문사》, 고려대학교 민족문화연구원, 2015.

정우봉, 〈낙하생 이학규의 산문세계〉,《한국실학연구》 6, 한국실학학회, 2003.

조상우, 〈〈수오재기〉의 의미 분석과 교육적 활용〉,《동양고전연구》 48, 동양고전학회, 2012.

一二三四五六七八九十

예교의 속박에서 벗어나 참된 지기를 찾아

중세 신분제 사회에서 우도(友道)의 의미는?

잘 알다시피 조선 시대는 양반·중인·상인·천민으로 구성된 엄격한 신분제 사회였다. 조선 왕조의 통치 이념인 성리학은 신분제 사회의 이론적 토대를 제공했으니, 성리학의 근본 도덕률인 삼강오륜에서부터 이 점이 잘 드러난다. 군위신강(君爲臣綱)·부위자강(父爲子綱)·부위부강(夫爲婦綱)의 삼강은 임금과 신하, 아비와 자식, 남편과 아내 사이에 마땅히 지켜야 할 도리를 규정한 것이다. 여기에서 '강(綱)'이란 인간이 지켜야 할 당위적 규범이란 뜻이다. '전자(임금·아비·남편)가 후자(신하·자식·아내)의 벼리(綱)가 된다'는 말은 전자가 후자의 행위를 규정하는 당위적 존재라는 선언적 의미를 담고 있다. 오륜은 부자유친(父子有親)·군신유의(君臣有義)·부부유별(夫婦有別)·장유유서(長幼有序)·붕우유신(朋友有信)의 다섯 가지 도덕규범을 말한다. 여기에서 아비와 자식, 임금과 신하, 남편과 아내, 어른과 아이의 도리를 규정한 것은 삼강과 마찬가지로 위계질서를 전제로 한 차별적 윤리규범에 속한다. 수직적 위계질서에 따른 도덕률인 삼강오륜은 곧바로 계층 간의 차별을 전제로 한 신분제 사회의 윤리규범으로 작동하게 되는 것이다.

그런데 오륜의 마지막에 위치한 붕우유신은 앞의 윤리규범과는 그 성질을 전혀 달리한다. 벗 사귐의 도리를 규정한 붕우유신은 수직적 차별의 윤리가 아니라 수평적 평등의 윤리규범인 것이다. 이에 신분제가 동요되며 평등의 기운이 싹트는 조선 후기에 이르러 붕우유신의 윤리는 이전에 비해 각별한 의미를 지니게 된다. 18세기의 실학자 박지원이 "부자·군신·부부·장유 간의 도리는 붕우 간의 신의가 없으면 어떻게 될 것인가? …… 우도(友道)가 끝에 놓인 이유는 뒤에서 (앞의 네 가지) 인륜을 통섭케 하려는 것이다."(〈방경각외전자서〉)라고 하여, 우도를 남달리 중시한 것은 이러한 시대적 의미를 간파한 발언인 것이다.

한편 벗 사이의 신의를 중시하는 인물 유형으로 동아시아 한자문명권에서는 유협(游俠)의 전통이 있어왔다. 일찍이 사마천이 《사기》를 저술하면서 〈유협열전(游俠列傳)〉을 입전하였는바, 유협의 전통은 그만큼 역사가 유구하다. 사나이다운 기질과 신의를 중시하는 유협의 인물형은 조선 후기 우도를 중시하는 관념 속에서 더욱 관심을 끌게 된다. 마씨 성의 기사(騎士)와 두 자매의 복수 이야기를 그린 〈서마기사사〉와 〈기이검희사〉는 유협의 전통 속에서 포착된 인물 형상에 속한다. 이에 비해 〈최칠칠전〉과 〈유우춘전〉은 예술가의 자의식을 다룬 이야기들이다. 화공(畫工)과 악공(樂工)이란 말이 뜻하듯 조선 시대에 그림이나 음악은 한낱 공인(工人)의 기예로 치부되며 천시되었다. 조선 후기 상품 화폐 경제의 발달에 따라 성장한 예술가는 자신의 기예를 진정으로 이해해 줄 수 있는 지기(知己)를 갈구하였는바, 이는 신분적 속박과 예술의 자유 사이에서의 갈등을 내포한 것이기도 했다. 이들 작품을 통해 전통 사회에서 참된 벗 사귐의 도리가 어떠했으며, 그것이 뜻하는 바는 무엇인지에 대해 생각해 볼 수 있을 것이다.

—

유협의 전통과 우도의 중시 - 〈서마기사사〉, 〈기이검희사〉

—

〈서마기사사(書馬騎士事)〉는 신광수(1712~1775)가 그의 아우 신광하가 전해준 이인(異人) 마 기사의 행적을 기술한 글이다. 신광수는 18세기 당대 현실을 실감나게 묘사하고 우리나라의 신화와 역사를 소재로 한 민요풍의 한시 작가로 유명한 문인이다. 신광수는 무슨 이유로 일면식도 없는 마 기사란 인물에 대한 기록을 남기게 되었을까? "애오라지 늦기 전에 한 번 만나는 행운을 기대하거니와, 늙도록 끝내 만나지 못하면 이 글로써 마 기사와의 만남을 대신할 것이다."라고 결말을 맺고 있는 데서, 그에 대한 비상한 관심이 작품의 창작 동기였음을 알 수 있다. 신광수의 아우인 신광하가 벽제역에서 만난 마 기사는 8척 장신에 호사스런 차림새를 하고 시에도 조예가 깊은 인물인데, 형님 신광수의 시구를 뛰어나다며 암송하기도 했다. 작품은 이에 관심을 느낀 신광수가 마 기사를 추적하는 방식으로 서사가 전개되고 있는데, 이 과정에서 드러나는 마 기사의 행적은 다음과 같다.

마 기사는 평안도 출신의 평민으로 술과 시를 좋아하며 검술에도 뛰어난 유협이었다. 정을 나누던 평양 기생이 변심하자 그녀를 죽이고 몇 년간 강호에 몸을 숨겼다가, 우리나라 각지의 명산을 주유하고는 바다 건너 제주도까지 유람하며 백록담에도 올랐다. 유람은 모름지기 기인(奇人)과 함께 해야 한다고 말하는 그의 유람 모습은 다음과 같다.

> 나의 친구 중 초서를 잘 쓰는 사람이 있어서 산수 간을 노닐 적에는 늘 함께 갔습니다. 내가 좋은 경치를 만나 시를 얻으면 반드시 그 친구로 하여금 먹을 흠뻑 갈아 암벽 위에다 한번 휘갈겨 씁니다. 그러고 나서는 버리고 떠나 다시 기록으로 남기지 않지요.

마 기사는 여행 도중 초서 잘 쓰는 친구가 죽자 그를 묻어주고는 한동안 유람을 다니지 않다가, 훗날 시와 음률에 뛰어난 동생(董生)이란 이를 만나 다시 유람을 지속하게 된다. 동생은 중국 천하를 유람하고자 하여 역관에게 몸을 팔아 중국 땅을 여행하기도 했던 사람인바, 마 기사만큼 유람에 미친 이라고 할 것이다. 가족과 생계를 아랑곳하지 않고 천하의 산수를 주유하며 시서와 음률을 즐기는 이들의 유람 벽(癖)은 어떤 의미를 지니는 것일까? '유협(游俠)'이란 말 자체가 떠돌이 협객이란 뜻이거니와, 세속적 생활 규범에 안주하지 못한 이들은 산수를 유람하며 예술적 취향을 같이하는 이들과의 우정 속에서 삶의 의미를 찾았던 것으로 이해된다. 초서 잘 쓰는 친구가 죽고 나서 동생을 만나기까지 마 기사가 한동안 유람을 그만둔 것은 예술적 취향을 함께하는 벗이 없는 유람에서 전혀 의미를 찾을 수 없었기 때문일 것이다.

아우로부터 마 기사의 기이한 행적을 전해 들은 신광수는 그가 송도(松都) 마씨가 아닌가 추정하며, 마 기사를 만나보기 위해 자신의 시를 벽제역에 붙여놓으려고 한다. 그러던 중 마 기사가 황해도 사람으로 개성을 왕래하며 장사하는 인물이라는 소식을 접하기도 하나, 끝내 대면하지는 못한다. 신광수가 마 기사에 대해 이처럼 관심을 가지고 추적한 것은 평민 출신으로 뛰어난 시재를 지니고 기이한 행동을 일삼는 이유에 대한 호기심에서 비롯되었다.

> 마 기사는 세상에 드문 기이한 사나이로 기병(騎兵)으로 숨은 자일 것이다. 사람들이 매양 옛날의 호걸이나 기인은 지금 세상에서 다시 볼 수 없다고들 하는데, 이 마 기사야말로 그런 사람이 아니겠는가? (중략) 내가 마 기사의 시를 보건대, 호탕하고 비장·격렬하여 옛 유협의 강개한 풍이 있다. 대개 마음에 불평이 있는 자의 울림일 것이다.

신광수의 마 기사에 대한 비상한 관심은 일체의 세속적 굴레를 떨쳐버리고 산수 간을 떠돌며 벗들과 예술을 즐기는 마 기사의 자유로운 정신에 깊이 공감한 데서 나온 것이다. 비장하고 격렬한 그의 시는 마음속 억누를 수 없는 불평한 심기의 표출이라는 말에서 마 기사의 기이한 행동이 세속의 규범과 불합리한 현실에 대한 저항의 의미 또한 담고 있음을 알 수 있다. 신광수가 일면식도 없는 마 기사의 행적을 작품으로 남긴 것은 마 기사야말로 자신의 참된 지우(知友)라는 선언적 의미가 담긴 것으로 볼 수 있다.

〈기이검희사(記二劒姬事)〉는 유만주(1755~1788)가 쓴 글로, 부친의 복수를 한 자매의 이야기를 기록한 것이다. 유만주는 명문가에서 태어났으나 과거 공부에는 관심을 두지 않고 책읽기에 몰두하다가 34세의 나이로 요절한 문인이다. 그가 21세 때부터 10년간 겪은 일을 기록한 일기《흠영(欽英)》에는 방대한 독서 편력과 함께 그가 견문한 이야기 또한 다수 들어 있다. 〈기이검희사〉는 그의 문집 《통원문고(通園文藁)》에 '기문(記聞)'이라는 제목 아래 수록되어 있는데, '들은 바를 기록한다'는 제목이 세상사에 대한 작자의 관심과 기록 정신을 짐작하게 한다. 이 작품은 정시한(1625~1707)이라는 인물이 겪은 기이한 일을 기록한 것으로, 그 줄거리는 대략 다음과 같다.

정시한은 남인 중 명망이 있던 인물로 원주에 은거하고 있었는데, 어느 날 두 젊은이가 찾아온다. 공의 맑은 인품을 사모하여 늘 뵙기를 원하던 차에 이르렀다고 하는 그들의 용모와 행동거지를 가상히 여긴 정시한이 집에 머물게 한다. 저녁이 되어 밥상을 차려주자 두 젊은이는 밥을 사양하고 술을 조금 달라 하여 나눠 마시고 절반가량을 남겨둔다. 한밤중 잠에서 깬 정시한이 보니 옷을 차려입은 두 젊은이 앞에 장검 두 자루가 놓여 있어 그 연유를 묻자, 다음과 같이 대답한다.

"우리 두 사람은 여자 형제입니다. 어머니가 죽자 들어온 후처가 다른 남자와 사통하여 함께 부친을 살해했습니다. 우리는 부친의 원수를 갚고자 하여 남복을 하고 집을 나와 검술에 능한 이를 찾아가 검술을 익혔습니다. 몇 년이 지나자 검술이 뛰어난 경지에 이르렀으나 원수는 갚지 못했습니다. 지금 두 악한이 이 부근 객점에 머물러 있으니 오늘에야 원수를 갚을 수 있을 것입니다. 그렇지만 우리는 여자인지라 비록 남복을 했지만 행동거지가 불편한데, 공이 대인이라는 소문을 들었고 집 또한 정결하여 잡객(雜客)이 없기에 감히 찾아와 유숙한 것입니다."

말을 마치고 난 두 사람은 남은 술을 나누어 마시고 건장한 사내종으로 돕게 하겠다는 정시한의 도움을 거절한 채 표연히 떠난다. 그 행동을 기이하게 여긴 정시한이 사람을 시켜 탐지하게 하니, 서울에서 온 남녀 두 사람이 칼에 찔려 죽었는데, 찌른 자가 누군지는 알 수 없다고 한다.

이야기는 여기서 끝이 난다. 그리고 마지막에, 정시한은 마음속으로 두 소녀가 한 것임을 알고는 기이한 일로 여겨 세상에 전했다는 말이 덧붙어져 있다.

자매가 찾아간 정시한은 평생 벼슬길을 멀리하면서 고향 원주에서 학문에 전념한 성리학자이다. 남인에 속한 그는 숙종 연간 서인과 남인의 치열한 정쟁 속에서 당파적 입장을 떠나 일관되게 의리론에 따라 처신하여 높은 평판을 받은 인물이다. 작품의 골자는 어린 자매가 남복을 하고 검술을 익혀 부친의 원수를 갚는 것인데, 정시한이 겪은 하루 동안의 일로 서사가 진행되고 있다. 자매는 정시한의 맑은 인품을 일찍부터 흠모하여 찾아왔다고 했으며, 정시한이 한밤중에 깨어나 장검을 보고도 놀라지 않는 것을 보고 진정한 대인이라고 감복한다. 자매가 자신의 이력을 소상히 털어놓고 정시한의 집을 찾아 유숙한 연유를 아뢰는 데서는 부친의 원수를 죽이려는 자신들의 뜻을 진정 이해해 줄 사람이라는 믿음이 깔려 있다. 건장한 종을 시켜 자매의 복수를 돕고자 한 것은 정시한 또한 이들의 의기에 감동했음을 말해준다. 기이한 일로 여겨 세상에 이야기를 전했다는 결말에서, 여성의 몸으로 부친의 원수를 갚은 이들의 의기를 정시한이 널리 선양하고자 했음을 알 수 있다. 두 자매는 정시한에게서 의기를 중시여기는 대인의 풍모를 발견했으며, 정시한 또한 이들에게서 의리를 목숨보다 중히 여기는 진정한 협객의 풍모를 발견했던 것이다. 이는 불의를 응징하는 의협심을 매개로 정시한과 두 자매가 연령과 성별의 차이를 넘어서 지기가 되었음을 말해준다.

예술에 대한 자각과 지기(知己)의 갈구 – 〈최칠칠전〉, 〈유우춘전〉

조선 후기에는 상품 화폐 경제의 발전에 따라 서울은 상당한 도시적 면모를 갖추게 되었고 더불어 유흥의 풍조 또한 성행하게 되었다. 그리고 세련된 도시 문화가 출현함에 따라 예술의 향유 계층이 넓어지고 사회적 수요가 증대되었다. 이에 따라 그림이나 음악을 전공하는 예술인이 많이 등장하고 이들의 삶을 다룬 이야기 또한 많이 회자된다. 〈최칠칠전〉과 〈유우춘전〉은 이러한 분위기 속에서 나온 작품들로, 여항 예술인의 삶과 고뇌를 그리고 있다.

〈최칠칠전(崔七七傳)〉은 남공철(1760~1840)이 지은 최북(崔北)의 전기로, 심한 술버릇과 기행으로 일관한 그의 삶을 그리고 있다. 남공철은 정조와 순조 연간에 문명이 높았으며, 영의정까지 역임했던 인물이다. '북(北)'이란 이름을 파자하여 '칠칠(七七)'이란 자를 삼은 데서부터 최북의 기이한 성격을 짐작할 수 있는데, 49세의 나이로 객사했다고 전해질 뿐 그의 가계와 출신 등은 알려져 있지 않다. 그가 49세에 죽은 것을 두고도 "칠칠의 징조였다."라는 말 또한 전한다. 이 작품은 최북의 기이한 술버릇과 오만한 성격에 따른 기행(奇行) 몇 가지를 제시함으로써 최북의 인간적 면모를 드러내고 있는데, 그 중 흥미로운 것 몇 가지를 소개하면 다음과 같다.

> 구룡연(九龍淵)에 들어가서 대단히 기뻐하여 술을 마시고 잔뜩 취해 문득 울고 문득 웃고 하더니, 이윽고 또 큰 소리로 부르짖었다.
> "천하의 명인(名人) 최북은 마땅히 천하의 명산(名山)에서 죽어야 한다."

드디어 몸을 돌이켜 뛰어 못가까지 이르렀으나, 구해주는 사람들이 있어 빠지지 않을 수 있었다.

최북은 하루에 늘 대여섯 되의 술을 마시느라 가산이 피폐한 채 떠돌며 그림으로 연명했는데, 어느 날 금강산을 유람하다가 술에 취해 명인은 명산에서 죽어야 한다며 구룡연에 투신하고자 했다. 이러한 행위는 그의 예술가적 자부와 광기를 잘 보여준다.

최북은 한쪽 눈이 멀었는데, 이와 관련해서는 어떤 귀인이 그림을 요청했다가 얻지 못하여 협박하려 하자, "남이 나를 손대기 전에 내가 나를 손대야겠다."라고 하며 눈 하나를 찔러 멀게 했다는 이야기가 전한다(조희룡, 《호산외기(壺山外記)》). 자신의 귀를 잘라버린 인상파 화가 반 고흐의 행위를 떠올리게 되는데, 진정 예술에 미친 광기 어린 사람만이 할 수 있는 행동으로 여겨진다.

그림이 잘 되었는데도 그림 값이 적으면 칠칠은 문득 화를 내어 욕을 하며 그림을 찢어 없애버렸다. 혹 그림이 뜻대로 되지 않았는데도 그 값을 지나치게 가져오면 깔깔거리고 웃으며 그 사람을 주먹으로 밀어 도로 짊어지고 문에 나가게 하다가, 다시 불러 웃으며 "그 녀석 그림 값도 모르는구나."라고 했다.

이처럼 자신의 작품에 대한 정당한 보상을 고집할 뿐 값어치의 많고 적음에 연연해하지 않는 데서 그가 지닌 예술가적 자부심의 일면을 엿볼 수 있다.

작가는 마지막 대목에서 최북을 만나 이야기 나누었던 일을 회상하고

"세상 사람들은 칠칠을 술꾼이나 그림쟁이로 여기며, 심한 경우 '광생(狂生)'으로 지목했다. 그러나 그의 말에는 때로 기묘한 깨우침이 있고, 실용적인 것이 있음이 이와 같았다."라고 하여, 최북을 단순한 미치광이로 볼 것이 아니라는 자신의 평가를 덧붙이고 있다.

〈유우춘전(柳遇春傳)〉은 당대 해금의 명수였던 유우춘에 대한 전기로, 유득공(1748~1807)의 작이다. 유득공은 서얼 신분으로 빈한한 가문에서 생장했으나 뛰어난 문학적 재능을 인정받아 규장각 검서를 지내고《발해고》등을 저술한 실학파 문인 학자이다. 〈유우춘전〉은 작자 자신이 해금을 배우다가 거렁뱅이의 깡깡이 소리라는 핀잔을 받고 유우춘의 해금이 당대 최고라는 소리를 들었는데, 훗날 우연히 그와 사귀면서 알게 된 유우춘의 인간적 면모를 그리고 있다. 유우춘은 천첩 출신이었는데, 속량을 한 다음에 용호영(龍虎營)에 구실을 다니며 해금을 연마해 독보적인 경지에 오른 인물이었다. 어떻게 하면 '거렁뱅이의 깡깡이 소리'라는 비웃음을 면할 수 있겠느냐는 작자의 질문에 유우춘은 노모를 봉양하기 위해 시작한 자신의 해금 또한 거렁뱅이의 해금과 다를 바가 없다고 하면서 다음과 같이 말한다.

> "내가 처음 해금 공부를 시작한 지 3년 만에 성취했는데 다섯 손가락에 못이 다 박혔소. 기술이 더욱 높아갈수록 급료는 늘지 않고 세상 사람들이 몰라주는 것은 더욱 심합디다. (중략) 지금 유우춘의 해금은 온 나라가 알고 있다지만 이름만 듣고 아는 이름이요, 정작 해금 소리를 듣고 아는 자가 몇이나 되겠습니까."

해금에 몰두하여 높은 예술적 성취를 이루었지만 그럴수록 오히려 더욱 소외감을 느끼게 된다는 것이다. 음악에 대한 사회적 수요가 늘긴 했지만 전문적인 음악을 이해하고 감상할 만한 청중 집단은 아직 형성되지 않은 상태에서 진정한 음악인은 고독감을 느낄 수밖에 없는 것이다. "(연주를 마치고) 집에 돌아와 생각해 보면 내가 타는 것을 내 스스로 듣다가 돌아왔을 뿐이라."라는 유우춘의 말에서 예술인의 고독과 비애감이 십분 드러난다. 기예가 높아갈수록 오히려 소외감을 느끼는 현실 속에서 유우춘은 더욱 자신의 예술을 이해해 주는 지기를 갈구하게 된다.

> "나의 동료 호궁기와 한가한 날에 서로 만나 해금 자루를 들어 해금을 어루만지며 두 눈을 하늘에 팔고 마음을 손가락 끝에 두어 털끝만치 잘못 켜더라도 크게 웃으며 일 전을 바칩니다. 그러나 두 사람 다 돈을 한 번도 많이 잃어본 적은 없지요. 그러니 나의 해금을 알아주는 사람은 호궁기 그 친구뿐입니다. 그러나 호궁기가 나의 해금을 아는 것이 내가 나의 해금을 아는 것만큼 정묘하지는 않지요."

호궁기는 유우춘과 함께 당대에 해금으로 명성이 높았던 인물이다. 눈을 하늘에 두고 마음 가는 대로 해금을 켜다가 실수라도 하게 되면 돈을 바치는 모습에서 진정한 지기와 함께하는 예술적 성취의 만족감이 드러난다. 그러면서 호궁기 또한 자신만큼 자신의 해금을 알지 못한다는 말에서는 경지가 높아갈수록 지기를 얻기 힘든 예술인의 고독감이 드러난다. 작품은 노모가 세상을 뜨자 유우춘도 자기 업을 버렸다는 말로 끝나며, "기예가 높아갈수록 세상 사람들이 더욱 알아주지 못한다는 말이 어찌 해금만 그러하랴?"라는 작자의 말을 덧붙이고 있다.

여기에서 우리는 청중의 천박한 기호에 영합하여 예술을 속화하느냐,

아니면 자신의 예술을 심화함으로써 고독을 감수하느냐 하는 선택의 기로에 놓인 예술인의 고뇌를 느낄 수 있다. 이러한 유우춘의 삶은 서얼 신분의 불우한 처지로 뛰어난 재능을 소유했던 유득공 자신의 고민과 상통하는 것이었기에, 작자는 "어찌 해금만 그러하랴?"라는 말을 덧붙이게 되었을 것이다.

—

차별과 속박으로부터 참된 우도를 그리다

—

조선 후기에는 신분 질서의 구별 외에도 당파가 다르면 서로 교류하지 않고 혼인도 하지 않았다. 신분적 차별과 함께 당파에 따른 구속은 조선 사회의 폐쇄성을 극도로 강화시켰으며, 이러한 속박 아래에서 벗 사이의 참된 사귐은 참으로 지난한 일이었다.

이런 상황에서 18세기의 실학자 홍대용(1731~1783)이 연행 가서 중국 선비와 사귀고 귀국해서도 계속 편지를 주고받은 것은 우도의 소중함을 일깨우는 일대 사건이었다. 홍대용은 중국 선비와 주고받은 글들을 모아 《회우록(會友錄)》이라는 책을 편찬하면서 벗 박지원에게 서문을 써 달라고 했는데, 이 글에서 박지원은 우도가 실종된 조선 사회의 폐쇄성을 신랄하게 비판했다.

> 형적이 드러날까 꺼려서 서로 소문은 들으면서도 알고 지내지 못하며, 신분상의 위엄에 구애되어 서로 교류는 하면서도 감히 벗으로 사귀지는 못한다. 마을도 같고 종족도 같고 언어와 의관(衣冠)도 나와 다른 것이 극히 적은데도, 서로 알고 지내지 않으니 혼인이 이루어지겠으며, 감히 벗

도 못하는데 함께 도(道)를 도모하겠는가?

앞에서 살펴본 네 편의 글은 이처럼 신분과 당파의 속박이 강고했던 시기에 꽃피운 우정에 관한 이야기들이다. 평민 신분의 호협(豪俠)한 인물로 시에 뛰어나고 지우(知友)와 함께 탈속적인 유람을 즐겼던 마 기사. 신광수는 그를 한번 만나고자 애쓰다가 뜻을 이루지 못하자 그에 대한 전기를 남겨 그와의 우정을 대신하고자 했다. 어린 나이로 부친의 원수를 갚고자 해 자신을 찾아왔던 자매의 의기에 감동하여 그 이야기를 널리 전한 정시한과 이를 기록으로 남긴 유만주. 이들의 마음속에 의기에 대한 갈망이 없었다면 이들 작품 역시 남지 않았을 것이다. 그리고 예술가적 광기를 지니고 온갖 기행을 일삼은 화가 최북과 대중의 기호에 영합하여 속화되길 거부하고 고독한 예인의 길을 걷고자 했던 유우춘. 이들에 대한 기록을 남긴 이는 명문가 출신의 남공철과 서얼 신분의 유득공이다. 두 사람의 사회적 처지가 판이했지만 여항 예술인의 삶과 고뇌에 대한 공감이 이들 작품을 낳게 했을 것이다. 이들 작품 생성의 저변에서 조선 후기 역사의 진전에 따른 일련의 사회 변동과 민중 의식의 성장에 따른 우도 중시의 관념을 간취할 수 있다.

- 신익철

참고 문헌

신호열·김명호 역, 《연암집》, 돌베개, 2007.

이우성·임형택 역편, 《이조한문단편집》, 일조각, 1973.

임형택, 〈박연암의 윤리의식과 우정론의 성격〉, 《한국문학사의 시각》, 창작과비평사, 1984.

임형택, 《한문서사의 영토》, 태학사, 2012.

신익철, 〈조선 후기 필기·야담에 나타난 友道(우도)의 형상과 의미〉, 《동방한문학》 60, 2016.

찾아보기

문헌

작품/글

인물

용어

기획위원 및 집필진

기획위원

김영희(연세대학교)

김현양(명지대학교)

서철원(서울대대학교)

이민희(강원대학교)

정환국(동국대학교)

조현설(서울대학교)

집필진

김남이(부산대학교)

김동준(이화여자대학교)

김승룡(부산대학교)

김용태(성균관대학교)

남재철(명지대학교)

손혜리(성균관대학교)

송혁기(고려대학교)

신상필(부산대학교)

신익철(한국학중앙연구원)

안대회(성균관대학교)

안득용(고려대학교)

안세현(강원대학교)

윤재환(단국대학교)

장유승(단국대학교)

정우봉(고려대학교)

정은진(동양대학교)

정환국(동국대학교)

한국 고전문학 작품론 **4 한시와 한문산문**

민족문학사연구소 편

1판 1쇄 발행일 2018년 1월 2일

발행인 | 김학원
편집주간 | 김민기 황서현
기획 | 문성환 박상경 임은선 최윤영 김보희 전두현 최인영 이보람 김진주 정민애 임재희 이효온
디자인 | 김태형 유주현 구현석 박인규 한예슬
마케팅 | 이한주 김창규 김한밀 윤민영 김규빈 송희진
저자·독자서비스 | 조다영 윤경희 이현주(humanist@humanistbooks.com)
스캔·출력 | 이희수 com.
용지 | 화인페이퍼
인쇄 | 청아문화사
제본 | 정민문화사

발행처 | (주)휴머니스트 출판그룹
출판등록 | 제313-2007-000007호(2007년 1월 5일)
주소 | (03991) 서울시 마포구 동교로23길 76(연남동)
전화 | 02-335-4422 팩스 | 02-334-3427
홈페이지 | www.humanistbooks.com

ISBN 979-11-6080-104-0 04800

• 이 도서의 국립중앙도서관 출판예정도서목록(CIP)은 서지정보유통지원시스템 홈페이지(http://seoji.nl.go.kr)와 국가자료공동목록시스템(http://www.nl.go.kr/kolisnet)에서 이용하실 수 있습니다.(CIP제어번호 CIP2017034105)

만든 사람들

편집주간 | 황서현
기획 | 문성환(msh2001@humanistbooks.com)
디자인 | 박인규